KOUD VUUR

KATE ELLIOTT

KOUD VUUR

UITGEVERIJ LUITINGH

Uitgeverij Luitingh Sijthoff en Drukkerij Koninklijke Wöhrmann BV
vinden het belangrijk om op milieuvriendelijke en duurzame wijze
met natuurlijke bronnen om te gaan.

Oorspronkelijke titel: *Cold Fire*
Vertaling: Willie van der Kuil
Omslagontwerp: Karel van Laar
Omslagbeeld: Artist Partners
Kaarten: Jeffrey Ward

ISBN 978 90 245 5404 1
NUR 334/285

www.kateelliott.com
www.boekenwereld.com
www.dromen-demonen.nl
www.watleesjij.nu

Opgedragen ter nagedachtenis aan Steve Larson, leraar, musicus, theoreticus, liefhebber van games, speler met woorden, wijnkenner en een te gekke, grappige, fantastische gozer die te vroeg is heengegaan.

Noordelijke IJszee

IJS

Baltische IJszee

BALTISCHE
NOMADEN

BELGAE

NEURI

Noordelijke rivier

tum

Sala

Noviomagus

ers

Kumbi

olonia

Rhemus

WAGADOU
FEDERATIE

Nieuw Jenne

um

Maiacum

Nieuw Gao

Zavist

Argentum

TENE HERTOGDOMMEN

Bruna

rica

ELVITIA

Vsadus

PANNONIA

Ister

Vendunia

Buda

IJS

Grad

Mediolanum

Emona

Zena

Tergeste

Asa

Alalia

Rome

ILLYRIAANSE
PRINSEN

Salona

ROMEINSE RIJK

arros

Neapolis

Skodra

Dyrres

Qart Hadast

Motya

EUROPA

*

1837 (Jaartelling volgens Augustus)

LUSATIA
VORSTENDOMMEN

RIJK VAN DE AVAREN

ROMEINSE RIJK

KLAMATH

T R O L L E N L A N D

Spookrivier

Lage Rivier

Whistler

Bah-kho-

Cah

INOKA

CHUMASH

DINÉTAH

Hopi

Taotho

Cemetery

Zuni

Acoma

Miam

T'üs

K'owi'n

CONFEDERATIE

VAN HET VOLK

To'ono O'dahm

C O M A N C H E R I A

Chikash

Suma

Choctaw

Grote Rivier

Syrakousai

PURÉPECHA

Aztlan

KONINKRIJK

Canpech

Tzintzuntzan

Tlaxcalla

New Gao

Tetzcoco

M A Y

MIXTEC

Tilantongo

Noh Pe

Tehuantepec

STADST

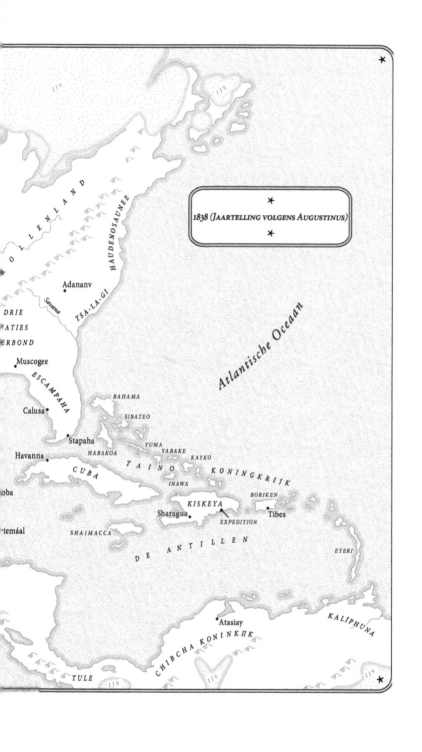

1838 (JAARTELLING VOLGENS AUGUSTINUS)

Atlantische Oceaan

WOLLENLAND

HAUDENOSAUNEE

Adananv

Satsema

TSA-LA-GI

DRIE
ATIES
ERBOND

Muscogee

ESCAMPAHA

Calusa

BAHAMA

SIBATEO

Stapaha

Havanna

HABAKOA

YUMA

YABAKE

KAYKO

CUBA

TAINO

KONINGKRIJK

oba

INAWA

BORIKEN

KISKEYA

Sharagua

EXPEDITION

Tibes

temáal

SHAIMACCA

DE ANTILLEN

EYERI

KALIPHUNA

Atasiay

CHIBCHA KONINKIJK

TULE

Aantekeningen van de auteur

D e boeken over de spookwandelaars vinden plaats op een andere aarde, een met magie. Bijna alle namen en woorden zijn echt, niet verzonnen. Hoewel de wereld lijkt op een poging de geschiedenis te herschrijven, is het geen echt veranderde geschiedenis. Het is meer een fantasie over een aarde die had kunnen bestaan als de omstandigheden ruimte hadden geschapen om de ijstijd langer te laten duren, intelligente nazaten van troodons (kleine dinosauriërs) te laten bestaan, verschillende werelden half over elkaar heen geschoven te laten liggen met verbindende draden van magie ertussen, en mensen toegang te geven tot magische krachten die de normale gang van zaken kunnen veranderen.

KALENDERAANTEKENINGEN

De Romeinse dagen van de week die in deze wereld gewoonlijk worden gebruikt zijn: zondag, maandag, marsdag, mercuriusdag, jupiterdag, venusdag en saturnusdag. De maanden lijken zoveel op de onze dat die niet vertaald hoeven te worden. Uit de Keltische traditie heb ik de 'oversteekdagen' van Samhain (1 november), Imbolc (2 februari), Beltain (1 mei), en Lughnasad (2 augustus) gebruikt, hoewel het onwaarschijnlijk is dat Samhain werd beschouwd als het begin van het nieuwe jaar.

CREOOLS

Een deel van dit verhaal vindt plaats op de Antillen in de Caraïben, die in mijn boek een heel andere geschiedenis hebben dan de geschiedenis die onze wereld heeft gevormd. Om die reden besloot ik mijn eigen creools te ontwikkelen in plaats van een zwakke poging te doen een van de verschillende historische of moderne Caraïbische dialecten of patois weer te geven.

Met de moedige steun van Dr. Fragano Ledgister en aanvullend advies van Katharine Kerr stelde ik specifieke taalkundige regels in die lijken op creools en gebruik ik vervoegingen uit de talen die onderdeel zouden kunnen zijn van het creools van Expeditie, vooral uit het Taino maar ook uit Latijn en Bambara. Omdat ik natuurlijk schrijf en denk in het Engels heb ik ook fiks geleend van elementen van het moderne creools. Indien de drie vormen van creools (volgens Mervyn Alleynes definitie een hierolect, mesolect en basilect in het Jamaicaanse Engels) die gebruikt zijn in dit boek de lezer aanvaardbaar in de oren klinken, komt dat door het overvloedige advies dat ik kreeg. Fouten en vergissingen zijn door mij gemaakt.

Onze Caraïben hebben overigens een verbazingwekkende en prachtige literaire en muzikale traditie. Zo uitgebreid dat het hier niet eens mogelijk is een begin te maken haar te bespreken, maar ik kan u aanraden dit zelf uit te zoeken.

I

Het was een vervloekt lange en moeizame tocht door de stad Adurnam met die twee zware tassen vol boeken. Dat het nacht was, hielp alleen omdat de duisternis ons verborg. Ondanks onze handschoenen veranderde de bittere koude onze handen in ijsklompjes. Verse sneeuw kraakte onder onze laarzen. Mijn half-broer Rory liep voor ons uit, uitkijkend naar patrouilles van de militie.

De avondklok die de prins had ingesteld, had voor lege straten gezorgd. In een normaal jaar zou elk kruispunt verlicht zijn door een vuur ter ere van de winterzonnewende. Herbergen en kroegen zouden de hele nacht open zijn gebleven met rijkelijk stromend bier en gratis versnaperingen. Maar na de rellen die een ravage hadden aangericht in de stad, hadden mensen en winkels hun deuren gesloten en hun ramen gebarricadeerd. Het was zo stil dat ik kon horen hoe mijn nicht Beatrice ademde terwijl ze naast me sjokte met een tas over haar schouder.

'Cat, zijn we er bijna?' vroeg ze.

'Ik zal allebei die tassen wel dragen,' bood ik aan, hoewel de tas die ik droeg aanvoelde als een zak vol stenen.

'Het is niet het gewicht. Het is zo donker.'

De nacht was voor haar het moeilijkste. Wolken bedekten de hemel en we vermeden de paar hoofdstraten die gaslicht hadden en bleven in de donkerste zijstraatjes. Nu de avondklok van kracht was en mensen bang waren dat hun olie en kaarsen zouden opraken, brandden er maar weinig nachtlantaarns in de portieken. Zowel Rory als ik kon abnormaal goed zien in het donker. Dat was een van de redenen waarom mijn familie me Cat noemde in plaats van Catherine. Wij wezen de weg en Bee had de moeilijkere taak: zij moest ons vertrouwen.

Rory kwam terug. 'Patrouille voor ons.'

Snel kropen we weg in de schaduw van een nis. Ik zette mijn

tas neer en haalde mijn spookzwaard uit de schede. Het zag eruit als een zwarte wandelstok, maar 's nachts kon ik het gevest draaien en een zwaard tevoorschijn trekken. Ik wachtte, klaar om toe te steken. Rory verstijfde als een grote kat die op het punt staat te springen. Bee hield haar adem in. Voor ons klepperde een troep ruiters naar het dichtstbijzijnde kruispunt.

Rory snoof en likte aan zijn lippen. 'Ik hoor ook andere mensen. Ik ruik ijzer en dat akelige spul dat je kruit noemt.'

In het huis vlak bij ons schoof een luik op een kier en iemand gluurde naar buiten. Ik sloot mijn ogen, proefde de lucht en luisterde met zintuigen die veel scherper waren dan die van Bee. De wind droeg het geklepper van hoeven met zich mee, maar ook het gesis van fluisterende mannen, het slaan van schoeisel tegen steen, het lekken van de vlammen en de stank van brand.

'Blijf hier,' fluisterde ik en ik duwde de zware tas in Rory's armen. Ze gehoorzaamden.

In de ruimte tussen onze wereld en de geestenwereld liggen draden van magie die de werelden met elkaar verbinden. Ik trok die draden als schaduw om me heen om mezelf te verbergen voor normale ogen. Dicht bij de gebouwen blijvend, sloop ik naar voren. Op het kruispunt bewoog niemand, maar ik hoorde het rinkelen van paardentuig luider worden terwijl de soldaten naderden. In de steeg aan mijn rechterhand bewoog iets. Een kleine vlam flakkerde op en verlichtte een mond met een snor en de glanzende loop van een vuurwapen. Na een sissend gefluister, werd de vlam gedoofd.

Precies op het moment dat de eerste rij tulbanden van de Huissoldaten in het zicht kwam, deed ik een stap terug naar de muur van het gebouw op de hoek. Vonken bloeiden op. Het scherpe geluid van minstens tien geweerschoten weerkaatste tussen de huizen door. Paarden snoven en sprongen schichtig opzij. Twee soldaten zakten naar voren. Eén viel van zijn paard. Zijn laars bleef hangen in de stijgbeugel en het doodsbange paard sleepte hem naar opzij. Een door de soldaten vanaf hun paarden afgevuurd spervuur van kruisboogschichten ketste tegen de gebouwen aan beide kanten van de steeg. Het glas van een raam verbrijzelde en schichten boorden zich in houten luiken.

'Ze schieten slecht!' schreeuwde een man in de steeg. 'We hebben ze, jongens! Vuur!'

Maar in plaats van de luide knallen, was het enige geluid een serie doffe klikken.

De magiërstroep zwermde naar voren terwijl een groef van ijzig wit licht door de lucht schoot alsof een onzichtbaar zwaard door de nacht sneed om door te dringen tot het daglicht erachter. Een fel, koud vuur borrelde uit de scheur. Het licht bewoog alsof het werd geduwd, bollen als lampen onderzochten de steeg en de stenen gevel van de gebouwen en onthulden rond de dertig mannen die daar verstopt zaten. De mannen probeerden wanhopig te schieten, maar hun glanzend nieuwe geweren vuurden eenvoudigweg niet. De aanwezigheid van een uitzonderlijk machtige koude magiër had hun ontsteking gedoofd.

Met mijn rug tegen de stenen muur gedrukt dwong ik mezelf niets meer te zijn dan steen, er was niets anders te zien dan wat iedereen zou zien die zou kijken naar een oude, smerige, met roet bedekte muur. Toch durfde ik niet te bewegen, hoewel ik wist dat koude magiërs niet door mijn verhullende draden van schaduw heen konden kijken. Een man, niet gekleed in wapenrusting maar in loshangende gewaden, reed naar voren vanuit de achterste linies. Hij had een imposante, statige gestalte met grijzende rode haren die in veel kleine vlechtjes waren gevlochten en zijn zwarte gezicht was vertrokken tot een boze frons. Ik kende hem: Hij was de mansa, de machtigste koude magiër in Vier Manen Huis en daarom diens meester.

Precies op het moment dat de mannen in de steeg het opgaven en wegvluchtten, stak de mansa zijn hand op en zei hij iets tegen zijn metgezel, een blonde Kelt van middelbare leeftijd, gekleed in het uniform van de prinselijke militie. 'Ze smokkelen geweren naar binnen ondanks het verbod op nieuwe technologie. Precies zoals we dachten.'

De temperatuur zakte zo snel dat mijn ogen brandden en mijn oren ploften door de verandering in de luchtdruk. Met een fluisterend gekreun scheurde metaal. Mannen schreeuwden terwijl de ijzeren lopen van hun geweren verbogen en met een geluid dat angstwekkender was dan elk schot van een musket of een geweer verbrijzelden ze alsof ze van glas waren gemaakt. Veel mannen lagen bloedend op de grond te woelen. Ze waren door de scherven aan stukken gescheurd. Een paar strompelden weg door de steeg in een poging te ontsnappen.

'Neem ze allemaal gevangen!' schreeuwde de kapitein van de militie met schallende stem.

'Ik wil alle overlevenden,' zei de mansa. Ontspannen sloeg hij het tafereel gade vanwege zijn gemakkelijke overwinning.

'Wilt u ze terechtstellen?'

'Nee. Ik ben van plan deze rebellerende plebejers tot horigen te maken. Zij, hun gezinnen en hun afstammelingen zullen allemaal verplicht zijn Vier Manen Huis te dienen. Als we ze terechtstellen zal dat hun familie alleen aanmoedigen tot verdere rebellie. Maar als deze ontevreden mannen hun gezinnen meeslepen in slavernij, zal dat onderling wrok oproepen omdat ze zo stom waren om te vechten tegen de natuurlijke orde der dingen, waardoor ze het beetje vrijheid dat ze hadden ook nog verloren. Met uw toestemming, natuurlijk. Het zijn uw onderdanen.'

'Een slimme zet. Dat zal die radicale oproerkraaiers tot nadenken stemmen.'

Gezegende Tanit! Zijn metgezel was de prins van Tarrant zelf, de man die heerste over het prinsdom rond de stad Adurnam, gelegen aan de rivier de Solent, in Noordwest-Europa.

Ik kon werkelijk niemand bedenken die ik minder graag wilde ontmoeten dan deze twee. Terwijl de soldaten de omgeving schoonveegden en de mansa en de prins volkomen op hun gemak midden op het kruispunt zaten te kletsen over de verijdelde trouwplannen van een of andere man, sloop ik naar achteren tot ik het veilig genoeg vond om me los te maken van de muur en snel terug te gaan naar de nis waar Bee en Rory wachtten. Trillend schoof ik tussen hen in.

'Wat is er gebeurd?' fluisterde Bee. 'Ik hoorde schoten. En daarna geschreeuw.'

'We moeten ons terugtrekken. De mansa en de prins zijn bij de soldaten.'

'Jagen ze op ons? Weet de mansa dat we ontsnapt zijn?'

'Dat denk ik niet. Daar zei hij niets over. Ik denk nog steeds dat zijn mensen pas morgen zullen ontdekken dat we verdwenen zijn. Wacht even.' Ik sloot mijn ogen om me de plattegrond van Adurnam beter voor de geest te halen. Ik had hem helemaal in mijn hoofd zitten, met al zijn kronkelende straten, verborgen steegjes en gevaarlijke stadswachten.

'Je trilt,' zei Bee en ze sloeg een arm om me heen.

'Er zijn zojuist mannen gestorven. En het was een schok om de mansa weer te zien. Wettelijk ben ik eigendom van Vier Manen Huis. Hij heeft het recht mij weer op te eisen. En als hij ons vindt, zal hij een manier verzinnen om ook jou te bezitten.'

'Ik denk dat we nu moeten gaan, terwijl zij bezig zijn de gewonden en stervenden op te eten,' zei Rory.

Bee verstijfde. 'Idioot, wij éten geen mensen...'

'Stil. Rory heeft gelijk.' Ik streelde zijn arm omdat hij dat prettig vond en hij zuchtte ronkend. 'We moeten gaan terwijl zij bezig zijn om alles op te ruimen. Ik weet een betere route. We sluipen terug naar de Oude Tempel en lopen langs de rivier. Ze zullen ons moeilijk kunnen volgen als we dwars over de koboldenmarkt lopen.'

Ik schoof mijn stok terug in de schede en pakte de tas. Zo snel als we konden slopen we terug door de straat, maar er reden geen verkenners onze kant op. Als iemand in de afgesloten huizen al merkte dat we langs hen liepen, sloegen ze geen alarm. Uiteindelijk ontspanden we een beetje.

'Denk je dat deze juristen en radicalen ons echt zullen opnemen?' vroeg Bee.

'Laten we het hopen, Bee. Anders weet ik echt niet waar we heen moeten.'

'Ik heb het erg koud, Cat,' zei Rory. 'Ik wil alleen maar een dutje doen bij een warm vuur.'

'Bestaan er vuren die niet warm zijn?' mompelde Bee al struinend. Het was duidelijk dat ze gespannen was door de angst en de opwinding. Zelfs met onze grotere lengte en langere stappen, hadden Rory en ik moeite haar bij te houden. 'Winters die niet koud zijn?'

'Mannen die niet op het eerste gezicht verliefd worden op jouw luisterrijke schoonheid?' voegde ik eraan toe, wetend dat ze de verleiding niet zou kunnen weerstaan.

Ik voelde haar grijnzen bij het weerwoord. 'Tja, lieverd, ik geloof niet dat ik degene ben op wie iemand op het eerste gezicht verliefd werd.'

'Daar hoef je me niet aan te herinneren!'

'Wat? Vond je hem op het eind dan niet een beetje aardig? Esthetisch gezien is hij erg knap, ondanks zijn ongelooflijk arrogante persoonlijkheid. En tenslotte was jíj degene die hém kuste.'

Gelukkig verhulde de nacht mijn blozen. 'Ik weet echt niet wat ik van hem moet denken, Bee. En verder heb ik nu echt geen zin in dit gesprek, en misschien wel nooit.'

'Stil! Jullie zijn zo luidruchtig.'

Rory had gelijk, dus bleven we lopen en stopten met praten, maar het gesprek had Bee's gebruikelijke, onverwoestbare opgewektheid teruggebracht. Ze bleef zelfs even dralen tijdens de lange wandeling over de koboldenmarkt en onderzocht de kramen met messen. Tegen de tijd dat de hanen kraaiden, waren we de Handelsstraat opgestommeld, waar allerlei buitenlanders, radicalen, technologen en juristen woonden. Anders dan in de andere kwartieren van Adurnam, werden alle straten en zelfs het nederigste laantje in deze buurt verlicht door gaslampen. Hun gloed verlichtte het vroege ochtendverkeer van mensen en trollen die koffiehuizen in en uit liepen en kantoren ontsloten. Een stel in mantels met kappen gehulde kobolden snelde weg om zich te begraven in hun dagnesten. Een vrouw die een winkel opende, bleef even staan om te kijken hoe Rory voorbijkuierde. Hij had het soort zelfverzekerde gratie die de aandacht trok, dat wist hij, en hij genoot ervan.

'Niet naar mensen lachen! Je zult de aandacht op ons vestigen!' mompelde ik.

'Ik zie mannen naar Bee kijken en zélfs naar jóú,' was zijn tegenwerping. 'Waarom zou ik niet wat aandacht krijgen?'

Gelukkig zag ik de Vossensteeg, een steegje dat ingeklemd lag tussen een taveerne en een koffiehuis. Tegen de tijd dat we het steegje inliepen en het kantoor van de juristen bereikten, was het ochtend geworden en werden de gaslichten gedoofd voor de dag. We bleven op de stoep staan en keken naar het vers geschilderde uithangbord. Volmaakte, oranje letters staken fel af tegen een mat bruine achtergrond: GODWIK EN CLUTCH.

Wie had ooit kunnen denken dat twee plichtsgetrouwe dochters, opgevoed in het rustige huishouden van een Kena'ani koopman, zich zouden overleveren aan de genade van trollen en radicalen?

'Ik hoop maar dat dit goed gaat,' mompelde Bee terwijl we onze tassen op de treden lieten zakken.

Ik gebruikte de klopper. Terwijl we wachtten, maakte ik mijn wandelstok los uit de plooien van mijn rokken.

De deur ging open en een trol keek ons aan. Het was moeilijk te zeggen of trollen meer op vogels lijken dan op hagedissen. Ze waren lang en slank en stonden zo op hun achterbenen dat ze me deden denken aan rechtopstaande hagedissen zo groot als mensen, maar wat eruitzag als schubben, was een kleed van kleine veertjes. De manier waarop deze zijn hoofd eerst naar de ene en daarna naar de andere kant draaide om ons met elk oog goed te bekijken, deed me denken aan een vogel. Hij droeg een vaalbruin mensen-jasje waartegen de rode, blauwe en zwarte veren van zijn kuif werkelijk spectaculair afstaken. Zijn kuif liep van zijn ruggengraat tot boven op zijn hoofd.

'Moge uw dag vredig zijn,' zei ik haastig. 'Mijn naam is Catherine Hassi Barahal. Dit is mijn nicht, Beatrice. En mijn broer Roderick. We zijn hier om Chartji te spreken. De jurist.'

'Jij bent het. Chartji heeft me gewaarschuwd: laat haar snel naar binnen als ze aan de deur komt.' Hij sprong naar achteren waardoor Rory en Bee schrokken. Toen hij de twee reistassen met hun koperen gespen zag, boog hij voorover en keek eerst wat beter naar de gespen en daarna naar mijn wandelstok alsof hij het zwaard kon zien dat in het daglicht verborgen werd door magie. 'Oo! Díngen! Glanzende dingen!'

Vanbinnen klonk een mannelijke stem.

'Wie is er aan de deur, Caith?' Een opvallend knappe man stapte ons gezichtsveld binnen en veegde zijn handen af aan een groezelige doek. Hij zag ons en lachte heel innemend, alsof zijn dag zojuist helemaal goed was gemaakt. 'Catherine! En je charmante nicht Beatrice. En nog een metgezel, zie ik.'

'Mijn broer Roderick.'

'Blij jullie te zien! Heb je hun gevraagd om binnen te komen, Caith? Kom alsjeblieft snel binnen en doe de deur achter je dicht.' Hij knikte naar Rory terwijl we naar binnen stommelden. 'Ik ben Brennan.'

Terwijl we door de gang liepen, vertelde hij ons hoe de ingewikkelde familierelatie tussen de jurist Chartji en de jonge trol Caith in elkaar stak. Hij bracht ons naar de voormalige zitkamer.

Daar zagen we maester Godwik aan een werktafel zitten met een pen in zijn hand.

De oude trol keek ogenblikkelijk op, zijn felgekleurde zwart-met-groene kuif ging omhoogstaan en spreidde zich uit toen hij me zag. 'De Hassi Barahal in haar mantel! Wat een bijzonder aangename verrassing. Laat me bij zonsopgang kraaien op de rotsen! En dit... De nicht, neem ik aan. En...' Hij keek doordringend naar Rory, die eruitzag als een doodgewone jongeman met gouden, onschuldige ogen en dik zwart haar dat in een enkele lange vlecht was gevlochten. 'Interessant. Iemand zoals jij heb ik nog niet eerder gezien. Aangenaam kennis te maken. Kom binnen in ons nest.'

Er was nog iemand anders in de kamer, een vrouw met een bril die tussen de stukken van een kapotte drukpers zat. Ze keek op, zo verrast door Godwiks woorden dat het duidelijk was dat ze niet had gemerkt dat wij binnen waren gekomen. Toch leek haar glimlach gemeend. 'Catherine!'

Brennan zette onze tassen in de kamer en de jurist Chartji kwam achter hem aan. Omdat Chartji een vrouw was, waren haar schubbenachtige veren net zo vaalbruin als Caiths jasje en de veren van haar kuif hadden maar één kleur; felgeel. Ze droeg een kom water in een met inkt bevlekte hand, waaraan maar drie vingers zaten. 'Ik dacht al dat je zou komen. Drink eerst, zoals het hoort. Daarna zullen we praten.'

Haar manier van doen was zo uitnodigend dat ik mezelf toestond te hopen dat we het juiste besluit hadden genomen door hierheen te komen. Terwijl wij de kom doorgaven en allemaal een slokje water namen om tegemoet te komen aan het traditionele welkomstceremonieel van de Mande, werd er op de deur geklopt. Caith krabbelde door de gang. Ik hoorde de deur opengaan.

Na een ogenblik riep Caith: 'Brennan! Er is hier een rat die zegt dat je een boodschapper verwacht. Hij zegt dat een opkomend licht de dageraad van een nieuwe wereld aankondigt.'

Brennan zei scherp: 'Laat hem snel binnen en sluit de deur!'

We dromden allemaal de hal in, ik met mijn hand op mijn wandelstok. Misschien waren de anderen ook gewapend, maar ik kon hun wapens niet zien. Ik knikte naar Rory en hij liep een stukje de trap op zodat hij het voordeel van een hogere standplaats had. Drie gewapende mannen drongen door de open deur de hal binnen als soldaten die een pad vrijmaken voor hun kapitein. Ik herkende ze, want ik had ze nog geen tien dagen geleden onderweg ontmoet. Alle drie waren het buitenlanders en een was eigenlijk een vrouw die gekleed was als een man. Zij stapte terug naar buiten en een ogenblik later liep een man van middelbare leeftijd de trap op en kwam binnen.

Hij was een lange, imposante man met brede schouders, zwarte haren doorschoten met zilver en het uiterlijk van iemand die geboren is uit een gemengde achtergrond van Iberische, West-Afrikaanse Mande en Romeinse voorouders. Dit sprak uit zijn opvallende haakneus en een gezicht dat lang, breed en krachtig genoeg was om ermee weg te komen. Hij droeg een groezelige wollen omslagmantel en een verschoten driekantige hoed die er versleten uitzag. Hoewel hij de houding had van een man die gewend is wapens te gebruiken, droeg hij er geen. Toch was het duidelijk dat hij de leiding had.

Zijn blik richtte zich onmiddellijk op de kleine, bebrilde vrouw hoewel zij van ons allen die in de hal stonden bepaald de minst fysieke uitstraling had. 'Professora Kehinde Nayo Kuti, neem ik aan,' zei hij.

Ze keken naar elkaar als honden die proberen uit te maken of ze zullen moeten vechten om een bot.

'Ik verwachtte dat je een afgezant zou sturen om gesprekken te beginnen tussen onze organisaties,' zei ze.

'Ik ben mijn eigen afgezant. Dat moet ik wel, in deze moeilijke tijden.'

Gezegende Tanit! Ik had deze man voor het eerst onderweg ontmoet, waar hij had gereisd in de vermomming van een werkman genaamd Grote Leon. Ik begreep niet dat ik ooit had gedacht dat hij gewoon een soldaat in ruste was, niet anders dan elke andere man die een oude oorlog heeft overleefd.

'Je liep Adurnam alleen binnen, met slechts drie soldaten bij je?' zei Brennan. 'Terwijl alle magiërshuizen en elke prins in Noordwest-Europa naar je op jacht zijn? Dat lijkt onbezonnen!'

'En irrationeel,' zei Kehinde met veel kalmere stem. 'We zouden je voor een grote beloning kunnen uitleveren aan de prins van Tarrant.'

In zijn vermomming als Grote Leon, de neef van de eenvoudige voerman, had hij de sprankelende intensiteit van zijn blik en de opgebolde kracht van zijn persoonlijkheid verborgen. Dat deed hij niet langer. 'Maar dat zullen jullie niet doen. Want weet je, ik ben nooit alleen. Ik draag de hoop en ambitie van te veel mensen op mijn schouders.'

'Jij bent Camjiata,' zei ik.

De man, geboren als Leonnorios Aemilius Keita, had de naam Camjiata, leeuw van de oorlog, verdiend door zijn legers naar de overwinning te voeren. Iedereen wist dat het Iberische Monster geloofde dat het zijn bestemming was om de versnipperde prinsdommen, hertogdommen, stadstaten en achterlijke stammen van Europa te verenigen in één glorieus keizerrijk. Dat had hij eens geprobeerd en het was hem bijna gelukt.

'Natuurlijk ben ik Camjiata. Wie zou ik anders kunnen zijn? Eindelijk, na het geduldige werk van vele jaren en vele handen, ben ik vrij.'

Chartji stapte naar voren en bood de traditionele kom water aan.

Beleefd deed hij zijn hoed af en dronk alles op in één dorstige teug. 'En nu moeten we zakendoen, want we hebben geen tijd te verliezen.'

'Ben je gekomen om mij te zoeken?' vroeg Bee. Ik kon niet zien of ze bang was, of opgetogen, of op het punt stond hem in het gezicht te stompen. Ze had haar schetsboek open bij een pagina waarop ze een tijdje geleden een beeld van hem had getekend terwijl hij op precies dezelfde plek stond waar hij nu was, voor de gesloten deur in de hal van dit juristenkantoor. 'Heeft zij je verteld hoe je me moest vinden? Je vrouw, bedoel ik? Degene die de dromen van draken bewandelde?'

'Ja. Het was het laatste wat Helene tegen me zei voordat ze haar doodden. Ze vertelde me dat de oudste dochter van de Hassi Barahal familie zou leren om de dromen van draken te bewandelen. Vind haar, zei ze, want je zult haar nodig hebben, net zoals je mij nodig had.' Hij stak zijn hand op in het klassieke gebaar van de redenaar dat de Romeinen gebruikten in hun eeuwenoude keizerrijk. Het was onmogelijk om niet naar hem te staren als hij wilde dat je naar hem keek, zoals nu. 'Helene zei dat de oudste Hassi Barahal dochter mij naar Tara Bells kind zou leiden.'

'M-maar ik ben Tara Bells kind,' stamelde ik want ik had het gevoel dat mijn hart in mijn keel zat.

'Natuurlijk ben je dat. Je zou niemand anders kunnen zijn dan wie je bent. Dat moeten we allemaal zijn, zelfs Helene, die wist dat de gave van dromen de vloek was die haar dood zou veroorzaken.'

Alleen ik hoorde Bee fluisteren: 'Dóód?' terwijl ze bleek werd.

Hij sprak verder. 'Zelfs op het einde dwong de gave haar te spreken. Dit waren de allerlaatste woorden die ik haar ooit hoorde zeggen. Ze zei: "Waar de hand van de geluksgodin zich vertakt, moet Tara Bells kind kiezen en de weg van de oorlog zal worden bepaald door de vloedgolf."'

Hoewel ik verbijsterd was door deze onheilspellende woorden ontging me de blik tussen Kehinde en Brennan niet, noch de manier waarop hij zijn schouders ophaalde bij wijze van antwoord terwijl zijn blik naar Bee schoot.

'Een fantasievolle manier van spreken,' zei Kehinde tegen de generaal, 'maar omdat ik een praktische geest heb, wil ik je vragen wat dit volgens jou betekent.'

Een staande klok naast de kapstok tikte met elke zwaai van de slinger. Een rijtuig ratelde buiten voorbij. Camjiata wachtte tot we allemaal naar hem keken, in afwachting van wat hij zou zeggen. Hij glimlachte een beetje, alsof onze volgzaamheid hem amuseerde.

'Tja, de betekenis van de woorden is gemakkelijk uit te leggen. Ze bedoelde dat Tara Bells kind een pad zal kiezen dat de loop van de oorlog zal veranderen.'

De blikken van zeven mensen en drie trollen verschoven van zijn gezicht naar mij.

'Ze bedoelde jou, Catherine Bell Barahal. Want dat kind, dat ben jij.'

2

Ik ben niet iemand die graag in het middelpunt van de belangstelling staat. Anders dan mijn geliefde nicht Beatrice, die mijn liefste vriendin is en die ik meer vertrouw dan wie ook ter wereld, doe ik geen moeite om ervoor te zorgen dat alles en iedereen naar me kijkt, zoals zij doet op een manier die sterker en sensationeler is dan je je kunt voorstellen. Ik heb het soort karakter dat de luwte prefereert waar het in alle rust kan verblijven of, zoals Bee soms zegt, kan rondsluipen zonder gepakt te worden.

Dus vond ik het helemaal niet prettig dat alle ogen op mij waren gericht, behalve natuurlijk die van mijzelf omdat dat onmogelijk zou zijn. Gewoonlijk heb ik geen moeite om te spreken. Maar ik had een slagveld gezien op straat. Ik was de hele nacht wakker geweest. Ik wilde niets liever dan mijn ogen dichtdoen en slapen.

In plaats daarvan stond ik een ogenblik verbijsterd en met stomheid geslagen alsof ik door de bliksem was getroffen. Toen werd ik kwaad.

'U denkt misschien dat ik iets voor u en uw complotten en plannetjes kan betekenen omdat ik Tara Bells kind ben. Maar ik kwam met mijn nicht naar dit juristenkantoor om hulp te zoeken voor onze eigen privéproblemen. Niet om een ontsnapte misdadiger te helpen!'

Achter zijn rug rammelde de deur zacht. Hij deed een stap opzij toen de deur op een kier openging. De vrouw gekleed als man glipte naar binnen. Terwijl iedereen zich ontspande, grinnikte de generaal. Door zijn geamuseerdheid veranderde de atmosfeer alsof de lucht zijn adem inhield voordat de zon doorbrak – of een storm losbrak.

'Sommigen noemen me een misdadiger, terwijl anderen me de Bevrijder noemen,' zei hij met het zangerige Iberische accent dat hij niet had verloren ondanks dertien jaar gevangenschap op een eiland. 'Net zoals jij, kwam ik naar dit juristenkantoor voor een totaal andere zaak. Ik verwachtte echt niet je hier te ontmoeten, Catherine.' Hij knikte even naar Bee. 'En ik verwachtte je niet ook niet te treffen, de jonge vrouw die de paden van dromen bewandelt. Niet zo snel en niet in Adurnam. Maar ja, waarom niet hier? Waarom niet nu? Dat we elkaar hier en nu ontmoeten, herinnert me er alleen aan dat onze paden worden bepaald door het lot. We kunnen niet ontsnappen aan wat we zijn.'

'Misschien niet, maar we kunnen wel ontsnappen aan degenen die ons gevangen willen nemen.'

'Heb ik ooit iets gezegd waardoor je denkt dat ik je tot mijn gevangene wil maken?'

'Je moet me vergeven dat ik op dit moment niet erg veel vertrouwen in mensen heb. De laatste twee maanden ben ik op de vlucht voor mensen die me willen doden. Mijn nicht en ik zijn zojuist ontsnapt aan huisarrest. Dus ik zie niet in hoe ik jou echt kan vertrouwen.'

'Als wij allebei worden opgejaagd, is het dan niet logisch dat we bondgenoten worden?'

'Bondgenoten in wat?' snauwde ik. 'Is jouw oorlog niet voorbij? Heb je niet verloren? Zijn jouw legers niet uiteengedreven en je bondgenoten gestraft? Zijn jouw vijanden verenigd in het Tweede Bondgenootschap niet tevreden naar huis gemarcheerd, verheugd over hun overwinning en jouw gevangenneming?'

Ik wist niet precies hoe een man van zijn reputatie een dergelijke roekeloze aanval zou pareren, maar hij glimlachte alleen ironisch. 'Een verdienstelijk salvo. Het herinnert me aan de prikkelende, onmogelijk te beantwoorden vragen die ik hoorde van je vader Daniel toen we jong waren. De vrijheidsstrijd is nooit over zolang de oude orde degenen die vrijheid zoeken verplettert. Ik ben van plan de wetten van Europa te hervormen en de mensen te bevrijden van het onderdrukkende regime van prinsen en koude magiërs. Je zou het slechter kunnen treffen dan wanneer je lid wordt van mijn leger, zoals je moeder deed.'

'Wij zijn niet jouw soldaten,' zei ik met een blik op de vrouw die naast hem stond.

Ze was een buitenlandse met zwarte haren en droeg het jasje en de broek van een man. Een falcata, een kort zwaard in de Iberische stijl hing laag aan een lus op haar linkerheup. Haar ogen hadden de mongolenplooi van iemand die geboren is in of afstamt van mensen uit de mysterieuze landen in het Verre Oosten. Maar het meest opvallende aan haar was het grove, in tweeën vertakte witte litteken op haar rechterwang. Was zij een strijder in zijn beroemde

Amazonenkorps, zoals mijn moeder was geweest?

'Het feit dat mijn moeder een officier was in jouw leger, betekent nog niet dat ik een verplichting aan jou heb,' voegde ik eraan toe.

'Je hebt het mis als je denkt dat niets mij aan jou bindt.'

Als er sneeuw langs mijn rug was gelopen, had ik het niet kouder kunnen krijgen. Een afschuwelijk vooruitzicht kwam in me op, samen met een onbedwingbare nieuwsgierigheid. *Ik moest het weten.* 'Wat bedoel je? Je wilt toch niet beweren dat...'

'O, help!' Bee drukte de rug van haar hand tegen haar voorhoofd in een gebaar dat niet zou misstaan in een goedkoop theater. 'Al deze confrontaties en alarmerende zaken worden me te veel! Al deze ontwikkelingen en onverwachte ontmoetingen zijn eenvoudigweg te móéilijk. Als ik niet onmiddellijk kan gaan zitten, zal ik instorten.' Ze had het trillen van haar stem geperfectioneerd om de luisterende harten te beroeren. De zweem van vastberadenheid die erin doorklonk, deed echter vermoeden dat er op haar instorting een woedeaanval zou volgen die geen enkel zinnig mens zou willen verduren. Toen ze mijn elleboog vastpakte, was haar greep zo stijf als een klem. Aan de borende blik die ze op mij wierp, kon ik zien dat ze me de les wilde lezen.

De generaal legde een hand op zijn hart. 'Ik sta tot je beschikking, professora Kuti. En naast je staat, neem ik aan, de legendarische Brennan Touré Du. Verhalen over zijn moedige daden hebben me zelfs in mijn eenzame gevangeniscel bereikt. Er is mij verzekerd dat jullie een massa connecties hebben, een eersteklas intelligentie en dat jullie toewijding aan de zaak van rechtvaardigheid en redelijkheid ongeëvenaard is.'

Hoewel Kehinde niets meer leek dan een kleine vrouw met een kalme manier van doen en een enthousiasme voor technische puzzels, staarde ze de generaal onvervaard aan. 'Je zult begrijpen dat wij vooraleerst willen weten hoe het staat met jouw toewijding aan de zaak van rechtvaardigheid en redelijkheid.'

Hij knikte. 'Bondgenootschappen kunnen alleen gevormd worden als vertrouwen verzekerd is.'

'Ik laat dat over aan onze gastheer, maester Godwik.'

Godwik stak zijn gevederde zwart met groene pluim op. 'Het is onze gewoonte eerst een mogelijkheid aan te bieden om zich te wassen, te drinken en te eten voordat de onderhandelingen beginnen.'

De generaal lachte. 'Zoals ik me heel goed herinner. De eersten van jouw soort die ik ooit ontmoette waren wapensmokkelaars. Het duurde vervloekt lang om tot zaken te komen hoewel we midden in een gevecht om een heuvel waren verwikkeld. Het zal me een eer zijn om me te wassen en met jou te drinken en te eten, maester Godwik.'

Alle drie de trollen lieten hun tanden zien in een uitdrukking die een menselijke glimlach nadeed. Gezien het feit dat ze angstwekkende tanden hadden die rechtop uit roofdiersnoeten staken, was het effect eerder verontrustend dan geruststellend.

'Caith,' zei de oude trol, 'sluit je alsjeblieft aan bij degenen die om de hoek op de uitkijk staan.'

Caith floot bij wijze van antwoord en liep de voordeur uit, vergezeld door Brennan en de andere buitenlandse soldaat. De jongere soldaat ging bij de voordeur op wacht staan. Door de manier waarop hij stiekem naar Bee bleef kijken en dan snel weer weg, was het duidelijk dat hij onder de indruk was van haar weelderige welvingen en indrukwekkende schoonheid.

Maester Godwik wenkte Bee, Rory en mij. 'We hebben jullie ook nog niet netjes begroet, mijn jonge vrienden. Wacht op ons in de keuken als je wilt. Generaal, deze kant op.'

In de rechtermuur bevonden zich twee trappen, een daarvan liep naar de bovenverdieping terwijl de andere eronderdoor afdaalde naar een kelderverdieping. Godwik hinkte de trap naar de kelderverdieping af terwijl Chartji langs Rory heen naar boven liep. Na een blik op Rory, volgde de Amazone Godwik naar beneden met de generaal en Kehinde op haar hielen.

'Kijk eens naar die messen!' fluisterde Bee bewonderend terwijl ze nog steeds mijn arm vasthield.

De jonge buitenlander had zijn omslagmantel losgeknoopt. Eronder droeg hij een harnas van messen, vastgemaakt aan een doorgestikt jasje van een saaie donkerblauwe kleur. In een riem rond zijn heupen stak een paar illegale pistolen. Hij had sluik zwart haar, een beetje zoals het mijne en een bruine huid die op die van Rory leek. De vorm van zijn gezicht, zijn brede jukbeenderen en het hoge voorhoofd gaven hem het uiterlijk van een man die ver weg is van het huis waarin hij was geboren en die niet onder de indruk was van de plek waar hij zich nu bevond. Hij beantwoordde Bee's brutale blik met een uitdagende uitdrukking.

'Je bent niet van Mande, Keltische of Romeinse afkomst,' zei ik. 'Waar kom je vandaan?'

Hij bekeek me van top tot teen en keerde zich zonder antwoord te geven weer om naar Bee.

Ze stak haar kin in de lucht als een koninklijke afkeuring van zijn onbeschoftheid. 'Rory, breng de reistassen.'

Ze trok me de trap af, maar toen we halverwege waren, alleen op de schemerige trap, bracht ze me met een ruk tot stilstand. 'Cat! Je stond op het punt Camjiata te vragen of hij de man is die je heeft verwekt! Waar iedereen bij was. Herinner je je dan niets meer van wat we thuis hebben geleerd?'

'Ik weet het! Ik weet ook niet wat er met me gebeurde. Ik vergat mezelf in het vuur van het gesprek. Ik kon nergens anders aan denken dan dat hij misschien weet wie het was omdat hij mijn ouders kende.'

'Natuurlijk wil je het weten. Maar als zelfs Rory niet weet wie jullie verwekker is, waarom zou de generaal dat dan wel weten?'

'Misschien heeft mijn moeder het hem verteld.'

'Je moeder Tara Bell? Weet je wat de enige woorden zijn die ik me van haar herinner? *Vertel niemand iets. Nooit.*" Dus ik denk niet dat ze hem iets heeft verteld, al stond ze dan onder zijn commando. Bovendien had je beslist niet moeten zeggen dat we onder huisarrest stonden.'

'Ik weet het!' beaamde ik chagrijnig. 'Maar de radicalen weten al dat we proberen te ontsnappen aan de magiërs. En omdat Camjiata weet wat jij bent, zal hij vast en zeker wel hebben geraden dat de magiërshuizen jou willen hebben.'

'Het doet er niet toe wat hij geraden kan hebben. *Vertel niemand iets.*'

'*Hou je mond,*' herhaalde ik, een zin die er bij ons was ingestampt door Bee's vader en moeder.

'Dat zou te veel gevraagd zijn van jou, dat snap ik!' riep ze uit, maar daarna omarmde ze me. 'Ik weet dat je moe bent, Cat. Je hebt zo ver gereisd en hebt zoveel schokkende dingen meegemaakt, om het maar niet te hebben over het ontsnappen aan een

zekere dood en dat je mij hebt gered van wat een bijzonder onaangenaam huwelijk zou zijn geweest. Dus babbel zoveel onzin als
je wilt, zoals je zo goed kunt, en laat het onderhandelen aan mij
over.'

'Ik kan heus mijn mond wel houden!'

Ze lachte en samen stommelden we de laatste traptreden af en
door een smalle gang langs een lege slaapkamer, een voorraadkast
en een bijkeuken. Aan het eind van de gang leidden een paar traptreden naar de achterdeur. We liepen de keuken in. Een gietijzeren
fornuis stond onder de stenen boog van een oude haard. De brandende kolen verspreidden een heerlijke warmte in de keuken.

Ik zette mijn zwarte wandelstok tegen de grote keukentafel. Een
snijplank en een mes lagen boven op het gehavende tafelblad naast
een hoopje pastinaken, een kom havervlokken, een pot met vers
gekarnde boter en een lege koperen koekenpan. Bee legde haar
schetsboek op een hoek van de tafel, trok haar muts, handschoenen
en wintermantel uit en gooide die over de rugleuning van een
stoel. Ze liep naar het hoog geplaatste raam en ging op een krukje
staan om naar buiten te kijken. Omdat ik langer ben, kon ik uit
het hoge raam kijken zonder een kruk te gebruiken; het raam keek
uit op de achtertuin, een lange, smalle binnenplaats omgeven door
hoge muren en geplaveid met natuursteen. Ik zag een waterreservoir, een pomp, een stenen bank bedekt met sneeuw en tegen de
hoge achtermuur stond een koetshuis naast een gesloten poort.
Godwik leidde Camjiata, de Amazone en Kehinde door de achtertuin naar een vreemd gebouwtje. Het deed me denken aan een
nest met een koepelvormig dak omdat het eruitzag alsof het gemaakt was van veren en takken. Er waren linten doorheen gevlochten en metaaldraad waaraan spiegeltjes, glas en helder glanzende
dingen hingen. Een enkele kraai zat op de uitstekende paal in het
midden.

Bee zuchtte diep en sprong met opgetrokken schouders naar
beneden. 'O, Cat! Ik dacht dat we door hierheen te gaan een kans
zouden krijgen om te rusten en op ons gemak te besluiten wat we
verder moesten doen. In plaats daarvan lijkt het alsof we midden
in een storm op zee zijn terechtgekomen. We worden onophoudelijk heen en weer geslingerd door de woede van de goden.'

'Ik denk niet dat de goden er iets mee te maken hebben. Ik denk dat het probleem wordt veroorzaakt door al die vervloekte mensen die ons niet met rust willen laten. Waarom dacht ik dat juristen en radicalen een veilige haven zouden bieden? Is er iemand die we kunnen vertrouwen?'

Op de verdieping boven ons lieten voetstappen de vloerplanken kraken. De voordeur ging open en weer dicht, en iemand daalde de keldertrap af. Bee graaide het mes van de tafel. Ik pakte mijn wandelstok.

'Daar zijn jullie.' Brennan kwam de keuken binnen met die onmogelijk aardige glimlach die ik ondanks mezelf beantwoordde terwijl ik blozend mijn wandelstok liet zakken. Een belangrijke en aantrekkelijke radicaal die dwars door Europa trok om revolutie te ontketenen kon onmogelijk geïnteresseerd zijn in een onervaren meisje zoals ik. Zelfs al droeg hij onze reistassen. 'Wat zit erin?' vroeg hij lachend.

'Goudstaven,' zei Bee op hetzelfde moment dat ik zei: ' IJzererts.'

'Ik zou gedacht hebben dat het boeken waren, maar wat weet ik ervan?' Hij zette de tassen bij de deur en wees met een knikje naar het raam. 'Jullie hebben geen messen nodig. Godwik zou de generaal gemakkelijk kunnen opeten als hij dat wilde. Zelfs op zijn leeftijd.'

Bee gniffelde. Ik sloeg mijn hand voor mijn mond om mijn lach te onderdrukken.

Rory drentelde de keuken binnen. Vanwege zijn slanke gestalte vergat je gemakkelijk hoe sterk hij was totdat hij opsprong om te doden. 'Dat ziet er gezellig en warm uit! Eindelijk! Een dutje bij een fatsoenlijk vuur.'

'Ik vroeg me al af waar je was gebleven,' zei ik. 'Bee had gevraagd of jij die tassen wilde dragen.'

Onschuldig knipperde hij met zijn ogen. 'Is dat zo?' Hij liet zich op de bank zakken, pakte een pastinaak, snoof er even aan en legde hem met een grimas van weerzin weer neer. Met een zucht strekte hij zich in één soepele beweging languit uit op de bank. Ik had vooral bewondering voor de gemakkelijke manier waarop hij zich kon ontspannen. Ik wist dat hij bij het minste of geringste teken van moeilijkheden kon opspringen en aanvallen.

De warmte deed me zweten, dus trok ik mijn mantel uit en legde hem boven op die van Bee. In de achtertuin was alleen de Amazone zichtbaar, die naast de gesloten poort stond. Een klok stond op de zijtafel. Het tikken accentueerde de stilte terwijl Brennan zijn harde werkmanshanden onderzocht.

'Zoals je misschien nog wel weet, kom ik uit het noorden, Catherine,' zei hij, 'uit een mijnwerkersdorpje in Keltisch Brigantia. Een paar dagen lopen van het dorp waar ik ben opgegroeid, kom je bij de gletsjer. Het ijs rijst boven het land uit als een klif. Als de zon schijnt, kun je het gezicht van het ijs vanaf grote afstand zien. Het verblindt je omdat het licht zo scherp en fel is. Professora Kuti en maester Godwik kunnen je alles vertellen over de kleur, samenstelling, gewicht, hoogte, volume en dikte van ijs. Omdat ik zo vlak bij het ijs ben opgegroeid, te midden van jagers en mijnwerkers, kan ik je vertellen dat het ijs leeft. Niet zoals jij en ik leven. Het is geen wezen of een persoon. Maar het leeft, hoewel ik je niet kan vertellen hoe of waarom.'

'Een fascinerend verhaal, maar wat heeft het met ons te maken?' zei ik. Toch kon ik aan Bee's fronsende gezicht zien dat hij haar belangstelling had gewekt. Ik wist echter niet zeker of dit kwam omdat zijn verhaal haar intrigeerde of door zijn knappe uiterlijk, zijn uitstraling van wereldlijke ervaring en de waarschijnlijkheid dat hij meer dan één man in meer dan één akelig gevecht had verslagen.

'Toen ik een kleine jongen was, vertelde mijn grootmoeder me een verhaal over een meisje met wie ze in haar jeugd was opgegroeid. In mijn grootmoeders jeugd reikte het ijs helemaal tot aan de Sintelkloof, waar we nu vreugdevuren ontsteken op de avond van Allerzielen. Op een gegeven moment ging het meisje vlak voor de zomerzonnewende op jacht met haar oudere broers. Eenmaal bij het ijs aangekomen, bleef ze de hele dag staan alsof ze in opperste verwarring verkeerde. Toen de zon onderging, werd ze wakker. Ze vertelde hun dat ze visioenen had gezien – dromen – in het gezicht van het ijs. Ze gingen naar huis om raad te vragen aan de djeli van het dorp en aan de ouderen. Maar wat gebeurde er: de dingen die ze in het gezicht van het ijs had gezien, kwamen het erop volgende jaar uit.'

Bee's adem stokte.

Brennans blik vestigde zich op haar. 'Ze trouwde, maar baarde geen kinderen. Vijf opeenvolgende zomers liep ze elke zomerzonnewende naar het ijs in het noorden en kwam later weer thuis en vertelde de ouderen wat ze had gezien. Niemand sprak erover met iemand van buiten het dorp. Ze wisten wel beter dan de aandacht te trekken naar een gave die ook een vloek is. Weet je wat er met haar gebeurde?'

De klok tikte, tikte en tikte.

'Ze stierf tijdens een nacht van Allerzielen,' zei Bee met een stem die zo hard was als die van een orakel.

Brennan zag eruit als een man die dingen heeft gezien die sommigen pure nachtmerries zouden noemen. 'De bestuurders aan het hof van Brigantia werd verteld dat ze was verdronken. Maar ze was aan stukken gescheurd tijdens de nacht van Allerzielen op het voorplein van de tempel van de jagers Diana Sanen en haar zoon de Gehoornde Kontron. Haar afgerukte hoofd werd teruggevonden in de waterput van het dorp.'

Hij zweeg. Wij zeiden niets. Wat viel er te zeggen?

'Ze werd achtervolgd en gedood door de Wilde Jacht. Zoals de driedubbel geprezen dichter Bran Cof zong: "Geen enkel wezen kan aan de Jacht ontsnappen, geen mens kan aan zijn kaken ontkomen."'

De klok sloeg het nieuwe uur. Ik schrok zo van het geluid dat ik ineenkromp.

Brennan liep naar het raam. De Amazone had de zware grendel die de achterpoort afsloot open gekregen en een roodharige man in een oude mantel glipte vanuit de steeg erachter de binnenplaats op. De Amazone ging naar buiten. Terwijl Brennan zich naar ons omdraaide, vergrendelde de roodharige man de poort weer.

'Het is algemeen bekend,' ging Brennan verder, 'dat voordat hij de naam Camjiata aannam, kapitein Leonnorios Aemilius Keita trouwde met Helene Condé Vahalis. Zij was de dochter van een machtig magiërshuis, hoewel zij zelf een koude magiër was met minimale macht. Maar het gerucht ging dat ze de toekomst voorspelde via profetische dromen. Mensen zeiden dat de jonge generaal overwinningen behaalde omdat hij wist hoe hij haar dromen moest uitleggen en daar zijn voordeel mee deed. Camjiata beweerde zojuist dat jij, Beatrice, een van die jonge vrouwen bent – want ze zijn altijd jong – die heeft ontdekt dat ze de paden van dromen kan bewandelen. Het lijkt me duidelijk dat de generaal jou wil hebben omdat hij denkt dat jouw dromen hem voordeel kunnen opleveren in de oorlog. Ondertussen wil de mansa van Vier Manen Huis je overduidelijk weghouden bij de generaal, omdat het de magiërs en de Romeinen waren die Camjiata de eerste keer versloegen. Maar als jij een dergelijke vrouw bent, denk ik dat magiërshuizen, prinsen, Romeinen en zelfs ontsnapte generaals niet de ergste bedreiging zijn die je het hoofd moet bieden.'

3

Brennan keek opnieuw uit het raam naar de roodharige man die over de binnenplaats heen en weer liep en de sneeuw die op de tegels lag omhoogschopte.

'Neem me niet kwalijk.' Zijn spectaculaire lach flitste even op en hij ging naar buiten. We hoorden hem de achtertrap op lopen en de achterdeur opendoen. Grijs licht stroomde door de glazen ruiten naar binnen. De eigenaardige hut glinsterde alsof er gepolijste edelstenen in de buitenkant verstopt zaten. Een kraai zat nog steeds boven op de middenpaal. Brennan onderschepte de vreemdeling met een vriendelijk gebaar en een glimlach.

'In ieder geval,' zei Bee zacht, 'is het akelige nieuws gebracht door de knapste man die ik ooit heb ontmoet.'

'Bee!'

'Waarom denk je dat hij de benaming *Du* heeft gekregen? Brennan Touré Du. Du betekent "zwartharig". Maar hij is betoverend blond.'

Ik klakte met mijn tong om aan te geven dat ik niet zo licht ontvlambaar was, hoewel ik het wel was. 'Hij is gewoonweg stokoud. Ouder dan dertig, in ieder geval. Dat is zelfs nog ouder dan je knappe bewonderaar gezant Amadou Barry. Of ben je hem soms vergeten?'

Ze staarde me aan met de smeulende blik die maakte dat jongemannen wanhopig verliefd op haar werden, professors beefden, winkeliers haastig naar voren kwamen om haar te bedienen en jonge vrouwen van onze leeftijd wensten dat ze zoals zij konden zijn, zo trots en koninklijk. Toen veegde ze een traan weg. 'Alsjeblieft! Amadou Barry heeft me onverdraaglijk beledigd! Alsof ik daarom had gevraagd!'

'Jij bent niet verantwoordelijk voor het aanbod dat Amadou Barry je deed, Bee.'

'Ik weet het.' Ze bloosde en keek weg alsof ze zich schaamde. 'Maar daarvoor heb ik hem dingen verteld die ik voor me had moeten houden, omdat ik dacht dat hij echt van me hield. Ik dacht dat ik hem kon vertrouwen.'

Fronsend leunde ik over de tafel en ving haar blik met de mijne. 'Bee, je was alleen en bang en opgejaagd. Je hebt niets verkeerds gedaan. Ik weet zeker dat hij heel overtuigend was. Tot dat onplezierige moment waarop hij vroeg of je zijn maîtresse wilde worden.'

'Alsof dat het beste was waarop ik kon hopen!' Ze maakte stekende bewegingen met het mes. 'Daar! Voor hem!'

'Jammer genoeg zijn mannen nu de minste van onze problemen.' Ik pakte Rory's enkel. 'Wat weet jij over de nacht van Allerzielen? Vermoorde slachtoffers? Het gezicht van het ijs? De Wilde Jacht?'

Zijn doordringende, goudkleurige blik was zo ondoorgrondelijk als die van een kat. 'Ik weet dat ik honger heb.'

'Weet je het niet, of wil je het niet vertellen?'

'Nacht van Allerzielen? Moorden? Het gezicht van het ijs? Ik weet niet waar je het over hebt.'

Omdat hij er precies zo uitzag als een jongeman, zou je gemakkelijk vergeten wat hij werkelijk was en dat hij hier niet thuishoorde. 'Goed dan. Ik geloof je. Wat weet je over de Wilde Jacht?'

'Ik eet vlees. De Wilde Jacht drinkt bloed. Zelfs mijn moeder huivert ervoor, want als de hoorn schalde, moesten we ons allemaal verstoppen van haar. Maar iedereen weet dat je je niet werkelijk kunt verbergen, niet als het jouw geur is die ze najagen. Ik heb ze nog nooit gezien, maar ik heb de Jacht langs horen denderen terwijl ik in elkaar gedoken zat.'

Bee woog het mes in haar linkerhand terwijl ze naar de pastinaken keek. 'We dachten dat we alleen moesten ontsnappen aan de gezamenlijke macht van het magiërshuis en de lokale prins. Nu ben ik gewaarschuwd dat ik volkomen onwetend ben geboren met een verschrikkelijke gave van dromen die zal maken dat ik uiteengescheurd zal eindigen.'

'Dat mes is zo scherp dat ik de snede kan proeven.' Rory rolde zich op tot hij weer op zijn voeten stond terwijl Bee boos naar de ongelukkige pastinaken staarde. 'Mensen die van streek zijn, zouden niet met messen moeten zwaaien.'

'Ik heb jóú niets gevraagd!'

Hij wreef in zijn ogen met de achterkant van een pols, het gebaar leek heel veel op dat van een grote kat, loom en gracieus en een beetje misplaatst. 'Ze vragen mij nooit iets en dat zouden ze wel moeten doen,' zei hij met een verachtelijk gesnuif. Hij liep de gang op.

'Het is gewoon moeilijk voor te stellen dat hij in werkelijkheid een sabeltandtijger is,' fluisterde Bee.

'Dat heb ik gehoord!'

'Dan moet je maar niet afluisteren!' riep Bee hem achterna.

Hij kuierde naar de trap die naar de hal aan de voorkant leidde.

Ik liep naar de deur, maar de lage gang was leeg, dus ging ik terug naar de tafel. 'Dat was inderdaad een verontrustend verhaal, maar je moet toegeven, Bee, dat we niet weten of het waar is. Misschien probeerde Brennan ons wel bang te maken om ervoor te zorgen dat we met hem gaan samenwerken.'

Ze schudde haar hoofd terwijl ze een pastinaak op de snijplank legde. 'Dan zou hij beter kunnen vragen waarom jij in het gezelschap van een koude magiër reisde toen hij en zijn kameraden jou voor het eerst ontmoetten. Iedereen weet dat koude magiërs de vijanden zijn van Camjiata. Misschien denkt hij wel dat wij in opdracht van de magiërshuizen hierheen zijn gekomen om de radicalen te bespioneren.'

'Je kunt net zo goed beweren dat Camjiata en het Hassi Barahal huis mij opdracht hebben gegeven om de magiërs te bespieden.'

'Ik wou dat papa en mama je dat hadden laten doen. Je erop uit hadden gestuurd om Vier Manen Huis te bespioneren, bedoel ik. Dat zou ik ze kunnen vergeven.' Ze streek met een hand over haar dikke zwarte krullen en trok ze naar achteren alsof ze die wilde opbinden in een paardenstaart, een gebaar waarvan ik wist dat het betekende dat ze nerveus en ongerust was. 'Wat ik zo ingewikkeld vind is de vraag waarom de generaal de stad Adurnam binnenwandelt. Hij weet dat de prins die hier regeert zijn gezworen vijand is. Is hij niet bang dat hij opnieuw gevangengenomen zal worden? Hoe hoopt hij hier weer uit te komen zonder gepakt te worden?'

'Het enige wat ik weet is dat het huis waarin de meest gezochte man van Europa zich bevindt, de laatste plek is waar wij moeten zijn. Zou je dat ding neer kunnen leggen voordat je me ermee steekt?'

Ze doorboorde me met een blik die flinke ossen geveld zou hebben als ze ongelukkig genoeg waren om haar pad te kruisen. 'Ik ben een Hassi Barahal. Ik leg het mes nooit neer!'

Ik begon te glimlachen, maar iets aan de gespannen manier waarmee ze de pastinaken in gelijke schijfjes begon te snijden, maakte dat ik mijn woorden inslikte.

Uiteindelijk keek ze op met een scheef, bevend glimlachje. 'Ik wil niet op die manier sterven.'

'O, Bee.' Ik omarmde haar ondanks het mes.

In de stilte die volgde, siste een lamp die aan een haak aan de muur naast de deur hing geduldig terwijl hij olie verbruikte. De achterdeur ging open. Ik liet haar los en greep mijn wandelstok. Zij hief het mes. In de keukendeur verscheen de roodharige man met blozende wangen van de kou. Van dichtbij was hij jonger en knapper dan ik had gedacht, vooral toen hij ons grijnzend begroette.

'Salvete,' zei hij terwijl hij de kamer rondliep en dicht bij de diepe kast bleef waarin potten, pannen en onbeschadigd aardewerk keurig uitgestald op open planken stonden. Je zou bijna denken dat hij bang was om te dichtbij te komen, hoewel ik me niet kon voorstellen wat hij verontrustend kon vinden aan twee keurig gemanierde jongedames, zelfs al hield de ene een groot keukenmes vast en had de ander iets wat eruitzag als een glanzende zwarte wandelstok, het soort belachelijke accessoire van rijke jongemannen die meer bezig waren met mode dan met nuttige zaken.

'Vrede zij met je,' zei Bee. 'Hoor jij bij de generaal?'

Hij kwam bij het fornuis en hield met een dankbare zucht zijn gehandschoende handen erboven. 'Wauw! Ik kan maar niet wennen aan die vervloekte kou.'

'Je komt niet uit het noorden?' vroeg Bee.

Hij hield haar mes in de gaten. Zij begon een andere pastinaak te bewerken.

'Eigenlijk ben ik ten noordwesten van hier geboren. Maar ik heb de laatste tien jaar als een *maku* geleefd in de stad Expeditie. Ik ben Drake, overigens. James Drake.'

'Ik ben Beatrice Hassi Barahal,' zei Bee op haar meest koninklijke manier, 'en dit is mijn geliefde nicht' – ze aarzelde even – 'Catherine Bell Barahal.'

Hij maakte een beleefde, formele buiging en zijn blik ging van haar naar mij en weer terug. Zijn ogen waren zo blauw dat ze wel vuur leken te schieten. 'Voor altijd tot uw dienst, dat moet wel bij zulke opvallend knappe jongedames.'

Verlegen streek ik met mijn hand over het middel van mijn verkreukte jasje en mijn veel gedragen en ietwat smoezelige paardrijrok. Ik was niet gewend aan zulke openlijke complimenten.

Bee liet haar ijzige houding varen en reageerde met een glimlach die maakte dat zijn ogen wijd openvlogen. 'Vertel eens wat meer,' zei ze. 'Expeditie ligt in de Amerikes. Wat exotisch!'

'Tussen Noord en Zuid-Amerike in de Zee van de Antillen, om precies te zijn, waar de Taino en hun vuurmagiërs regeren. De winters zijn daar niet koud. Niet zoals hier, waar koude magiërs heersen naast prinsen en iedere ziel in de schaduw van het ijs leeft.' Zijn mooie blauwe ogen keken onderzoekend naar mijn wandelstok. 'Ik begrijp niet waarom een meisje zoals jij koud staal draagt. Je bent geen koude magiër.'

'Ben je klaar?' snauwde ik.

Hij grinnikte. 'Ik bijt niet, dus je hoeft je niet tegen mij te wapenen.' Zijn woorden werden geaccentueerd door de zangerigheid van een westers, Keltisch dialect, doorspekt met plat uitgesproken klinkers die zweemden naar verre landen.

Ondanks zijn aardige glimlach, had ik een vinnige, achterdochtige vraag. 'Hoe weet je dat dit koud staal is?'

'Misschien heeft iemand me dat wel verteld.' Zijn grijns suggereerde dat hij verder niets meer zou zeggen.

'Je hebt mijn vraag niet beantwoord,' zei Bee. 'Hoor je bij de generaal?'

Drake wierp een blik uit het raam. 'Vraag het hem zelf, want hij komt eraan.'

Camjiata en Kehinde wandelden over de binnenplaats naar de achterdeur. Ik zag Godwik of Brennan niet. Boven werd een deur gesloten en liepen voetstappen door de lengte van het huis. Ik hoorde de professora tegen de generaal praten toen ze door de gang liepen.

'... Maar het luchtschip werd vernietigd. Het is zeker dat een koude magiër de sabotage heeft gepleegd.'

'Dat werd mij ook verteld toen ik gisteren de stad binnenkwam,' antwoordde de generaal. 'Zonde. Het zou gezorgd hebben voor een spectaculair vertrek uit Adurnam.'

'Onvoorstelbaar dat iets wat zo bijzonder en zo mooi is, zowel qua ontwerp als idee, vernietigd wordt! Een nieuwe manier om de oceaan tussen Europa en de Amerikes over te steken! Dergelijke weerzin tegen uitvindingen en technologie gaat mijn begrip te boven. Zulke mensen horen geen macht te hebben over de levens van anderen. Maar hoe zul je de oceaan oversteken zonder het luchtschip?'

Ze kwamen de keuken binnen. Kehinde blies op haar blote handen om die te verwarmen.

'Ik heb al een nieuw plan in gang gezet,' zei Camjiata terwijl hij naar de tafel liep. Hij pakte Bee's schetsboek voordat zij of ik doorhadden dat hij van plan was haar privézaken brutaalweg te bekijken.

'Onverwacht,' zei hij terwijl hij de bladzijden omsloeg, waarop veel tekeningen stonden van knappe jongemannen. 'Maar als een manier om hoop en dromen vast te leggen, is het net zo bruikbaar als woorden.'

Eerst leek het alsof al het bloed wegtrok uit Bee's gezicht. Daarna bloosde ze op een uitzonderlijk gevaarlijke manier die altijd voorafging aan haar schaarse maar explosieve woede-uitbarstingen. Net voordat ze ontplofte, glipte Rory terug de kamer in, het leek wel alsof hij een waarschuwend gerommel had gevoeld. Hij ging naast haar staan en sloeg een arm om haar schouders op een manier die suggereerde dat hij haar zowel kalmeerde als tegenhield om de generaal te steken.

Zonder op te kijken, sprak Camjiata op een koele, geamuseerde manier die mij het idee gaf dat hij precies wist welk effect zijn brutale blikken in haar schetsboek op haar had. 'Geduld, dan zal ik het uitleggen. De vrouwen die de dromen van draken bewandelen, ervaren hun dromen elk op een unieke manier. Helene hoorde woorden in de vorm van ingewikkelde poëzie. Ik leerde haar woorden te ontrafelen om zo ontmoetingen en keuzemomenten in de toekomst te onthullen. Want weet je, zij die het boek van de toekomst kan lezen, kan haar kennis van de toekomst gebruiken als een soort zwaard, met een snede die zelfs scherper is dan koud staal.'

'Een dergelijke gave is een vloek,' zei ik schor.

Hij bestudeerde de pagina met de schets waarop hij voor de deur stond. Bee had deze dagen, of weken, of maanden geleden getekend.

'Misschien is dat zo. Maar de vrouwen die de paden van dromen bewandelen hebben geen keus. Ze zijn wat ze zijn. Weet je hoe mijn geliefde vrouw stierf?' Hij sloeg weer een bladzijde om en fronste zijn voorhoofd terwijl hij probeerde wijs te worden uit de lijnen die niets anders leken voor te stellen dan een bank tegen een muur onder een bloeiende wijnrank.

'Uiteengescheurd in de nacht van Allerzielen?' zei Bee met gesmoorde stem.

Rory legde zijn arm nog steviger om haar heen.

De generaal wierp een blik op haar, daarna op mij en als laatste op James Drake die weer zijn handen warmde boven het fornuis. Hij stak zijn kin in de lucht. 'Ga naar buiten, James.'

Drakes lippen trokken naar beneden. Even dacht ik dat hij een direct bevel zou weigeren, maar in plaats daarvan verliet hij de keuken en ging naar boven.

Camjiata glimlachte om een charmante, fantasievolle tekening van een uil met een gezicht als de wijzerplaat van een klok. Hij sloot het boek, ging rechtop staan en staarde Bee aan met een indringende blik. 'Helene was weggegaan om haar familie te bezoeken. Ze was een koude magiër uit Halvemaan Huis, ver in het noorden. Ik ging niet met haar mee. Ik had administratieve taken die mijn aandacht vroegen, een wetboek om de wereld in te loodsen. Het verraste ons allebei, denk ik, of misschien waren we gaan denken dat niets ons kon verrassen omdat zij de paden van dromen bewandelde. Tijdens die nacht van Allerzielen vernietigde een storm het hele landgoed van Halvemaan Huis. De volgende ochtend was er niets meer over dan splinters, verbrijzelde stenen en lijken zonder gezicht. Het hoofdgebouw was gespaard, maar lag ingekapseld als in een handschoen van ijs dat niet smolt. En wat Helene betreft, haar lichaam was achtergelaten op de trappen van het hoofdgebouw. Haar ledematen waren afgerukt. En ze was onthoofd. Haar hoofd werd gevonden op de bodem van een waterput die in diezelfde nacht droog kwam te staan.'

Ik huiverde. Buiten joeg een opstekende wind sneeuwvlokken tegen het dikke glas van het raam.

'Wat wil je van me?' fluisterde Bee.

'Het gaat erom,' zei Camjiata, 'wat jij wilt, Beatrice.'

Het was niet alleen angst die maakte dat ik het koud had. Het werd inderdaad kouder. De behaaglijke warmte van het vuur nam af. De rode gloed begon uit te doven en de kooltjes werden koud. Het vuur flakkerde en opeens siste het verslagen. As rees omhoog en zonk weer neer.

Rory snoof. 'Dat is magie,' zei hij.

'O, nee,' fluisterde Bee.

Alleen de aanwezigheid van een machtige koude magiër kon van een afstand het leven uit een vuur zuigen. Er hing een spanning in het huis alsof het met ingehouden adem wachtte. Het spookachtige gevest van mijn zwaard prikte als brandnetels tegen mijn huid terwijl koude magie langs zijn verborgen kling fluisterde. Een brutaal geklop klonk zo luid tegen de voordeur dat de muren trilden.

Kehinde stapte naar de keukendeur en keek de gang in. 'Kom met mij mee, generaal. We hebben een schuilplaats.'

'Pak jouw mantel en de mijne en vlucht samen met Rory via de achterdeur,' zei ik tegen Bee, want zij was degene op wie de koude magiërs uit waren. 'We zien elkaar weer in de herberg waar we eerder hebben geslapen.'

Camjiata bleef op de drempel staan, zo onaangedaan door deze noodsituatie dat ik zijn kalmte bewonderde. 'Wat denk je te doen tegen koude magiërs? Want ik herken hun hand hierin.'

Ik stampte langs hem heen in de richting van de trap. 'Ik ben Tara Bells kind, nietwaar? De dochter van de Amazone. Ik heb een zwaard, ik ben van plan hen te bevechten.'

4

In plaats van de naamloze jonge buitenlander, vond ik James Drake bij de voordeur. Drakes lippen waren opgetrokken in een vreemde glimlach, waardoor hij eruitzag als een man die een geschenk of een klap verwacht. Hij legde een gehandschoende hand op de deurklink maar trok deze snel terug.

'Het lijkt wel ijs!' siste hij.

Het gevest van mijn zwaard werd nog kouder in mijn handpalm. Waren de koude magiërs erachter gekomen dat wij weg waren en hadden ze ons al opgespoord? Of hadden ze ontdekt dat Camjiata in Adurnam was en kwamen ze voor hem?

'Achteruit.' Met opeengeklemde tanden tegen de koude beet van de klink, opende Drake de voordeur.

Langs hem heen, zag ik een man op de stoep staan met zijn wandelstok in zijn hand.

'Dit is het kantoor van Godwik en Clutch, juridisch adviseurs,' zei Drake alsof hij het tegen een zwakzinnige had. 'Bezoekers worden alleen toegelaten volgens afspraak.'

'Het lijkt me overbodig om mij te informeren dat dit het kantoor is van Godwik en Clutch juridisch adviseurs,' zei de man met de wandelstok, 'als het uithangbord hier buiten mij datzelfde vertelt zowel in woorden als in beeld? Natuurlijk heb ik een afspraak met de jurist genaamd Chartji. Anders kun je ervan verzekerd zijn dat ik een buurt als deze niet binnengegaan zou zijn op zoek naar juridische hulp.'

Sommige mannen zien er, tot mijn grote ergernis, altijd goed uit in de kleding die ze dragen en dat effect wordt nog versterkt als ze zich met aandacht kleden in de meest modieuze stijl en de duurste stoffen, gemaakt door de beste kleermakers. Hij droeg een omslagmantel die uitzonderlijk mooi was gemaakt, en prachtig versierd door vijf schouderstukken boven op elkaar, in plaats van het meer praktische enkele schouderstuk of drie, zoals nu in de mode was. De wol was geverfd in een patroon van lijnen en tekens dat me herinnerde aan de kleding die de jagers van zijn dorp droegen als ze in het woud waren. Alles bij elkaar genomen was de mantel er een die gedragen werd om op te vallen en bewonderd te worden.

En hij was niet gesloten, alsof de bittere koude hem helemaal niet hinderde. Eronder droeg hij een modieus jasje dat zo gemaakt was dat het een goedgebouwd, slank postuur accentueerde en in losse plooien van zijn heupen tot aan zijn knieën viel. Het felgekleurde rood-met-gouden patroon maakte dat ik met mijn ogen knipperde. Hoe een man zulke opvallende kleren kon dragen zonder er belachelijk uit te zien, kon ik niet bevatten. Maar hier was hij, met zijn irritant knappe gezicht. Ik had het moeten weten.

'Dat is precies mijn vraag,' zei Drake met een sardonische glimlach. 'Wat dóét een koude magiër in deze buurt? Een magiër van jouw soort moet toch een bloedhekel hebben aan de verzengende technologie van verbranding. Hij moet met minachting neerkijken op de slimme apparaten en ontwerpen gemaakt door trollen en kobolden in hun drukke werkplaatsen. Die hier overal om je heen liggen, met al hun levendige bedrijvigheid.'

Ik verwachtte rondvliegende vonken. De twee mannen keken elkaar, zoals ze zeggen, vernietigend aan.

'Heel beleefd dat je me vertelt wat ik moet verfoeien.' De man op de stoep bekeek Drake zoals hij een man zou bekijken die de slechte smaak had zich provinciaals te kleden terwijl hij de stad inging. 'Maar overbodig, omdat ik zoiets zelf wel kan beoordelen.'

Drakes vrije hand balde zich tot een vuist. Een trilling kuste de lucht, breidde zich uit als de ongeziene druk van een hand of een onzichtbare zucht van een draak. Ik proefde rook. Een rimpeling wervelde als flakkerende hitte over de drempel.

'Houd daarmee op!' De koude magiër zwaaide met zijn hand alsof hij een fladderende mot wegwuifde. De druk en de hitte verdwenen zo abrupt dat ik hoestte.

Hij keek langs Drake en zag mij. Kromp ineen alsof hij geslagen was, verloor zijn balans en strompelde een trede af voordat hij zichzelf weer in de hand had. Zijn verrassing gaf me hoop. Misschien had Vier Manen Huis en de mansa ons nog niet opgespoord.

Hij sprong terug naar de deur, zijn blik op mij gericht als een hamer op het punt een spijker in te slaan.

De koude magie die van hem afstraalde stroomde langs de verborgen kling van mijn zwaard. Als ik mijn pols op de juiste manier draaide, kon ik een kling naar deze wereld trekken uit de geestenwereld waar hij op dit moment verbleef. Niet dat koud staal me veel zou helpen tegen Andevai Diarisso Haranwy, de koude magiër die het beroemde luchtschip had vernietigd. Ik was verbaasd dat de bewakers die Camjiata verdekt had opgesteld in de steeg geen alarm hadden geslagen, maar ja, je kon niet aan het uiterlijk zien of iemand een koude magiër is. Hij zou zomaar een goed geklede jongeman uit een familie van hoge status en opmerkelijke rijkdom kunnen zijn. Zij konden niet weten dat hij niet als zodanig was geboren, maar later omhoog was gevallen.

'Je zult een andere keer terug moeten komen, magister.' Drake begon de deur dicht te doen.

De man die ik mijn echtgenoot moest noemen, stak een arm uit en hield het draaien van de deur tegen met het puntje van zijn wandelstok. Hij stapte naar binnen, sloot de deur en stampte op de mat de sneeuw van zijn glanzend gepoetste laarzen en klopte het kleine laagje sneeuw van zijn hoed.

'Ik heb een afspraak met de jurist Chartji,' zei hij terwijl hij zijn hoed, wandelstok en handschoenen op een zijtafel legde. 'Je kunt me niet beletten binnen te komen.'

Met zijn lippen op elkaar geperst en een uitdagende blik in zijn donkere ogen, nam hij Drake op met de minachting die hem zo goed afging. Drakes kleren waren inderdaad niet voornaam, maar wel praktisch en duurzaam, en in elk ander gezelschap zou een man met Drakes opvallende ogen en aantrekkelijke gezicht kunnen verwachten dat zijn uiterlijk en zijn glimlach zijn kleding onbetekenend zouden maken. Tegenover de magiër zag hij er alleen slonzig uit.

Toen de blikken van de twee mannen elkaar ontmoetten, leken Drakes blauwe ogen vuur te spuwen. Mijn lippen prikten alsof ik vlak bij een gloeiende oven stond. Mijn longen voelden alsof ze verstopt zaten met onzichtbare rook en as. Mijn huid rilde alsof er onzichtbare tongen van vuur aan me likten. Ik hijgde en was ervan overtuigd dat de lucht elk moment in vlammen kon uitbarsten.

Een kilte daalde neer alsof er een gordijn werd dichtgeschoven aan het eind van een voorstelling. De brandende smaak van vuur was volkomen uitgedoofd. IJs streelde als een koude kus langs mijn lippen, maar dat was alleen een gevoel, niet echt bevroren water.

Andevai ontvouwde een vuist alsof hij voorzichtig een gevangen vogel losliet. 'Je bent sterk, maar lang niet sterk genoeg.' Hij sprak op een bijtende, arrogante toon die zo snoevend was dat het een kudde kalm grazende olifanten had kunnen opstoken tot een krankzinnige, alles vernietigende stormloop. 'Vind je het niet een beetje gevaarlijk om met vuur te spelen?'

Drake grijnsde, maar hij keek woedend, niet geamuseerd. Hij deed een stap in mijn richting. Met samengeknepen ogen plaatste Andevai zichzelf tussen mij en Drake. Toen ontmoetten zijn ogen mijn behoedzame blik.

Ik had hem twee dagen geleden voor het laatst gezien. Hij was niet veranderd. Zijn haar lag kortgeknipt tegen zijn zwarte hoofd en zijn baard en snor waren heel kort geschoren en met absolute perfectie, ongetwijfeld om jonge vrouwen aan te moedigen naar hem te kijken. Hoe minder er gezegd werd over zijn prachtige bruine ogen, hoe beter. Vooral toen ik terugdacht aan de onaardige en zelfs wrede dingen die hij tegen mij had gezegd toen we voor het eerst tot elkaar waren veroordeeld. Toen hij me tegen mijn wil had weggehaald uit het enige thuis dat ik ooit had gekend.

Zijn stem klonk nu zacht, alle emotie goed onder controle. 'Ik neem aan dat je aanwezigheid hier betekent dat het je opnieuw is gelukt te ontsnappen, Catherine.'

'Ik kan je niets vertellen. Je bent Vier Manen Huis trouw verschuldigd.'

Hij bekeek me zo koeltjes dat ik ondanks alles zijn zelfbeheersing moest bewonderen, gezien de dingen die hij tijdens onze laatste ontmoeting had gezegd.

'Gezien de dingen die zijn gezegd tijdens onze laatste ontmoeting,' zei hij, alsof zijn gedachten verbonden waren met de mijne, 'zal het je verrassen te horen dat mijn komst hier niets met jou te maken heeft.'

'Gezien de dingen die zijn gezégd!' mompelde ik, want wat moest je zeggen tegen een man die je, toen je hem de laatste keer zag, hartstochtelijk had gekust? Toch vond ik woorden. 'Elk magiërshuis heeft advocaten die geschoold zijn in de wet en zaken kunnen verdedigen bij de rechtbanken. Wat voor belang kun jij in godsnaam hebben bij Chartji's diensten?'

'Die vraag zou ik ook aan jou kunnen stellen.'

'Dat kun je doen, maar mijn antwoord zou hetzelfde zijn als het jouwe.'

Hij glimlachte zo ontzettend lief en geamuseerd – alsof hij mijn spitsvondigheid waardeerde! – dat het gemakkelijker zou zijn geweest als mijn hart gewoon was gestopt met kloppen en ik dood was neergevallen. Ik wist niet dat een man zo kon glimlachen.

Zijn glimlach verdween en hij zei op serieuze toon: 'Misschien moet je even gaan zitten, Catherine. Ga je flauwvallen?'

'Ik val nooit flauw,' zei ik schor. 'Ik ben gewoon doodmoe van al dat "ontsnappen" wat mijn nicht en ik moesten doen.'

'Je hebt haar vraag nog steeds niet beantwoord, magister.' De vonk in Drakes stem deed mijn nek prikken als een waarschuwing. 'Waarom zou een magister in hemelsnaam een bezoek brengen aan het kantoor van een doodgewone jurist die ook nog eens een trol is? Heb je soms iets verloren wat je terug wilt?'

Het was duidelijk een slag in de lucht, maar Andevai draaide zich bliksemsnel om alsof hij was bespot. Toen zijn blik die van Drake ontmoette, vlamde er zoveel wederzijdse haat op dat het voelde alsof alle lucht uit de hal werd weggezogen. De geschiedenis van de wereld begint in ijs en zal eindigen in ijs. Zo zingen de Keltische barden uit het noorden en de djeliw uit Mande. Aan de andere kant beweren de Romeinse geschiedkundigen juist dat vuur ons zal verteren op het eind.

IJs of vuur? Toen de twee mannen elkaar opnamen, had ik plotseling het verschrikkelijke voorgevoel dat ik op het punt stond dat uit te vinden.

Een trilling, als een gesproken woord, gleed van de trap naar beneden waardoor het einde van de wereld werd uitgesteld. Chartji daalde af van de bovenverdieping met de vreemde, hinkende gang die typisch was voor haar soort. Ze bereikte de hal en stak een hand uit op de manier van de radicalen. 'Magister. Daar ben je.'

Andevai schudde zich alsof hij de woede van zich af liet rollen. Toen draaide hij zich om, pakte haar hand met de zijne zonder het minste of geringste teken dat hij, een telg van een invloedrijk en vermogend magiërshuis, deze stijl van begroeten proleterig vond. 'Dank u dat u zich onze eerdere ontmoeting herinnert en dat u hebt ingestemd met mijn verzoek om een afspraak.'

Ze was langer dan hij, met breed uitstaande ogen en een geveerde kraag die typisch was voor trollen. Toen ze haar snoet opende in een nabootsing van een glimlach, leken haar scherpe tanden een bedreiging in te houden, maar haar begroeting was vriendelijk genoeg en haar spraak zo menselijk dat haar nauwkeurige manier van formuleren vreemd leek.

'Blij je te ontmoeten, magister. Ik moet toegeven dat ik niet zeker wist of je deze wijk binnen zou willen komen, waar zoveel technologie is die verontrustend voor je is. Het doet me genoegen dat je het hebt gedaan. Als je me wilt volgen naar mijn kantoor, kunnen we je zaken bespreken.'

Drake zei: 'En wat voor zaken zijn dat dan wel?'

Ze ontblootte haar tanden tegen Drake, knikte even naar mij en wenkte Andevai. 'Wij garanderen privacy voor iedereen die onze hulp zoekt.' Daarna opende ze de dichtstbijzijnde deur en maakte een gebaar dat hij haar moest voorgaan het kantoor in.

Hij aarzelde even. 'Ben jij hier later nog, Catherine?' vroeg hij zacht.

Deze vraag kon ik eerlijk beantwoorden. 'Totdat Vier Manen Huis elke poging opgeeft om mijn nicht Beatrice op te eisen, kan ik niets te maken hebben met welke magiër of welk magiërshuis dan ook.'

Hij verstijfde. 'Natuurlijk. Ik bewonder je dat je boven alles loyaal blijft aan je familie.'

Voordat hij het kantoor inliep, maakte hij een halfslachtig gebaar, een beetje het midden houdend tussen begroeting en afscheid. Chartji sloot de deur achter hem. Met mijn uitzonderlijk goede oren, hoorde ik hoe binnen de gordijnen werden opengetrokken.

'Hoe ken jij die arrogante koude magiër?' vroeg Drake.

'Dat is een lang verhaal vol ingewikkelde intriges,' zei ik in de hoop dat hij me alleen zou laten zodat ik voor luistervink kon spelen.

'Fenicische spionnen moeten zich helemaal thuis voelen bij ingewikkelde intriges.' Maar hij glimlachte om zijn woorden te verzachten.

In geval van twijfel, is ons geleerd om voor afleiding te zorgen.

'We noemen onszelf Kena'ani, geen Feniciërs. Feniciërs is een Grieks woord en alleen de Romeinen noemen ons zo.'

Hij grinnikte. 'Dat zal ik onthouden, maestressa. Ik ga ervan uit dat een koude magiër nooit te vertrouwen is. Ik hoop niet dat jij denkt dat dit wel mogelijk is.' Zijn ogen hadden de vreemde eigenschap dat ze licht leken te geven in de schemerige hal. Hij keek me afwachtend aan.

Ik had geen zin om te antwoorden, maar ik bleef me afvragen of Camjiata's gewapende dienaren zouden besluiten Andevai aan te vallen. 'Ik weet heel zeker dat de koude magiër niet beseft dat de generaal hier is. Ik weet niet wat hij hier komt doen, maar het gaat niet over Camjiata.'

'Ik vind je inzicht interessant, maestressa,' zei hij met een glimlach die bedoeld was om te vleien en ik bloosde inderdaad, want ik was niet gewend aan vleierij. 'Toch moet ik de aankomst van de koude magiër gaan melden.'

Hij ging naar beneden.

Ik schoof naar de deur van het kantoor en leunde ertegenaan. Eerst sloot ik mijn zintuigen goed af zodat ik alle geluiden, beelden en kleuren om me heen buitensloot. Daarna reikte ik naar de draden van magie die door alles heen lopen, de onstoffelijke draden die je niet op een normale manier kunt zien of aanraken. Mijn bewustzijn kroop op die draden het kantoor in.

Andevai sprak. '... Als het principe van *rei vindicatio* omgekeerd zou geworden. En mensen die gebonden zijn in horigheid zouden zeggen dat ze het eigendom over zichzelf willen terugeisen? Is dat mogelijk?'

'*Rei vindicatio* betekent iets in bezit nemen wat al van jou is. Een dergelijke regel zou de juridische status van mensen die gebonden zijn in horigheid kunnen veranderen,' sprak Chartji in haar vreemd volmaakte dictie en accent. 'Is horigheid het juridische equivalent van slavernij? Als ze op geen enkele rechtsgeldige manier het bezit hebben over hun eigen persoonlijkheid, dan valt er niets terug te eisen. Tenzij de wet slavernij illegaal verklaart, zoals de wet voor mijn volk bepaalt. Dus is het moeilijk voor mij te zeggen of dit hier mogelijk is. Ik zal de wetboeken zorgvuldig moeten onderzoeken en ook uitspraken van juristen. Ik zal barden en djeliw moeten ondervragen, omdat zij de oudste wetten in hun geheugen hebben opgeslagen. Bij mijn weten is er nog nooit een zaak over dit onderwerp voorgelegd aan het prinselijke hof in het prinsdom van Tarrant. In Expeditie wordt de wet heel anders toegepast. Wacht even...'

Ik zat zo ingespannen te luisteren dat ik het kantoor binnenviel toen de deur weg draaide van mijn gezicht. De manier waarop de trol haar snoet vertrok was niet onvriendelijk, maar het was behoorlijk beangstigend om die roofdiertanden zo vlak boven me te zien. De kam van gele veren ging omhoogstaan.

'Als ik mensen verzeker dat ik privéontmoetingen organiseer, moet ik wel in staat zijn die belofte na te komen.'

Ik weet zeker dat mijn gezicht zo rood werd alsof ik was beschilderd. 'Het spijt me.'

Andevai zat op een bank bij de werktafel. 'Je kunt haar net zo goed laten blijven, jurist. Er is iets wat ze moet horen.'

'Ik dacht dat je zei dat deze afspraak niets met mij te maken had,' snauwde ik.

Chartji sloot de deur. Omdat ik niet naast Andevai op de bank wilde gaan zitten, bleef ik staan. Chartji wachtte naast me. In de Vossensteeg was alles stil, op het geluid van een kolenboer die kolen in een stortkoker schepte en het gerommel van een kruiwagen die door de steeg reed na.

'Je kin is gekneusd,' zei Andevai en hij raakte zijn eigen kin aan.

Ik klemde mijn handen achter mijn rug in elkaar. 'Ik werd tegen de grond geslagen toen jij dat duel van koude magie uitvocht in de fabriek.' Ik voegde er niet aan toe: *tegen je eigen meester, de mansa, om hem ervan te weerhouden mij te doden.*

'Aha.' Hij leek terughoudend en niet op zijn gemak. 'Neem me niet kwalijk.'

'Omdat je mijn leven hebt gered, hoef je geen verontschuldigingen aan te bieden.'

Hij kromp ineen alsof hij iets bitters had geproefd, maar zei niets en keek me aan alsof hij me uitdaagde iets te zeggen. Stilte groeide alsof deze de hele kamer wilde vullen. Ik keek om me heen. Een muur was bedekt met boekenplanken vol met allerlei in leder gebonden boeken, sommige staand en andere liggend. Een gedetailleerde wereldkaart, gedrukt op textiel en scheef opgehangen, bedekte een deel van de andere muur. De werktafel van de trol zag eruit als een vogelnest door de manier waarop boeken, papieren, kroontjespennen en een aantal stokjes met vreemde inkepingen allemaal boven op elkaar gestapeld een troep vormden die mijn vingers deden jeuken om het op te ruimen. Vreemd genoeg brandde het vuur nog steeds.

Andevai stond op. 'Je vraagt je duidelijk af waarom ik hier ben, Catherine. De belangrijkste reden is iets wat alleen mij aangaat, zoals ik zei, en heeft niets met jou te maken.'

'*Rei vindicatio* heeft niets met mij te maken? Toen jij twee maanden geleden aankwam in het huis van mijn oom en tante, beriep jij je op *rei vindicatio* om de oudste Hassi Barahal dochter op te eisen. Vier Manen Huis had de Barahals gedwongen een contract te tekenen dat die dochter aan de magiërs gaf, maar het was haar toegestaan om bij haar familie te blijven zolang ze opgroeide, omdat de magiërs bezorgd waren dat de aanwezigheid van een meisje dat de dromen van draken bewandelt gevaarlijk zou kunnen zijn voor hun Huis. Klopt dat, of niet?'

'Waarom stel je een vraag waarop je het antwoord al weet?'

'Alleen om jou het te horen zeggen.' Ik was geschokt dat mijn toon zo hatelijk was, maar ik kon mijn emoties niet bedwingen. Hij had gedacht dat hij me moest doden en toch had hij mijn leven gered; ik was aan hem ontsnapt en had hem daarna gekust. Ik kon geen hoogte van hem krijgen.

Hij perste zijn lippen op elkaar. Ik wist dat er een scherp antwoord aankwam. Hij had de gewoonte zijn emoties te verbergen achter een kwaad gezicht. 'Ja, ik beriep me op *rei vindicatio*. Maar ik ben met de verkeerde vrouw getrouwd, nietwaar? In plaats van met je nicht te trouwen, ben ik met jóú getrouwd.'

Hij staarde me zo woedend aan dat ik liever naar het plafond keek, dat blauw geschilderd was en bezaaid met uitzonderlijk heldere afbeeldingen van wolken.

Met afgemeten stem ging hij verder. 'Dus heb ik juridisch adviseur Chartji gevraagd of zij weet of er een legale manier is om de verbintenis van ons huwelijk ongedaan te maken.'

Ik was zo geschokt door zijn opmerking dat ik weer terugkwam op aarde. 'Er is geen manier om een magische verbintenis te verbreken. Geen enkele andere manier behalve de dóód.' Het woord irriteerde me als een mond vol zout.

'Zo wordt ons verteld. Maar dat betekent niet dat het nooit eerder is ontbonden. Of dat het niet op andere manieren ongedaan gemaakt kan worden.'

'Een dergelijke zaak ligt ver buiten mijn ervaringsgebied,' zei Chartji. 'Maar het lijkt me interessant om de juridische details ervan te onderzoeken. Ik kan niets beloven. Ook kan ik niet zo snel bedenken in welke rechtbank je een dergelijke zaak aanhangig zou kunnen maken. Maar goed, als je dat wilt, kan ik het onderzoeken en verslag doen van mijn bevindingen.'

'Wil jij bevrijd worden uit ons huwelijk, Catherine?' Zijn blik daagde me uit.

'Mag ik vrijelijk spreken?' vroeg ik.

'Wanneer heb je dat ooit niet gedaan?'

'Je zou verbaasd zijn als je wist hoe vaak ik op mijn lip hebt gebeten!'

'Als je dat had gedaan, denk ik dat ik meer bloed zou hebben gezien.'

'Eén druppel was genoeg,' zei ik.

Zijn adem stokte, hij verstijfde en zag eruit als een man die geen idee heeft hoe hij verzeild was geraakt op een plek zo ver beneden zijn waardigheid. 'Daar heb ik geen antwoord op.'

Hoe kwam het dat hij me altijd in de verdediging drong? 'Je begrijpt me verkeerd. Het enige wat ik bedoelde was of je bereid bent te horen wat ik heb te zeggen in aanwezigheid van iemand anders.'

Chartji's kuif ging een beetje omhoogstaan.

'Ik ben niet bang voor haar afkeuring, als je dat denkt. Alles wat hier gezegd wordt, blijft onder ons.'

'Ik probéérde tactvol te zijn,' zei ik. 'Ik wilde alleen jouw gevoelens ontzien.'

'Maak je nú alsjeblieft maar geen zorgen meer over mijn gevoelens.'

'Was er dan eerder een moment dat ik een reden had om me druk te maken om jóúw gevoelens? Misschien nadat ik werd gedwongen om met jou te trouwen en je mij niet vriendelijk maar wreed behandelde? Of misschien toen ik vluchtte voor mijn leven nadat jij het bevel kreeg mij te doden?'

Een zacht fluitje van de trol trilde in de lucht. Ik balde mijn handen tot vuisten in afwachting van Andevais bijtende antwoord.

Hij sloot zijn ogen, opende ze weer, keek me recht aan en sprak met afgemeten stem op stugge, formele toon. 'Ik betreur de aanmatigende manier waarop ik me tegenover jou heb gedragen tijdens die reis bijna net zo diep als ik het betreur dat ik het bevel van de mansa om jou te doden niet onmiddellijk heb afgewezen. Maar mijn spijt verandert het verleden niet. Zeg wat je moet zeggen, Catherine. Ik ben niet bang het te horen.'

Mijn hart bonkte zo hard dat ik duizelig was. Ik streek met de achterkant van mijn hand langs mijn voorhoofd en haalde diep adem om mezelf te kalmeren. 'Jij behoort toe aan Vier Manen Huis. Juridisch gesproken, ben jij hun eigendom. Je moest met mij trouwen omdat je het bevel kreeg dat te doen. Nadat ik werd gedwongen met jou te trouwen, was ik ook hun eigendom, door de verbintenis van de djeli waardoor jij en ik een huwelijk aangingen. Jij wist wat er ging gebeuren. Dus op een bepaalde manier denk ik dat je een poging deed om aardig te zijn door te denken dat jij en ik... dat jij dacht dat ik...' Mijn wangen stonden in brand. Ik kon niet verdergaan.

'Bespaar me dat gedoe over vriendelijkheid, Catherine. Ik meende wat ik zei.'

Maar ik kon echt niet vergeten wat hij had gezegd: *'Toen ik je die avond de trap af zag komen, was het alsof ik de andere helft van mijn ziel zag die neerdaalde om me te begroeten.'*

Ik haalde diep adem en het lukte me woorden eruit te persen. 'Zelfs al geloof je nu dat je iets voor mij voelt, voor Vier Manen Huis zal ik nooit iets anders zijn dan jouw vergissing, die maakte dat ze de persoon die ze wilden hebben kwijtraakten. De last om mij te beschermen tegen hun onverschilligheid en wrok zal uiteindelijk alle gevoelens wegvagen die je nu voor mij denkt te hebben.'

'Spreek voor jezelf, Catherine en vertel mij niet wat ik wel of niet geloof en hoe ik wel of niet zal handelen.'

'Dan zal ik voor mezelf spreken.' Omdat mijn handen trilden, klampte ik ze opnieuw in elkaar. 'Ik kan niet in Vier Manen Huis leven als een ongewenst wezen aan wie iedereen een hekel heeft. En ik weet dat je zei dat ik in het dorp van jouw familie kan wonen, maar ik zou niet weten hoe ik daar moest leven. Ik zou daar zo misplaatst zijn. Maar het belangrijkste is dat ik weet dat het niet verstandig is om mijn toekomst te bouwen op een vluchtige passie die vandaag wordt gevoeld.'

Ik moest ophouden.

Hij zei niets. Ja, hij was uiterlijk knap en aantrekkelijk op een onnavolgbare manier. Na die eerste rampzalige dagen, had hij geprobeerd me te helpen. Zijn kus had me zeker genoeg gedaan op een uiterst verrassende manier. Maar ik hield niet van hem. Hoe kon ik? Ik kende hem niet eens. En wat hij ook mocht denken, hij kende mij ook niet echt. Dat dacht hij alleen maar.

'Ik ben ervan overtuigd dat je het vriendelijk bedoelde toen je de klap probeerde te verzachten,' ging ik verder.

'De klap probeerde te verzachten?' Zijn ogen vlogen wijd open.

Als ik verstandiger was geweest, zou ik gestopt zijn, want het vuur in de haard flakkerde.

Niemand had me er ooit van beschuldigd dat ik verstandig was.

'Je kreeg het bevel een vrouw te trouwen niet alleen tegen je eigen wil, maar ook tegen die van haar. Dus bedacht je diep in je hart een lieflijk verhaal om een onaangename taak draaglijk te maken. Net zoals je illusies uit licht weeft, weefde je een illusie over ons. Een ziel die in twee helften was gedeeld en toen als door het lot weer bij elkaar kwam...'

Het vuur doofde puffend uit tot as. Een glans van ijs kroop langs de zware ijzeren circulatiekachel.

'Ben je klaar met je beledigingen?' snauwde hij.

Chartji's kuif stond helemaal overeind. Ik voelde dat ze zich schrap zette om in te grijpen voor het geval iemand zijn zelfbeheersing verloor en het huis zou vernielen.

'Het is niet bedoeld als een belediging!'

'Suggereren dat ik niet weet wat ik voel is geen belediging?' Zijn kaak was opeengeklemd, zijn ogen samengeknepen en ik hoorde een zacht gekreun van ijzer dat onder druk staat. Ja. Hij was heel erg boos.

'Zo heb ik het niet bedoeld. Je hebt me niet gedood toen je de kans had. Je hielp me toen je dat kon. Je weerstond de mansa door hem te vertellen dat je iedereen die mij probeerde te doden zou tegenhouden. En daar bedank ik je voor. Maar Bee en ik hebben onze eigen problemen. Een echtgenoot kan ik er niet bij hebben.' Mijn handen waren zo stijf in elkaar geknepen dat mijn schouders pijn deden. Ik maakte mijn vingers los en haalde mijn handen uit elkaar. 'Ik maak geen bezwaar als er een manier kan worden gevonden om het huwelijk te ontbinden. Ga jij jouw weg en ik de mijne. Dat is het beste.'

'Het zij zo.' Zijn ogen schoten omhoog en als er een moorddadige blik in die mooie bruine ogen stond, weet ik zeker dat hij het niet letterlijk bedoelde. Misschien begon hij zich eindelijk af te vragen of het wel verstandig was om te geloven dat hij op het eerste gezicht verliefd was geworden. Mensen konden zichzelf alles wijsmaken.

'Was dat alles?' vroeg Chartji mij.

'Ja.' Ik kon het woord er nauwelijks uit krijgen. Hier leek het verschrikkelijk heet, hoewel het in de rest van de kamer gruwelijk koud was.

'Als je zo goed wilt zijn.' Ze wees naar de deur. 'De magister en ik zijn nog niet klaar.'

Ik liet me door haar naar buiten brengen en toen ik me omdraaide om te zien of Andevai keek hoe ik wegging, sloot ze de deur in mijn gezicht.

5

Laat hij zijn weg gaan en ik de mijne. Onze levens liepen over verschillende paden. Ik was mooi van hem af. Geen gepieker en wanhoop meer over zijn neerbuigendheid op het ene moment – een trotse koude magiër van het topje van zijn goed gekapte hoofd tot de punten van zijn prachtig gepoetste laarzen – en zijn voorkomen als een bezadigde, beleefde en behoudende plattelandsjongen op het andere moment. In die laatste gedaante probeerde hij – al zag hij er dan uitzonderlijk goed uit – te ijverig zich aan te passen aan een wereld waarin hij niet welkom was maar die niet kon worden afgewezen.

Ongeduldig door die knagende gedachten die als slechtgemanierde bezoekers maar niet weg wilden gaan, rende ik de trap af. Die idioot van een Bee was niet vertrokken, hoewel ze wel haar jas had aangedaan. Ze opende haar mond toen ze me zag, misschien om een opmerking te maken over mijn ogen die rood waren van niet vergoten tranen of dat ik erbij liep als een slonzige keukenmeid in mijn onverzorgde lijfje en rokken. Maar ze sloot haar mond en gaf me mijn ruiterjasje. Rory zat ontspannen bij het vuur als een kat die op een rots in de zon zit.

We waren niet alleen.

Kehinde zat in een stoel tegenover Bee en hield een pastinaak vast. Brennan leunde tegen de muur naast de deur, zo volmaakt op zijn gemak dat het even duurde voordat ik besefte hoe snel hij de deur kon blokkeren. Het verschil tussen hen was opvallend. Hij was gespierd, blond met een blanke huid en had de uitstraling van een man die gewend is te wachten tot hij in actie moet komen. Zij was klein van stuk en ongedurig. Ze raakte iedere ongesneden pastinaak aan alsof haar handen iets moesten doen terwijl haar geest werkte; haar huid was zwart en ze droeg haar lange zwarte haren in vlechtjes.

'We moeten met elkaar praten.' Ze duwde haar bril hoger op haar neus.

'Ik heb niet tegen hem gezegd dat de generaal hier is!'

'Ga zitten, alsjeblieft.' Kehinde sprak zonder nadruk of boosheid. Ik zonk op de bank en voelde alle energie uit me wegvloeien. 'Waarom zijn jullie gekomen? Willen jullie hulp van ons om terug te gaan naar het Hassi Barahal moederhuis in Gadir?'

'Nee,' zei Bee met een blik op mij. Ik liet haar praten. 'Daar gaan we niet heen.'

'Waarom niet? Zij zijn jullie gemeenschap. En wat zijn we zonder gemeenschap of familie?'

'Wíj moeten voor onszelf zorgen,' zei Bee. 'Laat me alleen vertellen dat onze familie ons heeft verraden en dat we hen niet langer vertrouwen. We hoopten een schuilplaats te vinden bij de radicalen. We dachten dat jullie zouden begrijpen dat we niet willen dat een magiërshuis of het hof van een prins ons dwingt om hun horigen te worden, wat bijna een vorm van legale slavernij is... En ook niet van een of ander patriciërshuis uit Rome.' Haar stem zakte weg tot een gefluister, maar ze herstelde zich. 'We kunnen nuttig zijn voor de zaak. We kunnen ons heel goed verdienstelijk maken.'

54

'Het Hassi Barahal huis staat erom bekend dat ze zich laten in-huren om informatie te verkopen,' zei Kehinde. 'Jullie zouden ons kunnen bespioneren. Tenslotte kwam de koude magiër vlak achter jullie aan.'

Ik begon me te ergeren. 'Dat kun je ook omdraaien! Waarom zou Chartji een afspraak maken met een koude magiër in haar kantoor precies op hetzelfde moment dat de meest gezochte man van Europa hier aankomt?'

Brennan lachte. 'Een ongelukkige samenloop van omstandig-heden die op het nippertje goed afliep. Tamelijk opwindend, vind je niet?'

'Voor jou is alles een spelletje, Du,' zei Kehinde, die hem fron-send opnam. 'Hoe meer jij je op glad ijs begeeft, zoals ze hier in het noorden zeggen, hoe leuker je het vindt.'

Hij schudde zijn hoofd terwijl hij haar aandachtig aankeek. 'O, nee, professora, je weet dat het geen spelletje voor mij is. Maar als we ons doel willen bereiken, zullen we risico's moeten nemen.' Hij lachte zijn innemende lach naar Bee en daarna naar mij. 'Ik denk dat de meisjes het waard zijn om het risico te nemen.'

'Misschien zijn wij wel degenen die ons moeten afvragen of we júllie wel kunnen vertrouwen,' zei Bee. 'Zoals Cat zei, jullie zijn degenen die een ontmoeting hebben met de generaal. En de koude magiër!'

'Dat is een rake opmerking,' zei Brennan die er nog steeds ge-amuseerd uitzag.

Bee fronste haar voorhoofd en haar gezicht betrok alsof er don-derwolken aankwamen. Er stond ons wat te wachten. 'Jij kunt ge-makkelijk lachen. Jij bent een man. Misschien ben je werkelijk vrij, of misschien is je noordelijke dorp door een vorm van horigheid gebonden aan een magiërshuis. Dat weet ik niet. Maar u, profes-sora, u moet als jurist toch begrip hebben voor onze situatie. Hoe-wel mijn nicht en ik twintig jaar oud zijn en dus juridisch gezien volwassen, kunnen de ouderen van Hassi Barahal in Gadir zich van ons ontdoen op welke manier ze ook maar willen, eenvoudig-weg omdat we vrouwen zijn en ongehuwd.' Ze wierp een blik op mij om me eraan te herinneren dat ik mijn mond moest houden over het ongelukkige feit dat ik al getrouwd was. Alsof ik daarover zou willen opscheppen! 'Dus kunt u begrijpen dat radicalen die praten over het omverwerpen van een onderdrukkende wet voor ons interessant zijn.'

'Dat begrijp ik heel goed.' Kehinde keek zijdelings naar Brennan. Tot mijn verrassing keek hij weg en beet hij op zijn onderlip. Ze speelde met de punten van haar vlechtjes. 'Wij betwisten de willekeurige verdeling van macht en rijkdom, die wordt verdedigd alsof het de natuurlijke orde zou zijn. In feite is die helemaal niet natuurlijk, maar juist kunstmatig gevormd en wordt hij in stand gehouden door eeuwenoude privileges. Het huwelijk is daar een onderdeel van. Maar we hebben nog steeds een probleem. Het lijkt erop dat jullie achtervolgd worden door dezelfde magiërshuizen en prinsen die de generaal gevangen willen nemen. Zolang Camjiata Adurnam niet verlaat, kunnen jullie niet hier blijven.'

'Jullie sturen ons weg,' zei Bee lusteloos.

'Helemaal niet. Ik heb het idee verwoord dat onze organisatie twee jonge vrouwen die zijn opgeleid door de Hassi Barahal familie misschien zal kunnen gebruiken. Godwik is het met me eens. Sterker nog, Maester Godwik hecht zeer veel belang aan jullie. Ik weet dat zijn meningen altijd gebaseerd zijn op zorgvuldige afweging.'

'Anders dan die van mij,' mompelde Brennan.

Ze liet zelfs niet door het knipperen van een oog merken dat ze dit had gehoord. 'Het was vreemd om de generaal te horen zeggen dat zijn vrouw een visioen had gehad dat hij een Hassi Barahal dochter zou ontmoeten die, zoals hij zo dichterlijk beschreef, de paden der dromen zal bewandelen. En dan was er ook nog de voorspelling over Tara Bells kind. Zulke voorspellingen zijn altijd duister en opzettelijk vaag zodat elke uitkomst kan worden opgeëist als de profetische.'

'Ik zou zulke woorden niet veronachtzamen,' zei Brennan. 'Maar ik ben geen wijsneus uit de stad. Ik ben maar de zoon van een mijnwerker die te veel mensen heeft zien sterven.'

'Als mensen sterven op een verontrustende en gewelddadige manier, zoeken we een verhaal om dat te verklaren, hoe vergezocht ook.' Ze stak een hand op om Brennans weerwoord vóór te zijn. 'Dat er krachten in de wereld bestaan die wij niet kunnen verklaren, is duidelijk. Door observatie en ondervinding proberen geleerden de natuurlijke wereld te beschrijven en diepgaand te peilen. Ik heb jarenlang gecorrespondeerd met een geleerde van hoog aanzien die in Adurnam woont. Inmiddels heb ik de kans gekregen hem persoonlijk te spreken en ik vind hem net zo indrukwekkend als in zijn brieven. Hij zal jullie verbergen tot het veilig is om weer bij ons te komen. Jullie moeten vragen of jullie een glas whisky kunnen drinken met Bran Cof...'

'Iedereen weet dat de dichter Bran Cof al heel lang dood is,' zei Bee. 'Als je het dood kunt noemen, wanneer je hoofd op een voetstuk is geplaatst en iedereen wacht tot je gaat spreken.'

'Ik vind dat deel over whisky wel aantrekkelijk!' zei Rory terwijl hij rechtop ging zitten.

Kehinde keek naar hem alsof ze probeerde uit te maken of zijn zorgeloosheid een houding was die een vlijmscherpe geest en wil verborg, of dat hij precies was wat hij leek te zijn. 'Het is een wachtwoord om aan te geven dat je deel uitmaakt van onze organisatie.'

'Wacht,' zei ik. 'Waarom Bran Cof? Waar willen jullie ons heen sturen?'

'Er is een academie in Adurnam. Het schoolhoofd zal jullie verbergen.'

Bee wierp een zijdelingse blik op mij en ik krabbelde aan mijn linkeroor. Rory stond op met een overdreven geeuw omdat hij begreep dat we gebarentaal spraken en elkaar en hem waarschuwden. Bee en ik hadden twee jaar aan de academie gestudeerd. We kenden het schoolhoofd goed. We hadden hem vertrouwd. Toen Bee was achtergebleven in Adurnam nadat haar ouders en familie waren gevlucht op een schip naar Gadir, was zij naar hem toe gegaan om bescherming te vragen. Hij had haar overgeleverd aan Amadou Barry, wiens huis een gouden kooi was geweest die Bee had verblind tot de gezant zijn beledigende voorstel deed en haar vroeg zijn maîtresse te worden. Maar dat hoefden Kehinde en Brennan allemaal niet te weten.

Ik deed een stap terug om Bee de ruimte te geven. Met haar zwarte krullen, rozige lippen en grote bruine ogen zag ze er schattig, onschuldig en goedgelovig uit. 'Heel vriendelijk van jullie om ons te helpen. Maar jullie weten welke gevaren wij lopen. Verschillende partijen zitten achter ons aan. Waarom willen jullie ons helpen?'

Kehinde stak een hand uit en tot mijn verbijstering gaf Bee haar het mes. De professor gebruikte de punt om de gesneden pastinaken te onderzoeken. 'Het is heel opvallend hoe gelijkmatig ze zijn gesneden, alsof elke snede op voorhand is afgemeten door iets anders dan jouw ogen. Tenzij je verdwijnt en een geïsoleerd barbaars dorp vindt, misschien in de woeste streken van Brigantia' – ze wierp een blik op Brennan – 'moet je inzien dat jullie deel zijn geworden van het conflict of jullie dat nu willen of niet. Als het waar is dat jouw dromen een cryptisch visioen weergeven van de toekomst – en ik verzeker je dat ik hiervoor bewijs zal moeten zien – dan zul je nooit met rust gelaten worden. Nóóit. Ik ben niet anders dan anderen. Ik kan me indenken hoe jouw gave de zaak die mij lief is tot voordeel kan strekken. Maar ik zal je altijd alleen benaderen als een partner en je zult altijd vrij zijn om onze samenwerking af te breken. Dat is jouw beslissing.' Ze legde het mes neer.

'En hoe zit het met jullie samenwerking met de generaal?' vroeg ik.

Brennan lachte zuur. 'Moeilijke omstandigheden vergen vreemde partners. Onze organisatie heeft zijn eigen redenen om een verbond met de generaal te overwegen.'

Ik knikte. 'Dat is logisch. Hij is een soldaat. Jullie zijn slechts radicalen. Hij zal prinsen en magiërs beter kunnen bevechten dan jullie.'

'Het staat nog te bezien of zwaarden en geweren, of juist woorden en ideeën het uiteindelijk zullen winnen,' zei Kehinde.

'Ik ben helemaal voor zwaarden en geweren,' zei ik.

'Minacht de kracht van woorden en ideeën niet,' zei ze met een glimlach die ik dolgraag zou willen vertrouwen. 'Hun uitwerking lijkt in eerste instantie misschien alleen zacht, maar je zult erachter komen dat deze blijvend kan zijn.'

'Goed dan,' zei Bee. 'We nemen jullie aanbod aan. We zullen gelijk vertrekken.'

Rory pakte de twee tassen en ik trok mijn ruiterjasje, mantel en handschoenen aan.

'Ik zal zorgen voor iemand die jullie door de stad kan loodsen langs de achterafstraatjes en jullie uit het zicht van de militie kan houden,' zei Brennan. 'En als ik vragen mag, wat zit er toch in die tassen?'

Niets meer dan mijn vaders verslagen, onze naaimandjes, wat kleren en een paar kleine dingetjes. Het geld dat we hadden was in Bee's jurk genaaid en ik had een paar munten weggestoken in mijn mouw. Hij had zo'n charmante glimlach, maar ik vermande me en gaf hem zelfs zulke onschuldige informatie niet.

'Onze spullen,' zei ik.

Kehinde ging staan. 'Ik zal naar de academie komen wanneer het voor jullie veilig is om terug te keren. Het zou het beste zijn als jullie via de voordeur weggaan zodat het lijkt alsof jullie een gewone afspraak hadden. Als jullie me nu willen verontschuldigen, ik moet me voorbereiden op mijn onderhandelingen met de generaal.' Ze schudde handen met Bee en mij.

'Rory,' zei ik.

Hij staarde naar me met die gouden, onschuldige ogen. 'Wat wordt er van mij verwacht?'

'Handen schudden. Dat is de gewoonte onder radicalen.'

Hij zette de tassen neer en gaf Kehinde een hand. Zij vertrok.

Met een lome grijns greep Rory Brennans hand een beetje te hard en een beetje te lang. Ik voelde de atmosfeer in de kamer veranderen terwijl Brennan hem opnam, alsof hij een touw oprolde, klaar om ermee uit te halen.

Bee zei: 'Rory, houd daarmee op.'

Met een overdreven zucht maakte hij zijn hand los en deed een stap achteruit zodat Brennan ons de hand kon schudden.

Hij leunde naar me toe – te dichtbij, want ik bloosde – en mompelde: 'Is hij echt je broer?'

Ik kon de verleiding niet weerstaan. Uitdagend leunde ik zo dicht tegen hem aan dat mijn lippen de puntjes van zijn haar beroerden en ik fluisterde: 'Wat jij je afvraagt, is of hij werkelijk een sabeltandtijger is die me uit de geestenwereld naar huis is gevolgd.'

Ik verwachtte dat hij zou lachen, maar in plaats daarvan trok hij zich terug en onderwierp eerst Rory aan een onderzoekende blik en daarna, nog minder op zijn gemak, keek hij mij lang en indringend aan.

'Tja,' zei hij ongemakkelijk en hij liep met nadenkend gefronst voorhoofd naar buiten.

'Dat was stout.' Bee sloot de deur zodat we wat privacy hadden. 'Ben je verliefd?'

'Mannen zoals hij kijken niet naar meisjes zoals ik.'

'Ik denk dat hij een oogje heeft op de professora. Het is bijna verleidelijk, vind je niet, om mee te gaan doen met de záák, alleen om naast hem te vechten. Of dat zou het zijn als we inmiddels niet wisten dat ze samenspanden met het schoolhoofd! Die mij heeft overgeleverd aan Amadou Barry. Die een Romeinse gezant is. En de Romeinen hebben een verbond gesloten met de magiërshuizen tegen Camjiata. Die naar dit huis is gekomen om te onderhandelen met de radicalen. Het slaat gewoon nergens op!'

Rory liep terug naar de kachel. 'Gaan we terug naar buiten in die akelige kou? Ik sterf van de honger.'

'Ik ook,' zei ik, 'maar we moeten gaan.'

'Camjiata weet iets over de dromen van draken bewandelen,' peinsde Bee. 'Misschien moeten we ons wél bij hem aansluiten.'

'Een bondgenootschap met hem heeft een prijs.'

'Ik denk dat hij zegt wat hij meent,' zei Rory, 'en meent wat hij zegt.'

'Ja, en dat doet iedere idioot.' Ze roerde met het mes door de schijfjes pastinaak. 'Helaas, het enige wat ik nu in mijn toekomst zie, is dat ik in stukken gescheurd word.'

Ik liep naar haar toe en omarmde haar. 'Ik zal de Wilde Jacht nooit toestaan jou te pakken, Bee. Nooit!'

Ze snufte en legde het mes neer om me op haar beurt te omarmen. 'Ik hou ook van jou, Cat.'

Ik liet haar los. 'Er is een andere mogelijkheid. Ik weet niet waar mijn moeder vandaan kwam, dus het heeft geen zin haar familie te zoeken. Maar Rory en ik hebben een gezamenlijke verwekker. Iemand die Tara en Daniel tegenkwamen toen ze deel uitmaakten van de eerste expeditie naar de Baltische IJszee. De expeditie raakte verdwaald en de overlevenden werden pas maanden later gevonden. Het staat vast dat ze toen zwanger is geworden. Mijn verwekker moet een wezen van de geestenwereld zijn. Hoe kan hij anders een menselijke vrouw van deze wereld en een sabeltandtijger van de geestenwereld zwanger hebben gemaakt?'

Bee trok een lelijk gezicht. 'De richting van dit gesprek bevalt me helemaal niet.'

Ik lachte smalend. 'O, kom op, Bee. Je hebt nooit hoeven blozen over iets wat we zagen in de anatomieles.'

'Dat bedoel ik niet, hoewel ik, nu ik erover nadenk, niet begrijp hoe zoiets gedaan kan worden. Genadige Melqart, Cat. Wat ben jij onwaarschijnlijk rood geworden!'

'Ik zal de komende maand elke ochtend een handvol zout in je pap strooien, monster. Breng me niet in verwarring. De koetsier en de lakei die Andevai en mij van Adurnam naar Vier Manen Huis brachten waren niet... menselijk. De lakei was een eru. Zij sprak me aan als nícht voordat ik enig idee had dat Daniel Hassi Barahal niet de man was die mij had verwekt. Ik heb familie in de geestenwereld. Mijn familie is verplicht mij te helpen. Dat klopt toch, Rory?'

Even trok hij zijn bovenlip op en het leek alsof hij zou gaan grommen. In plaats daarvan sprak hij. 'Net zoals ik verplichtingen heb, moeten degenen die door familiebanden met mij verbonden zijn mij helpen. Dat is de wet.'

'Cat, je denkt dat je je verwekker kunt roepen zodra je in de geestenwereld bent.' Bee's glimlach had een angstaanjagend effect op mij: een tinteling schoot door mijn lichaam die maakte dat ik me stoutmoedig in een roekeloos avontuur wilde storten. Misschien maakte het feit dat we uitgeput waren en ons in een hoek gedrukt voelden ons roekelozer dan anders. 'Als hij een beetje op Rory lijkt, kan hij terugkomen naar deze wereld in de gedaante van een man. Dat zou een nieuw schaakstuk in het conflict brengen dat niemand verwacht. Maar hoe komen we naar de geestenwereld?'

'Toen mijn bloed op de steen van een oversteekplaats viel, stak ik vanuit deze wereld over naar de geestenwereld. Eenmaal in de geestenwereld, ging ik weer terug via een andere poort. De jagers van Andevais dorp steken op dezelfde manier over, is mij verteld. Hoe zou jij teruggaan, Rory, als jij dat wilde?'

'Voordat jij kwam, was mijn bestaan erg saai, Cat. Ik liep maar een beetje te lummelen, jaagde eens wat, nam een zonnebad, at, sliep en rustte uit. Ik had nooit lol. Ik wil niet teruggaan en dat zou jij ook niet moeten doen.'

'O, Rory.' Ik liep naar de deur en sloeg een arm om hem heen. 'Je hebt nergens om gevraagd. Je bent de beste broer die ik maar zou kunnen wensen. Maar onze situatie hier is onmogelijk. We kunnen niet blijven vluchten. Je hoeft niet met ons mee te gaan.

We zullen je geld geven en jij kunt met de tassen in de herberg wachten. We zullen terugkomen, dat beloof ik.'

Omdat hij de neiging had om een beetje rond te klooien en er zo welgedaan en loom uitzag als elke gezonde kat, was het gemakkelijk te vergeten dat hij een gevaarlijk roofdier was. Hij schudde mijn arm van zich af op een manier die Bee ertoe bracht het mes te pakken alsof ze dacht dat ze me misschien zou moeten verdedigen.

In zijn stem klonk een weerklank als het waarschuwende galmen van een klok. 'Wees voorzichtig met wat je oproept, anders kun je opgevreten worden door een wezen dat hongeriger is dan jij. Drinken uit de fontein van sterfelijk bloed is drinken van de essentie van macht. Elke stap in de geestenwereld is een gevaarlijke stap.'

Ik was niet bang voor hem. Hij was mijn broer. Ik pakte zijn hand. 'Welke keus hebben we?'

Hij leek kleiner te worden, alsof zijn pels plat ging liggen. 'Het is een slecht idee.'

'Het mes meenemen, of het mes niet meenemen,' zei Bee, 'dat is mijn vraag.' Ze legde een muntstuk op de tafel voordat ze het mes in haar mantel stak. 'Waar gaan we heen?'

Ik zei: 'Naar de sokkel die aangeeft waar de fundering lag van de eerste nederzetting van Adurnam. Waar twee eeuwenoude paden elkaar kruisen, volgens de geschiedenis van de stichting van Adurnam. Als er in deze stad een plek is waar een oversteekplaats ligt naar de geestenwereld, moet het daar zijn.'

'Ik weet het niet hoor, Cat. Dat deel van de stad ligt vol taveernen waar veel wordt gevochten en stomkoppen van jonge ambachtslieden die elk voorwendsel gebruiken om met elkaar op de vuist te gaan.'

'Dat klinkt veelbelovend!' zei Rory met een scheve grijns waardoor ik dacht dat hij zijn angstaanjagende woorden en ons slechte idee al was vergeten.

Ik maakte mijn wandelstok vast aan zijn lus en knoopte mijn mantel dicht terwijl Rory de tassen pakte. Een sabeltandtijger, koud staal en dromen die de toekomst voorspelden. Het moest genoeg zijn. Toen we in de richting van de trap liepen, begon Bee zachtjes de beroemde aria 'Als hij in de aarde wordt gelegd' te neuriën uit de recentelijk opgevoerde opera *Dido en Aeneas*, waarin de koningin van Qart Hadast voorgaat in de begrafenisoptocht van de Romeinse prins die ze heeft verslagen nadat hij haar heerschappij wilde ondergraven door een huwelijk.

De Amazone wachtte in de hal met haar schouders tegen de deur en haar armen over elkaar geslagen. 'Dus daar jullie zijn,' merkte ze op met een vreemd accent. 'De generaal al weten dat jullie gaan vertrekken.'

Maar in plaats van de doorgang te blokkeren, opende ze de deur. Een vlaag winterse lucht wervelde naar binnen, verdoofde mijn gezicht en verkilde mijn hart. De geschiedenis van de wereld begint in ijs en zal eindigen in ijs. Zo zingen in het noorden de Keltische barden en de djeli uit Mande en hun woorden vertellen ons waar we vandaan komen en welke banden en verplichtingen we hebben. In deze regio mogen we de enorme ijsvlakten en massieve gletsjers niet vergeten die de noordelijke streken van Europa bedekken. In de oude verhalen wordt het ijs de verblijfplaats van de voorouders genoemd. Brennan had dat niet vermeld in zijn verhaal over de afschuwelijke dood, maar Daniel Hassi Barahal had dit in zijn verslagen geschreven. Ik vermande me, ik zocht immers naar mijn voorouders?

De winterse wind beroerde de zoom van het knielange jasje van de Amazone. Ze droeg soldatenlaarzen, goed onderhouden, niet opgepoetst tot een spiegelende, modieuze glans maar met aandacht voor properheid en duurzaamheid, zodat ze langer mee zouden gaan en haar zouden steunen als ze over oneffen grond moest lopen.

'As jullie wachten as die deur is open, dan koude lucht binnenkomen. Nu beslissen. Gaan, of blijven.'

'Ga je niet proberen ons tegen te houden?' vroeg Bee.

'Zij die met de generaal vechten, vechten uit eigen vrije wil. Eén ding ik jullie vertellen voordat jullie weggaan. Als iemand van jullie de generaal spreken willen, dan gaan naar de taveerne genaamd Buffel en Leeuw, in wijk van Oude Tempel. Jullie zullen zeggen woorden: "Helene heeft me gestuurd". Wij jullie dan weer zien.'

'Dank je.' Bee raakte met haar gehandschoende vingers haar borst aan als een theaterdiva die op het punt staat het toneel te verlaten. 'En toch, vaarwel.'

Ze schreed de deur uit en de trap af. Rory haalde diep adem

alsof hij gevaar rook en volgde haar terwijl hij met de tassen zwaai-de alsof ze niets wogen. Ik kon het niet nalaten om even naar de gesloten deur van Chartji's kantoor te kijken. Wat daar ook om-ging tussen de juridisch adviseur en Andevai, het was niet langer mijn zaak. Ik moest dat deel van mijn leven achter me laten.

Toch aarzelde ik op de drempel. Het lawaai van de stad stormde op me af met het geluid van ratelende karren, klingelende hand-bellen, marktlui die hun waren aanprezen en mannen die het nieuws van de ochtend schreeuwden: *De dichter van de Noorderpoort begint aan de vierde dag van zijn hongerstaking op de trappen van de prins!*

Even genoot ik van de prettig bekende geluiden, die waarmee ik was opgegroeid.

Toen, zonder waarschuwing vooraf klonk uit het niets een ge-galm dat me deed trillen op mijn benen. De zusterklokken bij de rivier, Brigantia en Faro, luidden in doodsnood met hun alarm: *Vuur! Vuur! Roep de garde!*

Overal in de Vossensteeg gingen deuren open en mensen drom-den samen op de drempel, hun adem stoomde als witte mist in de lucht terwijl ze naar de hemel keken om de reden voor het alarm te zoeken.

'De oorlog begint,' zei de Amazone. 'Maar prinsen en magiërs niet weten. Nog niet. Dus, meidje. Gaan, of blijven?'

'Cat?' klonk Bee's klaaglijke stem uit de straat. In het huis hoor-de ik voetstappen, mensen liepen naar deuren die op het punt ston-den open te gaan.

'Ik ga,' zei ik. En ik ging.

6

'Goedemorgen, maestressa's en maester.' Een jongeman met donkerblond haar en een wit gezicht vol sproeten stond naast een lege kolenkar. 'Is alles goed met jullie?'

'Ik heb geen problemen, dankzij mijn macht als een vrouw,' ant-woordde ik op de traditionele manier en ik ontving een vernietigende blik van Bee voor mijn moeite. 'En jij, maester? Is alles goed met je familie?'

'Alles gaat goed, dankzij de moeder die me opvoedde,' zei hij met een grijns. 'Hoewel ik me afvraag hoe het zit met de klokken. Ik hoop dat het vuur niet hier in de buurt is.'

Hij keek de Vossensteeg af naar de Handelsstraat. Door het alarm van de klokken waren de straten van Adurnam veranderd in schuimende rivieren, als de met smeltwater gevulde stromen van de late lente, vol met een razende vloed mensen die zich haastten om ergens anders te komen. Ik keek er niet naar uit om in dit tumult dwars door Adurnam te moeten lopen.

'Kom je uit dit kwartier?' vroeg ik.

Hij maakte een sierlijke buiging met zijn pet in zijn hand. 'Inderdaad. En mijn voorouders voor mij. Eurig is mijn naam. Brennan Du vroeg me jullie door de stad te loodsen.'

Ik wisselde een blik met Bee. We zouden hem kwijt moeten raken, maar niet te snel. Jammer, want hij leek aardig genoeg. 'Dank je wel. We kunnen je niet onze namen geven. Neem me niet kwalijk.'

'Dat begrijp ik. Deze kant op.'

Hij pakte de handvatten van de kar en begon die niet in de richting van de Handelsstraat te duwen, maar dieper het smalle pad van de Vossensteeg in. We liepen naast hem terwijl hij praatte. 'We zullen de Lombardsteeg nemen naar de lagergelegen huurkazernes. Het is daar volkomen veilig, ondanks de naam. De meeste oude gebouwen zijn gesloopt en opnieuw opgebouwd. En we hebben overal gaslicht in dit kwartier. Vroeger waren we niets meer dan een vissersdorp. Nu zijn we het modernste kwartier van Adurnam, dankzij de trollen en de radicalen.'

'Hoe ben jij een radicaal geworden?' vroeg Bee.

'Zoals de dichter van de Noorderpoort zegt: het is geen misdaad om te denken dat mannen van nature rechten hebben en niet vertrapt moeten worden door eeuwenoude privileges.'

'Alleen mannen? Of vrouwen ook?' vroeg Bee met haar gevaarlijkste, mooiste glimlach.

Hij knipperde met zijn ogen, uit het veld geslagen door deze aanval. 'De natuur heeft vrouwen uitgerust voor een andere rol dan die ze aan mannen heeft gegeven.'

'Zoals professora Kuti?' vroeg Bee bits.

'Cat!' Rory duwde met een tas tegen me aan. 'Ik ruik heel veel paarden vlakbij.'

Boze stemmen klonken op uit de Handelsstraat: 'De honden zijn gekomen om ons te bijten met hun tanden van staal.' 'Wij hoeven voor niemand opzij te gaan!' 'Wat zal het zijn, jongens? Vrijheid of ketenen?'

Een zweep knalde. Een man schreeuwde. Een colonne van bereden soldaten kwam in het zicht op de hoek waar de Vossensteeg zich kruiste met de Handelsstraat. Ongeveer de helft droeg een tulband en een wapenkleed versierd met de vier fasen van de maan: troepen van het magiërshuis. Ze hadden een reservepaard bij zich. De rest droeg uniformen van de militie van Tarrant en er was ook een zestal mannen gehuld in halflange, rood en gouden mantels, de kleuren van de cavalerie van de Romeinse ambassade. Voetgangers deinsden terug naar de stoepen en de hekken.

'Blijf lopen,' zei Eurig. 'Kijk niet achterom.'

'Eurig,' zei ik, 'had het oude dorp hier een kruispunt?'

'Wat? De Steen van de Vioolspeler bij de Oude Kruisweg? Daar brachten de vissers hun vangst aan wal en verhandelden deze aan de mensen die uit het Romeinse kamp kwamen. Heel lang geleden.' Hij wierp een blik over zijn schouder. 'Laten we wat sneller lopen. Maar niet gaan rennen.'

Ik keek achterom. De soldaten hielden halt voor het kantoor van Godwik en Clutch. Een man in een Romeinse mantel steeg af op het moment dat de deur openging en Andevai op de stoep verscheen. De stijve houding van zijn schouders verried zijn ergernis, waardoor ik dacht dat hij echt was gekomen om een privézaak te bespreken met Chartji en dat hij dit niet had verteld aan de mansa. Vanaf de stoep, alsof hij werd aangetrokken door mijn domme gestaar, keek Andevai in onze richting naar de Vossensteeg. Ik zag dat hij mij zag.

Heel doelbewust liep hij de stoep af, klom op zijn paard en draaide dit in de richting van de Handelsstraat.

'Hij leidt hen van ons wég!' zei ik.

'Gewoon doorlopen,' zei Eurig.

'Cat!' Bee snakte naar adem. 'Heb je hem niet herkend?'

'Andevai? Natuurlijk herkende ik...'

'Het was Amadou Barry, met de Romeinse garde.'

Eurig draaide zijn kar een steeg in met links en rechts allemaal winkels van ambachtslieden. In een uitstalkast achter een raam klepperden opwindpoppetjes in de vorm van paarden en honden. Achter een ander zaten vier vrouwen aan een tafel kleine apparaatjes bij te vijlen en op te poetsen.

Rory, die was achtergebleven, kwam eraan rennen. 'Ze komen terug. Die heer Marius is nu bij hen. Hij moet hen hebben bevolen om te draaien.'

Eurig floot schril. Vijf winkels verder stapte een potige man met een schort vol vetvlekken de steeg in. Hij knikte en wij snelden langs hem een grote kamer in waar mensen zich over een onafgedekte distilleerkolf bogen waaruit een mistige damp opsteeg. Een bijtende geur deed mijn ogen tranen. Rory nieste. Vanachter een gordijn kwam het geluid van hol geklop.

'Het dak op en naar het trollennest,' zei de man met het schort. 'Ze zijn allemaal weg naar het stoomgemaal en ik heb hun toestemming. Ik zal je kar wegzetten. Jongens, allemaal maskers opzetten.'

'Wat is die afschuwelijke stank?' vroeg Bee.

'Een geur die de honden van de prins op afstand houdt, maestressa,' antwoordde de man. 'Jullie zullen niet hierlangs terug naar beneden kunnen komen, maar zij zullen niet in staat zijn binnen te komen.' Hij trok het gordijn opzij en onthulde een trap.

Een handbel klonk drie keer. In hetzelfde ritme als het vreemde geklop klommen we de trap op naar boven. Werkbanken vulden de kamer op de eerste verdieping, vol met glazen pijpen, glanzende instrumenten en een achtergelaten muts van geruite Schotse stof. Een tiental werkmannen gromde terwijl ze onder hun banken reikten naar stofmaskers. Hun vale gezichten waren bedekt met littekens. De tweede verdieping stond vol kratten en de derde met keurige rijen veldbedden. Een ladder leidde naar een lange, lage zoldering met een dakkapel en nog meer veldbedden.

Ik legde een hand voor mijn neus. Mijn ogen begonnen echt te steken.

Rory wankelde. 'Vergif!' bracht hij er met moeite uit.

'Doorlopen,' zei Eurig. 'Deze dampen zullen ons doden.'

Ik trok de grendel naar beneden en opende het raam. De ijskoude winterlucht sloeg in mijn gezicht. Een kraai zat op het topje van het tegenoverliggende dak. Ik wist zo zeker dat hij naar me keek dat ik niet kon bewegen.

Bee drong langs me heen en klom het raam uit. Ik vermande me en volgde. Snel kropen we naar rechts, langs de schoorstenen en uit het zicht van de steeg. Over een lappendeken van daken kon je de oevers van de rivier zien en dokken vol vaartuigen. Een grote zwerm kraaien vloog door de lucht.

'Kijk!' Bee's vingers sloten zich pijnlijk om mijn arm.

Een vuur loeide op het brede, grijze oppervlak van de Solent rivier.

Vettige rookwolken stegen op. Trillingen van hitte schoten omhoog naar een mistige ochtendhemel vol laaghangende wolken. Een bakbeest van een schip dat achter de dokken voor anker lag, stond in vuur en vlam.

'Is dat geen gevangenisschip, Cat? Al die mensen die daar zijn vastgeketend zullen in de val zitten.'

Hijgend krabbelde Rory ons gezichtsveld binnen. Met gebogen schouders kroop Eurig achter hem aan terwijl hij de tassen sleepte.

Stroomopwaarts kwam een sloep met de vlag van de prins van Tarrant in het zicht. Het dek stond vol mannen in uniform, sommigen in groepjes rond de kanonnen, anderen met zwaarden, lansen en kruisbogen, klaar om te enteren.

Eurig hield een hand boven zijn ogen. 'Ze zijn van plan het bakbeest te laten zinken. Volg mij.'

Bee liet mijn arm los. 'Zullen ze de gevangenen laten verbranden? Of verdrinken?'

Vol afschuw keek hij haar aan. 'Natuurlijk zullen ze dat. Dat is het pestschip.'

'Een pestschip?' Ik staarde naar hem. 'Welke pest?'

'De zoutpest.'

'De zoutpest heeft West-Afrika nooit verlaten. De ziekte kan geen water oversteken of de woestijn overleven.'

Hij lachte zo spottend dat ik bloosde van schaamte. 'Natuurlijk kan de pest water oversteken. In een schip. Dat is hoe onze nobele prins oproerkraaiers onder de duim houdt. Er zit een kooi met zouters in dat bakbeest. Een politieke gevangene wordt in die kooi gezet en dan wordt hij gebeten. De pest besmet zijn bloed en hij wordt een zouter net zoals de anderen. Hij zal smachten naar zout en bloed en zijn geest en lichaam zullen verrotten.'

Bee's vingers sloten zich weer om mijn onderarm en haar grip werd nog klemmender toen Eurig een stap dichterbij kwam.

Aan de spanning in zijn schouders en de manier waarop hij zijn hoofd schuin hield, zag ik dat hij ons wilde intimideren. 'Lieve meisjes, er bestaat geen remedie voor de zoutpest. En iedereen die wordt gebeten, raakt besmet en wordt op zijn beurt een zouter. Je kunt nog beter dood zijn. Dus vraag je niet af waarom wij die zouters naar de bodem van de rivier sturen waar ze ons niet kunnen bijten. Vervloekte Hades! Liggen!'

Een hoek van de Lombardsteeg was zichtbaar tussen twee schoorstenen door. Er reden ruiters langs. We doken weg en kropen naar een plek waar een schuin liggende plank toegang gaf tot een hoger dak. We klommen naar boven, maar eenmaal daar, kotste Rory smerig braaksel uit dat tot onze afschuw de slijmerige resten van veren bevatte.

'Heb... even... rust... nodig,' mompelde hij terwijl hij op handen en knieën zonk.

'Je wordt helemaal groen,' zei Bee terwijl ik mijn mond en neus bedekte met een hand. 'Ga jij maar vooruit. Ik blijf hier bij Rory en de tassen.'

Eurig deinsde achteruit van afschuw en was blij dat hij kon voorgaan over het ongelijke dak met al zijn schoorstenen, daarna via een trap naar boven naar een brede richel waarop een mooie gietijzeren bank stond, alsof mensen hierboven af en toe lekker gingen zitten. We keken uit over de herbouwde huurkazernes. Trollen in groepjes van twee en drie, nooit alleen, haastten zich door een doolhof van steegjes en achterafstraatjes, samen met mannen en vrouwen die goederen op hun hoofd en op hun rug droegen. Een van de trollen hief zijn hoofd met de gevederde kuif en zag ons boven lopen. Twee trollen met felgekleurde veren leunden uit een zolderraam verschillende huizen onder ons en keken naar de vuurzee. Een vrouw die was ophing, was gestopt om naar de ramp op het water te kijken.

Onder ons riep een onzichtbare wachter: 'Militie bij de huurkazernes! En ellendige Romeinen. En soldaten van een magiërshuis! Snel, jongens, laad je geweren.'

'Liggen!' snauwde Eurig. 'Iedereen kan je zien.'

Ik ging achter een schoorsteen staan terwijl hij een luik opentrok. We daalden af langs een steile trap naar een zolder propvol kratten, manden en afgesloten keramische potten. De verdieping eronder had geen muren, alleen steunpilaren. Ik zag mezelf weerkaatst in honderd stukjes door allerlei spiegels: geslepen spiegels, handspiegels, bronzen spiegels, zilveren spiegels, allemaal hangend aan de zolderbalken of op standaards en rekken gezet. Ertussenin, op een doolhof van planken, lagen glanzende dingen in allerlei maten en vormen: gepolijste gouden armbanden, metalen kommen, afgesloten glazen pijpjes vol kwikzilver, stalen klingen, een vuursteengeweer dat kortgeleden was geolied. De draden van schaduw die de wereld verbinden leken gevangen te zitten in de doolhof en dansten door mijn hoofd. Een afwijkende melodie weerklonk zachtjes door de doolhof, de disharmonie maakte dat mijn slapen klopten.

Ik wreef in mijn pijnlijke ogen. 'Wat is dit voor een plek? Een dievenhol?'

'Voorzichtig waar je stapt! Trollen zijn de vriendelijkste wezens die je je kunt indenken. Tenzij jij iets breekt of iets steelt wat van hen is. Kom mee.'

We doken onder spiegels door, liepen om een kolom van loden kaarsenstandaards heen en door een doolhof geweven uit metaaldraad. Het pad liep weer terug, liep dood, en een keer bracht het ons terug in de richting waarlangs we waren gekomen. Door de reflecties in de spiegels had ik niet langer helder zicht. Ik was bang dat de hele collectie ineen zou storten als ik ergens tegenaan zou stoten. Duizelig leunde ik zwaar op de reling toen ik eindelijk de volgende trap afliep.

De tweede verdieping had drie deuren die openstonden naar slaapkamers. Toen we op de eerste verdieping kwamen, klonk een gedonder van hoeven voor de deur op de begane grond onder ons.

Een roep: 'Dat dak, daar. Ja, dit gebouw. Ik zag iemand daarboven, heer.'

'De deur is gesloten, kapitein.'

'Breek hem open.'

'Camlodus' ballen! Het is de militie.' Eurig draaide zich om.

'Ga naar boven en verstop je. Ik zal ze afleiden.'

Ik wist dat ik nu niet moest tegenspreken. Snel rende ik naar boven terwijl de voordeur werd opengebroken en soldaten het huis in stroomden. De doolhof leek me niet zo'n goede plaats om me te verstoppen, dus stoof ik een van de slaapkamers op de tweede verdieping binnen. De kamer zag eruit alsof er een wervelwind had huisgehouden, hoopjes kleren lagen overal verspreid op zes hoge, vierkante ledikanten met matrassen, die er meer uitzagen als nesten dan als bedden. Door de felgekleurde stoffen zagen de bedden eruit als een lappendeken: hier een goud met groen extravagant patroon van bloemen dat niet zou misstaan als gewaad voor een jurist bij een rechtszitting, daar een jasje met een geplooide kraag, dat was gemaakt van katoen, bedrukt met oranje strepen, blauwe schelpen en opvallende rozegekleurde brillen, omringd door pauwenveren met ogen die mij aankeken.

'Stop!' riep een krijgshaftige stem.

Op de overloop antwoordde Eurig: 'Ja hoor, heer kapitein, uwe hoogheid. Wat geeft u het recht hier naar binnen te stormen?'

'Ik kan net zo goed vragen wat jou het recht geeft zo respectloos te spreken tegen een man die familie is van de prins en een zwaard in zijn handen heeft,' antwoordde een doordringende tenor. Ik herkende de stem van heer Marius, die ik een week geleden voor het eerst had ontmoet in de ruïne van een fort op een heuvel ten noordoosten van Adurnam. Toen was zijn stem lichter omdat er een lach in had doorgeklonken. Nu schalde hij.

'De prins van Tarrant?' antwoordde Eurig vinnig, 'de man wiens eer verder afbrokkelt met elke dag dat de dichter van de Noorderpoort weigert te eten? Onze stemmen zullen gehoord worden.'

'In ieder geval op de rechtbank. Wat brengt jou naar een leeg trollennest?'

'Ze zijn de zakenpartners van mijn werkgever.'

'Ik denk dat je liegt. Hengel je naar een tochtje op het pestschip, man?'

'Je bedoelt het schip dat op dit moment aan het zinken is? Zo zal onrechtvaardigheid ten ondergaan.'

'Arresteer hem,' zei heer Marius. 'Doorzoek het pand.'

Door elk deel van de wereld zijn draden van magie geweven omdat onze wereld en de geestenwereld, die er dwars overheen ligt, met elkaar verbonden zijn. Terwijl voetstappen de deur naderden, trok ik de schaduwen van het huis om me heen als een mantel waarachter ik mezelf kon verbergen. Twee mannen kwamen de kamer in. Eén was heer Marius, een lange, slanke Kelt met een dikke snor, een gladgeschoren kin en kort haar dat recht overeind stond in met citroen gebleekte stekeltjes. Zijn blik zwierf door de kamer en rond zijn lippen bespeurde ik een zweem van een lach, zoals Bee's potlood de humor van een man die het liefste lacht tot leven kon brengen. Hij zag me niet.

Naast hem liep zijn aangetrouwde broer, de jonge Romeinse gezant Amadou Barry, wiens vader zowel een Romeinse patriciër als een West-Afrikaanse prins was en wiens moeder was geboren in een geslacht van edelen uit Mali. Zijn Romeinse gezantengewaad en de snit van zijn ouderwetse uniform flatteerden hem zeker, hoewel er een frons op zijn knappe gezicht lag.

'Ik bewonder zijn bravoure,' zei heer Marius. 'Maar ik moet hem laten vervolgen voor gebrek aan respect. Ik kan een werkman niet uitdagen voor een duel.'

'Jullie Kelten hebben het te vaak over de details van eer. Volgens mij zijn we hier voor Piet Snot, zoals jullie in het noorden zeggen.' Zijn blik gleed over me heen terwijl hij de kamer doorzocht. 'Jupiter Magnus! Heb je ooit zo'n troep gezien?'

Heer Marius had een joviale lach. 'Misschien behoort dit gewoon toe aan iemand die een ander idee heeft van properheid dan wij. Het is niet erger dan de kleedkamer van je zuster.'

Amadou Barry deed drie stappen de kamer in. Ik schoof achteruit naar het bed waarop het jasje met het patroon van pauwenveren lag. 'Sissi was altijd al zo. Ik ben verrast door de vindingrijkheid van die twee meisjes.'

'Iedereen heeft ze onderschat, zoveel is zeker. En jij helemaal, Amadou. Was je er gewoon van overtuigd dat ze de – eh – positie als jouw maîtresse zou accepteren?'

'Ik ben een prins en een gezant. Haar familie is verarmd en heeft geen aanzien. Ze kan niet hopen ooit een beter aanbod te krijgen.'

Tenzij het een aanbod was om hem te wurgen. Mijn temperatuur begon te stijgen, alsof er een vuur in mijn hart was ontstoken.

'Inderdaad. Het verbaast me dat een Feniciër een winstgevend

contract weigerde...' Heer Marius brak zijn zin af met samengeknepen ogen. 'Zag jij iets?'

Kálm. Ik moest kálm blijven.

'In Beatrice? Gelovige Venus, Marius! Zelfs jij moet iets in haar
zien. Ze is het meest verrukkelijke...'

'Als ik je nog één keer hoor zeuren over haar glanzende ogen
en kersenrode lippen, zal ik mezelf doodschieten om me uit mijn
lijden te verlossen.'

'Zij zal het niet betreuren als ik dood ben,' zei Amadou.

'En ze zal ook niet tegen je liegen voor je goud, lijkt het, wat
de volgende zin is van het beroemde gedicht van de driedubbel
geprezen dichter Bran Cof.'

Amadou zuchtte. 'Ik heb mijn hand overspeeld. Ik was te inschikkelijk.'

Heer Marius beende door de kamer en liep op een armlengte
vanwaar ik stond, met mijn achterste tegen het hoge metalen le-
dikant gedrukt. Ik hield mijn adem in. 'Vrouwen zijn moeilijk te
plezieren. Ik had kunnen zweren dat ik een beweging zag. Moet
het licht geweest zijn.'

'Waarom denken we eigenlijk dat de meisjes hier ergens in de
buurt zijn? Of in dit huis?'

'De mansa zei me dat ik goed op de koude magiër moest letten.
We kunnen hem niet vertrouwen. Als híj zegt dat we naar links
moeten, dan moeten we naar rechts gaan.'

'Aha, dus daarom draaide je deze kant op toen hij terug wilde
rijden naar de Handelsstraat.'

'Dat klopt. En toen zag een van mijn soldaten dat de koude magiër iemand zag op dit dak en mijn man dacht dat het een vrouw
was, daarom zijn we hier.' Heer Marius beende naar de deur en
gluurde de hal in. Hij wenkte iemand voordat hij zich weer omdraaide. 'Weet je, Amadou, wat jij ook denkt over Beatrice' raven-
zwarte krullen en weelderige welvingen, het feit dat we meisjes
opjagen geeft me een ongemakkelijk gevoel. Het is beneden onze
waardigheid. En ondertussen heeft die vervloekte kerel in de hal
gelijk. De dichter van de Noorderpoort zit op de trappen van het
paleis van mijn neef. Elke dag dat de dichter weigert te eten, stapelt
hij meer schande op de eer van mijn familie. Ik vrees dat we hier
niet uit zullen komen zonder een bloedbad.'

'Het plebs zal altijd samenscholen en rellen trappen. Dat zit in hun bloed. In Rome weten we dat al eeuwen. Hoe sneller de militie het gepeupel van de straten af jaagt, hoe beter het is voor iedereen. Als er meer bloed verspild zou worden, zouden er minder problemen zijn.'

'Denk je dat?' teemde een al te bekende stem. 'Ik denk dat een hagelstorm op het juiste moment mensen naar binnen zal drijven zonder onnodig letsel toe te brengen.'

Andevai liep de slaapkamer binnen. Zijn gezicht stond niet bepaald vrolijk.

'Dat is een interessante gedachte, magister,' zei Marius. 'Kun jij zo'n storm opwekken?'

Andevais afstandelijkheid verdween als sneeuw voor de zon. 'Natuurlijk kan ik dat!'

'Ik wilde je niet beledigen, magister. Het zou een verdomd betere manier zijn om de orde te herstellen dan mensen neerslaan. In mijn ervaring als soldaat...'

Toen Andevais blik van heer Marius naar de felgekleurde stapels kleding en stoffen op de bedden gleed, zag hij mij.

Hij zag me.

Heer Marius stopte halverwege zijn zin. 'Magister? Wat is er aan de hand?'

Andevai knipperde met zijn ogen. 'Ik was... gewoon even... verbijsterd...' Zijn blik schoot naar het bed. 'Dat jasje. Oranje strepen. Blauwe schelpen. Brillen met pauwenveren. En een geplooide kraag! Gewoonweg prachtig. Je moet werkelijk... dol zijn... op kleuren... en kant... om zo'n jasje te dragen.'

'Ja, dat zou je moeten zijn,' zei heer Marius lachend en hij wierp een blik in mijn richting – naar het jasje – en keek weer naar Andevai. De manier waarop hij naar de man keek die ik mijn echtgenoot moest noemen, was zo openlijk waarderend dat ik bloosde. 'Het lukt jou ook aardig om er zo fraai en kleurrijk mogelijk uit te zien.'

'Dank je,' zei Andevai zo verstrooid dat het bijna niet voor te stellen was. Ik knipperde hard met mijn ogen om hem te waarschuwen dat hij niet zo naar mij moest staren.

Amadou Barry zuchtte als een man die van gespreksonderwerp wil veranderen. 'Om het nog even te hebben over het jezelf moeilijk maken. Onderzoeken we het dak?'

'Wat zeg jij, magister?' Marius' geamuseerde en alerte blik richtte zich weer op Andevai.

'Ik zeg niets,' zei Andevai, die me op de meest achterlijke manier stond aan te staren.

'Er is ons gezegd dat jij ons naar het meisje kan leiden met wie je bent getrouwd.'

Andevai keek snel de andere kant op en leek de muren en het plafond te onderzoeken op een restant van goede smaak. 'Is dat wat je werd verteld? Ik vraag me af of dit een kleermakerswinkel is, of dat ze er alleen een hebben bestolen en alle kledingstukken op een hoop hebben gegooid.'

Amadou Barry floot. 'Ben je naar dit deel van de stad gekomen om informatie te zoeken naar waar ze heen is gevlucht?'

'Ik was hier voor mijn eigen zaken.'

'Je gaat haar niet opgeven, is het niet, waar ze dan ook heen is gegaan?' zei Marius. 'Heel goed. Ik vond haar aardig. Dat meisje heeft niet alleen ruggengraat, maar ook lef.'

'We moeten op het dak kijken,' zei Amadou.

Andevais blik schoot terug naar mij.

Ik sperde mijn ogen open en vormde met mijn mond de woorden: *'Ja. Zeg ja.'*

'Ja-a,' zei hij langzaam met vragend opgetrokken wenkbrauwen.

'Ja?' zei heer Marius met een verbaasde blik op Amadou.

Ik tilde mijn kin op en vormde geluidloos de woorden: *'Zeg ja. Zeg ga naar het dak.'*

'Ja,' zei Andevai met meer overtuiging. 'Ga vooral naar het dak.' Daarna, met wat zelfs voor hem een arrogante blik was, keek hij naar de verbaasde heer Marius. 'Gaan we nog naar boven? De soldaten vertelden me dat ze een trollendoolhof hebben gevonden. Wat dat dan ook is. Dat wil ik graag zien.'

De kapitein stak een hand op alsof hij een hem toegeworpen bal opving. 'Een trollendoolhof! We gaan.'

Amadou keek zijdelings naar Andevai. 'Ze kunnen over het dak zijn gekomen.'

'Aan een kant is er een koboldenwerkplaats die gedurende de dag is afgesloten. Aan de andere kant vergiftigen ze zichzelf met arsenicum of zoiets. Ik zie niet in hoe de meisjes hier voor ons kunnen zijn aangekomen. En ik ga mijn leven niet in een trollen-doolhof riskeren. Eén voet op een verkeerde plek en het hele zaak-je stort in elkaar. Dan krijgen we eindeloze rechtszaken waarin ja-renlang gepingeld zal worden over schadevergoeding. Trollen zijn dol op pingelen in de rechtbank. Amadou, ik neem aan dat je gelijk hebt: dit tochtje is voor Piet Snot. Laten we gaan. Ze zijn ergens daarbuiten. Ik heb de mansa beloofd dat ik hen zou opsporen en naar hem terug zou brengen.'

Heer Marius ging naar buiten. Amadou Barry volgde hem.

Andevai liep naar het bed en pakte het jasje, hield het omhoog zodat het links naast me hing. 'Nu begrijp ik hoe je in staat was uit Vier Manen Huis te vluchten zonder gezien te worden,' fluis-terde hij. 'Welke magie verbergt je? Niet één waarvan ik ooit heb gehoord.'

'Luister! De mansa heeft hun opgedragen jou niet te vertrou-wen. Als jij zegt dat ze naar links moeten gaan, dan gaan ze juist naar rechts.'

Boosheid flakkerde op in zijn ogen. 'Is dat zo?'

'Ze volgden jou, in een poging ons te vinden.'

'Deden ze dat?' Zijn ogen vernauwden zich zoals altijd wanneer hij een object, persoon of situatie bekeek die hem zwaar irriteer-de.

'Magister?' Amadou Barry deed een stap terug de kamer in. 'Is er iets niet in orde?'

'Ik kan mijn ogen er niet van afhouden,' zei Andevai met zijn blik net boven de kraag van het jasje, gericht op de mijne. 'Het is gemaakt op een manier die ik niet begrijp. Maar het is niet echt van mij, dus ik ben bang dat ik het moet achterlaten. Maar je kunt nooit weten. Ik heb het nog niet opgegeven iets wat me zo na aan het hart ligt te veroveren.'

Mijn wangen stonden in brand. Het verbaasde me dat de gezant me niet kon zien.

Amadou Barry leek verwonderd over Andevais hartstochtelijke woorden. 'Het is een beetje... al te gecompliceerd voor mijn smaak. We gaan nu weg, magister.'

'Bedankt voor de waarschuwing,' zei Andevai met zijn blik op mij gericht.

Hij gooide het jasje boven op de andere kleren en draaide zich om. Bij de deur bleef hij staan met een hand op de deurpost. Ik verstijfde, wachtte tot hij een laatste blik over zijn schouder wierp.

Een diepe, zware klap deed het huis trillen.

'Bij Teutatis!' riep een van de mannen, 'ze vuren kanonnen af op de rivier!'

Zonder achterom te kijken, liep Andevai naar buiten.

'Breng de gevangene,' zei heer Marius in de gang.

Ik hoorde Andevai. 'Overigens, gezant, hoe kwamen jullie erbij om mij te zoeken in het kantoor van de juridisch adviseur?'

Met veel lawaai gingen ze naar buiten en namen Amadous antwoord met zich mee. Ik bleef achter terwijl een kille wind door de kapotte deur naar binnen waaide en in de kamer boven een tingelend geklingel te horen was.

7

Het jasje dat Andevai omhoog had gehouden, staarde me beschuldigend aan door de roze brillen met hun vleugels van pauwenveren. *Ik heb het nog niet opgegeven.* Ik stond daar, zo verstijfd als oude pap, toen Bee doodongerust in de deuropening verscheen.

'Cat! We hoorden stemmen. Wat is er gebeurd?'

'Ik weet niet of ik geïrriteerd of gevleid moet zijn.'

Achter de deurpost kwam Rory met afhangende schouders mijn blikveld binnen, hij sleepte de twee tassen met zich mee. 'Ik voel me als een halfdode antilope die mijn moeder zojuist heeft meegesleurd voor ons eten.'

Ik haastte me naar hem toe. 'Wat vervelend. Laat mij een tas nemen.'

'Nooit meer pauwen. Ik blief nooit meer veren.' Hij boog zijn hoofd om met zijn wang over de mijne te strijken. 'Maar jij bent in orde. Dus ik voel me alweer beter. Wat is er met onze gids gebeurd?'

Ik omarmde hem. 'Eurig heeft zich voor ons opgeofferd. We kunnen niet het risico nemen om terug te gaan naar het kantoor om hen te waarschuwen. We moeten die Steen van de Vioolspeler vinden op de Oude Kruisovergang.'

'Het is een slecht idee,' zei Rory.

'Heeft Andevai ons verraden?' vroeg Bee.

'Integendeel. Hij heeft ze juist weggelokt. De mansa laat hem schaduwen.'

'Hij lijkt vreemd loyaal aan jou, op een uiterst eigenaardige manier.' Ze zweeg en keek naar mijn verstijfde gezicht. 'Ik zal je niet plagen, Cat. Laten we gaan.'

In het kielzog van de militie waren de stegen leeg gestroomd. We kropen uit een doolhof van achterafstraatjes naar de drukte van de Handelsstraat, ten oosten van de Vossensteeg. Vrouwen sjouwden manden en potten op hun hoofd. Een vrouw met grijs haar wankelde langs ons onder een heel schaap dat volkomen dood was; al het licht was verdwenen uit zijn ogen. De derde persoon die ik ernaar vroeg, verwees ons in oostelijke richting. Ik leidde met de wandelstok, Rory sleepte met de tassen en Bee vormde de achterhoede met het mes in haar zak en op haar rug een kleine gebreide tas waarin ze haar schetsboek en potloden bewaarde.

Een groepje jongemannen paradeerde langs ons. Ze kweelden in een volmaakt vierstemmige harmonie een lied over de tegenslag van een 'ezel' die geen ezel was, maar de prins van Tarrant. We bereikten een open plek waar vijf wegen elkaar kruisten. Een rij van karren en wagens beladen met vaten, zakken en open kratten vol onafgemaakte hoeden was volledig tot stilstand gekomen. De zingende jongens stonden uitdagend midden op het kruispunt met hun armen verstrengeld en blokkeerden zo de hele boel. Ze begonnen een bekende melodie te zingen. De gebruikelijke woorden, over een meisje dat verlaten was door een waardeloze minnaar, waren vervangen door de uitdagende politieke verzen van de dichter van de Noorderpoort: *Een opkomend licht kondigt de dageraad van een nieuwe wereld aan.*

Ik greep de mouw van een voorbijgaande straatventer. 'Maester! Waar is de Oude Kruisweg?'

'Maar dat is hier! Er broeit onlust. Daar wil je niet bij betrokken raken.' Hij schoof verder, gebruikte zijn handkar om de menigte uiteen te drijven.

Ik ging voor een paar vrouwen staan met manden op hun hoofden. 'Waar kan ik de Steen van de Vioolspeler vinden?' riep ik.

'Een slechte dag om in de Steen te kijken naar het gezicht van je toekomstige echtgenoot, meisje,' zei de oudste. 'Maar het is achter de poort en dan in het kleine hofje aan de rechterkant.'

Het duurde even voordat we een poort zagen in een onopvallende, oude muur links van ons. De opening was nauwelijks hoog en breed genoeg voor een vrachtkar. We baanden ons een weg door de menigte en glipten door de poort een zijstraat in, die geflankeerd werd door bouwvallige oude huisjes die rijp waren om vervangen te worden door de dromen van bouwmeesters. Een piepklein steegje vol kuilen en geulen en smerige, geel aangekoekte sneeuw bracht ons naar een klein pleintje waar drie stegen bij elkaar kwamen. De Steen van de Vioolspeler was een plompe, granieten monoliet die scheef hing als een dronkaard. Tussen de omringende gebouwen voelde het klam aan. Uitwerpselen lagen als bevroren bergjes naast kapotte trappen die leidden naar krakkemikkige deuren. Alle ramen waren met planken dichtgetimmerd. Maar een krans van bevroren bloemen lag als een besneeuwde kroon om het topje van de steen.

Rory likte zijn lippen. 'Ik ruik zomer.'

'Geef me het mes, Bee.' Ik trok mijn rechter handschoen uit, duwde de punt tegen mijn pink en sneed. De huid rimpelde en werd rood, maar er verscheen geen bloed.

Bee gniffelde. 'Moet ik het doen?'

'Nee! Jij zult mijn hele vinger afhakken, gewoon voor de zekerheid.'

'Geef het aan mij.' Ze trok haar eigen handschoen uit, pakte het mes en maakte een keurige kleine snede in haar handpalm.

'Laat je bloed op de steen vallen,' zei ik.

Mijn eigen hand werd warm toen een druppel bloed langs mijn vinger gleed. Opeens proefde ik zomer op de wind.

'Zo?' Bee hield haar hand boven de steen. Haar bloed drupte op het smerige oppervlak.

'Steek nu over! Snel, Bee.'

Bee liep met een klap tegen de steen aan.

'Auw!' zei Rory.

Bee deed drie stappen naar achteren en probeerde het opnieuw, alsof pure wilskracht de rots kon dwingen zich te openen. Ze botste tegen de steen aan en vloekte van pijn.

Mijn bloeddruppel viel. Een vlek verscheen op de steen en werd geabsorbeerd. In de verte fluisterde het rommelen van onweer. Een kraai fladderde naar beneden en landde boven op de steen. De aarde zonk weg onder mijn voeten terwijl steen en grond wegsmolten.

'Cat gaat erdoorheen,' zei Rory.

'Niet tenzij ik met haar meega!' Bee trok me ruw terug terwijl Rory grauwde en die vervloekte kraai kraste als een aanvoerder die zijn troepen waarschuwt.

'Dit werkt niet,' zei Bee. 'En het deed pijn.'

'Bee kan niet oversteken,' zei Rory, 'maar jij wel, Cat. Jouw bloed heeft de poort geopend.'

Hijgend viel ik op mijn knieën op een krakend bed van sneeuw. Er kwam niets. Mijn vinger klopte. Mijn tong brandde en ik slikte bloed door.

'Iemand gluurt naar ons door die dichtgetimmerde deur,' zei Bee. 'Ik vind deze plek niet prettig. En die kraai ziet eruit alsof hij onze ogen hoopt uit te steken.'

Ik overwon de aanval van zwakte en schuifelde langs de muur met Bee voorop en Rory achter me. Onaardse stemmen raasden en mompelden in mijn oren alsof ik met één been in de geestenwereld stond. Een indrukwekkende hengst denderde uit de muur, spieren rimpelden onder een pels meer bruin dan beige, en opeens was hij verdwenen. Een sabeltandtijger kuierde achter ons aan, enorme kaken openden zich in een verraste geeuw toen ze mij zag, en opeens was ze verdwenen. Een gevleugelde vrouw steeg op uit de kolendamp die de hemel bevuilde, haar huid gitzwart en toch glanzend alsof er gloeiende kooltjes onder verstopt waren, en opeens was ze verdwenen. Een boomblaadje gleed langs mijn wang met een glinsterend spoor van dauw.

Een glanzend gezicht, gemaskerd en onvriendelijk, vulde de steeg als een torenhoge klif van ijs klaar om af te kalven en mij te begraven. Kille vingers sloten zich om mijn hart tot ik niet meer kon denken of ademen.

'Cat?' Bee's vingers sloten zich om mijn hand.

Daarna was het weg en de stemmen vielen stil. Ik zakte tegen Bee aan en zij hield me overeind.

'Er zit bloed op je lip,' zei ze schor.

Ik likte het op, de smaak was zo bitter als zeewater.

Precies op het moment dat een compagnie van soldaten de steeg binnenreed, strompelden wij door de oude poort.

'Beatrice! Deze keer zul je me niet ontsnappen!'

Naast ons hield gezant Amadou Barry zijn paard in, hij werd vergezeld door een tiental Romeinse gardisten in wervelende rood-met-gouden mantels en met glanzende ronde schilden die meer decoratief dan nuttig waren. Amadou boog zich voorover in het zadel met het gemak van een man die gewend is paard te rijden en greep naar Bee met de bedoeling haar op te tillen. Zij sprong achteruit, het keukenmes flitste terwijl ze naar hem stak.

'Ik ben niet jouw eigendom!' riep ze.

'Je moet hier weg! Er breekt zo meteen een rel uit. Het is hier niet veilig.'

'Veiliger dan in een gouden kooi.'

'Beatrice, je hebt geen idee hoe wreed de wereld is. Ik zal je beschermen.'

'Gezant, je hebt geen idee hoe neerbuigend je klinkt. Ik ben niet geïnteresseerd in jouw vorm van bescherming.'

Had ik ooit gedacht dat hij een bedeesde en bescheiden jongeman was? Hij was niet eens arrogant. Hij was eenvoudigweg een man met zo'n hoge rang dat hij boven dingen als arrogantie en nederigheid stond. Hij greep Bee's pols en draaide die tot ze het mes liet vallen. 'Je komt met mij mee.'

Rory sprong. Hij botste tegen Amadou aan en Bee rukte zich vrij terwijl beide mannen op de grond vielen. Gardisten drongen om hen heen. Een zwaard flitste in de richting van mijn broers hoofd. Ik pareerde met mijn wandelstok terwijl Rory weg rolde. Een wandelstok gemaakt van hout zou verbrijzeld zijn door staal, maar de kling van de soldaat kwam huiverend en met een rinkelend geluid tot stilstand. Rory sprong op, schopte het been van de ruiter uit de stijgbeugel en duwde hem van zijn paard.

Bee greep het mes en sneed het tuig van Amadous rijdier door. Het zadel gleed weg. We trokken ons terug naar de poort terwijl Amadou Barry opkrabbelde met een gezicht dat zo nietszeggend was dat ik me afvroeg of hij werkelijk boos was. Het tuig was onbruikbaar.

Aan de andere kant van de poort sneed het geknal van vuurwapens door de lucht, onderbroken door woedend gehuil en de afgemeten bevelen van een militaire kapitein: 'Omdraaien! Opstellen in rangen!' Meer knallen volgden, scherp en snel. De Romeinse gardisten keken verbaasd. Dat waren geen musketten. 'Geweren!' riep een mannenstem van veraf. 'Vuur opnieuw, jongens! Nu hebben we de overhand! Zij hebben alleen zwaarden en pistolen!'

Van de militie kwam het antwoord: 'Aanvallen!'

'Rennen!' riep ik.

We stormden door de steeg, weg van de oude poort. Het gebrul van een regelrechte veldslag denderde over ons heen. Mensen dromden door de poort en hinderden de Romeinse gardisten toen ze probeerden zich rond hun gezant te verzamelen. Met getrokken zwaarden en kruisbogen in de aanslag trokken de mannen zich terug in een dichte formatie. Uit de menigte vlogen stenen door de lucht. De bocht van het steegje benam ons het zicht.

'Gezegende Tanit!' riep Bee, half in tranen, 'laat hem niets overkomen! O, wat haat ik hem.'

'Besluit nu eindelijk eens wat je wilt!' Het geluid van een kwartier in lichterlaaie raasde om ons heen, alsof elk steegje, straatje en klamme nis in vlammen was opgegaan. 'Hij is helemaal niet zoals ik eerst dacht dat hij was.'

'Dat maakt me nu juist zo kwaad!' Ze zag eruit alsof ze elk moment haar woede kon botvieren op een van de huizen waar we langs renden. 'Ik dacht dat ik hem kon vertrouwen, maar dat kan ik niet!'

Een diepe vibratie trok door mijn lichaam. De galmende bas van de klok in de tempel gewijd aan Ma Bellona, hij die dapper het fort bewaakt, klonk over de stad. De gebiedende tenor van de klok in de tempel gewijd aan Komo Vulcanus, hij die zijn geheimen bewaart, antwoordde. De zusterklokken begonnen mee te doen, gevolgd door de koddige Bas van Esus-at-the-Crossing en de lachende alt van Sweet Sissy. Als laatste en volkomen onverwachts omdat het zo weinig voorkwam, vulde de rauwe alt van de koningin der klokken, de matrone van overvloed en bescherming die het heiligdom bewaakte van Juno Lennaya, de lucht met een galm die de huizen deed trillen. Via de stem van zijn klokken, deed Adurnam mee met het tumult.

Wij snelden verder. De vervloekte steeg bracht ons recht naar de woedende chaos van een straat die net zo breed was als de Handelsstraat. Het plaveisel werd geflankeerd door de nieuwste gaslantaarns, hoewel de helft van de glazen bollen verbrijzeld was. De enorme massa mensen die door de straat heen deinde bracht ons tot stilstand. Iedereen riep en vloekte, het geroezemoes van stemmen was als een nest boze bijen.

Rory gebruikte de tassen om zich een weg te banen door de menigte. Wij zwoegden in zijn kielzog.

'Kijk uit!' Een man bedreigde me met een stok. Mijn slag brak die in tweeën en hij trok zich terug.

Toen we een volgende kruising naderden die afgesloten was door karren en wagens, klonk het rommelende geluid van donder.

Rory hield zijn hoofd schuin. 'Dat zijn geen paarden.'

Bee wees naar een winkel met een uithangbord waarop een uil stond met een gezicht als een uurwerk. 'Daar! We moeten daar naar binnen gaan.'

We bereikten de luifel. Bee opende de deur en stoof met Rory naar binnen. Een ijzige smaak drong door het gruizige aroma van kolendamp. Mijn oren knapten toen de lucht veranderde. Het gevest van mijn zwaard brandde. Snel sloot ik de deur stevig achter me, de deurbel klingelde.

De man achter de toonbank had zilverkleurig haar, droeg een bril en had een winkel vol tikkende klokken, die allemaal een andere tijd aanwezen. Hij legde een passer neer.

'Maester,' zei ik. 'Neem ons niet kwalijk dat we zomaar binnenstormen, maar als u luiken heeft, beveel ik u aan uw winkel nu af te sluiten. Er komt een storm aan.'

'Maester Napata, ze zijn er,' riep hij, maar niet tegen ons. 'Net zoals u zei dat ze zouden komen.'

Een gierende wind deed de ramen trillen. Hagelstenen ranselden de straten als de schoten van musketten. Mensen verspreidden zich, zochten beschutting waar ze maar konden. De winkeldeur barstte open en een tiental verweerde, ruige kerels in verstelde werkmanskleren stommelde naar binnen. Een had een bloedneus, die hij probeerde te stelpen met een verfrommeld strooibiljet. Een ander hield een hand op zijn oor. Een derde zwaaide met een steen en vervloekte magisters en prinsen allebei even hard. Ze vielen stil toen een jongeman achter een gordijn vandaan stapte.

Het griezelig bleke gezicht van de man had dat van een spook uit het ellendige halfduister van Sheol kunnen zijn. Toen zag hij Bee en hij bloosde, wat gemakkelijk te zien was omdat hij een albino was. Hij was geen spook. Hij was de dienaar van het schoolhoofd van de academie.

Wat ter wereld deed de loyale hond van het schoolhoofd, zoals we hem altijd noemden, hier?

'Als het hoofd van de dichter Bran Cof ooit tegen je sprak,' zei de jongeman, zijn woorden begraven onder een buitenlands accent, 'kom dan nu alsjeblieft met me mee. De driedubbel geprezen dichter sprak vanmorgen tegen het schoolhoofd.'

'Gezegende Tanit!' mompelde Bee en ze keek naar mij. Net zo goed als ik herinnerde ze zich de dag dat we door het kantoor van het schoolhoofd waren geslopen en de griezelige stem de woorden *Rei vindicatio* hoorden zeggen alsof hij ons wilde waarschuwen. Slechts enkele uren later was Andevai komen opdagen bij het huis van haar ouders en gebruikte dezelfde woorden om het legale eigendom op te eisen van de oudste Hassi Barahal dochter.

De mannen die opeen gedromd bij de deur stonden, begonnen tegen elkaar te mompelen toen het beroemde hoofd van de dichter Bran Cof werd genoemd.

'Wat zei het hoofd van de dichter?' vroeg de man met de steen dringend.

De assistent van het schoolhoofd negeerde iedereen behalve Bee. 'Het hoofd van de dichter Bran Cof zei dat hij een boodschap had voor Tara Bells kind. Hij zei dat we jullie hier moesten opwachten.'

Ik was blij dat hij naar Bee keek, zodat hij niet zag hoe ik huiverde.

'De vorige keer leverde het schoolhoofd mij uit aan de Romeinen,' zei Bee. 'Hoe weet ik dat hij dit niet opnieuw zal doen?'

'Dat was een vergissing.' Hij staarde naar Bee zoals een goed getrainde, maar hongerige hond staart naar een bot dat buiten zijn bereik ligt, want hij was een van de jongemannen die tijdens onze studententijd op de academie verliefd was geworden op haar schoonheid. 'Hij zweert bij zijn eer en waardigheid dat hij dit niet opnieuw zal laten gebeuren. Als je de boodschap wilt horen, kom dan met mij mee.' Hij verdween achter het gordijn.

'Ik ruik dat hij niet liegt,' zei Rory.

De man met de gewonde neus streek het bloederige strooibiljet glad. 'Denken jullie dat deze twee dezelfde zijn als voor wie de beloning is uitgeloofd?'

'Wat is dat?' vroeg de man met zijn hand op zijn oor. 'Het hoofd van de dichter Bran Cof spreekt eindelijk weer, zei je dat? Droeg hij een gedicht voor over de rechtvaardigheid van onze onvrede? Of deed hij een uitspraak over het rechtmatige principe dat mannen moet worden toegestaan te stemmen voor een tribuun om hen te vertegenwoordigen in de raad van de prins?'

De andere man las het strooibiljet snel. 'Dit zegt dat de prins van Tarrant een beloning uitlooft voor degene die twee Fenicische meisjes ontdekt. Ze zijn het eigendom van een van de magiërshuizen.'

'Waarom zouden wij meisjes overdragen aan die vervloekte magiërs?' zei de man met de steen.

'Het is een vervloekte hoop geld, als we het door twaalf delen, worden we nog steeds allemaal rijk.'

Buiten waren de straten leeg op de Romeinse gardisten na die door de straten paradeerden met hun ronde schilden boven hun hoofd tegen de striemende hagel. Elk moment kon gezant Amadou de winkel binnenkijken en ons zien. De man met de bloederige neus legde zijn rood bevlekte vingers op de klink en opende de deur.

'Hierheen!' riep hij.

'Ga,' zei ik.

De klokkenmaker sloeg het blad van de toonbank omhoog. Rory ging eerst, Bee erna en ik achteraan.

'Dank je,' zei ik tegen de klokkenmaker en ik wrong me tussen de zware gordijnen door. Voor me glipte de zoom van Bee's rok over de plankenvloer onder een tweede gordijn door en daarna kwamen er te veel gordijnen om te tellen. Het was als het achtervolgen van een slangenstaart langs schotten in een gang. Een olieachtige geur maakte dat mijn lippen samentrokken. Ik botste tegen Bee op toen de verzwaarde zoom van het laatste gordijn van achteren tegen me aan sloeg.

We stonden in een volledig donkere kamer, op flakkerende lichten na die opvlamden en uitdoofden als hefbomen die op en neer gingen. Getik, gekraak en geschuur verminderde stapsgewijs alsof iets langzaam tot stilstand kwam. Een laatste lichtflits en daarna was de kamer pikkedonker. De lucht in de kamer was vervuld met de ranzige stank van oude olie en een zweempje houtskool. Mijn spookzwaard, dat buiten was opgevlamd in reactie op de koude magie van de storm, hing log in mijn hand. Een geruis van ruwe stemmen, knalletjes, klikken en plofjes verspreidde zich door de kamer: gekwebbel van kobolden.

'Genadige Melqart,' fluisterde Bee. 'We zijn in een koboldennest terechtgekomen. Dit moet een van die illegale dagwerkplaatsen zijn waar de opzichters van de prins altijd naar zoeken.'

'Cat,' zei Rory op een verongelukte en verontruste toon, 'ik word aangeraakt door allemaal kleine vingers.'

'Ze leiden je alleen naar de trap,' zei de assistent van het schoolhoofd in het donker. 'Ze willen jou net zomin hier hebben als jij hier wilt zijn.'

Vingers klopten op mijn armen tot aan mijn schouders en over mijn rug, alsof ze de maat namen voor een nieuw ruiterjasje. Net zoals de meeste mensen wist ik weinig over kobolden, behalve dat zonlicht hen verbrandde, dat ze zichzelf verborgen onder maskers en gewaden zelfs onder het licht van de sterren en dat ze bijna dezelfde vorm hadden als mensen. Ze verkochten hun waren op de nachtmarkten en hun werkplaatsen moesten verplicht sluiten gedurende de dag. Wat betekende dat we op een plek stonden waar we allemaal gearresteerd konden worden.

Een stem, zo broos als wintergras sprak aan mijn linkerkant terwijl een hand over mijn arm gleed. 'Een stinkt naar draken. Een ruikt als de zomerzon. Deze bevindt zich tussen de werelden, net zoals haar zwaard. Er zit een prijs aan vast.'

'Jij en ik waren het al eens geworden over de prijs,' zei de assistent van het schoolhoofd. Als je zijn huid niet kon zien, klonk hij als een gewone man, kalm maar geërgerd.

'Voor deze drie is dat niet genoeg.'

Bee en ik hadden een enkele keer eerder gemarchandeerd met gemaskerde en gesluierde kobolden op een van de nachtmarkten. 'Wat wil je?' vroeg ik.

'We willen jouw hulp kunnen inroepen, spookwandelaar, als dat nodig is.'

'Cat,' fluisterde Bee. 'Wees voorzichtig.'

'Afgesproken,' zei ik, want anders dan Bee, kon ik vagelijk tumult horen in de winkel, misschien zelfs het geluid van een klok die viel en verbrijzelde. De soldaten waren aangekomen.

'*Aha*,' ruiste het door de kamer die zo duister was als de Styx.

'Dat was onbesuisd,' merkte de assistent van het schoolhoofd op.

'Dat is haar bijnaam,' zei Bee.

'Er zijn moeilijkheden in de winkel,' waarschuwde ik.

'Dat weten we.' De kille greep van de kobold sloot zich om mijn pols. 'Deze kant op.'

We werden naar een trap geleid. De smerige adem van de onderwereld blies in onze gezichten. Stap voor stap daalden we af in de giftige riolen. De lucht sloeg als een natte deken vol verrotting tegen mijn gezicht. Dat slurpende, eindeloze zuchten was het geluid van het bezinksel in het riool dat vocht uitwasemde. Ik kon niets zien, maar aan mijn linkerhand gaapte een kanaal als de muil van de god van een knekelhuis, of in ieder geval van zijn privaathuisje.

Rory zei: 'Wauw! Is dit de plek waar de honden verblijven?'

'Stil!' mompelde de assistent van het schoolhoofd voor ons. 'Vanaf hier moeten jullie niet meer praten. Als we ontdekt worden, zullen we sterven en de kobolden die ons leiden zullen het eigendom van hun ademhaling verliezen.' Hij legde niet uit wat hij bedoelde en we durfden er niet naar te vragen omdat we dan de stilte moesten verbreken.

We daalden nog verder af en lieten de stank van het riool achter ons. Aan het eind van de trap liepen we in het pikkedonker verder door een tunnel die gladder was geplaveid dan welke straat in Adurnam dan ook. De aanraking die me leidde, kneep nooit, maar verslapte ook niet. De weg liep rechtuit, onderbroken door nissen en poorten die roken als luchtkanalen die vervuild waren met een rokerige geur als de as van een dood vuur. Met tussenpozen hoorde ik raderen gelijkmatig tikken. Telkens liepen we steeds dichter naar het geluid toe tot er opeens rechts of links een opening gaapte waardoor een zweem van warmte voelbaar was en een luchtdruk als wind die wordt tegengehouden door een sluier. Dan slikte ik om mijn oren te klaren en als we verder liepen, vervaagde het tik-ken weer.

Het vernuft van de kobolden was zo legendarisch dat ik de indrukwekkende verhalen die over hen werden verteld altijd had betwijfeld: konden ze werkelijk leven blazen in steen en metaal? Maar door deze diepe, gladde paden uitgegraven onder de stad begon ik me af te vragen of de verhalen toch waar konden zijn. Waar had ik mezelf mee ingelaten? Wat wilden kobolden die in een illegale dagwerkplaats werkten? Wat was 'eigendom van adem'?

Het regelmatige getik van een klok streek langs mijn oren. Aan onze linkerkant verlichtte een gloed een kamer met een gebogen plafond. De diepten waren gehuld in duisternis, maar door ronde openingen was te zien dat de voorkant van de kamer glansde met een melkachtig licht. Wezens stonden in rijen die aan het eind, achter het aura van licht, verdwenen in het duister. Op het eerste gezicht dacht ik dat het soldaten waren die op de plaats rust stonden. Maar toen mijn voetstappen stopten en ik ernaar staarde, besefte ik dat ze niet ademhaalden en niet menselijk waren. Hun tengere ledematen en torso's waren gespikkeld alsof ze van steen waren. Hun gezichten waren menselijk omdat ze lippen hadden, neuzen en oren maar in de holten waar ogen hadden moeten zitten, zag ik lapjes die glansden als nat fluweel. De meesten droegen mouwloze tunieken van een stof die gesponnen zou kunnen zijn uit draden van mist. In de schaduwrijke diepten ademden onzichtbare slapers in en uit.

Mijn gids siste zacht. Ik keek naar hem. Hij was bijna even lang als Bee, goudkleurig en elegant gespierd als een danser, maar zijn gezicht had niets menselijks omdat hij geen ogen had om uitdrukking te geven aan zijn hart en ziel. Achter hem stonden Bee, Rory en hun gidsen, maar de assistent van het schoolhoofd ging voorop zonder een gids. Hoe kon hij iets zien in een duisternis die zo pikzwart was dat deze zelfs míj verblindde?

Achter in de kamer klonk een harde bons. Met een puffend geluid alsof er stoom werd afgeblazen, begon een ratelend getik. Mist danste als een wolk vuurvliegjes rond een duistere schaduw. Raderen knarsten. Een kop zwenkte in het rond en klauwen als vlijmscherpe messen blonken op in het bleke licht.

De kobold fluisterde: 'Rennen.'

We renden. De eerste twintig stappen dacht ik dat de goden met ons waren: gezegende Tanit bood bescherming onder haar hand, genadige Melqart een schild, Baäl een haven tegen de storm. Ik keek achterom.

Een wezen sloop door de ronde openingen naar buiten. Het zag eruit als het skelet van een trol gemaakt uit raderen en metalen staven. Zijn kop zwenkte terwijl het keek in de richting waarlangs wij waren gekomen, het pikkedonker van de gang in. Als het nog even langer die kant uitkeek, zouden we kunnen ontsnappen in het duister.

Met een ruk van zijn kop en dreigend blikkerende tanden, draaide het zich om en kwam achter ons aan met zwaar tikkende stappen. Stoom spoot sissend uit zijn gapende bek.

Rory stapte langs me heen en smeet een tas naar het wezen. De tas sloeg tegen diens schouder en gooide het opzij. Het sloeg tegen de muur, kreunde en schudde, de kop boog achterover voordat het die weer liet zakken om ons te zoeken. Rory tolde helemaal rond en gooide de tweede tas met de extra kracht van zijn beweging. De tas vloog tegen de kop aan. Het wezen viel achterover, sloeg hard tegen de muur, wankelde opzij tegen de andere muur en zakte daar in elkaar. Een vonk kringelde omhoog en doofde uit. Raderen draaiden snel in het rond alsof het wezen zichzelf probeerde op te richten.

Het vervloekte wezen kreeg mijn vaders kostbare verslagen niet.

'Cat!' riep Bee terwijl ik langs Rory stoof.

'Ga! Ik kom wel!'

Ik greep de dichtstbijzijnde tas. Metalen klauwen sloten zich rond de enkel van mijn laars. Ik liet de tas op de elleboog vallen. Het gewicht sloeg de arm tegen de grond, maar het wezen schoof al onder het obstakel vandaan. De kop kwam omhoog, metalen kaken gaapten. Tanden blikkerden. Een rode bron van vuur klopte diep in die keel, alsof het zich voorbereidde om mij te verzengen.

Van ver boven ons, verbonden als door een onstoffelijke ketting dwars door de aarde, schoot koude magie – Andevais storm – langs mijn zwaard. Het gevest bloeide op; ik trok het vrij en stootte de smalle kling diep in die gapende muil.

Het vuur doofde uit. Het wezen zakte in elkaar met een laatste haperende tik.

Mijn hart bonkte alsof er grote hagelstenen tegenaan sloegen en mijn blik werd wazig toen een polsslag die niet de mijne was in mijn oren bulderde: 'Catherine!'

Ik had een hallucinatie van Andevais stem. Snel stak ik mijn zwaard in de schede, greep beide tassen en rende blindelings achter de anderen aan. Het duizelde me en het enige wat ik nog wist, was dat ik de tassen niet zou opgeven, zelfs niet aan de dood.

'Cat! Deze kant op!'

Ik volgde Bee's stem langs een serie gordijnen die aanvoelden als geweven metaal. Toen de laatste langs mijn rug gleed, stootte ik mijn voet tegen een trap.

'Nu hebben we een schuld bij jou omdat jij ons hebt gered,' zei een kobold, verborgen achter het laatste schot. 'Je prijs is betaald.' Ik kon niet zeggen of hij dankbaar was of teleurgesteld.

'Ik zal ze vanaf hier begeleiden,' zei de assistent van het schoolhoofd. 'Jullie kunnen er maar beter vandoor gaan voordat jullie heren komen kijken naar de problemen die we hebben veroorzaakt.'

Ik hoorde het ritselen van de schotten terwijl de kobolden zo snel terug glipten naar hun onderwereld dat ik geen kans had hen te bedanken of iets te vragen, of zelfs maar iets te bedenken. Verrast door het geluid van voetstappen, zette ik de tassen neer en trok mijn zwaard. Een jongeman met een lange zwarte vlecht over zijn schouder pakte de tassen. Na een ogenblik besefte ik dat het Rory was en dat er genoeg licht was om dat te zien. Zij waren al aan het klimmen. Ik volgde.

Omhoog! De trap ging eindeloos door. Mijn adem kwam met horten en stoten. Hoorde ik getik? Wat als er andere wezens achter ons aan zaten? *Wat was dat ding?*

De assistent van het schoolhoofd keek achterom.

'Je zwaard gloeit,' zei hij zacht.

Het licht kwam van mijn zwaard. De harde glans onthulde hem duidelijk. Hij had niet de roomblanke huid van de noordelijke Kelten, hoewel hij heel bleek was. Zijn brede Avar jukbeenderen en de mongolenplooi bij zijn ogen werd voornamelijk gezien bij mensen die leefden op de uitgestrekte vlakten ten oosten van de Bleke Landen. Zijn witte haar was het opvallendste. Het was geknipt in een pijnlijk nauwgezette nabootsing van de lokale Keltische stijl van korte plukjes die weggeschoren zijn rond de oren. Zijn modieuze indigoblauwe jasje contrasteerde te sterk met hem. Op de rug van zijn blote handen stonden tatoeages, als vervaagde blauwe inkt, in een kronkelend patroon dat klimplanten of slangen kon voorstellen. Het herinnerde me aan het oude Romeinse gezegde: *Hoedt u voor de slang in het oosten.*

'Bee stinkt naar draken,' zei Rory terwijl hij stilstond op de trap, 'en hij ook. Het was geen goed idee om met hem mee te gaan.'

'Ik stink niet,' zei Bee, 'en je zult onmiddellijk je excuses aanbieden aan maester Napata. Het is heel onbeschoft om tegen mensen te zeggen dat ze stinken.'

'Zelfs als ze dat doen?'

'Het spijt hem dat hij onbeschoft was, en het spijt mij dat hij onbeschoft tegen jou was,' zei ze terwijl ze twee stappen onder de assistent van het schoolhoofd bleef staan. Hij zag eruit als een man die gewend is mensen te horen fluisteren over zijn uiterlijk, en niet op de manier zoals Andevai waarschijnlijk gewend was dat er bewonderende blikken op hem werden geworpen.

'Het is genoeg als het jóú spijt.' Na deze stoutmoedige opmerking haastte hij zich de trap op alsof zijn eigen moed hem te veel werd.

'Dit is echt niet het moment om zo kinderachtig te kibbelen,' zei ik terwijl ik langs hen klom. Rory keek beledigd en Bee verrassend beschaamd. 'Maester Napata, wat was dat ding? Wat voor soort overeenkomst hebt u met deze kobolden? Hoe kent u deze tunnels?'

'Ik ben niet degene die je vragen kan beantwoorden,' zei hij. 'De mannen in de winkel van de klokkenmaker zullen ons zonder veel problemen kunnen vinden als ze de militie willen inlichten. We moeten opschieten.'

We klommen terwijl mijn zwaard diende als onze kaars, maar de glans op de kling doofde uit toen een zweem van natuurlijk licht uit een onbekende bron sijpelde en duisternis in schemering veranderde. Uiteindelijk kwamen we uit in een muffe kamer met een gebogen plafond.

'Geef me even om op adem te komen.' Hoestend leunde ik tegen de stenen muur.

Rory zette een tas neer en legde geruststellend een hand op mijn schouder. 'Ik ruik botten en as.'

'We zijn in een grafkelder,' zei Bee terwijl ze om zich heen keek.

In alkoven stonden godenbeelden, stoffige potten met beschilderde deksels en metalen bordjes met namen erin gehamerd. Twee stèles bewaakten de plek. De ene was doormidden gescheurd en hing scheef. In de tweede was aan een kant het zegel van Tanit gebeiteld – een driehoek omringd door een cirkel en een rechthoek – en aan de andere kant een stier, een leeuw en een maansikkel boven een zon.

Ik streek met mijn hand langs mijn nu zo doodgewone zwarte wandelstok. 'Wat wás dat ding?'

Bee wierp een nerveuze blik naar de duisternis die de trap verborg, maar we hoorden geen geklik. 'Het zag eruit alsof iemand een automatische klok had gebouwd in de vorm van een trollenskelet en aangedreven door stoom. Denken jullie dat kobolden werkelijk zo vernuftig zijn?'

'Ik doofde zijn vuur met mijn zwaard precies op het moment dat het verzengende stoom over me wilde blazen,' fluisterde ik. 'Ik had niet in staat moeten zijn om zoiets te doen. Het voelde alsof ik Andevais koude magie door het zwaard heen trok.'

Bee keek bedachtzaam terwijl ze mijn wang aanraakte met de rug van haar hand. 'Ik hoop dat je niet van mij verwacht dat ik een verklaring heb voor wat er zojuist is gebeurd. Ik moet zeggen, lieverd, dat onze levens heel wat rustiger waren voor die vreselijke nacht toen mijn ouders jou overdroegen aan Vier Manen Huis.'

Maester Napata wenkte. 'Maestressa's. Deze kant op. Haast je alsjeblieft.'

Hij leidde ons een volgende trap op. De lucht werd ijskoud toen we via een marmeren grafmonument naar de oppervlakte kwamen. Verblind strompelden we het felle daglicht in. Boven ons was de hemel strakblauw. De storm was voorbij, hoewel de kou door onze mantels heen drong. Overal lagen hagelstenen op de grond. Vanachter hoge muren rees het geroezemoes van de stad op.

Rory keek verwonderd om zich heen. 'Zoveel kleine stenen huisjes. Welke mensen wonen hier?'

'Alleen de doden,' zei Bee.

'Leven dode mensen dan? Ik dacht dat ze niet meer leefden als ze dood waren. Dit is heel verwarrend.'

'Het is een geheiligde plaats,' zei ik. De muren waren aan de bovenkant versterkt met metalen stekels om vandalen, schatzoekers en onruststokers buiten te sluiten.

'Wat is een geheiligde plaats?' vroeg Rory.

'Elk Kena'ani kind dat vroegtijdig overleed in de eerste achttienhonderd jaar van de Kena'ani nederzetting in Adurnam werd begraven op deze dodenakker,' legde ik uit.

'De overblijfselen van kinderen werden hier begraven om de goden te eren.' Bee zonk neer op een met mos bedekte stenen bank alsof ze volkomen uitgeput was. 'Maar deze dodenakker werd gesloten toen mijn papa nog een kind was, veertig jaar geleden. Er braken rellen uit in de stad nadat er geruchten waren verspreid dat de Feniciërs kinderen offerden tijdens de nacht van Allerzielen en hun bloed mengden met wijn en brood om de Wilde Jacht op afstand te houden. Hier op de geheiligde plaats.' Ze zuchtte. 'Geef me een ogenblikje. Mijn benen trillen.'

'Ik denk niet dat bloed en wijn lekker bij elkaar smaken,' zei Rory. 'Waarom zou je zoiets drinken?'

'Het was niet wáár, stommeling,' snauwde ze. 'Het was een pértinénte léúgen!'

Een windvlaag beroerde mijn haren, als een ongewenste voorbode. 'Bee, waarom viel dat uithangbord van de klokkenmaker je op?'

'De uil met het gezicht als een uurwerk? Dat zag ik in een droom. Ik heb het getekend. Toen ik het vandaag zag, wist ik dat we daarheen moesten gaan.' De blik waarmee ze me aankeek zag er zo moe en uitgeput uit dat ik haar wilde zeggen dat het allemaal goed zou komen, maar ik wist dat dergelijke woorden een leugen zouden zijn. Toen ik geen antwoord gaf, schudde ze haar hoofd alsof ze tranen van zich afschudde en glimlachte plagend tegen me. 'Trouwens, Cat, ik zag het gezicht van een man in de Steen van de Vioolspeler.'

'Wie?' vroeg ik dringend, want ik dacht aan de vrouw die ons had verteld dat meisjes erheen gingen om de gezichten van hun toekomstige echtgenoten in de steen te zien.

'Messen,' zei ze cryptisch met neergetrokken mondhoeken alsof ze er zelf niet zeker van was.

Voetstappen knerpten op grind. Dat had ik eerder moeten horen. Een gedaante verscheen op de plek waar het grindpad rond een protserig monument liep met een verweerd beeld van kronkelende, in elkaar verstrengelde, zeemonsters die bekendstaan als de Taninim.

'Dus daar zijn jullie, de Hassi Barahal nichtjes.' Leunend op een stok en vergezeld van zijn assistent, keek het eerbiedwaardige schoolhoofd van de academie waar Bee en ik gestudeerd hadden naar ons met een uitdrukking die ik niet kon plaatsen. Hoewel ik wist dat hij zijn assistent had gestuurd om ons te vinden, staarde ik totaal verrast naar zijn waardige gezicht vol rimpels en zijn zilveren haren. Het was alsof ik in een woelige zee dreef en naar de muil vol tanden van een zeewolf staarde.

Met een grom van woede liet Rory de tassen vallen. In een gouden flits, te fel om goed naar te kijken, versmolt hij van een man tot een enorme, dodelijke sabeltandtijger en sprong naar het schoolhoofd.

8

Ik sprong tussen Rory en het schoolhoofd in.
Toen ik me omdraaide en me schrap zette om Rory tegen te houden, veranderde de lucht. De kou verdween alsof deze door een golf intense hitte een laaiende oven werd ingezogen. Een geschubd beest van glanzend gepolijst koper trilde in de lucht: ogen als brandende smaragden, klauwen zo lang als mijn armen, vleugels die de begraafplaats van muur tot muur overspanden. De muil wijd open om Rory te verslinden samen met ons, de hele stad, de hele wereld en uiteindelijk al het leven.

Ik kwam in botsing met de massieve flank van de kat. Hoewel ik Rory niet echt tegenhield, vielen we allebei ver genoeg opzij om buiten bereik van het schoolhoofd te landen. Ik lag boven op zijn deinende schouders, maar sprong snel achteruit en sloeg hem op zijn nek met mijn wandelstok.

'Stop! Rory! Stop!'

De grote kat deinsde terug en hurkte ineen. Op zijn pels glansde een trillend licht en hij veranderde weer in een zwartharige jongeman.

'Laat me los!' riep Bee op een toon waaraan ik hoorde dat ze eerder boos was dan bang.

Ik stapte opnieuw tussen Rory en het schoolhoofd en draaide me om. De assistent van het schoolhoofd had een hand op Bee's arm gelegd en probeerde haar weg te trekken. Hij liet haar onmiddellijk los.

Het schoolhoofd zag eruit zoals hij er altijd had uitgezien: een lange, oudere man van nobele Kushite afkomst, een vorstelijke geleerde van een hoogst gecultiveerd en beschaafd volk, een man die altijd kalm was. Waarom had ik nooit eerder gezien hoe stralend groen zijn ogen glansden?

'Wie ben je?' vroeg Bee bits.

Stukken kleding hingen als vodden om Rory's lichaam. Zelfs halfnaakt zag hij eruit als een roofdier. 'Ik moet hem doden, Cat. Dat begrijp je toch wel!'

'Ik begin te geloven dat ik er minder van begrijp dan ooit!' riep ik.

'En dat was al niet veel,' mompelde Bee alsof ze zich niet kon inhouden.

Was het licht veranderd? De ogen van het schoolhoofd waren vriendelijk en doodgewoon bruin, helemaal niet groen. 'Neem ons niet kwalijk, Maester,' zei ik beleefd, 'maar als ik me niet vergis, is er zojuist iets vreemds gebeurd.'

'Inderdaad,' beaamde hij met de behoedzame glimlach van een man die alles al heeft gezien en niet zo gemakkelijk te verrassen is. 'Je jonge metgezel veranderde in een enorme kat en daarna weer terug in een man. Inderdaad een onverwachte gebeurtenis. Hij moet het koud hebben. Mag ik hem mijn jas aanbieden?'

'Nee!' snauwde Rory. Ik duwde de wandelstok tegen zijn borst om hem in te tomen.

'Kemal,' zei het schoolhoofd tegen zijn assistent, 'als je zo vriendelijk wilt zijn.'

De assistent deed zijn jas en handschoenen uit. Bee bracht ze naar Rory.

Ik zei: 'Trek het aan.'

Hij gehoorzaamde, maar aan zijn smalend gekrulde lippen kon ik zien dat hij beledigd was.

'Waarom denk je dat je hem moet doden, Rory?' vroeg ik terwijl ik probeerde kalm te blijven.

Zijn toon maakte duidelijk dat hij woest was dat ik zijn behoeften zo harteloos negeerde. 'Hij hoort bij de vijand!'

Aan Bee's verbeten gezicht kon ik zien dat haar gedachten zo wild en wanhopig voortraasden als een uit de rails gelopen treinwagon.

'Bent u een koude magiër, Maester?' vroeg ze. 'Misschien een magiër die niet bij een Huis hoort en zelf zijn weg zoekt in de wereld? En zijn macht verbergt?'

'Ik ben geen koude magiër. Maar ik nodig jullie uit mee terug te gaan naar de academie, waar ik warme thee zal serveren en we dit gesprek in een fatsoenlijk warme omgeving kunnen voortzetten.'

Bee antwoordde met koninklijke koppigheid. 'Ik wil u niet beledigen, Maester, maar de laatste keer dat ik beschutting bij u zocht, droeg u me over aan gezant Amadou Barry. Ik werd weinig meer dan een gevangene in zijn prachtige huis en ik moet zeggen...' Haar wangen werden vuurrood en ze dacht twee keer na over wat ze moest zeggen.

Hij knikte. 'Ik wil mij diep verontschuldigen, maestressa. Ik vergiste me door te denken dat het Barry Huis een geschikte schuilplaats voor je was. Er hangt geen prijskaartje aan het aanbod van een kop warme thee. Ik zweer bij mijn eer als een Napata dat ik je aanwezigheid in de academie aan niemand zal onthullen. Niemand zal het weten buiten mij en mijn bedienden die mij gehoorzaamheid verschuldigd zijn.'

'Ik moet hem doden,' zei Rory. 'Laat me gaan, Cat.'

'Nee.' Ik hield de wandelstok tegen zijn borst gedrukt, het koude staal hield zijn tegenstribbelende lijf in toom. 'Maester, kunt u ons uitleggen wat we zojuist zagen? Als dat geen magie was, dan heb ik geen idee hoe ik het wel moet noemen. Mijn nicht en ik zijn genoeg belogen, verraden en onwetend gehouden.'

Zijn ernstige glimlach maakte me beschaamd over mijn heetgebakerde toespraak en ik sloeg mijn ogen neer zodat het niet leek alsof ik hem respectloos aanstaarde. 'Dit zijn ernstige zaken, maestressa, zoals je heel goed begrijpt. Heeft het hoofd van de dichter Bran Cof twee maanden geleden tegen je gesproken?'

Vertel niemand iets. Ik beet op mijn lip. Bee balde haar handen tot vuisten.

'Aan jullie gezichten te zien, maestressas, ga ik uit van een ja. Jammer dat ik toen niet ben geïnformeerd. Hoewel ik aanneem dat als twee jonge vrouwen wachten in mijn kantoor, misschien met een geleend boek in hun bezit, dat ze dit liever stilhouden dan dat er vragen over gesteld worden. Zullen we gaan? Mijn oude botten voelen de kou heel erg. Ik zie ook dat jullie metgezel blote voeten heeft nu zijn schoenen zijn verdwenen.'

Rory zei, alsof hij had bedacht dat hij meer succes zou hebben als hij redelijk sprak: 'Laat me hem gewoon doden, Cat. Het duurt maar een moment.' Zijn spieren spanden zich, klaar om te springen.

Een tong van vuur likte aan de winterse kou. De lucht trok aan me alsof ik de muil van een vurige oven werd ingezogen. Groen flakkerde op in de ogen van het schoolhoofd, maar zijn gezicht bleef uitdrukkingloos terwijl hij Rory bekeek alsof hij zocht naar de kat onder de huid. Ik kreeg het beangstigende idee – waar niets magisch aan was – dat onze jonge, gezonde, sterke Roderick en het oude, kwetsbare, fragiel uitziende schoolhoofd absoluut niet aan elkaar gewaagd waren. Met de wandelstok duwde ik Rory achter me. Hij trilde, hoewel ik niet kon zeggen of dat van woede was, van angst, of van puur huiverend verlangen om te springen.

Bee's delicate kleine hand kreeg mijn pols te pakken en sloot zich er zo stijf omheen dat ik moest denken aan de wervels van een slang die de ribben van een groter dier kunnen verbrijzelen. 'Cat, we moeten horen wat het hoofd van de dichter Bran Cof te zeggen heeft.'

'Ah! Auw! Ja! Ga jij maar vooruit. Ik kom je achterna met Rory.'

Ze liet mijn pols los en maakte een reverence voor het schoolhoofd terwijl ik de pijn uit mijn pols probeerde te schudden en Rory nog steeds in bedwang hield.

'Maester,' zei ze, 'we zullen u vergezellen uit respect voor uw ouderdom en afkomst. Maar het is waarschijnlijk dat de Romeinse gezant en zijn volgelingen al onderweg zijn naar de academie.'

'Dan is er geen tijd te verliezen, maestressa. Ik geef je mijn woord dat ik niet zal meewerken aan je gevangenneming door Romeinen, magiërshuizen of prinsen.'

'Goed dan.' Ze knikte naar me voordat ze het schoolhoofd en zijn assistent vergezelde over het pad.

Een koude bries stak op uit het oosten, de laatste adem van de hagelstorm die Andevai had opgeroepen om de meute te bedwingen. Als wapen tegen de mensen was het een betere manier om hen te dwingen naar binnen te vluchten dan musketten en zwaarden. Maar de zwaksten en meest wanhopigen die bij elkaar kropen in steegjes en onverwarmde hutjes zouden sterven in de dodelijke kou. Maar ja, de winter doodde de zwakken altijd, of niet soms?

Voorzichtig trok ik mijn wandelstok terug. 'Rory, ik verwacht een verklaring.'

'Ik moet hem doden.'

'Dat lijken de enige woorden die je nog kent. Hoe kan die respectabele en eerbiedwaardige oude man "de vijand" zijn?'

'Hij is geen mán! Dat lichaam is gewoon de kleding die hij draagt.'

Ik liet me op de bank zakken, mijn hart bonkte in mijn borst alsof het los was geraakt van zijn hengsels: *vleugels, klauwen, hitte.* Ik bedekte mijn gezicht met mijn gehandschoende handen en besefte hoe verschrikkelijk koud mijn lichaam was geworden. 'Wat denk je dat hij is?' vroeg ik tussen mijn vingers door.

'Ik dénk het niet. Ik weet het. Hij is een serpent. Een draak.' Hij ijsbeerde rond de bank. 'Die stomme woorden die jij gebruikt zijn niet de goede! Hij hoort bij de vijand die de wereld omringt en ons verstrikt. Je hebt gezien wat er gebeurt wanneer de dromen van de moeders van zijn soort ons onverwachts verrassen. Waar ik leef is het anders dan hier in de Dode Landen, waar hun dromen ons niet bereiken. Je kunt hier dag en nacht rondlopen zonder angst om te worden gevangen en veranderd. Maar ze zijn altijd de vijand geweest en zullen dat altijd zijn.'

'Rory, ga zitten, je gedrentel maakt me duizelig.' Maar het waren zijn woorden die mijn hoofd draaierig maakten. 'Hoe kan hij een draak zijn?'

'Hij zal me opeten. Hij is veel groter en sterker. Maar ik moet het proberen.' Als hij een staart gehad had, zou hij ermee hebben gezwaaid. 'Want hij zal jou ook willen opeten.'

'Ik heb de academie drie jaar lang bezocht. Hij had me al die tijd kunnen opeten. Waarom tot nu wachten, terwijl hij er niet van uit kon gaan dat hij me opnieuw zou zien?'

'Draken zijn slim en geduldig en slaan pas toe als je het het minst verwacht.'

'Ik heb het al die jaren niet verwacht. Hij is geen bedreiging voor ons.'

'Je snapt het gewoon niet! Ik kan je niet naar zijn nest laten gaan.'

'Dat maak ik zelf wel uit!' Ik huiverde bij de aanblik van zijn blote voeten die over de ijskoude grond stapten. Mijn lippen waren zo stijf dat ik nauwelijks woorden kon vormen. Ik moest bewegen, anders zou ik ook sterven. Ik sprong op en pakte zijn arm. 'Je zult sterven van de kou als je geen schoenen en kleren krijgt! Ik kan het niet verdragen als ik jou verlies. Maar ik moet naar de academie gaan om de boodschap te horen.'

'Misschien zal hij Bee niet opeten,' gaf hij nors toe. 'Zij stinkt naar draak, alsof zé haar zonder dat ze het wist gelikt hebben toen ze sliep. Ik heb daar niets over gezegd omdat ze gelijk heeft, het is onbeleefd om zoiets te zeggen en ik kon zien dat jullie het geen van tweeën wisten of vermoedden.'

Ik omarmde hem en streek over zijn armen en rug tot hij een beetje ontspande. 'Rory, wat zeg je hiervan? Jij gaat nu naar de herberg De Buffel en de Leeuw in het oude Tempelkwartier.'

'Helene heeft me gestuurd.'

'Ja, dat moet je zeggen als je daar aankomt. Ik denk dat Camjiata de enige is van wie we zeker weten dat hij alleen in ons is geïnteresseerd vanwege zijn eigen zelfzuchtige redenen. Dat maakt onderhandelen gemakkelijker. Houd jij de tassen bij je. Verlies ze niet! Je weet hoe belangrijk mijn vaders verslagen voor me zijn.'

'Cat, jij en ik weten niet wie onze verwekker is.'

'Ik bedoelde, mijn vader die me heeft grootgebracht, niet de man die ons heeft verwekt. Bee en ik zullen naar je toe komen nadat we de boodschap van de dichter hebben gehoord. We kunnen toch niet op de academie blijven, dus we komen je snel achterna. Dan kun je me alles vertellen wat je over draken weet.'

'Ik heb je al alles verteld wat ik weet,' zei hij gepikeerd. 'Denk je dat ik geheimen voor je heb?'

Ik keek onderzoekend naar zijn gezicht. Was hij echt mijn half-broer? Zijn ogen en haren leken zo op de mijne en toch was hij geen mens maar een wild wezen, absoluut niet tam. Desondanks vertrouwde ik hem mijn leven toe. 'Nee, ik denk niet dat je geheimen achterhoudt. Maar het moet nu eenmaal zo zijn. Beloof het me!'

Alsof de woorden uit hem getrokken moesten worden, mompelde hij: 'Ik beloof het.'

Ik liet hem los. 'Vraag op straat naar de Oude Tempel en daarna naar de herberg. Zeg dat de militie je heeft opgejaagd tijdens de rellen. Ze zullen je helpen. Gebruik je charme.'

'O!' zei hij, afgeleid door het idee zijn charme te gebruiken. 'Ik bén koud en hongerig en dorstig. En ik zou ook graag gestreeld willen worden.'

'Daar hoef ik niets over te horen.' Ik wurmde mijn vingers in de zoom van mijn mouw, viste mijn laatste muntjes tevoorschijn en stopte die in zijn hand. 'Koop wat kleren en schoenen, pas ze eerst, onderhandel dan over de prijs en zorg dat je genoeg wissel-geld terugkrijgt.'

Samen renden we over het pad. Kemal wachtte bij het hek van de begraafplaats.

'Vertel me eens, Maester,' zei ik terwijl hij het hek met een ketting afsloot, 'heeft het schoolhoofd je echt gered van de Wilde Jacht?'

Zijn hand die de sleutel omdraaide stopte even. Hij keek niet naar me. 'Ja.'

'Hoe?'

Hij hing de sleutel aan een ketting om zijn nek. 'Het ligt niet op mijn weg hierover te spreken.'

'Is hij een draak?'

Hij keek me aan alsof hij diep beledigd was. 'Het schoolhoofd van de academie is een man.'

'Net zo een als jij?' vroeg ik bits, want ik vermoedde een raadsel achter zijn woorden.

Zijn glimlach vertrok minachtend, wat me verbaasde, want ik had altijd gedacht dat hij een passieve jongeman was. 'In het kei-zerrijk van de Avar behoort elk albinokind zoals ik' – hij raakte met zijn vingers zijn bleke wang aan – 'aan de keizer toe. Het is een misdaad waarop de doodstraf staat als je een dergelijk kind verbergt voor de keizerlijke gezagdragers. Dus moet ik je antwoorden: nee. Hij is niet een man net zoals ik.'

'Ik neem aan dat dit alles is wat ik over deze zaak zal horen.'

Het onverschillige masker keerde terug, als een schil die kwetsbaar vlees bedekt. 'Neem me niet kwalijk, maestressa.' Hij boog zijn hoofd, haalde even beleefd zijn schouders op en volgde zijn meester.

Bee en het schoolhoofd liepen langzaam de heuvel op, de oude man leunde op zijn stok en zij ondersteunde hem met een hand onder zijn elleboog zonder de minste notie dat hij een van ons tweeën zou willen opeten. Rory keek met ingehouden blik naar de rug van het schoolhoofd en deed niets om zijn verlangen om te springen te verbergen.

'Je hebt het beloofd,' zei ik.

'Ja, ik heb het beloofd.'

Ik gaf hem eenvoudige aanwijzingen gebaseerd op de klokkentorens en de hoge muur die de rand aangaf van het eeuwenoude dorp dat gesticht was door de Kelten van Adurni. Daarna kuste ik hem op beide wangen om onze afspraak te bezegelen en wachtte bij de muur van het kerkhof terwijl hij de hoofdstraat opliep met de tassen in zijn hand. De brede laan met zijn winkels bleef verlaten, iedereen had zich verstopt.

Ik keek tot hij uit het zicht verdween. Daarna haastte ik me de heuvel op, haalde de anderen in terwijl ze net het oude Kena'ani tempelcomplex passeerden dat het eerste bouwwerk was dat eeuwen geleden op de heuvel van de academie was neergezet. Het enige wat er over was van het oude complex was het ommuurde heiligdom gewijd aan de gezegende Tanit en een groepje staande votiefstenen als aandenken aan de heilige bomen die tijdens de Lange Winter van 1572 tot 1585 waren geveld. De poort naar het heiligdom stond open. Daarbinnen veegde een man gekleed in een zware jas de veranda van het priesterhuis.

'De poort is altijd open,' zei het schoolhoofd tegen Bee, 'dat moet volgens een overeenkomst die is afgesloten tijdens de Lange Winter, toen de priesters de poort openhielden om warmte en voedsel te verstrekken aan de behoeftigen. Het was dat, of het hele complex zou platgebrand worden.'

'Maar het werd toch vernield,' zei Bee.

'Een groot deel van Adurnam is in die tijd verbrand. Weet je wat de stad heeft gered?'

'Ik wel,' zei ik. 'De aankomst van de vluchtelingen uit het keizerrijk Mali. Sommigen van de vluchtelingen hadden geheime magische kennis en ze sloten een verbond met de Keltische druïden. Uit die verbintenis kwamen de koude magiërs voort. Met de opkomst van de koude magiërs werd de Lange Winter bedwongen. Of in ieder geval is dat het verhaal dat we op de academie hebben geleerd, Maester.'

'Inderdaad. Het zet je wel aan het denken, nietwaar? Bestaat er een verband tussen koude magie en het mildere weer van onze tijd? Want volgens de verhalen en het bewijs van oude Romeinse ruïnes die gevonden zijn ten noorden van Ebora in de onbewoonbare Barre Landen, was het klimaat tweeduizend jaar geleden minder mild en reikte het ijs verder. Wat heeft deze veranderingen teweeggebracht?'

'Er waren geen koude magiërs in de tijd van de Romeinen,' zei Bee. 'Of wel?'

'Niet zoals wij ze kennen, nee. Aha, we zijn er.'

Zijn butler wachtte op de trappen bij de ingang van de academie.

'Owain,' zei het schoolhoofd terwijl hij bovenaan de trap even stilstond om op adem te komen, 'de academie blijft de hele dag gesloten voor iedereen die aanbelt. Laat niemand binnen.'

'Zoals u beveelt, uwe excellentie.'

Een spervuur van luide ontploffingen klonk buiten. Wie er ook musketten en kanonnen afvuurden, ze waren niet in de buurt van de hagelstorm. Het gedruis dat uit de stad omhoogklonk, herinnerde me aan woedende bijen die met rook uit hun korf waren verdreven. Snel haastte ik me achter Bee en het schoolhoofd aan, die al door de brede hal waren gelopen.

Omringd door gebouwen lag de centrale binnenplaats stil onder zijn glazen dak. Er was niemand. Slingers van maretak en dennentakken van het midwinterfestival hingen weg te kwijnen aan een boog van latwerk. Het latwerk bedekte het traliewerk rond een eeuwenoude ceremoniële waterput. Honderd jaar geleden was er rond de waterput een inmiddels beroemd, cirkelvormig labyrint aangelegd als een geplaveide wandelroute, geflankeerd door stenen banken.

Ik volgde de anderen naar boven naar het kantoor van het schoolhoofd. De circulatiekachel in de haard gaf een heerlijke warmte af.

'Alsjeblieft,' zei het schoolhoofd. Bee en ik trokken onze jassen uit en legden die over de rugleuning van een stoel van rood leder. Zijn assistent sloot de deur en nam de jas van het schoolhoofd aan.

Het kantoor van het schoolhoofd had de eigenaardigheid dat het groter leek dan het was omdat er spiegels aan de deuren hingen. Ik zag alles een keer extra: de muur met de ramen, de rijen boekenplanken van de vloer tot aan het plafond, de grote tafel bedekt met stapels papieren en boeken, en het afgehouwen hoofd van de dichter en rechtsgeleerde Bran Cof op een voetstuk. Het schoolhoofd keek naar me in een van de spiegels. Ik kon dingen zien in spiegels die anderen niet zagen, draden van magie als de dunne lijnen van een spinnenweb. In de spiegel zag hij eruit als een doodgewone oude man. Geen draden van koude magie waaierden rond zijn gestalte zoals bij Andevai. Geen enorme vleugels sproten uit zijn tengere gestalte. Hij zag er zo solide uit als de meubels.

'Natuurkundigen beweren dat spiegels de verbindende draden van energie weerspiegelen die tussen deze wereld en de onzichtbare geestenwereld lopen,' merkte hij op alsof hij mijn gedachten had geraden. 'Denk je dat dit waar is, maestressa Barahal?'

Ik keek naar mijn beschadigde en modderige laarzen. De eindjes van de veters zagen eruit alsof ze waren aangevreten door hongerige muizen. Het getik van de staande klok klonk als het getrippel van ijle voetstappen.

'Neem me niet kwalijk, maar we hebben geen tijd voor bespiegelingen,' zei Bee. Ze liep naar de hoek waar het hoofd van de dichter Bran Cof rustte als een stenen buste. Het kriebelige zweet brak me uit. Ik kon het idee dat die oogleden open zouden gaan niet verdragen, maar toch kon ik niet de andere kant opkijken, hoe graag ik dat ook wilde. 'Wanneer heeft het hoofd gesproken? Wat zei hij?'

Het schoolhoofd glimlachte raadselachtig. 'Dat is precies de vraag die ik jullie wilde stellen. Het was aan het begin van de ochtend. Ik zat hier aan mijn werktafel hardop te lezen, zoals mijn gewoonte is. Vandaag was het toevallig een verhandeling over de zoutpest die ik kortgeleden ontving van een van mijn contacten aan de universiteit van Expeditie. Misschien zullen dezelfde woorden hem opnieuw wekken.' Hij wierp een blik op een gedrukt pamflet dat open op zijn werktafel lag. '"Er wordt gezegd dat een mens die gebeten is door een demon binnen zeven dagen zal sterven omdat de ziekte zo snel en onherroepelijk verloopt. Maar als een mens gebeten wordt door een ander mens die door de pest is aangestoken, bestaan er drie afzonderlijke en langzamer verlopende fases in de voortgang van de ziekte, hoewel de ziekte onveranderd fataal blijft."'

Het hoofd bleef onbeweeglijk. Bloedeloze lippen behielden hun afkeurende stand. De met citroen gebleekte stekels van zijn haar en zijn weelderig neerhangende snor deden hem jonger lijken dan wat de zware kraaienpootjes naast zijn diepliggende oogkassen vertelden over jaren en beproevingen. Onder zijn rechteroor liepen drie littekens die eruitzagen als rituele tatoeages. Misschien was het hoofd toch gewoon van steen.

Misschien was het allemaal een misverstand.

'Als je iets te zeggen hebt, Bran Cof, dan moet je dat nu doen.' Bee's stem weergalmde luid boven het fluisterende geknetter van het vuur in de circulatiekachel. 'Mijn nicht en ik kunnen niet eindeloos wachten.'

'Bee!' waarschuwde ik.

'En verder,' ging ze door op een toon van een onsterfelijke wraakgodin die zich zojuist een eeuwenoud onrecht herinnert en van plan is tot aan het einde van de aarde naar vergelding te zoeken, 'als je echt vastzit tussen deze wereld en de geestenwereld, zoals verteld wordt over dichters en tovenaars, djeliw en barden – en ik moet toegeven dat me dat heel vervelend lijkt, want het is vast net zoiets als de hele tijd gedwongen stilstaan in een deuropening zonder dat je naar binnen of naar buiten kunt. Maar goed, als je zo vastzit, dan zou ik willen dat je er niet zo mee zat te pronken. Ik weet dat je een heel beroemde rechtsgeleerde bent, een van de Drie Onpartijdige Rechtsgeleerden van de oude Confederatie van Brigantia, dus ik mag hopen dat je ons welwillend bekijkt nu we op jouw verzoek voor je staan. Ja, ik weet dat we eerbied verschuldigd zijn aan dichters, wier woorden de wereld beschrijven op een manier die wij die geen dichters zijn anders niet zouden kunnen zien. En je roem als een van de Drie Zilveren Tongen van de westerse Kelten is natuurlijk genoeg om nederige studenten zoals wij te vervullen met ontzag en eerbied. Maar ik moet zeggen, de constante verwijzing naar vrouwen als rozen met doornen, is mij een beetje te veel. Mannen kwellen vrouwen veel meer dan vrouwen mannen kwellen.'

Ontsnapte de zon buiten aan een wolkensluier? Een schijnsel trilde in de weerschijn van de spiegels als het glinsteren van vuurvliegjes. Een krans van zilveren licht flonkerde rond het hoofd van de dichter Bran Cof. Kleur friste zijn ziekelijk bleke gelaatskleur op. Onder zijn huid bouwde zich spanning op als een zwerm krioelende insecten of een opgesloten gevangene die zich een weg naar buiten probeert te klauwen.

Monter denderde ze voort. 'Ik kan deze aanhoudende verklaringen over de ketenen waarmee vrouwen mannen aan zich binden werkelijk niet verdragen. In werkelijkheid binden die ketenen vrouwen aan de voeten van mannen.'

Zijn ogen gingen open, het ene moment nog doodstil en het volgende vol vuur.

'Dappere Taranis, bespaar me de klaagzang van maagden!' Zijn stem was welluidend, zo lieflijk als een streling, zelfs nu hij boos was. 'Vooral van degenen wier zwarte haren een strop zijn waarin de hulpelozen verstrikt raken en wier donkere ogen smart teweegbrengen bij de teerhartigen. Hoezeer verfoei ik de schoonheid van vrouwen!'

'Alleen omdat je denkt dat je aanspraak kunt maken op iets wat niet je rechtmatige eigendom is!'

'Je woorden dansen als zonlicht over ijs, maar ze zijn wreder dan de bittere winterwind. Welke wensen ik ook mag hebben op het gebied van de Drie Zaken van Hartstocht, je moet je ervan bewust zijn dat de mogelijkheid mij sinds lang is ontnomen. Jij staat daar, buiten mijn bereik.' Hij zag er jonger uit als hij boos was. Toen zijn mond verzachtte, leek hij ouder te worden. 'Een vriendelijkere vrouw zou me kussen.'

'Misschien zou een vriendelijkere vrouw dat doen. Dat ben ik niet. Bovendien, zeer geëerde heer, de laatste man die ik kuste, stíérf korte tijd later.'

Zijn blik nam haar op van hoofd tot voeten. 'Dat geloof ik graag! Een bijl kan gemaakt zijn met alle vaardigheden van een meester-smid. Hij kan versierd zijn met de bekwaamheid die het onoplet-tende oog naar zich toetrekt zoals het lokaas een ongelukkige forel verleidt. Maar het doel van een bijl is het levende hart van bomen kappen. Waarom ben je hier anders dan om mij te kwellen met de belofte van de zoete lust die ik nooit meer kan proeven?'

'Er is ons gezegd dat je een boodschap hebt.'

'Jij bent niet degene voor wie mijn boodschap bestemd is.'

'Misschien is mijn lieve nicht Cat dat.'

Zijn blik bleef gericht op haar mooie gezicht, maar er gebeurde iets heel verontrustends met zijn ogen. Het was alsof zijn blik naar binnen werd gericht.

'Ja, ja, u hebt me onderbroken,' zei hij geïrriteerd maar met een zweem van angst. *Hij sprak tegen iemand die wij niet konden zien.* 'Natuurlijk mag u spreken. Hoe zou ik u kunnen tegenhouden?'

Zijn ogen rolden weg in zijn oogkassen tot er alleen wit te zien was. Schaduwen – niet vanuit deze kamer – wierpen een kronke-lend patroon van vage tatoeages over zijn huid. Zijn verweerde uiterlijk bleef hetzelfde, maar Bran Cof was niet langer de per-soon die naar buiten keek door die kille ogen. De blik bestudeer-de Bee, keek daarna naar het schoolhoofd en vernauwde zich als een buiging die begonnen wordt maar niet afgemaakt. Een pijl stak in mijn hart. Misschien snakte ik naar adem. Misschien be-woog ik om mijn angstige voorgevoel van me af te schudden. Misschien maakte ik geen geluid en bewoog ik niet en deed het er niet toe.

Want het hoofd van de dichter Bran Cof keek naar mij. Witte ogen van ijs zonder pupil of iris richtten zich op mij. Mijn borst voelde hol alsof een dodelijke klauw zojuist mijn kloppende hart had uitgerukt om het rijke rode bloed eruit te zuigen.

De mond sprak met een bijtende, dodelijke stem.

'Dus uiteindelijk heeft Tara Bells kind alles overleefd en is ze gegroeid, zoals ik al hoopte. Je bloed dat op de steen van de over-steekplaats drupte, heeft de band tussen ons tot leven gewekt. Net zoals ik verplichtingen heb, moeten degenen die door familiebanden met mij zijn verbonden mij te hulp komen. Dat is de wet. Kom naar me toe, kind van Tara Bell. Nú.'

9

'Wie ben je?' Doodsangst maakte dat ik drie stappen naar achteren deed.

Bran Cofs ogen rolden weer naar beneden, de terugkeer van blauw was zo verrassend als een zweem helderblauwe lucht na dagen van sneeuw. Al was hij dan een ruziezoekende oude geilaard, zijn blik had een scherpe intelligentie die maakte dat ik me ongemakkelijk voelde, want hij wist dingen die hij niet vertelde. 'Welke boodschap hebben mijn lippen verteld?'

Ik deed nog een stap naar achteren en dacht snel na. 'Dat zal ik je vertellen als jij een juridische vraag beantwoordt.'

'Aha. Een onderhandeling. Afgesproken.'

Verrast deed ik nog een stap naar achteren om mezelf tot rust te brengen. 'Ik wil weten of er een manier bestaat om een huwelijk te ontbinden dat is beklonken door een magische ketting.'

'Ja. Jouw beurt.'

'Ik bedoel, anders dan door de dóód!' Waarom trilde mijn stem zo?

'Jouw beurt.'

Vervloekte vent! 'Je zei: "Net zoals ik verplichtingen heb, moeten degenen die door familiebanden met mij zijn verbonden mij te hulp komen. Dat is de wet. Kom naar me toe, kind van Tara Bell. Nú."'

'Dan heb je pech, kind. Omdat ik medelijden met je heb, zal ik dit zeggen: alleen de dood kan een ketenhuwelijk ontbinden. Maar er bestaat een andere manier.' Hij deed een poging tot een geruststellende glimlach die maakte dat hij er grotesk uitzag. 'Die kan ik je vertellen. Maar een dichter heeft zijn prijs. Een kus van jou, het meisje met de amberkleurige ogen, wier lippen zo rood zijn als kersen en een belofte inhouden van sappig en zoet.'

Ik deinsde achteruit.

Zijn glimlach werd wellustig. 'Ik zal de kus krijgen die je mond al teder maakt. Je wacht op een man die de honingzoete zachtheid zal opeisen.'

Ik bloosde met een allesverzengende verlegenheid.

Hij grinnikte, genoot van mijn verwarring. 'Hij moet jong zijn en heel knap.'

Ik snakte naar adem.

Bee zei: 'Ik zal hem voor je kussen, Cat. Ik heb ervaring met het kussen van oude geilaards net zoals met jonge en hele knappe mannen.'

'Dat doe je niet!' Zijn zware wenkbrauwen schoten omhoog en zijn mondhoeken trokken naar beneden. 'Van jou wil ik geen kus, serpent!'

'Hoe kun je me tegenhouden, terwijl je daar vastzit op je voetstuk?' Zij deed een stap naar voren terwijl ik er een naar achteren deed. 'Ik kan je kussen hoe en wanneer ik maar wil! Ik zal al het leven uit je wegzuigen – voor zover je nog leven hebt – en dat voor mezelf houden!'

Hij kneep zijn ogen en lippen zo stijf dicht dat ik dacht dat het hoofd zich terug zou trekken tot zijn sluimerende stenen status zonder ooit mijn vraag te beantwoorden. Maar de ader in zijn nek klopte alsof hij boos was... En hoe was dat mogelijk, want hij had immers geen hart?

'Ik zal teder zijn.' Bee deed nog een stap in zijn richting.

Tot mijn verbazing lachte hij met een onverwachts opbloeiende charme. 'Wee de mannen die gevangenzitten in haar liefde! Wee de mannen die zij vrijlaat! Zij is de bijl die het trotse woud heeft gekapt. Waar zij gaat, volgt verwoesting.'

'Genoeg!' riep ik. 'Ik zal je kussen, als je alleen mijn vraag maar beantwoordt.'

Zijn wenkbrauwen schoten weer omhoog. 'Ik was nog niet klaar met declameren! Zo gaat het nu altijd. De jongeren hebben gebrek aan manieren en de vrouwen kunnen niet ophouden met hun gekwetter, net zoals kraaien!'

En dan te bedenken dat ik al die tijd bewondering had gehad voor het beroemde hoofd van de dichter Bran Cof!

Bee glimlachte spottend. 'Het is mij, of niemand. Bovendien, Cat, ik denk dat hij het helemaal niet weet. Al die verhalen over hoe hij de Drie Paden naar Gerechtigheid heeft uitgevonden. Hoe zijn tong vogels deed verstillen en prinsen nederig maakte. Hij is helemaal geen echte rechtskundige. Hij is waarschijnlijk gewoon een oude dronkenlap.'

'Schaam je, meisje! Ik zal je vertellen dat er in de rechtbanken in het noorden gewoonlijk drie soorten huwelijk worden erkend. Hoe de Romeinen en Feniciërs dingen doen, is een andere zaak, daar zal ik later op terugkomen. Een bloemenhuwelijk gedijt zolang het bloeit en loopt af wanneer het verwelkt. Het kan een maand bloeien, een seizoen of een jaar, afhankelijk van de mondelinge afspraak tussen de twee betrokken partijen. Een contracthuwelijk is een zakelijke overeenkomst tussen twee huizen, stammen of families die wordt bezegeld in de rechtbank. Een ketenhuwelijk is een bindend huwelijk dat wordt voltrokken door geheimzinnige hymnen waarvan de toonsoort alleen bekend is bij de wijzen, de druïden en de barden en het weeft een ketting van bindende magie rond het koppel. Als er sprake is van mogelijk verraad, of er staat een overeenkomst of een andere verplichting op het spel, bindt deze overeenkomst het koppel zo dat degenen die het huwelijk hebben gearrangeerd geen zorgen hoeven te hebben dat een andere partij het nietig kan verklaren of later problemen kan veroorzaken. Dus is de enige manier om aan zo'n bindend huwelijk te ontkomen de dood van een van de betrokken partijen. Maar vergeet niet dat er geen sprake is van een huwelijk wanneer dit niet wordt voltrokken door gemeenschap. Heeft de jongeman al seks met je gehad?'

Het schoolhoofd had de beleefdheid zijn aandacht te richten op de monografie. De assistent staarde met een blos op zijn witte wangen naar de beweging van de slinger en de gewichten achter het glas van de staande klok.

Bee zei: 'Cat, je ziet eruit als een vis. Doe je mond dicht.'

'Een jaar en een dag. Als het huwelijk niet geheel voltrokken is, en er van tevoren geen afspraak is gemaakt voor een verlenging vanwege een te verwachten en gedwongen scheiding van de twee partijen, dan is er na een jaar en een dag geen sprake meer van een huwelijk. Geeft niemand tegenwoordig meer onderricht in de wet?'

Al het bloed trok uit mijn gezicht en mijn adem stokte. Een jaar en een dag. Het huwelijk kon ontbonden worden. Ik kon ervan bevrijd worden. Ik zakte tegen de deur ineen.

Bee keek even achterom naar mij en daarna weer naar het hoofd van de dichter Bran Cof. 'Wie sprak er door jouw mond?' vroeg ze bits.

Het hoofd van Bran Cof kromp ineen.

Mijn polsslag bonkte in mijn oren. Mijn handen balden zich tot vuisten, zodat de nagels in mijn handpalmen staken. 'Je weet wie het is!' zei ik.

Gezegende Tanit! Hij zou geen antwoord geven! Maar toen deed hij het toch.

'Hij is mijn kwelgeest.' Heel even trok er een zweem van mede-gevoel over zijn gezicht. 'En binnenkort, kind van Tara Bell, zal hij ook de jouwe zijn.'

'Geef haar antwoord!' schreeuwde Bee.

'Mijn lippen zijn verzegeld. Over wat er aan de andere kant ge-beurt, kan ik niet spreken...' Toen was hij weg. Een gezicht zo stijf alsof het uit een rots was gehouwen keek ons aan in versteende stilte.

'O!' zei Bee. 'Wat gebeurde er?'

Het schoolhoofd mompelde: 'Zo. Dat verklaart háár.'

Een overweldigende aandrang om de kamer te verlaten nam be-zit van mij.

'Neem me niet kwalijk, Maester,' zei ik terwijl ik de klink naar beneden bracht en de deur openduwde. 'Mijn hart is zo in verwar-ring. Ik ga over het labyrint lopen. Ze zeggen dat dit mensen kal-meert.'

'Neem Beatrice mee,' zei het schoolhoofd vriendelijk. 'Je moet echt niet alleen gaan.'

'Hóézó, dat verklaart haar?' zei Bee tegen hem en ze draaide zich om. 'Cat, waar ga je heen?'

'Ik moet naar het labyrint. Ik wil het niet. Maar ik kan gewoon niet stoppen.' Ik was verbaasd hoe kalm mijn stem klonk toen ik zonder dit te willen de gang in stapte.

Het geklepper van paardenhoeven klonk in de straat. Drie schrille fluitjes verstoorden de vrede van de lokalen in de academie. Met een schallende stem werden orders geroepen; heer Marius was aangekomen. 'Hierheen!'

Bee greep onze jassen en rende achter me aan de trap af naar de centrale binnenplaats met zijn glazen dak. 'Cat! Stop!'

'Dat kan ik niet. Het is alsof iemand me aan mijn keel meesleept.' Ik was niet bang, alleen verlamd. Er ging iets verschrikkelijks gebeuren en ik zou niet in staat zijn het tegen te houden.

Op de binnenplaats omringden banken de buitenste stenen van het labyrint. Vier fonteinen stonden als een anker op de vier punten van een kompas, boven op elke fontein stond een van de beesten die de vier seizoenen van het jaar uitbeeldden: de stier, de sabeltandtijger, het paard en het serpent.

'Daar is ze!' De krijgshaftige tenor van heer Marius vulde de ruimte terwijl hij en zijn soldaten in de poort verschenen die naar de ingang leidde. 'Catherine Barahal! Beatrice Barahal! Geef je over. Jullie staan onder arrest op bevel van de prins van Tarrant en de Senaat van Rome.'

Ik rende naar de dichtstbijzijnde bank terwijl soldaten achter ons aan kwamen, sommigen in een wijde cirkel om alle ontsnappingsroutes af te snijden. Sneeuwvlokken lagen als plekjes korstmos op het dak. De hemel was donker door nieuwe stormwolken waaruit sneeuw loom neer dwarrelde.

Heer Marius riep: 'We zullen jullie geen kwaad doen. Ik geef jullie mijn woord. Het is voor jullie eigen bestwil.'

'Wat geruststellend!' gilde Bee vanachter mij.

Een kraai landde op het glazen dak, gevolgd door vijf andere en vervolgens nog tien. Mannen keken omhoog vanwege de herrie die ze maakten. Er verscheen een barst in het glas. Scherven tuimelden omlaag; mannen doken ineen en trokken zich terug. Ik sprong over een stenen bank en landde met mijn voeten op de eerste steen van de wandeling door het labyrint: dit was geen doolhof maar een rondlopend wandelpad gemaakt om aan te zetten tot meditatie en te helpen met concentratie. Toen mijn wandelstok de steen aanraakte, glinsterde het pad door de adem van ijs. Mijn wandelstok bloeide op tot koud staal.

'Halt!' Een soldaat haalde me in.

Ik stak. Verrast pareerde hij, maar het was duidelijk dat hij aarzelde omdat hij bang was mij pijn te doen. Meedogenloos dreef ik hem terug. Hij sloeg tegen de bank aan, struikelde en stootte zijn hoofd. Lag stil. Ik fluisterde een gebed naar de gezegende Tanit: *Laat me hem niet gedood hebben.*

Meer kwamen op me af, te veel om te bevechten. Ik snelde naar het midden van het labyrint, mijn laarzen knerpten op gebroken glasscherven van het dak. De soldaten volgden als wolven op jacht, zowel zij als ik waren gedwongen op het pad te blijven nu het betoverd was.

Een kraai vloog zo dicht langs me heen dat ik wegdook. De lucht was opeens vol zwarte vleugels. Hun gekras was oorverdovend. Het dak kraakte opnieuw, meer glas viel naar beneden. Op de vlaag ijskoude lucht kwamen nog meer kraaien door het kapotte dak om de soldaten lastig te vallen. De binnenplaats veranderde in duistere strepen, mannen zwaaiden met zwaarden en vloekten, kraaien scheurden met bekken en sloegen met klauwen. Stemmen raasden terwijl de bende kraaien de soldaten terugdreef, maar slechts één woord had mij in zijn greep: *Nu.*

'Cat!'

'Bee! Volg me niet!' Vloekend gleed ik over de glasscherven en probeerde me om te draaien, maar mijn lichaam schoot naar voren.

'Nooit! Ik zal je nooit in de steek laten!'

De cirkels van het pad brachten me steeds dichter bij de waterput en mijn zwaard bloeide zo fel en koud op dat het leek alsof de aanraking mijn hand verbrandde. Als ik het losliet, kon ik misschien ontsnappen, maar ik kon mijn vingers er niet vanaf trekken.

'Jullie kunnen niet ontkomen!' De stem van heer Marius klonk zo ver weg als de ontploffingen van het musketvuur in de verte. Of waren dat de knallen van illegale geweren?

'*De oorlog beginnen.*' Dat had de Amazone gezegd. Hadden de agenten van Camjiata de gevangenisboot in brand gestoken? Had hij zijn aankomst in Adurnam afgestemd op de hongerstaking van de dichter van de Noorderpoort? Wie had geweren de stad binnengesmokkeld? Of was dit allemaal niet meer dan een toevallige samenloop van omstandigheden?

Wat had het schoolhoofd bedoeld? *Dat verklaart haar.*

Naast het siertraliewerk kwam ik tot stilstand. De door traliewerk omgeven opening van de bron gaapte aan mijn voeten, een ronde put bekleed met stenen lag te wachten als een muil die mij wilde opslokken. Eeuwen geleden, zo ging het verhaal, hadden de

Kelten van Adurnam levende offers in deze put gegooid. Het ijzeren hek rond de muil had scharnieren en een slot, maar het slot ontbrak. Trillend trok ik het zware ijzeren hek open.

O godin, bescherm me, want ik ben uw gelovige dochter.

De hand van de zomer kwam uit de put omhoog en verstikte me. Hij stonk naar verrotting en ik kon er net zomin weerstand aan bieden als dat ik kon stoppen met ademhalen. Op die bries hoorde ik de uitroepen van de stervenden en ik proefde de macht van het bloed dat de grond eeuwen geleden had geheiligd.

'Ik ga niet,' fluisterde ik. 'Je kunt me niet dwingen.'

Instinct – of Barahal training – rukte mijn hoofd opzij. Een enorme kraai schoot pijlsnel naar beneden. Die vervloekte kraai volgde ons al dagen. Voor mijn gezicht sloegen zijn vleugels door de lucht en een ogenblik lang staarden we elkaar in de ogen. Hij bezat dezelfde intelligentie als ik: kon denken, plannen maken en deze uitvoeren.

Ik gilde toen hij me prikte met zijn snavel en sloeg hem met mijn zwaard, voelde botten meegeven en breken. Een andere kraai zat boven op me en prikte me terwijl ik wild zwaaide met mijn zwaard en mijn andere arm, en daarna kwam er een derde en een vierde. Ik draaide rond, viel op een knie en nog steeds bleven ze komen.

Een kraai prikte me met zijn snavel net boven mijn rechteroog. Daarna vlogen ze allemaal weg.

Geen pijn, alleen druk. Mijn oog vertroebelde door warme vloeistof. Bloeddruppels vielen op de bodem met een gesis als een nest verstoorde slangen. De stenen rand verbrokkelde onder mijn voeten.

'Gezegende Tanit, spaar me!' Ik stak de punt van mijn zwaard in de grond maar kon geen houvast krijgen terwijl ik wegglipte. De geestenwereld trok me naar binnen.

'Cat! Pak mijn hand!' Bee's sterke hand greep de mijne.

De stenen rand verdampte als mist onder de zon en we vielen.

We tuimelden naar beneden, ik onder en zij achter me aan. Hoe diep was het? Midden op de dag, in de zomer, kon je het stille oppervlak van water ver onder je zien glinsteren.

Ik raakte in de knoop met Bee's armen en haar opbollende rok.

Water spleet onder mijn rug uiteen. Mijn hoofd dook onder en daarna kwam ik met een klap tegen vaste grond tot stilstand. Stik-kend, verdrinkend, kwam ik spugend en naar adem snakkend naast haar boven. We zaten tot aan onze borst in de slijmerige modder op de bodem van de waterput. Mijn zwaard glansde zacht; er bleef geen bruine modder aan kleven. Een half vergaan bundeltje krui-den dreef op het oppervlak, deels in een satijnen lint gewikkeld: iemand had dit kortgeleden geofferd. Ver boven ons versmalde de opening als tot een rond oog; alsof de dag naar ons staarde. De scherpe splinters van het glazen dak trilden in een wind die we hier beneden niet konden voelen.

Een kraai keek naar beneden, zijn ogen leken tweeling draai-kolken van zwarte nacht die alles opslokten wat licht is en gerust-stellend en hoopvol. Tevredengesteld sloeg hij zijn vleugels uit en klapwiekte weg.

Mijn hand zocht naar houvast in het slijk. Mijn vingers gleden over muntjes en stootten op een gebogen, glad ding. Toen ik het aftastte, besefte ik dat het een bot was. Met een vloek liet ik het los en probeerde weg te schuifelen, maar ik kon mijn voeten niet onder me krijgen. Smerige troep bevuilde mijn kleren en klitte in mijn haren. Het stonk naar beschimmelde kleren.

'Cat,' zei Bee met een vreemd zwakke stem, 'ik voel me raar, alsof de put... me opslokt.'

Angst sneed als een mes door me heen. Ik greep haar pols en trok, maar ze verdween alsof ze werd meegesleept door de stroom van een rivier.

Paniek dreigde me te verzwelgen. Ik ging haar verliezen, zoals ik mijn ouders had verloren toen zij verdronken in de rivier de Rhenus. Ze zou uit mijn greep worden getrokken en ik zou haar nooit meer zien. Ik sloot mijn andere hand rond de hare en trok zo hard ik kon.

'Help!' riep ik, tegen niemand in het bijzonder. Tegen iedereen. 'Help ons!'

'Beatrice! Catherine Barahal!' Gezichten verschenen aan de mond van de waterput, zo ver boven ons dat ze net zo goed in Ro-me hadden kunnen zijn. Met het daglicht achter hen was het moei-lijk hun gezichten te onderscheiden, maar ik herkende de stemmen van heer Marius en gezant Amadou Barry.

De gezant riep: 'Is er iemand daar beneden? Roep als je er bent!'

'We zijn hier! We zijn hier!' Maar ze konden mij niet horen.

'Denk je dat ze verdronken zijn?' vroeg heer Marius. 'Wat een stank! Ik kan geen ene zak horen of zien daar beneden. Het is zo zwart, het lijkt wel teer.'

'Haal de magister. Die zal kunnen zien of ze daar beneden zijn.'

'We kunnen hem niet vertrouwen. Dat vertelde zijn eigen meester me. Hij zal de meisjes helpen ontsnappen. Hij heeft de macht dat te doen. Je voelde de kracht van die storm. Dappere Taranis! Als ik een regiment van dat soort magiërs had, zou ik nooit een veldslag verliezen.'

'God van het Weerlicht, Marius! Luister naar jezelf. Als de meisjes sterven maakt het toch niet uit hoe dat gebeurt, of wel soms? Is er een touw? We zullen een van de soldaten naar beneden laten zakken om naar hen te zoeken.'

'Cat!' Bee's stem kwam als van de andere kant van een rivier, roepend over een ziedende stroom.

Haar hand, trillend in de mijne, veranderde in zand.

Mijn vingers sloten zich rond korrels die wegglipten.

Ze was weg.

Weg.

Ik had haar verloren.

Mijn gedachten stokten. Ik kon niet zien of horen of denken.

Toen hoorde ik Andevais stem, geschokt en schor. 'Het is erger dan ik dacht. Ik voel de wind van de geestenwereld. Dit is een oversteekplaats en hij is open. Waarom zijn jullie niet al naar beneden gegaan? Haal een touw voor me! Snel! Catherine, praat tegen me.'

'Ik heb Bee verloren.' Mijn stem was nauwelijks meer dan een gefluister. Meer adem had ik niet.

'Ik hoor je, Catherine. Ik kom. Hou vol.' Het geluid van zijn stem veranderde toen hij zijn hoofd omdraaide. 'Cat is daarbeneden, maar ze verdwijnt.'

De stem van heer Marius was scherp. 'Sterft ze?'

'Nee. Ze verdwijnt in de geestenwereld. Maar het is geen oversteekdag, dus het zou nu niet mogelijk moeten zijn voor mensen om van deze wereld over te steken naar de geestenwereld.'

'Zijn dit de geheimen van de koude magiërs? Dat ze naar believen kunnen reizen tussen deze wereld en de verblijfplaats van de voorouders? Dichters vertelden eeuwen geleden over spookwandelaars. Ik geloofde nooit dat het waar was.'

'Ik ben vastgebonden. Laat me zakken. Catherine, hou vol!'

Zijn lichaam verscheen als een schaduw, bedekte de helft van de verlichte cirkel. Alsof het mijn eigen lichaam was, voelde ik huid opengaan toen hij zich sneed aan een scherpe glasscherf. De hete, bijtende geur van bloed dompelde mij onder als in een waterval. Had het bloed van een koude magiër meer macht dan dat van een gewoon mens? Op de drempel tussen deze wereld en de andere kant groeide en deinde de kracht van zijn bloed als het getij van de oceaan, want het was de essentie van leven in de onverdunde vorm van zout en ijzer. Opeens begreep ik waarom ik niet was overgestoken. Mijn bloed had het pad geopend, maar het stinkende braaksel van slijm waarin we waren gevallen, had mijn huid bedekt en mijn bloed opgesloten.

Het einde van een touw kringelde voor mijn gezicht naar beneden. Het hopte, wipte, zwaaide. Klompjes modder, losgeraakt van de aangekoekte muur van de stenen schacht, vielen als hagelstenen om me heen in het slijk.

'Catherine! Ik ben bijna beneden. Hou vol.'

'Ik moet Bee achternagaan. Ik kan haar niet ook verliezen.'

Ik veegde de modder boven mijn oog weg. Pijn brandde op de plek waar mijn vingers de aangekoekte wond openkrabden. Vloeistof drong naar buiten, eerst in druppels en daarna in een stroom over mijn gezicht.

Zijn stem klonk nu dichterbij, bijna naast me. Verbijsterd. 'Je bent helemaal van licht!'

Een dikke bloeddruppel viel in het slijm waarin ik rond spartelde.

'Ik ben hier! Grijp mijn hand, Catherine.'

Zijn vingers streken langs mijn haar, maar zijn aanraking was zo ijl als mist.

Zijn volgende woorden kwamen als van de andere kant van de wereld. 'De poort gaat dicht. Ik kan je niet vastpakken. En ik kan niet oversteken. Catherine, ik zal een weg vinden. Dat beloof ik je, ik zal je vinden...'

Ik viel erdoorheen.

10

In een rivier met snelstromend water dat zich boven me sloot en me naar beneden trok. Rokken kleefden rond mijn benen, ik worstelde naar boven maar mijn handen konden het voorbijschietende oppervlak niet doorbreken. Ik zonk terug in mijn verleden.

Ik ben zes jaar oud en het water sluit zich over mijn neus en mond terwijl mijn moeders sterke hand uit de mijne glipt. De woedende stroom sleept haar weg.

Mijn longen waren leeg. Ik verdronk. De stroom trok me naar een schaduw die uitliep in een enorme muil omringd door vlijmscherpe tanden. De geestenwereld ging me verslinden.

Vingers sloten zich in een ijzersterke greep rond mijn pols. Ik schopte.

'Cat! Verzet je niet tegen me!'

Bee's stem! Willoos liet ik me door haar omhoogtrekken. Toen was mijn mond boven water. Ik kokhalsde toen lucht mijn longen bereikte. De stroom probeerde me weer naar beneden te trekken. In paniek schoot ik naar boven door het ondiepe water, duwde het lichaam dat in de weg zat opzij en klauterde tot ik vaste grond voelde. Daar zonk ik ineen met mijn gezicht tegen warme stenen gedrukt.

'Je mag me wel eens bedanken!' Bee lag uitgestrekt op de rotsige kust, water kabbelde om haar heen.

Ik spuugde zurig zout water uit. Mijn hele lichaam verkrampte. 'Ik dacht... dat ik je ging... verliezen... net zoals mijn papa en mama...' proestte ik uitzinnig huilend.

'Rustig maar, Cat. Rustig maar.' De warmte van haar hand op mijn rug troostte me.

Hitte zinderde op mijn blote hoofd. Wind ruiste door blaadjes. Insecten zoemden. Een schroomvallige vrede kalmeerde mijn bonkende hart. Ik had haar niet verloren. Ik had haar niet verloren. Ik had haar niet verloren.

Ik stond op. We waren beland op de kust van een rotsig eiland dat omringd was door een zandbank. De slaperige horizon rook naar de zee. Het water van een brede riviermonding stroomde langs ons, vol glanzend leven. Een vrouwelijk gezicht met huid zo blauwgroen als turkoois brak door het oppervlak. Ogen als stenen spoorden ons op. Een glibberige schouder bedekt met lang haar in de kleur van de schemering schoot weg onder water.

Aan de overkant van de rivier stonden hoge bomen vol weelderig zomers blad. Ver weg zat een gevleugeld wezen op de verwelkte top van een door vuur geblakerde dennenboom. Op de oever aan de overkant zaten vier angstaanjagende wolven naar ons te kijken. Ik was er zeker van dat zij er hongerig uitzagen en wij verrukkelijk.

Bee trok aan mijn elleboog. 'Denk je dat zij hierheen kunnen zwemmen?'

'Ik blijf liever niet zitten om daarachter te komen.'

De begroeide zandplaat waarop wij stonden was van de andere oever gescheiden door een kanaal vol stilstaand, modderig water. Stroomafwaarts, waar het kanaal bij de rivier kwam, was het water bedekt met algen. Een smerig iets bewoog onder dat groene oppervlak op dezelfde manier als opwarmend water bubbelt net voordat het aan de kook komt.

'Ik neem aan dat we door die slijmerige modder moeten waden om van dit eiland af te komen,' zei ik. 'Laten we eerst onze winterkleren uittrekken.'

We trokken mantel, handschoenen en onderrokken uit. Omdat het zo heet was, deed ik ook mijn wollen ruiterjasje uit. We rolden onze kleding op in afzonderlijke bundels. Zij had de gebreide tas nog steeds bij zich.

'In ieder geval heb jij je schetsboek en het mes gered,' zei ik en de moed zakte me in de schoenen. 'Ik verloor mijn...'

Licht schitterde op staal. Geen tien passen bij me vandaan deinde mijn zwaard in de golfjes langs de kust. In de geestenwereld verscheen het als het zwaard dat het was, in plaats van vermomd als een zwarte wandelstok.

Ik sprong naar voren en raapte het op. De kling vlamde op alsof hij de stralen van de zon had gevangen, maar er was geen zon, niets anders dan een gouden gloed aan de horizon. Het gevleugelde wezen op de boom in de verte opende haar vleugels en schoot de lucht in. Het was geen roofvogel, zoals ik had gedacht, maar een gevleugelde vrouw, haar huid gitzwart en toch glanzend alsof ze een smeulende fakkel van macht was.

'Pas op! Pas op! Een draak draait zich om in haar slaap!'

Verbeeldde ik me een stem, of hoorde ik er echt een?

De wolven probeerden de ondiepten van de rivier uit alsof ze hadden besloten dat ze inderdaad hongerig genoeg waren om te kijken of ze ons konden bereiken.

Bee draaide zich om terwijl ze haar opgerolde kleren over haar schouder zwaaide. 'Zei jij iets, Cat? O! Geweldig! Je zwaard is aangespoeld!' Ze stak haar hand op om die boven haar ogen te houden. 'Komt de zon op?'

Een streep van vuur verlichtte de hemel. Een windvlaag schudde de bomen alsof een onzichtbare hand de plaat waarop alles is geschreven schoonveegde. Wat erachteraan kwam was scherp en pijnlijk en vernietigend.

'Het is de vloedgolf van een drakendroom,' riep ik. 'Houd me vast en laat niet los! Als we worden weggevaagd, zullen we samen gaan.'

Ik sloeg mijn armen om haar heen in een omhelzing die zo stijf was dat ze kreunde. Aan de overkant van de rivier stortten de wolven zich in de stroom en begonnen die over te zwemmen.

De lage toon van een klok galmde door de wereld. Zijn diepe vibraties scheidden lucht van water, steen van vuur, vlees van ziel, hier van daar, nu van nu. Een toon als van een strakgespannen snaar trok door ons heen zoals een mes pastinaken snijdt, zoals een kus onverwachts door je hele wezen trekt, zoals koude magie langs de kling van een zwaard vloeit, zoals een keuze je langs een nieuw pad jaagt waarvan je niet kunt afwijken zodra je je voeten erop hebt gezet.

Mijn hart, mijn vlees, mijn botten, mijn ziel; alles bonkte alsof het gevangenzat in de allesomvattende donder van een trommelslag die maar doorging en doorging. Binnen in het holle, rollende geluid, in de ruimte tussen de slagen, ontvouwde zich een lange witte kust van glanzend zand omspoeld door lazuurblauw water en omringd door dikke begroeiing met uitwaaierende, geschulpte bladeren en bloemen zo felrood, oranje en wit dat ze bijna namaak leken. Ik had het gevoel dat ik door een raam naar een andere kust keek. Toen, als een vaas die in stukken valt, kantelde de wereld en scheurde onder me open. Een afgrond doemde op.

Ik viel niet omdat Bee niet viel. Bee was een onbeweeglijke pilaar van steen.

Met een schreeuw van woede wrong een wezen zich uit het kanaal op de plek waar het water zo groen was. Het was zo groot dat het zich onmogelijk had kunnen ophouden onder het oppervlak tenzij het kanaal zo diep was dat het helemaal tot aan Cathay reikte. Het wezen leek zich niet zozeer te ontvouwen maar eerder uit te dijen zoals een luchtballon wanneer de lucht erin wordt verhit. Het spreidde zijn net van tentakels uit. Zijn muil was bekleed met vlijmscherpe tanden die zo wit waren dat het pijn deed aan mijn ogen. Dit was het wezen dat me had willen opeten in de rivier. Een enorme tentakel vloog hoog boven ons de lucht in en knalde vervolgens naar beneden om ons te vermorzelen.

'Hou me vast!' schreeuwde ik terwijl ik uithaalde met mijn zwaard.

Mijn kling sneed het ledemaat af. De tentakel viel kronkelend op de stenen, er spoot stekend zwart wondvocht uit dat sissend en bubbelend over de aarde stroomde. Meer tentakels kwamen op ons af. Opeens sneed de vloedgolf van de droom door het wezen heen. Zijn vochtige huid spleet open als geschild fruit. Lichtspikkels dansten over het lichaam, glipten naar binnen en sprongen naar buiten tot mijn maag verkrampte. Ik sloot mijn ogen en wachtte op de klap.

De lucht bedaarde en de wereld werd stil. De rivier vloeide diep en donker en breed. De bomen stonden er lieflijk en groen bij. Bee hield me nog steeds vast. We hadden niet bewogen. Vlak om ons heen was niets veranderd.

Van het monsterlijke wezen was geen spoor te bekennen. Het oppervlak van het zwarte kanaal was een kalme spiegel. Slechts een klein stukje groen was overgebleven en lag als rijp tegen de steile oever. Onder mijn ogen veranderde het in een kleine groene krab die een schaar miste en al scharrelend langs de kust een spoor van zwarte smurrie achterliet.

'Die vervloekte wolven!' Ik liet Bee los en draaide me snel om.

De rivier stroomde onverstoord op een grote, bladerloze tak na die langs ons dreef. Vier witte vogels zaten met een vertoon van verbazingwekkend nonchalante balans op de bovenste, deinende uitlopers van de tak. Een dook het water in en kwam weer boven met een glanzende vis in zijn wrede haakbek. De wolven waren verdwenen.

Bee greep mijn arm vast. 'Wat is er gebeurd? Wat was dat?'

Ik liet mijn zwaard zakken. 'Dat was de vloedgolf van een drakendroom. Dat is wat Andevai me vertelde. Elk wezen dat erdoor wordt verrast buiten een beveiligde plaats wordt meegesleurd en komt nooit meer terug. Maar dat is niet gebeurd, nietwaar? Ik neem aan dat hij toch minder weet dan hij denkt!'

'Hebben dromen vloedgolven?'

'Dromen kunnen opeens van koers veranderen. Zodra je droomt, word je meegevoerd zonder te weten hoe ver je zult wegdrijven in de oceaan van dromen. Dat zal net zoiets zijn als meegesleurd worden door een vloedgolf.'

'Ik dacht dat de dromen van draken bewandelen betekende dat ik zou slapen en dan wakker zou worden om mijn dromen te tekenen. Ik dacht dat het een... vorm van beeldspraak was, niet iets wat echt gebeurt. Ik vind het hier niet prettig. En ik heb niet gebloed, dus hoe kan ik dan zijn overgestoken?'

'Laten we van dit eiland afgaan. Dan kunnen we praten.'

We ploeterden door de modderige vlakte en klommen een slaperige oever op bedekt met intens goudkleurige bloemen die eruitzagen als klingelende klokjes. Nee, deze bloemen klingelden écht toen de streling van de wind hen op en neer liet dansen.

'Die bloemen maken geluid,' zei Bee angstig.

Ze klauterde naar een stukje gewoon gras en liet zich erop zakken. Ik ging naast haar zitten. Het was een prachtige dag. Het landschap, met zijn prachtige bomen en oevers bedekt met goudkleurige bloemen, zag er volmaakt genoeg uit om geschilderd te worden. Een opvallend blauwe vlinder fladderde langs ons. Mijn hele lichaam voelde zo zwaar als een zandzak. Ik zou me niet kunnen bewegen zelfs niet als de formidabele generaal Hannibal op dat moment met een kudde olifanten op ons af was gedenderd. Maar als hij dat had gedaan, zou er vast en zeker wel een of andere verschrikking uit de grond zijn opgerezen om hen aan flarden te scheuren, hun botten te verbrijzelen en het beenmerg op te zuigen.

'Gezegende Tanit,' zei ik met een stem die heel anders klonk dan de mijne, 'de eerste keer dat ik hier liep, was de geestenwereld heel anders.' Ik dacht aan de wolven die mij en de koets hadden achtervolgd toen ik wegvluchtte van Vier Manen Huis. Nou ja, dat dacht ik. We hadden naar Rory moeten luisteren. Dit is geen veilige plek. Genadige Baäl. Nu zit hij te wachten in de herberg De Buffel en de Leeuw en vraagt zich af wat er van ons is geworden! Weet je wat hij me vertelde nadat jij wegliep met het schoolhoofd? Hij zei dat het schoolhoofd een serpent is. Een draak. De illusie die we zagen zag er precies zo uit als ik me een draak voorstel. Maar het schoolhoofd is een man.'

'Cat,' fluisterde Bee.

'Hoorde je het schoolhoofd die twee vreemde dingen zeggen net voordat de militie eraan kwam? Hij zei: "Dat verklaart háár." Hij bedoelde mij, alsof hij me al die jaren in de spiegels bekeek om erachter te komen wat ik was. Toen zei hij dat ik vooral jou moest meenemen, maar dat was nádát ik zei dat ik naar het labyrint ging. Alsof hij wist dat het labyrint me naar de waterput zou leiden en dat de waterput een oversteekplaats was naar de geestenwereld. Dat moet betekenen dat hij wilde dat jij overstak naar de geestenwereld. Dat hij wíst dat jij kon oversteken. Maar jouw bloed heeft de Steen van de Vioolspeler niet geopend, dus hoe kan dan...'

'Cat.' Bee's vingers sloten zich zo hard om de mijne dat ik mijn woorden afkapte. Haar stem was een gefluister. 'Beweeg je niet, alleen om je hoofd naar rechts te draaien.'

Duizend spelden zouden de huid in mijn nek en rug niet erger hebben kunnen prikken. Langzaam draaide ik mijn hoofd om.

Een vrouw zat met gekruiste benen op de oever onder de takken van een enorme taxusboom. Vreemd genoeg had ik die enorme kruin en de gespleten stam tot nu toe nog niet opgemerkt. Ze zat eenvoudigweg, zei niets, keek uit over de rivier met haar handen vredig gevouwen in haar schoot. Ze had het uiterlijk van de plattelandbewoners uit het noordoosten van Adurnam: sterk krullend zwart haar met een rode zweem, een donkerbruine huid en bruine ogen, gelaatstrekken die net zo goed duidden op Keltische voorouders als West-Afrikaanse. Ze gaf me vooral een ongemakkelijk gevoel omdat ze zo gewoon was. Ze was gekleed in de gebruikelijke, praktische zomerkleding van de dorpen: een rok genaaid van felgekleurde stof bedrukt met rood en oranje motieven op een botergele ondergrond en wijduitstaand door de onderrokken eronder. Daarboven een hoog gesloten blouse met een sjaaltje rond haar nek. Het schort dat ze over dit alles droeg, zag er pas gewassen uit, geen vlekje en geen kreukje te bekennen. In haar hand had ze een stukje stof van hetzelfde patroon als de rok, ze vouwde het en bond het vervolgens vaardig over haar haren, met drie sierlijke piekjes in de stof.

Misschien ademde ik te hard.

Ze draaide zich om. Haar ogen vlogen open met dezelfde verbazing die ik een ogenblik eerder had gevoeld.

Ze had een gezicht dat de blik vasthield. Het was mij bekend, vooral rond de ogen, die lange wimpers hadden en een mooie vorm. Ik vertrouwde dat gezicht onmiddellijk, hoewel ik wist dat ik hier niets hoorde te vertrouwen.

'Gegroet, vrede zij met u, tante,' zei ik, want het kon nooit kwaad om beleefd te zijn. 'Gaat het goed met u?'

Bee's hand verstijfde rond de mijne.

De vrouw sprak met een stem die ik eerder had gehoord. 'Geen problemen, dankzij mijn macht als vrouw. En jij, bruid van mijn kleinzoon? Ik had niet verwacht je zo snel te vinden.'

Bee trok aan mijn hand. 'Rennen.'

'Ken ik u?' vroeg ik, want ik was stomverbaasd, hoewel niet met stomheid geslagen.

'Wij hebben elkaar ooit ontmoet. Ik ben Vais grootmoeder.'

Ik weet niet hoe vaak ik met mijn ogen knipperde, of hoe wijd mijn mond openhing. Bee trok zo heftig aan mijn arm dat ik doorkreeg dat ze van plan was mijn arm af te scheuren als ik niet iets deed.

'Bent u een spook dat is gestuurd om mij in verwarring te brengen en te verleiden?' vroeg ik en ik voegde er haastig aan toe: 'Ik bedoel dit niet beledigend. Het is gewoon een vraag.'

De vrouw hield een ketting omhoog. Een medaillon glansde alsof het zonlicht het in een gouden gloed zette, hoewel er geen zon te zien was in de zilverachtige lucht.

'Dat is mijn medaillon! Met mijn vaders portret.' Ik trok mijn arm los uit de greep van Bee.

'Cat!' Bee schoot naar voren en drukte mijn hand tegen de grond. 'Waag het niet dat te pakken!'

Het medaillon bungelde als dodelijk fruit aan de hand van de vrouw. 'Het is verstandig om in de geestenwereld te wandelen met wijsheid en voorzichtigheid,' zei ze. 'Dit medaillon drukte Vai in mijn hand. Hij gaf het aan me nadat hij een offer had gebracht aan de voorouders. Hij vroeg me naar jou uit te kijken. Hij dacht dat dit medaillon jou en mij tot elkaar zou aantrekken.'

'Wie bent u?' vroeg Bee bits.

'Spreek je echte naam niet hardop uit in het woud. De wezens die hier leven eten net zo goed namen als bloed. Jullie kunnen me Fati noemen.'

Ik rukte me los van Bee, greep het medaillon en opende het. Het gezicht van Daniel Hassi Barahal, met zijn zwarte krullen en ironische glimlach, staarde me aan. Toen ik het medaillon naar mijn lippen bracht, wíst ik dat dit mijn eigen medaillon was. Ik had het aan twee meisjes in Vier Manen Huis moeten geven zodat zij in ruil daarvoor een afgesloten deur voor mij openmaakten.

'Hoe heeft Vai dit te pakken gekregen?' vroeg ik terwijl ik de ketting over mijn hoofd liet glijden.

'Dat heeft hij me niet verteld. Hij vroeg me jou te zoeken en te begeleiden, want ik weet iets van het woud. Om te beginnen vind ik je op open grond waar elk spookdier je kan opeten.' Ze stak waarschuwend een vinger op. 'Je moet op het pad blijven. Of op beveiligde grond.'

'We waren een uur geleden nog in Adurnam,' zei Bee. 'Hoe kan hij in uw dorp zijn geweest? Hoe kan hij zelfs maar weten dat wij in de waterput zijn gevallen? Cat, je moet dat medaillon teruggeven.'

'Hij daalde na ons af in de waterput om te proberen ons te helpen, Bee. Ik heb nog geen tijd gehad om je dat te vertellen.' Ik onderzocht de vrouw op tekenen van vlijmscherpe tanden of verborgen tentakels. Dit was niet de broze oude grootmoeder naast wier bed ik had gezeten in het dorp Haranwy tijdens de nacht van Allerzielen. Hier, in de geestenwereld, verscheen ze als een jongere vrouw in de bloei van haar leven, oud genoeg om mijn moeder te zijn, als mijn moeder nog had geleefd, maar niet zo oud dat ze gebukt ging onder de last van de ouderdom. Vai had dezelfde mooie ogen. 'Hij zou ons achterna zijn gekomen naar de geestenwereld, maar omdat het niet een van de oversteekdagen was, kon hij niet meegaan. Het is zo duidelijk!'

'Wat is duidelijk?' vroeg Bee sceptisch.

'Hij ging naar huis om de jagers van zijn dorp te vragen naar mij te zoeken in de geestenwereld.'

'Je begrijpt zijn daden uitstekend,' zei zijn grootmoeder.

'Het is wat ik in zijn plaats zou doen,' reageerde ik.

'Heel nobel van je, Cat, daar ben ik van overtuigd,' snauwde Bee, 'maar het moet heel wat dagen rijden zijn van Adurnam naar zijn dorp, dus hij kan daar nog niet zijn aangekomen.'

'De dagen verlopen hier anders. Een uur hier kan een week daar zijn. Hij zal genoeg tijd hebben gehad om zijn familie om hulp te gaan vragen. Ik begrijp dat het medaillon een talisman is. Maar ik begrijp niet hoe u hier bent gekomen, grootmoeder.'

Ze zei niets. Hitte daalde als een verstikkende deken op ons neer.

'U moet dood zijn.' Mijn woorden kwamen stijfjes naar buiten.

Met een uitroep schoot Bee achteruit.

Fati keek naar me en zei nog steeds niets.

'Hij moet u hebben gevonden toen u stervende was. Omdat de doden oversteken naar de geestenwereld, vroeg hij u naar mij te zoeken zodra u hier aankwam. Ik had nooit gedacht...' Mijn vingers sloten zich om het medaillon. 'Als u hier bent, zullen mijn ouders hier ook ergens zijn. Ik zou ze kunnen vinden.'

'Maestressa, vergeef ons alstublieft onze slechte manieren.' Bee schoof naar voren. 'Ik hoop dat u geen pijn hebt geleden. Ik hoop dat u vrede hebt. Het spijt me.'

'Waarom spijt het je?' vroeg ze met een vriendelijke glimlach. 'De oversteek wacht ons allen.'

Uit het veld geslagen sloeg ik mijn ogen neer, zoals je hoorde te doen tegenover ouderen. Ik geloofde absoluut dat ze was wie ze beweerde te zijn, hoewel ik niet kon uitleggen waarom. 'Neem me niet kwalijk, grootmoeder. U en de dorpelingen hebben mij geholpen ten koste van groot gevaar voor uzelf. Toen ik zei dat ik niet zeker wist of ik u kon vertrouwen, toen ik daar in uw huis was, wilde ik niet onbeleefd zijn.'

'Mmm. Ja. Je was onbeleefd. Maar je was bang en je bent jong. We maken allemaal fouten.'

'Het is edelmoedig dat u mij vergeeft.'

'Vergeef ik je? Ik kies ervoor Vai te helpen omdat hij een heel goede jongen is.'

'Zo goed was hij nu ook weer niet,' mompelde ik. 'Hij was arrogant, neerbuigend en onvriendelijk.'

'Dan was hij de manieren vergeten die zijn moeder en ik hem hebben geleerd.' Ze wierp een blik op me die maakte dat ik mijn hoofd introk als een kind dat wordt uitgefoeterd. 'Waardeer je wel wat hij voor je heeft gedaan? Om zo ver te gaan, tegen de wil van de mansa, is geen gemakkelijke keus voor hem.'

'Ik waardeer zijn pogingen ervoor te zorgen dat Vier Manen Huis ons niet opnieuw gevangen kan nemen. Maar ik kan niet geloven dat de mansa zo'n machtige jonge koude magiër kwaad zou doen.'

'Ik geloof niet dat je begrijpt wat hij voor jou op het spel zet. Je denkt dat je weet wat het betekent om als horige geboren te worden, om door de wet en tradities verplicht te zijn een ander te dienen, maar daar heb je geen weet van.'

'Wij in de Kena'ani worden grootgebracht om onze familie te dienen,' kaatste ik terug, veel minder strijdlustig dan ik zou willen. 'Zoals ik deed, toen mijn tante en oom me tegen mijn wil aan Vier Manen Huis gaven. Ze zouden me aan elke koude magiër hebben gegeven die me kwam ophalen. Toevallig was hij het.'

'Denk je dat dit toeval was? Jullie bestemming werd voor jullie gekozen voordat jullie geboren waren.'

'Dat geloof ik niet!'

'Ik ook niet,' zei Bee vastberaden en loyaal. 'Hoewel ik me wel afvraag waarom ik vervloekt ben met deze gave van dromen.'

'Dat helpt niet veel,' mompelde ik met een grimas naar Bee.

Fati wierp een blik op me die maakte dat ik me een bekrompen aanstelster voelde. 'Hij heeft drie strengetjes van zijn haar achter het portret in het medaillon gestopt, om je te helpen hem te vinden. Jullie zijn met elkaar verbonden, vanwege de verbintenis die de djeli over jullie heeft geweven, wat een ketting is die van de ene wereld tot in de andere reikt. Zoek hem in je hart en je zult weten waar hij is. Maar als jij geen zin hebt om hem te vinden, dan is hij degene die tevergeefs zal zoeken.'

'Cat heeft er niet om gevraagd om met hem te trouwen,' zei Bee. 'Ik ga ervan uit dat u uw kleinzoon liefhebt. Ik ga ervan uit dat hij loyaal is aan zijn familie. Maar het is niet eerlijk om haar de les te lezen alsof ze een mooie snuisterij had gevraagd en die daarna onverschillig opzijlegde omdat hij niet goed kleurde bij haar jurk. Ze werd verraden door mijn moeder en vader, door onze hele familie. Ze hoeft geen rekenschap af te leggen voor iets waar ze nooit om heeft gevraagd.'

'Het is wel goed, Bee,' zei ik want ik kon het niet verdragen het gezicht van zijn grootmoeder te zien verharden door afkeuring. 'Ik vraag vergiffenis voor mijn scherpe tong, grootmoeder. Ik kan niet echt begrijpen wat het betekent voor uw dorp dat u al zoveel generaties de horigheid hebt moeten verdragen. We hebben rechten gestudeerd aan de academie, maar... Tja... Dat waren woorden in een boek. Ik geef toe dat ik nu een meer persoonlijke betrokkenheid voel.'

'Je kunt ervan verzekerd zijn,' zei Fati, 'dat Vier Manen Huis je stevig met hem heeft verbonden. En hij behoort hen toe, net zoals mijn dorp. Wanneer zij gebruik van jou willen maken, zullen ze dat doen.'

'Tenzij ik mijzelf bevrijd.'

'Denk je dat het zo gemakkelijk is om jezelf te bevrijden?'

Ik wierp een zijdelingse blik op Bee en hield mijn mond.

Fati trok haar wenkbrauwen op alsof ze wist dat wij geheimen hadden die we niet vertelden. 'Maar goed, meisjes, genoeg gepraat. We moeten een pad of een beveiligde plaats zoeken.' Ze stond op, klopte haar rokken af en liep bij de rivier vandaan.

Bee en ik wisselden een blik uit.

'Ik vind haar aardig!' fluisterde Bee.

'De jagers zullen oversteken tijdens het feest van Imbolc,' riep Fati over haar schouder. 'Mijn kleinzoon is van plan met hen mee te gaan.'

'Wat romantisch!' zei Bee terwijl we achter haar aan snelden. 'Ik wou dat een man mij kwam redden!'

'Is dat niet precies wat gezant Amadou Barry probeerde te doen? Tijdens de rel? Jou redden?'

'Hij probeerde me te vangen en op te sluiten in een kooi,' snauwde ze.

En was dat niet wat Andevai uiteindelijk zou doen, als hij me terugbracht naar Vier Manen Huis? Ik kreeg een benauwd gevoel, alsof ik een haspel was waar een ketting omheen werd gewonden. De wereld leek uitsluitend uit kooien te bestaan. Lopen gaf me iets te doen in plaats van denken aan bindende huwelijken, afschrikwekkende magiërshuizen en een stem die me beval om nú te komen. We liepen door een landschap vol gras, omringd door bosjes bloeiende struiken. Piepkleine doorzichtige eenhoorns vlogen tussen de bloemen heen en weer, hun vleugels blonken op als flinterdun glas.

Bee liep erheen. 'Wat mooi!'

Ze voegden zich samen tot een zwerm en staken naar haar. Achteruitstruikelend sloeg ze naar de wolk terwijl een nevel van glinsterende vleugels haar overspoelde. Ik zwaaide met mijn zwaard heen en weer door de zwerm tot ze achteruitschoten en snuivend in de bosjes gingen zitten met ontblote tanden.

'Auw!' zei ze met haar hand tegen haar gezicht gedrukt. 'Ze vielen me aan!'

Fati zei: 'Laat me je kin zien.'

Na een ogenblik liet Bee haar hand zakken. Een paar bultjes zwollen rood op, maar verder leek ze ongedeerd. 'Akelige wezens!'

Een paar eenhoorns vlogen op, maar toen ik met mijn zwaard zwaaide, trokken ze zich weer terug.

'Blijf bij me,' zei Fati.

We liepen verder. Op sommige plaatsen daalde de grond af in een dal, dicht begroeid met espen met een witte bast en ronde blaadjes die glansden als spiegels. Vlinders en libellen fladderden boven waterpoeltjes vol riet en bloeiende lelies. Boven ons hoofd volgde een paar kraaien ons.

'Verblijven alle doden in de geestenwereld?' vroeg ik. 'Zal ik echt mijn ouders kunnen vinden?'

Fati liep snel. 'Zie je dit gras om ons heen? Je zou zeggen dat het uit een zaadje komt, maar een zaadje alleen betekent niets. Het heeft water en aarde nodig en het verlangen te groeien. Zonder die dingen kan geen enkel graszaadje uitgroeien tot gras. Geen enkel ding is enkelvoudig en onveranderlijk. Op dit moment heb ik het lichaam waarin ik wandelde aan de andere kant. Ik blijf deze vorm houden tot het getij van de geestenwereld mij bereikt. Dan zal ik anders worden, zoals alle dingen veranderen. Dus ik kan niet zeggen welke vorm je ouders hebben aangenomen, of hoe ze veranderd zijn.'

'Vai zegt dat mensen die overspoeld raken door de vloedgolf

van een drakendroom nooit meer terugkomen.'

'Hoe kun je terugkomen als je nooit bent weggegaan?' Haar mond vertrok tot een vriendelijke glimlach. 'Vai is erg slim en heel gehoorzaam en een heel hardwerkende jongen, maar ik moet je tot mijn spijt vertellen, Cat, dat hij niet alles weet wat hij denkt te weten.'

Bee lachte.

Ik zei: 'Maar als alle dode mensen hier komen nadat ze sterven, waar zijn ze dan allemaal?'

'Een vis ziet de arend alleen als een schaduw in het water, maar de arend ziet de vis voor wat hij is.'

Ik wreef over mijn beurse kin. 'U zegt dat we hier in de geestenwereld niet naar dingen kunnen kijken in de veronderstelling dat wat we denken te zien ook betekent dat wat we denken te zien is wat we denken dat het is.'

'Cat, dat slaat nergens op,' zei Bee.

'Juist wel! Denk aan het schoolhoofd! We denken dat we een man zien, maar misschien is hij de arend en zijn wij de vis die alleen de schaduw van de arend zien. Grootmoeder, weet u iets over draken?'

'Ik ken een verhaal, een lang verhaal. Ik ben geen djelimuso die het kan vertellen met de juiste inleiding en zegenwensen. Het is het verhaal over hoe mijn voorvaderen, de Koumbi Mande, in het noorden uit de woestijn van het keizerrijk Mali kwamen om te ontsnappen aan de zoutpest. Na veel ontberingen bereikten de overlevenden de stad Qart Hadast en ze wisten niet waar ze verder heen moesten.'

Bee keek naar mij en we vertelden niet dat Qart Hadast de stad was waar de Barahal familie oorspronkelijk vandaan was gekomen, de stad die de Romeinen Carthago noemden.

'De mansa's zuster Kolonkan was een machtige tovenares. Zij stond aan de kust van de zee met een voet op het zand en een in het water. Onder de golven zag ze rokende bergen die de Romeinen de pieken van vulkanen noemen. Midden in het vuur van een van die pieken lag een vrouwelijke draak opgerold in haar nest te slapen nadat ze haar eieren had gelegd. Kolonkan wandelde de dromen van het wezen binnen. 'Maa, geef me alstublieft advies,' riep Kolonkan. 'Waar moet mijn volk heen gaan?' Het serpent antwoordde: "Een van de dochters die je zult baren, zal mij dienen en je volk zal naar het noorden gaan, naar het ijs.'"

'Hoe kan een draak nestelen in een vulkaan?' zei Bee. 'Zou het vuur de eieren niet vernietigen?'

'Neem ons niet kwalijk, grootmoeder,' zei ik haastig terwijl ik Bee een stomp gaf. 'We luisteren.'

'Mmm.' Fati was een vrouw die duidelijk niet gewend was onderbroken te worden. 'Het verhaal gaat verder. Maar volgens mij is dit de enige keer dat er een wezen wordt genoemd dat de Romeinen een draak of serpent zouden noemen.'

In stilte liepen we een tijdje verder. Gras zwiepte langs onze benen. Insecten zoemden slaperig zonder een zwerm te vormen om ons te kwellen. De vervloekte kraaien zweefden boven ons. Aan de horizon doemden overal omtrekken van zwerfkeien op.

'Grootmoeder,' vroeg ik uiteindelijk, 'weet u wie mijn verwekker is?'

Ze bekeek me van top tot teen. 'Waarom zou ik dat weten?'

'Kunt u dat niet op de een of andere manier zien, omdat u nu ook een voorouder bent?'

Ze grinnikte. 'Dergelijke macht bezit ik niet. Ik kom nog maar net kijken op deze plek. Ik weet niets meer dan wat ik eerder wist. Ik zou het je zeggen als ik het wist. Een kind hoort te weten wie zijn verwekker is. Want als je niet weet welke verbintenissen je hebt, ben je niet veel meer dan een aangelijnde geit. Dus het lijkt erop dat jij en je nicht een reis zijn begonnen om de kern van jullie wezen te ontdekken.'

'Ik zou willen weten wat het betekent om de dromen van draken te bewandelen,' zei Bee met een uitdrukking op haar gezicht als een muilezel die naar de drijver kijkt. 'Bewandelde de dochter van deze tovenares Kolonkan de dromen van draken? Is dat de betekenis van dit verhaal?'

'Mmm. Dat is kennis die niet van mij is.'

'Is het niet aan u om dit vertellen? Of weet u het gewoon niet?'

'Bee!' zei ik zacht en ik kneep in haar arm. 'Het is onbeleefd om een oudere te onderbreken.'

'Ik ben degene die gedoemd is uiteengescheurd te eindigen met mijn hoofd in een waterput! Ik verzeker u, tante, dat ik niet onbeleefd wil zijn.'

'Mmm, ja, je bent ondergedompeld in *nyama*.'

'Wat is dat? Energie? Hitte? Licht? Magie?'

'Het is de basis. Het is een draad. Het is wat gevormd kan worden. Een pottenbakker boetseert nyama als klei. Een smid vormt nyama in staal. Een jager moet weten hoe hij zichzelf moet beschermen tegen de gevaarlijke nyama die loskomt als hij een dier doodt, door het toe te voegen aan het zijne. Koude magiërs manipuleren nyama. Hoe zij dat doen weet ik niet, want ik ken hun geheimen niet.'

'Cat vertelde me dat ze eens een djeli ontmoette die nyama het handvat van macht noemde. Is het zoiets als de handgreep van een bijl? Als je het vast kunt grijpen, kun je dan de bijl hanteren?'

'Zo zou ik het niet zeggen. Maar degenen die nyama kunnen vormen, kunnen de wereld vormen en veranderen.'

Bee knikte. 'Met de juiste toegang tot macht en een sterke wil kun je de wereld vormen en veranderen! Zoals Camjiata deed en van plan is opnieuw te doen.'

'Bee!' fluisterde ik, 'we worden geacht naar ouderen te luisteren en ze niet te onderbreken!'

'Hoe worden we geacht te leren als we geen vragen stellen?' riep Bee.

'We zijn er,' zei Fati.

Voor ons rezen ineengezakte zandstenen torens op, die de vier hoeken van een ommuurde stad aangaven. De afgebrokkelde muren zagen eruit als een zandkasteel nadat er een golf overheen is geslagen: weggesmolten ruïnes die snel weggevaagd zouden worden. Er blaften geen honden. Er reden geen karren en er riepen geen stemmen. Zelfs de wind huilde niet. Als er iets leefde in deze stoffige, verlaten ruïnes, kon ik het niet horen.

Een weg zo zwart en glad als lavaglas liep uit de half ingestorte hoofdpoort. Zo recht als een Romeinse militaire weg sneed hij door onbewoond gebied naar heuvels in de verte. Vanaf die heuvels kwam een schaduw snel op ons af.

'De vloedgolf komt eraan,' zei Fati. 'Ga op de weg staan, want dat is beveiligde grond. Snel.'

Ik greep Bee's hand en rende, hoewel ik opeens zeker wist dat er iets verschrikkelijks en onomkeerbaars zou gebeuren zodra ik het plaveisel aanraakte. Toch moest ik erheen. Misschien was dat verlangen onderdeel van dezelfde dwang die me naar de waterput had gedreven.

'Tante, snel!' riep Bee achterom.

'Ik kan niet naar beveiligde grond,' zei Fati. 'Jullie moeten alleen verdergaan. Dit is jullie reis. Mijn pad is anders.'

Het mes van duisternis schoot over ons heen op het moment dat we de weg op struikelden. Bee sloeg haar armen om me heen. Fati stond in het daglicht, omringd door gras. Met mij in de schaduw en haar in het licht, kon ik duidelijk zien hoe mijn echtgenoot op haar leek in de trekken van haar gezicht, de glans van haar teint en de helderheid van haar ogen. Een trilling rommelde als tromgeroffel in de aarde. Een torenhoge muur van vuur stormde op ons af, verschroeide het gras tot as. Fati glimlachte en stak haar hand op als groet.

'Gezegende Tanit!' fluisterde ik. 'Grootmoeder!'

Vlammen onttrokken het tafereel aan het oog. De muren van de stad galmden als een klok die geluid werd toen de vlammen rond de stenen bulderden.

De vloedgolf trok verder. Bleek daglicht, als ochtendgloren, rees op boven een wereld die volkomen was veranderd.

Fati was verdwenen.

II

Aan beide zijden naast de weg lagen velden. Antilopen met drie horens graasden op gras zo groen als smaragd. Akkers liepen in spiraalvormige patronen omhoog die er, dat wist ik zeker, prachtig uit zouden zien vanuit de lucht. Klimplanten met de dikke bladeren van zoete aardappel bloeiden op een veld van afvalhopen, het enige gewas dat ik herkende. Ergens anders waren hoge staken begroeid met bloemen wier blaadjes felverlicht werden door wimpels als oranje vlammen; maar misschien stonden ze wel echt in brand. Andere huilden groene tranen. Aan een klimplant die langs een paal was geslingerd, barstten peulen open waaruit een wolk van vlinders fladderde. Gevleugelde wezentjes met gezichtjes als vleermuizen doken naar beneden en hapten ze op totdat de lucht vervuld was van glinsterende stukjes.

Fati was verdwenen. Ze zou overal kunnen zijn, of alles. Een steen ongeveer half zo groot als mijn vuist lag op de aarde naast de weg. Ik klauterde erheen.

'Raak dat niet aan!' waarschuwde Bee.

Ik deed het toch. De steen was gladgeslepen en diepbruin van kleur, als de edelsteen carneool. De aders in zijn oppervlak vloeiden als spraak tegen mijn huid. Ik voelde dat ik zijn stem kende. 'Denk je dat de vloedgolf... haar veranderde in deze steen?'

'En jij dacht dat ík de lichtgelovige was?'

'Zielen veranderen, net zoals het land.' Ik raakte mijn vaders medaillon aan en voelde de bekende pijn in mijn hart die nooit zou verdwijnen. 'Dus misschien kan ik mijn ouders toch nooit terugvinden, niet als ze werden overspoeld door de vloedgolf.'

'Wordt alles niet overspoeld door de vloedgolf? Hoe zou je eraan kunnen ontsnappen?'

'Je ontsnapt door te schuilen op beveiligde grond, zoals deze weg.' Ik sloot mijn vingers rond de steen en, haar protest negerend, stak ik hem in een zak die aan de binnenkant van mijn jasje was genaaid. 'Hoewel dat niet verklaart hoe het kan dat we niet werden meegesleurd door de rivier...'

'*Cat.*'

Een geluid als het ruisen van rivierwater klonk achter ons op. Ik draaide me om. Uit de ommuurde stad rezen mensachtige wezens op in een golf van donkere vleugels.

Bee riep: 'Gezegende Tanit, bescherm ons!'

Een meute cirkelde boven ons. De enorme spanwijdte van hun vleugels verduisterde de halve lucht. Met glanzende klauwen doken ze op ons af.

'Liggen!' snauwde ik.

Bee liet zich vallen en ik ging op haar rug zitten met mijn voeten aan beide kanten van haar. Mijn zwaard vlamde op met een ijzig licht, zo fel dat het brandde. Ik zwaaide en stak terwijl zij aanvielen. Als mijn kling vlees raakte, gilden ze en stoven alle kanten uit.

'Cat, wat zijn dat?'

'Niet bewegen.' Ik verschoof zodat mijn rokken over haar heen vielen. 'Ze hebben een hekel aan mijn zwaard.'

De meute bleef boven ons cirkelen. Eén landde net buiten het bereik van mijn zwaard.

Lang, met brede schouders en krachtig gebouwd, zag ze er bijna uit als een mens. Haar korte zwarte haren stonden omhoog in stekeltjes. Haar smalle gezicht was net zo doorschijnend bleek als met water aangelengde melk en ze had de felblauwe ogen die we in het noorden 'het merkteken van het ijs' noemden. Een streep van paarsblauwe tatoeages liep als vallende veertjes langs de rechterkant van haar gezicht en haar nek. Ze droeg een mouwloze tuniek die tot halverwege haar kuiten viel, bedekt met amuletten die in de stof waren vastgezet zoals jagers talismannen op hun kleren naaiden om hen te beschermen in het woud. Haar vleugels verbaasden me zeker. Maar het was vooral het derde oog in het midden van haar voorhoofd dat mijn aandacht vasthield.

'Je bent een eru,' zei ik. Aanvallen leek me de beste verdediging. 'Ik groet jou en jouw mensen. Mogen we vredig met elkaar omgaan en niet ruziemaken. Ik vraag om gastrechten, als die gegeven kunnen worden aan vreedzame vreemdelingen die hier per ongeluk zijn terechtgekomen.'

Ze sprak met een stem die klonk als een klok. 'Je bent hier heel welkom, nicht. Ons huis staat open voor jou. Alles wat we hebben is voor jou. Alles wat we zijn, zullen we je ten dienste stellen. Maar we moeten de dienaar van de vijand doden. Dat is de wet.'

'Cat,' fluisterde Bee van onder mijn rokken, 'ik denk dat ze míj bedoelen.'

De uitroep van de eru leek op het alarm van de grote klokken van Adurnam als de stad werd bedreigd. 'Het spreekt! Pas op!'

Ik wees met mijn zwaard naar de eru, ze deed een stap achteruit. 'Ze is niet mijn vijand en daarom ook niet die van jou.'

Meer eru landden net buiten mijn bereik en stelden zich op in een kring om ons heen. De lange eru hadden een derde oog zo fel als een edelsteen. De kleinere hadden een plek op hun voorhoofd die eruitzag als een massa troebele aderen, en ik had het vreemde gevoel dat zij met dat blinde, bedekte derde oog dingen konden zien die voor mij onzichtbaar waren. Het was heel verontrustend. Erger nog, het was heel waarschijnlijk dat deze eru ons binnen de kortste keren aan stukken zouden kunnen scheuren met hun klauwen. En hoe kon ik voorspellen welke schade ze konden aanrichten met hun magie, want werd er over de eru niet verteld dat zij de meesters waren van storm en wind?

'Het doet er niet toe,' zei ik. 'We zullen gewoon weggaan.'

'Ze moet worden opgeofferd,' zei de eru die eerder had gesproken. 'Uit beleefdheid tegenover jou, als jij dat wenst, zullen we haar doden en haar opeten tijdens het welkomstfeest, alles op haar hoofd na. Haar hoofd zullen we in de waterput gooien om ons water kracht te geven. Uit respect voor jou, onze gast, zullen we haar deze eer bewijzen.'

Bee's verstikte uitroep bezorgde me een opwelling van angst. Ik zwaaide mijn zwaard langzaam rond, naar alle eru, tien in totaal. 'Ik zal zoveel van jullie doden als ik kan, voordat ik haar door jullie laat aanraken.'

Een melodie die klonk als woorden zong rond in de kring en stopte toen de eerste eru haar arm opstak. 'Dien jij haar, zij die de dienaar is van de vijand?'

'Waarom denken jullie dat zij jullie vijand is?'

'Is ze dan niet gekomen om het nest van een serpent te zoeken? Voel je niet hoe de vijand zich telkens opnieuw omdraait? Helpt deze opkomende vloedgolf haar dienaar niet omdat deze ons, die haar willen verdrijven, dwingt ons te verstoppen op onze beveiligde plaatsen zodat we haar niet kunnen achtervolgen?'

'Ik denk dat jij een dienaar bent van het Hof van de Nacht,' zei ik. Ik dacht terug aan de eru die zich had uitgegeven voor een lakei in dienst van Vier Manen Huis en aan wat ze me had verteld toen we stopten bij het Baken van Brigand omdat Andevai een offer moest brengen. 'Want dienaren van het Hof van de Nacht moeten vragen met vragen beantwoorden.'

Ze knikte op de manier waarop een tegenstander een voltreffer erkent. 'Wanneer het Hof van de Nacht het beveelt, ben ik degene die namens hen spreekt.'

Zwarte vleugels fladderden. Uit de lucht kwam een kraai naar beneden. Een gewone kraai kon niet zo'n reactie oproepen van afschrikwekkende eru. Ze vlogen op in een kakofonie van vleugels totdat alleen de spreekster overbleef. Met een zelfgenoegzaam air vouwde de kraai zijn vleugels en hield zijn kop schuin om mij op te nemen. Een streep opgedroogd bloed zat boven op zijn grove snavel, vast en zeker mijn bloed.

Ik kon het niet laten om even naar de kraai te prikken, gewoon om hem achteruit te laten huppen. Ik had ook gevoelens, al noemde Bee me af en toe harteloos.

'Denk maar niet dat ik jou vergeten ben,' zei ik terwijl ik de korst op de wond boven mijn rechteroog aanraakte.

Met haar derde oog keek de spreekster naar de kraai en daarna met alle drie haar ogen naar mij. Even dacht ik een weerspiegeling te zien in haar derde oog: draaiende wielen die over een weg flitsten.

'De meester komt,' zei ze. 'De dienaar van de vijand zal niet ontsnappen.'

Bee had haar hoofd onder mijn rokken uit gestoken. 'Kijk!'

Ze krabbelde overeind en wees naar de heuvels. Het enige wat ik eerst zag waren eru die uitwaaierden als veehoeders. Ze loodsten antilopen naar de stadsmuren, of dreven ze bijeen binnen dichte bosjes glanzende bomen. Daarachter denderde een vlaag mist naar beneden vanaf verafgelegen hellingen. Klauwen trokken samen in mijn borst alsof een smerig beest zich binnen in me had begraven en mijn hart samenkneep.

'Ik weet niet meer wat ik moet doen, Bee,' zei ik terwijl de mist groter werd. 'Ren zo snel mogelijk weg. Neem mijn zwaard. Ik bied het je vrijelijk aan, dus kun je het pakken.' Ik bood haar mijn zwaard.

Vonken sprongen van de kling af, en waar deze haar handen en armen raakte, schoot een regen van knetterende vlammen als een deken over haar armen. Ze gilde en trok haar hand terug.

'Koud staal brandt de dienaar van de vijand, dus kan ze het niet gebruiken,' merkte de spreekster op met een wrede glimlach. Maar haar lach verdween toen ze langs me keek. Ze knielde.

Hoe het voertuig de afstand zo snel had overbrugd, begreep ik niet. Een elegante zwarte koets getrokken door vier witte paarden kwam naast ons tot stilstand. De paarden hadden een gepolijste glans, als parels. Het eerste paar stampte, hun hoeven sloegen vonken op het plaveisel van lavaglas, terwijl het tweede paar geduldig in hun tuig stond te wachten.

De koetsier was een stevig gebouwde man met een doodgewone wollen mantel. Hij droeg zijn korte blonde haren in de met citroen gebleekte stekels van traditionele Keltische krijgers uit de oude dagen, toen de Romeinen met hun keizerrijk op het land en de Feniciërs met hun zeehandel door hun onophoudelijke gevechten in een patstelling waren gekomen en de barbaarse Kelten dan met de een en dan met de ander een verdrag sloten, net wat hun het beste uitkwam. Toen hij me zag, glimlachte hij niet, maar de huid rond zijn ooghoeken rimpelde alsof hij inwendig lachte. Bij wijze van groet tikte hij met twee vingers tegen zijn voorhoofd.

Een gedaante sprong aan de achterkant van de koets. Ik herkende de lange, breedgeschouderde eru met haar bruine huid, haar derde oog glinsterend als een saffier en haar vleugels als wervelende rook. Macht zinderde binnen in haar als een storm, op het punt los te barsten. Ik ging tussen haar en Bee in staan alsof ik de slag kon afwenden. Mijn kling vlamde op als een toorts, het gevest veranderde in ijs tegen mijn handpalm.

'Laat maar,' zei de koetsier tegen de eru. 'We zijn hier voor Tara Bells kind, niet voor die andere.'

Ze ontspande, de toppen van haar vleugels fladderden alsof er rondtollende wind uit wegschoot. Ik slikte, mijn oren plopten; de wind ging liggen.

'Gegroet, nicht,' zei de eru. 'De meester heeft ons gestuurd om je op te halen.'

Ik werd overspoeld door zo'n sterk gevoel van wanhoop dat de kracht me verliet en kon alleen maar staren naar de twee wezens die ik eerder had ontmoet in de vermomming van een eenvoudige koetsier en een eenvoudige lakei. Bee greep mijn hand. De hare was koud.

Hoewel ik het niet wilde, kon ik niet voorkomen dat mijn woorden naar buiten kwamen als een smekend gejammer: 'We willen alleen maar naar huis.'

Uit haar stralende derde oog schoten lichtflitsen over het oppervlak van de zwarte weg. 'De meester heeft je opgeroepen.'

'Help haar om terug te keren naar de andere kant en ik zal jullie geen problemen bezorgen,' zei ik wanhopig.

De lippen van de koetsier vertrokken in een wrange, lusteloze glimlach.

'Je zult ons toch geen problemen bezorgen, nicht,' zei de eru, niet boos maar verdrietig. 'Jij bent geketend, zoals wij geketend zijn. Ga de koets in. Zowel jij als het serpent. We hebben een lange reis voor de boeg. De meester heeft weinig geduld.'

'Nee, dat heeft hij inderdaad niet,' zei de koetsier met een blik op de lucht waar de kraai wegvloog. 'We zijn voor de storm van zijn woede uitgereden. Nu is het tijd dat je beschutting zoekt.'

Boven de heuvels bouwde zich een zwarte dreiging van wolken op. In het hart van de donderwolken kronkelde bliksem naar beneden als lichtgevende slangen. De macht van het onweer gonsde als koorts door mijn botten en mijn bloed. De kraai snelde naar de storm alsof hij die verwelkomde.

Jankend hoorngeschal klonk op van de muren terwijl de eru hun laatste kuddes opjaagden. De knielende eru brak vrij en vluchtte.

Mijn knieën veranderden in stroop. 'Genezende Tanit. Als we wegrennen, zal die storm ons vernietigen. Als we met hen meegaan, zul jij gedood worden.'

'Één ding tegelijk,' zei Bee met verbijsterende kalmte terwijl haar hand zich om de mijne sloot. 'Op dit moment is de koets onze beste kans.'

De eru opende de deur en klapte met geroutineerd gemak het trapje uit. Ik stak mijn zwaard in de lus, klom naar binnen en zonk op de zitplaats met mijn gezicht naar de achterkant, op dezelfde plek waar ik had gezeten toen ik in deze koets reisde met Andevai.

Bee ging tegenover mij zitten met haar knieën tegen de mijne gedrukt. 'Geef de hoop niet op, Cat.'

De deur werd gesloten. Met een geknal van de zweep en een uitroep van 'Ha-roo! Ha-roo!' zette de koetsier de paarden aan tot bewegen. We draaiden rond en de koets wiebelde toen de eru erachter opsprong. We maakten snel vaart. Geen enkele koets in de sterfelijke wereld kon ooit zo soepel en snel rijden.

Een windvlaag schudde de koets. Door het zwaaien en schokken vielen we van onze zitplaatsen af. De koets sprong op, viel naar beneden, helde schuin en kwam weer recht. Als een schip gevangen in een tyfoon zwalkte en slingerde hij. We hielden elkaar stijf vast terwijl de storm rond ons raasde met een gehuil zo luid dat ik Bee's lippen kon zien bewegen zonder een enkel woord te horen. Ik kon niet anders waarnemen dan het angstwekkende, spottende gekras van een helse vlucht kraaien die rondom ons vlogen alsof ze gedragen werden door de wind.

Onzichtbare klauwen knepen in mijn hart. Als ik niet gehoorzaamde, zou de meester me vermorzelen.

Doodsangst kan je verlammen, net zoals verdriet. Maar wanneer de eerste schok wegtrekt, als de storm voortraast en de koets zich stabiliseert, kan het je ook kwaad maken. Want wie wil het slachtoffer zijn van bedreigingen?

Met moeite gingen we overeind zitten. Na als een speelbal behandeld te zijn, was ik blij dat de kussens zo zacht waren. We kwamen weer een beetje op adem.

'Dat is nog eens wat anders dan papa's woedeaanvallen, vind je niet?' zei Bee met een wrange glimlach.

Ik keek naar de twee deuren, de ene aan mijn rechterhand waar we tegenaan zaten en de andere deur, op slot en met een afgesloten luik, waarnaast Andevai had gezeten op de eerste reis die we samen hadden gemaakt. Hij had me gewaarschuwd de andere deur nooit te openen, maar toen hij dat had gezegd, had hij de deur aan mijn rechterhand bedoeld, die we zojuist hadden gebruikt om de koets binnen te gaan.

Ik grinnikte. 'Deze koets is een doorgang tussen de werelden. De ene deur leidt naar de geestenwereld. Maar de andere leidt terug naar onze wereld. We springen eruit en rennen weg.'

Ik schoof naar de andere deur. Trok mijn zwaard half uit de schede en maakte een klein prikkend sneetje in mijn rechterhand. Ik greep de klink, smeerde er bloed op en drukte hem naar beneden.

De klink beet me.

Ik gilde en trok snel mijn hand terug. Drie kleine speldenprikjes op de rug van mijn hand kleurden rood door mijn bloed. De klink had het gezicht gekregen van een boos kijkend, koperkleurig duiveltje, zo breed als mijn hand en zo dun als een vinger. Snijtandjes glinsterden alsof ze van diamant waren. Een piepklein tongetje likte rond het koper en mijn bloed verdween.

Bee pakte haar mes uit de gebreide tas en begon met al haar formidabele kracht te hakken op de plek waar de klink aan de deur vastzat. Het lemmet zong en ketste af. De kracht van de klap sloeg terug door haar arm. Ze schreeuwde het uit en liet het mes vallen terwijl ze vooroverklapte.

'Dat zullen we nog wel eens zien!' riep ik en ik trok mijn zwaard.

Het akelige duivelsgezichtje *huiverde*.

De koets kwam zo abrupt tot stilstand dat ik achteroversloeg tegen de zitting en Bee vlak langs mijn getrokken zwaard vooroverviel en haar knieën stootte. De koets schudde heftig. De deur naar de geestenwereld vloog open en onthulde de koetsier.

'Naar buiten,' zei hij.

Het was niet dat hij er boos uitzag. Hij zag er niet boos uit. Het was alleen dat ik opeens zeker wist dat hij mijn beide armen van mijn lijf kon rukken als ik niet gehoorzaamde. Niet dat hij dat wilde, of daar plezier aan zou beleven, maar dat hij het kón.

Bee's gezicht was een grimas van pijn toen ze haar vingers probeerde te strekken. 'Mijn hand! Mijn arm!'

'Naar buiten.'

We klauterden naar buiten. Ik stak mijn zwaard in de schede terwijl we naast de weg tegen elkaar aan leunden. Bee had het mes achtergelaten in de koets maar deed geen poging terug te gaan om het te pakken. Ze kon haar linkerhand niet openen of dichtdoen. De gebreide tas hing op haar heup. De koetsier ging naar binnen en ik hoorde hem praten en een zacht zoemend geluid als antwoord, maar geen woorden die ik kende, niets wat ik kon begrijpen.

De eru struinde op ons af. Haar twee gewone ogen keken naar mij; haar derde oog keek samengeknepen, alsof het iets gemeens en akeligs zag, naar Bee.

'Het spijt me niet dat we proberen het leven van mijn nicht te redden,' zei ik.

'Hij wordt niet snel boos,' zei ze bedachtzaam. 'Maar één ding pikt hij niet: zijn koets of zijn paarden aanvallen.'

'Ik dacht dat de koets en de paarden aan de meester toebehoorden,' zei ik.

'Niet meer dan hij doet. Niet minder dan hij doet. Niet meer dan dat mijn vleugels aan de meester toebehoren, en niet minder dan dat ze aan mij toebehoren.'

Hij sprong naar buiten en staarde ons zo lang aan met zo'n onverstoorbare blik waarvan ik de emoties absoluut niet kon begrijpen – geen boosheid, geen sympathie, geen woede, geen medelijden – dat Bee begon te snotteren, alsof ze eindelijk aan het eind van haar krachten was.

Hij zei: 'De deur naar de sterfelijke wereld is afgesloten.'

'Wat verwacht je dan van ons?' barstte ik uit. 'Je kunt toch niet verwachten dat wij gaan liggen en het opgeven.'

Hij zei: 'Ga op beveiligde grond zitten. Ik zal thee maken.'

Hij wees naar een vuurplaats omringd door een laag binnenmuurtje van stenen en een buitenmuur van marmeren banken. Een vuur brandde. Een hoge boom met een rode bast en witte bloemen overschaduwde een kant van de vuurplaats; er was ook een granieten pilaar en een stenen bekken waaruit helder water omhoogborrelde. Bee en ik zaten naast elkaar op een bank terwijl de koetsier een ketel bracht, die vulde bij het bekken en op een ijzeren rek boven de vlammen zette. Hij bracht twee volle emmers water naar de paarden. De eru vloog onderzoekend in het rond. Door de storm heen hadden we de heuvels bereikt.

'Het is een driehoek,' zei Bee.

'Wat?' vroeg ik en ik keek naar het gemak waarmee de eru vloog en met haar rokerige vleugels door de lucht scheerde. Ik had haar voor het eerst gezien in de vermomming van een menselijke, mannelijke lakei, met laarzen en een mantel tegen de winterkou en het was niet zo gemakkelijk dat beeld kwijt te raken en haar te zien als een vrouw.

'De boom, de bron en de pilaar vormen een gelijkzijdige driehoek,' zei Bee. 'Ik vraag me af of die vorm de beveiliging creëert.'

'Ik denk dat er een boom, een steen en water moet zijn,' zei ik terwijl ik terugdacht aan het vuur van de djelimuso Lucia Kante. Daar had ik geschuild, ruziegemaakt met Andevai en Rory ontmoet. Ik had haar verhalen verteld uit mijn vaders verslagen, de prijs die ik moest betalen opdat ze me zou vertellen hoe ik de geestenwereld kon verlaten.

Bee masseerde haar linkerhand met haar rechter. 'Zag je dat grijnzende gezicht op de klink?'

'Dat mij beet? Natuurlijk zag ik dat!'

Rondom ons lag een open woud, de bomen stonden ver uit elkaar en op de open plekken ertussen was gras en dicht struikgewas gegroeid. Vier grote dieren struinden ons gezichtsveld binnen en gingen op hun achterste zitten om naar ons te loeren. Ze leken een rare mengeling van een hond, een kat en een varken door elkaar gehusseld, met een korte, grove pels en achterpoten die korter waren dan hun voorpoten. Ze hadden de tanden van roofdieren en de blik van de onverschilligen die niets beters te doen hebben dan plannen te maken om alles wat ze zien te vernietigen. Toen de koetsier naar hen keek, trokken ze zich terug, maar ik had het gevoel dat ze hongerig bleven wachten in het dichte struikgewas.

Bee haalde haar schetsboek uit haar tas en begon erin te bladeren.

Ik herkende de gezichten van jongemannen, levensechte studies, sommige uitgewerkt tot in kleine details en andere neergezet met een paar vaardige lijnen die de essentie weergaven. 'Maester Lewis. Die knappe Keita wiens familie vertrok naar Nieuw Jenne. Hier die lachende smokkelaar waar jij mee flirtte en waarvoor je zo op je kop kreeg van oom Jonatan.'

Zonder antwoord te geven draaide ze de volgende bladzijden om.

Ik kletste verder, niet in staat haar zwijgen te verdragen. 'Nu zijn we bij de zomerzonnewende, toen de familie Barry aankwam op de academie. Tjee! Wat is die gezant Amadou Barry toch knap. En dan te bedenken dat we al die maanden dachten dat hij een student op de academie was, terwijl hij eigenlijk een Romeinse spion was. Denk je dat hij alleen ons bespioneerde? Of zijn er andere leerlingen uit families met een slechte reputatie die een onderzoek waard zijn?'

'Ik ben niet de enige die een onaangenaam romantisch intermezzo heeft doorgemaakt, Cat. Ik zal niet aarzelen jou te herinneren aan dat van jou als jij niet ophoudt mij te plagen met het mijne.'

De onbuigzame starheid van haar toon maakte me duidelijk dat ik van onderwerp moest veranderen. 'Hier is Koud Fort. Met Amadou Barry in de poort – niet dat ik iets bedoel met het noemen van zijn naam! Is dat uit de droom die maakte dat je hem vroeg om daar naar mij te zoeken?'

'Ja. Afgelopen zomer begon ik te beseffen dat de doodgewone gebeurtenissen waar ik soms over droomde, zoals mensen die elkaar tegenkomen in een winkel of de kar van een fruitverkoper die is omgevallen op een kruising, later echt gebeurden. Soms maakte ik ze zelf mee, andere keren hoorde ik erover vertellen, zoals toen de bankier Pisilco onbeleefd was tegen een trol op de koopmansbeurs en de trol door zijn metgezellen moest worden tegengehouden omdat hij hem anders gedood zou hebben.'

'Ik kan me voorstellen dat zoiets verontrustend kan zijn,' zei ik behoedzaam. 'Ik wou dat je het me had verteld.'

Ze luisterde niet echt. 'Ik denk niet dat de dromen van draken bewandelen hetzelfde is als helderziendheid, als in de toekomst kunnen kijken.'

'De mansa denkt dat wel,' zei ik.

'Ik denk dat het een manier is om dingen te vinden. Dus de vraag is: wat probeer ik te vinden?' Haar uitdrukking deed me denken aan broeierige wolken voor een storm. 'Heb je je ooit afgevraagd, Cat, waarom we doen wat we doen?'

'Ik vraag me vaak af waarom jij doet wat je doet!'

Ze rolde met haar ogen en ik werd opgevrolijkt door haar vluchtige glimlach. 'Je weet wat ik bedoel. Waarom zou ik me houden aan de beperkingen die ons altijd zijn opgelegd? We moeten de vaardigheden leren die gepast zijn voor Hassi Barahal vrouwen. We moeten een huwelijk sluiten dat gunstig is voor de familie. We moeten ons huis dienen door kinderen te baren en door alle bevelen op te volgen die de ouderen ons geven. Naar de nieuwe stad reizen en een prinselijk huishouden bespioneren? Uitstekend. Een betrekking nemen als gouvernante of manusje van alles en de familie op die manier dienen? Shiffa en Eved zijn net zo nauw betrokken bij de familiezaken als mijn ouders. Mijn ouders gooiden jou weg om mij te redden omdat het hen werd bevolen.'

Ik slikte moeizaam. Het was al erg genoeg dat oom Jonatan mij had verraden door mij aan Vier Manen Huis te geven, maar dat mijn geliefde tante Tilly daarin mee was gegaan, stak als een mes in mijn hart waar ik me nooit van kon bevrijden.

'Ik wil niet zo worden als mijn moeder,' ging ze verder. 'Ze trouwde met degene die de familie aanwees, met een man van wie ze niet houdt en ze heeft ook nooit liefde verwacht. Ze heeft nooit geklaagd, hoewel ze het niet altijd eens is met wat papa doet en zegt. Ten behoeve van de familie baarde ze drie dochters...'

'Ze houdt van jou!'

'Ja, ze houdt van mij, en van Hanan en Astraea. En ondanks alles, houdt ze ook van jou, Cat. Daarom is het zo onvergeeflijk dat ze jou heeft verraden. Maar ze is dienstbaar zoals haar is geleerd. Dat kan ik niet. De dromen die met mijn leven zijn verbonden hebben alles voor mij veranderd.'

Ik pakte haar hand. Ik had niets te zeggen. Er viel niets te zeggen.

'Dus vraag ik het opnieuw. Waarom zou ik me gebonden voelen aan beperkingen. Ik weet dat die me er niet tegen zullen beschermen dat ik uiteengerukt zal worden door de Wilde Jacht die mijn hoofd in een waterput zal gooien?'

'Bee, wat een afschuwelijke gedachte. Waarom bloos je zo?'

De roze glans op haar wangen werd feller. 'In de klassieke tijd konden Kena'ani meisjes zoals wij hun eerste nacht offeren aan de godin, in Haar tempel.'

'Wat, zoals je heel goed weet, de reden is waarom de Romeinen ons hoeren noemden.'

'Het kan me niet schelen welke leugens die vervloekte Romeinen vertelden! Het punt is, die meisjes konden hun eerste nacht weggeven aan wie zij maar wilden. Dus waarom zou ik Amadou Barry niet als minnaar nemen?'

'*Bee!*'

Ze staarde me doordringend aan. 'Morgen kan ik dood zijn!' Haar vingers streelden over een dweperig portret van Amadou Barry: de krullen van zijn kortgeknipte haar, zijn mooie ogen, de enkele gouden oorring, de vriendelijke glimlach op zijn lippen. 'Denk jij nooit aan hem, Cat? Ik zag dat je hem kuste.'

'Ik heb Amadou Barry niet gekust! Hij is heel knap, maar hij is niet wat ik zoek in een man. En na de dingen die hij tegen jou heeft gezegd, ben ik verbaasd dat je nog aan hem denkt...'

'Je weet wie ik bedoel! Ik zag je de koude magiër kussen!'

Ik haat blozen. 'Natuurlijk denk ik er wel eens aan! Maar als ik... naar bed zou gaan met Andevai, dan word ik het eigendom van Vier Manen Huis. Dan zou ik in de val zitten.'

'Hij lijkt je erg toegewijd. Zal je waarschijnlijk vriendelijk behandelen. Je zou een goed leven hebben.'

'In een vergulde kooi? Kun jij je Rory voorstellen in Vier Manen Huis? O, Bee, ik had zo gehoopt dat we beschutting zouden vinden bij de radicalen. Ik was tot in het diepst van mijn ziel geschokt toen Camjiata opdook en al die verontrustende dingen zei. Werkelijk, Bee, vond jij het niet eng dat zijn vrouw jou en mij in haar dromen had gezien?'

'Vroeger misschien wel.' Ze sloot het schetsboek. 'Nu niet. Als we aan deze twee kunnen ontsnappen, kunnen we misschien je verwekker opsporen en kan hij ons helpen om de geestenwereld uit te komen.'

'Naar de geestenwereld komen, was het slechtste idee dat ik ooit heb gehad en ik ben je dankbaar dat je me er niet aan herinnert hoe stom dat was! Heb je jezelf nog niet afgevraagd wie er door de mond van Bran Cof sprak? Iemand die mij kan dwingen dingen te doen? Iemand die Bran Cof *"mijn kwelgeest"* noemde?'

'Bran Cof is duidelijk geen goede mensenkenner. Hij vergeleek mij met een bijl.'

'Dat deed de vrouw van Camjiata ook.' Ik trok het schetsboek van haar schoot en sloeg het open bij een pittoreske tekening van een timmerwerkplaats in de zomer waar half geklede en goedgebouwde mannen werkten. 'Je was geweldig, Bee.'

'Ja, hè? Ik kon maar niet geloven dat hij voor dat ouwe trucje viel van "volgens mij weet hij het niet".'

Ik lachte ook. 'Hij wás een verschrikkelijke geile ouwe bok. Ik wou dat we wisten wat het schoolhoofd wil en wie hij is! Gelukkig kan ik me voorstellen dat Rory het zonder ons wel een tijdje uithoudt in Adurnam. Hoogstwaarschijnlijk zoeken vrouwen al ruzie over wie hem te eten mag geven en hem mag verwennen.'

Ze grinnikte, trok het schetsboek uit mijn schoot en stopte het in de tas. 'O, jeetje! Wat heb ik een dorst!'

De koetsier kwam naar ons toe met vier kommen, een tinnen korfje en een wit keramisch theepotje in de vorm van een everzwijn met een paar slagtanden als tuitjes. Hij haalde theeblaadjes uit het tinnen korfje en stopte die in de pot.

'Ik neem aan dat het moeilijk is om te ontvluchten aan dingen die vliegen,' zei Bee terwijl ze naar de eru keek.

'Dat denk ik ook,' beaamde hij terwijl hij water uit de ketel in de pot goot zodat de thee kon trekken. 'Om het nog maar niet te hebben over de vier hyena's die op jullie zitten te wachten in het woud, mochten jullie zo onverstandig zijn beveiligde grond te verlaten en er zelf op uit te trekken.'

Met kille beleefdheid vroeg Bee: 'Noem je hen hyena's?'

'Er zijn ook andere namen. Zoals de meeste wezens dragen ze niet altijd dezelfde kleren, maar hun zielen veranderen niet.'

'Zijn zij ons gevolgd?' vroeg ik. 'We zagen vier wolven. Daarna vier ijsvogels.'

Hij zette de ketel op een steen en sloot de theepot af. 'Het is zeker mogelijk dat het dezelfde zielen zijn die in verschillende gedaanten op jullie jagen.'

'Waarom vallen de wezens hier mijn niet aan?' vroeg ik.

Zijn blauwe ogen hadden de afstandelijke intensiteit van een winterlucht, maar zijn blik leek niet onvriendelijk. 'Ze is de dienaar van de vijand.'

'Dat is geen antwoord,' snauwde Bee. 'Dat verklaart helemaal niets.'

De kraaienpootjes naast zijn ogen rimpelden, hoewel zijn lippen niet glimlachten. 'Het is een antwoord, maar niet het antwoord dat jij wilt horen. Wat je niet begrijpt, is dat ik niet kan spreken zoals ik misschien zou willen, omdat ik toebehoor aan degene die mij leven heeft ingeblazen.'

'Behoor jij toe aan de goden?' vroeg Bee.

'Ik behoor toe aan degene die de eigenaar is van mijn adem.'

Ik stootte Bee aan. 'Dat zei de assistent van het schoolhoofd ook, over kobolden die hun adem verloren.'

'Heb jij een kobold gezien?' De lippen van de koetsier schoten open in bijna komische verbijstering.

Bee keek naar hem, daarna naar mij met haar wenkbrauwen vragend opgetrokken.

'Wat weet jij van kobolden?' vroeg ik.

'De kobolden zijn mijn makers. Maar het is mijn meester die de eigenaar is van mijn adem.'

'Je mákers!' Opeens dacht ik aan de uurwerktrol en de levensechte beelden die onder de grond in rijen stonden te wachten en ik vroeg me af of hij, hoewel hij er precies zo uitzag als een man, misschien niet van vlees en bloed was maar iets veel vreemders.

'Cat, hou even je mond.' Bee vlocht de hengsels van de gebreide tas door haar vingers terwijl ze hem aansprak. 'De wezens hier houden niet van draken omdat de vloedgolven van drakendromen deze wereld telkens veranderen. Ze vinden dat ik naar draken ruik omdat ik in de sterfelijke wereld de dromen van draken bewandel.

Daarom noemen ze mij de dienaar van de vijand. Maar dat ben ik niet.'

'Je kunt niet ontsnappen aan wat je bent,' antwoordde hij.

'Wat ben jij?' vroeg Bee bits.

'Ik ben een koetsier.'

'Je werkt als een koetsier. Dat is vast en zeker niet alles wat je bent,' hield ze aan.

'Je denkt misschien dat dit deel van mijn lijf' – hij raakte zijn borst aan – 'het enige deel is, omdat jij gevangenzit in een enkel lichaam. Maar dit is slechts een deel van mij. De paarden en de koets zijn de rest van mij. Dus als je een mes of een zwaard richt op mijn persoon, zal ik mij natuurlijk verdedigen.'

Als één keken Bee en ik naar de koets en de vier paarden die stonden te dampen op de weg, dan naar elkaar met opgetrokken wenkbrauwen en daarna weer naar hem.

'Thee?' Hij schonk vier kommen in. Met een kom liep hij naar de pilaar en goot de getrokken inhoud leeg aan de voet van de kolom. Daarna kwam hij terug naar het vuur en gaf Bee en mij ieder een kom.

Bee vond haar stem terug. 'Eten en drinken in de geestenwereld kan gevaarlijk zijn voor ons.'

Hij pakte de vierde kom. 'Deze thee zal jullie geen van beiden kwaad berokkenen, maar misschien juist goed doen.'

Ik legde mijn handen rond de warmte van de kom. 'Je hebt mijn leven ooit gered. Kun je me beloven dat je zo nodig ook het leven van mijn nicht zult redden?'

'Het is niet mijn bedoeling dat haar kwaad wordt berokkend. Maar ik kan niet iets beloven wat ik misschien niet kan waarmaken. Ik zal doen wat ik kan. Dat is wat ik beloof.'

'Waarom zou jij als enige wezen in de geestenwereld niet willen dat mij kwaad wordt gedaan?' vroeg Bee zacht.

'Ik werd niet gemaakt in de geestenwereld.' Hij nipte van zijn kom en keek even naar de weg. Welke handen hadden die weg gemaakt? 'Maar je mag het vriendelijkheid noemen als je dat wilt.'

Ik liep naar de pilaar, offerde een paar druppels en dronk de rest van de thee op. Het brouwsel smaakte naar slaperige zomermiddagen midden in een veld van bloemen. Wat was ik moe! Ik ging op de bank liggen en zodra ik mijn hoofd op mijn handen legde, vielen mijn ogen dicht. Bee zuchtte, probeerde mijn naam uit te spreken.

De wereld vervaagde toen de vergiftigde thee ons in zijn greep kreeg. We waren verraden.

12

Hoe kon het dat ik opeens naast Andevai stond, op een schip midden op de oceaan? Hij leunde over een reling en zag er misselijk uit, zijn mond vertrokken tot een streep. Een vrouwelijke hand zo zwart als de zijne veegde zijn zwetende voorhoofd af met een vuile zakdoek. Het moest een droom zijn, want hij droeg een werkmansbroek van zelf gesponnen wol en een slecht gemaakte, wollen tuniek in een beroerde kleur gevlekt netelgroen. Heel anders dan de opzichtige, dure, modieuze kleren waaraan hij zoveel aandacht besteedde om er maar zo fraai mogelijk uit te zien, zoals heer Marius had gezegd. Wat een geluk dat Bee er niet bij was geweest en die opmerking van heer Marius niet had gehoord, want anders zou elke vermelding van Andevai vast en zeker gepaard gaan met een opmerking over een fraai uiterlijk. Waar was ze geweest dat ze het niet had gehoord? Waar was ze nu?

'Bee?' Ik herkende mijn eigen mompelende stem en opende mijn ogen.

Een ogenblik was ik volledig gedesoriënteerd en dacht ik dat ik terug was in de slaapkamer die Bee en ik hadden gedeeld in het huis op het Falleplein. Als het bed zo koud was geweest als steen en twee keer zo hard.

Nee, ik had niet langer een thuis. Geen enkele plek was veilig.

Bee sluimerde op de andere bank, het rijzen en dalen van haar borst zo gelijkmatig als de slinger van een klok. Boven ons had de lucht nog steeds een loodgrijze kleur. We hadden hier een uur of een dag kunnen liggen slapen, maar te oordelen aan de gekreukte staat van mijn rokken en de klittenbos in Bee's haar, zou ik zeggen dat het eerder een dag was dan een uur.

We waren niet vergiftigd; we waren gewoon uitgeput geweest.

Nu voelde ik me uitgerust en ik stierf van de honger. Ik hoorde gemompel bij het stenen bekken, dus liet ik mijn gehoor vleugels krijgen.

'Ik vind dat we ze moeten helpen,' zei de koetsier zacht. 'De meester verwacht dat we de kleine kat naar hem toe brengen. Dus ik zie geen reden om de andere ook te brengen.'

De eru siste, alsof ze een slechtgemanierde belediging hoorde. 'Het andere meisje hoort bij de vijand.'

'Misschien heeft ze niet meer keus dan wij hebben, liefste. Maar goed, moeten we haar eenvoudigweg overdragen als we niet het uitdrukkelijke bevel hebben gekregen dit te doen? Hij zal haar in zijn tuin planten.'

'En zo hoort het ook! Jij staat daar rustig omdat je weet dat jij niet zult veranderen als de vloedgolf komt. Voor jou is ze geen bedreiging.'

'Dat is niet eerlijk! Ik mag dan misschien niet veranderen, maar mijn meester is eigenaar van mijn adem. Mijn meester kan mij met één woord vernietigen.'

'Dat is waar. Ik sprak uit boosheid en ik bied mijn verontschuldigingen aan. Ik kan niet vernietigd worden. Jij kunt niet veranderd worden. Maar de meester zal haar vroeg of laat ontdekken. Hij zal boos zijn als hij weet dat zij hier was en ontsnapte. Zelfs als ik het met je eens zou zijn, hoe kunnen we het dan zo doen dat we niet gestraft worden?'

'Is dienstbaarheid niet ook een vorm van straf? Waarom zouden we meer doen voor de meesters dan wat vereist is en bevolen?' De stem van de koetsier trilde van emotie. 'Luister. Water is de poort voor haar soort. We kunnen zeggen dat ze weg zwom. De kleine kat zal haar mond houden. Zij zal de boosheid van de meester niet vrezen.'

Water is de poort! Was Bee op die manier overgestoken? Het kronkelende spel van de vlammen in de vuurplaats veranderde in buigzame lichamen die kronkelden en glibberden tot ik zeker wist dat ik vurige salamanders zag leven in de vlammen die fluisterden: *Vrees de meester*. Bespotte het vuur me, of waarschuwde het me?

'Natuurlijk zal ze hem vrezen,' siste de eru. 'Ik vrees hem en zelfs jij bent bang van hem. Het is onmogelijk om hem niet te vrezen. De kleine kat is kwetsbaar. Hij zal daar misbruik van maken.

Hoe kunnen we erop vertrouwen dat zij haar rol zal spelen in een dergelijk bedrog?'

'Vertrouwen geven is vertrouwen krijgen. Geen vertrouwen geven tot er geen enkele twijfel is, is geen vertrouwen. Ze zal hem weerstaan, ook al is ze bang van hem. Ze zal het doen ten bate van de andere.'

'Misschien is het mogelijk,' zei de eru heel terughoudend. 'We kunnen over de weg langs de rivier reizen. Wij hoeven niets te doen, als de meisjes handelen.'

'Ik wist dat je dit zou zeggen, liefste. Ik wist dat je het erop zou wagen, al was het alleen maar om hem te weerstaan.'

Je kunt een kus niet echt horen, maar er kan iets in het patroon van de lucht veranderen, zoals de elektrische lading die vrijkomt na een blikseminslag. Konden de wezens van de geestenwereld liefhebben? Kon een persoon die ons zojuist had verteld dat hij deels een koets was met vier paarden ervoor, verlangen en liefde voelen? Ik huiverde van top tot teen en herinnerde me de kus die ik had gedeeld met Andevai. In het begin had ik een hekel aan hem gehad en was bang van hem geweest, maar toen ik langzaamaan de andere kant van hem begon te zien, was ik nieuwsgierig geworden en misschien in verwarring, niet zeker van mijn gevoelens voor een man die zo knap was en zo duidelijk in mij geïnteresseerd.

Gefladder van vleugels verstoorde de stilte. Een zwarte kraai ging boven op de pilaar zitten. Ik deed alsof ik wakker werd en raakte Bee's hoofd aan.

Ze bewoog, gaapte breeduit en ging snel overeind zitten. 'Cat! De schurken! Ze hebben ons verdoofd!'

Met mijn ogen wees ik de kraai aan. 'Natuurlijk hebben ze ons verdoofd. Ze zijn bang dat jij zult ontsnappen, dus hopen ze ons volgzaam te houden. Maar we zijn nu wakker. We moeten een plan bedenken.' Met mijn gezicht van de kraai afgewend, vertrok ik mijn wenkbrauwen.

Zonder haar hoofd te bewegen, wierp ze een zijdelingse blik op de kraai. Toen keek ze opvallend nadrukkelijk naar de koetsier en de eru en sprak met een luid, theatraal gefluister. 'Als ik het geweten had, had ik dat vergiftigde brouwsel nooit gedronken. Maar goed, wat kunnen wij arme meisjes doen?'

'Daar komt de schurk!' declameerde ik.

De koetsier kwam naderbij met een lederen tas. Op geen enkele manier kon ik ontdekken of hij vermoedde dat ik zijn gesprek had afgeluisterd. Hij trok een brood tevoorschijn en een stuk kaas.

'Hoe kunnen we weten of dit eten niet vergiftigd is, zoals de thee die je ons eerder dwong te drinken?' vroeg ik hooghartig.

Een ogenblik keek hij me aan. 'Uit de sterfelijke wereld. Dus veilig om te eten.' Hij hield Bee's mes vast bij het lemmet en bood het haar aan met het handvat naar haar toe.

Er ging een trilling door haar heen en ze bedankte hem liefjes voordat ze het beleefd aannam.

'Er is genoeg om te delen,' zei ze terwijl ze zijn blik vasthield.

Hij staarde onvervaard terug en ongelooflijk maar waar, zij was de eerste die wegkeek.

'Wij zijn al gevoed,' zei hij.

'Kunnen wij voedsel dat in de geestenwereld is gekweekt niet eten?' vroeg ik.

'Ik zou voorzichtig zijn met dergelijke lekkernijen, als ik geboren was uit de baarmoeder van een menselijke vrouw.'

Ik wilde vragen hoe hij was gemaakt, maar die vraag leek onbeschoft en de kraai keek toe. Bee sneed en we aten zo netjes als we konden opbrengen omdat we zo'n honger hadden dat we de maaltijd het liefst hadden opgeschrokt zoals honden schransen van vlees.

'We moeten nog een eind reizen en we zullen bij de rivier stoppen. Dan kunnen jullie je wassen om er netjes uit te zien voor de meester.' Toen de koetsier me aankeek, wist ik dat hij wist dat ik hun gesprek had afgeluisterd.

'Ik ben ervan overtuigd dat het beleefd zal zijn als wij ons wassen voordat we de meester ontmoeten,' beaamde ik.

Hij spoelde de kommen om terwijl wij broodkruimels van onze rokken veegden. De koets wachtte op ons. We gingen erin zitten en hielden het luik open dat uitkeek naar de geestenwereld. De eru sprong achterop. Toen de koets naar voren rolde, vloog de kraai weg.

Na enige tijd kwamen we bij een kruispunt. We namen het linkerpad, dat over de rug van een bergkam liep en uitzicht bood over dalen en heuvels. Uit het raam leunend, liet ik de wind in mijn gezicht blazen. Ik rook een peperig kruid, zo heet dat het aroma mijn ogen deed tranen. Ik hoorde iemand aan snaren trekken in een waterval van muzieknoten. Ik proefde de tranen van de doden en het zout was de herinnering aan stemmen die ik in geen jaren had gehoord: *mijn moeder en vader, die zacht spraken met liefhebbende stemmen terwijl mijn kinderlijke zelf in slaap doezelde, veilig in hun armen.*

'Cat!' Bee schudde me door elkaar. 'Wakker worden! We zijn bij de rivier gekomen.'

Ik was in slaap gevallen. Mijn hoofd zat vol ongemakkelijke dromen, maar toen ik aan mijn haar voelde, leek alles in orde. Ik had geen kattenoren gekregen of vleugels als een eru. Ik keek uit het raam en zag een veld vol zwarte rotsblokken. Achter het veld stroomde een brede rivier die zo bleek was als gesmolten tin. Licht danste over het water en het geschitter in mijn ogen wekte een herinnering: *Ik ben zes jaar en ik verdrink samen met mijn ouders. Water loopt mijn mond in.*

'Kijk!' Bee's uitroep bracht me weer tot mezelf.

Ze rukte haar schetsboek open. Onderaan een pagina zag ik mezelf met een hoogst geïrriteerd gezicht, ongetwijfeld omdat de rok die ik in die tekening droeg eruitzag als een bedrukt gordijn dat rond mijn middel was gewikkeld met daarboven een onfatsoenlijk laag uitgesneden blouse van zulke dunne textiel dat het bijna doorzichtig was. Gezegende Tanit! Alsof ik mij ooit zo onbetamelijk zou kleden! Daarboven had Bee een veld vol zwarte rotsen getekend. Eén rotsblok, doormidden gespleten alsof het was geraakt door een bliksceminslag, was omcirkeld en werd aangewezen door een pijl. Erachter lag een rivier en op de tegenoverliggende oever stonden vijf kolossale essen.

Ik keek uit het raam. Vijf kolossale essen stonden op de andere oever van de rivier.

'Stop!' Ze bonsde tegen het dak van de koets.

Toen de koets vaart minderde, schoof ze het schetsboek in de tas. Nog voordat we stilstonden, gooide ze de deur open en sprong naar buiten. Met de gebreide tas achter haar aan snelde ze naar de rotsen als een hond die wordt losgelaten op een vuilnisbelt.

Met een ruk kwam de koets tot stilstand. Ik sprong naar buiten en rende met getrokken zwaard achter haar aan. De rotsblokken zagen eruit als het vochtige overblijfsel van pap die is gestold tot een korrelige laag vol klonten. Ik gleed uit, greep de dichtstbijzijnde rots om mezelf in evenwicht te houden en schuurde mijn handpalm.

Met een blik achterom zag ik dat de koetsier de arm van de eru had vastgepakt alsof hij haar tegenhield; haar vleugels waren halfgeopend. Kraaien krasten. Ik hoorde een zoemend geluid, als het gonzen van een fabriekshal. Een luid gespetter verstoorde de rivier. Kon Bee werkelijk via water ontsnappen aan de geestenwereld?

Bee liep in steeds wijder wordende cirkels, zocht haar weg tussen de rotsen met het mes in haar hand. Haar lichaam verstijfde toen ze iets zag. Ze liet zich op haar knieën vallen en begon op de grond in te hakken.

'Cat, help me!' Modderkluiten vlogen omhoog.

Ik snelde naar haar toe. 'Wat ben je aan het doen? Ga naar de rivier!'

Ze negeerde me en knielde in de opening van een rotsblok dat in tweeën was gespleten.

De holte tussen de gespleten helften was zo breed als mijn uitgestrekte armen; rottend vuil bedekte de grond als een vervilte doek.

'Help me!' Ze hakte en groef zonder onderbreking.

De grond kwam omhoog. Scheuren spleten de aarde open als aderen die opzwollen en openbarstten. Ik greep haar arm om haar weg te trekken, maar ze duwde het mes in mijn handen en begon met haar eigen handen te delven.

'Er zal iets verschrikkelijks met hen gebeuren als ik ze niet opgraaf,' riep ze.

Haar vingers schraapten aarde van een rond ding met een koperkleurige glans. Lichtflitsen schoten in krankzinnige patronen over het glanzende oppervlak. Ze groef er tien uit de aarde; nee, twintig; nee, vijftig. De holte lag vol dicht opeengepakte en diep begraven dingen die zo groot waren als een vuist.

Het waren éíeren.

Met een zachte plop kraakte een van de koperkleurige eieren open. Een scherfje als een stukje gebroken glas stak door de opening. In de verte klonk het gehuil van een woedend beest. Voorzichtig prikte ik met het mes naar het ei en pelde een binnenste schil af die omhuld werd door slierten doorzichtig slijm. Erbinnenin klopte een smerige, kleverige brij; een slijmerige larve met de kleur van gestold braaksel in een metaalachtig dooiervlies.

Ik liet het mes vallen en hief mijn hand om het te verpletteren.

'We moeten ze helpen om naar de rivier te komen!' Bee greep het mes en groef verder.

Ontzet door mijn aandrang iets wat zo klein en hulpeloos was te doden, deinsde ik achteruit en ging op de rots zitten. De larve glibberde uit het ei. Niet groter dan mijn hand, had het vier ledematen, een staart, een lange beestachtige romp en een vervormde rug helemaal gekreukeld als verfrommeld papier. Het had een snoet met matbleke strepen over zijn bek en zijn kop.

Het was walgelijk en ik haatte het.

Het opende zijn ogen en onthulde smeulend vuur, een gloed van blauwwitte hitte. Met een huivering verhardde de buitenste huid en gleed van hem af zoals ik een jas uitdeed als ik naar binnen ging. Eronder glansde schubachtige huid zo donkerrood als het restant van smeulende steenkool.

Ik bleef maar naar zijn ogen kijken. Die fonkelende, peilloze blik verslond me.

Een dergelijke blik had ik eerder gezien: bij een oude man die in een bibliotheek zat waar geen vuur brandde en waar de drie honden die dicht bij hem lagen, genoten van de warmte die hij uitstraalde. Hij had Bee op het voorhoofd en op de lippen gekust.

Ik had diamanten ogen zoals deze gezien in de smaragdgroene blik van het schoolhoofd voordat de vonk werd ondergedompeld in doodgewoon bruin.

Gefladder van zwarte vleugels wierp een schaduw over ons. Een kraai greep het kleine wezen en schrokte het in één keer op.

Bee krijste van woede maar hield niet op met graven. Om haar heen braken meer eieren open. Een kraai landde naast me met zijn blik op het dichtstbijzijnde ei. Op een rotsblok tegenover ons kwam een stoutmoedig wezen zitten dat eruitzag als een dik knaagdier; het had een goeiige, ronde kop, maar in zijn zwarte oogjes blonk een beangstigende, krankzinnige glans toen het naar een jong keek dat uit de holte kroop. Het schoot naar voren en greep het ding, dat tevergeefs sputterde en siste terwijl het knaagdier zijn kop eraf rukte.

Ik stak naar de kraai, die achteruithupte. Bee groef. De larven kwamen tevoorschijn, wierpen hun huid af en kropen in een trage zwerm naar de rivier. Roofdieren daalden neer; meer kraaien, een arend met een wrede snavel, stekende vliegen die met zoemende vleugels als een wolk van ellende boven de pas uitgekomen jongen vloog.

De jonkies hadden geen stem. Ze stierven eenvoudigweg.

Maar de wind had een stem, een aanzwellend gekwetter en gekrijs. Aan de horizon rezen schaduwen op. Mijn hart bevroor in mijn borst. De wezens van de geestenwereld kwamen in tientallen, nee honderdtallen op ons af: trotse eru, gracieuze antilopen, snelle wolven, logge ossen met zes poten.

'Bee.' Met veel gekraak liep ik over gebroken koperen eierschalen. 'Je moet zorgen dat je bij de rivier komt.'

'Ik moet hen redden.' Haar handen waren smerig van het vuil en het slijm van hun geboorte en nog steeds kropen ze naar boven, op haar en over haar heen, want ze sloeg geen acht op hun bloed en slijm. 'Ik kan niet weg tot ze allemaal zijn opgegraven.'

'We moeten gaan. Stop er zo veel mogelijk in je rokken. Ik zal je rugdekking geven.'

Ze trok haar bovenrok omhoog en schepte zo veel mogelijk jonkies in de stof. Daarna rende ze weg, lichtvoetig ondanks het ruige terrein. Ik zwaaide naar kraaien die naar haar hoofd doken. Ik sloeg met mijn zwaard door een wolk wezens met glinsterende vleugels, kleine vossenkoppen en grotesk uitgerekte ledematen als sprinkhanen. Ik reeg een rat aan mijn zwaard en schudde die net op tijd los om een spookachtige, kolossale mot te treffen die met een jonkie probeerde weg te vliegen. Een kakelend gelach verraste me. Aan mijn rechterhand sprongen de vier hyena's dichterbij. Ik haalde uit naar de dichtstbijzijnde, mijn kling raakte verward in de losse huid van zijn nek. Hij zwaaide zijn kop heen en weer en trok me bijna om, maar ik wrikte mijn kling vrij en snelde achter Bee aan. Ik trapte op een jonkie en verpletterde het, maar ernaast kropen er nog tientallen. De vogels doken en pikten de kleintjes op. Sommige aten ze op; andere vlogen omhoog en lieten de jonkies op de rotsen te pletter vallen.

Ik pakte een van de zielige wezentjes op, maar het beet me met akelig scherpe tandjes en met een gil liet ik het weer vallen.

'Cat!' Bee spetterde het ondiepe water in en opende haar rokken.

Jonkies schoten spetterend alle kanten op en begonnen te zwemmen.

Vissen met bolle ogen en tanden als doornen rezen op uit het water om te eten. Snoeken en roodachtig gouden zalmen kwamen aan de oppervlakte. Het water kolkte door hun gespetter. Bloed spoot overal heen. Jonkies die Bee niet had geholpen, bereikten zelf de oever en doken het water in.

Met getrokken zwaard stond ik met één voet op de oever en één in het water. Maar met zoveel jonkies om op te vreten, waren zelfs de hyena's ons vergeten, behalve die ene die ik had gesneden. Die keek me recht aan met zijn zwarte, intelligente ogen en kakelde zijn verontrustende lach.

'Bee, je moet zwemmen.'

Ze gaf geen antwoord.

'Bee!'

Snel draaide ik me om. Ze was verdwenen.

Een jonkie kroop over mijn voet het water in. Een vis kwam met opengesperde bek omhoog. Ik stak de vervloekte vis en gooide hem hoog weg. Zijn lichaam schoot van mijn kling en zwaaide in een boog naar het water. Toen ik zijn gang met mijn blik volgde, zag ik Bee.

Ze was op de bodem van de rivier, liep door een glinsterende maalstroom, gecreëerd door een tunnel van water, die naar een fonkelend net liep diep binnen in de stroom. Jonkies zwommen aan alle kanten naast haar; veel hadden zich vastgeklemd aan haar kleren. Ze zou moeten verdrinken maar ze liep alsof ze was omringd door lucht. Zo gericht op het voortdrijven van de jonkies dat ze niet één keer achteromkeek naar mij.

Het laatste jonkie snelde achter haar aan en dook zonder angst in het water. Met mijn kling door het water zwaaiend om bijtende vissen bij de laatste vandaan te houden, waadde ik tot voorbij mijn heupen het water in, voorbij mijn borst, mijn rokken drijfnat en loodzwaar en riep Bee's naam, maar ze kon me niet horen. Water liep mijn mond in. De stroom trok aan me, trok me naar beneden. De rivier wilde me verdrínken. Hijgend van angst worstelde ik in paniek terug naar de oever en kreeg nog meer water binnen.

Wit licht versplinterde de horizon. De vreetrazernij stopte abrupt. Een trilling in de verte, als een dorpsklok die mijlenver is te horen in het lege landschap, klonk als het luiden van een doodsklok. De vretende eru in het veld schoten met snel slaande vleugels omhoog en vlogen naar de weg. Dieren die aan de aarde waren gebonden haastten zich erachteraan.

'Kleine kat! Snel! De vloedgolf komt!' riep de koetsier vanaf de weg.

Ik sprong van rots naar rots over de verpletterde overblijfsels van jonkies en één kleintje dat nog steeds op weg was naar de rivier. Vlak voor het moment dat de messcherpe rand van de droom over ons heen schoot, stak de koetsier zijn hand uit en trok me op de weg. Ik bedekte mijn gezicht met mijn handen, hoestend en sputterend bij de herinnering aan het rivierwater dat mijn mond inliep. *Ik was niet in staat geweest haar te volgen.*

Toen de lange trillingen van de klok wegstierven, vervulde een geruis de stilte. Ik keek op en zag honderden eru opstijgen van de weg en wegvliegen. Vlakbij wachtte mijn eru naast de koets met de vier paarden. Haar mond was bedekt met bloed. Huiverend keek ik weg en mijn blik schoot over het landschap.

Alleen was er geen land. We stonden op een pier, omringd door een grijze, wilde zee. Golven braken met schuimend witte koppen op ondiepten. Stuivend water beet in mijn gezicht. Ik zag geen enkel teken van leven, niets anders dan een enkele zwarte kraai die tegen de wind vocht, de eru die naar me keek terwijl ze bloed van haar lippen veegde en de koetsier die het tuig van de paarden controleerde.

Mijn stem trilde. 'Toen de vloedgolf kwam, was Bee niet op beveiligde grond. Ze zal veranderd zijn.'

'Kleine kat, zij die de dromen van draken bewandelt kan niet veranderen door hun vloedgolven,' zei de eru.

Ik dacht aan hoe ik me bij de eerste rivier had vastgeklampt aan Bee terwijl de vloedgolf over ons heen was geraasd. Andere wezens waren veranderd, maar zij en ik waren gebleven zoals we waren.

'Daarom haten wij die in deze wereld leven haar en haar soortgenoten,' voegde de eru eraan toe.

Een golf sloeg over de pier. Ik drukte me tegen de koets, klampte me vast aan de open deur. 'Dus zij is teruggekeerd naar de sterfelijke wereld?' vroeg ik wanhopig. 'Ik kon haar niet volgen.'

'Je bent niet zoals zij,' zei de eru. 'Wat haar bindt, bindt jou niet.'

'Wat bindt mij?' fluisterde ik.

De eru lachte op een manier die me ineen deed krimpen.

De koetsier knikte naar de deur. 'De meester wacht.'

Bee was ontsnapt. Dat was natuurlijk het enige wat ertoe deed, het beste waarop ik had kunnen hopen. Doodmoe, mijn gezicht nat van zeeschuim en mijn lichaam geteisterd door een snijdende wind die vanaf de brede, donkere zee waaide, klom ik de koets in en zonk op de kussens neer.

'Wat waren die larven die ze opgroef?' vroeg ik terwijl ik hem aankeek.

Zonder antwoord te geven sloot hij de deur, al liet hij het luik open. Buiten kwamen vier grijze vogels met lange snavels in het zicht, worstelend tegen de wind. Een dook en griste een vis uit het water. Ze flapperden naar een rustplaats op de rotsige steunmuur naast de pier en begonnen het leven en de ingewanden uit de vis te pikken. Ik keek de andere kant op, naar de koperen klink. Glinsterende oogjes bestudeerden me.

De koets schudde toen de koetsier op de bok klom. Toen we in beweging kwamen, sprak de klink met een sissend duivelsstemmetje, zijn brede mond vertrokken tot een spottende grijns.

'Draken, stom kind. Degene die overleven zullen draken worden. Sommige zullen broeden en sommige zullen nestelen, en slapen, en dromen en dan zal de vloedgolf van hun dromen door dit land razen. Er kan pas een eind aan komen als ze allemaal dood zijn. De meester wacht. Hij is heel boos.'

De koets rolde verder terwijl de nacht neerdaalde over de zee en me verblindde.

13

Ik sliep niet. Ik kon niet slapen. Ik deed mijn ogen dicht, maar mijn gedachten maalden rond op het ritme van de hoeven en het ratelen van de draaiende wielen. Zoals het wiel draait, komen we op en gaan we ten onder. Zo zeggen de Romeinen, die opkwamen, ten onder gingen en weer opkwamen, hoewel hun tweede keizerrijk kleiner was dan het eerste.

Neem Beatrice mee, had het schoolhoofd gezegd. Bee had zonder te veranderen door de vloedgolf van dromen gelopen toen alles om haar heen veranderde. Ze had geweten waar ze het nest moest vinden omdat haar dromen haar dit hadden verteld en ze had de plaats en de oriëntatiepunten getekend. De overlevende jonkies waren mee overgestoken naar de sterfelijke wereld en door het water had Bee hen naar huis gebracht.

Ik kon niet rusten en ik had niemand anders om tegen te praten. Ik keek neer op de klink.

'Dus dat betekent het om de dromen van draken te bewandelen? Dat je niet verandert door de vloedgolf?'

Het duivelskopje giechelde.

'Je doet me denken aan mijn jonge nichtje Astraea.' Ik vouwde mijn armen voor mijn borst.

Na een lange pauze vroeg het duiveltje pruilend: 'Waarom?'

'Dat zou ik je wel willen vertellen, maar we zijn nog niet netjes aan elkaar voorgesteld. Hoe moet ik je noemen?'

'Hoe moet je me noemen? Goede vraag. Namen kunnen net zoals bloed worden opgegeten in dit land. Namen moet je niet luchthartig verklappen. Ik heb geen naam. Hoe kan ik jou noemen?'

'Je kent mijn naam al.'

Het voegde een grijns toe aan zijn repertoire van onaangename lachjes. 'Dat is zo. De koude magiër noemde je Catherine.'

Plotseling wilde ik meer weten over de man met wie ik had moeten trouwen. 'Heeft de koude magiër tegen jou gesproken?'

Licht glansde op de plek waar zijn ogen hadden moeten zitten, als lamplicht dat de glans van gepolijst koper versterkt. 'Waarom zou hij? Als hij niet wist dat ik kan praten? Hij weet niet zoveel als hij denkt te weten.'

'Nee, dat heb ik ontdekt. Wat weet je nog meer van hem?'

'Hij weeft draden van magie tot beelden. Dat was leuk. Het is hier een beetje saai, weet je.'

'Is dat zo? Kun je niet naar buiten kijken?'

Het duiveltje zuchtte met een scheve grijns. 'Nee. Dat is de andere klink. We praten nooit met elkaar.'

'Deed de koude magiër nog iets anders?'

'Niet totdat jij in de koets kwam. En ik moet zeggen dat hij erg stil zat, hij keek alleen veel naar jou als jij sliep, heel anders dan jij die maar heen en weer zat te schuiven over de kussens en lag te snurken terwijl je sliep.'

'Ik snurk niet!'

'Wel waar! En de dromer ook.'

Ik besefte dat het duiveltje elk woord dat Bee en ik hadden gesproken in de afzondering van deze koets had gehoord en kon herhalen.

Het sprak net zo gemaakt joviaal als dat kleine loeder Astraea wanneer ze iets niet kon krijgen wat ze wilde hebben en ze het idee had dat ze je alleen op andere gedachten kon brengen door heel gewiekst te doen. 'De Wilde Jacht weet dat ze bestaat. Haar geur zit aan me, aan jou, aan deze kussens en drijft op de wind. Wanneer de poort naar de Dode Landen de volgende keer opengaat, zullen ze erdoorheen rijden, haar opjagen en haar doden.'

Ik zette de tegenaanval in. 'En vind je dat leuk?'

'O, mij kan dat niks schelen,' zei het duiveltje op vlakke toon alsof het een andere emotie verborg. 'Waarom moet ik me daar iets van aantrekken? Ze zou me in stukken hebben gehakt als ze kon.'

'Nee, want dan had ík je eerst in stukken gehakt. We wilden jou geen kwaad doen. We wilden gewoon ontsnappen. Kun je me dat kwalijk nemen?'

Het duiveltje sloot zijn brandende ogen en bleef zo lang stil dat ik me naar hem toe boog, en mijn adem op zijn koperen gezichtje zichtbaar werd als een trillende nevel.

'Onthoud één ding, kleine kat.' Zijn stem veranderde, alsof er iemand anders door zijn mond sprak. 'Je moet zijn toestemming hebben om vragen te stellen. Stel geen vragen.'

Een windvlaag sproeide zout over mijn gezicht en ik knipperde met mijn ogen. Toen ik opnieuw keek, was de klink niets meer dan een gladde koperen klink. Voorzichtig raakte ik hem aan, maar hij beet niet.

'Hé, hallo,' fluisterde ik.

Hij gaf geen antwoord.

Verder en verder rolde de koets langs de rusteloze zee door de nacht. Elke keer als een grote golf zo hard tegen de pier aansloeg dat de spetters in het rond vlogen en mijn gezicht nat werd, kromp ik ineen. Toch kon ik mezelf er niet toe brengen het luik te sluiten, want dan zou ik echt het gevoel krijgen dat ik in een kooi zat.

Bee was overgestoken. Ze zou Rory vinden. Ze waren veilig. Aan dat geloof klampte ik me vast.

Verder en verder ging het en ik sliep niet.

Na een eeuwigheid lichtte nacht op tot dag. De door de wind geteisterde zee spreidde zich uit tot aan een horizon die zo grijs was dat het onmogelijk was te zeggen waar de zee eindigde en de lucht begon. In het begin hield ik de bleke vormen die in de deining oprezen en weer wegzonken voor boten, maar later zag ik dat het ijsschotsen waren. Ik huiverde en trok mijn jas dichter om me heen terwijl de koets vaart verminderde en tot stilstand kwam.

De paarden stampten.

Een voetstap klonk op steen.

Ik klauterde naar buiten omdat ik het binnen geen ogenblik langer kon uithouden. Beter de storm inlopen dan in een hoekje de klap afwachten.

We waren aan het eind van de weg gekomen.

De pier eindigde in een stapel rotsblokken met onderaan golfbrekers. Overal om ons heen werd de grijze zee geteisterd door een sterke wind onder een loodkleurige lucht. Eilanden van ijs rezen op en daalden neer als de golfslag onder hen doorging. De wind beet in mijn gezicht en toen ik mijn lippen likte om ze te bevochtigen, proefde ik mijn eigen bloed, want de ijzige klauwen van de wind hadden mijn lippen gescheurd.

'Ga naar je verwekker,' zei de koetsier. Hij wees naar een roeiboot die tussen de rotsen was vastgebonden aan een paal. Onder de fragiele ribben braken de golven. 'We hebben je zo ver gebracht als we kunnen.'

Een of twee keer in je leven komt de ijzeren greep van een slecht bericht uit zijn verbanning in Sheol naar de plek net onder je ribben, zodat je nauwelijks kunt ademen. Daardoor denk je dat je zult sterven, of dat je al dood bent, of dat de akelige gebeurtenis die je had verwacht in werkelijkheid nog veel erger is dan je ooit had gedroomd en dat deze zelfs niet zal verdwijnen als je wakker wordt.

'Mijn verwékker?' fluisterde ik terwijl mijn hoofd tolde.

Daarbuiten was niets anders dan koud, dodelijk water.

De koetsier zei: 'Denk eraan, hij zoekt uit wat je het ergste vreest zodat je het meest kwetsbaar bent wanneer je naar hem toe komt. Houd moed, nicht.'

'Zoek naar de toren,' riep de eru.

Mijn voeten bewogen door de dwang van de meester. Met een samengeknepen hart alsof ik iets stouts deed, zocht ik mijn weg over de rotsen terwijl ik mijn zwaard in de schede stak en deze vastmaakte aan de lus aan mijn heup die ik drie keer vastbond zodat ik het niet zou verliezen. Ik legde een hand rond mijn medaillon terwijl ik door de kiezels onder aan de golfbreker spetterde.

'Gezegende Tanit. Vader en moeder. Waak over uw dochter.'

Welke macht had hij over mij, het wezen dat me had verwekt en daarna had verlaten waarna ik door anderen werd grootgebracht? Waarom had mijn moeder hier nooit over gesproken? Of hadden zij en Daniel gewacht tot ik ouder was?

Het water schuimde sissend, bespotte me. Ik stopte het medaillon onder mantel, jasje en verschoning tegen mijn huid aan. Meegedragen door een inkomende golf, sloeg de boot tegen mijn knieën en ik viel er voorover in met mijn gezicht in het laagje water in het ruim. Ik kreeg een smerige hoeveelheid zilt water binnen. Een van de riemen sloeg tegen mijn hoofd. Ik greep hem terwijl de boot opzij schoot. Water klotste naar binnen, waardoor ik niet kon ademen.

De boot kwam los. De golven kregen de voorsteven te pakken en hij begon te kantelen en te tollen. Nog even en ik zou verzuipen.

Ik zoog lucht naar binnen, worstelde naar de zitplaats en greep de riemen. Hoewel het niet kon, was de boot al honderd passen weggedreven van de stenen pier waar de koets met het vierspan stond te wachten. Als de vloedgolf van een drakendroom nu door de geestenwereld trok, zou ik verloren zijn. Veranderd. Uitgevaagd.

'Tanit, bescherm me! Melqart, geef me wijsheid. Baäl, geef me kracht!' Ik trok aan de riemen en zorgde dat de voorsteven weer keerde. Met mijn rug naar de branding roeide ik de zee in. De voorsteven schoot omhoog en viel neer, schoot omhoog en viel neer, mijn achterste kwakte elke keer tegen de bank aan. Water klotste met iedere duik naar binnen.

Ik roeide, keek zijdelings over mijn schouder toen ik een ijsschots in het oog kreeg die eruitzag als een gebeeldhouwde toren. Ik roeide tot mijn rug en mijn schouders pijn deden. Ik roeide tot de pier niets meer was dan een vlek op de zee, zoals een veeg houtskool op een van Bee's tekeningen die ze per ongeluk niet had uitgeveegd.

Het roeien hield mijn lichaam warm en mijn laarzen hielden mijn voeten redelijk droog, maar ik begon het gevoel in mijn vingers te verliezen. Ik moest niet denken aan die waterige diepten. In plaats daarvan dacht ik aan Bee, weggerukt door een roeping die wij geen van beiden begrepen. Ik dacht aan Rory, verleid om de vijand te doden. Ik dacht aan oom Jonatan en tante Tilly. Aan Bee's zusjes, aardige Hanan en vervelende, kleine Astraea. Aan de charismatische generaal Camjiata. Ik dacht aan de knappe Brennan en de bedachtzame Kehinde, en aan de trollen met hun eigenaardige charme. En vreemd genoeg dacht ik ook aan mijn echtgenoot.

Ik dacht: *hij zou naast me zitten en roeien. Hij zou me hier niet alleen hebben gelaten.*

Ik begon het spuugzat te worden om de marionet van iemand anders te zijn. Het zout dat het ergste stak in mijn ogen was de druk van woedende tranen. Ik zou het nu niet opgeven, zelfs niet te midden van datgene wat ik het ergste vreesde. Een golf sloeg over de voorsteven en de boot stroomde vol tot aan de rand. Het water omarmde me met een ijzige greep die mijn hart deed stilstaan.

Ademhalen!

In en uit. Dat was het eerste. In en uit, afgemeten en gelijkmatig. Ik friemelde aan de knopen van mijn winterjas en precies op het moment dat ik die uittrok, sloeg een golf tegen mijn rug en smeet me zijdelings in de meedogenloze zee.

Het ijzige water beroofde me van mijn adem. Ik kreeg geen lucht.

Ik stak een arm uit het water en trok mezelf op aan de zijkant van de boot, gebruikte de volgelopen boot om me drijvend te houden. De golven wikkelden mijn drijfnatte rokken rond mijn benen. De verschrikkelijke kou maakte dat mijn keel dichtkneep en mijn borst verkrampte, en ik wist zeker dat ik bewusteloos zou raken. Maar ik beet op de binnenkant van mijn mond tot de pijn me weer bij bewustzijn bracht.

Ademen!

Worstelend en watertrappend zocht ik een weg naar de achtersteven en duwde de boot naar de ijsschots. Terwijl mijn benen traag werden en mijn hart verdoofd aanvoelde, doemde de schaduw van het ijs boven me op. De boot liep vast op een schots.

Hijgend, spugend en kokhalzend, kroop ik erop. Ik had geen gevoel in mijn handen en nog maar weinig kracht in mijn benen, maar door mijn vingers om de randen van kuiltjes in het ijs te klemmen, trok ik mezelf uit het dodelijke water.

Een tijdlang, een eeuwigheid, lag ik als een verstikte vis op het ijs.

Een zweem van warmte klopte tegen mijn huid op de plek waar het medaillon tussen mijn borsten zat geklemd. Het wekte me uit mijn verdoving. Ik haalde adem, zout water vervuilde mijn mond. Trillend stond ik op. Ik controleerde mijn zwaard, de lus was zo strak rondgedraaid dat mijn bevroren vingers deze niet los konden maken. De kloppende warmte van het medaillon voedde me met kracht terwijl ik over de schots staarde naar een verticale kloof in het ijs. De kloof eindigde in duisternis.

Maar ja, welke keus had ik?

'Dapper genoeg voor mijn doel,' zei een mannelijke stem, glad en koud. Ik zag niemand, geen enkel teken van leven. 'Kom, dochter. Ik wil je nu bekijken.'

'Ik haat je,' fluisterde ik tegen het lege ijs.

Hij lachte, alsof mijn woedende piepje hem amuseerde. Alsof hij alles kon horen. En misschien kon hij dat ook, want zou dat geen verklaring zijn voor mij?

Misschien zou dat me leren mijn mond te houden en niet te spreken wanneer ik stil moest zijn.

Mijn benen waren loodzwaar toen ik de kloof in stommelde. Als hij me nu nog niet had gedood, zou hij misschien werkelijk willen zien wat voor wezen hij had verwekt bij Tara Bell. Een warme bries waaide door de kloof. Een klok luidde driemaal, een trilling trok dwars door mijn vlees. Ik had het gevoel alsof mijn ziel werd aangetikt om het temperament uit te testen, zoals iemand met een vinger tegen een mooi geblazen kelk van glas tikt om te horen hoe puur het geluid is.

Licht bloeide op en onthulde een boog gemaakt uit twee massieve, ivoren slagtanden. De slagtanden waren bedekt met beeldhouwwerk van kraaien, honden, sabeltandtijgers, een eru, en de beeltenis van een meisje dat niet ouder was dan zes jaar. Ze had lang, steil haar en hield een zwaard in haar hand dat veel te groot voor haar was.

Dat meisje was ik.

Mijn lichaam begon te prikken en te steken, nu het gevoel terugkeerde. Ik stommelde onder de boog door, die verdween en me achterliet in een vlaag vochtige lucht zo smerig dat ik mijn gezicht verborg achter mijn handen. De stank werd minder en het licht werd scherper.

Ik liet mijn handen zakken.

En kwam erachter dat ik me in een doolhof van spiegels bevond en telkens opnieuw werd weerspiegeld. Gezegende Tanit! Ik zag er niet uit! Mijn teint was zo levenloos als de onderbuik van een dode vis; mijn haar hing in knopen en klitten tot op mijn heupen; mijn kleren zaten rond mijn lichaam gedraaid.

'Vind me,' zei zijn stem. 'Eén is een poort, geen echte spiegel. Loop erdoorheen, dan zal ik drie vragen beantwoorden.'

Ik draaide me om en zag mezelf telkens opnieuw omdraaien, ik en ik en ik, allemaal mijn volmaakte evenbeeld. Mijn gedachten werkten langzaam terwijl ik met mijn ogen knipperde en probeerde mezelf tekens te geven zoals ik dat had gedaan naar Andevai in het trollennest. Waarom dacht ik aan het trollennest? Natuurlijk: de bovenste verdieping was een doolhof van spiegels geweest.

Wat had Andevai gezegd die keer in het rijtuig toen hij dacht dat ik sliep? Toen hij illusies weefde. Hij had mijn gezicht in licht geweven.

'Licht en schaduw moeten hetzelfde weerspiegelen en verduisteren als de omstandigheden van het licht tijdens de illusie.'

Ik had het: in elke spiegel op één na zag ik mijn weerspiegeling. De knopen van mijn jas waren aan de linkerkant genaaid, zodat mijn zwaard niet zou blijven hangen in de stof als ik het trok. Ik keek naar het ene beeld van mij met de knopen aan de linkerkant.

Toen ik haar vond, liep ik door mijzelf heen. Hitte trok door me heen en verdreef de kilte die mijn botten verdoofde. Mijn voetstappen zonken in een dikke stapel weelderige kleden en ik bleef stilstaan.

Ik was de kaars die de kamer verlichtte, want de hoeken lagen in schaduw zo diep alsof er zwartgeverfde stof was opgehangen. Op vier plekken rondom me, op gelijke afstand van elkaar zoals de vier punten van een kompas, doemden vier monsterachtige padden op in een uitdagende houding. Hun huid had de geelgroene kleur van vervuild slijm. Ze bewogen niet, knipperden zelfs niet met hun ogen, als padden dat tenminste doen. Het enige waaraan ik kon zien dat ze leefden was het kloppen van hun kelen.

Een gedaante zat met gekruiste benen op de rug van een schildpad. Hij was gekleed in talismannen, of misschien was zijn lichaam bedekt met een illusie die eruitzag als een glanzende stof. Hij had prachtig lang en steil, diepzwart haar net zoals dat van mij en Rory. De huid van zijn blote armen had dezelfde koperkleurige, bronzen glans als die van Rory. Zijn gezicht was verborgen achter een masker als een plaat ijs. Zijn ogen hadden geen gekleurde iris of een zwarte pupil, alleen peilloos diep licht.

Hij bekeek me in stilte, gemaskerd en onvriendelijk. Op een stok naast hem zat die gemene kraai die me bekeek met zijn gemene zwarte ogen en ik begreep dat hij zag wat de kraai zag omdat hij deze had onderworpen aan zijn wil.

Ik probeerde mijn gedachten te ordenen, maar ik kon niet voorkomen dat de beschuldiging naar buiten floepte.

'Zou je me hebben laten verdrinken?'

'Je moet zowel slim als sterk zijn. Anders heb je geen nut voor me. Dat is één.'

'Wat voor soort wezen ben je, dat je kunt paren met een sabeltandtijger en een menselijke vrouw, en ongetwijfeld ook nog met andere wezens?'

'Ik ben de Meester van de Wilde Jacht. Dat is twee.'

Zijn woorden kwamen hard aan. Ik zonk op mijn knieën terwijl de waarheid me overspoelde.

Mijn verwekker was de Meester van de Wilde Jacht, tegenover wiens speer zelfs koude magiërs machteloos waren.

Had Tara Bell dit geweten? Gezegende Tanit! Natuurlijk had ze het geweten!

'Heb jij mijn ouders gedood?' fluisterde ik.

'Ja. Dat is je derde. Goed, Tara Bells kind, nu zal ik jou drie vragen stellen.'

'Hoewel het niet eens de nacht van Allerzielen was, heb je een manier gevonden om hen te doden,' schreeuwde ik. 'Het was jouw stem die "Dochter" zei en niet die van mijn vader. Het waren jouw armen die mij uit de rivier de Rhenus trokken terwijl je hen liet verdrinken. Jij doodde hen en redde mij.'

'Je bestemming werd voor je gekozen voordat je werd geboren omdat ik je verwekte. Tara Bell beloofde het kind naar mij te brengen, maar ze was ongehoorzaam. Dus strafte ik haar.'

'Ik haat je.'

De kamer werd lichter, alsof haat opvlamde. De schaduwen trokken zich terug en ik zag nu pas dat we ons in een enorme grot bevonden met wanden van ijs. Langs de randen werd een kolkende massa wezens zichtbaar. Overal in het doorzichtige ijs zag ik vastgevroren jagers, gevangen in beweging: gestroomlijnde honden waren zichtbaar als strepen grijs en goud, dreigende, afschrikwekkende wolven, stuurse hyena's, aas etende kraaien, grote gevlekte katten, mannen met hondengezichten en vier poten in plaats van handen en voeten, wezens, half mot en half vrouw, met zachte grijze vleugels en gemene, vlijmscherpe tanden, een wolk wespen, sluimerende slangen, opgerold boven op elkaar, wolharige spinnen met facetogen en rij na rij vleermuizen met opgevouwen vleugels. Sliepen ze, of waren ze verdoofd door de macht van het ijs?

'Je kunt me niet haten, want je kent me niet en je weet niets van me.' In zijn stem klonk zoveel oppermachtige onverschilligheid dat het was alsof ik aan de zon vroeg wat hij van me vond en geen antwoord kreeg. 'Je bent een sterfelijk wezen dat gebonden is aan de getijden en stromingen van de Dode Landen en erdoor wordt geregeerd. De vloedgolf die door je heen trekt, noem jij haat omdat je geen andere manier hebt om deze te beschrijven. Maar jij hoeft niet gebonden te blijven aan de getijden die andere wezens regeren. Hoe reis jij tussen de werelden?'

Zijn vraag dwong mij te antwoorden. 'Met mijn bloed.'

'Op welke manier kun jij in de Dode Landen de draden weven die de werelden verbinden?'

'Ik kan zien in het donker. Ik kan uitzonderlijk goed horen. Ik kan mezelf verbergen.'

'Wat is je naam?'

In koppig verzet klemde ik mijn tanden op elkaar, hurkte neer en drukte mijn rechterhand tegen het medaillon. Het bemoedigende kloppen werd sterker en voelde aan als mijn vaders ademhaling toen ik als jong kind op zijn schoot had gezeten en hij me verhalen vertelde. Ik greep het gevest van mijn zwaard en dacht aan mijn moeder. Mijn elleboog streek langs de zoom van mijn jasje en ik voelde de steen die ik had opgepakt naast de weg. Ik herinnerde me wat Vais grootmoeder me had verteld: namen zijn macht.

Ik perste mijn lippen op elkaar. Wees stil. Vertel niemand iets.

'Weersta me niet. Daar heb je de kracht niet voor. *Wat is je naam?*'

Ondanks mijn gevecht om ze dicht te houden, gingen mijn lippen open. Mijn hele leven was mij verteld mezelf Catherine Hassi Barahal te noemen. Maar de naam die op zijn bevel naar buiten kwam, was de naam die Camjiata me had gegeven, de naam die me verbond met de moeder die me had gebaard en de vader die ervoor had gekozen me groot te brengen. 'Catherine Bell Barahal.'

Een vlek zo zwart als as flikkerde in die lege, lichte ogen. 'Nu is je naam van mij en ben jij van mij. Je bent zowel mijn afstammeling als mijn dienaar, gehoorzaam aan mij omdat je een deel van mij bent, bot van mijn botten en bloed van mijn bloed. Ik zal je één ding vertellen, Catherine Bell Barahal. Ik bewonderde je moeder. Tara Bell was een vrouw met een sterke wil, met de kracht van ijzer en met een hart dat angst aanvaardde zonder eraan toe te geven. Je bent zoals zij. Pas later begreep ik dat ze diep in haar hart een roekeloze ongehoorzaamheid koesterde. Maar ik begrijp nu beter hoe ketenen de kwetsbaren binden. Op het eind stemde ze in met al mijn eisen omdat ze een slaaf was van de draden die haar verbonden met andere wezens.'

Ik dacht aan mijn moeder, lang en sterk, een trouwe Amazone in Camjiata's leger, die gezworen had celibatair te leven. Op een onderzoeksexpeditie in de Baltische IJszee, onder het licht van de Aurora Borealis, had ze geredetwist met Daniel Hassi Barahal en gebruikte woorden als een vorm van flirten, misschien zelfs hofmakerij.

Om haar te eren ging ik staan. 'Niemand weet wat er gebeurde tijdens die expeditie, alleen dat de meeste mensen stierven en slechts enkelen overleefden. Ik kan wat je zojuist zei maar op één manier begrijpen. Je had ze ergens opgesloten, op het ijs, misschien zelfs in de geestenwereld. Ze ging ermee akkoord om seksuele gemeenschap met jou te hebben om de levens van de anderen te redden. Ze deed het om mijn vaders leven te redden, omdat ze van hem hield.'

'Die man was je vader niet.'

'In alle belangrijke aspecten was hij mijn vader. Jij hebt mij alleen verwekt.' Mijn stem was schor door niet vergoten tranen, bij de gedachte aan datgene waar mijn moeder mee had ingestemd en hoeveel ze ondanks alles van mij moest hebben gehouden en dat ze haar leven en alles wat ze wist op het spel zette om mij een toekomst te geven. Had Daniel het geweten? Of had ze de last van dit geheim alleen gedragen in de hoop dat de jager zowel haar als het kind zou vergeten? Ik zou het nooit weten.

'Dat je bent wat je bent is een gave die alleen van mij komt. Je moet datgene zijn waarvoor ik je heb geschapen. Als koud staal gesmeed uit vele lagen, je bent streng, veerkrachtig en in staat je in een enkel ogenblik aan te passen.'

'Wat wil je van mij?'

Hij stak een arm uit. De kraai hopte van zijn paal en sloot zijn klauwen over de bronzen spieren van zijn onderarm. Ik dacht dat de punten van die klauwen tot bloedens toe door de huid boorden, maar door de manier waarop de schaduw van de kraai – de enige schaduw die mijn licht niet kon verdrijven – op zijn lichaam viel, kon ik dat niet zeker weten.

'Ik wil dat je voor me spioneert, dochter.'

Ik ben geen jongedame die graag in het middelpunt van de belangstelling staat, of de aandacht wil trekken door dramatische gebaren of nutteloze bravoure. Maar ik moet bekennen dat ik lachte.

'Voor jou spioneren! Dat moet niet zo moeilijk zijn voor iemand met mijn achtergrond en training. Maar ik weet zeker dat er bij dit voorstel een adder onder het gras zit.'

'Je kunt me aanspreken als "Uwe doorluchtige Hoogheid" of "mijn Prins". Of als "Vader".'

'Drijf je de spot met me?' snauwde ik.

'Nee, ik adviseer je dat het voorzichtig en verstandig zou zijn als je wat respect betoonde voor je meester en schepper.'

'Niemand heeft ooit gezegd dat ik voorzichtig of verstandig ben. Maar ik neem aan dat ik je kan aanspreken als "verwekker".'

Hij gaf geen reactie op mijn brutale woorden en sardonische toon. Maar de schildpad kwam tot leven, zijn kop schoof uit het schild en de ogen gingen open om met een ondoorgrondelijke blik naar mij te kijken. Mijn verwekker klopte de schildpad op de kop en die trok zich weer terug. Hij klapte twee keer in zijn handen.

Tussen twee van de padden begon het ijs te roken. In een alkoof zat een gezette man zonder hoofd rechtop op een bank. Twee drijf-natte vrouwen, slechts gekleed in lang haar met de oliebruine kleur van zeewier, zaten aan beide kanten tegen hem aan gedrukt. De man zonder hoofd schoot omhoog en schudde de twee vrouwen die aan hem kleefden van zich af. Met de schuifelende gang van een blinde man in een vreemde kamer, bracht hij een dienblad met twee kommen erop. Voor me bleef hij staan en ik deed een stap achteruit, want ik was opeens bang dat hij me zou grijpen en ik wist zeker dat ik dan zou gillen. Hij droeg een verstelde tuniek met een broek eronder die rond de kuiten met koorden was samengebonden en daaronder zachte lederen zomerlaarzen. Zijn vingers waren ver-sierd met ringen. Een glanzend gouden ketting spande rond zijn nek, waarvan de afgehakte romp vettig vocht afscheidde, alsof hij nooit goed was genezen maar niet echt kon bloeden.

'Drink met me om onze overeenkomst te bezegelen,' zei mijn verwekker.

'Ik durf niets te eten of te drinken wat me wordt aangeboden in de geestenwereld uit angst dat iets erin me nog verder zal verstrik-ken.'

'Pak de kom, Catherine Bell Barahal.'

Mijn hand pakte een kom. Deze was gevuld met een amber-kleurige vloeistof.

De bediende zonder hoofd bracht het dienblad naar mijn ver-wekker, die het andere glas eraf pakte. De man zonder hoofd schui-felde terug naar de bank. De watergeesten grepen hem weer vast op een obscene manier en hoewel hun haren het merendeel van hun lichamen verborgen, was het tafereel zo verontrustend omdat duidelijk was te zien dat de man onder zijn broek sterk opgewonden was. Lieve help. Blozend draaide ik mijn hoofd om en keek naar de tapijten waarop ik stond; veel lagen die dwars over elkaar heen op de vloer waren gegooid alsof ze een enorme vlek moesten verbergen die naar boven sijpelde.

Nee, dit hielp ook niet veel.

Ik vermande me en keek naar mijn verwekker. Inmiddels waren mijn kleren half droog, mijn huid was bedekt met kleverig zoute troep en mijn haar stond wijduit door grote klitten. Ik was uitgeput – dat sprak vanzelf hoewel ik dat natuurlijk, zoals Bee zou hebben opgemerkt, toch gezegd zou hebben – maar ik was niet langer ijskoud en moedeloos. Hij had me nog niet verslagen.

'Is dat Bran Cof, de dichter? Degene die je kwelt?'

Hij nipte van de amberkleurige wijn alsof hij nadacht over mijn fouten of over de smaak van de wijn.

'Zijn de wezens die in het ijs slapen je slaven? Of dienen ze je uit eigen vrije wil?'

Ondanks zijn stilzwijgen begon ik de indruk te krijgen dat mijn brutale houding hem amuseerde. 'Jaagt de Wilde Jacht voor jouw plezier, of voor een of ander doel?'

'Geeft tegenwoordig niemand meer les in de wet?' zei hij spottend. 'Laat me je iets bijbrengen, kleine kat. Op de nacht van Allerzielen rijdt de Wilde Jacht de Dode Landen binnen. Hij plukt de zielen van degenen die het komende jaar zullen sterven. Ik weet zeker dat je dat verhaal al kent. De jacht rijdt tijdens de nacht van scheiding omdat dat zijn natuur en zijn doel is.'

Ik boog mijn hoofd want ik herinnerde me het verhaal dat mijn vader me lang geleden had verteld over de Wilde Jacht en een jonge jager die de andere helft van zijn ziel had gezocht en gevonden. Ik herinnerde me de dag waarop ik was ontsnapt uit Vier Manen Huis, toen ik op de avond van Allerzielen de roep van een hoorn had gehoord, die uit de aarde omhoogkwam als mist en uit de lucht naar beneden viel als regen. Die roep was doorgedrongen tot in mijn botten, mijn bloed, mijn hart. Niemand die gedoemd was het komend jaar te sterven, kon aan de jacht ontkomen.

'Maar dat is niet de enige reden waarom de Wilde Jacht rijdt.

Bloed, dochter. We moeten bloed hebben. Een sterfelijk leven voedt de Hoven een jaar lang. Hoe sterker het bloed, hoe rijker het feestmaal.'

'Het Hof van de Dag en het Hof van de Nacht,' fluisterde ik. 'Zo worden ze genoemd.'

'Iedereen dient de Hoven,' beaamde hij.

'De vijand dient hen niet.'

Er bewoog iets in het ijs en ik besefte dat ik te ver was gegaan. Een uil schoot uit het niets tevoorschijn en ging op de paal zitten. Zijn gouden ogen hielden me gevangen. Zijn blik sneed dwars door me heen.

Ik zat gevangen in het ademende hart van het ijs. Het was zo koud als de dood en zo zwaar als het gewicht van een gletsjer die kreunend omlaag glijdt om een enkel kwetsbaar menselijk hart te vermorzelen. Onder de bijtende kou van de winter ligt een diepere koude waaruit bloed en hitte sijpelen in een vat waarin gestolen vonken kunnen worden gevormd tot iets wat beter gehoorzaamt.

'Het ijs leeft. Niet zoals jij en ik leven. Het is geen wezen of een persoon. Maar het leeft, hoewel ik je niet kan vertellen hoe of waarom.' Door de herinnering aan de woorden van Brennan Du kwam ik weer tot mezelf.

Ik had gestaan. Nu vond ik mezelf terug op handen en knieën alsof ik meedogenloos was neergesabeld door de machtige woede van een koude magiër, hoewel ik me niet herinnerde dat ik was gevallen. Ik had de kom laten vallen en die was een armlengte bij me vandaan gerold.

Ik haalde diep adem, lucht vulde mijn longen en de duizelingwekkende maalstroom van angst verdween.

Tot ik omhoogkeek naar zijn gemaskerde gezicht.

'Het bloed van de vijand is vergif,' mompelde hij alsof hij dat wel eens had geproefd. 'Maar de vijand heeft een manier gevonden om onze wereld binnen te komen via sterfelijke handen, door de vrouwen die het getij van dromen bewandelen. Dus moeten de Hoven de sterfelijke wereld op dezelfde manier binnengaan, via sterfelijk vlees. Jij zult naar een plaats gaan in de Dode Landen die is omringd door de Taninim, zij die de zeeën regeren. Jij kunt daar heen gaan vanwege het vlees dat je draagt en dat je hebt geërfd van je moeders bloed en botten.'

Betekende 'omringd door de Taninim' een eiland? Was het mogelijk dat de Wilde Jacht eilanden niet kon bereiken? Of alleen een bepaalde plek niet? Ik wist wel beter dan een dergelijke vraag direct te stellen.

'Verwekker, je hebt al dienaren die in de sterfelijke wereld rondlopen. Zoals de eru en de koetsier die me hierheen hebben gebracht. Ze doen alsof ze de magiërshuizen dienen, maar ze zijn daar om de koude magiërs te bespieden, of niet soms? Om ervoor te zorgen dat geen enkele magiër een te grote bedreiging wordt?'

Als hij geen masker had gedragen, zou ik hebben gedacht dat hij glimlachte, maar het zou een lach zijn die niemand op een gezicht wilde zien. 'Koude magiërs dienen de Hoven zonder dit te weten. Ze begrijpen de macht van de Hoven een klein beetje en doen hun best de aandacht van de Wilde Jacht te vermijden. Ze begrijpen dat de Hoven de geur van macht zullen ruiken als ze hun net van macht te wijd uitspreiden of te veel macht grijpen en dat de Wilde Jacht dan wordt losgelaten om hen op te jagen.'

'Dat is een slimme manier om de macht van de koude magiërs onder controle te houden,' beaamde ik met een, naar ik hoopte, glimlach vol spottend medelijden. Ik hoopte door mijn vleien een belangrijke vraag te kunnen stellen.

'Probeer me niet te misleiden, dochter. Dat kan ik ruiken.'

Om mezelf een ogenblik te geven om na te denken, pakte ik de kom. Er was geen enkele druppel amberkleurige wijn gemorst. 'Hoe zullen we contact houden als ik in de Dode Landen ben? Kun je door mijn ogen zien en spreken door mijn mond?'

'Ah. Het doet me plezier dat je een slimme vraag stelt in plaats van een brutale. Nee. Je moeders vlees maakt me blind voor je behalve op de dag van Allerzielen. Ik zal mijn dienaren sturen als ik met je moet spreken.'

Mijn hartslag bonsde in mijn oren terwijl een gevoel van opluchting door me heen trok. Prima. Zodra ik deze hal had verlaten, kon hij geen toezicht houden op mijn handelingen en die niet controleren. Maar misschien zat er ergens nog een angel verborgen. 'Als dat zo is, waarom stuur je mij dan? Waarom stuur je niet een van je andere dienaren?'

'Door je diensten zul je antwoorden krijgen. Tot die tijd zul je eenvoudigweg gehoorzamen.'

Hij bracht zijn kom naar zijn lippen terwijl hij naar me keek, mijn hand bracht mijn kom naar mijn lippen. Zonder te drinken liet hij zijn hand weer zakken, zonder te drinken liet ik de mijne zakken. Ik moest wel; zijn wil dwong me.

'Nu begrijp je me,' zei hij. 'We hebben een afsplitsing in het pad bereikt. In de sterfelijke wereld roert een macht zich. Hij loopt van het ene vat over in het andere en zijn bewegingen woelen de draden om die de werelden met elkaar verbinden, verhitten ze en koelen ze weer af. De Hoven fluisteren, want ze maken zich zorgen. Heeft een koude magiër te ver gereikt en te veel gegrepen? Rijst er een onbekende macht op uit het nest van de vijand? Dit is jouw taak: vind die macht, identificeer hem en leid mij erheen tijdens de komende nacht van Allerzielen.'

Mijn hart kromp ineen. Of in ieder geval leek het klemmende gevoel in mijn borst daarop. Ik raakte mijn kin aan, waar Andevai me had gesneden met koud staal. Ik wist wat het was om er te laat achter te komen dat je was uitgekozen als offer.

'Waarom zou ik iemand verraden, terwijl ik weet dat jij van plan bent hem te doden?' snauwde ik.

'Tijdens de nacht van Allerzielen zal de Wilde Jacht rijden, zoals ieder jaar. We zullen de zielen plukken van degenen die het komende jaar zullen sterven. En we zullen het bloed van één sterfelijk wezen nemen. Waarom zul jij die macht vinden, identificeren en mij erheen brengen? Omdat ik anders zelf zal kiezen welke sterveling we beroven van zijn bloed. Mijn ogen en oren hebben jou en je metgezellen gevolgd, dochter. Ik weet dat jij met een dienaar van de vijand de geestenwereld bent binnengekomen. Ze liep door deze landen en heeft een nest vrijgemaakt. Mijn eigen dienaren hadden haar niet moeten toestaan te ontsnappen, maar hun daden dienen mij desondanks. Jij zult een gepast offer uitzoeken, één van wie het bloed rijk en sterk is. Want als je dat niet doet, dan zal de Jacht van Allerzielen het meisje opsporen dat jij niet noemt totdat we haar te pakken hebben.'

Uiteengerukt en haar hoofd in een put gegooid.

Ik voelde hoe mijn moed van mijn huid werd afgestroopt, een dolk van lavaglas sneed vezels van hoop weg.

O, gezegende Tanit. Genadige Melqart. Nobele Baäl. De dreiging van magiërshuizen, prinsen en Romeinen die haar door Adurnam achterna jaagden leek nu onbeduidend. De mansa had toch gelijk gehad. We hadden met de koude magiërs mee moeten gaan, want dan zou dit allemaal niet gebeurd zijn.

Dan zou dit allemaal nú niet gebeurd zijn. Maar de Wilde Jacht zou haar uiteindelijk toch opsporen, als het niet dit jaar was, dan het volgende. Het was slechts een kwestie van tijd voor Beatrice Hassi Barahal, die de dromen van draken bewandelde en onopzettelijk in dienst was van de vijand van de Hoven. Niemand kon het opnemen tegen de Wilde Jacht. Niemand. Tenzij het verhaal waar was dat het schoolhoofd zijn assistent uit de klauwen van de Jacht had weggerukt. Maar hij had Bee de geestenwereld ingestuurd, ondanks alle gevaren.

'Ik zal het nog een keer zeggen, zodat je me goed begrijpt.' De Meester van de Wilde Jacht hoefde niet luid te spreken. Zijn stem drong door tot in mijn botten en verbrijzelde mijn hart. 'Er kan maar één offer zijn. En er zál een offer zijn. Dat is de wet.'

Op deze manier ketende hij me vast, want er was niemand om ons te helpen en niemand die we konden vertrouwen.

Ik zal alles doen om haar te redden.

Alles.

Zou Bee het mij vergeven als ik dat deed?

'Nu zullen we ons verbond bezegelen door te drinken, dochter. Pak de kom.' Hij dronk en daarom dronk ik ook. De drank smaakte naar bijen en het noodlot, niets meer. Ik haatte het.

Maar hij was tevreden.

'Nu dien je mij. Ik laat je vrij om te jagen.'

De kraai fladderde van zijn arm en recht op mij af. Terwijl ik met mijn arm zwaaide om hem af te weren, krabde hij me boven mijn linkeroor met zijn klauwen. Pijn brandde in mijn nek. Bloed welde omhoog. Opnieuw dook de kraai op me af. Ik schoot opzij, niet in staat mijn balans te vinden op de beweeglijke grond van de stapel tapijten. Mijn bloed spetterde, druppels vlogen om me heen.

De ogen van de uil draaiden naar voren als de wijzers van een klok. De hal van ijs begon te vervagen en vervormen alsof hij smolt. De tapijten verdwenen terwijl de grond onder mijn voeten oploste.

Ik schreeuwde het uit toen een warme golf over me heen sloeg.

Daarna zakte ik weg in een wild opgezweepte zee onder een hete, felblauwe lucht.

14

Ik heb nooit leren zwemmen omdat ik altijd zo bang ben geweest voor water. Zout water stroomde mijn neus en mond binnen en het smaakte smerig en warm. Mijn voeten werden naar beneden getrokken door mijn winterlaarzen en mijn benen zaten verward in mijn rokken. Het zilte nat streelde mijn gezicht.

Het is allemaal voorbij. Geef het op. Laat het gaan.

Een stevig ding stootte tegen mijn benen. De kracht van de botsing duwde mijn gezicht boven water. Ik zoog lucht binnen, inhaleerde meer water en zonk. Van beneden af werd ik opnieuw omhooggeduwd. Wild met mijn armen zwaaiend, brak ik door het wateroppervlak terwijl ik aan mijn rokken opzij werd getrokken.

Mijn hand schraapte langs de grijswitte flank van een waterwezen met een massieve vin en dode, uitdrukkingloze ogen. Zijn gemeen scherpe tanden zaten vast in mijn rokken. Zwiepend en zwaaiend trok het me voort in een poging zijn kaken uit wol en linnen te krijgen.

De gedachte te eindigen als maaltje voor dit monster bracht mijn concentratie met opzienbarende snelheid terug. Ik legde mijn handen rond zijn vin en trok mezelf op aan zijn brede lichaam. Een deel van mijn rokken scheurde los, stroken stof dreven als linten in het water. Mijn wandelstok kwam tussen zijn tanden maar brak niet. Ik stompte hem in zijn oog. Hij schoot sneller weg dan ik kon bewegen.

Ik worstelde naar een gordijn van wit, groen en blauw dat boven op de golven dobberde. Een bloeddruppel bevlekte mijn mouw. Had het monster me gebeten? O, genadige Melqart, laat me niet doodbloeden in deze onvriendelijke zee! Maar toen herinnerde ik me de kraai die me had aangevallen om de poort te openen met mijn bloed.

In het water onder me cirkelde een schaduw.

Mijn laars schraapte langs een uitsteeksel. Ik zocht steun bij het uitgroeisel terwijl het monster op me afschoot met verbijsterende snelheid en adembenemende vastberadenheid. Toen de vervloekte, monsterachtige vis met wijd open muil dichterbij kwam balde ik mijn hand tot een vuist.

Zoek naar de opening. Schrik niet terug.

Ik stompte hem op zijn snoet. Door de botsing schoot ik naar achteren. Om mezelf tegen te houden groef ik mijn laarzen in tussen de uitsteeksels in het rif. Het monster schoot weg. Ik stond met mijn hoofd en borst boven de door de wind opgezweepte golfjes. Land lag vlakbij achter water dat meer groen was dan blauw: een lange strook witte, zanderige kustlijn met daarachter weelderig groene bomen die zwaaiden in de harde wind. Daarboven strekte zich een hardblauwe hemel uit. Was dat de top van een toren die daar rechts boven de bomen uitstak?

Twee gedaanten kwamen tussen de bomen vandaan. Menselijke gedaanten. Mensen!

Gezegende Tanit! Misschien zou ik gered worden als ik alleen maar aan land kon komen!

Ik bestudeerde de golven maar zag geen roofdier dichterbij glijden. Trappelend en zwaaiend peddelde ik onhandig door het water tot mijn laarzen zand raakten. Eenmaal daar keek ik achterom, maar ik zag niets anders wegschieten dan een school vissen. Het water stroomde uit mijn haar toen ik de zee uit liep. Mijn rokken en onderrokken hingen in flarden om mijn benen.

Ik liet me op mijn knieën zakken, op koel wit zand zo fijn als de suiker die we kregen op feestdagen. De warme wol van mijn ruiterjasje prikte tegen mijn huid, maakte dat mijn armen en rug jeukten. Ik friemelde met de knopen en trok het snel uit. Mijn strak ingesnoerde linnen lijfje en het losse linnen van mijn ondergoed kleefden aan mijn lichaam. De lucht die ik binnenkreeg deed me kokhalzen. Ik hoestte zeewater op, samen met mijn dromen, hoop en angsten tot mijn keel rauw was. Maar ik was er vrij zeker van dat ik het zou overleven.

Twee mensen hinkten naar me toe over het strand, een man voorop en een vrouw erachter. Hij droeg een vuil, mouwloos hemd en een losse broek die rafelde aan de zomen. Zij had een geblokte rok rond haar heupen gebonden en een los, mouwloos hemd dat haar bruine armen onthulde van haar schouders tot haar handen, iets wat je bijna nooit zag in Adurnam behalve midden in de zomer.

Toen de man dichterbij strompelde, ging ik behoedzaam staan en richtte me vriendelijk maar zonder kruiperigheid tot hem.

'Gegroet, Maester. Maestressa. Salvete.'

Bij wijze van groet stak hij zijn hand uit, zoals de radicalen doen.

Als reactie stak ik ook mijn hand uit en toen pas vroeg ik me af waarom zijn huid een asgrauwe teint had in plaats van gezond bruin; toen pas zag ik de dode glans die over zijn ogen lag.

Hij greep mijn pols en trok me naar zich toe.

De vrouw schreeuwde.

En hij beet me.

Hij beet me.

Ik gilde. Ik schopte hem zo hard tegen zijn knie dat hij vooroverklapte terwijl ik mijn arm uit zijn greep rukte. Ik maakte mijn wandelstok vrij en begon hem op zijn hoofd en schouders te slaan. Toch probeerde hij nog steeds op te staan. Hij greep naar me met mijn bloed op zijn lippen en smakte alsof ik water was en hij uitgedroogd.

'Jij ophouden! Ophouden!' De vrouw strompelde tot net buiten het bereik van mijn wandelstok. Ze hield haar hand tegen haar zij gedrukt alsof ze buiten adem was. Ze was van mijn leeftijd, met zwart haar dat in kleine vlechtjes was gedraaid en bedekt was met zand.

Ik sprong achteruit met mijn wandelstok hoog geheven. Ze knielde naast de man. Mijn bloed zat op zijn hand en hij begon het op te likken.

Uit de richting van de nauwelijks zichtbare toren klingelde het hoge, mooie geluid van een klok als een waarschuwing over het eiland.

'Hij béét me!' Hij had dwars door de mouw van mijn ondergoed gebeten, net onder mijn elleboog en daar een rafelrand achtergelaten.

Haar kin schoot opzij en het krampachtige knipperen van haar bruine ogen deed me achteruitdeinzen. 'Jij wachten. Zij snel komen.'

Mijn bloed drupte op het zand. Toen ik achteromkeek naar de

groenblauwe zee, was ik er zeker van dat ik een schaduw met een vin zag ronddraaien in de diepten. Ik hief mijn gebeten arm naar mijn lippen.

Ze zei: 'Jij dat niet aanraken. Die behiques moeten dat uitzuigen. Anders jij worden zoals hij.'

'Ik begrijp je niet.'

'Waar jij vandaan komen, maku?'

Ze hield de enkel van de man stevig vast. Hij snóóf de lucht op en graaide naar me, maar zij was sterk genoeg om hem vast te houden.

Een verschrikkelijk gevoel van angst gleed langs mijn ruggengraat. 'Wat is er met hem aan de hand?'

'Hij een zouter zijn.'

'Een zouter? Zoals van de zoutpest?' Ik deinsde achteruit. Zijn dode ogen gleden over me heen, keken niet naar mij, maar naar wat achter mijn huid lag: mijn warme, pompende bloed vol zout. 'Zeg je dat hij besmet is door de zoutpest? De zoutpest die maakt dat je geest en lichaam wegrotten? De zoutpest waarvoor géén genezing bestaat?'

'Owo,' zei ze, wat ja betekent in een van de Mande talen.

De neiging tot braken kwam zo sterk op dat ik naar de schaduw rende waar begroeiing door het steriele zand heen drong. Op handen en knieën braakte ik gal uit tussen de planten met stijve bladeren. Mijn arm klopte alsof er niet alleen hete naalden in mijn vlees waren gestoken. Ze leken ook nog bezig te zijn met een heftige dans waarbij ze geholpen werden door een zwerm ongeduldige wespen. Zijn dode, wezenloze blik, nog stommer dan van een imbeciel. Zijn strompelende gang. De zoutpest at je lichaam en je hersens op. Er was geen geneesmiddel, geen verzachtend medicijn, geen hoop, alleen een langzame aftakeling tot levende dode.

Het gedreun van voetstappen vormde een tegenmaat met de angst en pijn die in mijn hoofd bonsde. Misschien ging ik sterven, maar ik was nog niet dood. Ik duwde mezelf omhoog. Gedaanten zwommen mijn blikveld binnen.

'Salve. Salve, perdita.'

Gegroet, verdwaalde vrouw. Het formele Latijn klonk als muziek in mijn oren.

Een persoon kwam naar me toe met de handen geheven en de

palmen naar buiten als teken van vrede. 'Bij Jupiter Magnus! Het ís Catherine Bell Barahal. Het is me een verdomd raadsel hoe jij hier terecht bent gekomen.'

Ik zwaaide met mijn wandelstok. Ik zou niet opnieuw gebeten worden. 'Kom niet dichterbij. Ik zal je doden.'

'Catherine Bell Barahal. Kijk naar me. We hebben elkaar eerder ontmoet.'

Vijf mensen stonden sluw opgesteld in een cirkel om me heen zodat ik niet kon ontsnappen. Achter me op het strand, waar het felle licht van de zon hun huid de kleur gaf van rottende lijken, trok de jonge vrouw aan het ding dat me had gebeten, probeerde het weg te slepen terwijl het vocht om naar mij toe te komen. Drie mannen en twee vrouwen keken naar me. Vier van de vreemdelingen waren buitenlanders. Ze hadden dik, steil zwart haar zoals het mijne en ze zagen er een beetje uit zoals Rory, maar toch ook weer niet, want ze hadden een breed gezicht met een hoog, plat voorhoofd en diepliggende bruine ogen, fit en gezond. Eigenlijk zagen ze eruit als mensen, heel anders dan het strompelende manding dat me had gebeten. Het monster in het water was tenminste verschrikkelijk geweest in zijn volmaakt afschuwelijke schoonheid. Was het niet beter geweest als dat mij had gedood en ik was doodgebloed in het water?

Gezegende Tanit! Ik ging sterven op de meest verschrikkelijke manier die denkbaar was.

Mijn knieën begaven het. Eerst stond ik en toen zat ik op de grond.

Een van de mannen hurkte naast me neer, net buiten het bereik van mijn wandelstok.

'Catherine,' zei hij zacht. 'Ik ben geen zouter. Steek je arm uit.'

Zijn kalme toon bracht me ertoe mijn arm uit te steken. Een vrouw hief een vat omhoog. Zout water stroomde over de wond. Ik moet hebben gegild, maar het enige wat ik kon horen was de pijn.

'Je valt bijna flauw. Drink dit.'

Ik was toch dood, dus als hij van plan was mij te vergiftigen, stierf ik liever snel dan langzaam. Hij gaf me een uitgeholde kalebasfles en haalde de kurk eraf. Ik bracht de rand naar mijn mond. Een zoete vloeistof met de koppige smaak van sterke alcohol gleed door mijn keel naar beneden. Ik begon het klokkend naar binnen te gieten, tot een van de vrouwen een norse opmerking maakte, waarop de spreker mijn goede pols pakte en me tegenhield.

'Wacht. Laat het bezinken. Daarna kun je meer krijgen.'

De sterke nasmaak brandde in mijn keel. Eindelijk kwam hij in het zicht. Hij had het roodachtig gouden haar dat meestal wordt gezien bij westerse Keltische stammen die zich niet hadden vermengd met Romeinse legionairs en Mande vluchtelingen uit het keizerrijk Mali.

'Jij was bij Camjiata,' fluisterde ik. 'In het kantoor van de juridisch adviseurs.'

'Dat klopt. Ik ben James Drake. Herinner je je mij nog?'

De vloeistof brandde in mijn maag. Ik begon te zweten. 'Was de man die mij beet een zouter?'

'Blijf kalm.' Hij sprak tegen de anderen. Aan hun stemmen te horen, maakten ze ruzie.

'Mijn hoofd moet al wegrotten,' riep ik. 'Ik begrijp geen woord van wat jullie zeggen.'

Ze kwamen schoorvoetend tot een overeenkomst. De anderen vertrokken en namen het wezen en de jonge vrouw mee. Om de een of andere reden viel het wezen hen niet aan.

'Dat is omdat we Taino spraken,' zei hij en hij draaide zich om naar mij. 'Dat is de gebruikelijke taal in deze streken. Drink op. Het is de plaatselijke drank. Het wordt rum genoemd.'

Ik leegde de kalebas. De vloeistof maakte mijn mond schoon; het verdoofde me en maakte me duizelig omdat het onmiddellijk naar mijn hoofd steeg. 'Zal rum me genezen?'

'Nee. Rum kan je niet van de zoutpest genezen. Het zeewater heeft zijn speeksel weggespoeld. Maar ik wil de beet nog een keer uitwassen. Je moet met me meekomen. Doe dat zwaard alsjeblieft terug in de schede. Daar hoef je niet mee rond te zwaaien.'

De aanblik van de puntige afdrukken van tanden in mijn onderarm en het bloed dat langs mijn huid sijpelde maakte me onhandig. Friemelend stak ik het zwaard in de schede. Met een hand tegen mijn rug gedrukt, leidde hij me naar een zanderig pad dat onder de bomen door liep. Het geschetter van vogels was een aanslag op mijn oren. Op de plekken waar de zon fel scheen, stak een lans in mijn ogen en op beschaduwde plaatsen was de aarde een monsterachtige aanwezigheid die mij probeerde te verslinden. Ik kon mijn balans niet vinden ondanks de behulpzame hand van mijn metgezel en zijn respectvolle zwijgen, hoewel ik liever had gehad dat hij iets zei om mijn malende angst weg te nemen.

We kwamen bij een open plek met een ronde vijver in het midden die tot de rand was gevuld met water net zo intens blauw als de ogen van James Drake. Naast de vijver stond een schuilhut zonder muren, niet meer dan een dak bedekt met gedroogde bladeren dat een tafel en een bank overschaduwde. Hij zette me neer op de bank en gaf me een tweede kalebas vol rum.

'Waar is dit voor als het me niet kan genezen?'

'Het is om de pijn en de angst te verdoven. We kennen elkaar niet, Cat Barahal, maar je zult me moeten vertrouwen.'

'Wat doet het ertoe of ik jou vertrouw? Ik ga sterven. Er bestaat geen geneesmiddel en iedereen die gebeten wordt, sterft.' Trillend nam ik een grote slok van de rum. Dat was beter dan denken.

Een pot en verschillende manden hingen aan de dakranden. Hij pakte de pot, vulde deze met water en hing hem boven een driepoot. Daarna legde hij zijn hand op het hout eronder. Zijn lippen gingen uiteen en de vlammen krulden omhoog.

'Jij bent een vuurmagiër,' zei ik en ik wist zeker dat het heel intelligent klonk. Ik vond het moeilijk om woorden te combineren want door de roes van alcohol en angst in mijn hoofd, wriemelden woorden weg zodra ik ze vond. 'Maar vuurmagiërs branden allemaal op als hun vuur onbeheersbaar wordt. Tenzij ze de geheimen van de smid leren.' Ik duwde mijn vingers tegen mijn voorhoofd en probeerde mijn dwalende gedachten in bedwang te krijgen voordat ik er geheimen uit zou floepen. 'Die drank ging recht naar mijn hoofd.'

Hij kwam naar me toe, pakte mijn kin met zijn hand en keek me nadenkend aan. 'Neem me niet kwalijk. Ik moet je vragen mij te kussen.'

'Jou kussen!'

Hij glimlachte wrang. 'Zoals je zo scherpzinnig opmerkte, ben ik een vuurmagiër. Als ik mijn lippen op de jouwe druk, zal het contact mij in staat stellen uit te zoeken of de kiemen van de zoutpest in je bloed zijn gekomen.'

'Omdat jij een vuurmagiër bent, kun je zeggen of ik besmet ben met de zoutpest als je mij kust?'

'Dat klopt. En als ik snel genoeg werk, kan ik je misschien genezen.'

'Mij genezen!' Geschokt haalde ik diep adem, mijn mond ging open, mijn hart bonkte, het bloed bonsde door mijn aderen alsof er binnen in mij een strijd op leven en dood woedde. 'Spot niet met me. Er bestaat geen geneesmiddel.'

'In Europa geloven ze dat er geen geneesmiddel bestaat. Hier in de Antillen weten we beter. Genezen is een van de gaven van vuurmagiërs. Er zijn bepaalde ziekten die wij kunnen genezen door ze binnen in je te doden voordat ze jou doden.'

Als hij loog, was ik niet slechter af dan daarvoor. Maar wat als hij de waarheid sprak!

Ik leunde voorover en kuste hem op de mond. Nadrukkelijk kuste hij me terug, zijn lippen waren eerst warm en daarna werd zijn kus heter tot de hitte als de zon door mijn lichaam trok. Ik vergat dat ik stervende was en voelde me verbazingwekkend levendig.

Abrupt liet hij me los.

Hijgend zonk ik terug op de bank met mijn handen achter me om me overeind te houden. Ik was heel verward, had het warm en tintelde helemaal. De drank maakte dat mijn hoofd duizelde.

Hij staarde zo intens naar me dat het leek alsof hij iets vreemds zag.

Mijn lijfje was scheefgetrokken en daardoor was de helft van mijn linkerborst zichtbaar. Blozend bracht ik mijn kleding in orde. Ik had moeite met ademhalen en een deel van me wilde hem heel graag opnieuw kussen, alsof zijn kus of zijn magie een sluimerend beest binnen in me had gewekt.

Voorzichtig trok hij mijn gescheurde mouw terug en liet een vinger over de beetafdrukken glijden. De gekartelde wond was roze geworden aan de randen, waar onregelmatige klonters donker wordend bloed aan kleefden en helder wondvocht uit sijpelde. 'Hij heeft de huid kapot gebeten.'

'Kun je me niet helpen?' fluisterde ik. Ik greep de kalebas met rum en dronk het laatste restje op.

'Dat kan ik nog niet precies zeggen... Maar als ik je toestemming heb om het nog een keer te proberen...'

Waarom niet? Het laatste wat ik nu wilde, was alleen zijn. Toen ik knikte, trok hij me dicht naar zich toe met een volgende kus. Hij was vuur en ik brandde tot diep binnen in me omdat ik gestreeld werd door strengetjes zacht vuur langs mijn huid, binnen in mijn huid en tegen mijn lippen. Was dit vuurmagie? Want toen het door mijn lichaam kronkelde, wilde ik niets liever dan mijn handen over zijn rug laten glijden en meer doen dan dit kussen; veel meer; heel, heel veel meer. Hij brak de kus af.

'Cat! Je klauwen steken naar buiten.' Hij grinnikte. 'Verlangen staat je goed. Je bent helemaal opgewonden.'

'Ik werd gebeten door een stervende man met een verrotte geest. Natuurlijk ben ik opgewonden!' Ik wist zeker dat mijn boezem sterk op en neer ging, want ik kon nog steeds geen adem krijgen. 'Kun je me echt genezen? Zeg je dat niet alleen om me te misbruiken? Door me een enkele kans te geven om echt te leven voordat ik sterf?'

Hij kneep zijn ogen half dicht en het leek alsof een vlaag van woede opvlamde in zijn ogen. Hij liet mijn arm los terwijl hij achteruitstapte. 'Denk je dat het zo zit? Laat me je een paar dingen vertellen over de zoutpest. Als iemand gebeten wordt door een zouter, wordt die persoon besmet met wat we de kiemen van de demonen noemen. Die zijn zo klein dat je ze niet kunt zien. In het begin zijn de gebeten slachtoffers niet gevaarlijk voor anderen. Maar vanbinnen gaan ze langzaamaan achteruit terwijl de besmetting groeit in hun bloed. Op een dag bloeit de besmetting op, dan vergeten ze alles wat ze ooit wisten behalve dat ze warm, levend bloed moeten drinken omdat dat van hen is opgedroogd. Dan bijten ze. Dat is het enige waar ze voor leven. Dat is het enige wat ze weten. Na verloop van tijd worden ze als zout, onbeweeglijk. Doodziek. Erger dan dood, want ze smachten en kunnen nooit bevredigd worden, gevangen in een door pijn geteisterd, verlamd lichaam.'

'Stop! Stop alsjeblieft!'

Hij werd vriendelijker. Legde een vinger onder mijn kin en hield mijn blik vast. 'Cat, je hebt één enkele kans. Je bent gebeten. Maar de kiemen van de demonen zijn nog niet vastgehecht aan je bloed. Als ik alle kiemen kan wegbranden voordat ze aanslaan en zich aan je bloed hechten, zul je geen zouter worden. Maar we moeten het nu gelijk doen. Het is als het vergif van een slang. Ik moet het wegbranden voordat het te laat is om het te stoppen.'

Het water dat hij boven het vuur had gehangen kookte. Het was alsof ik het borrelen van het water, het gekwetter van vogels in de bomen en de hartenklop van de hemel in mijn oren hoorde bonzen als mijn eigen bloed. Mijn hoofd zweefde als op de wolken.

'Natuurlijk wil ik genezen worden! Waar wacht je nog op?'

Er zweefde een glimlachje rond zijn lippen terwijl hij zachtjes met een hand over mijn schouder streek en de stof van mijn onderhemd net genoeg naar beneden trok om de ronding van een schouder te ontbloten. Waar zijn vingers me aanraakten, begon mijn huid te trillen van verlangen. 'Het genezen van een vuurmagiër wordt de kus des levens genoemd. Om dat te doen, moet ik veel, veel dichter bij je zijn. Mijn lippen op jouw lippen. Mijn naakte huid op jouw naakte huid, alles. Om alle kiemen van de demonen die in je bloed zwemmen te vinden en te verbranden, moet er geen barrière – geen enkele – tussen ons zijn. Dat is de enige manier waarop ik je kan genezen.'

Ik kon niet denken. Maar o, gezegende Tanit! Ik wilde leven. Dus zei ik: 'Ja.'

15

Ik werd wakker met een kloppend gevoel in mijn gebeten arm en mijn haar in mijn mond. Snel ging ik rechtop zitten en veegde de strengen die tegen mijn wang kleefden uit mijn gezicht zodat ik er niet op kauwde. Door de beweging van mijn arm langs mijn borsten besefte ik dat ik poedelnaakt was. *Mijn naakte huid tegen jouw naakte huid, alles.*

Gezegende Tanit! Ik had het echt gedaan. En het was best lekker geweest.

Door het zure gevoel in mijn maag en de wazige manier waarop de wereld me toelachte, wist ik zeker dat ik niet alleen dronken was geweest, maar dat nog steeds een beetje was.

Dappere Astarte! Geen wonder dat Rory zich op die manier gedroeg en de hele tijd gestreeld wilde worden!

Ik vond mijn wandelstok onder de bank. Mijn broek, ondergoed, lijfje en jasje lagen her en der op de tafel. Ik zat op de grond
boven op wat er over was van mijn rok en onderrokken, die open
gespreid lagen als uitgevouwen vleugels om een soort van deken
te maken. De gerafelde scheuren in het textiel maakten dat ik me
afvroeg wat voor soort tanden dicht geweven wol en fijn linnen zo
spectaculair konden verscheuren. Ik veegde een blaadje van mijn
blote heup en pikte een mier van mijn enkel. Ondanks de drank,
kon ik me heel goed herinneren hoe de kleren waren uitgegaan en
de rest van de gebeurtenissen had plaatsgevonden. En hoewel ik
een beetje beurs was, voelde ik me verder prima.

Sommigen zouden gezegd hebben dat ik me moest schamen,
maar ik voelde nergens iets van schaamte. Ik had gedaan wat ik
moest doen om mijn leven te redden. Bovendien was ik niemand
iets verplicht. Andevai en ik hadden al afgesproken te proberen
ons huwelijk te ontbinden. De Hassi Barahals hadden me opgeofferd, het magiërshuis wilde me niet en ik wilde geen huwelijk dat
me was opgedrongen. Volgens de eeuwenoude riten had een jonge
Kena'ani maagd het recht haar eerste seksuele ontmoeting te offeren aan de dappere Astarte, in de besloten ruimte van de tempel.
Het was niet anders. Ik had het offer gebracht dat aan mij was om
weg te geven.

'Je wilt je misschien wassen voordat je je aankleedt.' James
Drake keek naar me vanaf de plek waar hij bij het vrolijke vuurtje
zat gehurkt, naast de pot heet water. Ik voelde hoe er een blos over
mijn huid kroop, en hij grinnikte. Het was moeilijk niet terug te
lachen naar een knappe jongeman die je zo openlijk bewondert.
Vooral als je net seks met hem hebt gehad. 'Hoewel je voor mij
geen kleren hoeft aan te trekken. Zelfs half verzopen en met je
haar helemaal in klitten ben je een bijzonder mooi meisje.'

'Jíj hebt wel kleren aangetrokken,' zei ik, want dat had hij: hij
droeg een broek met een wit hemd er los overheen, de mouwen
opgerold tot aan zijn ellebogen. Zijn handen waren donkerder dan
zijn armen; zijn romp, want ik herinnerde me heel wat van zijn
romp, was zo bleek als room geweest. 'Ben ik genezen?'

'Twijfel je aan me?' Hij leek een beetje beledigd. 'Ik heb me gewassen. Jij kunt je beter ook even wassen.'

Ik trok mijn onderhemd aan en stapte uit de schuilhut om naar de poel te kijken. De oevers waren zo rond dat het onpeilbaar diepe, blauwe water op een oog leek dat naar de hemel staarde.

'Hoe diep is deze poel?' vroeg ik.

'Het is een zinkput. Hier zeggen ze dat die oneindig doorgaat, tot in de onderwereld die niet bij deze wereld hoort maar een andere wereld is die met de onze verbonden is.'

Ik deinsde achteruit, bij de rand vandaan. *Tot in de geestenwereld.*

'Je kunt je daar niet wassen,' voegde hij eraan toe terwijl hij een stuk nat linnen uit de pot haalde. Hij wrong deze uit en kwam naar me toe. 'De Taino noemen het een heilige plaats.'

Huiverend pakte ik de heerlijk warme, vochtige doek aan en waste mijn gezicht en, iets voorzichtiger, de huid rondom de bijtwond. 'Heb je me echt genezen?'

Hij pakte mijn arm en drukte zijn lippen tegen de beet. Een tinteling van hitte verspreidde zich door mijn lichaam.

Misschien stokte mijn adem. Misschien zuchtte ik.

Grinnikend liet hij me los. 'Je bent helemaal niet verlegen. Helaas, ik heb verplichtingen waar ik heen moet, anders zouden we vast en zeker nog een tijdje in de schaduw blijven talmen. Maar goed, je viel in slaap en ik zit al in de problemen. Ze hebben een hekel aan me omdat ik een *maku* ben, een buitenlander. Ze verfoeien buitenlanders. Dat zul je nog wel merken.'

Ik gaf hem de doek terug. 'Maar heb je me genezen?'

Hij pakte mijn kin in zijn hand en keek me ernstig aan. 'Je bent niet besmet door de pest, er zitten geen kiemen van de demonen in jouw bloed. Dat is de waarheid. Blijf bij de kooien vandaan en zorg ervoor dat je niet opnieuw wordt gebeten.'

'Welke kooien? Waar zijn we?'

'We zijn op Zouteiland. Volgens de wet van de Taino moeten alle zouters hier in afzondering worden gehouden.'

'Wie zijn de Taino?'

'De Taino zijn de mensen die deze hele regio regeren, alle eilanden van de Antillen. Ik zal de rest van je vragen later aan de tafel van de *behica* beantwoorden.'

'Wat is een behica?'

'Een vuurmagiër. Zoals ik. Ik waarschuw je, ze zal willen weten hoe je hier bent gekomen. Vertel haar niets. Ze is een ongeduldige, inhalige vrouw. En ze vindt zichzelf heel belangrijk, zoals alle Taino edelen. Doe me een lol en zeg niet dat we elkaar in Adurnam hebben ontmoet. Ik zal het je later uitleggen, dat beloof ik. Nu moet ik echt gaan. Daar komt Abby. Zij zal een pagne en een blouse voor je zoeken.'

'Wat is een pagne?' Ik zag het meisje van het strand tussen de bomen door over het zanderige pad naar ons toe strompelen. Ik werd alleen gelaten met een vreemde. 'Kan ik niet met jou meegaan, James?'

Met zijn spullen in zijn armen kuste hij me op de wang. 'We zien elkaar later. Noem me Drake. Dat doet iedereen.'

Hij liep het pad af. Toen hij bij het meisje kwam, sprak hij zinnen in een taal die klonk als een vergeten mengelmoesje van Keltisch, Mande en Latijn. De intonatie had een heel andere muziek dan de melodie die ik gewend was.

Het meisje strompelde verder. Ze glimlachte onbeholpen, alsof ze niet gewend was te glimlachen of misschien had vergeten hoe dat moest. 'Jij een bad en kleren willen.'

'Is jouw naam Abby?'

'Ik die naam Abby hebben. Jij die naam Cat'reen hebben?' Gefilterd zonlicht viel door de bladeren op haar gezicht en gaf haar donkere ogen een vreemde glans toen ze het pad af keek om zeker te weten dat Drake buiten gehoorsafstand was. 'Die maku jou genezen?'

'Kan hij echt mensen genezen?' Ik hield mijn adem in.

Hijgend haalde ze adem, alsof ze pijn had, en blies de lucht weer naar buiten. 'Alle *behiques* die macht hebben. Hij dat zijn, ook al zijn hij een maku.'

'Een maku is een buitenlander. Een behique of een behica is een vuurmagiër. Klopt dat?'

Ze krabde aan haar neus in een poging mijn vreemde manier van praten te begrijpen. 'Dat klopt. *Na.*' Kom.

Ze hinkte weg over het pad. Ik trok mijn broek aan, reeg mijn lijfje vast, raapte alle andere kleren op en haastte me achter haar aan. Ik dacht niet dat ze onvriendelijk was. Maar zelfs de meest edelmoedige ziel kan jaloers zijn als een gift van onschatbare waarde aan een vreemdeling wordt gegeven die, al is het door toeval, een vriend wordt onthouden. Als de man op het strand inderdaad haar vriend was.

'Drake vertelde me dat we op Zouteiland zijn. In de zee van de Antillen, de zee die tussen Noord en Zuid-Amerike ligt, klopt dat?' Toen ze me een verbijsterde blik toewierp, voelde ik een steek in mijn hart want ik kreeg het gevoel dat ik haar intimideerde zonder dat ik wist waarom. 'Het doet er niet toe. Wat is het hier mooi!'

De schaduwen werden langer toen we tussen de bomen vandaan kwamen en langs een kust liepen waar begroeiing eindigde bij een wit zandstrand. Het was inderdaad heel mooi en het zou nog veel mooier geweest zijn als het niet zo vervloekt heet was. Ik zweette, hoewel ik alleen gekleed was in mijn ondergoed. In Adurnam zou zelfs een prostituee zich schamen om zo in het openbaar gezien te worden. Het pad liep naar een landtong. Vogels doken krijsend naar beneden. Een schildpad flapte opzij en zwom snel weg. Het water was zo helder dat ik onder het oppervlak elke steen en vis kon zien boven een glanzende bodem van zand.

Mijn voeten voelden gezwollen in mijn laarzen. Abby liep blootsvoets. Een leigrijze hagedis met een kantachtige kraag en een dikke krop zat boven op een rots te zonnen en keek naar me met de ernstige desinteresse van een oudere.

'Ik smelt zo nog,' zei ik tegen de hagedis terwijl ik langs hem sjokte. 'Ik heb het mijn hele leven nog nooit zo warm gehad. Hoe houd jij dat uit?'

Hij knipperde niet eens met zijn ogen en gaf ook geen antwoord.

De klok luidde op het moment dat wij de punt van de landtong bereikten. Achter Abby aan liep ik een fraaie, halfronde baai in met een mooi strand dat met een boog in oostelijke richting liep. Een rij huizen stond op lage palen in een kring rond een centraal plein van gras, met een opvallend rond platform van aarde. Aan de noordkant van het plein lag een groot veld met afval, afgeschermd door rechte stenen wanden aan beide kanten. Ten westen, in de schaduw van een bergrug vol bomen, stonden kooien met daken omringd door een indrukwekkend hoog, ijzeren hek.

Tussen de huizen lagen moestuinen; er waren een paar gedaanten zonder haast aan het werk. Daarachter overheerste het woud, op verschillende open plekken na waar heuvels lagen, beplant met matgroene wijnstokken en jonge fruitboompjes. Een glinsterende kleine waterval viel van de bergrug naar beneden in de baai.

Terwijl ik over het steile pad afdaalde naar het gehucht schoten mijn gedachten alle kanten op. Wat zou Bee zeggen als ik het haar vertelde? *'Werkelijk, Cat, ben je echt gevallen voor dat afgezaagde excuus? Neuk met me en je zult genezen worden? Of was hij zo onweerstaanbaar?'*

Toch glimlachte ik. Ik voelde me losgesneden van mijn oude ankers. Ik mocht me dan bang voelen, ellendig en oververhit, ik was ook ongebonden.

Mijn glimlach verdween. Nooit ongebonden. Het bevel van mijn verwekker was de strop rond mijn nek. Zijn magie had me op een kust gegooid waar vuurmagiërs verbleven. Dat was vast en zeker geen toeval. Wilde hij daarom dat ik naar de zee van de Antillen ging waar de Taino regeerden? Hoe machtig waren deze vuurmagiërs die behiques werden genoemd? Verborg de zee ze voor hem? Of was het mogelijk dat er op een eiland in een warm klimaat geen ijs was waarvandaan hij zijn spionnen erop uit kon sturen?

Abby bleef aan de rand van een tuin staan en begroef haar voeten in de pas omgeploegde aarde. Ze pakte mijn hand op een zusterlijke manier. 'Jij nu veilig zijn, Cat'reen. Zo'n frons niet nodig.'

'Zijn dat de kooien?' vroeg ik terwijl ik naar de kooien wees. De strodaken en muren van traliewerk maakten het moeilijk om naar binnen te kijken. Gedaanten schuifelden als dieren in hokken.

Ze kromp in elkaar, liet mijn hand los en liep verder. We wandelden in een boog langs het centrale plein door het rulle zand. Genadige Melqart, er was hier overal zand! Het schuurde in mijn nek. Het schuurde tussen mijn tenen.

Abby bracht me naar een van de ronde huizen. Daarachter verborgen hoge schermen van geweven rieten matten een koperen tobbe, vier lege emmers en zeep. We haalden water uit de stroom om de tobbe te vullen, inmiddels zweette ik zo hevig dat ik het heerlijk vond om mezelf onder te dompelen in koud water. Ik schrobde mijn huid, waste mijn haar en spoelde mezelf af met water dat Abby bleef brengen, want ze leek onvermoeibaar. Daarna waste ik mijn kleren en hing die over de schermen om te drogen.

'Zoals ik al dacht, zie je er nog mooier uit als je schoon bent.' Drake stapte tussen de schermen door en bekeek me zo vrijpostig dat ik niet wist of ik gevleid moest zijn of geschokt. Ik was nog nooit eerder zo brutaal bewonderd, want mannen in Adurnam flirtten wel met vrouwen, maar verslonden ze niet met hun blik. Andevai, die uiteindelijk had beweerd dat hij vanaf het eerste moment verliefd op me was geworden, had me zeker onbeleefd aangestaard en op een onvoorstelbaar arrogante manier tegen me gesproken. Evenzogoed bedacht ik dat hij me nooit zou bekijken als een hongerige hond die naar een stuk vlees loert.

'Ik zou toch denken dat een man eerst toestemming zou vragen voordat hij de badkamer van een vrouw betrad,' zei ik met mijn kin in de lucht. Ik weigerde mezelf te vernederen door te proberen delen van mijn lichaam met mijn handen te bedekken, vooral omdat hij toch al alles van me had gezien.

'Neem me niet kwalijk. Je hebt gewoon geen idee hoe onverwachts dit alles voor mij is. Jij hier, op deze manier.' Er speelde een glimlach rond zijn lippen. 'Maar goed, in het Taino koninkrijk, buiten het gebied van Expeditie, lopen jonge, ongetrouwde vrouwen normaal gesproken de hele dag rond met weinig meer kleding dan jij nu aanhebt. Hier.' Hij gooide me een opgerold stuk textiel toe.

'Maar ik ben naakt!' Ik schudde een stuk felgele stof los die bedekt was met patronen van oranje en rode schelpen en wikkelde dat rond mijn borsten en heupen als een schild van fatsoenlijkheid. 'Wat moet ik hiermee doen? Als je een schaar hebt, een naald en draad dan maak ik er een...'

'Het is je pagne. De vrouwen van Expeditie dragen het als een rok, met een blouse erboven. Je moet jezelf beslist bedekken. Je bent donkerder dan ik, maar toch kun je verbranden in de zon.'

'Expeditie is een beroemde handelsstad in de zee van de Antillen, met veel technologie. Dit dorp kan Expeditie niet zijn.'

'Zoals ik je al vertelde, dit is Zouteiland. Waar zouters in afzondering worden gehouden.'

'Hoe snel kan ik vertrekken, nu ik genezen ben?'

Hij keek me even aan en keek vreemd genoeg snel weer weg. Hij had een aantrekkelijk profiel, met een smalle kin en scherpe gelaatstrekken. Een pet overschaduwde zijn gezicht, maar toch zaten er zomersproeten op zijn neus en wangen. 'We zullen later met elkaar praten. Abby zal je het avondeten brengen.'

'Geen avondeten aan de tafel van de behica, samen met jou?'
Mijn stem klonk onvast.

'Het spijt me, Cat. Dat had ik niet moeten zeggen. Jij mag niet met haar eten en je mag al helemaal niet met de neef van de *cacique* eten.'

'Wat is een cacique?'

'De cacique is de heerser – je zou kunnen zeggen koning – van de Taino. De Taino hebben heel strikte wetten. Zo moeten bijvoorbeeld alle vuurmagiërs in het Taino koninkrijk een tijdlang dienst doen op Zouteiland. En ook alle vuurmagiërs die in het gebied van Expeditie leven.'

'Wacht. Betekent dit dat Expeditie een onderdeel is van het Taino koninkrijk?'

'Nee. Expeditie is een vrij territorium, op het eiland Kiskeya. De rest van het eiland is onderdeel van het Taino koninkrijk. Het bestuur van Expeditie eist van alle plaatselijke vuurmagiërs dat ze om de paar jaar hier een seizoen dienst doen. Wij zijn de enige mensen die te midden van de zouters kunnen leven en hen kunnen bewaken zonder dat we besmet worden met de pest. Dat is de reden waarom ik hier ben. Zolang we op Zouteiland zijn, vallen we onder het bevel van de oudste Taino behique van dat moment. In dit geval, een vrouw.'

'Dus behique is mannelijk en behica is vrouwelijk.'

'Ja. Luister, Cat, er zijn enkele dingen die je moet weten voor het geval je haar tegenkomt. Je mag nooit iets tegen haar zeggen tenzij zij jou als eerste aanspreekt. En tegen de neef van de cacique mag je al helemaal niks zeggen. Hij is een vuurmagiër die nog maar net ontstoken is, dus hij is heel gevaarlijk omdat hij zijn macht nog niet kan beheersen. En hij is van ontzettend hoge adel. Hij is een van de mogelijke erfgenamen van de caciques eerbiedwaardige duho, de zetel van macht. De troon.'

'Dat betekent dat hij op een dag cacique kan worden.'

'Dat klopt. De ouwe heks is hierheen gekomen om hem te trainen. Houd dat allemaal in gedachten. Ik ga eten en kom later terug. Tenminste, als je het leuk vindt om met mij te praten. Eerlijk gezegd' – zijn opzienbarend blauwe ogen boorden zich in de mijne – 'was jij onweerstaanbaar, los van het feit dat ik je moest genezen.'

Ik kon zijn glimlach niet weerstaan. 'Tja, als je dat "praten" noemt.'

Hij grinnikte. 'Ik had nooit verwacht dat knappe meisjes ook gevat konden zijn.'

Tegen de tijd dat ik besloten had dat ik niet wist of hij me plaagde of beledigde, was hij al weggelopen. Abby stapte tevoorschijn en keek hem fronsend na. Maar toen ze zich omdraaide en zag hoe ik de stof om me heen probeerde te wikkelen, lachte ze heel vriendelijk en liet me zien hoe ik de stof moest plooien en vouwen om een enkellange rok te maken. Ik trok mijn vochtige onderhemd aan als een blouse.

We borgen de tobbe en de emmers op in een schuurtje. Binnen in de enkele kamer van het huis hingen manden aan de dakspanten en iets wat eruitzag als een paar visnetten hingen in de lengte onder de balken. Een bronzen pot half gevuld met water stond op een stellage van metaaldraad, een grote aarden kruik hing aan een haak met een schaal eronder. Verder was er geen meubilair. Ze rolde een biezen mat uit waarop ik na enige aarzeling ging zitten.

'Jij wachten. Ik eten halen.' Ze ging naar buiten.

Hongerig wachtte ik met mijn wandelstok op mijn gekruiste benen en friemelde piekerend aan mijn medaillon. Waar was Bee? Was ze veilig teruggekeerd naar Adurnam? Had ze Rory gevonden? De aanraking met het medaillon deed me aan Andevai denken, die ervoor had gezorgd dat ik het had teruggekregen. Ik had nog steeds de steen van carneool. Op een eigenaardige manier had ik het gevoel dat ik die voor hem bewaarde en toch leek het erg onwaarschijnlijk dat ik hem ooit terug zou zien. Ik wist niet zeker of ik opgelucht of verdrietig was bij die gedachte.

Vlakbij begonnen stemmen te ruziën. Het vergde niet veel scherpzinnigheid om te raden dat Drake het oneens was met de behica en haar nobele pupil. Allemaal vuurmagiërs. Onder hen een die net was ontstoken. Was de caciques neef de 'macht' waarover mijn verwekker het had gehad? Was hij, hooggeboren, superieur en een buitenlander, een man die ik als vervanging van Bee kon uitleveren zonder de schaamte van verraad te voelen? Maar vuurmagiërs konden niet echt machtig worden, niet zoals koude magiërs. Roep te veel vuur op en het verteert je.

Ik haatte mijn verwekker opnieuw. Om Bee te redden, moest ik iemand anders uitleveren in haar plaats. Net zoals mijn tante en oom hadden gedaan, toen ze mij aan Vier Manen Huis hadden gegeven. Voor de eerste keer voelde ik een zweem van medeleven voor hun dilemma.

'Cat'reen?'

Mijn ogen vlogen open. Abby zette een dienblad neer.

'Wil je samen met me eten?' vroeg ik, maar bij wijze van afwijzing stak ze haar kin in de lucht.

Ik was uitgehongerd en schrokte vier platte, gegrilde schijfjes op die meer op crackers leken dan op brood. Sappige zoete aardappels waren perfect gebakken met kleine rode groenten die mijn mond in brand zetten. Ik sloeg de hele kom bruine vloeistof achterover maar dat bleek een vergissing te zijn, want het was rum. *Langzaam aan*, zei ik tegen mezelf.

Al die tijd zat Abby naar me te kijken. De vage herinnering aan mijn aankomst op het strand klaarde op als wolken die opzijgaan om de zon te onthullen. 'Ben jij een vuurmagiër, Abby?'

'Ayi.' Nee.

'Hoe kun je veilig zijn voor de zouters als je geen vuurmagiër bent?'

Genadige Melqart behoedde me er niet voor een volstrekte ezel te zijn die niet nadacht voordat ze sprak. Er kon maar één reden zijn. Instinctief schoof ik bij haar vandaan.

Ze keek naar de grond, haar schouders zakten.

'O, gezegende Tanit,' mompelde ik. 'Ik ben zo'n idioot. Het spijt me.'

Lamplicht scheen door de deur naar binnen. Drake kwam binnen, een lamp in een hand en een kalebasfles in de andere. 'Is er iets, Cat?'

'Heeft Abby de zoutpest?'

Misschien was het de manier waarop het lamplicht door de kamer scheen, maar even zag het meisje eruit als een dood ding en had haar huid de verkeerde kleur, zonder het bloed dat leven geeft. Ze slikte een snik in.

'Dat was onbeschoft,' zei Drake. 'Ik had beter van jou verwacht, Cat. Abby is geen gevaar voor jou.'

'Cat'reen deze niet onbeschoft bedoelen,' zei Abby snel.

Haastig maakte ik mijn excuses. 'Ik was lomp en onnadenkend. Het spijt me.'

Hij hing de lamp aan een haak, pakte Abby's arm en drukte een kus op haar voorhoofd zoals een vader een kind zou kussen. 'Heb nog een dag langer geduld, Abby.'

'Ik zo bang,' zei ze en mijn hart brak.

'Ik heb het je beloofd, Abby. Ga nu.'

Met het dienblad schuifelde ze naar buiten. Drake ging naast me zitten, haalde de kurk van de ronde fles en vulde mijn kom met vloeistof. Hij dronk de kom leeg, vulde hem opnieuw en bood hem mij aan.

Ik sloeg de rum in één teug achterover, het verzachtte mijn keel. 'Het is zo verschrikkelijk.'

'Het is erger dan je beseft. De zoutpest verdreef tienduizenden vluchtelingen uit het Mali keizerrijk en andere delen van West-Afrika. Ik ben ervan overtuigd dat velen onderweg gestorven zijn. De meesten gingen naar het noorden om een nieuw leven te beginnen te midden van Kelten en Romeinen, want de zoutpest komt nauwelijks voor in Europa. Sommigen zeggen dat de winter de ziekte doodt. Sommigen in Europa zeggen zelfs dat de zoutpest iets goeds was.' Hij vulde de kom met meer rum.

'Hoe kunnen ze zoiets zeggen?'

'De zoutpest bracht de Mande uit West-Afrika en de noordelijke Kelten samen. De magiërs en tovenaars onder de Mande en de Kelten merkten dat ze veel gemeenschappelijk hadden en zo werden de magiërshuizen gecreëerd. Toen deze koude magiërs hun macht opbouwden, dwongen ze meer en meer dorpen tot horigheid met de macht van hun magie en de macht van de wet. Ze heersen als prinsen.'

Ik had geen zin om te redetwisten over koude magiërs, horigheid en de wet. 'Drake, Abby leek verrast toen die zouter mij beet. Betekent dit dat hij daarvoor nog in een ongevaarlijke staat was en nog niet beet?'

Te oordelen naar de manier waarop zijn mondhoeken en wenkbrauwen omhoogschoten, had ik hem verrast. 'Ja. Als je gisteren met hem had gesproken, zou hij net zo normaal hebben geleken als jij en ik behalve dan dat hij slecht kon spreken en mank liep. Iets heeft hem de actieve fase in gedreven. Misschien jouw bloed.'

'Dat heb ik helemaal niet gedaan!' Ik dronk de kom leeg alsof de smaak de herinnering aan de beet kon verdrijven.

'Ik geef jou de schuld niet! Het is onvoorspelbaar. De onschadelijke fase, beter bekend als het eerste stadium, kan dagen duren of maanden en in sommige uitzonderlijke gevallen jaren. Maar van het ene moment op het andere wordt de grens overschreden. Die arme Abby weet dat de ziekte haar lichaam en geest wegvreet.'

'Stop!' Ik rukte de fles uit zijn hand en nam een slok. Ik had te snel te veel gedronken. Bovendien was ik uitgeput en gedesoriënteerd en had het warm. Aan Abby denken deed me pijn aan mijn hart.

Hoofdschuddend pakte hij de fles. 'Je hebt een goed hart.'

'Zij heeft helemaal niets aan mijn tranen! Waarom heb je haar niet genezen?'

'Abby en haar familie zijn plantagearbeiders op de suikerrietvelden. Het duurde te lang voordat ze bij een behique kwam. Haar bloed was aangetast voordat ze hier kwamen.'

'Maar als een behique niets kon doen, wat denk jij dan dat jij nu kunt doen?'

Passie maakt een man aantrekkelijk, zo zeggen de dichters en hij raakte op een heel aantrekkelijke manier opgewonden. 'Iets wat ze me niet willen laten doen.'

'Waarom willen ze niet dat jij haar redt?'

'Weet je hoe gevaarlijk vuurmagie is, Cat? Voor de vuurmagiër, bedoel ik.'

'Ik ben geen vuurmagiër, maar ik heb gelezen dat vuurmagiërs vaak verteerd worden door hun eigen vuur.' Ik ontmoette zijn blik en besefte hoe dicht hij naast me zat. 'Heb jij jouw leven geriskeerd om het mijne te redden?'

Zwijgend keek hij me aan. Toen zakten zijn mondhoeken naar beneden, wat mij nieuwsgieriger maakte. Hij leunde achterover op een elleboog. 'Ik neem aan van wel. Ik dacht er niet over na op dat moment. Maar goed, volgens de wet van de Taino moet iedereen die is gebeten door een zouter in afzondering worden gehouden op Zouteiland.'

'Tenzij ze genezen zijn. Dat is wat jij me vertelde.'

Hij schonk meer in. 'Nee. Iedereen die wordt gebeten door een zouter, of die nu genezen is of besmet. De wet dateert van de aankomst van mensen uit Europa en Afrika. Het was een onderdeel van het oorspronkelijke verdrag dat de vloot uit Mali toestond het onafhankelijke gebied en de stad Expeditie te stichten op het eiland Kiskeya. Door de afzondering meedogenloos te handhaven hebben de caciques ervoor gezorgd dat de ziekte – en andere ziekten die met de vloot meekwamen – zich niet zo ver konden verspreiden als ze anders zouden hebben gedaan.'

'Wil je daarmee zeggen dat ik dit eiland nooit kan verlaten?'

'Nee, ik wil je duidelijk maken dat ik plannen heb jou van het eiland af te krijgen. Je moet je mond houden over dit gesprek en vooral over mijn betrekkingen met Camjiata. Vertel het aan niemand. Wees geduldig, zoals Abby. Als ik zeg dat je in actie moet komen, doe dat dan onmiddellijk en zonder vragen. Kun je me dat beloven?'

'Welke keus heb ik? Drake, welke dag is het?'

'De tweede van augustus. Zoals wij Kelten zeggen, Lughnasad.'

Zeven maanden waren voorbijgegaan terwijl ik door de geestenwereld had gezworven. Lughnasad was een van de oversteekdagen. Was dat de reden waarom ik precies op dit moment was teruggekeerd?

'Hoe ben je hier gekomen als je niet eens weet welke dag het is?' vroeg hij.

Mijn hart bonkte en met een steek van angst besefte ik opeens dat ik de vraag niet kon beantwoorden, zelfs als ik dat had gewild. 'Hoe denk je dat mensen gewoonlijk aankomen in de Antillen?'

Hij nam een teug uit de fles en bood hem mij aan. Toen ik aarzelde, zette hij hem aan mijn lippen. Hij had een tedere aanraking en de rum kalmeerde me. 'Kom nu, Cat. Ik kon op geen enkele manier verwachten dat ik jou ooit terug zou zien, en al helemaal niet aan de andere kant van de Atlantische Oceaan.'

Ik voelde me als een rat in de val, maar ik moest iets zeggen. 'Ik werd ontvoerd. En kwam hier terecht.'

'Drijvend in de zee?' Hij lachte. 'Werd je van een schip afgegooid of ben je gesprongen?'

'Ik kan niet zwemmen en ben doodsbang van water, dus waarom denk je dat ik zou springen?'

'Omdat ik het niet weet, moet jij het me vertellen.' Hij sloeg zijn ogen ten hemel en keek daarna weer naar mij. 'Daarom vroeg ik het.'

Het geheim behoort toe aan degenen die weten hoe ze moeten zwijgen, zoals Andevai eens tegen me had gezegd. 'Het is te pijnlijk. Ik ben er niet klaar voor.'

Een zweem van ongeduld schoot over zijn gezicht en verdween in een vriendelijker glimlach. 'Wanneer denk je dat je er wel klaar voor zult zijn, Cat?'

Zittend in het donkere huis met hem zo vlak naast me kwam de herinnering aan onze gemeenschap bij de poel sterk terug. Ik was losgeslagen en rusteloos en wilde gewoonweg niet alleen zijn.

'Vond jij het prettig?' fluisterde ik.

Een paar gegeneerde ogenblikken wist ik niet zeker of hij me had begrepen.

'Ah!' Een warmere glimlach verzachtte zijn mond.

Hij leunde naar voren om mij op de lippen te kussen, de zijne vochtig van drank en de mijne niet anders. Ik had iets nodig om me aan vast te klampen en bovendien was het zo prettig, zelfs op een mat op de vloer.

16

'Ik moet weg,' zei hij na afloop terwijl hij opstond en zijn kleren aantrok. 'Zouters zijn 's nachts het meest actief.' Hij stak een kaars aan in een glazen lantaarn die op een plank naast de deur stond. 'Er zitten hier duizendpoten en schorpioenen. Je kunt het beste in een hangmat slapen.'

Nadat hij was vertrokken, vergrendelde ik de deur terwijl ik me afvroeg wat een hangmat was. Er was voldoende licht om met de kruik wat water te scheppen uit de grote bronzen pot, dit in de schaal te gieten en mezelf te wassen. Ik trok mijn hemd en onderbroek aan zodat ik fatsoenlijk gekleed was. De lucht in de kamer voelde aan als stroperig hete pap. Hoe kon ik in godsnaam slapen?

Vingers krabbelden aan de vergrendelde deur. Als mijn hart niet stevig verankerd had gezeten in mijn borst, zou het door de kamer heen en weer zijn geschoten als een wild geworden konijn. Nadat het konijn wat was gekalmeerd, pakte ik mijn zwaard en legde mijn oor tegen de deur.

'Wie is daar?' vroeg ik.

'Abby.'

Terwijl mijn linkerhand verstijfde rond het gevest, ging mijn rechter langzaam naar mijn hals. Het enige geluid dat ik kon uitbrengen was een zacht '*gaaah*'.

'Ik niet hier zijn om jou te bijten. Misschien nadat wij beetje kletsen.'

Het was erg, maar we begonnen allebei te giechelen. Ik friemelde aan de grendel, duwde deze opzij en opende de deur.

Ze glipte naar binnen. 'Ik geen toestemming hebben om 's nachts rond te lopen. Zij ons in die kooien stoppen. Meestal die verandering 's nachts komen.'

'Ga zitten. Hoewel het hierbinnen verschrikkelijk heet is.'

Ze keek verbaasd. 'Jij dat vinden? Als jij willen, wij naar boven naar die dak gaan.'

Ik reeg mijn lijfje om en zij knoopte de pagne voor me. We klommen een touwladder op en gingen naast elkaar op een rand met een leuning erachter zitten. Ik zat met gekruiste benen en mijn zwaard op mijn heupen. De wolken braken open en hingen als vlekken in de lucht. Golven sloegen ruisend tegen het strand. Het was een rustgevend geluid totdat ik me begon af te vragen of het regelmatige opkomen en wegtrekken van de golven soms het ademen van slapende walvissen was.

'Waar werd jij gebeten?' vroeg ik. 'Als je het tenminste niet erg vindt om erover te praten.'

'Ik niet erg vinden. Die bijt altijd in mijn gedachten zitten. Die kiemen van die demonen mij opeten.'

'Zijn er hier demonen? Ik dacht dat die alleen achter het zand leefden, in de Sahara woestijn.'

'Die behiques vertellen deze verhaal. Eerste keer, die zoutmijners op die plek Mali die demonennest openbreken. Die demonen wakker worden en zij bijten. Zij laten kiemen achter in die mijnwerkers. Deze kiemen iedereen opeten, iedere man en meidje die gebeten worden. Ene persoon andere persoon bijten en die demonenkiemen eten en eten.'

'Gezegende Tanit.' Ik pakte haar hand in de mijne.

Een gehuil als van een beest dat met zijn poot in een val trapt klonk achter ons op en stierf weer weg.

'Wat was dat?' Ik wist zeker dat de haartjes in mijn nek recht-overeind stonden.

'Nadat die kiemen je hoofd opeten, jij geen gedachten meer hebben. Maar soms jij een ogenblik wakker worden en jij je her-inneren en deze maken dat jij schreeuwen. Niet huilen, Cat'reen.'

Ik veegde over mijn wangen. 'Het is zo verschrikkelijk.'

'Ik bedoelen, jouw tranen zout zijn.' Ik voelde hoe ze haar lippen likte, alsof ze mijn wangen wilde likken om het zout van mijn tra-nen te proeven maar genoeg zelfcontrole had om zich in te hou-den.

Het kostte me moeite, maar ik bleef haar hand vasthouden en schoof niet weg. 'Als Drake je kan genezen, waarom heeft hij dat dan nog niet gedaan?'

Ze bleef lang stil. Hij had haar op het voorhoofd gekust, dus hij vond het niet akelig om haar aan te raken. Ver weg op zee knip-perde een licht en verdween weer. Misschien was het de lamp van de maan die op het water scheen, want waar de wolken openbraken aan het hemelgewelf, keek een halve maan toe. Onder zijn licht kreeg Abby's huid een vreemde, kristalachtige glans en haar ogen vertoonden geen irissen, alleen een lege witte cirkel.

'Ik niet prettig vinden dat deze man Drake zo snel besluiten jou zijn vriendinnetje te maken.'

'Ik zei ja! Hij heeft me niet gedwongen, als je dat bedoelt.' Een zekere lichtzinnigheid en de rum verwarmden mijn lichaam nog. Maar er begon een ongemakkelijk gevoel als fluisterend geroddel in mijn oren te kriebelen. Nu ik niet langer doodsbang en gedes-oriënteerd was, leek het opeens onwaarschijnlijk dat een vuurma-giër mensen alleen kon genezen door met hen naar bed te gaan. Had ik zijn woorden verkeerd begrepen? Want ik had zijn bedoe-lingen zeker niet fout ingeschat. 'Hij vertelde me dat zijn huid de mijne moest aanraken om me te genezen.'

Tot mijn verrassing begon ze te lachen. 'Die kus van leven. Wij deze zo noemen. Maar ik denken deze maku jou die kus van leven geven en daarna nog klein beetje meer nemen.'

'Dappere Astarte!' mompelde ik. *Een klein beetje meer.*

Abby klopte op mijn arm. 'Die vuurmagiërs denken zij kunnen nemen wat ze willen. Dus hij jou deze vertellen en jou daarna dron-ken voeren en alles pakken. Ik niet prettig vinden.'

'O,' fluisterde ik. 'Was ik een idioot?'

'Helemaal niet, Cat'reen!' Haar kalme medegevoel maakte me beschaamd, omdat ze midden in haar eigen angst haar hart had geopend om met mij mee te voelen. 'Als die man deze tegen mij zou zeggen, net nadat ik gebeten waren, ik dezelfde gedaan zou hebben als jij voor die kans dat hij me genezen. Maar ik deze niet prettig vinden.'

Ik leunde tegen haar aan zoals ik vaak tegen Bee aan leunde en haar glimlach was alles wat ik me kon wensen.

Uit het donker sprak een mannelijke stem.

'Salve, Perdita.'

Met een ongemakkelijk, onderdanig gebaar verborg Abby haar gezicht achter haar handen. Ik keek over de reling en zag beneden twee gedaanten staan. De ene was een gedrongen jongeling die een stenen kraag droeg. De ander was een man die misschien tien jaar ouder was dan ik met indrukwekkend zware, gouden armbanden rond zijn blote bovenarmen en een gouden ketting rond zijn nek. Hij was gekleed in witte stof die een beetje zoals een Romeinse toga rond zijn lichaam was gedrapeerd. Hij leek vreemd bekend, en niet alleen omdat ik dacht dat hij een van de magiërs was die ik op het strand had gezien.

'Ik wil met je spreken. Ik zal naar boven klimmen zodat we privacy hebben.' De man sprak in een formeel Latijn dat door de ouderwetse vorm de prinselijke verwachting benadrukte dat hij dit niet vroeg maar meedeelde.

Abby huiverde maar zei niets.

Ik had de Meester van de Wilde Jacht weerstaan met zijn gemene kraaien, monsterachtige padden, bevroren volgelingen en gemaskerde gezicht. Sterker nog, ik had te maken gehad met Andevai Diarisso Haranwy. Ik wist hoe ik moest omgaan met een jongeman die arrogant kon zijn, ijdel en bovendien een beetje een ezel.

'We zijn niet formeel aan elkaar voorgesteld. In mijn land is een fatsoenlijke introductie nodig voordat een man en een vrouw die geen bekenden van elkaar zijn met elkaar kunnen spreken. Maar als eerbetoon aan uw, naar mij is verteld, verheven positie, zal ik er zeker mee instemmen met u te spreken als mijn metgezel wordt toegestaan naar beneden te klimmen en haar weg te vervolgen zonder problemen of straf.'

Net zoals verschillende stoffen verschillende eigenschappen hebben, kan ook stilte meerdere kenmerken hebben. In dit geval was ik er zeker van dat als verbazing op regen leek, het met bakken naar beneden zou komen.

Toch antwoordde hij op dezelfde toon die hij eerder had gebruikt. 'Je voorwaarden zijn acceptabel, perdita.'

Abby's droge lippen streken even langs mijn wang, daarna klom ze de ladder af en wankelde weg.

Mijn gesprekspartner klom naar boven en hurkte naast me. Steil ravenzwart haar hing los over zijn rug. Zijn smeulende donkere ogen wezen op verborgen hitte. 'Je hebt een naam.'

'Ik heb inderdaad een naam. U hebt ook een naam.'

Hij knipperde met zijn ogen alsof hij onverwachts regen in zijn ogen had gekregen. 'Ik heb geleerd de Europese spraak te spreken. Misschien spreek ik deze verkeerd en begrijp je mij niet. Je naam wil ik weten.'

'In mijn land is het gebruikelijk dat mensen elkaar hun namen vertellen. Dus als ik zeg dat mijn naam Catherine Bell Barahal is, dan zegt u: "Gegroet" en daarna zegt u met welke naam ik u kan aanspreken.'

'Perdita, je kunt niet met mij praten alsof je familie van me bent. Je moet me op de juiste manier aanspreken.'

'Omdat u de neef van een koning bent? Hij is niet mijn koning. Wij hebben geen koningen in Europa.'

'Maar wel veel prinsen en generaals, zo leert de geschiedenis. Misschien vechten jullie daarom zoveel.'

'Daar kan ik geen antwoord op geven! Ik voel me verplicht u eraan te herinneren dat u degene bent die met mij wilde spreken. Ik wil u niet beledigen.'

Het leek alsof hij niet beledigd was, want al die tijd was zijn manier van doen niet veranderd. Hij begon minder arrogant en trots te lijken en meer als een gereserveerde en formele man. 'Je spreekt vrijpostige woorden. En je draagt een *cemi*. Ben je van nobele geboorte?'

'Wat is een cemi?'

'Dat is de persoon die jij vasthoudt, die haar macht 's nachts toont.' Hij wees naar het zwaard.

'Waarom noemt u dit een persoon?'

'Misschien hebben jullie er een andere naam voor. Hier zeggen we dat je begeleid wordt door een van je voorouders. Deze persoon reist met jou in de vorm van een driepuntig zwaard.'

Zelfs Andevai was niet in staat geweest het zwaard te zien tenzij ik het uit de schede haalde, maar het leek erop dat vuurmagiërs het de hele tijd konden zien. 'U ziet dit als een zwaard?'

'Een verwarrende vraag. Ik zie wat deze is.'

'Wat bedoelt u met driepuntig? Het heeft er maar twee, het gevest en de punt.'

'Deze persoon heeft twee punten in deze wereld, zoals jij zegt, maar een derde punt in de andere wereld.'

Wat inderdaad waar was, als je het verborgen zwaard als de derde punt beschouwde. Kon iemands geest in koud staal leven? Als een herinnering aan de geest van Vais grootmoeder zich kon ophouden in de steen die ik had opgepakt, kon een deel van mijn moeders kracht zich dan ophouden in het zwaard? Ik streek over het gevest en vroeg me af of haar geest mij begeleidde. Het leek alsof ik een ijzige uitstraling voelde en ik huiverde bij het idee dat slechts een dunne wand me gescheiden hield van het enorme, galmende landschap van de geestenwereld.

'Ik vraag me af waarom een maku een cemi bij zich draagt,' ging hij verder. 'En ik heb ook nog nooit gesproken met een vrouw van over de zee. Je bent respectloos, maar ik denk dat dit gewoon jouw manier van doen is. Mijn moeder, de *cacica*, zegt dat ik zal trouwen met een vrouw van over de zee. Misschien zul je dat zijn.' Hij sprak de woorden niet wellustig. Hij zei het zoals hij zou opmerken dat de regenwolken regen voorspelden.

'Ik acht het onwaarschijnlijk dat ik dat ben.' Dit spelletje kon ik ook spelen. 'U noemt uw moeder de cacica. Is zij koningin? Ik dacht dat uw oom koning was.'

'Mijn oom is erg ziek. Vanwege zijn ziekte heerst mijn moeder, die zijn zuster is, als cacica.'

'Aha. Nu begrijp ik het. Dan verwacht ik dat een prinselijke familie uit Europa een prinselijke dochter zal sturen om een prinselijk verbond te bezegelen tussen uw twee edele huizen. Die dochter zal ik niet zijn.'

Toch bekeek ik hem en ik voelde me net een aasgier terwijl ik dit deed. Was zijn vuurmagie genoeg om de Wilde Jacht aan te trekken? Kon ik hem opofferen om Bee te redden?

Van de voet van de ladder sprak de gedrongen jongeling in Taino.

Een glans als de adem van een vuurvliegje mondde uit in James Drake en zijn lantaarn. Toen hij merkte dat de deur van het huis niet was afgesloten en niet werd bewaakt, kwam hij achterom naar boven.

'Daar ben je,' zei hij fronsend terwijl hij de lantaarn hoog ophield om ons te bekijken.

De prins behandelde Drake met een fantastisch vertoon van onverschilligheid.

Drakes licht flakkerde. 'Wat doet prins Caonabo hier?'

'Waarom denk je dat ik verplicht ben mij tegenover jou te verantwoorden?' vroeg ik.

We spraken in het mengelmoesje van talen dat gebruikelijk is in Noordwest-Europa, niet in het formele Latijn uit het schoollokaal en mijn gezicht was vast en zeker zo rood dat de hitte alleen de nacht kon verlichten. Prins Caonabo wierp een zijdelingse blik op mij en klom naar beneden. Hij en zijn metgezel liepen weg in de nacht.

'Tja,' zei Drake met tegenzin, 'het is niet alsof hij probeerde je te verleiden.'

Ik dacht aan Abby's woorden. 'Daar weet jij alles van, neem ik aan.'

'Goeie help, Cat, heb ik iets gedaan om zo'n boos antwoord te verdienen? Ik bedoelde alleen maar dat een neef van de oppermachtige heerser niet de gewoonte heeft om te trouwen met een dochter uit een familie van verarmde Fenicische huurlingen. Maar daar moeten we het later maar eens over hebben. Waar is Abby?'

Ik zou haar niet door mijn schuld in de problemen laten komen! 'Waarom denk je dat ik weet waar ze is?'

Hij zuchtte. 'Je vasthoudendheid om met elk antwoord tegendraads te zijn is echt heel vervelend, Cat. Een vrouw die altijd tegenspreekt zal een echtgenoot niet snel behagen.'

Ik kwam opeens tot het inzicht dat het belangrijk was met een man te praten voordat je intiem met hem werd, of anders daarna nooit meer met hem te spreken. 'Tot mijn spijt moet ik je meedelen dat niet elke vrouw een echtgenoot wil.'

'Je bent heel jong. En erg naïef.'

Ik voelde de stoom uit mijn oren komen. 'Zodat je beter misbruik van me kon maken?'

De vlam flakkerde opnieuw, schoot in een flits omhoog. Ja, hij was inderdaad kwaad en niet op een manier die ik aangenaam vond. 'Is dat wat je denkt? Dat ik misbruik van je heb gemaakt?'

Ik kneep mijn lippen op elkaar. Ik moest aanvaarden dat Abby gelijk had: ik was gebeten en hij had me genezen. Iedereen zou ja hebben gezegd. Hij had ook beloofd dat hij me van dit vervloekte eiland af zou krijgen, waarop ik anders blijkbaar de rest van mijn leven gevangengehouden zou worden. Dan kon ik op het enorme landgoed van Vier Manen Huis een comfortabeler kooi vinden! Ik kon maar beter mijn mond houden.

Hij ging verder. 'Ik redde je leven, Cat. Met aanzienlijk gevaar voor het mijne! Weet je waarom prins Caonabo overal vergezeld wordt door zijn jonge neef?'

'Hoe kan ik dat weten?'

'Een retorische vraag, neem ik aan. Werkelijk, Cat. Deze neiging altijd tegendraads te zijn wordt belachelijk en siert je niet, want voor de rest lijk je een verstandig meisje. Natuurlijk zijn vuurmagiërs zeldzaam. Onder de Taino worden ze zo vereerd dat zelfs magiërs die geboren worden uit de *naborias* – wij zouden hen plebejers noemen – trouwen met leden van edele families. Elke vuurmagiër krijgt een vuurvanger. Het grootste gevaar dat een vuurmagiër loopt, is dat zijn macht te groot wordt...'

'Want dan brand je op,' maakte ik de zin af. Toch had ik zijn magie niet als vuur gevoeld, maar als tentakels die door me heen kropen en mijn verlangen uit haar onschuldige slaap wekten.

'En brand je op. Ik wou dat je me niet in de rede viel.'

'Heb jij geen vuurvanger?'

'Wie zou zich vrijwillig aanbieden om mijn vuurvanger te zijn? Zou jij dat doen?'

Mijn vingers klemden zich om de reling. 'Zou dat geen afschuwelijke manier zijn om te sterven?'

'Om levend te verbranden? Ik ben niet van plan daarachter te komen. Trouwens, in het territorium van Expeditie is het bij wet verboden om als vuurmagiër een vuurvanger in dienst te nemen of als slaaf te houden.'

'Is de vuurvanger van de prins een slaaf?'

'Nee, hij is een neef. Het is zijn plicht als familielid. Onder de Taino worden vuurvangers vereerd. Als ze sterven, wat ze vaak doen, worden ze een god – zoals wij zouden zeggen – en hun schedel – als er een schedel overblijft – wordt tot een symbool van macht geweven dat de Taino een cemi noemen.'

Ik keek naar de glans van mijn zwaard. 'Prins Caonabo zei dat mijn zwaard een cemi is.'

'Waarschijnlijk kwam hij daarom met je praten. Als hij denkt dat het een cemi is, dan maakt het feit dat jij het draagt je tot een belangrijk persoon met machtige voorouders.'

'Hoe weet je dat dit een zwaard is?'

Hij keek de andere kant op alsof hij dacht dat iemand anders iets had gezegd. 'Omdat het dat is. Goed. Waar is Abby?'

De vraag kwam onverwachts. 'Waarom denk je dat ik dat weet?'

Hij stak de lantaarn omhoog en keek me fronsend aan alsof hij werkelijk verbaasd was. 'Ben je boos op me?'

Opeens was ik woedend op mezelf en ik balde mijn handen tot vuisten. Zou het niet beter zijn om eerlijk voor mijn woede uit te komen in plaats van al deze kleinzielige opmerkingen te maken en elke vraag met een vraag te beantwoorden?

Die gedachte verbijsterde me zo dat ik stilviel. *Vragen met vragen beantwoorden?*

Hij zuchtte, alsof mijn stilzwijgen mijn antwoord was. 'Ik zal een hangmat voor je halen. Het zal koeler zijn om hierboven te slapen, maar ik waarschuw je, tegen de ochtend zullen de muggen van je smullen.' Hij ging het huis binnen en kwam weer terug met een bundel netten, die hij naar me toe gooide. 'Er zitten lussen aan elk uiteinde. Hang die aan de haken in de posten. Trek de ladder omhoog. Zouters kunnen niet klimmen en Taino prinsen zijn te trots om te vragen of een ladder naar beneden kan worden gelaten. Hoewel ik dat niet ben.' Hij blies een kus in mijn richting terwijl hij wegging.

Ik hing het net op. Het duurde even voordat ik een comfortabele houding vond omdat mijn zwaard steeds in een vervelende hoek tegen mijn lichaam kwam te liggen. Toen ik lekker lag, staarde ik naar de zee terwijl de bries mijn ondergoed tegen mijn plakkerige lichaam blies. Mijn oogleden waren nat van het zweet.

Voetstappen klonken vlakbij, rondlopend in een cirkel. Een man snikte: 'Dood me, dood me voordat ik verrot.' Maar niemand luisterde. Niemand behalve ik.

Ik sloeg mijn armen om me heen en wou dat ik niet alleen was. Maar hoe kon ik wensen dat Bee of Rory hier op dit verschrikkelijke eiland waren? Ik dacht aan Drake en aan prins Caonabo. Ik dacht niet dat de prins geïnteresseerd was in verleiding. Ik wist bijna zeker dat hij alleen nieuwsgierig was geweest naar mijn koude staal en mijn buitenlandse afkomst. Drakes motieven leken eenvoudiger: hij was een man die elk moment kon sterven. Hij had zijn leven geriskeerd om mij te genezen en was blijkbaar het soort man die het eerlijk vond als hij iets in ruil kreeg. Ik had mijn leven.

Lusteloos doezelde ik en werd alleen een keer wakker door een heftig gespetter. Er hing een geur van rook in de lucht. Een lichtschijnsel als de vlammen van een vreugdevuur kwam net achter de bergrug tevoorschijn. Mijn elleboog jeukte. Een irritant gezoem zeurde in mijn oor. Een verwrongen schreeuw van wanhoop eindigde in hartverscheurend gesnik. Huiverend sloot ik mijn ogen.

Het schommelen van de hangmat kalmeerde me. De nachtwind kuste mijn lippen terwijl ik het medaillon krampachtig vasthield.

Een magische draad trekt strak, een pad waarlangs ik de aanwezigheid van een stralende, trotse en tamelijk arrogante ziel kan voelen wiens licht balsem is voor mijn eenzame schaduw. Een gedaante die opmerkelijk veel op Andevai lijkt, draait zich met een verbaasde uitroep om, spreekt op een toon die suggereert dat ik moedwillig deze onhoudbare situatie heb veroorzaakt. 'Catherine? Ik zoek je! Waar ben je?'

Was ik niet op Zouteiland en vroeg ik me niet af hoe ik Bee kon redden en Rory kon vinden? Deed de aanraking met het medaillon me aan Vai denken omdat de magie van de djeli ons door de geestenwereld heen met elkaar verbond? Zou ik altijd vragen met vragen moeten beantwoorden? Maar had ik de eerste keer dat de eru en ik met elkaar spraken haar niet de volgende vraag gesteld: *'Wordt er niet gezegd dat de dienaren van het Hof van de Nacht vragen met vragen beantwoorden?'*

Slaperig glimlachte ik. De eru was een dienaar van de Wilde Jacht en nu was ik dat ook. Drake had het fout. Ik was niet alleen maar vervelend. Eindelijk sliep ik en gelukkig kon ik me mijn dromen niet herinneren.

17

Ik werd wakker bij een opkomend licht dat de dageraad aankondigde, mijn eerste in een nieuwe wereld. De ronding van het zonlicht flitste omhoog terwijl ik mijzelf bevrijdde uit het net en me uitstrekte. De lucht voelde aangenaam aan, niet echt koel maar ook niet zweterig. De zee was geweldig, van zo'n prachtige diepgroenblauwe kleur dat hij me deed denken aan een enorm kloppend juweel. Een vlucht grote vogels met lelijke nekken en uitwaaierende staarten vloog op uit de bomen, zocht langs de branding naar hun ontbijt. De bijtwond op mijn arm was roze, beurs en pijnlijk toen ik er voorzichtig op drukte. Maar hij genas. Ik mompelde een gebed naar de gezegende Tanit, de beschermster van vrouwen.

Nadat ik naar beneden was geklommen, ging ik de struiken achter de stroom in om me te ontlasten. Terug in het huis waste ik me, trok mijn pagne en lijfje recht en telde mijn wereldlijke bezittingen: een zwaard, een medaillon, een steen, een wollen jasje en vestje, laarzen en de verscheurde rokken.

Het was tijd om op verkenning uit te gaan. Ik wikkelde mezelf in schaduwen, kroop naar het grootste huis en sloop over de trap naar een binnenplaats alsof ik de wind was. De deur was een gordijn dat met een touw opzij werd gehouden. Binnen hingen manden aan het dak. Een houten leunstoel stond midden achter in de kamer, de rugleuning was gebeeldhouwd met een dierenkop. Een andere deur, afgesloten met een gordijn, leidde naar een tweede kamer waarvan ik het interieur niet kon zien. Omdat ik vermoedde dat dit het verheven verblijf was van prins Caonabo, had ik geen behoefte de geheimen ervan te ontdekken.

De volgende twee huizen waren leeg op wat muizenkeutels na en gekakel van kippen die naar binnen en buiten liepen. In het vierde vond ik Drake in slaap in een hangmat, zonder hemd, zijn bleke torso zo glad als van een man die werkt met een schrijfstift in plaats van een bijl.

Ik sloop het volgende huis binnen en stond recht tegenover twee Taíno vrouwen, de een was jong, de ander oud genoeg om een gerimpeld gezicht te hebben en zilveren strepen in haar zwarte haren. De oudere vrouw leek kloek en sterk en droeg een mouwloze tent van een gewaad, geweven van witte stof die haar bedekte tot op de enkels. Wat erger was, ze keek recht door mijn schaduwen heen. Haar lippen krulden op.

Ik liet de draden vallen. 'Salvete. Ik ben Catherine Bell Barahal. Neem me niet kwalijk. Ik ben verdwaald.'

Haar halve glimlach verdween en ze nam me van top tot teen op terwijl ik mijn handen tot vuisten balde. Ik was Drakes waarschuwing vergeten: *praat nooit tegen haar tenzij zij je als eerste aanspreekt.*

Precies op het moment dat prins Caonabo het huis binnenkwam met zijn gedoemde jonge familielid vrolijk achter hem aan drentelend, greep ze mijn pols. Zonder een woord te zeggen, trok ze mijn gescheurde mouw omhoog en drukte haar lippen op de wond. Dit was de kus van leven. Hitte ruiste door mijn aderen en verspreidde zich door mijn vlees, zelfs tot bij het kloppen in mijn lendenen. Man of vrouw, wat deed het er eigenlijk toe, als het lichaam smachtte? Toen ze rechtop ging staan met haar hand nog steeds op mijn arm, trok haar mondhoek omhoog met onverwacht plezier en misschien zelfs seksuele interesse. Prins Caonabo maakte een opmerking in Taíno en de twee vuurvangers glimlachten. Met brandend gezicht rukte ik mijn arm uit haar greep.

Ze sprak met een beetje schorre altstem. 'Jouw bloed biedt geen schuilplaats aan de kiemen van de demonen.'

'Dat weet ik,' zei ik zo effen als ik kon. 'James Drake heeft me genezen.'

Ze lachte zo kortaf dat ik in de vloer wilde verdwijnen. In plaats daarvan staarde ik naar de gedrukte stof van mijn pagne, ervan overtuigd dat de geheimen van het universum ontdekt konden worden in deze patronen van schelpen. Toen de stilte ondraaglijk werd, keek ik op.

Met een frons wreef de prins over zijn voorhoofd. 'De maku heeft je niet genezen,' zei hij.

'Ik ben niet genezen?' De kamer werd warm, het bloed gonsde in mijn oren en ik werd duizelig.

'Als iemand die gebeten is snel wordt gebracht, kunnen we de kiemen uitbranden voordat ze het bloed besmetten. Maar de aanraking laat altijd een spoor na. Als de as van hout dat is verbrand. Er zit geen as in jou, Catherine Bell Barahal. Er waren nooit demonenkiemen in jou.'

'Maar hoe...?' De woorden verdampten als mist onder de zon.

'Dit mysterie verbaast de behica ook. Je werd gebeten door een van de besmette mensen, dat is zeker. Maar er zit geen as in je en geen kiemen. Niemand heeft je genezen. Er was niets te genezen omdat jij schoon bent.'

'Maar Drake vertelde me dat ik zou sterven als ik niet...!' Af en toe had ik de ongelukkige en onaangename ervaring dat er woorden uitfloepten waar ik onmiddellijk spijt van had.

Verward trok de prins rimpels in zijn voorhoofd, die weer wegsmolten toen hij het doorkreeg. 'Zei James Drake dat hij met je naar bed moest om je te kunnen genezen?'

De behica nam me op met een uitdrukking die het midden hield tussen medelijden en afschuw, net zo geschokt als mijn eens zo geliefde tante Tilly zou hebben gekeken als ik haar brutaal had verteld dat ik de man met wie ik was getrouwd had verlaten en een andere man als minnaar had genomen. Sommige mensen zouden inderdaad zeggen dat ik dit had gedaan.

Ik hoop dat ik geen lomp iemand ben. Bee en ik hadden goede manieren en beschaafd gedrag geleerd en ik hecht eraan beleefd te zijn. Maar dit was te veel. Ik keek naar de onschuldige vuurvangers en ontmoette de blik van de oude vrouw met een woedend vuur in mijn eigen ogen.

'Mensen die anderen voor de wolven gooien moeten geen oordeel hebben over waar ze terechtkomen.' Ik draaide haar mijn rug toe, drong langs de prins en de vuurvangers heen en liep het huis uit.

Zonder om me heen te kijken stampte ik woedend over de open plek tot ik, als een hersenloze zouter, tegen het hoge ijzeren hek botste en door de smalle openingen tussen de spijlen recht in de kristalwitte ogen van een man staarde.

Met een gil deinsde ik achteruit.

Hij zei niets. Hij stond eenvoudigweg met zijn gezicht tegen de spijlen gedrukt en bewoog een beetje alsof hij een paar uur, dagen of maanden geleden deze kant uit was gelopen en hij, nu hij tegen de spijlen was gebotst, niet meer wist hoe hij zich moest omdraaien. Voor zover ik kon zien, zou hij daar blijven staan tot een heftige regen hem liet smelten. Zijn blik had geen ziel of intelligentie. Hij was een leeg vat.

Ik bleef met mijn voet ergens achter haken en viel zo hard op mijn kont dat ik begon te huilen. Wat was ik toch een stommeling!

Maar tranen gaan al snel vervelen. Ik veegde mijn gezicht af aan mijn mouw en stond op. Beter de waarheid onder ogen zien dan ervoor wegvluchten.

Het hoge hek omringde een open gebied waarin hutjes zonder muren stonden. Onder de rieten daken van sommige hutjes doezelden aangeklede gestalten in hangmatten. Andere gedaanten lagen op de grond of stonden met uitdrukkingloze gezichten en neerhangende armen in het niets te staren. Dichterbij stonden echte kooien waarin gevangenen mompelend heen en weer liepen. Toen ze mij in het oog kregen, begonnen ze te brabbelen en klauwden aan de tralies die hen insloten. Ik herkende de man die me had gebeten eerder aan de scheur in zijn hemd dan aan zijn gelaatstrekken, die besmeurd waren met modder. Rond zijn mond zag ik iets roods, was dat mijn bloed? Met gesloten ogen wiebelde hij van de ene voet op de andere en jammerde klaaglijk: 'Dood me. Dood me voordat ik verrot.'

Hoe lang duurde het voordat ze stierven? Hoe lang hield hun geest het schreeuwend vol voordat ze onafwendbaar weggleden in de klauwen van de pest?

Ik zag Abby. Haar haren waren opgebonden met een hoofddoek van bruingouden stof. Ze liet haar hand langs de tralies van een lege kooi glijden alsof ze de maat telde bij het wijsje dat ze zong. 'Op een mooi plein, hoor je me, zusje? We willen een van hen, hoor je me, mijn zusje? Wie wil jij hebben? Hoor je me, mijn zusje?'

'Abby! Ik ben het, Cat'reen!'

Zonder me te herkennen keek ze naar me en ze liep weer door. Ik vluchtte terug naar het huis en barricadeerde de deur. Daar waste ik mijn gezicht en handen en nog een tweede keer en een derde keer, maar wat ik had gehoord en gezien, kon ik niet afspoelen. Ik zonk op de mat en liet me door uitputting en wanhoop wegzinken in slaap.

'Cat?' James Drakes stem wekte me. 'Ik heb eten en vruchtensap. Ik heb je de hele dag nog niet gezien.'

Ik opende de deur. Drake stond met een glimlachje op zijn gezicht voor me. Zijn haren waren donker omdat ze kletsnat waren en zijn kleren kleefden aan zijn huid; hij zag eruit alsof hij had gezwommen. Hij was niet alleen.

'Abby!'

Ze lachte ongemakkelijk naar me, zoals een vriend kon doen als je elkaar trof in een situatie waarin je niet kon toegeven dat je elkaar kent. Ze hield een dienblad vast.

'Ga naar binnen,' zei Drake tegen haar. 'Zet het neer. Kom dan weer terug naar buiten. Goed zo.'

Ik deed een stap naar achteren terwijl zij naar binnen schuifelde en het dienblad neerzette.

'Sorry, meidje. Ik dit alleen even neerzetten.' Opnieuw glimlachte ze ongemakkelijk en hinkte naar buiten met haar hand in haar zij en zonder om te kijken.

'Ze herkent me niet!' siste ik, mijn stem stokte in mijn keel.

Er hing een vreemde geur om hem heen: bijna zoet, maar met iets scherps als een vonk die tegen je tong prikt. 'Verdomde pech voor haar. Vannacht of morgen kan ze wegglijden in de actieve fase en dan zal het echt te laat zijn om haar te helpen. Rotzakken!' Koortsig schoot zijn stem omhoog. 'Wat zijn het toch allemaal arrogante hufters, zo trots op hun rechtschapenheid! De waarheid die ze nooit zullen toegeven, niemand van hen, is dat een vuurmagiër alle uitzaaiingen van de ziekte kan wegbranden. Alle kiemen, zolang een besmette zouter de actieve fase nog niet is binnengegaan.'

'Maar waarom niet?' riep ik, terugdenkend aan haar nietszeggende blik.

'Ze willen de prijs niet betalen. Zorg dat je aan het begin van de avond op het strand bent met al je spullen.'

Hij ging weg.

Met moeite at ik het geroosterde brood met zijn bittere nasmaak, dronk het vruchtensap en at de reepjes gedroogde kip. Daarna vulde ik de kalebasfles die nog naar rum rook met water en bond hem aan de bundel van mijn rokken en laarzen. Ik liep naar het verlaten strand en doopte mijn tenen in het water. Koele voeten maken je hoofd ook koel. Uit het noordoosten kwamen wolken aangedreven en opeens teisterde een heftige regenbui de baai en maakte me nat tot op mijn huid.

Mijn haren zaten tegen mijn lichaam gekleefd en mijn kleren waren doorweekt, toch lachte ik. Ik drukte een hand tegen mijn borst, de ronding van het medaillon onder mijn lijfje paste in de ronding van mijn handpalm en ik dacht: *Vai*.

Vai? Zou die vervloekte man me dan altijd blijven achtervolgen? En toch had hij zijn best gedaan om me te helpen.

De zon zonk achter de bergrug van het eiland en de schemering verduisterde de zee. Langs de oostelijke hemel dreef iets wat eruitzag als een donkere wolk. Flakkerde daar het licht van een lamp boven het water? Een zacht *klik-klik-klik*, als het geratel van machines in een fabriek, zeurde aan de rand van mijn gehoor en werd luider. De geur van brandend hout en olie kriebelde in mijn neusgaten.

Toen de schemering overging in de nacht, bloeide mijn zwaard op. Door mijn blote voetzolen heen voelde ik de trilling na een enorme dreun. Iemand schreeuwde, gevolgd door het klingelen van een alarmbel. Ik draaide me om.

Vlammen schoten dreigend omhoog in de kooien. Rook kringelde de lucht in. Iemand had de kooien in brand gezet.

Mensen schreeuwden vanaf het dak van het huis van de prins. Zwaaiden ze naar mij? Of probeerden ze de aandacht te trekken van de gedaanten die door de huizen heen en weer liepen? Waar waren ze allemaal vandaan gekomen?

In de rode gloed zwermden gedaanten mijn blikveld binnen, ze kwamen naar het strand. Ik zag ze duidelijk.

Een meute zouters strompelde naar me toe als een bende dolle honden.

Wegrennen leek het stomste dat ik kon doen, omdat ik gevangenzat tussen hen en de zee. Ik trok mijn zwaard. De lege witte ogen van de zouters glansden in het licht van mijn wapen. De rand van een golf kabbelde het strand op om mijn tenen te kussen en gleed daarna weer weg.

Afgezant Amadou Barry was samen met zijn zussen en tante met een boot ontsnapt aan de zoutpest. Ik had zijn verhaal ooit bespot omdat ik niet begreep hoe zouters een eiland konden bereiken, maar nu wist ik dat je alleen maar gebeten hoefde te worden. Onzichtbare kiemen vraten je dan op zonder een enkel teken van de ziekte tot het te laat was.

Ik rukte mijn pagne af en bond die rond mijn nek zodat hij mij niet hinderde terwijl ik achteruitliep naar het water. Konden de monsters die me in de diepten hadden aangevallen zo dicht bij de kust zwemmen? Deed het er iets toe? De zouters stopten bij de branding en daar likten ze langs hun tanden en graaiden met ongewassen handen. De man die mij had gebeten stond tussen hen in en hij zei: 'Dood me, dood me,' terwijl hij naar de rand van het zilte nat zwoegde en weer achteruitstrompelde als het schuim het zand op spoelde.

Een gewicht botste tegen mijn benen en duwde me opzij. Ik gilde toen een enorme gedaante boven water kwam en ogen in een ronde kop ernstig knipperden in de glans van mijn zwaard. De wereld werd stil en de wind ging liggen. Een ogenblik lang stond ik vastgenageld tussen de sterfelijke wereld en de geestenwereld, mijn voeten in de ene en mijn hoofd in de andere. Mijn hart bonkte zo heftig in mijn keel dat ik geen adem kon halen.

Het was een verdomde schildpad. Hij keek naar me als een boodschapper die was gekomen om me eraan te herinneren dat de Meester van de Wilde Jacht overal zijn spionnen had: *je bent van mij, dochter.*

Of misschien was het gewoon een zeeschildpad die net zo verbaasd was als ik.

Vanaf het dak riep prins Caonabo: 'Perdita! Waad naar de punt! Wacht op de rotsen!'

Een langwerpige vorm blokkeerde sterren en wolken. Lamplicht flakkerde boven mijn hoofd.

'Cat! Kom niet uit het water!' riep Drake, maar ik zag hem nergens.

Een draad glibberde uit de lucht naar beneden en sloeg tegen het water. Het was een touwladder, die wel door de hemelse boodschappers van Baäl neergelaten leek. Ik staarde ernaar alsof het een slang was die op het punt stond toe te slaan, want ik werd gehypnotiseerd door het zwaaiende gestuiter. Twee gedaanten klommen naar beneden. De eerste met de haak van een lamp tussen sterke witte tanden. Toen hij zich omdraaide om het tafereel op de donkere kust in zich op te nemen, zag hij mij. Hij haalde een hand van de ladder af en trok een hoogst indrukwekkend mes uit een gordel die kruislings over zijn donkere borst liep.

Ik stak mijn zwaard omhoog, zodat hij wist dat ik het had. Ik kon een vervloekt mes wel aan, maar van hem was ik niet zo zeker, want hij had het postuur van een man die wist hoe hij moest vechten en doden. Hoewel zijn bereidheid om op rooftocht te gaan op een pesteiland vol stervende mensen met verrotte hersens die hem gemakkelijk konden besmetten, niet veel vertrouwen wekte in zijn intelligentie. De gedaante erboven, degene die geen lamp in zijn mond had, sprak: 'Meidje! Jij mij horen?'

'Ik ben gewoon een verdwaalde vrouw en geen bedreiging voor jullie,' riep ik. 'Kunnen jullie me hier weghalen?'

'Dat geen zouter zijn.' Aan de stem te horen was het een vrouw. Ze leek dingen uit te leggen aan de man met de lamp en het mes, waardoor ik nog meer aan zijn verstand ging twijfelen. 'Zij in het water zijn, zie je? Daarom geen zouter.'

Ik bleef op mijn hoede hoewel hij het mes in de schede stak en zich omdraaide om naar het strand te turen.

'Cat! Ga naar het schip! Klim naar boven, nu!' Dat was beslist Drakes ongeduldige stem.

Zonder angst drong hij tussen de zouters door terwijl hij Abby achter zich aan trok. Ze strompelde als een kapotte pop en huilde van angst. Hij leidde haar naar de rand van het water. Een golf sloeg over haar blote voeten en ze jankte met een verschrikkelijk geluid, als een gewonde hond. De zouters deinsden terug voor Drake als voor vergif, maar tegelijkertijd smachtten ze zo naar mijn bloed dat ze bleven komen. Telkens schuifelden ze weer net op tijd achteruit voor de ruisende golven.

Drake trok Abby tegen zich aan als in een omhelzing. Hij rukte haar hemd af en ontblootte haar romp en borsten. De glans van mijn zwaard en het lamplicht van de ladderman verlichtten een etterende wond in haar zijde. Er drupte slijm uit de wond dat glinsterde als fosfor. Drake duwde zijn hand ertegenaan, de vingers verdwenen in de olieachtige troep. Ze schreeuwde het uit en werd abrupt stil alsof hij haar had neergestoken. Ik gilde een protest en spetterde naar voren om haar te redden.

Een zouter graaide naar me. Dankzij mijn training deed ik een vliegensvlugge uitval en duwde met mijn gewicht en kracht de punt van de kling in zijn schouder.

Zijn blik ontmoette de mijne, nietszeggend. Leeg en dood.

Het bloed raasde door mijn aderen en ik had het tegelijkertijd koud en heet. Ik draaide mijn arm en trok de kling los, slechts in staat te bedenken dat het geen dodelijke slag was geweest. De zouter viel neer aan mijn voeten. Een golf sloeg over het lichaam, het werd wit en begon op te lossen zoals een zoutrand verkruimelt.

Misschien schreeuwde ik van verraste ontzetting. Iemand schreeuwde.

De zouters schuifelden achteruit, bij mij vandaan. De twee die het dichtst bij Drake waren, begonnen te kermen op een jankende toon die me kippenvel bezorgde. Een glinstering danste als vuurvliegjes langs hun huid tot ze glansden alsof ze door alchemie werden veranderd in gepolijst goud. Vlammen lekten langs hun gescheurde kleren. Vonken dansten in hun ogen.

Vanaf de daken klonken woedende uitroepen en gevloek.

Een vierde zouter hinkte op me af met een doelgerichte blik in zijn witte ogen. Hij was degene die me had gebeten. Terwijl hij zijn tanden likte en met zijn lippen smakte alsof hij geobsedeerd was door honger, keek hij me recht in de ogen. Ik was me scherp bewust dat de restanten van die geest ooit gelukkig hadden gehuisd in een jeugdig, gezond lichaam.

'Dood mij. Dood mij.'

Ik stak toe. Mijn kling raakte hem net onder de ribben. Daarna trok ik mijn zwaard weer los.

Hij duikelde in de zee en de kristalachtige resten van wat ooit een man was geweest, verdwenen sissend in de golven.

Ik deed een paar stappen naar achteren toen een golf van hitte uit James Drake schoot. De twee gloeiende zouters brandden nu echt. En een derde erbij. Ik moest kokhalzen van hun vettige, bittere stank.

Een hand pakte mijn arm. Snel draaide ik me om en staarde naar een gespierde en heel erg blote, zwarte borst bedekt met messen. Koorden van twee oude littekens liepen als een uiteen barstende ster vanaf zijn linkerschouder over zijn hart. Ooit had hij het onderspit gedolven in een akelig gevecht met messen. Of misschien was hij degene die had gewonnen.

'Omhoog! Snel, perdita!' Met een verontrustend gillende lach sprong de vrouw van de ladder en landde met een hoop gespetter naast me.

De brandende mannen schreeuwden niet omdat de vlammen hen zo snel verteerden. De stank van geschroeid vlees maakte me duizelig. Ik stak mijn zwaard in de schede, maakte deze goed vast, greep een stijve sport van de ladder en begon te klimmen. Ik moest langs de messenman en toen ik hem passeerde, legde hij hoogst opdringerig een hand op mijn kont. Maar hij duwde me alleen met verbazingwekkende kracht omhoog om me te helpen met klimmen.

Omhoog!

Ik had mijn geest afgesloten. Blijf klimmen. Een voet. De volgende voet. Een hand. De volgende hand. Mijn schouders deden pijn en mijn vingers verkrampten, dus concentreerde ik me op mijn benen en duwde mezelf verder omhoog. Nog een en nog een. Blijf klimmen.

Handen grepen me van bovenaf en trokken me omhoog. Ik hing half over de rand van een enorme mand. Onder me woedde vuur door de kooien. Een gedaante stond onbeweeglijk in de vlammen. Als je al dood was op elke manier die ertoe deed, zou de echte dood dan niet komen als een zegening?

Dood me.

Ik zakte in elkaar op een schommelende vloer, nat, uitgeput en verkleumd.

18

*K*lik-klik-klik.

Het geluid drong net zo door tot mijn doffe hoofd als het jengelende gezeur van Bee's kleine zusje Astraea dat na verloop van tijd het schild doorboorde van zelfs de meest harteloze onverschilligen. Niet omdat het je iets kon schelen, maar omdat je gewoon wilde dat het ophield.

De mand slingerde. Ik greep het touw aan de reling en klampte me eraan vast terwijl mijn redders de rest van hun vangst binnenhaalden. Eerst kwam Abby, daarna Drake. Gloeide hij een beetje?

Ik sloot mijn ogen. Glinsterende zoutkristallen stroomden op het zand in de vorm van een mannenlichaam en verdwenen sissend toen de zee ze oploste. *Ik had twee mannen gedood.* Maar waren het nog mannen als hun geest en misschien hun ziel waren opgegeten?

Toen de mand opnieuw slingerde, keek ik op. De messenman en de vrouw die had gelachen sprongen soepel de mand in en rolden de ladder achter hen op. Abby werd naar de achtersteven geleid door een jongeman die zijn arm om haar heen had geslagen. Een zevende figuur, klein en lenig, klauterde in het want om het opgeblazen wezen boven ons te onderzoeken. Een achtste persoon was bij de achtersteven van de mand in de weer met een slinger. Terwijl het *klik-klik-klik* luider werd, begon het wezen waaronder wij schommelden moeizaam luchtstromen uit te stoten. Hitte rees uit een metalen cilinder op als de adem van een draak, schoot omhoog in de langwerpige walvis met zijn trillende huid.

We zeilden in een luchtschip.

Een klein luchtschip, dat was waar, maar desalniettemin een luchtschip.

Ik trok mezelf op en zag het eiland achter ons verdwijnen, het leek wel een rustende walvis te midden van de sluimerende zee. De wind suisde in mijn oren. Messenman en de vrouw die had gelachen leunden tegen de rand van de mand en keken me onderzoekend aan. Ze werden gekust door de parelmoerachtige glans van een wassende maan die nu achter de wolken vandaan gleed.

Drake ging naast me zitten. 'Je was langzaam. Je moet bevelen beter opvolgen.'

'Ja, ik was inderdaad langzaam, want ik heb elke dag de gelegenheid om gevangen te zitten op een eiland vol slachtoffers van de zoutpest en daarna gered te worden door piraten in een luchtschip. Geen enkele reden om verbaasd te zijn!'

De vreemde gloed die om hem heen hing was vervaagd, maar zijn blauwe ogen glinsterden. 'Doe alsjeblieft niet zo vervelend.'

Ik was zo boos dat ik het gevoel had dat mijn hoofd zou ont-
ploffen. En, als we geluk hadden, het luchtschip sneller zou voort-
stuwen. 'Je hebt tegen me gelogen!'

'Maku, jij klootzak!' De man die zijn arm rond Abby had geslagen, greep Drakes schouder en bedreigde hem met een vuist.
'Haar geest verrot zijn. Jij beloven jij haar genezen!'

In Drakes ogen brandde een felblauwe hitte. 'Haal je hand weg.
Anders verbrand ik hem.'

Messenman liet de mand schommelen. Abby's man viel op zijn
knieën. Drake ving zichzelf onhandig op, met zijn buik tegen de
rand van de mand. Ik verschoof mijn balans en de vrouw die had
gelachen grijnsde naar me.

De jongeman barstte in tranen uit. 'Zij mijn lieve zus. Deze behiques zeggen wij te laat zijn. Daarna zij haar meenemen naar
Zouteiland. Maar dan wij horen dat in Expeditie mensen zijn die
elke zouter genezen kunnen. Zo ik jou vinden. Nu zij haar eigen
naam niet kennen. Zij zelfs míj niet kennen, haar eigen broer.'

'Ze is genezen. Er zit geen zoutpest in haar. Je hebt wat ik kon
redden. En je bedankt me voor het gevaar dat ik heb gelopen door
me aan te vallen?'

'Gods zegen omdat jij haar hebben gered,' huilde de jongeman.

Drake legde een hand op het gevlochten haar van de man. 'Wat
is er gebeurd met de zouter die haar beet?'

'Wij deze zouter in een put jagen en zout water over hem gooi-
en.'

'Dat was goed gedaan. Ik wilde wel sneller ingrijpen, maar als
ik dat had gedaan, zou ik gearresteerd zijn en gevangengezet en
dan was ze nooit weggekomen van Zouteiland. Ga terug naar haar.
Ze heeft je nodig.'

Met beide handen aan het touw van de reling stommelde de
broer terug naar Abby die lusteloos in de achtersteven zat, haar
handen slap op de slordige puinhoop van haar verfrommelde pagne.

Ik schudde mijn pagne uit en bond hem weer om. Ik was nog
niet toe aan praten over Abby. 'Drake, wanneer heb jij Adurnam
verlaten? Wat is er met de generaal gebeurd? Waarom ben je hier?'

'Ik ben hier omdat Expeditie mijn thuis is. Ik ben geboren in
het gebied van de Ordovici, maar ik ging weg van huis toen ik ze-

ventien was. Ik woon al twaalf jaar in Expeditie. Toen mijn zaken in Adurnam afgehandeld waren, ben ik terug gezeild naar Expeditie.'

'Wat voor zaken moest je doen in Adurnam?'

'Ik moest de generaal redden en hem over de oceaan naar Expeditie brengen.'

'Is hij in Expeditie?'

'Op het moment niet. Hij ging naar een stad genaamd Sharagua om zijn respect te betuigen aan de cacique en zijn hof.'

'Jij bent niet met hem meegereisd?'

'In het Taino koninkrijk dienen alle vuurmagiërs de cacique. Dus is het mij verboden om naar de landen van de Taino te reizen. Niet dat ik dat zou willen. Hun wetten zijn onredelijk streng. Ze staan me niet toe om mensen te genezen.'

'Mensen genezen? Jij verbrandde die zouters levend!'

'Ik gebruikte hen als vuurvangers, dat klopt. Wat stelde hun deerniswekkende leven nog voor? Ik heb een eind gemaakt aan hun ellende door een snelle, genadige dood die Abby heeft genezen. Alle kiemen wegbranden in iemand bij wie de ziekte al zo ver was gevorderd als bij haar, zou mij hebben gedood. Ik vind het een eerlijke ruil.'

'En dat beweert de man die zei dat hij me kon genezen als ik met hem naar bed zou gaan.'

'Cat, je was dronken. Dan kun je niet verwachten dat je alles wat ik zei goed begreep. Maar goed, ik dacht dat je iemand was die wist wat ze wilde. Je bent een onafhankelijke jonge vrouw die alleen reist. En je bent een Fenicisch meisje.'

Ik legde mijn hand op het gevest van mijn zwaard. 'Je kunt maar beter heel voorzichtig zijn met wat je nog meer zegt.'

Hij deed een stap naar achteren en ik bedacht dat het misschien niet handig was om een vuurmagiër boos te maken. Maar zijn stem bleef geduldig. 'Ik bedoelde alleen dat een jonge vrouw met jouw achtergrond kan doen wat ze wil. Ik zou het nooit hebben voorgesteld als ik had gedacht dat je onder de duim zat bij een vader of broer.' Hij glimlachte vriendelijk. 'Of trouw moest blijven aan een echtgenoot.'

Ik kon niets uitbrengen omdat ik bijna stikte van ontzetting. Mijn wangen stonden in brand.

Toen verraste hij me. 'Ik bied oprecht mijn verontschuldigingen aan, Cat. Ik heb het niet kwaad bedoeld en zeker niet respectloos. Een opvallend mooi meisje zoals jij is moeilijk te weerstaan.' Hij hief beide handen in een verzoenend gebaar. 'Ik hoop dat we vrede kunnen sluiten.'

'Wat je ook hebt gedaan,' pruttelde ik met tegenzin, 'je hebt me wel van Zouteiland afgekregen.'

'Inderdaad.' Met een knikje liep hij met behulp van het touw naar de achtersteven, waar hij een praatje begon met de man die aan het roer stond.

Ik wilde niet verdrinken in mijn woede, dus ging ik er ook heen en knielde naast Abby. 'Het spijt me zo,' zei ik tegen haar broer.

'Ik jou kennen,' zei ze met die afschuwelijk verwarde glimlach.

Ze begon met haar vingers door de klitten van mijn haar te kammen. Ik wilde iets wat haar rust gaf niet onderbreken, dus ging ik met gekruiste benen voor haar zitten. Messenman bracht een kam en Abby bewerkte mijn haren zonder één keer te trekken hoewel de klitten ontelbaar leken. De vrouw die had gelachen bood me een kalebasfles aan en ik slikte vruchtensap door dat de tranen in mijn ogen bracht en mijn mond in brand zette. Of misschien was ik alleen moe en geschokt. Terwijl Abby mijn haar nog kamde, zakten mijn ogen dicht.

Leunend tegen de zijkant van de mand werd ik wakker, mijn haren vielen als een zacht gordijn over mijn schouders tot op mijn heupen. Abby stond aan de voorsteven van de mand met haar broer, die zijn arm om haar heen had geslagen, te kijken naar een fosforachtige dans over de golven. Starend naar hun toekomst, die vast en zeker heel duister leek. Was het af en toe beter om dood te zijn?

Ik sloot liever mijn ogen dan dat ik keek.

Ik werd wakker door een verandering in de lucht en we bokten als een nerveus paard. Het *klik-klik-klik* zakte in tot een loom *plof-ploof-plooof.* Ik stond op. We zweefden boven land, dat opdoemde als een beest met bergruggen als bulten op zijn rug, begroeid met een ademend, dampend woud. Ik herinnerde me Bee's tekeningen van luchtschepen. Wat toen grappig had geleken, toen ze hulpeloze passagiers had getekend die uit de mand naar hun dood ver beneden hen vielen, leek nu ongepast. Het is gemakkelijk om grapjes te maken over iets waar je geen ervaring mee hebt en wat je nooit zult ondergaan.

Aan onze rechterkant waren in een dal lichtjes van vuren te zien.

Messenman gooide de ladder naar buiten en de vrouw die had gelachen klom naar buiten met een gratie en kracht die ik bewonderde. Ik greep Abby's hand net voordat ze over de reling klom. Ze glimlachte naar mij en haar broer zei: 'Dank je, maku.' Het klonk zo gemeend dat ik blij was dat ze was gered, zelfs al was er dan niet veel van haar over. Zelfs in het zicht van de dood van anderen, waarvan ik er twee had veroorzaakt. Zelfs dan.

Naar buiten klommen ze, weg naar een leven dat voor mij verborgen was. Beneden, op de grond, werd een toorts ontstoken. Na enige tijd ging deze flakkerend weg en verdween. De vrouw die had gelachen gooide een been over de reling en sprong naar binnen. We kwamen in beweging terwijl messenman de ladder weer ophaalde.

Een gedaante liet zich naast me vallen en ik schrok zo dat ik het uitschreeuwde. Het vierde bemanningslid was een kleine, witharige vrouw met een gerimpeld, leerachtig zwart gezicht en ze had haar ogen verstopt achter een stofbril. Haar mouwloze hemd onthulde gespierde armen en ze droeg een wijde broek, een gordel met vier messen en een armband in de vorm van een rennende wolf. Ze zei iets wat ik niet begreep en ging met een zwaai terug het want in.

'Ongewoon rustig, deze nacht.' De vrouw die had gelachen leunde kameraadschappelijk naast me tegen de rand van de mand. Het land onder ons sluimerde in stilte als een slapend monster. Naast elkaar keken we ernaar. Ik hoefde niet zo nodig te praten en zij had geen behoefte om te babbelen. Na een tijdje kwam messenman aan de andere kant van me staan.

'Wij zien wat jij voor elkaar krijgt, daar op die strand,' mompelde de vrouw. 'Deze zwaard die jij draagt hen veranderen in zout. Zij oplossen toen zout water over hen heen spoelen. Jouw vuurmagiër niets gezien. Waarschijnlijk jij niet van plan zijn hem iets te vertellen.'

Gezien de omstandigheden koos ik voor een eerlijk antwoord. 'Dat ben ik inderdaad niet. Zijn jullie van plan het hem te vertellen?'

'Wij betaald zijn voor die overtocht, alleen deze. Niet voor geheimen.'

Ik glimlachte, want ze klonk precies zoals mijn oom, de afstammeling van de Hassi Barahal familie die in zijn levensonderhoud voorzag door het stelen en verkopen van geheimen. 'Wie zijn jullie, als ik vragen mag?'

'Mensen die ingehuurd zijn om een klus te doen,' antwoordde ze.

'Jouw vuurmagiër gelijk hebben, weet je,' zei messenman. Zijn gewicht aan de andere kant van mij was duidelijk merkbaar in de beweeglijke mand.

'Waarover?'

'Het vriendelijk was om deze zouters te laten sterven.' Hij knikte naar mijn gordel. 'Geen gewoon zwaard, deze.'

Bezitterig legde ik een hand op het gevest. 'Alleen mijn hand kan het hanteren.'

Hij zei: 'Vast en zeker aan jou gebonden. Een soort cemi.'

'Het is gewoon een zwaard.'

De vrouw lachte met een soort kakelend gegil. Het was een lach die ik niet snel zou vergeten.

'Jij 't zeggen mogen, perdita.' De man grinnikte. 'Kiskeya mooi zijn, vinden jij niet?'

'Wie is Kiskeya?' vroeg ik, blij dat ik een vraag kon stellen die het gespreksonderwerp in een andere richting leidde.

'Maar, Kiskeya deze eiland zijn. Zij die moeder van ons allemaal zijn.'

De heuvels daalden in grillige schaduwen steil af naar de schuimend witte rand van het strand. Het luchtschip bokte en rolde door luchtstromen die ons vanuit twee richtingen belaagden. Toen draaiden we en zweefden parallel aan de kustlijn. In het licht van de maan werd de zee een donkere spiegel die het licht van de sterren opving. Ik rook een bloemachtige geur; een bedwelmend parfum werd door de nachtwind in mijn gezicht geblazen. Een vogel riep op melancholische toon. In de verte zag ik een flakkerend schijnsel als van een stad waar nachtlantaarns zijn aangestoken.

'Welke stad is dat?' vroeg ik.

'Expeditie,' zei de vrouw.

'Dus dit eiland is een onderdeel van het Taino koninkrijk. En

Expeditie is een vrije stad. Hoe kan er hier een vrije stad zijn gesticht, op dit eiland dat wordt geregeerd door magiërs en prinsen?'

'Toen deze eerste vloot, die uit Mali, over die Atlantische Oceaan hierheen komen, hij hier landen op die zuidkust van Kiskeya. Deze eiland toen geregeerd worden door veel caciques, ieder met zijn eigen territorium. Een van deze caciques, genaamd Caonabo, met die officieren van deze vloot onderhandelen. Hij een stuk land geven in ruil voor handelsrechten. Die Taino via hun haven kunnen handelen en verschepen.'

'En in ruil dat die maku geen oorlog beginnen,' zei messenman met een sardonisch gegrinnik.

'Komt de wet over de zoutpest daarvandaan? Die bepaalt dat alle zouters en iedereen die door een zouter is gebeten in afzondering moet blijven op Zouteiland?'

'Jij gelijk hebben,' zei ze. 'Deze allemaal opgeschreven zijn in deze eerste verdrag, die territorium van Expeditie vaststellen. Maar jij je vergissen als jij denken Expeditie geregeerd worden door prinsen en magiërs. Een Raad van schepenen regeren in Expeditie. Magiërs niet eens toestemming hebben professionele verenigingen of corporaties of gildes te vormen op welke manier dan ook. Die schepenen niet zo dol op magiërs. Dus naast deze belediging van Tainowet door jullie twee meidjes van Zouteiland af te halen, zullen die opzichters van Expeditie om nog andere redenen achter jouw vuurmagiër aangaan. Want in Expeditie vuurmagiërs geen vuurvanger mogen gebruiken.'

'Zullen jullie het hun vertellen?'

'Verhalen vertellen niet goed voor zaken,' zei messenman.

'Die Taino op Zouteiland zullen hun vertellen,' zei de vrouw. 'Jouw vuurmagiër hierna moeilijkheden krijgen.'

Dat mocht ik hopen! Maar hun woorden brachten me in verwarring. 'Zijn er echt geen koude magiërs in Expeditie?'

'Wat een koude magiër zijn?' vroeg messenman.

Ik was te verbaasd om te antwoorden, maar gelukkig deed de vrouw dat.

'Vuurdovers,' zei ze.

'Vuurdovers? Ik neem aan dat je koude magiërs zo zou kunnen noemen.'

'Mensen uit Europa verhalen vertellen over vuurdovers zo machtig als orkanen, maar ik hen niet geloven,' merkte messenman op. 'Jij ooit zoveel macht in een vuurdover gezien, meidje?'

Ik was werkelijk te verbaasd om te antwoorden. In het oosten was het licht opnieuw veranderd, de zwarte nacht vervaagde tot een grijze steenkoolkleur. De wind werd zachter nu het morgenrood langs de horizon omhoogkroop. We dreven naar beneden, zonken tot dicht bij de golven en een strook strand.

'Waarom zouden er hier geen machtige koude magiërs zijn?' vroeg ik.

Ik kon ze nu beter zien: hij was een grote man, breedgeschouderd en krachtig, met een zwarte huid en een geschoren hoofd. Het litteken vol koorden dat over de linkerkant van zijn borst liep, was niet de enige wond die sprak over een gewelddadig leven. Toch beangstigde de vrouw die had gelachen me meer. Niet dat ik dacht dat ze me zou wurgen om mijn zwaard af te pakken, maar omdat ze me opnam met een berekenende blik. Het was alsof ze zich afvroeg of ik een geheim was dat ze kon stelen om aan de hoogste bieder te verkopen. Ze zou door de straten van Adurnam kunnen lopen zonder misplaatst te lijken. Met haar bruine huid die bezaaid was met sproeten door de aanhoudende zon, haar roodbruine krullen, bruine ogen, volle lippen en smalle Keltische neus. Maar als ze lachte, zou je huiveren.

Messenman glimlachte. 'Omdat deze alleen een verhaal is die deze maku vertellen. Ik horen zij niet eens gaslicht hebben in deze steden in Europa, dus zij vertellen deze verhaal over koude magiërs om achterstand goed te maken.'

'Het is wel waar!' reageerde ik gepikeerd. 'In Europa kunnen koude magiërs vuren doven, stormen van ijs en sneeuw oproepen en ijzer verbuigen en verbrijzelen...'

Messenman begon te lachen en hij stompte me tegen de schouder alsof ik een goede grap had verteld. 'Met die eerlijke ogen en vinnige blik ik jou bijna geloven, perdita,' zei hij grinnikend. 'Totdat jij deze zei over ijzer. Deze waren te veel.'

Uit het want klonk een schril gefluit.

'Tijd om te gaan,' zei de vrouw.

'Waar zijn we?'

'Wij deze territorium van Expeditie binnengezeild zijn, perdita.

Wij die stad niet ingaan. Die opzichters ons levend villen zullen en onze handen afhakken om die stadsplein te versieren. Wij jou en jouw vuurmagiër afzetten bij Koedoderstrand. Jij daar een kano kunnen vinden om jullie verder te brengen.'

'Wat is een kano?'

Messenman stompte me opnieuw tegen mijn schouder, deze keer niet zo zachtjes. Ik week niet achteruit maar ving de stomp op en zijn grijns werd breder. 'Jij echte maku, ja? Pas naar die Antillen gekomen?'

'Een buitenlander? Is dat niet overduidelijk?'

Hij grinnikte nog steeds, maar de pretlichtjes verdwenen uit zijn ogen en het vergde al mijn moed om niet achteruit te stappen vanwege de scherpte die opeens doorklonk in zijn stem. Niet alleen lichamelijke littekens laten hun sporen na. Hij was een moordenaar en had daar geen enkel probleem mee. Toevallig vond hij me aardig en was hij betaald. 'Denk eraan, perdita. Jij mooie meidje zijn, gezond en goed gevormd en met mooie sluier van haar. Jij dapper en jij sterk en jij hebben deze cemi die jij bij je dragen. Maar lieve hemel, meidje, jij niet meer dan baby zijn in wild land.' Hij stak zijn hand op en gaf me met opgestoken vinger een standje. 'Jij niet dronken worden samen met mannen. Wat jij denken er gebeuren?'

Hij grinnikte afkeurend terwijl hij zijn hoofd schudde en hij leek zoveel op een bezorgde oude oom dat ik heftig bloosde in plaats van boos te worden.

'Jij eraan denken, perdita,' besloot hij en hij liep weg om de ladder naar buiten te gooien.

De vrouw had een litteken langs de rand van haar kaak, zo dun dat je het nauwelijks zag. 'Mijn grootmoeder geboren als Feniciër. Geen man ooit liegen tegen haar dochters en deze navertellen. Zij die klootzak van een vuurmagiër voor deze belediging een mes in zijn buik steken voordat hij weten wat hem raken. Daarna zij deze ronddraaien en die ingewanden eruit trekken, om te zorgen dat hij langer lijden.'

Ze plaagde me niet. 'Uw grootmoeder was een Feniciër! Welke familie?'

'Niet vragen, want ik niet willen weigeren jou te vertellen. Wij gewoon ingehuurd zijn om een klus te doen. Eén advies. Jij lange mouwen dragen tot die bijtwond genezen zijn.'

'Dank u.' Ik bood haar een hand op de manier van de radicalen. Grijnzend schudde ze hem.

Messenman sloeg hard op mijn kont toen ik over de rand klom. 'Niet vergeten wat ik jou vertellen!'

Ik klom als eerste naar beneden met Drake erachteraan. Zodra zijn voeten het zand raakten, trokken ze de ladder op. Een hand wuifde, ik zwaaide terug terwijl het kleine luchtschip koers zette naar zee.

'Cat! Schiet op!'

Hij was al halverwege het strand en liep naar een heuvelrug waarachter rook omhoogkringelde. Ik peuterde mijn jasje uit mijn bundel.

'Schiet op!' riep hij.

'Ik verberg de wond onder lange mouwen.' Even overwoog ik de laarzen aan te trekken, maar ik besloot dat het beter was om met blote voeten over het zand te lopen. 'Wie waren dat?'

'Misdadigers van de ergste soort. Je moet die beet bedekt houden tot hij genezen is. Vertel niemand waar je was. Ik hoop Expeditie te bereiken voordat een bericht over het voorval op Zouteiland hier aankomt. Ik moet uitzoeken wat ik moet doen en jij maakt het allemaal nog ingewikkelder.'

De dageraad brak aan terwijl wij via een zanderig pad over de heuvel klommen en naar beneden liepen, naar een gehucht omringd door moestuintjes. Rookhokken wasemden het verrukkelijke aroma uit van vlees dat wordt gerookt.

Genadige Melqart! Ik was vergeten hoeveel honger ik had!

Uit het bos kwamen vrouwen met potten water op hun hoofd. Ronde huizen stonden in een kring om een hooggelegen plein, geplaveid met stenen, en een lang veld waar kinderen speelden met een bal. Op de roep van vogels met felgekleurde veren na, het zachte ruisen van golven, het blaten van een geit en het terloopse gebabbel van mensen en kippen die 's ochtends bezig zijn met hun dagelijkse routine, was het verdacht stil. Als iemand ons al zag, gaven ze daar geen blijk van. We hadden net zo goed spoken kunnen zijn.

'Blijf hier, Cat,' zei Drake.

Ik wachtte terwijl hij naar het strand liep waar mannen manden en vaten in een paar lange, smalle houten boten laadden. Ik keek terwijl hij onderhandelde. De mannen keken mijn richting uit en het loven en bieden werd feller. Ik kende deze dans. Zij zouden argumenteren: 'Ja, maar Maester, u begrijpt toch dat we twee manden moeten achterlaten als we het meisje meenemen, en hoeveel winst zullen we dan nog maken?'

Uiteindelijk wuifde Drake naar me en ik liep naar hen toe, me al te goed bewust van de blikken van de mannen.

'Ga in de kano zitten,' zei Drake.

'Ik zeg het liever niet, maar ik heb verschrikkelijke dorst.'

'Ik heb alleen betaald voor vervoer. Heb jij eigenlijk zelf geld, Cat?'

'Denk je dat ik niet zou aanbieden voor mezelf te betalen als ik dat kon?'

'Ik wou dat je daarmee ophield. Een eenvoudig "nee" is genoeg.'

Het leek me verstandiger om niets meer te zeggen, dus klauterde ik de kano in en ik legde mijn bundel als een kussen in mijn rug. Hij zat voor me met zijn rug naar me toe. De mannen peddelden met lange roeispanen die door het water gleden. Ik greep de randen vast, zo bang dat ik helemaal omringd was door water dat ik me geen zorgen meer maakte over dorst.

Het was geen lange afstand, ongeveer drie uur, maar mijn leven trok voor mijn ogen voorbij met de snelheid van een kruipende zuigeling en hinkte achteruit als een oude bes voordat we om een landtong heen voeren. Daar, voor ons uitgespreid, lag de beruchte stad Expeditie.

Een lange rij van gebouwen lag aan een havenhoofd dat minstens een mijl langs de kust liep. Bij de monding van een rivier maakte de kade plaats voor een haven waar schepen met masten bijeen lagen. Langs de haven liepen flinke stadsmuren naar beneden. Waar de rivier uitkwam in zee lag een plat eiland met daarop zes smalle torens als de punten van een prinselijke kroon. Aan twee ervan waren statige luchtschepen vastgelegd. Aan de oostelijke kant van de rivier verduisterde een rooksluier de ochtendhemel. Een felle wind dreef deze in stroken naar het westen. Schoorstenen groeiden als stengels van zwart graan. Van veraf klonk het geratel van motoren en drukke machines in een vaag ritme dat heel anders was dan het bulderen van de wind en het spatten van de deining tegen de romp van de boten die door het water gleden.

Expeditie was gesticht door vluchtelingen uit het keizerrijk Mali en hun Fenicische kapiteins en bondgenoten, maar de bevolking was enorm toegenomen door de aantrekkingskracht op allerlei groepen: misdadigers, contractarbeiders, gewetenloze kooplieden, gelukzoekers, ontevreden en onaangepaste zwervers en wrakhout geboren aan de andere kant van de oceaan in Europa en Afrika. Meer recent, zo vertelde de geschiedenis, waren trollen uit hun vaderland geëmigreerd naar het zuiden om gemene zaak te maken met gelijkgestemde ratten, zoals Chartji ze zou noemen. Ik vroeg me af of er een kantoor van Godwik en Clutch zou zijn dat ik kon benaderen voor hulp bij het regelen van een overtocht terug naar Adurnam en naar Bee zodra ik mijn taak had volbracht.

We passeerden smalle kano's en brede zeilboten waarin mannen zaten te vissen die vriendelijk naar ons zwaaiden, een gebaar dat onze roeiers beantwoordden. We voeren niet naar de monding van de rivier en de grote werven waar de oceaanschepen voor anker lagen, maar naar een druk ratjetoe van pieren, verder in het westen. De kust lag vol boten.

Ik legde een hand tegen mijn borst en voelde de warmte van het medaillon als een belofte dat ik snel een veilige haven zou vinden. Verrast door een onwaarschijnlijk hoog fluitje leunde ik naar voren. De pier spreidde zich voor me uit in heel zijn indrukwekkende, verwarrende drukte. Overal waren mensen bezig met hijsen en dragen, marchanderen en lanterfanten, hengelen en het binnenhalen van bootjes. De geluiden en de drukte van de plek leken over me heen te walsen als de vloedgolf van een drakendroom.

We botsten tegen een pier. Toen ik naar buiten klauterde met mijn bundel en mijn wandelstok grijnsde de stuurman wellustig naar me met een mond vol gebroken tanden. Mijn blote voeten gleden uit op vissendarmen en andere glibberige troep. Ik zette mijn tanden op elkaar en ploegde verder.

'Schiet op, Cat,' zei Drake over zijn schouder terwijl hij de lange, houten pier af beende.

Mannen die aan kano's en roeiboten werkten of erin lagen te luieren, keken op als hij passeerde, hun gezichten onverschillig of passief vijandig; maar zodra ze mij zagen kwam er een wolfachtige grijns op hun gezicht en bekeken ze mij eens goed van top tot teen.

Mijn pagne zat tegen mijn dijen gekleefd. Ik had er spijt van dat ik mijn jasje open had gelaten, want mijn onderhemd en lijfje waren nat genoeg om tegen mijn lichaam te plakken. Ik kruiste mijn armen voor mijn borst.

'Jullie een riviersirene uit het water gevist hebben?' riep een jongeman naar de mannen in de kano. 'Kijk eens naar dat haar!'

Luid schaterend vielen alle mannen binnen gehoorsafstand hem duidelijk bij. Dat vervloekte haar. Ik had geen idee waarom ik het niet had gevlochten.

Het was niet moeilijk om Drake te volgen in de menigte, want zijn roodachtig gouden haar vlamde steeds weer op. Mannen stapten zonder morren voor hem opzij. Het was duidelijk dat Drake niet hoefde te vragen of hij erdoor mocht. Ze wisten wat hij was. En hij vond het prima dat zij het wisten.

We stapten op een enorm brede, met steen geplaveide, straat. Hij was bedekt met een dunne laag modder en olie omgewoeld door de zon, de regen van gisteren en de enorme stroom verkeer die onophoudelijk heen en weer reed. Een boerenkar met hoge wielen bestuurd door een verveeld uitziende man en getrokken door een harige maar heel kleine mammoet – als dat geen innerlijke tegenspraak was – rolde langs terwijl ik met open mond staarde. Een vogel met vier vleugels en felgekleurde veren die me herinnerden aan de kam van een trol zweefde over me heen, een witte buis in zijn voorpoten geklemd. Vier soldaten met geweren nonchalant over hun schouder slenterden over het havenhoofd en stopten af en toe om met jongemannen te praten alsof ze aan het rekruteren waren.

Twee mannen in een rood uniform liepen haastig over de brede straat, elk met een lange staf en een stijve, zwarte hoed. Drake hurkte snel neer en boog zijn hoofd om zijn gezicht te verbergen. Hij friemelde met zijn sandalen alsof er een steentje in zat tot de mannen uit het zicht verdwenen achter een gezelschap vrouwen met volgeladen manden op hun hoofden.

'Schiet op, Cat.' Hij stond op en begon achter hen aan in oostelijke richting te lopen naar de stadsmuren in de verte.

Ik greep zijn pols en trok hem terug.

'Wat is dat?' Ik wees naar een brede, stoffige, open werkplaats achter een laag hek en omringd door lange, open hutten met strodaken. Mannen werkten aan balken en planken. Eerlijk gezegd werd mijn blik vooral getrokken naar de achterkant van een jongeman die naakt was tot op zijn middel en met een dissel over een balk schaafde. Ik kon het niet helpen dat ik zijn gespierde rug bewonderde.

'Dat is een timmerwerkplaats. Vreemd dat je het vraagt want die hebben ze ook in Adurnam.'

Hij trok aan me, maar ik bleef staan.

Hij kneep zijn ogen half dicht. 'Heb je die twee opzichters niet gezien? Ze kunnen me in hechtenis nemen. Ik breng je naar de Gevlekte Leguaan. Daar moet je blijven tot ik erachter ben of de generaal terug is in de stad.'

Ik rukte mijn blik los van de fraaie rug van de timmerman en staarde naar Drake alsof hij twee hoofden had gekregen. 'Laat je me hier alleen achter?'

'Ik laat je niet in de steek, Cat. Je moet onderduiken op een veilige plek. Ik zal betalen voor kost en inwoning en de herbergier zal je beschermen. Hij is een partizaan, een oude soldaat en landgenoot. Een Iberiaan.' Hij zuchtte, alsof hij doodmoe was omdat hij steeds dingen moest uitleggen aan een koppig, dom kind. 'Je moet me helpen door je mond dicht te houden en niet op te vallen tot ik terugkeer. Zodra ik weet hoe de situatie hier in elkaar zit, kunnen we de boel verder regelen.'

'Hoe lang zal dat duren? Wat moet ik doen?'

Met een nijdige grimas schudde hij zijn arm en ik liet hem los. 'Hoe langer ik hier openlijk in het zicht sta, hoe aannemelijker het is dat ik opgemerkt zal worden. Dan word ik gearresteerd. Wil je dat soms?'

'Waarom zou ik dat willen?'

'Een vraag die ik werkelijk niet kan beantwoorden.' Als om zijn woorden te onderstrepen, sloeg een klok het hele uur: Tien in de ochtend. Wat verder weg op het havenhoofd, bij een kruising met een brede zijstraat, stond een plomp gebouw met een klokkentoren. Onder de klok ging een luikje open en een rij beeldjes van kleine kinderen paradeerde onder de wijzerplaat door.

'Gezegende Tanit,' fluisterde ik, want de beeldjes van het uurwerk hadden eindelijk een voor de hand liggende gedachte losgemaakt. 'Wat als ik zwanger ben?'

Hoogst ongepast kuste hij me op de mond. 'Weet je niet waarom wij vuurmagiërs zo geliefd zijn als minnaars?'

'Waarom zou ik dat weten?'

Zijn vingers sloten zich pijnlijk rond de mijne. 'Cat, ik ben bang dat geen enkele man je ooit heeft verteld dat voortdurend onaangenaam gedrag een vrouw lelijk maakt. Pas op dat je je knappe gezicht niet verliest. Of misschien heb je klachten die verder gaan dan die je al eerder hebt verteld.'

De opmerking deed me zo sterk denken aan het hoofd van de dichter Bran Cof dat ik wilde lachen, maar ik had ook gezien hoe James Drake de lichamen van drie mannen in vuur en vlam zette.

Ik rukte mijn hand uit zijn greep. 'Ik ben ervan overtuigd,' zei ik op mijn meest minzame toon, 'dat vuurmagiërs geliefd zijn als minnaars vanwege hun eigen speciale kwaliteiten.'

'Dat zou ik niet weten. Maar het zal je genoegen doen te horen dat wij maar matig vruchtbaar zijn. Dus de kans dat mijn zaad zich in jou zal nestelen is klein.'

Ik drukte een hand tegen mijn buik, in de greep van een afschuwelijk vooruitzicht.

'Of ben je teleurgesteld? Ik weet dat vrouwen dromen over zwanger worden...'

'Ik droomde over een stuk zoete aardappeltaart!'

'Je bent heel geestig, Cat, met je kleine grapjes.' Hij wenkte een man die een kar trok met een huif van canvas boven een zitplaats die breed genoeg was voor twee mensen. 'We hebben al te lang getreuzeld. Ik moet onmiddellijk uit het zicht verdwijnen. Opzichters patrouilleren veelvuldig in deze districten waar de meeste problemen vandaan komen.'

'Wat voor soort problemen?'

'Ga naar de Gevlekte Leguaan.' Hij kuste me opnieuw op de mond en klom op de zitplaats. 'Vraag naar de herbergier en zeg tegen hem de gebruikelijke zin: *Een opkomend licht kondigt de dageraad van een nieuwe wereld aan.* Je kunt hem vertrouwen.'

Hij zei iets onbegrijpelijks tegen de voerman die het zweet van zijn voorhoofd afveegde met een doek. De man stopte zijn doek weg, greep de hendels en weg waren ze, mij alleen achterlatend midden in een onbekende stad.

19

Verbluft en verbijsterd stond ik te midden van trappelende voeten, hakkende bijlen, draaiende wielen en een man die een vrolijk deuntje floot. Mensen, karren en kruiwagens snelden door de hoofdstraat. Ertussendoor liepen ezels en lasthonden met hun menselijke begeleiders erachteraan.

Een prikkelend gevoel kroop langs mijn nek terwijl het medaillon mijn huid verwarmde. Ik keek naar de timmerwerkplaats. De jongeman met de dissel was gestopt met werken en had zich half omgedraaid. Staarde die vervloekte man naar míj? Wat kon ik hebben gedaan om zijn brutale aandacht te trekken?

Hij droeg een losse broek die rond de heupen was samengebonden met een touw en daarboven, zoals ik al eerder had opgemerkt, niets anders dan prachtig gespierde huid met de kleur van ruwe omber. Het was een kleur waar schilders mee werkten; een diep, rijk, warm, weelderig donkerbruin. Hij zette de dissel neer, legde een hand op het hek en sprong eroverheen. Daarna beende hij op me af alsof hij ervan overtuigd was dat ik zou wegvluchten en dat hij me moest vangen voordat ik dit deed.

Verschillende timmerlieden stopten met hun werk. Een van hen floot en dat riep gelach op.

Een ander riep: 'Laat deze niet wegrennen, Vai. Niet zoals deze meidje die jij verloren hebben...'

Ik knipperde met mijn ogen want de man die me zo vastbesloten naderde zag er net zo uit als Andevai Diarisso Haranwy eruit zou zien als hij half gekleed was en zijn borst en rug glanzend zouden zijn van het zweet van zwaar lichamelijk werk.

Gezegende Tanit, wat was het warm in dit land!

Een armlengte bij mij vandaan stopte hij.

'Catherine,' zei hij, het woord eindigde met een gefluister alsof hij niet de kracht had het helemaal uit te spreken.

Ik kon niet zien of hij me wilde omarmen of uitschelden. Hitte brandde op mijn wangen. Ik wist wat hij zou gaan zeggen: *'Wie was die man en waarom kuste hij je terwijl je mijn vrouw bent?'*

Hij zei: 'Heeft Duvai je gevonden?'

Na een jarenlange inspanning, die voorbijschoot in misschien vijf moeizame ademhalingen, zocht ik in mijn verwarde brein de scherven van mijn spraakvermogen bij elkaar.

'Duvai?'

'Nadat ik je kwijtgeraakt was in die waterput, was ikzelf van plan je naar de geestenwereld te volgen tijdens het feest van Imbolc. Maar ik werd onvermijdelijk opgehouden en toen... Tja... Daarna was het onmogelijk. Dus vroeg ik mijn broer Duvai om naar jou te zoeken. Ik ging ervan uit dat jij nog heel goed wist wie hij was. Hij was degene die jou mijn dorp uit leidde om jou bij mij vandaan te houden.'

Alleen Andevai kon die verongelijkte toon aanslaan, alsof hij, meer dan ik, degene was die had geleden door het bevel van de mansa om mij te doden!

'Ik ben hem nog steeds heel dankbaar, als je het zo nodig moet weten.'

'Daar twijfel ik niet aan,' zei hij afgemeten.

'Hij heeft me niet gevonden.' Ik viste het medaillon op. 'Maar je grootmoeder wel.'

Hij schrok, deed een stap naar achteren. Drie langslopende trollen ontweken hem zonder hun gang te onderbreken, alsof ze gewend waren aan drukke straten waar mannen opeens voor hun voeten liepen. Een man die een tiental aangelijnde, onaangenaam grote en duidelijk slechtgehumeurde, happende hagedissen niet echt onder controle had, schreeuwde dat we uit de weg moesten gaan.

Vai greep mijn pols. 'Dit is geen geschikte plek voor dit gesprek.'

Hij beende terug naar de timmerwerkplaats en ik liep er op een drafje naast. Mijn hoofd tolde en mijn benen kwamen telkens vervelend tegen de natte pagne aan. Door het open hek liepen we naar binnen. Houtschaafsel verwarmd door de zon voelde zacht aan onder mijn voeten. Iedere man in de werkplaats was gestopt met werken om te genieten van het tafereel. Als één van die twintig mannen niet grijnsde, zag ik hem niet.

'Jo, maku! Jij een mooie vangst binnengehaald hebben!'

'Deze die meidje zijn die jij verloren hebben?'

'Ja,' zei Vai op afgemeten toon. Waarschijnlijk onderdrukte hij een heftige emotie.

Een veelbetekenende stilte viel over de mannen.

Hij trok me mee naar een hut zonder muren waar een vrouw in de schaduw van het strodak een geschaafde plank opmat met een schuifmaat. Haar steile, zwarte haren waren met zilver doorschoten en ze had het brede gezicht dat ik begon te herkennen als Taino.

'Baas,' zei hij terwijl hij stilstond naast haar tafel, 'ik moet de rest van de dag vrij nemen. Ik zal het later inhalen.'

Ze beëindigde haar metingen en schreef de getallen in een orderboek voordat ze opkeek. Ze monsterde me van hoofd tot voeten.

'Dit is geen hoerentent, Vai. En ook geen illegale taveerne.'

Sommige mannen waren naar de rand van de hut gekomen.

'Jij deze toch niet menen, maku,' zei een van de jongere mannen. Zijn wangen zaten vol littekens en hij had een doordringende blik. 'Zij echt degene zijn die jij verloren hebben?'

'Ja.'

Zacht gefluit en gemompel volgden op dit korte antwoord.

De baas bekeek me berekenend, zoals ze zojuist de lengte van de plank had berekend. Zonder haar gezicht te vertrekken, knikte ze. 'Deze die zaken veranderen. Ik verwachten jou morgen te zien, zoals gebruikelijk.'

'Dank u.'

'Ik jouw gereedschap meenemen als ik komen voor de areito,' zei de jongeman met de littekens.

'Dank je, Kofi,' zei Vai op de verstrooide toon van een man wiens gedachten allang over de volgende heuvel zijn gegaloppeerd. Hij leidde me naar een andere hut, waar hij me losliet om een hemd op te vissen uit de stapel die over een zaagbank hing. Nadat hij dit had aangetrokken, pakte hij een lederen fles van een steunbalk.

'Drink,' zei hij terwijl hij de kurk eraf haalde. 'Je bent helemaal rood van de zon.'

'Wat is het?' vroeg ik achterdochtig.

'Guavesap gezoet met ananas en citroen. Je moet drinken anders krijg je een zonnesteek.'

Het was vruchtensap, zoet en puur, en nadat ik zoveel achterover had geslagen dat ik boerde, zwaaide hij de fles over zijn schou-

der. De timmerlui waren weggegaan en de baas was weer verdergegaan met haar metingen. Na een aarzeling pakte hij mijn hand
als een onschuldig kind, palm tegen palm, en bekeek me onderzoekend, zonder glimlach of frons.

'Wil je met me meegaan, Catherine? Of doe je dat liever niet?'

'Welke keus heb ik?' snauwde ik.

Hij perste zijn lippen opeen tot een dunne streep alsof hij woorden achterhield die hij niet wilde zeggen. Toen sprak hij. 'Tja, de
keus die ik je zojuist heb gegeven. Die ik meende. Is er iets wat ik
moet weten?'

Ik bloosde van schaamte. 'Wat denk je dat je zou moeten weten?'

Hij sloeg zijn ogen ten hemel, haalde diep adem en sprak tegen
me zonder me aan te kijken. 'Ik moet me wel afvragen of je... genegenheid ergens anders ligt.'

'Ik voel voor niemand genegenheid. Ik hou van geen enkele
man, als je dat soms bedoelt.'

'Natuurlijk bedoel ik dat! Wat moet ik anders denken, nadat ik
gezien heb wat ik zag?'

'Is het niet bij je opgekomen dat hij degene is die mij in de steek
heeft gelaten? In een vreemde stad? O la la, schatje! Ik heb geheime zaken te doen en als die klaar zijn, kom ik wel terug om je te
halen.'

Hij keek naar de grond, zijn gezichtsuitdrukking veranderde zo
snel dat ik de emoties niet kon achterhalen. Het was ook moeilijk
voor te stellen dat de man die volmaakt gepoetste laarzen had gedragen en dure, modieuze jasjes hier in een timmerwerkplaats voor
me stond in een afgedragen broek en stoffige blote voeten! 'Het
spijt me te horen dat je in de steek bent gelaten.'

'Je klinkt helemaal niet alsof dat je spijt. Je klinkt vergenoegd.'

'Heel goed, Catherine.' Zijn blik schoot omhoog en doorboorde me. 'Het spijt me niet. En ik ben vergenoegd.' Hij raakte de
korst aan van de wond boven mijn rechteroog, zijn aanraking was
voorzichtig maar zijn stem trilde alsof hij op de rand van een klif
stond. 'Tenzij hij je pijn heeft gedaan. In dat geval zal ik hem voor
je doden, als je dat wilt.'

'Dat vind ik niet grappig.'

Tanit zij dank, hij keek weer naar de grond. Ik had de intense blik in zijn ogen geen moment langer kunnen verdragen.

Ik liep door. 'Het lijkt me beter om het gewoon te laten rusten.'

'Echt iets voor een vrouw om zoiets te zeggen!' mompelde hij.

'Wat?'

'Niets,' zei hij te snel. Toen hij opkeek had hij die brandende blik verborgen achter een scherm van geïrriteerde hooghartigheid. 'Mijn aanbod staat nog steeds. Kom met me mee, als je wilt. Ik vraag niets van je, behalve dat je me toestaat je beschutting te bieden. Of ga je eigen weg, als je dat liever doet.'

'Ik ga met je mee.' Ik wilde zijn hand niet loslaten, want die voelde aan als een reddingslijn in een door storm geteisterde zee.

Even sloot hij zijn ogen en hij gaf geen antwoord. Maar hij liet mijn hand ook niet los.

We liepen weg van de kade. Zodra we weg waren van de timmerwerkplaats, waren we gewoon een jong stelletje, hoewel ik zeker wist dat ik eruitzag alsof ik zojuist uit de zee was gevist, zo doorweekt was ik. De plattegrond van de buurt leek op een rooster, gebouwen van twee verdiepingen stonden achter hekken en muren, meestal werkplaatsen en groepen woonhuizen. In de straten speelden kinderen een spel waarbij ze tegen een bal stootten met hun knieën, ellebogen en kuiten. Het was verbazingwekkend hoe ze ervoor zorgden dat de bal de grond niet raakte zonder dat ze deze ooit pakten met hun handen. Vrouwen verfden kleren in vaten en hingen de stof aan waslijnen om te drogen. Een knappe vrouw keek op en begon te glimlachen alsof ze Vai wilde begroeten, tot ze mij zag. Haar ogen gingen wijd open en ze stootte een metgezel aan. Fluisterend keken ze hoe wij verder liepen.

Op een stille boulevard zaten mannen kameraadschappelijk naast elkaar te naaien onder luifels van stof. De schoongeveegde straten waren geplaveid met goed aansluitende stenen. Langs de kant stonden gaslampen voor als het avond werd. Achter elke poort lag een binnenplaats waar meerdere mensen, van alle leeftijden, lagen te rusten in schaduwrijke beschutting of druk aan het werk waren met een of andere bezigheid. Vrouwen droegen manden vol groenten en fruit op hun hoofd. Meer dan een glimlachte naar Vai in een vriendelijke – al te vriendelijke – begroeting, om mij daarna pas vol verrassing of ongeloof op te merken. Hij was beleefd tegen iedereen, maar hij beende verder zonder te stoppen.

We sloegen een hoek om naar een stoffige laan die in de schaduw van bomen lag. Hij leidde me door een open poort naar een
uitgestrekte binnenplaats met een waterreservoir en een boom.
Achteraan stond een gebouw van twee verdiepingen. Ongeveer
een derde van de ruimte werd ingenomen door tafels en banken
onder een latwerk vol druivenbladeren. Achter de tafels stond een
toonbank die eruitzag als de bar van een taveerne. Aan de linkerkant lag een keuken in de openlucht. In de schaduw daarvan
raspten twee meisjes knollen tot een smeuïge pulp.

Een gezond uitziende, kloeke vrouw van middelbare leeftijd
stond aan een stenen haard en kookte iets op een bakplaat. Toen
ze Vai zag, glimlachte ze zoals een tante zou doen die ziet dat haar
favoriete neef op bezoek komt. Toen ze mij zag, liet ze de kookplaat over aan een meisje en liep naar ons toe terwijl ze haar handen
afveegde aan een doek die over haar pagne en blouse was ge-
knoopt.

''t Zijn toch niet waar?' zei ze met een lach.

'Ja, dit is Catherine.' Hij draaide zich om naar mij. 'Catherine,
dit is tante Djeneba. Zij is de eigenaresse van dit logement.'

'Vrede zij met u, tante,' zei ik op de dorpsmanier, want ze herinnerde me aan de vrouwen op het platteland van Tarrant en op
de markten van Adurnam, voor wie een lange uitwisseling van
groeten een maatstaf voor beleefdheid was. 'Hebt u vrede?'

'Goedemorgen, Cat'reen,' antwoordde ze. 'Leuk om met je
kennis te maken.'

'Cat is prima.'

'Cat 't zijn.'

Ik wist niet precies hoe ik verder moest gaan, dus keek ik zijdelings naar Vai om hulp.

'Catherine, jij vast en zeker honger hebben. Rijst met bonen, of
vis?'

Ik was nog nooit in mijn leven te verward geweest om te eten.
'Mag ik allebei?'

Tante Djeneba lachte alsof ik had gezegd dat haar kinderen de
beste manieren van de hele stad hadden. ''t Zijn goed als een meidje graag eten,' zei ze met een veelbetekenende blik naar Vai alsof
ze hem feliciteerde.

Ik bloosde hoewel ik echt niet wist waarom.

'Ik nog bezig met koken, 't zijn nog vroeg,' voegde ze eraan toe. 'Jij eerst een bad willen? Jij er een beetje smerig uitzien. Die meidjes schone kleren voor jou kunnen halen en jij kunnen wassen en ophangen wat jij nu aanhebben.'

'Ja, alstublieft,' zei ik en onbewust boog ik mijn knieën voor een reverence.

Twee meisjes die iets jonger waren dan ik kwamen giechelend dichterbij en ik wist niet zeker of ze lachten om mij en mijn smerigheid en mijn buitenlandse manieren of over het feit dat Vai mijn hand nog niet had losgelaten.

Tante klopte de meel van haar handen. 'Jongen, jij even naar de haven gaan om wat pargo te halen bij Baba. Cat heus nog wel hier zijn als jij terugkomen.'

'Blijf je hier?' vroeg hij en hij keek naar me alsof hij verwachtte dat ik in rook zou opgaan.

'Waar kan ik anders heen?'

De meisjes giechelden. Tante gaf hun een mep op hun armen. Zijn gezicht verstarde. Met een uitademing die niet pijnlijker geweest zou zijn als hij een spijker uit zijn vlees had getrokken, liet hij mijn hand los. Even dacht ik dat hij mijn hand opnieuw zou pakken, maar tante duwde hem weg.

'Ga maar,' zei ze. Alle mensen op de binnenplaats – om deze tijd van de dag vijf vrouwen, de twee meisjes, een oudere man en een jongen in de hoek, plus twee oude mannen die lekker achteroverzaten in de leunstoelen naast een stokoude bes, en een aantal peuters – keken met overduidelijk plezier toe.

Hij liep naar de poort. Daar stopte hij en keek achterom naar mij.

'Ga maar, maku!' Er klonk niets beledigends in haar toon, ondanks wat Drake had gezegd over dat woord. Ze klonk juist heel hartelijk.

Maar hij aarzelde nog steeds.

'Ik zal hier nog zijn als jij terugkomt,' zei ik, zonder eraan toe te voegen: *Waar zou ik anders heen moeten?*

Met een grimas vertrok hij.

De meisjes leidden me langs de grote boom. In zijn schaduw deden twee vrouwen de afwas in een trog die gevoed werd door een pijp. Het afvalwater liep door een afvoer bekleed met keramiek. Hun begroeting leek oprecht vriendelijk. Maar hun zangerige accent en de veelheid aan vreemde woorden maakte het moeilijk hen te begrijpen. Alles was zo vreemd en ik begon hoofdpijn te krijgen.

O, geweldig! Een met stenen geplaveid platform achter schermen vormde een badhuis. Nadat ik mijn wandelstok, het medaillon en de steen had weggelegd, haalden de meisjes al mijn kleren weg op mijn jasje na, dat ik over mijn arm hing om de beet te verbergen. Via een slim systeem van pijpen, pompen, een groot waterreservoir beneden en een klein bassin op het dak van het twee verdiepingen hoge gebouw, stroomde water door een geul en creeerde een verfrissend koele waterval. In deze douche schrobde ik zout, slijm en modder weg met heerlijk ruikende zeep.

Ik trok een schone onderbroek aan en een mouwloos lijfje dat strak werd aangetrokken als een vest zonder een blouse erover of eronder. De meisjes verzekerden me dat het heel fatsoenlijke kleding was voor een jonge vrouw. Toch trok ik het vuile jasje erover aan. Ze brachten een lap groene stof die bedrukt was met een patroon van waaiers die open- en dichtgingen. Ik wikkelde hem om mij heen als een rok. Daarna lieten ze me op een van de banken in de binnenplaats zitten en kamden en vlochten mijn haren.

Het oudere meisje bond net een kralenkettinkje rond de uiteinden van mijn vlechten toen Vai terugkeerde met een bundel verpakt in papier. Hij bracht de bundel naar de keuken, waste zijn handen, sprak even met tante Djeneba en pakte een dienblad met drinken en fruit dat zij had klaargemaakt terwijl ik een bad nam. Hij zette het op de tafel en ging op de bank tegenover me zitten. Tante riep de meisjes en die lieten ons giechelend alleen.

Hij schonk een vloeistof in een kom en duwde die naar me toe. 'Je moet drinken, Catherine.'

Met zijn handen begon hij een oranje ding te schillen.

Ik dronk. 'Dit vruchtensap is het lekkerste wat ik ooit heb geproefd.'

Hij trok een schijfje van het fruit af en hield het me voor. 'Hier.'

Het zag er smeuïg en koel uit, dus ik zette de kom neer en probeerde het. Ik moest mijn ogen dichtdoen omdat het zo heerlijk zoet smolt in mijn mond.

'Spuug de zaadjes maar uit,' zei hij en hij hield me een stuk van de schil voor.

Hij voerde me de helft van het fruit, schijfje voor schijfje, voordat ik weer tot mezelf kwam en zei: 'Neem zelf ook wat.'

'Je ziet eruit alsof je verbrand bent door de zon maar daaronder ben je bleek, dus moet je eten,' zei hij. 'Het zou koeler zijn als je dat jasje uitdeed.'

De herstellende beet jeukte als een beschuldiging. 'Ik houd het liever aan.'

Hij haalde zijn schouders op en voerde me de rest.

Ik likte het kleverige sap van mijn vingers en keek hoe hij, wat ongemakkelijk, met het mes door de schil sneed terwijl hij probeerde niet naar me te staren. 'Ben ik nog steeds in de geestenwereld?' vroeg ik.

'Nee. Waarom denk je dat?'

'Draag je echt een touw als een riem? En werk je als een timmerman?'

Als hij een paard was geweest, zou ik gezegd hebben dat hij steigerde. 'Het is volkomen achtenswaardig werk. Ik ben er goed in.'

'Natuurlijk ben je er goed in. Jij bent goed in alles wat je doet.'

'Is dat bedoeld als kritiek?'

Hier was de hooghartige Andevai die ik kende! Die andere – de beleefde, zorgzame die zo druk bezig was mij te voeren – maakte me een beetje van streek. 'Waarom denk je dat het als kritiek is bedoeld? Kan het niet gewoon een beschrijving zijn geweest?'

Zijn mondhoeken trokken naar beneden. 'Ik weet niet hoe ik daarop moet antwoorden. Als ik ermee instem, ben ik trots en ijdel. En als ik het er niet mee eens...'

'Dan ben je nog steeds trots en ijdel, en erger, dat zou op valse bescheidenheid lijken. Jij, een koude magiër met een onvermoede, zeldzaam grote gave. De geliefde zoon van Vier Manen Huis.'

'Denk je dat? Dat ik geliefd was bij hen?'

'Je wilt toch niet beweren dat ze je eruit hebben geschopt?'

'Nee. Ik beweer alleen dat ze een hekel aan me hebben.'

'Ja, dat kan ik me voorstellen. Een dorpsjongen die opgroeide om een arbeider te worden, wiens hele familie Vier Manen Huis als horigen dient. Het moet moeilijk geweest zijn voor de jongemannen die opgroeiden in alle privileges van het huis om te zien hoe jij daar binnenwandelde en hen allemaal overtroefde.'

Zijn mondhoeken trokken omhoog en op zijn gezicht verscheen een uitdrukking van nostalgische triomf. 'Ze haatten het.'

'En ze haatten jou ook, dat was duidelijk. Maar de mansa zal je niet willen verliezen. En je familie wil dat ook niet, want hoewel je bij hen vandaan werd gehaald om te dienen als een koude magiër, was het duidelijk dat zíj van je hielden. Dus waarom ben je hier?'

'Ik zou jou dezelfde vraag kunnen stellen.'

'Ja, dat zou je kunnen doen. Het verbaast me dat je dat nog niet hebt gedaan.'

Hij kruiste zijn armen voor zijn borst op een manier die tot mijn ergernis zijn gespierde armen goed deed uitkomen. 'Goede manieren en eenvoudig gezond verstand vertelden me dat ik moest wachten tot jij een kans had om iets te eten.'

Ik lachte.

'Waarom lach je?' vroeg hij bits.

'Waarom denk je dat ik lach?'

'Waarom zou ik dat vragen als ik het al wist?'

'Herinner je je onze eerste maaltijd samen niet meer, in de herberg in Adurnam? Was jij niet degene die elke schotel bleef afwijzen omdat die niet goed genoeg was voor een man van jouw aanzien?'

'Vergelijk je die maaltijd met deze?'

'Vergelijk ik het eten of alleen jouw gedrag?'

Hij schoof het dienblad opzij, liet beide armen op de tafel rusten en keek me aan met een frons op zijn voorhoofd en zijn hoofd schuin. 'Waarom beantwoord jij al mijn vragen met vragen?'

'Waarom denk je dat ik al jouw vragen met vragen beantwoord?'

'Ik heb geen idee, Catherine.' Hij vulde de kom opnieuw met vruchtensap alsof hij zijn handen iets te doen wilde geven om te voorkomen dat hij me wurgde. 'Tenzij je ervan uitgaat dat ik, als ik hoor dat jij al mijn vragen met vragen beantwoordt, denk dat jij al mijn vragen met vragen beantwoordt.'

'Ja,' zei ik hoopvol. Mijn lippen gingen uiteen door een zucht.

Hij tilde de kom op, nam een slok en liet hem weer zakken. 'Catherine, jij beantwoordt al mijn vragen met vragen.'

Mijn hart begon te bonken alsof ik hard rende. 'Ja, dat doe ik.'

Hij draaide de kom een keer rond. 'Ervaring uit het verleden

doet vermoeden dat je dit misschien opzettelijk doet om mij te ergeren.'

'Nee, dat doe ik niet.' Ik pakte de kom uit zijn hand. 'Hoewel
het een verleidelijke gedachte is.'

Hij duwde een hand onder zijn kin en keek me aan tot ik op
mijn onderlip beet. Toen hij sprak, was het alsof we een geheim
uitwisselden. 'Jij en je nicht staken in Adurnam over naar de geestenwereld. Je hebt mijn grootmoeder daar ontmoet. Laat me raden. Je verkeert onder een of andere bezwering.'

'Ja!'

'Je moet vragen beantwoorden met vragen.'

'Ja. Wat fijn dat je dat doorhebt!' Impulsief pakte ik zijn beide
handen.

Hij keek naar beneden, zijn ogen gingen wijd open.

Snel trok ik mijn handen terug en stopte ze uit het zicht onder
de tafel.

Hij kuchte nadrukkelijk. 'Dat is gemakkelijk genoeg te omzeilen. Je verkeert onder een bezwering. Als je me kunt vertellen wat
of wie deze over je heeft uitgesproken, kan ik je misschien helpen
om hem te verbreken.'

Een kraai fladderde naar beneden en landde op het dak van het
gebouw achter op de binnenplaats. Zijn doordringende blik spijkerde mijn mond dicht. Ik zat daar alleen maar.

Irritatie flakkerde in zijn samengeknepen ogen. Maar zijn gezicht klaarde op toen hij iets bedacht. 'Het lijkt aannemelijk dat
een bezwering je verbiedt erover te praten.'

'Koude magie kan dit niet verbreken,' fluisterde ik om hem te
waarschuwen want die vervloekte kraai hield ons nog steeds in de
gaten.

'Ik denk niet dat je beseft hoeveel ik voor elkaar kan krijgen als
het om koude magie gaat, Catherine.'

'Hier in het land van de nederige vuurdovers,' beaamde ik en
ik zag hoe zijn ogen zich vernauwden bij die opmerking. 'Je hebt
mijn vraag niet beantwoord. Wat brengt jou in hemelsnaam naar
Expeditie?'

Hij keek langs me heen, stond op en verliet de tafel. Vastbesloten draaide ik me niet om. Ik had geen zin om hem na te kijken.
Hij kwam terug met een enorme schotel vol stomende rijst en bo-

nen met daarbovenop een stuk vis dat nog nasiste van de frituurolie. Ik viel bijna flauw van de heerlijke geur. Hij zette de schotel neer en bood me bestek aan.

'Denk maar niet dat je me kunt afleiden van mijn vraag,' mompelde ik terwijl mijn hand als uit zichzelf lepel en vork aannam.

Hij glimlachte. Ik vond die glimlach niet prettig. Die glimlach kon een vrouw de kleren van het lijf afstropen.

'Ga verder,' zei hij bemoedigend.

Tot mijn afschuw voelde ik een blos opkomen alsof hij die suggestie had uitgesproken en ik hem werkelijk overwoog.

Hij schoot achteruit, vermande zich en haalde diep adem.

'Tante maakt de beste rijst met bonen in de hele stad,' zei hij op andere toon.

Hij viel op het eten aan. Het schokte me zo dat hij met zoveel smaak at dat ik even niet kon bewegen. Toen verleidde de geur van het eten me. De rijst en ronde bonen waren gekookt in een romige melk en hadden een peperachtige smaak, niet brandend maar warm. De vis was wit en vlokkig en volmaakt. Het was zo heerlijk en ik had zo'n honger.

Hij zweeg even. Een afkeurende frons trok over zijn gezicht. 'Iemand heeft je niet goed te eten gegeven.'

Ik richtte mijn blik snel weer op het eten zodat ik niet naar Vai hoefde te kijken, want dan zou hij kunnen raden dat ik aan Drake dacht. Het leek immers duidelijk dat hij op Drake doelde. 'Je hebt me nog steeds geen antwoord gegeven. Wat bracht jou naar Expeditie?'

'Een schip met drie masten.'

'Lieg niet tegen me!' Ik legde mijn lepel neer.

'Ik lieg niet tegen je. Het was een schip met drie masten. En ik ben hier om mijn zus te helpen een nieuw leven op te bouwen.'

'Kayleigh? En de mansa liet haar zomaar gaan?'

Hij stouwde meerdere lepels vol rijst en bonen weg terwijl hij een antwoord overwoog. 'Zo eenvoudig is het natuurlijk niet, maar dat is alles wat ik kan zeggen. Als je daarom vindt dat je mij niet kunt vertrouwen en me niet wilt vertellen waarom jij naar Expeditie bent gekomen, dan begrijp ik je aarzeling. Maar je moet weten, Catherine, zelfs al kan of wil jij niets zeggen, ik zal je alle hulp en beschutting bieden die je nodig hebt. Alles.'

Zijn woorden troffen me zo dat ik van pure opluchting en dankbaarheid even mijn ogen sloot. Ik was niet alleen en zonder vrienden. Maar ik moest pragmatisch zijn. '"Alles" houdt nogal wat in. Ik heb niets behalve de kleren die ik aanheb en mijn zwaard. En mijn vaders medaillon, dat ik heb dankzij jou.'

'Ik laat je niet in de steek.'

Gelukkig voegde hij daar niet aan toe: *zoals je minnaar blijkbaar deed*, maar toen hij met die beschuldigende blik naar me keek, wist ik dat hij wist dat ik wist dat hij dat dacht.

'Dank je.' Ik richtte mijn blik op het alledaagse van de schaal met eten. Genadige Melqart! Samen hadden we bijna de hele schaal leeggegeten. 'Weet je zeker dat we niet nog steeds in de geestenwereld zijn?'

'Dat weet ik zeker. Maar ik vraag me af waarom je dat denkt.'

'Ik heb je gewoon nog nooit eerder als een normaal mens zien eten. Je zei ooit dat koude magie je voedde. Doet het dat hier niet?'

'Het geheim behoort aan degenen die weten hoe ze hun mond moeten houden.'

Die woorden hadden me moeten ergeren, maar in plaats daarvan herinnerden ze me aan iets anders. Ik viste de steen uit de zoom van het jasje. 'Ik vond... dit.' Ik gaf hem de steen.

Hij snakte naar adem.

'Je grootmoeder wandelde een tijdje met ons mee. Ik moet toegeven dat ze me berispte ten gunste van jou. Ze is dol op je. Het was hoogst irritant.'

Even trok er een glimlach rond zijn mondhoeken, maar die bloeide niet echt op. Hij was zo wijs om niets te zeggen.

'Toen werd ze opgeslokt door de vloedgolf van een drakendroom. Die sloeg over haar heen en ze was verdwenen.'

'Niet verdwenen, Catherine. Veranderd.'

Ik liet mijn stem zakken tot een gefluister. 'Is de steen je grootmoeder?'

'Natuurlijk is dat mijn grootmoeder niet!'

'Haar – eh – ziel dan?'

'Wat heb jij toch rare ideeën, Catherine. Is dat een of ander Fenicisch geloof?'

'Kun je niet onthouden dat het Kena'ani is, niet Fenicisch?'

'Neem me niet kwalijk. Dat heb je me eerder verteld en ik was het vergeten.' Hij sloot zijn vingers om de steen. 'Iets van mijn grootmoeder raakt deze steen aan. Door die dicht bij ons te houden, zijn we ook dicht bij haar. Als we gaan zitten om te eten en de eerste druppels van onze wijn op de steen laten vallen, zal dat haar roepen en zal ze dicht bij ons zijn.' Hij stond op en hield de steen nog steeds in zijn hand geklampt. 'Als je me wilt verontschuldigen...'

'Ga en doe wat juist is. Ik zal kijken of tante hulp nodig heeft.'

Hij deed een stap naar achteren maar draaide zich om en streek even met zijn hand over de mijne alsof hij zeker wilde weten dat ik een wezen van vlees en bloed was en niet een illusie geweven uit licht, zoals hij ooit mijn gezicht uit licht had geweven. Daarna liep hij naar het gebouw van twee verdiepingen, snelde de trap op en verdween in een kamer.

Als ik al een gedachte had, dan was die te vaag om op te merken. Uiteindelijk stopte ik met hem na te staren. Ik at het eten op en droeg het dienblad terug naar het aanrecht in de keuken.

'Een goede eetlust heel wat waard zijn,' merkte tante Djeneba op. Ze stond weer bij de kookplaat.

'Het eten was heerlijk. Dank u. Kan ik ergens mee helpen? Ik ben een goede werker. Ik kan naaien, koken, lezen en schrijven. Ik moet u wel vertellen; ik heb niets, geen geld en geen bezittingen. Ik kan u alleen aanbieden dat ik voor u wil werken.'

'Jij met Vai getrouwd zijn, nietwaar?'

Ik knipperde met mijn ogen. Minstens vier keer. Ik had geen idee hoe mijn gezicht eruitzag, maar tante Djeneba keek de andere kant op en de meisjes giechelden.

'Heeft hij u dat verteld?' vroeg ik kortaf.

Ze keek me bedachtzaam aan. 'Iedereen hier deze verhaal kennen. Hij en zijn zuster hier zes maanden geleden aankomen. Hij knap zijn en charmant. Hij hard werken. Weten hoe vrienden te maken. Zijn manieren zo goed zijn, ik zijn moeder graag willen ontmoeten. Zo'n jongeman als een bloem zijn. Die meidjes komen om te zien of zij deze kunnen plukken. Maar jij weten, Cat, nooit een spoor daarvan bij hem. Hij altijd praten over deze meidje die hij verloor, met wie hij trouwde. Hoe hij naar een ander kunnen kijken nu hij niet weten wat er gebeurd zijn met degene die hij verloren hebben? Maar jij dit alles wel weten, of niet soms?' Ze greep mijn arm. 'Jij even moeten zitten?'

'Waarom zou ik moeten zitten?' Maar ik kon de andere vragen die door mijn hoofd spookten niet uit mijn mond krijgen; hoe was de wereld losgeraakt van haar trossen? Wie was deze adembenemende persoon die zich uitgaf voor mijn echtgenoot, de arrogante koude magiër? Zou ik hier echt veilig zijn? Hoe kon ik Bee redden?

'Jij er gammel uitzien, meidje.' Ze leidde me naar een leunstoel naast een tandeloze oude vrouw, die glimlachte maar geen woord sprak. 'Ga zitten.'

Ik zakte in de leunstoel en sloot mijn ogen, bevangen door een heftig gevoel van verwarring en door de aanhoudende hitte.

Ik doezelde weg. Toen ik wakker werd, lagen er lange schaduwen over de binnenplaats en een tiental kinderen van verschillende leeftijd stond in een halve cirkel om me heen en keek me met grote ogen aan. Zodra ze zagen dat ik mijn ogen open had, rende een van de kleine jongetjes over de binnenplaats naar de lange bar waar mannen bij elkaar stonden te drinken en te praten. Vai was diep in gesprek met mannen van zijn eigen leeftijd die er vaag bekend uitzagen. Het leken timmerlui van de werkplaats, van wie ik dacht dat ze hem hadden geplaagd. Alleen hadden ze hem helemaal niet geplaagd.

Iemand lachte; een paar mannen deelden plaagstootjes uit, alsof ze met elkaar boksten. Het kleine jongetje trok aan Vais arm en hij draaide zich om. Zijn blik ontmoette de mijne, hij verontschuldigde zich en beende door de menigte naar het afdak. De kinderen dromden om ons heen terwijl hij naast me neerknielde.

'Catherine, ik hoop dat je je weer wat beter voelt.'

'Ik heb alleen zo'n dorst en het is zo warm.'

Hij tikte een van de kleine meisjes aan. 'Vruchtensap.' Met een brede grijns snelde ze weg en keerde triomfantelijk terug met een volle kom. 'Je kunt je maar beter rustig houden tot je weer op je benen kunt staan.'

Ik dronk. Mijn hoofd deed pijn en ik voelde me misselijk, maar ik wilde niet klagen. 'Laat me gewoon maar even zitten.'

'Stuur een van de kleine jongetjes als je iets nodig hebt. De meisjes kunnen vruchtensap voor je halen. Geen gegiechel of geklets.' Pas toen hij opstond drong het tot me door dat de laatste opmerking voor de kinderen bedoeld was.

Hij ging terug naar zijn vrienden. Ik sloot mijn ogen, want de verschuivende hoek van de zonnestralen buiten mijn schaduwplekje maakte me duizelig. Het vloeiende ritme van de zangerige stemmen troostte me. Regen roffelde op het afdak, kuste me met een verkoelende bries. Daarna was het weer heet en ik probeerde wakker te worden, maar ik zakte steeds weg.

Ik hoorde ze praten, maar het was te moeilijk om mijn ogen te openen.

'Weet je zeker dat ze geen schim is die is gekomen om je te kwellen? Die ze hier *opia* noemen?'

'Natuurlijk weet ik dat zeker, Kayleigh! Zij en ik zijn met elkaar verbonden door draden van magie die door een djeli via een spiegel aan elkaar zijn vastgeketend. Ik wíst dat het medaillon haar naar me toe zou brengen.'

'Ze vindt je niet eens aardig.'

'Dat weet ik nog zo net niet.' In zijn toon klonk een lach door.

'Kun je nog ijdeler zijn? Je denkt toch niet echt dat ze hierheen kwam om jou te zoeken! Kofi vertelde me dat ze in een kano hierheen kwam vanaf Koedoderstrand. Het zijn daar allemaal misdadigers, heksen en hoeren.'

'Zo moet je niet praten, Kayleigh!'

'Ik zeg alleen dat die plek een slechte reputatie heeft. Dat is een akelige snee daar boven haar oog. Hoe is ze eraan gekomen?'

'Het doet er niet toe. Het enige wat ertoe doet is dat ze hier is en dat ze veilig is.'

'Ik hoorde dat ze met een andere man was.'

Een kille bries verkoelde mijn koortsige voorhoofd.

'Niet boos op mij worden, Vai. Het is de waarheid. Kofi zag dat jij naar hem keek. Hij zei dat je eruitzag alsof je de dissel in het... gezicht van die andere man wilde smijten.'

Het werd nog iets kouder. Toen verdween de adem van ijs helaas. 'Nu begrijp ik het. Je bent jaloers.'

Haar stem klonk inderdaad een beetje verongelijkt. 'Je beloofde dat je met mij mee zou gaan naar de areito. Maar nu ga je hier de hele avond naar haar zitten staren.'

Zijn boosheid verdween helemaal. 'Ik kan haar toch niet wakker laten worden tussen allemaal onbekende gezichten. Hier is Kofi.

Ziet die er even keurig opgedoft uit voor jou! Want ik verzeker je dat hij dat niet voor mij heeft gedaan. Maar voordat jullie weggaan naar de areito, moeten hij en ik even praten over wat we de kleine zusjes vertellen.'

Ik opende mijn ogen en zag in een waas verwarrende beelden: de jonge timmerman met de littekens zweefde mijn blikveld binnen in een kleurig jasje en met kralen in zijn lokken. Hij glimlachte naar Vais jongere zus Kayleigh, die een blouse en een pagne droeg op de plaatselijke manier. De glans van haar witte ketting trok me onder in een zee vol witte schuimkoppen en ijsschotsen; een gemaskerd gezicht, fel en onvriendelijk draaide zich om en keek naar mij; een deurklink knipoogde met glinsterende ogen; een kraai fladderde naar beneden in een wolk van zwarte vleugels. Ik kreunde, probeerde weg te komen, maar hij pikte naar mijn huilende ogen en ik veranderde in zout en loste op in het schuimende water van de oceaan.

'Catherine?'

Ik snakte naar adem. Met bonkend hart schoot ik hijgend overeind.

De nacht was gevallen. Een delicate bubbel koud vuur verlichtte Vais gezicht. Achter hem maakten mensen bij lamplicht de tafels schoon en zetten de banken op hun plaats.

'Ik voel me niet goed,' fluisterde ik.

'Nee,' beaamde hij. Hij stak zijn armen onder me en tilde me met gemak op uit de stoel. 'Als je het privaat zelf kunt gebruiken, zal ik je erheen brengen. Anders zal ik tante vragen of ze je wil komen helpen.'

'Ik kan het zelf.'

Dat kon ik en ik deed het ook, hoewel ik in verwarring raakte door de pijpen en de pot en het mechanisme dat water spoelde. De meisjes hadden me eerder laten zien hoe ik het moest gebruiken. Het was heel vernuftig en hygiënisch en anders dan alles wat ik ooit in Adurnam had gezien. Toen ik naar buiten kwam, wankelde ik van duizeligheid, dus hij droeg me de trap op en een kamer in waar hij me op een smal bed legde.

Hij trok mijn jasje uit en opeens was het stil, hoewel hij daarvoor ook niets had gezegd. Even later liet hij mijn arm los en veegde mijn gezicht, nek en armen af met een koele doek. Hij liet me drinken met kleine slokjes en daarna ging hij weg en hoorde ik hem praten met een zachte, gespannen stem. Maar ik kon de woorden niet begrijpen.

Ik lag te woelen en te draaien. Als in een rusteloze droom kwam een oude man met veren en schelpen in zijn haren de kamer binnen. Zijn vereelte hand streek over mijn navel; zijn lippen drukten tegen mijn voorhoofd in een kus die door mijn lichaam trok en mijn bloed verhitte.

Zijn onbekende stem sprak. *'Ze is schoon.'*

20

Later was alles stil en er hing een zweem van een briesje rond mijn gezicht.

'Tante, het was het ergste ogenblik van mijn leven, toen ze van me wegglipte in de waterput. Ik dacht dat ik haar voor altijd had verloren. En toen, toen ik haar jasje uittrok en die beet zag...'

'Geen problemen opzoeken, jongen. Die behique zeggen dat zij schoon is. Maar goed, jij maar liever naar jouw werk gaan, anders jij die hele dag in die weg lopen. Zie hoe zij woelen omdat ze jouw stem horen? Zij moeten slapen, want zij zijn helemaal versleten en uitgeput. Jij gewoon gaan. Ik wel opletten.'

Ik werd wakker door het daglicht en een verstikkende hitte als slijk in mijn longen. Boven mijn hoofd begon het te regenen, een bui die zo heftig was dat ik niets anders kon horen dan het geroffel op de pannen van het dak. De lucht werd koeler. Mijn hoofdpijn nam af. De regen stopte.

Ik lag op een veldbed. Ik droeg alleen een onderbroek en een dunne mousselinen blouse. Ik had onder een laken gelegen, maar dat had ik weggeschopt. Mijn wandelstok lag naast me. Ik zwaaide mijn benen over de rand van het bed en stond voorzichtig op. Het leek alsof mijn hoofd nu pas weer goed op mijn lichaam paste. Er hing een pagne over het scherm dat de kleine kamer in tweeën deelde, aan beide zijden stond een veldbed en er hingen manden aan de middelste dakbalk. Een zwaard in een schede was tussen de dakspanten gestoken. Het kon niet gestolen worden omdat niemand Vais koude staal kon aanraken behalve hijzelf. In een mand op de vloer lagen mijn opgevouwen kleren. Ik trok het lijfje aan en wikkelde de pagne om me heen. De mouwen van de blouse waren lang genoeg om de herstellende beet te verbergen.

Mijn mond smaakte naar onaangename herinneringen. Drake had me in de steek gelaten, zodat ik zelf mijn weg moest zoeken naar de Gevlekte Leguaan, waar ik helemaal alleen ziek zou zijn geworden. Heel anders dan hier, waar mensen – Vai – betrokken waren bij wat er met mij gebeurde. Gezegende Tanit! De gedachte dat ik misschien Drakes kind droeg en wat er met mij zou gebeuren als dit zo was, maakte me vastbesloten mijn eigen pad te zoeken. Ik zou niet op mijn knieën naar Drake kruipen en om hulp smeken.

'Ja, maku!' Een van de meisjes gluurde door de open deur. Ze was wellicht iets ouder dan Bee's zusje Hanan, misschien vijftien, en leek op tante door haar springerige zwarte haren en haar bruine huid. 'Jij je een beetje beter voelen? Ach! Jij die vraag maar laten zitten. Jij er niet meer uitzien als bedorven cassavepulp. Ik echt denken dat jij gisteravond helemaal wegglijden.'

'Ik voel me beter, dank je. En welke vraag moet ik laten zitten?'

'Vai zeggen jou geen vragen te stellen. 't Zijn bijna etenstijd, als jij honger hebben.'

Ik moest plassen en ik kwam erachter dat ik inderdaad honger had en een vreselijke dorst. 'Dank je wel voor het opvouwen van mijn kleren. Hoe heet je? Als je het me al eerder hebt verteld, ben ik het weer vergeten.'

'Lucretia.'

'Nee. Echt?'

Ze grinnikte. 'Mijn vader een Romeinse zeeman zijn. Hij ieder jaar een keer komen, heel trouw. Daarom ik acht kleine zusjes hebben.'

Ik lachte en volgde haar de trap af naar de binnenplaats waar mannen en jongens banken klaarzetten en vaten naar binnen rolden. Vrouwen en meisjes waren aan het koken. Tante Djeneba bestierde niet alleen een logement, maar ook een eet- en drinkgelegenheid, de soort van plek waar mensen, voornamelijk mannen, kwamen uitrusten na hun warme werkdag. De laaghangende zon die tussen dichte wolken door gluurde, hulde de plek in een zachte gloed.

Vanuit de buitendeur van de keuken begroette tante Djeneba me door me even goed op te nemen. 'Jij vanavond nog rustig blijven. Wij morgen praten. Daar komt Vai.'

Hij had houtschilfers in zijn haar en een restje zaagstof op zijn blote armen. Hij keek me lang en onderzoekend aan, wat ik verdroeg door mijn medaillon tevoorschijn te trekken en ermee te spelen. 'Je ziet eruit alsof je je beter voelt.'

'Ik heb de hele dag geslapen.' Ik wilde wel wat meer zeggen, maar mijn tong was in steen veranderd.

'Weet u, tante,' zei hij, 'ik moet eigenlijk naar de maandagbijeenkomst, als het even kan.'

'Ik ervoor zorgen dat haar niets overkomen.'

'Welke bijeenkomst?' vroeg ik.

'Ik zal je een andere keer meenemen. Als je me wilt verontschuldigen. Ik moet dit even opbergen in mijn kamer.' Er hing een canvas-voorschoot over zijn rug met gereedschap in genaaide vakjes. Hij haastte zich naar boven en toen hij naar beneden kwam, verschenen zijn vrienden, waaronder Kofi, bij de poort. Ze staarden nieuwsgierig naar me, maar kwamen niet dichterbij en ze vertrokken samen met Vai.

'Ik denken jij 't prettigste zitten bij tante Birgit,' zei tante.

Ik kroop in de leunstoel onder het afdak achter de keuken, naast de tandeloze oude vrouw die glimlachte en niets zei. Er waren altijd minstens twee kinderen in de buurt, die graag vruchtensap voor me wilden halen. Ik had geen honger, maar ik had de zee leeg kunnen drinken en dan nog een beetje.

Kayleigh kwam binnen toen het donker werd, in een mooie pagne en met felgekleurde linten in haar lokken. Ze zag er nog net zo uit als vorig jaar; lang en robuust. Een mooie jonge vrouw, die haar kindertijd nog niet helemaal achter zich had gelaten. Hoewel ze niet zo verbluffend mooi was als haar broer. Toen ze dichterbij kwam, werden de lijnen van vermoeidheid op haar gezicht duidelijker zichtbaar.

Na een aarzeling kwam ze naar me toe. 'Cat Barahal. Je moet je iets beter voelen.' Ze veegde haar voorhoofd af met een stukje stof. 'Vai is uitgegaan. Dat zou hij niet gedaan hebben als hij dacht dat je nog ziek was.'

Lucretia verscheen met een kom vol met het troebele gemberbier dat iedereen hier dronk. 'Ik een gerucht horen dat die generaal
vandaag teruggekomen zijn.'

Met een dankbare glimlach nam Kayleigh de kom aan. 'Hij is
nog steeds in Taino gebied.'

'Mijn vader zeggen die cacica hem eruit schoppen als hij komen
slijmen.'

'Jouw vader is een Romein, Lucy. Hij ziet de generaal als de vij-
and. In het stadhuis wordt beweerd dat de cacica en de generaal
met elkaar onderhandelen. Dat heeft de schepenen heel nerveus
gemaakt.'

'Bedoel je Camjiata?' vroeg ik. 'En deze cacica, is dat de moeder
van prins Caonabo?'

Beide meisjes keken me aan alsof ik vleugels en een derde oog
had gekregen.

Kayleigh dronk de kom leeg en gaf hem terug aan Lucretia. 'Ik
ga me wassen.' Ze beende weg.

'Heb ik haar beledigd?'

'Jij je niets van haar aantrekken,' zei Lucretia. 'Zij hard werken
in die stadhuis.'

'Wat is het stadhuis?'

'Jo, maku! Jij niets weten! De opzichters van deze stadhuis die
orde bewaren in Expeditie en die wet opleggen.'

Ondanks mezelf bedacht ik dat als bediende werken in het stadhuis een verdomd goede manier was om gevoelige informatie af
te luisteren.

'Ik alleen zeggen,' ging Lucretia verder, 'dat zij aardig zijn. Echt.
Niet zo charmant als haar broer, maar... Ik bedoel, al deze vrouwen
komen die hele tijd langs. Maar hij nooit twee keer naar iemand
kijken! En zij zijn zus, zij altijd die belangrijkste voor hem zijn. En
nou jij opeens komen.'

'Aangespoeld op de kust als een oude, al drie dagen dode vis.'

Ze giechelde. 'Jij zo grappig zijn.'

Met een kaars ging ik terug naar de kamer boven. Kayleigh was
in slaap gevallen op het andere bed, en dat betekende dat ik de afgelopen nacht op Vais bed had geslapen. Morgen zouden we natuurlijk andere slaapvoorzieningen moeten bespreken. Ik sliep
vast. Toen ik de volgende ochtend wakker werd, was Kayleigh ver-

dwenen. Ik wist niet waar Vai had geslapen.

De binnenplaats had een kalme schoonheid in het zachte licht.

'Waar zijn alle kinderen?' vroeg ik tante Djeneba, die de witte knol die cassave werd genoemd aan het bakken was. 'Waar is Lucretia?'

'Op school. Zij eind van de ochtend klaar zijn. Wat jou betreft, wij rustig beginnen vandaag. Jij zeggen jij kunnen naaien. Ik hebben deze verstelwerk liggen. Normaal gesproken wij deze naar Kleermakersstraat brengen, maar deze zijn een rustig klusje voor jou in die schaduw.'

Ik trok een bank bij zodat ik onder het keukendak kon zitten. We waren alleen op de binnenplaats.

Ze zei zacht: 'Eén ding eerst. Jij die arm altijd bedekt houden tot die wond genezen. Jij nooit praten over wat er gebeurde. Nooit.'

Ik raakte mijn mouw aan en voelde de pijnlijke wond eronder. 'Vai moet de beet gezien hebben toen hij mijn jasje uittrok.'

'Ja, en hij onmiddellijk naar mij toe komen, precies zoals hij moeten doen. Ik zelf weggaan en die plaatselijke behique brengen, een goede man, heel discreet. Alleen wij vieren weten.'

Wij vieren en iedereen op Zouteiland, maar die informatie hield ik voor me. 'Ik weet wat er zal gebeuren als de opzichters mij opsporen. Maar zal er dan met u ook iets gebeuren, tante?'

Ze stopte even met bakken. 'Netjes van jou dat jij deze vragen, meidje. Dan ik gearresteerd worden en alles verliezen wat ik hebben.'

'Dat is een verschrikkelijk risico. Waarom neemt u me op?'

Ze wees naar de naaimand en de opgevouwen stapel oude kleren. 'Daar liggen veel gescheurde zomen en mouwen. Veel ellebogen en knieën met gaten. Wij mensen die buiten die oude stad leven hebben die idee gekregen deze schepenen van Expeditie ons zien als die oude kleren. Zij deze gebruiken en daarna weggooien. Als jij dochter waren van schepenen, wij nooit horen over jou terugsturen naar Zouteiland.'

'Mijn vader schreef dat als niet iedereen gelijk is voor de wet, dat de wet dan niets waard is.'

'Een wijze man, die jou verwekken. Hij nog steeds onder die levenden zijn?'

Ik keek de andere kant op omdat ik niets kon zeggen.

'Deze verdriet nog nieuw lijken,' zei ze vriendelijk.

Ze ging verder met snijden, roosteren en bakken. Ik zat rustig te naaien terwijl zij vertelde over hoe de afkomst van haar familie terugging tot aan de zeelieden van de eerste vloot. Zij was zelf getrouwd met een man wiens grootouders Keltisch Brigantia hadden verlaten om hun fortuin te maken op de markten van Expeditie. Haar echtgenoot was drie jaar geleden op een nacht gestorven toen een uil op het dak was gaan zitten. Haar drie zonen werkten op een vissersboot bij hun oom, die haar broer was, en haar enige overlevende dochter Brenna, degene met de Romeinse geliefde, hielp haar het logement te bestieren. Oom Joe, weduwnaar van tantes zuster, hield toezicht op het deel van de onderneming waar mensen kwamen eten en drinken.

'Hebben jullie gaslicht in alle straten van Expeditie? In Adurnam hebben slechts een paar plekken gaslicht.'

'Overal in die oude stad en deze havenkwartier en natuurlijk in trollenstad. Wij hier in Passaportekwartier drie jaar geleden die straatverlichting kregen. Alleen omdat wij die straat opgingen om te protesteren. Wij landbelasting en verkoopbelasting betalen en wij iets terug willen zien voor deze geld die wij betalen aan deze schatkist van die Raad. Maar Lucairikwartier en die daarbuiten? Niets. Zij nog moeten vertrouwen op vuurdovers om hun 's nachts bij te lichten.'

Dit was mijn kans om meer te weten te komen over magiërs in dit deel van de wereld.

'Werken vuurdovers hier als eenvoudige lantaarnopstekers en fakkeldragers?' Ik legde de laatste hand aan een patroon van maaswerk om een versleten elleboog te repareren en hield de mouw omhoog.

Ze leek verrast. 'Deze net zo goed als van een kleermaker. Jij een vaardige hand hebben voor een vrouw. Vuurdovers meestal werken voor die brandweerlieden en op areito's en andere nachtelijke bijeenkomsten.'

'Wat is een areito? Een of ander festival?'

'Deze Tainowoord zijn voor heilige of buurtfeest, Romeinen deze een festival zouden noemen. En over die andere; alle vuurdovers geregistreerd moeten worden op die stadhuis. Dat die wet zijn. En dan zij zweren nooit een verbintenis aan te gaan met andere magiërs.'

'Ik heb gezien hoeveel macht magiërshuizen in Europa hebben, dus ik begrijp dat mensen in Expeditie op hun hoede zijn voor verbintenissen tussen magiërs. Is er een knoop hiervoor?'

'In deze blik. Er twee nodig zijn. Als jij niet geregistreerd staan als vuurdover, dan jij gearresteerd kunnen worden. Als jij gaan om je te registreren, jij nog niet geregistreerd zijn, dus jij aangehouden kunnen worden als zij jou willen gevangennemen.'

'Dat is toch ontzettend oneerlijk! En waarom willen de opzichters de vuurdovers eigenlijk arresteren?'

'Omdat zij deze verkopen aan die Taino. Die opbrengsten naar deze schatkist van die schepenen gaan.'

'Waarom willen de Taino vuurdovers hebben?'

'Nou, als vuurvangers. Geen enkele Taino vuurmagiër 's ochtends opstaan zonder een vuurvanger in zijn buurt.'

Ik zweeg, mijn naald hing doelloos midden in de lucht en ik herinnerde me de drie zouters die Drake had gebruikt om het overtollige vuur van zijn magie op te vangen, zodat het hem niet zou verteren. 'Dat is afschuwelijk! Waarom staan mensen toe dat vuurdovers gevangen worden genomen en verkocht?'

'Omdat deze opzichters alleen mensen pakken die niemand hebben om hen te beschermen. Vuurdovers die geboren worden in een familie met veel geld of een groot huis in die oude stad, nooit vermist worden, nooit verkocht worden, en nooit verplicht worden te werken voor die brandweerlieden. Er zijn een regel voor die rijken en een andere voor die rest. Dus een maku die naar deze kust komen, een gemakkelijke prooi zijn. Jij zullen merken, Cat, dat mensen hier niets zeggen tegen die opzichters, wat wij ook zien. Je begrijpen?'

Ik begreep het. Ze had mij verteld dat ze wist dat Vai een vuurdover was en dat ik dit tegen niemand mocht vertellen, dus knikte ik. Daarna viste ik een andere knoop op en begon die vast te naaien. 'Zijn er veel machtige vuurmagiërs in het Taino koninkrijk?'

Ze liet haar stem dalen. 'Beter voorzichtig zijn en niet praten over behiques, Cat. Jij niet willen dat zij jou opmerken.'

Ik ging over op een ander onderwerp. 'Wanneer is generaal Camjiata naar Expeditie gekomen?'

'Hij en zijn mensen geland zijn in februarius. Die man zoveel moeilijkheden veroorzaakt hebben waar jij vandaan komen. En nou hij hier komen en om hulp vragen. Hij willen dat wij betalen zodat hij een nieuwe oorlog beginnen kunnen daar in Europa.'

'Hij reisde hierheen om hulp te krijgen van de schepenen van Expeditie?'

'Hij vragen. Deze enigste zijn wat die schepenen goed gedaan hebben. Zij nee zeggen.'

'Ze weigerden hem te helpen! Is hij daarom naar de hoofdstad van de Taino gegaan? Om de hulp van de Taino in te roepen?'

'Zo deze eruitzien. Hoe wij er ook naar kijken, deze slecht nieuws zijn voor Expeditie. Ooit, lang geleden er veel caciques op Kiskeya waren. Nu maar één, en die ene over alle eilanden van die Antillen regeren. Ik verwachten niets anders dan moeilijkheden als die Taino besluiten deze kant op te kijken.'

'Dus zij zijn een keizerrijk, net zoals de Romeinen. Maar als de Taino cacique en zijn stam zo machtig zijn, waarom veroveren ze dan het gebied van Expeditie met zijn fabrieken en zijn haven niet?'

Ze glimlachte. 'Slim meisje, om deze vraag te stellen. Geen wonder Vai zo verliefd op jou.'

Ik rommelde door het blik op zoek naar een knoop die ik niet nodig had. Met haar blik op mij gericht, goot ik knopen op mijn handpalm en bekeek die nauwkeurig.

Ze zei: 'Als deze Taino iets zijn, zij hoeders van die wet zijn. In die eerste overeenkomst, de Taino caciques zweren zij nooit die grens oversteken tussen Taino land en Expeditie territorium. Dus Taino denken zij die cemi onteren als zij overeenkomst verbreken. Jij weten, zij voorouders zijn. Trouwens, Cat. Nu ik praten over overeenkomst, ik me herinneren. Vai mij gisteren zeggen hij hang-mat willen huren in gemeenschappelijke kamer. Ik denken hij deze bedoelen voor Kayleigh, maar hij bedoelen voor zichzelf. Jij en zij die kamer gaan delen, waar hij voor betalen, en hij ergens anders gaan slapen.'

De knopen waren van brons en gemaakt in dezelfde mal. In een huishouden waar ze zuinig moesten zijn, was het verstandig om eenvoudige knopen te kopen die op verschillende kledingstukken konden worden gedragen.

'Niet dat deze mijn zaak zijn,' voegde ze eraan toe op een toon die het tegendeel suggereerde, 'maar vrede in jouw huis geven vrede in jouw hart.'

De knopen staarden naar me. Niet dat het hun zaak was!

'Het is niet aan mij om over zulke intieme zaken te praten,' zei ik op een toon die, naar ik hoopte, het midden hield tussen beleefd zijn en het resoluut afkappen van dit gespreksonderwerp. 'Ik wilde u vragen of ik wat naaigaren van u kan lenen. Ik zal u natuurlijk terugbetalen. Ik kan een groot deel van mijn rokken en onderrokken redden door één rok te naaien van de restanten. En van de overblijvende stukjes kan ik een paar vestjes – hemdjes, bedoel ik – maken als de kleine jongetjes die kunnen gebruiken. Het is heel goede kwaliteit wol...' Ik raakte de draad kwijt, verrast dat ik mijn handen tot vuisten had gebald. De knopen staken in mijn handpalmen.

Ze keek me onderzoekend aan. 'Die jongeman jou misschien ooit geslagen hebben?'

'Mij geslagen? Bedoelt u of hij mij mishandeld heeft?'

'Hij niet die soort lijken. Maar ik denken, ik beter even vragen.'

'Nee. Dat heeft hij nooit gedaan. Hoewel hij een paar heel gemene dingen tegen me heeft gezegd.'

Ze glimlachte droog. 'Ik toegeven, die jongen scherpe tong hebben als hij willen, niet dat hij ooit brutaal zijn tegen die ouderen! En hij hele hoge dunk van zichzelf hebben.'

'Dat is een manier om het te beschrijven,' beaamde ik.

Ze grinnikte. 'Jij alle naaigaren in deze koperen blik gebruiken kunnen. Als jij je weer goed voelen, ik denken ik jou 's avonds eten en drinken laten serveren. Jij leuk meidje om naar te kijken en jij vrijmoedige manier van praten hebben. Tegenwoordig ik moeilijk hulp kunnen krijgen, nu die fabrieken zoveel mensen inhuren.'

'Dat lukt me wel. Tante, ik vind het heel aardig dat u me in huis neemt. Maar ik ben van plan mijn levensonderhoud te verdienen.'

'Hoe Vai kijken toen hij jou hier binnenbrengen al genoeg zijn, maar jij niet bang zijn, meidje. Ik wel zorgen dat jij jouw bed verdienen.' Ze lachte vrolijk om de uitdrukking op mijn gezicht, wat die ook was.

Ik haalde mijn vernielde rokken en leende een schaar van een van de buurmannen. Aan een tafel voor een geïnteresseerd publiek van kinderen en de vaste klanten die altijd vroeg kwamen, begon ik de gescheurde en vernielde resten uit elkaar te halen terwijl ik een zorgvuldig verwoord verhaal vertelde. Daarbij vermeed ik Zouteiland, James Drake en prins Caonabo en sprong na de aanval in het water gelijk over op de zeerovers die me vanaf het strand hadden gered. Het begon te regenen, zoals elke middag, en er druppelden mensen binnen die klaar waren met hun werk en hierheen kwamen voor een drankje en wat ontspanning.

'Jij zeggen jij aangevallen worden door een haai? Beschrijf wat jij zien, meidje.'

'Hij was heel groot en had een akelig glanzende, grijze kleur en dode, uitdrukkingloze ogen. Ik moet bekennen dat ik nog nooit in mijn leven zo bang ben geweest.' *Behalve toen ik voor het wezen stond dat mij had verwekt.* 'Ik stompte hem en hij zwom weg.'

Ze lachten en floten. Een paar mensen begonnen te redetwisten of het een *carite* of een *cajaya* was, twee verschillende soorten haaien die erom bekendstonden dat ze mensen aanvielen. Toen ik opkeek zag ik dat Vai achteraan stond met zijn armen voor zijn borst gekruist. Hij keek boos alsof ik hem persoonlijk had beledigd. Te zien aan het zaagsel op zijn huid, was hij nog maar net binnengekomen en had hij zich nog niet gewassen. Vandaag had hij een zakdoek over zijn hoofd gebonden waardoor hij eruitzag als een zeerover. Een man die op het punt stond weg te zeilen in een luchtschip, natuurlijk op het kleine detail na dat hij de ballon zou laten leeglopen en daardoor een spectaculair ongeluk zou veroorzaken.

'Deze haai niet die roofdier zijn waar jij meeste bang voor moeten zijn, meidje,' zei oom Joe. 'Die zeerovers veel erger. 't Erop lijken jij gered zijn van deze strand door die Barr familie. Hij Nick Mes genoemd worden voor zijn messen en zij Hyena Koningin voor manier waarop zij lachen.'

'De Barr familie? Dat zou best kunnen. We zijn nooit echt aan elkaar voorgesteld.'

'Ik mij doodlachen, meidje!' zei een of andere grapjas in de menigte. '"Nooit echt aan elkaar voorgesteld!"'

'Ze zei dat haar grootmoeder een Kena'ani vrouw was. Dat maakt ons op een bepaalde manier familie. Misschien wel echt, want ik ben een Barahal. Misschien zijn we echt nichten, als haar voorouders de naam Barahal hebben afgekort tot Barr. Daarom konden we het natuurlijk zo goed met elkaar vinden.'

Ik mat de stof af tegen de tailleband, terwijl mijn publiek dubbel lag van het lachen om mijn branie. Maar toen Vais blik over hen gleed, stapten ze achteruit alsof hij hen had geduwd. Misschien had hij dat ook, want er hing opeens een prikkeling in de lucht. Iedereen haastte zich naar andere tafels.

Hij ging tegenover me zitten, zijn armen nog steeds gekruist. 'Je zult weer ziek worden als je te veel doet.'

Ik sprak zacht terwijl ik stof aan de tailleband speldde, want hoewel de klanten ergens anders waren gaan zitten, keken ze wel naar ons. 'Ik moet mijn eigen levensonderhoud verdienen, Vai, ik wil me niet door jou laten onderhouden. Het verbaast me dat je iedereen dat aangrijpende verhaal vertelde over hoe je je geliefde vrouw verloor en sindsdien steeds naar haar hebt gezocht. Wat hartverscheurend. Wat nobel.'

'Het houdt de vrouwen bij me vandaan.'

De meeste mannen worden lelijk als ze zich ergeren, dan zien ze er kleingeestig of humeurig uit. Vai niet. Ergernis deed zijn gezicht nog scherper uitkomen, maakte dat een vrouw hem wilde kussen tot hij toegaf. Ik stelde me voor hoe hongerige jonge vrouwen als bijen om hem heen zwermden, als om een sappige, geërgerde bloem.

Hij trok een wenkbrauw op, als een hooghartige vraag.

'Wat leuk voor je,' zei ik, omdat hij duidelijk een reactie verwachtte op een uitspraak die bedoeld was om mij te provoceren. 'Of niet.'

'Verander niet van onderwerp, Catherine. Ik zie niet in hoe het verhaal dat ik heb verteld zoveel anders is dan het opgesmukte verslag dat jij zojuist bij elkaar hebt verzonnen.'

'Het is allemaal waar!'

'Dat geloof ik graag. Als iemand een haai op zijn oog kan stompen en dat overleeft om het na te vertellen, dan ben jij het.'

'Ik zou je bedanken voor dit compliment als je niet zo boos had gekeken toen ik dat deel van het verhaal vertelde.'

'Ja, boosheid was natuurlijk mijn eerste reactie toen ik hoorde dat jij was aangevallen door een haai. Ik zou uiteraard niet geschokt kunnen zijn of bezorgd om jou. Hoewel je het deel hebt wegge-laten over hoe je nu eigenlijk midden in de zee terecht bent geko-men.'

'Zou je me hebben uitgeleverd aan de opzichters als ik niet schoon was geweest?'

Zijn kin schoot zo snel omhoog dat het leek alsof ik hem had geslagen. Een zweem van ijs kuste mijn lippen.

Omdat ik opeens onbegrijpelijk woedend was, ging ik door met mijn aanval, leunde voorover en fluisterde agressief: 'Dat had je moeten doen. Ik was op Zouteiland.'

Hij stond zo snel op dat mensen overal op de binnenplaats schrokken en doelbewust wegkeken. Hij greep mijn arm en trok me dichter naar zich toe, over de tafel heen. De rand van de tafel drukte tegen mijn dijen.

Zijn stem kwam naar buiten in een schor gefluister. 'Dat heb je alleen maar gedroomd. *Je bent daar nooit geweest.*'

'Laat me los,' zei ik, verstijfd onder zijn hand. Het enige wat ik kon zien was Abby's gezicht.

Hij liet me los. Ging zitten. Sloot zijn ogen en ademde moei-zaam terwijl de kille lucht om ons heen verdween. Ik vocht om mijn zelfbeheersing terug te krijgen. Terwijl ik de verfrommelde stof gladstreek, vroeg ik me af wat mensen van dit alles dachten. Waarschijnlijk was dat niet zo moeilijk: de lang geleden gescheiden geliefden ruzieden over de omstandigheden die vooraf waren ge-gaan aan hun scheiding.

Toen zijn ademhaling weer normaal was, opende hij zijn ogen en zag ik weer die hooghartige blik; hij bekeek me met de arro-gantie die ik zo goed kende. 'Dat verklaart de aanwezigheid van de vuurmagiër. Hoewel ik niet helemaal begrijp hoe een vuurma-giër kon samenwerken met de beruchte Barr familie.'

Ik pareerde. 'Ik had niet het idee dat de Barr familie de vuur-magiër graag mocht.'

'Heel goed. Ik mag hem ook niet.'

'Ik heb ook helemaal niet gevraagd of je hem aardig wilt vinden. Je kent hem niet eens.'

Hij legde zijn ellebogen op de tafel, zonder acht te slaan op de stof die ik zo netjes terug op zijn plek probeerde te leggen. 'Dat zie je toch verkeerd. Ik heb hem ontmoet in Adurnam. Bij de deur van het juridisch bureau van Godwik en Clutch. Waar ik ook jou vond. Dat herinnerde ik me toen ik hem vandaag opnieuw zag...'

Ik schoot omhoog en stak mezelf met de speld. 'Au!'

'... lopen in de haven met een belachelijke pet diep over zijn oren getrokken om zijn rode haren te verbergen. Hij vroeg naar een meisje dat hij was kwijtgeraakt nadat hij haar had gered van een schipbreuk op een verlaten eiland. Het verbaast me dat je de schipbreuk vergat te vermelden in jouw verder zo meeslepende verhaal.'

Ik likte een druppel bloed van mijn vinger.

'Ik vraag me af waarom hij toen in Adurnam was en waarom hij nu hierheen is gekomen,' zei hij tot slot.

Vai wist niet dat generaal Camjiata in het juridisch bureau in Adurnam was geweest. En ik zou het hem niet vertellen, want het was zijn zaak niet. Bovendien had het niets met mij te maken, wat het Iberische Monster ook beweerde.

'Voor die dag in Adurnam had ik Drake nog nooit ontmoet,' zei ik heel eerlijk, 'en daarna niet meer tot datgene waarover we niet mogen praten.' Ik ging zitten en legde mijn hoofd in mijn handen omdat ik anders mijn buik zou aanraken. 'Gezegende Tanit! Heeft iemand hem verteld waar ik heen ben gegaan?'

'Niemand in de timmerwerkplaats. Ik ben er wel achter gekomen dat je een boodschap voor hem kunt achterlaten in de Gevlekte Leguaan. Zullen we daar nu heen gaan?'

Ik vond de moed om hem aan te kijken. 'Kan ik niet gewoon hier blijven?'

Zijn adem stokte. Toen verraadde de zelfvoldane trek om zijn mond hem. 'Dat kan, als dat is wat je wilt.'

Ik begon te trillen. 'Je kon er niet gewoon recht voor uitkomen en me vragen wat je echt wilt weten, wat, naar ik aanneem, is of ik terug wil naar James Drake. De beruchte moordenaar Nick Mes was in ieder geval eerlijk tegen me!'

Dat maakte dat hij rechtop ging zitten. 'Hoe bedoel je?'

'Hij gaf me een standje. Hij zei: "Jij niet dronken worden samen met mannen. Wat jij denken er gebeuren?"'

'Zei hij dat?' mompelde de arrogante koude magiër bedachtzaam. Hij wreef met zijn vinger en duim langs zijn kaaklijn op een manier die mijn blik naar zijn lippen trok.

'Denk je dat ik zit te liegen?' snauwde ik.

'Heb ik gezegd dat ik dacht dat je zat te liegen?'

'Ga je me allerlei vragen stellen om me te ergeren?' Ik overwoog om hem met een speld te prikken.

'Wie denk je dat dit het langste kan volhouden?' zei hij met een uitdagende grijns. Hij stond op, griste een kom van een dienblad waar Brenna net mee langsliep – ze glimlachte tegen hem alsof ze hem succes wilde wensen! – en gaf deze aan mij. 'Wil je wat drinken?'

'Probeer je me dronken te voeren?'

'Waarom zou ik jou dronken willen voeren, Catherine?'

'Is dat niet de manier waarop mannen vrouwen verleiden...?' Ik brak de zin af, zo verward en beschaamd dat ik niets anders kon doen dan een slok nemen. Het was vruchtensap, zoet en puur.

'Ik heb gehoord dat dit de enige manier is waarop sommige mannen erin slagen vrouwen te verleiden.' Hij pakte de kom uit mijn hand, dronk hem leeg en veranderde gelukkig van onderwerp. 'Ik wil graag weten hoe jij in staat bent je midden in een kamer te verbergen, zodat alleen ik je kan zien en anderen niet.'

Ik leunde naar voren alsof ik hem iets in vertrouwen wilde vertellen, zijn adem stokte.

Zacht zei ik: 'Het geheim behoort aan degenen die weten hoe ze hun mond moeten houden.'

Hij lachte heel charmant, verdorie, want het was de lach van een man die bereid was om zich vrolijk te maken ten koste van zichzelf. 'Hoe lang heb je gewacht om dit tegen me te kunnen zeggen?'

'Hoe lang denk je dat ik gewacht heb?'

'Ik denk sinds de eerste keer dat je mij dat hoorde zeggen. Maar goed, Catherine, ik ben heel vasthoudend. Ik wil óók graag weten hoe jij van Europa naar de Antillen bent gezeild, of dat je de reis hierheen hebt gemaakt terwijl je nog in de geestenwereld was.'

'En ik wil graag weten waarom jij en je zus hier zijn. Ik geloof niet dat de mansa genereus genoeg is om een meisje te laten gaan met wie hij meer machtige koude magiërs hoopte te fokken.'

Hij glimlachte, maar op zo'n manier dat ik op mijn hoede was. 'Daar laat de kat haar klauwen zien. Het is een rake veronderstelling. Ik zal niet tegen je liegen, Catherine. Net zoals jij, heb ik dingen waar ik niet over mag spreken. Laat me weten wat ik kan doen om je te helpen je thuis te voelen.'

Ik pakte mijn rokken. 'Ik zal 's ochtends naaien en 's avonds bedienen. Ik begin vanavond.'

Met mijn ogen daagde ik hem uit te protesteren dat ik nog een dag moest rusten. Maar hij glimlachte alleen vriendelijk op een manier die maakte dat mijn hart oversloeg, een beweging die anatomisch onmogelijk was. Plotseling begon mijn bloed te koken.

Tegen mijn wil had ik de verplichting van een huwelijk moeten aangaan, dat door magie bezegeld was op een manier die ik niet begreep. Als het hoofd van de dichter Bran Cof de waarheid had verteld, kon ik bevrijd worden uit dat huwelijk zolang ik niet toegaf aan een hinderlijke verleiding door zijn fysieke gedaante. Ik had een verschrikkelijke taak opgelegd gekregen. Ik kon me geen sentiment veroorloven, of afleiding. De Meester van de Wilde Jacht was niet geïnteresseerd in sentiment en hij zou zich ook niet laten afleiden. Bee had mij harteloos genoemd en jaren van opgroeien in een verarmd huishouden hadden me geleerd verstandig te zijn.

Ik haalde diep adem en begon de stof op te vouwen. Omdat ik voorzichtig moest zijn met de spelden, moest ik goed opletten. Als spelden je hard genoeg prikken, ga je bloeden.

'Even voor de goede orde, Vai. Ik ben dankbaar voor je hulp. Maar er is niets veranderd tussen ons wat we niet al eerder hebben besproken.'

Ik keek even omhoog om te zien hoe hij mijn onverzoenlijke verklaring opnam, en zag tot mijn verrassing een uitdrukking op zijn gezicht die ik alleen kon omschrijven als berekenend.

'Wat?' vroeg ik bits. 'Je ziet eruit alsof je een misdaad beraamt.'

Hij keek zo snel opzij dat het bijna een bekentenis was.

'Volgens mij zijn we uitgepraat.' Ik drukte de stof tegen mijn borst als een schild en stapte achteruit van de tafel. Overal op de binnenplaats deden mensen alsof ze niet keken, maar dat deden ze wel.

Zonder iets te zeggen liet hij me gaan.

21

Om als serveerster te bedienen moet je een goed geheugen hebben, snel zijn en weten hoe je mannen tevreden houdt terwijl je voorkomt dat ze hun handen op plekken leggen waar je liever niet wordt aangeraakt. Alle fooien die ze me gaven – kleine muntjes, maar wel echt geld – mocht ik houden. En ik had geld nodig, want tante betaalde me met kost en inwoning. Dus werkte ik lange uren, iedere middag en avond vanaf de eerste gast tot de laatste die wegging.

In het begin bleef ik dicht bij de herberg en ging ik alleen naar buiten met tante, Brenna of Lucretia. Langzamerhand leerde ik de Kleermakersstraat kennen, de lokale markt en de buurt eromheen. Ik moest mijn omgeving verkennen. Maar het belangrijkste was dat ik James Drake niet wilde tegenkomen.

De volgende jupiterdag keerde Vai van zijn werk terug met een paar sandalen. Ik bracht net een dienblad vol gemberbier naar een tafel waar mannen zaten te redetwisten over de uitkomst van een bateywedstrijd en bracht daarna een kom vruchtensap naar Lucretia en haar jongere zusje die druk bezig waren in de schaduw van de grote boom. Ze hadden piment laten weken in rum om er likeur van te maken en persten de vloeistof nu door kaasdoek. Lucy nam de kom met een glimlach aan en keek even opzij naar Vai die bij de trap stond te wachten. Ik ging naar hem toe.

Hij hield me de sandalen voor. 'Catherine, deze zijn voor jou.'

'Die kan ik me niet veroorloven. En ik neem geen geschenken aan van jou.'

Hij keek omhoog naar de taps toelopende, langwerpige blaadjes van de ceibaboom alsof hij geduld kon vinden tussen de imposante takken. 'Neem ze dan niet aan voor jezelf. Doe het voor tante. Je loopt hier dag en nacht rond en naar de markt en naar Kleermakersstraat...'

'Hoe weet jij wat ik overdag doe als jij op je werk bent?'

Zijn zijdelingse blik naar Lucretia verraadde hem. 'Als je een snee krijgt in je voet, kun je niet bedienen aan de tafels...' Hij viel stil.

Ik draaide me om en zag twee trollen in de poort staan, die met een roofdierenblik om zich heen keken. Een was lang en vaalbruin, waarschijnlijk vrouwelijk, en de ander was kort en had een felgekleurde kam, dus die was waarschijnlijk mannelijk. Ze droegen de lange katoenen jasjes die gewoonlijk werden gedragen door zakenmannen in Expeditie. De stof was donkergroen en bedekt met roet- en olievlekken. De klanten keken naar hen met dezelfde milde desinteresse die ze ook vertoonden als een straatverkoper langskwam met een dienblad met sigaretten of zoetigheid, en daarna naar Vai.

Hij zei zacht: 'Catherine, wees geen idioot. Je loopt al een week op blote voeten.'

'Ik kan mijn winterlaarzen niet dragen.'

'Ik zeg ook niet dat je dat moet doen. Dit zijn goedkope sandalen. Neem ze nu maar. Ik moet weg.'

Ik pakte de sandalen aan. Hij ging naar de trollen in de poort en verdween. Waarom zou een koude magiër vriendschap sluiten met trollen?

'Ooo, wat mooi!' Lucretia dook naast me op, ze rook naar piment, kaneel, citroen en rum. Nadat ze de sandalen uit mijn handen had gegrist, zag ze het merk van de maker op de zool. 'Die hem een lieve duit gekost hebben!'

'Hij zei dat het goedkope sandalen waren.'

Ze rolde met haar ogen terwijl ze me de schoenen teruggaf. 'Als jij dat willen, dan jij dat geloven, Cat.'

Ik hield ze tegen mijn stoffige voeten. 'Hoe wist hij mijn maat? Lucy? Heb jij hem stiekem mijn laarzen gegeven en die later weer teruggelegd? En vertel je hem verhalen over mij?'

Ze pakte een van de sandalen en sloeg me ermee op mijn heup. 'Jij zo koppig zijn. Jij die sandalen gewoon moeten dragen en blij zijn dat jij ze hebben, want er veel mensen zijn die geen schoenen hebben.'

Het was, besefte ik, een punt van trots in tantes huishouden dat alle kinderen schoenen hadden en zich het geld konden veroorloven voor de plaatselijke school. Want hoe druk de binnenplaats elke nacht ook was en hoe vol het logement bleef, tekenen van economisch huishouden waren overal te zien, dingen die ik herkende van mijn eigen jeugd. Beschaamd waste ik mijn voeten, trok de sandalen aan en ging weer aan het werk.

'Lieve Cat, een rondje bier! Ik zien dat jij nieuwe sandalen hebben.'

'Lieve Cat' was de naam die de oudere klanten me hadden gegeven. 'Aardig van hem om deze even langs te brengen voordat hij weer weg moeten.'

'Ja, hij elke jupiterdag weggaan met die twee. Jij die wel kennen, ik denken.'

'De enige trollen die ik ooit heb gekend waren juristen.' Ik gooide mijn aas uit. 'Zijn er hier veel trollen die juristen zijn?'

'Veel trollen die jurist zijn! Jij toch zo'n maku zijn, lieve Cat! Nou, jij luisteren.'

Ze legden me graag dingen uit omdat ik zo goed luisterde.

Trollen hielden net zoveel van de wet als bateyspelers van hun spel. Ze stonden bekend als specialisten in het uitpluizen van de fijnere details van de wet en het zorgvuldig wikken en wegen over elk stapje in de contractuele procedures waarmee juridische overeenkomsten werden gesloten en uitgevoerd. Juridische bureaus van trollen met dezelfde specialiteit stonden meestal bij elkaar in een straat of wijk. Bureaus die zich bezighielden met maritiem recht of die takken hadden die zich gevestigd hadden aan de andere kant van de zee, kon men aantreffen in het havenkwartier net buiten de oude stad.

Tegen het einde van de tweede week had ik vriendschap gesloten met verschillende kleermakers. Deze contacten waren niet alleen nuttig en prettig, maar gaven me ook een excuus om op een ochtend ogenschijnlijk onschuldig te vertrekken voor een wandeling over Kleermakersstraat. Daar kon ik de hele ochtend blijven kletsen over ingewikkelde patronen, steken en het gewicht en de spankracht van garen.

Terwijl ik wegliep van het logement, overdacht ik de dingen die ik had geleerd. De oude stad werd omsloten door de oude muur van een fort en tegenwoordig mochten alleen families die in aanmerking kwamen om toe te treden tot de schepenen daar huizen en land bezitten. Ten oosten en noorden van de stad, langs de rivier, lag het uitdijende fabriekskwartier. In het westen lag het vormeloze geheel van woonwijken zoals Passaporte, waar tante Djeneba haar logement had. Buiten de stad lag boerenland en daarachter de grens met het Taino koninkrijk.

Ik liep in de richting van de zee. Het havenhoofd was niet alleen een stenen grens tussen land en zee, maar ook een lange avenue die langs de kust liep. Het verbond de oude stad met de kwartieren die buiten de oorspronkelijke muren waren gegroeid. Mijn pad liep naar het oosten langs de stompe klokkentoren naar de torens van de luchtschepen bij de grootste haven vol schepen, die een heel stuk weg lag. Het voelde goed om flink door te lopen. Zo vroeg in de ochtend was het nog niet zo heet.

Ik weefde draden van magie om me heen, verborg mezelf niet zo goed dat een kar tegen me aan zou kunnen rijden, maar schoof mezelf in de ruimte van dingen die niemand opvallen: ik was niets meer dan de geplaveide straat, of een hond die opgerold lag in de schaduw van een mangoboom, of een uitlopend onkruid in een weinig gebruikte laan waar vier soldaten tegen een muur stonden te pissen.

Trollen passeerden in kleine groepjes, geen enkele keer alleen. Vaak keken ze zijdelings naar me alsof ze me konden zien, maar het leek me het veiligst hun blikken te negeren. De voerman van een hondenkar zag me niet en ik stapte opzij. Daarna moest ik echter snel uit de weg gaan voor een wagen die getrokken werd door een van die nogal verbijsterende dwergmammoeten. Zijn korte slurf zwaaide mijn richting uit en de lip van de slurf ging rakelings langs me heen terwijl hij verder denderde. Een geur van aarde spoelde over me heen. Met bonkend hart snelde ik verder.

Ik liep langs de voorkant van een enorme herberg met een bar op een open terras dat uitkeek over de baai. Daarnaast lag een verhoogd plein en een bateyveld met aan de rand omhooglopende, stenen zitplaatsen zoals in een Romeins amfitheater. Een team van jonge vrouwen was aan het oefenen. Ze droegen mouwloze hemdjes en korte broekjes die groen waren geverfd in de kleur van hun club. Ik drentelde naar de kant van de weg om te kijken. In mijn hart rees een weemoedig verlangen op. Ze waren verbazingwekkend goed, kaatsten de bal van benen, armen, schouders en zelfs hun hoofden en lieten hem nooit in aanraking komen met hun handen of voeten, terwijl ze probeerden een doelpunt te behalen door de bal door stenen ringen te schieten.

Toekijkers zaten in groepjes op de stenen banken en keken naar de training. Een slanke man met vlammend rood haar en een door de zon gebruinde, blanke huid stond aan het eind te midden van een groepje. Mijn adem stokte, mijn handen balden zich tot vuisten en ik schoot zo snel achteruit dat ik bijna in botsing kwam met vijf trollen. Met bewonderenswaardig gemak schoten ze langs me heen. Eén keek naar me en zei, zoals Caith had gedaan, lang geleden in Adurnam: 'Oo! Glimmend!'

Ik trok de rand van de pagne over mijn wandelstok. Toen ik omkeek naar de banken bij het speelveld, zag ik de man vanuit een andere hoek. Het was Drake helemaal niet. Hij kuierde langs de tribune met een kliek van bewonderaars om hem heen. Door de manier waarop hij zich gedroeg – alsof hij een vorm van eerbied verwachtte, net zoals koude magiërs in Europa – deed hij me aan Vai denken.

'Tsss!' siste een passerende vrouw tegen haar metgezel. Dat Jonas Bonsu niet zijn?'

Haar vriendin knikte. 'Ze zeggen dat die Groenen deze kosten voor die transfer betalen zullen om hem als aanvaller te krijgen. Iedereen zeggen die van Anolis stommelingen zijn als zij hem laten gaan.'

Dappere Astarte! Voor vandaag had ik nu wel genoeg sentimenteel zitten zeveren over mijn eigen problemen.

Voor me eindigde de boulevard bij de oude stadspoort, een indrukwekkende stenen poort met opzichtershuisjes aan beide kanten en, zelfs op klaarlichte dag, verlicht door acht lampen, vier aan elke kant. Verkeer stroomde ongehinderd door de poort, maar een keer stapte een opzichter naar voren om een man te ondervragen die een kar vol cassaves duwde. Achter de muren strekten de stenen pieren van de haven en de houten werven zich uit langs de monding van de rivier.

Voordat ik de poort bereikte, sloeg ik af naar het havenkwartier dat landinwaarts lag. Dichtbebouwd met gebouwen van drie verdiepingen, vulde dit handelskwartier het stuk land tussen het speelveld en de stadsmuren. Langs zeelieden met hun zwaaiende stap en kooplui die luidruchtig aan het handelen waren, wandelde ik door een straat met een hoger gelegen voetpad aan elke kant en gaslantaarns die wachtten op de avond. Ik bestudeerde de straten en gluurde in elk zijsteegje, bracht het gebied in kaart en lette op uithangborden en winkels. In een zijsteeg hing een verweerd uithangbord met oranje letters op een lichtbruine achtergrond: GOD-WICK EN CLUTCH.

Mijn hart bonkte. Ik had het niet echt durven hopen, maar genadige Melquart keek glimlachend op mij neer.

Twee treden leidden naar een beschaduwd portiek en een lattendeur. Een bel klingelde terwijl ik een kamer instapte waarin zoveel spiegels in verschillende hoeken waren opgesteld dat ik mijn tanden op elkaar klemde. Klerken werkten aan schuine lessenaars die schots en scheef door elkaar stonden, alsof iemand ze haastig had verschoven en vergeten was om alles weer recht te zetten. Iedereen keek op van zijn grootboek en ging daarna weer aan het werk. Een trol verscheen vanachter een scherm. Ze floot terwijl ze dichterbij kwam.

Haar lengte en het gedempte bruin van haar veren die zo op schubben leken, maakten me duidelijk dat ze een vrouw was. 'Gegroet en goedemorgen, maestressa.'

Ze ontblootte angstwekkende tanden. Ik hoopte vertwijfeld dat dit bedoeld was als een glimlach. 'Deze kant op, maestressa. Jij een maku zijn, neem ik aan?'

'Inderdaad.' Achter haar aan liep ik langs het scherm naar een ruimte waar ik drie vierkante, hoge platforms bedekt met kussens zag, een bank en een tafel met daarop een grote kruik, een schaal, een dienblad met kopjes en een plat bord vol noten en fruit. 'Hoe weet u dat?'

Ze pufte even, wat ik opvatte als een lach van iemand die vindt dat je een belegen grap hebt gemaakt maar die toch beleefd wil zijn. 'Hoe ik jou helpen kunnen?'

Dit zou niet gemakkelijk worden. 'Hebt u connecties met de bureaus van Godwik en Clutch die vestigingen hebben in Havery en Adurnam?'

Haar paarse kam ging rechtop staan. 'Deze wij hebben.'

Ik stak mijn hand uit op de manier van de radicalen. 'Ik ben Catherine Bell Barahal. Ik heb Maester Godwik ontmoet. En Chartji. En Caith. Daarom ben ik hier.'

'Ik Keer zijn.' Er zaten geen veren op de palm van haar hand met klauwen. De aanraking van haar huid deed me denken aan de zomer in het noorden, als de lange uren van zonneschijn het zweet van de aarde omhoogtrekken uit de warme grond.

Ze liet mijn hand los en wees naar de tafel.

'Dat is waar ook,' mompelde ik. 'Was, drink en eet voordat je begint met onderhandelen.'

Ik waste en droogde mijn handen en daarna deed Keer dat ook. Ze spoelde ook haar mond, dus ik ging terug en deed hetzelfde. Daarna ging ze op een van de hoge platforms zitten. Door haar lengte en gestroomlijnde roofdiersnuit dacht ik dat ik in het nadeel zou zijn als ik lager zat, dus sprong ik op een van de andere vierkante platforms.

Haar blik schoot naar mijn wandelstok. 'Glanzend, deze.'

'Ja,' beaamde ik.

Ze vergastte me op de intimiderende aanblik van scherpe snijtanden en ik hoopte maar dat ze hiermee uiting gaf aan haar plezier over mijn laconieke antwoord. Ik wilde dolgraag weten hoe trollen, net zoals vuurmagiërs, mijn koude staal bij daglicht konden zien, maar ik voelde dat dit niet de juiste tijd was voor deze vraag. Er kwam een trol binnen die voor ons allebei een kom geurige thee inschonk. Het brouwsel was zo bitter dat mijn ogen ervan traanden. We dronken terwijl de serveertrol fruit schilde en in stukjes sneed. Ze legde de fruitpartjes in schaaltjes van keramiek die zo klein waren dat ze in een hand pasten en strooide er noten overheen.

Terwijl we aten, keek ik om me heen. Het kantoor was uitgerust met gaslicht voor binnen; zoiets had ik nog nooit gezien in Adurnam. Ramen met latten ervoor boden uitzicht op een kamer waar een man en twee trollen drukletters in een drukpers zetten. Ze droegen voorschoten die vol inktvlekken zaten. Rondslingerende bladen papier met ongelijkmatig drukwerk nodigden de bewoners van de stad uit om naar een bijeenkomst te komen: TER ONDERSTEUNING VAN HET VOORSTEL VOOR EEN VOLKSRAAD BESTAANDE UIT VERTEGENWOORDIGERS GEKOZEN UIT DE GEHELE BEVOLKING VAN EXPEDITIE.

Toen we klaar waren met eten en drinken, hield Keer haar hoofd schuin, keek eerst naar me met één oog, daarna met het andere en vervolgens met allebei. Ze had haar lippen een beetje teruggetrokken zodat ik de tanden erachter zag.

Ik vond mijn stem terug. 'Ik wil het over het volgende hebben. Ik moet een dringende boodschap sturen naar twee familieleden die onder de hoede zijn van het kantoor van Godwik en Clutch in

Adurnam. Aangezien uw kantoor berichten zal uitwisselen met uw Europese vestigingen, dacht ik dat ik misschien een brief kon meegeven met uw post.'

'Jij meer kans hebben na die orkaanseizoen.'

'Orkaan? Wat is dat?'

'Orkaan plaatselijke woord zijn voor cycloon. Deze cycloon een heftige storm zijn die zich boven water vormen. Orkanen gewoonlijk opkomen in juli, augustus en september. In andere tijden die oceaanwater te koud zijn om deze te voeden. Daarom weinig schepen de reis naar Europa riskeren tot deze einde van oktober.'

Achter het scherm krasten pennen over papier. *Het einde van oktober* zou te laat zijn om Bee te waarschuwen. 'Is er geen manier om nu een boodschap te sturen?'

Keer trok haar schouders op in een schuivende manier die me heel onmenselijk voorkwam. Ze zei: 'Hoe jij Godwik en Chartji ontmoet hebben?'

Een huivering van schrik liep over mijn rug, want als zij een uitval deed, kon zij mijn gezicht verscheuren met haar klauwen en me daarna in partjes opeten met die tanden. Als ik tenminste niet eerst mijn zwaard door haar hart boorde, mits ik haar hart kon vinden en als ze er maar één had. Instinct spoorde me aan informatie voor informatie te ruilen.

'De eerste keer was een toevallige ontmoeting in een herberg. Later zijn mijn nicht en ik naar het juridisch bureau gegaan omdat Chartji ons had uitgenodigd om naar haar toe te komen als we juridisch advies nodig hadden. Er werd ons een betrekking aangeboden. Niet door Godwik zelf, weet u, maar door zijn compagnon, een professora genaamd Kehinde Nayo Kuti.'

Keer wasemde een geur uit als door de zon gedroogd gras, die me deed denken aan een wezen dat wacht tot zijn prooi in het zicht komt. 'Vertel me een verhaal over Godwik.'

Met een behoedzame glimlach ging ik verder. 'Hij vertelde me een verhaal over een tocht die hij in zijn jeugd had gemaakt met zijn leeftijdsgenoten. Zes in een boot en zes boten in totaal, ten noorden van de oevers van LangWatermeer. Ze waren van plan de valwinden die van de enorme kliffen van het ijs blazen, te trotseren en naar de rand van het ijs te reizen. Maar of het zover is gekomen, weet ik niet, want ondertussen, zelfs nog voordat ze

LangWatermeer bereikten, werden hij en zijn zesendertig metgezellen teruggebracht tot zevenentwintig na gevechten met sabeltandtijgers, schuimende vloedgolven, een plunderende trol, snijdende winden en een troep jonge bokken uit een territorium waarvan zij de grenzen hadden overschreden. U zult zich afvragen hoe dit allemaal is afgelopen!'

Keer pufte met opgestoken kuif. 'Ik zijn stem in die van jou horen. Daarom ik jou helpen. Komende vrijdag, als deze weer goed blijven, een sloep waarschijnlijk vertrekken. Jij mij jouw brief voor die tijd geven en ik ervoor zorgen deze bezorgd worden in die gebruikelijke postzak.'

'Hoe lang zal het duren voordat de brief is aangekomen en er een antwoord terugkomt?'

'Wie deze weten? Een maand heen en een maand terug, als die weer goed blijven en deze winden meewerken en die schip niet zinken. Dus deze waarschijnlijk langer duren.'

Een maand heen en een maand terug! Dan zou er nauwelijks genoeg tijd zijn om iets van haar terug te horen voor de nacht van Allerzielen aan het einde van oktober, en dan alleen nog maar als alles meezat. Maar welke keus had ik? Ik moest het proberen. 'Eerlijk gezegd, maestra, ben ik blut. Ik heb pen noch papier en ook geen geld voor de bezorgkosten.'

Keer boog zich naar voren en keek me onderzoekend aan op dezelfde manier, zo stelde ik me voor, als een verveelde en goed gevoede havik een wriemelende muis bekijkt die gevangenzit binnen bereik van haar klauwen. 'Ik jou werk kunnen aanbieden in deze organisatie van onze groep. Als tegemoetkoming voor deze werk die jij niet kunnen beginnen in Adurnam. Die kosten van brief en bezorging kunnen komen uit jouw verdiensten. Jij een nest kunnen maken in een kamer boven ons kantoor.'

De woorden troffen me als een hamerslag. *Een betrekking. Een kamer.* Ik hoefde Vai niet meer te zien tot een jaar en een dag voorbij waren en ons huwelijk ontbonden was. Nooit meer.

'Hier meer thee zijn,' zei Keer.

Ik moest nog een kopje drinken omdat ik niets kon uitbrengen.

'Mijn aanbod jou verrast hebben,' zei Keer uiteindelijk.

Ik zocht naar woorden. 'Ik ben zo verbluft dat ik niet weet wat ik moet zeggen, maestra. Maar ik heb al werk en een kamer.' Ik kon tante Djeneba echt niet teleurstellen. En ik zou in het logement eerder alle roddels horen dan hier, opgesloten in een kantoor. *Vast en zeker.* Wat als de opzichters een glimp van me opvingen, hier, zo dicht bij de poort? Waar was Drake trouwens? 'Laat me beginnen met een brief,' eindigde ik zwakjes. 'Ik zal hem voor vrijdag brengen.'

'Niemand beginnen met samenwerken zonder goed nadenken en onderhandelen.'

'Nee, natuurlijk niet.' Mijn gedachten tolden rond en botsten op elkaar alsof ik in een doolhof van spiegels stond, heen en weer strompelend tussen Bee en Vai, zij die ik misschien niet kon redden en hij met wie ik geen toekomst had.

Keer ademde sissend uit, als stoom die ontsnapt uit een ketel. 'Jullie ratten. Als jullie eenvoudigweg instemmen, zonder wedijveren, dan ik altijd boven jullie staan in de – zoals jullie zeggen – pikorde. Werkelijk, daar toch geen lol aan zijn? Jullie ratten te dol zijn op jullie bestaande rangorde.'

Die woorden ontlokten me een grijns. 'Neem me niet kwalijk. Ik was even afgeleid door een andere zaak.' Ik riep het deel van mij dat gewend is altijd verstandig te zijn tevoorschijn. 'Ik verzeker u, als ik terugkom ben ik klaar voor de strijd.'

Daar waren die tanden weer. 'Dat zou ik leuk vinden. Goed. Jij zult papier, pen en inkt nodig hebben.' Was het mijn verbeelding of was haar manier van spreken veranderd terwijl ze tegen me sprak, hadden de klinkers een andere klank en haar zinnen een andere cadans?

We begonnen te onderhandelen over de kosten. De trol leek me niet echt onvriendelijk of inhalig; ik had eerder het gevoel dat elke overeenkomst een kans was om een spel te spelen. Een spel dat ik nauwelijks doorhad omdat ik de regels niet begreep. Zelfs na hard onderhandelen, waren de paar munten die ik bezat niet genoeg om een vel papier en wat inkt te kopen, laat staan voor de bezorgkosten.

Met beleefde woorden nam ik afscheid en in mijn verwarring liep ik de verkeerde kant op. De drukke winkels en kantoren kwamen uit op een plein aan het noordelijke gewelf van de oude stadsmuur. Er stond een groot hek versierd met een leeuw aan de ene kant en een bizon aan de andere. Een enorm paleis strekte zich uit aan een kant van het plein, gemarkeerd met de lantaarn en de staf van de opzichtersdienst. Dit bouwwerk was het stadhuis. Een lange, krachtig gebouwde jongeman met littekens op zijn wangen duwde een platte kar beladen met manden vol fruit naar een zijingang. Na een ogenblik herkende ik Vais vriend Kofi.

Gehuld in schaduwen volgde ik hem. In het oosten bouwden zich wolken op, zwaar van regen. Er liepen strepen grijze rook doorheen die uit het fabriekskwartier omhoogkringelden. Ik nieste en er zat stof in mijn ogen. Op de hoek bleef Kofi even staan en veegde zijn voorhoofd af met een zakdoek terwijl hij de klokkentoren van het stadhuis bestudeerde.

Toen de klok negen uur sloeg, duwde hij zijn kar naar de keukeningang. Kayleigh kwam de trap af met een vuilnisbak, die ze naast een stinkende wagen zette waar een slaperige ezel voor stond. Ze deden alsof ze niets meer waren dan bedienden die elkaar toevallig hadden ontmoet en wisselden enkele gemompelde woorden uit.

'Een postvogel heeft een bericht gebracht dat de cacica en de generaal hun onderhandelingen hebben afgesloten. Hij en zijn mensen zullen op de eerstkomende gunstige dag naar Expeditie terugkeren.'

'Wat voor soort overeenkomst die generaal gesloten hebben met deze Taino?' vroeg hij.

'Dat weet niemand. Maar iedereen is erg nerveus. De vijf leden van de schepenen die voor ondersteuning van de generaal hebben gestemd, schelden tegen de twaalf die hem hebben afgewezen. De vijf zeggen dat de schepenen de generaal in de armen van de Taino hebben gedreven, door hun weigering hem te helpen.'

'Ik mij afvragen welke andere diensten die cacica van hem geëist hebben.'

'Dat is heel onbeschoft.'

'Onbeschoft? Zij meer dan twintig echtgenoten genomen hebben, en acht van hen naar hun dood gezonden.'

'Ik ga niet roddelen, want dat is verkeerd. Bovendien heb ik ook nog iets anders afgeluisterd. De commissaris stond te praten met een van zijn opzichters. Twee zouters, allebei vrouwen, zijn ontsnapt van Zouteiland. De opzichters zijn bang dat er rellen uitbreken als het nieuws uitlekt.'

Terwijl mijn hart oversloeg, floot Kofi en hij bukte zich om de manden anders neer te zetten toen een oudere vrouw naar buiten kwam om het fruit te bekijken. Hij liet zijn fluitje overgaan in een vrolijk wijsje terwijl Kayleigh de emmer leeggoot op de vuilniswagen, net alsof ze juist op dit moment naar buiten was gekomen.

De vrouw gaf haar een standje. 'Schiet op, maku. Jij zo langzaam zijn. De huishoudster zeggen dat jij vandaag nog niet eens de haardroosters afhebben.'

Precies op het moment dat Kayleigh naar binnen ging, kwam de voerman van de vuilniswagen al kauwend op een broodje naar buiten. Tussen twee happen door begon de voerman een gemoedelijk gesprek met Kofi, vol krachttermen over bateyteams: zoveel Blauwen, Groenen, Barracuda's, Cajaya's, Anolis, Rays en Guincho's kwamen voorbij dat het me duizelde. Nadat de oudere vrouw wat fruit had uitgezocht, drentelde Kofi weg. Ik schaduwde hem over het havenhoofd naar de markt van Passaporte, waar hij de kar afleverde op een binnenplaats van een familie die transportkarren verhuurde. Door de manier waarop ze Kofi behandelden, leek hij de zoon van het huis.

Tante Djeneba keek op toen ik binnenkwam, haar neus gerimpeld alsof ik een geur van afval meebracht. 'Jij zo lang weg zijn dat ik Lucy sturen om naar jou te zoeken. Zij jou niet kunnen vinden.'

Mijn ouders waren verdronken toen ik zes jaar oud was. Mijn vader had zijn verslagen achtergelaten, die ik telkens opnieuw had gelezen, maar ik herinnerde me maar vijf woorden die mijn moeder tegen mij had gezegd: *Vertel niemand iets. Nooit.*

Mijn gezichtsuitdrukking moest veranderd zijn, want tante legde het brood dat ze aan het kneden was weg en kwam naar me toe. 'Jij je wel goed voelen, meidje?'

'Denkt u dat je moe kunt worden van de hitte?'

Ik was inderdaad moe na mijn woordenstrijd met Keer. Van een dutje met een van de kleuters gezellig naast me, knapte ik op en ik ging naar beneden toen de eerste gasten binnenkwamen voor hun gemberbier. Vai dook op met een net vol fruit. Nadat hij tantes toestemming had gekregen, deelde hij het uit aan de kinderen voordat hij aan een tafel ging zitten en net zolang naar me glimlachte tot ik tegenover hem kwam zitten.

'Papaja is goed voor de spijsvertering,' zei hij en hij sneed een grote geeloranje vrucht in tweeën. Er kwamen ronde zwarte zaadjes tevoorschijn tussen sappig, oranje vruchtvlees. 'Tante zei dat je moe was.'

Ik wist niet of ik hem irritant vond of lief. 'Deel je hem met me?'

'Natuurlijk.' Hij haalde de zaadjes eruit, nam met overduidelijk plezier een hap en gaf mij de lepel.

Ik kon eten nooit weerstaan. 'Het is verrukkelijk! Vai...'

Hij keek me vragend aan, maar zei niets.

'Ik had eerder iets moeten zeggen. De sandalen zijn comfortabel en stevig. Lucy heeft me uitgefoeterd en gezegd dat ik ze moest aannemen. Dank je. Maar ze zei dat ze niet goedkoop waren.'

Hij schraapte zaadjes uit de andere helft van de papaja, rond zijn mond speelde een spottend glimlachje. 'Als je gewend bent geraakt zoveel uit te geven voor kleding als ik, zou je ook vinden dat ze goedkoop waren.'

Ik moest glimlachen om die bekentenis. Gezegende Tanit wist dat het niet in mijn natuur lag om alleen te vechten, want ik had altijd Bee gehad. Ik wilde hem iets teruggeven voor de sandalen. 'Eerlijk gezegd ben ik gaan kijken of ik een brief kan sturen naar Beatrice in Adurnam. Om haar te laten weten waar ik ben.'

'Omdat ze niet weet waar je bent.'

Een gemaskerd gezicht glansde op de plek waar het licht door het rasterdak op de tafel viel. Mompelend perste ik de woorden naar buiten. 'Omdat ze niet weet waar je bent.'

Even zat hij stil van verrassing. Toen gaf hij me een lepel vol smeuïge papaja en keek hoe ik deze verorberde. 'Ik moet ervan uitgaan dat de verblijfplaats van je niet iets te maken heeft met de geestenwereld en je geketende tong. Goed. Ik zal niet aandringen. Maar ondertussen, Catherine, moet je voorzichtig zijn met rondlopen in Expeditie. Ik hoorde vandaag een gerucht dat de opzichters aan het zoeken zijn naar twee zouters, allebei vrouwen, die ontsnapt zijn van Zouteiland.'

De hoek van het zonlicht veranderde en de klem schoof van mijn tong af. 'De opzichters willen vast en zeker niet dat dit gerucht naar buiten komt.'

'Inderdaad. Er zou paniek uitbreken. En woede. Want iedereen weet dat de opzichters de andere kant uitkijken als iemand die gebeten werd en genezen is de juiste connecties heeft of genoeg geld. Terwijl arme mensen en maku geen enkele kans hebben. De mensen van Expeditie zijn erg boos en de schepenen zijn bang voor hun boosheid.'

'Wat is deze "gekozen volksraad"?'

Hij sneed een tweede papaja open. 'Een gekozen volksraad is net zoiets als de schepenen, alleen met meer leden. Een volksraad maakt wetten en regeert. Alle volwassen inwoners kunnen stemmen en zij kiezen hun vertegenwoordigers uit hun midden.'

Ik knipperde met mijn ogen. 'Echt? Iedereen?'

'Het moet nog uitgezocht worden hoe het precies in zijn werk zal gaan. Er is een heftig debat over wie in aanmerking komt voor verkiezing en wie voor stemrecht, en wie niet. Ondertussen hebben de schepenen bevolen alle radicalen te arresteren die voorstellen de schepenen te vervangen door een volksraad. Maar omdat de halve bevolking sympathiseert met de radicalen en niemand de namen van de leiders van de radicale partij kent, kunnen de opzichters de bevelen van de schepenen niet uitvoeren. Maar toch moet je heel voorzichtig zijn.'

'Vertel me alsjeblieft niet dat ik als een gevangene hier op de binnenplaats moet blijven.'

Hij gaf me de lepel zodat ik meer papaja kon opscheppen. 'Dat zou juist verdacht lijken. Stel een routine in. Wijk daar niet van af op een opvallende manier. Lucy kan de brief voor je brengen.'

'Dat is het probleem niet, Vai. Ik kan de brief zelf brengen zonder dat de opzichters me zien.'

'Ik neem aan dat je dat kan.' Hij wachtte op een toelichting.

'Het probleem is dat ik geen geld heb voor papier en inkt, laat staan voor de kosten van de bezorging.'

'Ik heb zat.'

Zijn vriendelijke arrogantie ergerde me. 'De sandalen zijn meer dan genoeg. Ik sta liever niet bij je in het krijt.'

Hij leunde naar voren. 'Dan moet ik ervan uitgaan dat je niet zo wanhopig graag een brief naar je nicht wilt sturen.'

'Ja, ik neem aan dat lieverkoekjes niet worden gebakken.'

Hij grinnikte. 'Ik vind het leuk als je je klauwen laat zien.' Ik glimlachte. Hij haalde de lepel uit mijn vingers op een manier die mijn oren deed branden. 'Je zou het kantoor van de juridische firma van Godwik en Clutch kunnen proberen in het havenkwartier... Ach. Daar ben je geweest.'

Ik keek neer op de lege papajaschillen en weer terug naar hem. 'Bee en ik zouden daar gaan werken. Zo zouden we in ons onderhoud voorzien in Adurnam.'

'Is dat zo?' Met samengeknepen ogen ging hij achteroverzitten.

Ik wist zeker dat hij aan James Drake dacht, die hij immers had gezien in het juridisch bureau in Adurnam. Ondanks mijn vaste voornemen streek ik met een hand over mijn buik en hij zag dat ik dit deed. De verschrompelde papajaschillen naast zijn hand bevroren in een delicaat patroon.

'Waarom denk je dat het iets met hem te maken heeft?' mompelde ik.

'Ik zei niets. Jij bent degene die iets zei.'

'Ik hoef hier niet te zijn, Vai. De trol met wie ik vandaag sprak, bood me werk aan. Toch ben ik hier en werk ik nog steeds voor tante Djeneba.'

'Tante Djeneba zegt dat je het goed doet.' Zijn ijzige glimlach irriteerde mijn reeds gespannen zenuwen. 'Ik hoor dat je batey leert spelen.'

'Ja, de kinderen leren het me voordat ze 's ochtends naar school gaan.'

'Daar zijn Kofi en de jongens.' Hij stond op alsof hij opgelucht was dat hij ons gesprek kon beëindigen.

Ik graaide naar mijn werkschort en glipte weg.

Maar de volgende dag riep Vai me toen hij aan het eind van de middag terugkwam en hij liet me een bleke groene vrucht zien met kleine stekels. Hij legde de vrucht naast een klein pakje dat in een stuk jute gewikkeld zat. 'Ik heb papier, inkt en een pen meegebracht. Dit is zuurzak. Het is niet mijn favoriete fruit, maar misschien vind jij het lekker.' Hij sneed de vrucht doormidden in een schaal. 'Ga je gang. Schrijf je brief.'

Ik rolde de stof uit en vond twee opgevouwen stukken papier, een ganzenveer en een flesje inkt, niets bijzonders. 'Dat is wat jij doet, is het niet?'

'Je zult me moeten vertellen wat je bedoelt met die cryptische opmerking,' zei hij. Hij keek niet op terwijl hij de schil afpelde en een witte, papperige binnenkant onthulde. Ik keek graag naar hem als hij iets met zijn handen deed.

'Je bent een niet-geregistreerde vuurdover. Je kunt je niet veroorloven gearresteerd te worden. Dus heb je een routine ingesteld en daar wijk je niet vanaf. Werk. De trollen op jupiterdag. Maandag en zaterdag bijeenkomsten.'

Met zijn blik naar beneden gericht, haalde hij glimlachend de zaadjes uit het fruit. De man had prachtige ogen, mooi gevormd met dikke wimpers. 'Als ik niet beter wist, zou ik denken dat je me in de gaten houdt.'

Ik richtte mijn blik op het lege papier. 'Ik ben opgegroeid in een huishouden van spionnen en informanten. Het is een tweede natuur voor me. Ik houd alles in de gaten.' Genadige Melquart! Wat moest ik aan Bee schrijven? *Lieve nicht, vind alsjeblieft een plek om je te verstoppen tot de nacht van Allerzielen voorbij is. Je zult weten of het mij gelukt is een offer te vinden dat gedood kan worden in jouw plaats als je op de tweede dag van november nog in leven bent.* Zou de mansa van Vier Manen Huis haar beschermen? Nee. Koude magiërs hadden geen macht over de Wilde Jacht. En de mansa had haar alleen bij Camjiata vandaan willen houden. Als de mansa haar opofferde aan de Wilde Jacht, dan zou Camjiata haar dromen nooit kunnen gebruiken voor zijn oorlog.

'Catherine, wat zie je er ongelukkig uit!' zei hij zacht. 'Vertel me alsjeblieft waarmee ik je kan helpen.'

Ik keek op. Hij had de schil, de zaadjes en de pit weggehaald zodat er een romige pulp over was om te eten, maar hij keek naar mij.

Ik schudde mijn hoofd. 'Ik mis mijn nicht gewoon. En mijn halfbroer, die waarschijnlijk in allerlei moeilijkheden zit. Heb jij niet twee zusjes die jonger zijn dan Kayleigh? Mis je ze?'

Hij glimlachte droog. 'De kleine meisjes. Ze zijn een beetje brutaal en hebben een hoop pit, die twee. Ik mis ze. Hier. Probeer eens.'

'Brutaal tegen jou? Nu moet je me echt iets over hen vertellen. O, en geef me die lepel terwijl je praat.'

Maar later had ik geschreven wat ik moest schrijven: 'Ik ben veilig, maar ik kan nog niet komen omdat ik een manier moet vinden om jou te redden, of er zelf voor moet zorgen. Lever jij jezelf ondertussen uit aan de genade van het schoolhoofd. Als hij zijn assistent heeft gered, moeten we bidden en hopen dat hij jou ook kan beschermen.'

Ik nam Vais geld aan en bezorgde de brief. Ik stelde een routine in: batey oefening voordat de kinderen naar school gingen, naaien en bezoekjes in de ochtend, 's middags een dutje en 's avonds bedienen en luisteren naar de antwoorden op de voorzichtige vragen die ik stelde. Elke dag die voorbijging bracht me verder bij Zouteiland vandaan en dichter bij de nacht van Allerzielen. Ik was op de tweede dag van augustus op Zouteiland aangekomen en augustus liep nu op zijn eind. De onaangename gedachte dat ik misschien zwanger was, zeurde in mijn achterhoofd.

'Ik hoorde dat de cacica twintig echtgenoten heeft gehad,' zei ik op een avond toen ik lege kommen op het dienblad zette. 'Waarom stuurt de cacica haar echtgenoten de dood in? Zijn het soldaten die naar een gevecht worden gestuurd? Misschien onderhandelt ze daarom met generaal Camjiata, zodat hij voor haar kan vechten. Of misschien moeten mannen met haar trouwen zodat ze de machtige hofbehiques kunnen dienen als vuurvangers...'

'Hou je mond!' snauwde Brenna.

Iedereen binnen gehoorsafstand gluurde naar de poort, alsof ze verwachtten dat moeilijkheden zouden opdoemen als haaien die bloed proeven in het water. Mijn wangen stonden in brand.

'Neem me niet kwalijk,' zei ik met gesmoorde stem, 'als ik iets verkeerds gezegd heb.'

'Hier, meidje,' riep oom Joe vanachter de toonbank, 'drankjes om te serveren.'

Ik snelde naar hem toe en legde mijn dienblad neer. Mijn handen trilden en mijn maag zat in de knoop.

Terwijl hij de lege kommen op het dienblad verving door volle, sprak hij tegen me zonder me aan te kijken. 'Jij geen onvoorzichtige dingen zeggen over vuurmagiërs en behiques, Cat. Zij afschuwelijke macht hebben. Beter helemaal niet over hen spreken, net zomin als wij praten over de onzichtbare spoken die de wereld lastigvallen.'

'Zijn er machtige vuurmagiërs aan het hof van de cacique?' fluisterde ik, want de stiekeme kleine hoop wilde niet weggaan. Was prins Caonabo sterk genoeg om interessant te zijn voor mijn verwekker? En hoe zat het met Drake? Het leek erop dat mijn verwekker de geur had opgevangen van een machtige magiër en ik moest uitzoeken wie het was.

Oom Joe schudde zijn hoofd bij wijze van waarschuwing. De vaste klanten waren lawaaierig verdergegaan met drinken. Aan een tafel die te ver weg stond dat ze iets van het voorval gehoord hadden, zaten vier jongemannen met de gespierde armen van arbeiders dicht naar elkaar toe gebogen te fluisteren terwijl ze zijdelingse blikken in mijn richting wierpen.

'Wat?' zei de jongste van de vier. 'Die lieve Cat en haar man niet leven als man en vrouw? Denken jullie dat ik misschien een kans maken bij haar?'

De magere snoof. 'Natuurlijk, als jij een beitel door jouw oog willen riskeren. Wij allemaal denken die maku koppig zijn. Hij vroeger iedere nacht uitgaan met zijn radicale vriendjes. Hij niet hier rondhangen voor die leuke gesprekken.'

De derde, met zijn haar opgebonden onder een stoffige sjaal, deed ook een duit in het zakje. 'Hij haar elke dag een geschenk van fruit brengen, alsof hij haar die hof maken, als jij willen weten hoe ik erover denken. Ik haar zelf niet leuk vinden. Jij gehoord hebben hoe zij die zeeman gisteren uitschelden toen hij zijn hand op haar kont leggen? Jij een vrouw willen die zo tegen jou praten?'

'Als zij zo tegen mij praten, dan ik haar een lesje leren,' zei de vierde en grootste met een grove lach.

Dit spioneren was echt niet zo moeilijk, zolang je je verraderlijke blozen en geërgerde grimassen onder controle kon houden. Wat nou hofmakerij! Parmantig liep ik naar hun tafel en genoot van hun verwarring toen ik opeens achter hen stond. Zelfs de grote, lompe kerel wist niet goed hoe hij moest reageren.

'Niemand nog klaar met die drankjes? Ik heb nog nooit mannen zó langzaam zien drinken.' Ik glimlachte sarcastisch naar de grote man, die zuur teruglachte.

'Jij met ons mee drinken, lieve Cat, dan wij sneller drinken,' zei de aardige die mij bewonderde.

'Wat? Terwijl ik aan het werk ben? Ik wil mijn baan graag houden.'

'Als jij eens naar een bateywedstrijd willen gaan, ik jouw man zijn. Ik in deze derde team van die Anoli spelen. Ik manoeuvres kennen die jij nog nooit gezien hebben.'

'Zo, jij durft op te scheppen.' Ondanks mezelf glimlachte ik, want naast een amusante flirt, was hij heel goed gebouwd, duidelijk een jongeman die wist hoe hij zijn lichaam moest gebruiken.

Zijn vrienden wierpen steelse blikken op de tafel waar Vai zat te drinken en te praten met vrienden. Vai toonde totaal geen interesse in wat ik deed. Maar Kofi, die naast Vai zat met zijn armen over elkaar, keek naar me met een frons die me een ongemakkelijk gevoel gaf, alsof hij dacht dat ik moedwillig een scène veroorzaakte. Wat had ik Kofi ooit misdaan? Het was toch niet zo dat ik nooit meer naar een andere man mocht lachen, alleen omdat Vai me had gevonden op het havenhoofd. Vanavond kreeg ik overal buikpijn van.

'Ik zal jullie een rondje brengen,' zei ik snel tegen hen terwijl ik de kommen weghaalde en die naar de twee vrouwen bracht die afwasten. Daarna bleef ik naar het washok lopen omdat mijn maag de hele tijd van streek was. Eenmaal binnen leunde ik tegen de muur, van streek door de kramp en een plotseling gevoel dat ik Vais vriendelijkheid op zijn minst moest respecteren door niet met andere mannen te flirten tot na de nacht van Allerzielen, als ik vrij was en Bee veilig zou zijn, of dood.

Zelfs in de verte kon ik ze nog steeds horen praten, agressiever nu, luidruchtiger, opgewonden door te veel drank en te veel haantjesgedrag.

Ik herkende de stem van de lompe man. 'Als deze meidje hem niet willen, waarom zij dan niet vrij zijn om uit te gaan met een andere man? Iedereen weet dat die maku nooit uitgaan met andere meidjes. Alsof hij vinden dat meidjes uit Expeditie niet goed genoeg zijn voor zijn soort. Ik denken hij niets in zijn pistool hebben om mee te schieten.'

'Deze praatjes niet nodig zijn,' zei mijn aardige bewonderaar. 'Wij gewoon nog iets drinken.'

'Jij denken ik bang zijn voor hem?' De stem van de lompe man werd nog iets luider. 'Hij veel praatjes hebben en een knap gezicht en mooie kleren op festivalnachten, en wat nog meer? Want hij deze meidje zeker niet in zijn bed hebben! Maku! Jo, maku! Jij denken ik bang van jou?'

'Ik denk dat jij heel erg dronken bent,' zei Vai, 'of je bent een ezel, maar waarschijnlijk allebei, als dit je beste poging is om een gevecht te beginnen. Laten we gaan, jongens. Ik drink vanavond liever ergens anders.'

Ging hij weg? Ik gluurde langs het gordijn van het washok en zag dat Vai, Kofi en de jongens opstonden van hun tafel. Maar op het moment dat Vai een stap deed in de richting van de poort, ging de plompe kerel opzettelijk in de weg staan. Hij was een half hoofd groter dan Vai en heel wat omvangrijker, met vlezige handen en een laatdunkend gezicht

'Jij maar beter wegrennen, maku,' zei hij. 'Ik jou een klapje op jouw kont geven als jij weggaan.'

De lucht veranderde, werd bevangen door een kilte die maakte dat iedereen op de binnenplaats huiverde en verrast om zich heen keek.

'Vai, niet doen,' zei Kofi opeens. 'Jij weten waarom niet.'

Maar hij ging het doen. De houding van zijn schouders, de stand van zijn kin en de arrogante krul van zijn lippen verraadden hem: hij had zijn zelfbeheersing verloren en nu stond de trotse woede van een opgewonden en uiterst machtige koude magiër op het punt uit te breken.

Mijn aardige bewonderaar en zijn vriend met de sjaal grepen hun metgezel vast en trokken hem naar achteren. Met een zelf-vertrouwen dat me verbaasde, duwde Kofi Vai de andere kant uit terwijl hij iets in zijn oor fluisterde. Oom Joe stapte achter de bar vandaan. Voordat een van de mannen mijn kant uit kon kijken, als ze dat al zouden doen, wat ik betwijfelde, liet ik met bonkend hart het gordijn vallen.

Een ogenblik later trok tante het gordijn opzij en ze keek naar binnen. Een bleek licht in de vorm van een lamp hing aan een haak aan de muur, maar het was geen echt vuur, het was een illusie ge-maakt om echt vuur na te bootsen.

Tante keek streng. 'Ik jou nu vertellen, meidje, jij niet naar bui-ten komen tot deze zijn overgewaaid. Joe deze vuile zaakje op-knappen. Hemel, meidje. Jij denken deze iets zijn om over te la-chen?'

Want ik lachte zacht. Ik staarde naar de binnenkant van mijn enkel, naar het spoor van bloed dat langs mijn huid sijpelde. Ik was toch niet zwanger geraakt van het zaad van James Drake.

Het was alsof de eerste ketenen van mijn lichaam afgleden.

22

De volgende middag bracht Vai na zijn werk een vrucht die hij mamey noemde. Het zachte, roze vlees had een rijke smaak, versterkt door het citroensap dat hij uitkneep over partjes die hij uit de schil had gehaald.

'Misschien wil je wel eens een bateywedstrijd bijwonen,' zei hij.

'Misschien wel. Mmm. Het lijkt wel room.' Ik likte mijn lippen af. 'Maar ik moet werken.'

De intensiteit van zijn ernstige blik verwarde me meer dan de vriendelijkheid van zijn charmante glimlach. 'Je werkt hard, Catherine. Je hebt hemdjes genaaid voor de kleine jongetjes en bloesjes voor de kleine meisjes. Als ik het vraag, zal tante vast zeggen dat het niet erg is als je een avond niet werkt.'

'Als jíj het vraagt?' Ik keek hem onderzoekend aan. 'Heeft dit iets te maken met gisteravond?'

De flakkering in zijn ogen vertelde me iets, alleen wist ik niet wat. Hij was duidelijk niet van plan het met mij te bespreken. 'Laat het me weten.'

'Ik zal met Lucy en haar vriendinnen gaan,' zei ik en ik stak mijn kin uitdagend in de lucht.

Hij stemde hier zo snel mee in dat ik me afvroeg of dit de hele tijd al zijn plan was geweest. 'Ja. Zij zijn ook lange meidjes. Dan val je niet zo op.'

'Val ik dan op?'

Hij ging staan en deed een stap naar achteren, maar net toen ik dacht dat hij weg zou gaan zonder antwoord te geven, keek hij achterom. Hij zweeg even, alsof hij wist waar ik op wachtte. 'Altijd, Catherine. Altijd.'

Met dit laatste woord, dat meer leek op een uitdagend salvo van stekende kruisboogschichten als voorspel op een gevecht, verliet hij me voor het gezelschap van zijn vrienden, die juist op dat moment door de poort naar binnen kwamen. Na een geanimeerd gesprek snelden ze weg. Drie dagen lang zag ik hem amper. Onze vaste klanten spraken nergens anders over dan over een grote openluchtbijeenkomst die werd georganiseerd om de oproep voor een volksraad te ondersteunen. Ze sloten weddenschappen af over de vraag hoe snel er geweld zou uitbreken en hoeveel mensen door de opzichters zouden worden gearresteerd of doodgeschoten.

'Mag ik erheen?' vroeg Lucy smekend. Haar moeder en haar grootmoeder reageerden in koor met een onthutsend vastbesloten 'nee'. Daarna namen ze het geld van de weddenschap in beslag en verdeelden de muntjes op de plaatselijke markt onder de bedelaars en moeders van tweelingen.

'Jij ook niet gaan, Cat,' zei tante later tegen me, 'want die plek zullen wemelen van deze opzichters. Jij niets doen wat hun aandacht trekt.'

'Ik zal er niet heen gaan,' beloofde ik haar.

De dag waarop de demonstratie was gepland, begon met een rode dageraad. De wind ging liggen, de hele sfeer werd doods en kwam daarna weer tot leven door een vreemde, kortstondige kilte. Mensen haastten zich na hun werk naar huis en in het logement sloten we alle luiken en bonden deuren, meubels, voorraadvaten en het waterreservoir op het dak goed vast met touwen.

Ik hoorde oom Joe tegen Vai zeggen: 'Zij die demonstratie vast moeten afgelasten.'

Tegen de avond stak een storm op met heftige windvlagen en kletterende regen. Daarbovenuit zong een huiveringwekkende stem in een taal die ik niet kende, met woorden als donderslagen en schril trompetgeschal. Door dit woeste ritme lag ik de hele nacht te woelen tot het ochtend werd en de winden kalmeerden en de regen ophield. De storm had een paar bomen ontworteld en enkele daken beschadigd.

'Was dat een orkaan?' vroeg ik aan Lucy. Haar kleine zusjes veegden bladeren en gebroken takken weg terwijl wij de luiken weghaalden en tafels en banken weer van elkaar afhaalden.

Ze grinnikte vermetel. 'Jij zo'n maku zijn. Deze storm niets waren. Ik zo boos zijn. Ik helemaal klaar om naar die demonstratie te gaan. Jij niet verklappen, alsjeblieft?'

'Als je me belooft dat je nooit naar zo'n demonstratie gaat zonder toestemming en zonder iemand om een oogje op je te houden!'

Ze keek bedenkelijk. 'Jij geen hulp zijn! Maar goed, Vai zeggen jij naar een bateywedstrijd willen gaan. Komende vrijdag er een vrouwenwedstrijd zijn hier in Passaporte. Jij meegaan met mij en mijn vriendinnen.'

'Dat lijkt me leuk. Lucy, hoe zijn Vai en Kayleigh hier gekomen?'

Twee van de kleine jongetjes sloegen elkaar met afgebroken takken. Ze jaagde hen na, pakte de takken af en kwam naar mij terug. 'Die vraag jij hem zelf maar stellen.'

'Dat kan ik wel, maar ik vraag het jou in plaats van tante te vertellen dat jij van plan was naar buiten te glippen.'

Ze rolde met haar ogen op haar bekende manier. 'Jij deze hem gewoon niet wíllen vragen. Ik niet weten waarover jullie ruzie hebben...'

'Wat jou ook helemaal niets aangaat.'

'Ooo! Dat een zuur gezicht zijn! Jij daarmee geitenmelk kunnen laten stremmen?'

Ik lachte, kreeg de kleine jongetjes in de gaten die in de bosjes naar takken zochten en keek woest naar hen. Ze renden giechelend weg, zonder takken.

'Zij op die vierde dag van Martius komen.'

'Dat weet je nog precies?'

'Mijn vader een zeeman zijn. Natuurlijk ik alle scheepvaartdienstregelingen kennen.' Ze tilde een bank op en ik pakte het andere eind om haar te helpen deze te dragen. 'Zij tweeën hier naar die logement komen op deze vijfde van Martius. Zij komen op een schip uit Porto Dumnos die vaten gezouten vis meebrengen. Geen kans deze te missen, want hun kleren stinken naar haring.'

Geen wonder dat Vai mij niet had kunnen volgen naar de geestenwereld. Met Imbolc, aan het begin van Februarius, had hij al op zee gezeten, ongetwijfeld op bevel van de mansa.

'Weet je de precieze datum waarop generaal Camjiata aankwam?' Toen ze me een nieuwsgierige blik toewierp, voegde ik er snel aan toe: 'In Europa staat hij bekend als een echte schurk. Geen wonder dat de schepenen niet blij zijn dat hij hierheen is gekomen.'

'Die man allerlei soorten moeilijkheden meebrengen,' beaamde ze. 'Hij aan land komen op die negentiende dag van Februarius op een schoener die geregistreerd staan bij een plaatselijk scheepvaartkantoor.'

Wat betekende dat zijn ontsnapping lang van tevoren georganiseerd was.

'Hij komen om jou te zoeken, Cat,' zei Lucy met een afkeurend gezicht.

'De generaal?' vroeg ik oprecht geschrokken. Die complicatie kon ik echt niet gebruiken, boven op alle andere problemen!

Ze rolde opnieuw met haar ogen. 'Jij een ontsnapte Amazone uit zijn leger zijn?'

'Kan ik niet eens een grapje maken?' zei ik met een gemaakte glimlach toen ik doorkreeg wat ze had bedoeld.

'Geen grapje voor hem die zo ver reisde om jou te zoeken.'

'Is dat wat Vai jou heeft verteld?' Het was een domme vraag, die al beantwoord werd doordat ik het vroeg. Vai had iedereen verteld dat hij naar de Antillen was gekomen om te zoeken naar de perdita, zijn verloren vrouw.

En dat betekende dat Kayleigh en ik de enigen waren die wisten dat dit een leugen was.

Waarom was hij echt naar Expeditie gekomen? En nog veel belangrijker, waarom had de mansa dit toegestaan? Dit bevolen?

Wat wilde de mansa hebben dat ook op de Antillen was?

Ik kon maar één ding bedenken: Camjiata.

Vai had een zwaard van koud staal meegebracht. Koud staal in de handen van een koude magiër scheidt de ziel van het lichaam met een enkele snee: hij hoeft je maar net te laten bloeden om je te doden.

De mansa had Vai eerder gestuurd om zijn smerige karweitjes op te knappen. Vai had een prachtig luchtschip vernietigd en zich daarna verkneukeld over zijn triomf. *'Ze wisten zeker dat ik er te onervaren voor was!'*

Toch was hij geen harteloze moordenaar. Hij had geweigerd mij te doden. Meer dan hem was ik degene die was opgevoed en getraind om een harteloze doder te zijn.

'Cat, jij mij kunnen helpen met deze tafel?'

Met een schok kwamen mijn gedachten terug op aarde. 'Waar wil je hem hebben?'

Omdat vrijdag Kayleighs vaste vrije middag was, vergezelde ze ons naar de bateywedstrijd. Verkopers hadden zich opgesteld in de open ruimte rond het stadion van Passaporte. Ze verkochten gebakken bataten, geroosterde maïs en cassavebrood, dingen die je met je vingers kon eten. Enkelen verkochten sjaaltjes in de kleuren en patronen waarmee iemand kon laten zien welk team van Expeditie hij of zij steunde. Sommige sjaaltjes vertoonden ongebruikelijke merktekens die hoorden bij een van de teams van het Taino koninkrijk.

'Spelen Taino teams hier ook?' vroeg ik.

'Zeker wel. Als er een festiviteit zijn in deze Taino koninkrijk, zoals een huwelijk of een geboorte van edellieden, dan er wedstrijden zijn op deze plein aan die grens.'

Het dure eten van de verkopers was niet aan ons besteed; wij hadden gegeten voordat we het logement verlieten. In een vrolijk gedrang van meisjes, van wie Lucy met bijna zestien jaar de jongste was en ik met twintig een van de oudsten, betaalden we onze kaartjes voor de goedkope zitplaatsen en klommen naar de bovenste rang. Ik genoot van het gevoel dat ik tussen hen in half verborgen was; de jonge vrouwen van Expeditie waren over het geheel genomen lang, fors en robuust, heel anders dan de tengerdere, blekere en kleinere vrouwen van het koude Adurnam. Ik was er zo aan gewend dat mannen en vrouwen gescheiden zaten tijdens publieke bijeenkomsten dat deze vrijelijke vermenging me sterk deed beseffen wat een vreemde plek Expeditie was. Maar mijn metgezellen aarzelden niet om zich door rijen jongemannen heen te dringen, op zoek naar een plek waar we allemaal bij elkaar konden zitten. Het waren de brutaalste meisjes die ik ooit had ontmoet en ik vond ze geweldig. Ook omdat ze me verwelkomden alsof ik Lucy's nicht was en ze mij behandelden alsof ik niet anders was dan een van hen.

Met onze schouders en dijen tegen elkaar aan gedrukt, zat ik tussen twee lange meisjes van ongeveer mijn leeftijd, genaamd Tanny en Diantha.

'Jouw echtgenoot ontzettend knap zijn,' zei Tanny en ze pakte mijn hand om te wijzen naar een groep jongemannen links onder ons, die stoffige broeken en hemdjes droegen alsof ze zojuist uit de timmerwerkplaats waren gekomen. Vai was lachend aan het schijnboksen met Kofi, helemaal op zijn gemak. 'Daar jij geluk mee hebben.'

'En jij vraagt je af hoe het komt dat hij zo'n hoge dunk van zichzelf heeft!' zei Kayleigh vanaf de rij achter me op een toon die vergezeld ging van een lankmoedige zucht.

Tanny was een zwaargebouwde, knappe jonge vrouw die, zo was mij verteld, al twee echtgenoten had afgedankt, hoewel ze niet ouder was dan ik. 'Timmermannen die beste gereedschap hebben.'

Ik staarde naar mijn handen en was heel mijn voorraad gevatte antwoorden kwijt.

'Hou op! Alsjeblieft!' riep Kayleigh terwijl de meisjes om haar heen lachten.

'Jullie Cat niet plagen,' zei Lucy, die naar voren schoof vanaf de rij achter ons.

'Als jij besluiten jij genoeg van hem hebben, Cat,' zei Tanny schouderophalend, 'dan ik deze eens proberen.'

'Veel geluk daarmee,' kaatste Lucy loyaal terug. 'Hij niet toehappen. Hij helemaal toegewijd zijn aan Cat.' Ze wierp me een onheilspellende blik toe die maakte dat de andere meisjes opnieuw begonnen te giechelen.

'We zijn uitgehuwelijkt door onze families,' bracht ik met moeite uit, in de hoop dat een of ander vriendelijk lot dit gesprek zou afkappen. 'Ik ken hem nauwelijks. En ik denk ook bijna nooit aan hem.'

Tanny verborg haar gezicht in haar handen, haar schouders schokten. De andere meisjes deden hun best om niet te lachen. Ik keek vastberaden naar de zitplaatsen tegenover ons waar mensen in goeden doen lagen te rusten op comfortabele kussens onder de schaduw van zonneschermen terwijl bedienden hen eten en drinken brachten.

'Jij die problemen van die man overigens niet willen hebben, Tanny.' Diantha was slank en had gelaatstrekken die eerder Taino waren dan Keltisch of Afrikaans en haar haar dat net zo steil en zwart was als het mijne. Ze had het kortgeknipt omdat ze in het vrouwenteam van de Rays wilde gaan spelen. 'Hij sterk betrokken zijn bij deze radicalen.'

'Wat voor radicalen zijn dat eigenlijk?' vroeg ik.

'Die Kofi al twee keer gearresteerd zijn voor zijn omgang met radicalen. Dat geen stamtekens zijn op zijn wangen, jij moeten weten. Die opzichters hem gemarteld hebben, maar hij niets verraden.'

'Cat, jij jouw mond dichtdoen,' zei Lucy. 'Ik denken jij dat weten.'

Kayleigh staarde naar de menigte waar Kofi samen met Vai danste en zong op het ritme van een handtrommel. Die jongemannen konden dansen! De menigte om hen heen zong het refrein met hen mee en beantwoordde de vragen in het lied, geleid door Kofi's sterke stem: 'Jij die man jouw geld geven en wat jij krijgen?'

'Deze opzichters wel moeten ingrijpen om die vrede te handhaven,' zei Diantha. 'Als deze radicalen hun zin krijgen, die hele stad opgaan in vlammen.'

Lucy leunde over mijn schouder. 'Die schepenen onrechtvaardig regeren en voor hun eigen profijt!'

'Die schepenen ingesteld zijn bij deze stichting van Expeditie om te voorkomen dat een koning alles overnemen!' protesteerde Diantha. 'Zij deze doen met die beste bedoelingen!'

'Alleen omdat deze toen waar waren, Dee,' zei Tanny onder instemmend geknik van de andere meisjes, 'deze niet betekenen wij dingen zoals ze nu zijn niet willen veranderen. Welke kans wij in die kwartieren hebben om door deze schepenen gehoord te worden? Zij hun eigen zakken vullen met geld en wij niets krijgen.'

'Jij denken aan alle moeilijkheden die zullen komen,' mompelde Diantha.

'Moeilijkheden al hier zijn,' wierp Tanny tegen. 'Generaal Camjiata boos worden toen die schepenen zijn verzoek om steun weigeren. Nou hij wegrennen naar die Taino.'

'Jij denken als radicalen macht krijgen met een volksraad, zij die generaal steunen zullen en deze Taino afkopen?' riep Diantha. 'Die radicalen ook geen koning willen.'

'Maar de generaal wil keizer worden in Europa, niet hier,' zei ik. 'Je zou denken dat de schepenen en de radicalen, hem juist zouden aanmoedigen om weer terug naar huis te gaan, niet om hier rond te hangen omdat hij het zich niet kan veroorloven om terug te keren.'

'Niemand willen dat hij hier blijven rondhangen,' zei Tanny.

'Eén man al geprobeerd hebben die generaal te doden.'

'Wat is er gebeurd?' Ik keek zijdelings naar Kayleigh, maar zij zat te fluisteren met een vriendin.

'Een man schieten op die generaal toen hij naar Nance' taveerne gaan om deze plaatselijke vakbondsmensen uit die fabriek te ontmoeten. Die schepenen deze schuld geven aan die radicalen. Deze radicale leiders pamfletten gedrukt hebben en die schepenen verantwoordelijk stellen. Deze waarheid zijn dat die generaal altijd al met beide kanten willen praten.'

Het lied drong door tot boven aan de tribune en de meisjes begonnen mee te zingen: 'Jij die man jouw geld geven en wat jij krijgen? Jij niets krijgen, zelfs geen kus!'

Een gebrul rees op uit de menigte en overstemde het lied. Mensen sprongen op terwijl de twee teams op een drafje het speelveld opkwamen. Drie vrouwen gekleed in witte mantels stonden als grensrechters aan de zijkant en een scheidsrechter overzag het geheel vanaf een voetstuk. Aanvoerders aanvaardden de stenen gordel die hun status aangaf; vlaggen gingen omhoog. Vandaag speelden de Rays tegen de Cajaya's en het zingen van clubliederen werd oorverdovend toen de hoofdscheidsrechter de bal de lucht in gooide om het spel te laten beginnen.

In het begin stond ik samen met de anderen te wuiven en te roepen, gillend als de bal tegen de grond kwam, vreugdekreten slakend als een goedgeplaatste elleboog of knie het spel voortdreef, want teams verloren punten als de bal de grond aanraakte door een slechte beweging. Diantha leverde onophoudelijk commentaar op de spelers.

Maar een verontrustend geroezemoes zeurde in mijn oren. Een zweem van brand kriebelde in mijn neusgaten. Ik drong tussen de anderen door naar de bovenkant van de stenen tribune om over de muur naar de ruimte erachter te kijken. Een troep opzichters had zich daar verzameld, sommige droegen lampen en de rest van hen stokken en pistolen.

Ik liet me vallen. Vai was gemakkelijk te vinden, niet omdat hij bijzonder lang was, maar omdat ik onmiddellijk de vorm van zijn hoofd en zijn schouders herkende. Hij draaide zich om en keek naar me, alsof ik iets had gezegd. Ik tilde mijn kin op. Hij knikte en met de hulp van Kofi die een pad baande, begon hij naar boven te klimmen. Ik worstelde me door de dansende, zingende menigte terwijl het spel verderging, een speler loste een schot op het oog van de orkaan – de ring van steen – en miste op een haar na, wat een enorm gebrul opleverde van de menigte. Opluchting en teleurstelling door elkaar heen geweven tot een enkele uitroep.

Toen de kreet wegebde, kwam Vai in mijn blikveld. 'Vertel.'

'Opzichters! Met lampen.'

Door de vlaag van vernielzuchtig plezier die over Kofi's gezicht gleed vroeg ik me af hoe diep zijn haat zat tegen de opzichters en hun meesters, de schepenen. 'Net waarop we stonden te wachten,' zei hij op een toon die me deed huiveren.

Vai kwam dichterbij. 'Catherine. Ga terug naar je vriendinnen. Blijf daarboven tot de rel begint. Laat de meisjes jou verbergen. Ga er niet alleen vandoor.'

'Ik ben niet hulpeloos...!'

'Natuurlijk ben je dat niet!' Hij sloeg zijn arm om mijn rug. 'Dat bedoel ik niet. Het zal er hard aan toegaan. Ik wil zeker weten dat jij ervoor zorgt dat Kayleigh en Lucy veilig thuiskomen.'

Een ogenblik was ik uit het veld geslagen toen ik besefte dat hij zojuist het welbevinden van zijn zus aan mij had toevertrouwd en dat hij me half omarmde. 'O. Natuurlijk. En jij dan?'

'Kom mee,' zei Kofi en Vai liet me los alsof hij tot zijn verrassing merkte dat hij me vasthield. Ze verdwenen in de menigte. Woedend gezoem als van een nest horzels rees op in het spoor van hun voorbijgaan. Angstige opwinding kroop als een stel muizen over mijn huid. Ik klom terug naar de meiden.

'Er komt een rel,' zei ik toen ik hen bereikte. 'Blijf dicht bij elkaar, dan komen we wel veilig weg.' Het waren slimme meiden. Ze luisterden. 'Dee, jij en ik gaan voorop. Lucy, jij loopt met de anderen achter mij aan. Kayleigh en Tanny, jullie blijven achteraan en maak je breed om ervoor te zorgen dat niemand achterblijft. We moeten van de tribune afkomen en door de menigte heen. Blijf bij elkaar.'

Een slagorde van opzichters was aan beide uiteinden van de lange stenen tribune tevoorschijn gekomen, alleen aan de kant van onze goedkope zitplaatsen. Niet één scheen met zijn aangestoken lamp over de rijke mensen die aan de andere kant van het veld enthousiast naar de wedstrijd keken. De bal vloog in een boog, botste tegen de grond, veerde op en werd door een kopstoot weggeschoten.

Maïskolven, kommen van kokosnoot, hompen cassavebrood, fruitschillen en zelfs stukken gebroken keramische kopjes vlogen door de lucht. Stemmen zongen luid: 'Die opzichters hier zijn en wat gebeuren er dus? Hier om ons te knechten, en nooit een kus! Arresteren doen jullie allerbest. Eén wet voor de rijken en één voor de rest!'

'Zij ons vandaag niet vertrappen zullen!' Wiens stem zo luid boven het kabaal uit galmde wist ik niet, maar hij klonk als die van Kofi.

Jonge mannen schoven met hun armen ineengestrengeld als een golf naar voren. In een vloedgolf stormde de menigte naar de opzichters die aan de noordkant van de tribune naar binnen kwamen. Aan de zuidelijke kant brak een gevecht uit, stokken knalden tegen onbeschermde hoofden maar werden opgevangen door vuisten en messen. Mensen vluchtten weg van de opschudding, velen sprongen op het speelveld, midden tussen de wedstrijd. Vanaf de tegenoverliggende zitplaatsen riepen boze toeschouwers om orde terwijl opzichters zich voor de tribune plaatsten om de mensen daar te beschermen tegen de menigte.

'Deze veld die veiligste plek!' Diantha huiverde naast me als een hond die op het punt staat los te breken.

'Nee!' riep ik. 'We gaan recht door het gevecht naar buiten.'

'Maar Cat...!' Lucy's gezicht was grauw van angst.

'Vertrouw me. Achter elkaar, Lucy in het midden. Steek je armen door elkaar. Zorg dat je elkaar niet kwijtraakt.'

Samen met Diantha worstelde ik naar voren, de trappen af. Ik zette koers naar de plek waar het strijdgewoel op een wervelende draaikolk leek. Als stroming, vloed en wind die allemaal op elkaar botsen en een dodelijke maalstroom veroorzaken.

Maar waar het gevecht het ergste was, hadden we de minste kans om op te vallen. De luchtdruk veranderde. Mijn oren ploften. Lampen werden verbrijzeld; geweren en pistolen klikten, verbranding werd gedoofd. De menigte brulde en duwde hard tegen de instortende linie van opzichters.

Lucy slikte haar snikken in, probeerde wanhopig dapper te zijn, maar Diantha vertoonde geen angst terwijl zij en ik als een speer door elk gaatje schoten dat we konden ontdekken. Ik gebruikte mijn wandelstok meedogenloos om te meppen, te duwen en beentje te lichten. Diantha gebruikte haar knieën, ellebogen en heupen om vooruit te komen. Tanny, achteraan, gebruikte haar gewicht tegen iedere relschopper of opzichter die tegen ons aan botste. Kayleigh had de kracht van een meisje met grove botten, dat gewend is aan werk op het land.

Ik dook onder een uithaal door en trok Diantha opzij toen een grijpende hand een punt van haar sjaal te pakken kreeg. De andere meisjes duwden ons vooruit naar een open plek waar omgevallen karren lagen. Vloeistof uit ketels stroomde overal heen, vleespasteitjes lagen vertrapt en de inhoud lekte naar buiten.

Een stel opzichters kreeg mij in de gaten. 'Stop, jullie daar! Wij alle maku meidjes moeten oppakken...'

Voorzichtig trok ik schaduwen over me heen en werd niets meer dan het gefladder van een rok en wat opwaaiend stof. De opzichters lieten ons passeren. Diantha wuifde naar een groepje dicht op elkaar gedoken bateyspeelsters in vuile en gescheurde broekjes. Volgens haar waren het Rays.

'Hé, meiden! Kom mee!' riep ze. 'Wij zorgen dat wij uit deze orkaan komen.'

'De opzichters zeiden dat wij moesten wachten tot alles weer veilig zijn,' zei hun geschokte aanvoerster.

Een pistool ging af met een scherpe knal. Ik was verbijsterd. Wat was er met Vais magie gebeurd? Als ik terugrende, kon ik hem helpen, maar Lucy huilde en Kayleigh probeerde haar te troosten met een stem die niet veel kalmer was dan Lucy's tranen, en Tanny trok een ander meisje mee dat hysterisch was.

'Laat ze zien wat wij doen met mensen die wij beschouwden als onze broers,' schreeuwde een mannelijke stem. 'Zullen zij op ons schieten? Of met ons meedoen?'

In een enorme vloedgolf stormden mannen naar voren en stortten zich met donderend geraas in een nieuw chaotisch gevecht.

'Lopen!' schreeuwde ik zo hard dat niet alleen mijn vriendinnen maar ook het groepje bateyspeelsters schrok.

We snelden verder.

Samen met de Rays stroomden we straten op die nevelig waren door de rook van de kookvuren van de late namiddag. Het geluid uit het stadion rees en daalde als de wind van een wervelstorm, en nu kwam een roffelend gehamer tot leven, handen die tegen huid kletsten, op dijen, als een hart dat bonkte van woede. We gingen eerst naar Diantha's binnenplaats, daarna naar die van Tanny en lieten de rest van de meisjes daar achter tot alleen Kayleigh, Lucy en ik verder naar huis liepen.

Een ander soort van getrappel klonk op als tegenhanger van het ritme dat werd verwoord door de boze demonstranten: de donderende stap van gelaarsde voeten, die voorafging aan de komst van gewapende mannen uit de richting van de oude stad. We kwamen bij een kruising die verduisterd werd door schemering en rook. Een tiental opzichters kwam uit de nevel rennen. Zonder na te denken trok ik de schaduwen dicht om me heen.

De opzichters minderden nauwelijks vaart, maar zolang Kayleigh niet sprak, waren haar uiterlijk en kleding geen reden om te denken dat ze iets anders was dan een plaatselijk meisje. Ze draafden verder.

'Jullie zorgen dat jullie thuiskomen,' riep de laatste opzichter bars. 'Niet stom zijn, meidjes. Opschieten!'

We holden verder door de duisternis, maar opeens begon Lucy te snikken. 'Waar Cat zijn? Hoe wij haar verloren hebben?'

Ik liet de schaduwen los terwijl ze nog met hun rug naar mij toe gekeerd liepen.

Lucy draaide zich om, zag me en schreeuwde. 'Jij weggaan, spook!'

'Lucy, ik ben het maar.'

'Jij een opia zijn,' bracht ze tussen twee snikken door uit. 'Jij gekomen zijn om jouw man te kwellen. Alsjeblieft, mij geen kwaad doen. Ik deze nooit verklappen!'

'Wat is een opia?'

'Een opia is de geest van een dode,' zei Kayleigh terwijl ze naar me staarde met een nietszeggende blik. 'Zo noemen ze die hier.'

'Waarom denken jullie dat ik dood ben, of een geest?'

'Hoe jij anders zo kunnen verdwijnen?' zei Lucy met verstikte stem.

Ik wilde niet dat ze naar me keek alsof ik zojuist een wit zandstrand was afgestrompeld en had geprobeerd om haar te bijten. Maar ik kon haar vraag niet beantwoorden, zelfs niet met een vraag.

Kayleigh zuchtte. 'Laat haar je navel zien, Cat. Dan zal ze weten dat je een levend mens bent. Vai is een idioot als het op jou aankomt, maar onze oom heeft hem te goed onderwezen om zich daardoor te laten bedotten.'

Ik trok mijn blouse omhoog, die al slordig zat door onze lange vlucht. 'Lucy heeft hem vaak genoeg gezien als we onder de douche stonden! Raak hem aan! Ik ben geboren uit een menselijke vrouw, net zoals jij!'

Met een trillende hand legde Lucy haar wijsvinger op mijn navel. 'Jij een of andere behica moeten zijn. Of een... heks.'

Een wezen verborg zich in de schaduw en keek naar ons. Duisternis roerde zich. Ik hoorde zijn gelijkmatige ademhaling als spookachtig bulderen terwijl hij wachtte om toe te springen als ik iets zou vertellen wat ik niet mocht zeggen.

Ik greep Lucy's hand. 'Dat ben ik niet, Lucy! Ik zal jou of wie dan ook bij tante nooit kwaad doen. Maar ik kan niet spreken over wat geheim is.'

Haar lippen gingen uiteen in de dweperige verdwazing waardoor alleen de jongen en onschuldigen aangetast worden. Ik had het vaak genoeg gezien op Bee's gezicht, alleen nooit eerder op mij gericht. 'Jij een geheime magiër zijn!'

'Jij bent geen magiër,' zei Kayleigh. 'En als jij mijn broer pijn doet, zal ik jouw ogen uitscheppen met een lepel. En ze opeten.'

Ik kon het niet helpen. Ik lachte en toen ik lachte, smolt de luisterende duisternis weg als een enorme schaduwhond. Noch Kayleigh, noch Lucy zag hem weggaan, en op vier lange poten wegspringen in de nacht. Opgeruimd staat netjes. 'Ik moet je tot mijn spijt vertellen dat mijn ogen niet erg lekker smaken.'

Kayleighs lippen krulden op tot ze bijna glimlachte en ik herinnerde me hoe aardig ik haar had gevonden toen we samen door een sneeuwlandschap hadden gelopen, op de vlucht uit het dorp Haranwy. Voordat ik doorhad dat ze haar broer naar me toe leidde terwijl ze wist dat hij mij moest doden. Misschien was zij niet de enige die een wrok koesterde.

'Vrede, Kayleigh,' zei ik. 'Misschien kunnen we opnieuw beginnen.' Daarna keek ik de andere kant op om haar wat ruimte te geven om het aanbod te overwegen. 'Lucy, ik ben verdwaald. Kun jij ons naar huis brengen?'

Met een trotse glimlach pakte ze mijn hand. 'Deze kant op.'

Toen we aankwamen bij het logement omarmden tante Djeneba en Brenna ons en berispten ons. Lucy hing een onsamenhangend en verward verhaal op, maar ik onderbrak haar en zei: 'Er brak een rel uit toen de opzichters met lampen het bateystadion binnenkwamen.'

'Zij niet-geregistreerde vuurdovers zoeken met lampen,' zei oom Joe ernstig. 'Ik denken zij hopen die radicalen zo bang te maken dat deze hun mond houden. Deze niet zullen werken.'

De nacht kwam tot leven doordat overal in het gebied van Expeditie trommels begonnen te roffelen. Uitbarstingen van enorm lawaai werden gevolgd door verstikkende en angstwekkende poelen van stilte. De wind kreunde langs het dak, voerde het geluid van straatgevechten door ramen naar binnen en weer naar buiten, totdat Djeneba's broer en haar zonen terugkeerden van het havenhoofd waar hun vissersboot voor anker lag. Zij zeiden dat we de ramen moesten barricaderen en de daken vastsnoeren, want er zou snel slecht weer aankomen.

Ik was blij met het werk, want ik was rusteloos geworden. Als ik mijn hand tegen het medaillon legde, voelde ik Vais warmte, maar hij kon overal zijn. Nadat de poort was gesloten, begon ik te ijsberen. Ik dronk het bodempje rum dat oom Joe me aanbood en daarna nog een beetje, want ik kon gewoonweg niet stilzitten.

Iemand klopte op de poort, vaste klanten die te nerveus waren om thuis op verduisterde binnenplaatsen te zitten. Ze vertelden ons wat we al wisten: het gaslicht in Passaportekwartier was afgesloten in de gasfabriek, als straf. We staken kaarsen en lampen aan. Jongere mannen kwamen, met blauwe plekken en snijwonden. Tegen een oplettend publiek vertelden ze graag een geestdriftig verhaal over hoe zij en een troep zeelieden bij het havenhoofd weerstand hadden geboden aan de opzichters. Er was een vuur uitgebroken dat was geblust door een vuurdover met ongekende macht. Dat had de opzichters tot razernij gedreven, waarna ze nog harder op hoofden begonnen te meppen en nog meer mensen gevangennamen.

Het vertellen maakte hen dorstig en omdat ik hun vragen stelde over de plaats en de omvang van de mogelijke branden, voelde ik me verplicht om rum met hen mee te drinken, want mijn mond was droog. Mijn bateyspelende bewonderaar en zijn vriend met het sjaaltje kwamen langs zonder hun lompe metgezel; ze waren bij de Gevlekte Leguaan geweest waar gewonde mannen lagen.

'Ik moet erheen,' zei ik. Het duizelde me van beelden van een helemaal in elkaar geslagen en bloederige Vai en van Bee's hoofd dat in een donkere waterput dreef. Als Vai gewond was, moest ik hem redden. Als ik wist waar Drake zich verborg, kon ik hem opofferen tijdens de nacht van Allerzielen. Ik zou een moordenaar worden, net zoals mijn verwekker. Het was niet anders.

Oom Joe zei: 'Jij hier blijven, Cat. Jij te veel te drinken gehad hebben.'

'Ik moet echt gaan.' Om moed te verzamelen sloeg ik nog een bodempje rum achterover en daarna liep ik naar de poort. Ze konden me niet tegenhouden. Mijn bewonderaar en zijn vriend volgden me naar buiten.

23

Ik pakte mijn pagne en trok de stof omhoog tot aan mijn knieën zodat ik grotere stappen kon nemen. 'Wat is je naam ook alweer?'

Mijn aardige bewonderaar had een vrolijke lach en dat was heel prettig tijdens een vreugdeloze nacht als woede en angst door de straten rondwaren. 'Bala. Dit Gaius zijn.'

Gaius met het sjaaltje had een diepe frons op zijn voorhoofd.

'Ik ben volkomen ongevaarlijk,' zei ik terwijl ik Gaius met mijn blik uitdaagde dit tegen te spreken.

Gaius snoof. 'Als jij deze zeggen, lieve Cat. Jij die man aan een leiband hebben, en anders hij jou ook zo vast hebben, ik niet zeker weten hoe deze precies in elkaar zitten.'

'Dat heb ik helemaal niet! Ik ben een volkomen respectabel meisje. Het is niet mijn schuld dat ik tegen mijn wil ben uitgehuwelijkt.'

'Dat een van die geruchten zijn die wij gehoord hebben,' zei Bala. 'Horen dat deze echt waar zijn, geven die roos een nieuwe geur, vinden jij niet?' voegde hij eraan toe, tegen zijn vriend.

'Als jij dat een roos noemt,' mompelde Gaius.

'Ik had niets moeten zeggen.' Mijn vingers klemden zich rond Bala's arm. Hij was een grotere man dan ik had gedacht, een kop groter dan ik en met schouders die de wereld konden omspannen. Zijn vriend met de Romeinse naam had een dikke bos haar met krullen onder het sjaaltje en was bijna net zo groot, maar nog steviger. Even vroeg ik me af of ik veilig was bij hen, maar toen dacht ik dat ze zich zouden moeten verantwoorden tegenover tante Djeneba, oom Joe en de rest van de buurt als ze me lastigvielen. 'Soms zeggen mensen dat ik te veel praat.'

Gaius maakte een geluid als een afgeknepen lach.

Bala zei: 'Jij een leuke stem hebben, lieve Cat. Nou, meidje, als wij opzichters in die straat tegenkomen, jij achter ons gaan staan en ons met deze laten afrekenen.'

Ik haalde mijn hand van zijn arm. 'Ik kan mezelf redden in een gevecht. Twijfel je daaraan?'

'Daar die scherpe tong zijn,' zei Gaius tegen Bala. 'Net zoals ik zeggen.'

'Wij snel lopen en stil zijn,' zei Bala met de glimlach van een man die de vrede probeert te handhaven.

Ik kookte terwijl duizend messcherpe antwoorden en prachtige beledigingen naar boven borrelden en weer onuitgesproken van mijn tong afgleden. De Gevlekte Leguaan lag ongeveer vijftien woonblokken verder, aan de andere kant van de markt van Passaporte. Het marktplein en de stalletjes lagen verlaten op de twinkelende ogen van ratten na die brutaal door het duister zwierven, tussen de resten van vertrapte schillen die nog niet waren weggeveegd. Wolken verduisterden de hemel. Het aanhoudende lawaai van gevechten leek zowel dichtbij als veraf en was moeilijk te plaatsen.

Terwijl we langs de rand van de markt slopen, sprak Gaius zacht. 'Jij dat menen, nietwaar, lieve Cat? Dat jij willen vechten. Deze waar zijn, die verhaal over jou en deze haai?'

'Zou ik het je anders verteld hebben? Denk je dat ik een leugenaar ben?'

Misschien was mijn stem te luid geworden. Bala raakte mijn arm aan. 'Ik veel waakzame schaduwen zien.'

Een beetje laat drong het tot me door dat de opzichters de Gevlekte Leguaan misschien in de gaten hielden, als ze wisten dat het een pleisterplaats was voor radicalen en herrieschoppers. In plaats daarvan hadden plaatselijke bewoners hun buurt afgebakend, de omgeving werd bewaakt door groepjes mannen met musketten, pistolen en kapmessen, het favoriete wapen op het platteland. Lampen brandden op de veranda en in de ramen van het logement, waardoor ik wist dat Vai daar niet was, of dat hij dood was.

Ik rende de veranda op en kwam in botsing met een oudere man die niet langer was dan ik maar twee keer zo breed. Een lapje bedekte zijn rechteroog en een afschuwelijke, stervormige wond had zijn rechterwang veranderd in een ravage van putten en een wirwar van koorden wit wondweefsel. Met een ruk bracht hij me tot stilstand.

'Ik zal vernietigd worden door Stralende Reshef als jij niet de dochter bent van luitenant Tara Bell. Want je lijkt precies op haar, op je haren en de kleur van je ogen na.'

'Jo, maku,' zei Bala, die samen met Gaius achter me opdoemde. 'Waarom jij deze meidje vasthouden?'

'Die maku jou lastigvallen, Cat?' vroeg Gaius.

Ik staarde naar mijn gesprekspartner. Mijn hoofd leek gevangen in een allesvernietigende storm. Hij zag het merkteken van mijn moeders gezicht in het mijne. Ik wilde hem vragen hoe hij haar kende, maar terwijl ik probeerde me te concentreren op mijn chaotische gedachten, klampte ik me vast aan één uitgangspunt: *Vertel niemand iets. Houd je mond.*

'Drake is hier,' zei hij alsof hij mijn hoofd met een hark had doorploegd en een goudklompje tevoorschijn had gehaald. 'Hij is in de achterkamer bij de gewonden. Hij vroeg zich al af waar jij verzeild was geraakt.' Hij bekeek mijn metgezellen en was niet onder de indruk van hun afmetingen. 'Ik zie dat je beschermers hebt gevonden.'

'Laat me los.'

Hij trok zijn wenkbrauwen op alsof hij wilde suggereren dat ik overdreven dramatisch deed, maar hij liet me los. 'Je gaat toch niet ontkennen van wie je de dochter bent? Ik vocht naast luitenant Bell.' De Iberische zangerigheid van zijn stem was zo opvallend als het schetteren van een trompet. 'In de Parisi campagne, toen we Alesia innamen.'

Gezegende Tanit, wat wilde ik, diep in mijn hart, dat verhaal graag horen! Maar ik was te slim om mezelf aan hem bloot te geven! Ik richtte me op en keek hem recht in de ogen.

'Ik kwam om iets te drinken, want de wandeling heeft me bijzonder dorstig gemaakt. Bala? Gaius? Ik ben helemaal vergeten om geld mee te nemen, dus jullie zullen wat rum voor me moeten kopen.' Snel schoot ik langs de man een ruime gelagkamer in vol lawaaierige, zweterige, boze mannen.

'Jij vlak bij ons blijven, Cat,' zei Gaius terwijl Bala naar de bar drong. 'Deze menigte mij niet aanstaan. Jij eigenlijk naar huis moeten en niet meer drinken, want ik geloven drank jou roekeloos maken.'

Ik zou de situatie amusant gevonden hebben – mijn bewonderaar en zijn sceptische vriend waren veranderd in waakzame beschermers – als ik niet zojuist vuurrood haar had zien opvlammen in een deuropening achter de bar.

De oude soldaat kwam naast me staan en stak een hand op om James Drakes aandacht te trekken. 'Hij zal met je willen praten, meisje. Ik hoorde dat je misschien zijn kind draagt.'

Ik sloeg hem.

Hij gromde, maar hoewel ik hem hard had geslagen, wankelde hij nauwelijks.

Ik dacht: *dat was niet erg doeltreffend.* Dus stompte ik hem, net onder zijn ribben. Hij klapte voorover, hijgde en – vreemd genoeg – rochelde alsof hij zijn lachen probeerde te houden. Terwijl een geschokt gemompel zich als een olievlek verspreidde, zei hij: 'Jouw mama heeft je geleerd hoe je moet slaan, nietwaar? Oef!'

Hij lachte luidruchtig en ik wilde hem wurgen. Genadige Melqart! James Drake! Als hij me had gezien, zou hij naar buiten komen. Ik wilde niet dat Vai werd vernederd ten opzichte van de hele wereld – of in ieder geval ten opzichte van iedere man die nu naar me staarde – als hij mij samen met Drake zou zien. Als je twijfelt, val dan aan.

Ik schoot naar de bar, zonder te letten op de mannen die ik opzij duwde en trok aan Bala's mouw. 'Ik moet naar achteren om naar de gewonden te kijken. Wacht op mij. Ik wil niet alleen naar huis gaan.'

Zijn geïnteresseerde glimlach werd breder en ik lachte terug, want hij was echt een aantrekkelijke jongen, maar ik moest door die deur voordat James Drake naar buiten kwam. Dus sprong ik over de bar, greep een glas helderwitte rum en dronk het in één teug leeg. Daarna stapte ik langs de verraste barman en schoot achter hem door de nog openstaande deur. Ik sloot de deur achter me en ik zag een langwerpige kamer vol gedaanten die allemaal door elkaar heen op de vloer lagen of op lange tafels waaraan, op vriendelijker nachten, mensen waarschijnlijk zaten te eten en te kletsen over politiek en batey. Vannacht hoorde ik alleen gekreun.

Bij lamplicht boog Drake zich over een man wiens maag was opengereten door een snee, de gapende randen onthulden het vochtige weefsel van ingewanden. Een oude vrouw met bloedspetters op haar voorschoot en een serieus uitziende Taínoman wiens leeftijd ik niet kon raden, werkten zij aan zij aan een andere tafel. Zij naaide een gapende schouderwond dicht met naald en draad terwijl hij met kalme handen het gescheurde vlees bij elkaar hield. Even wist ik zeker dat ik vonken zag trillen rond zijn lippen en een vaag amberkleurig licht, maar toen ik met mijn ogen knipperde, besefte ik dat het me gewoon duizelde. Ik ondersteunde mezelf door een hand op de deur te leggen, voor het geval een of andere vervloekte idioot probeerde na mij naar binnen te stommelen.

'Deze kan niet gered worden, want ik zweer je dat zijn geest al een stap uit zijn vlees heeft gedaan,' zei Drake.

De Taínoman antwoordde: 'Neem hem dan. Hoeveel kun je er met hem redden?'

'Een, in ieder geval.' Hij wees naar een man die zacht jammerde als iemand die kalm probeert te blijven terwijl hij onophoudelijk pijn lijdt. Wat er op het eerste gezicht uitzag als een sjaal bleek een lekkende mat van bloed met daaronder het witte schijnsel van een blootliggende schedel. Drake spreidde zijn vingers over de wond.

Hitte schoot door de kamer, kleverig en weelderig, als zoete pudding die je lippen bedekt totdat je die schoon moet likken om toe te geven aan je verlangen. Een zweem van begeerte kriebelde in mijn buik. Ik opende mijn mond, maar het enige wat naar buiten kwam was een zucht.

De vrouw keek even naar mij en daarna naar Drake. Gezegende Tanit! Een laag van gloeiend vuur, geen vlammen maar een gloed als van kolen, trok over het lichaam van de man met de buikwond. Zijn borst kromde omhoog, hoewel zijn mond geen geluid maakte. Drakes hand, op de bloederige schedel van de andere man, werd witheet. Ik knipperde met mijn ogen want het licht was te scherp. Had ik het me alleen verbeeld? De eerste man lag er nu bij alsof hij dood was, alsof het leven uit hem was gebrand.

Drake haalde zijn hand weg. 'Hij zal blijven leven.'

Ik greep achter me naar de klink, want ik wilde niets liever dan weggaan uit deze kamer met zijn asachtige stank van dood en hoop. Maar Drake was zo snel en vastberaden als een haai. Het ene ogenblik stond hij halverwege de kamer met zijn blik op mij gericht, alsof hij wilde kijken of ik een waardige prooi was, en het volgende ogenblik had hij de ruimte tussen ons overgestoken en mijn hand gepakt. De kaarsen vlamden op. De andere twee die bezig waren keken op, maar niemand van de gewonde mannen reageerde, en ik dacht: misschien zijn ze verdoofd, zodat ze niet weten dat sommige mannen worden gedood om anderen te redden.

'Daar ben je dus. Ik loop al weken naar je te zoeken, Cat.'

Ik rukte mijn hand uit de zijne. 'Ik heb niet naar jou gezocht!'

'Maar Cat, het lijkt wel alsof je dronken bent.'

'Ik vind je niet aardig, Drake. Ik kwam alleen om dat te zeggen.'

Zijn gezicht vertrok, was dat van plezier of van boosheid? 'Dat is niet wat je eerder zei.'

'Toen was ik dronken.'

Een kriebelende warmte kroop in mijn arm omhoog terwijl hij glimlachte. 'Waar woon je?'

'Waarom denk je dat ik jou dat zal vertellen?'

'Dat kun je maar beter wel doen na alle moeite die ik voor jou heb gedaan!'

Alle brandende lonten doofden plotseling. Zomaar.

'Aha,' fluisterde Drake en hij glimlachte.

Uit de gelagkamer verstomde het geroezemoes alsof dat ook was gedoofd.

De Tainoman vervloekte de duisternis en op hetzelfde moment dat aan de andere kant van de muur mannen allemaal tegelijk met stemverheffing begonnen te praten, kwam een enkele kaars trillend tot leven.

Ik drukte mijn vrije hand tegen mijn blouse en voelde de ronding van het medaillon. Door de ketenen die ons samenbonden, wist ik waar hij was. Hij stond vlakbij op de straat en ik kwam er een beetje laat achter dat hij natuurlijk naar huis was gegaan. Dat ze hem daar hadden verteld waar ik heen was en dat dit het onvermijdelijke resultaat was.

Drake had mijn elleboog nog steeds vast en liet het vuur van zijn magie als een fel, krachtig verlangen door mij heen stromen. Laat niemand ooit zeggen dat ik me niet wist te redden uit een ongemakkelijke situatie, want ik wist precies wat Bee op zo'n moment zou doen.

'Ik moet overgeven!' Ik deed alsof ik moest kokhalzen.

Drake liet me los en schoot achteruit.

Ik rukte de deur open, glipte erdoorheen en sloeg hem met een klap dicht. Mannen vloekten en probeerden licht te maken. Met een zwaai van mijn wandelstok veegde ik alle kommen van de lange bar op de grond terwijl ik eroverheen sprong.

'Opzichters!' gilde ik. 'Vlúcht!'

Het waren geen domme mannen in de Gevlekte Leguaan. Er raakten er niet veel in paniek maar wel genoeg om de grote kamer in een moeilijk te controleren beroering te brengen. Dat maakte het voor mij gemakkelijk om schaduwen om me heen te trekken en ongemerkt door het tumult te lopen en door de deur naar buiten.

Hij stond aan de overkant van de straat, verborgen door de nacht. Natuurlijk zag hij me, hoewel niemand anders dat deed. Ik snelde de straat over.

'We moeten hier weg!' fluisterde ik schor en ik probeerde zijn arm te pakken, maar ik greep er volledig naast.

Hij begon zo snel te lopen dat ik moest rennen om hem bij te houden. Ik was gehuld in schaduw en hij hield de duisternis dicht om zich heen. Ik vroeg me af of hij een illusie gebruikte om zichzelf te verbergen want niemand van de overal rondslenterende mannen besteedde enige aandacht aan ons.

Ik zei: 'Denk je eens in! We zouden overal heen kunnen sluipen en niemand zou ons kunnen zien.'

Mannen keken om met een blik zo verbaasd als van honden die iets ruiken.

'Hoorde jij dat?'

'Ik zie niemand.'

Vai pakte mijn hand en we renden tot ik, al lachend, buiten adem was. Op de verlaten markt gingen we langzamer lopen.

'Catherine, alle schaduwen van de wereld zullen je niet verbergen als iedereen je stem kan horen.'

Voordat hij er erg in had, drukte ik hem tegen de muur van een van de lege marktstallen. Iemand verkocht hier overdag kruiden. De rijke geuren van kaneel en nootmuskaat hingen er nog en ik likte mijn lippen om ervan te genieten. 'Heb ik je al eens verteld dat je ongelooflijk knap bent?'

'Catherine, je bent dronken.'

Hij probeerde bij me vandaan te stappen, maar ik leunde tegen hem aan. Het rijzen en dalen van zijn borst streelde me. Ik was betoverd door zijn boze blik.

'Ik zou je zo kunnen opeten,' mompelde ik met een, naar ik hoopte, intiem gefluister. Hij draaide zijn hoofd weg, zodat mijn lippen langs de prikkende haartjes van zijn mooie baard gleden. Hij pakte mijn ellebogen. 'Catherine, als jij jezelf niet respecteert en je in mijn armen werpt, straalbezopen als je bent van de rum, zou je míj dan alsjeblieft voldoende willen respecteren en me niet willen behandelen als een man die meteen misbruik maakt van een dronken vrouw? Want zo'n man ben ik niet.'

Ik wreef met mijn neus langs zijn keel. 'Je zou willen dat je zo'n man was.'

'Nee, ik zou niet willen dat ik zo'n man was.'

Ik negeerde zijn ijzige toon en wreef tegen hem aan. 'Je lichaam zou willen dat je zo'n man was.'

Hij duwde me zo hard weg dat ik op mijn kont viel.

Vloekend stak hij een hand uit. 'Ik wilde je niet laten vallen. Neem me niet kwalijk.'

Ik giechelde terwijl ik mijn hand uitstak. 'Je bent alleen boos omdat je een stijve hebt.'

Een ijzige sliert wind kuste mijn neus terwijl hij zijn hand terugtrok zonder de mijne aan te raken. 'Jij mag dan met je lichaam denken, Catherine, maar ik. Denk. Met. Mijn. Hoofd. Ik ga naar huis. Ga je met me mee, of ga je terug naar je vrienden in de Gevlekte Leguaan? Want ik verzeker je dat ik je niet zal tegenhouden als je daarheen wilt.'

Hij liep weg. Het duurde veel te lang voordat zijn woorden

doordrongen tot mijn troebele hoofd en daarna nog langer om me te herinneren hoe ik moest opstaan. Ik rende achter het norse ritme van zijn stappen aan. Hij zei niets toen ik naast hem opdook. Aan de manier waarop hij zijn schouders hield en de kille lucht om hem heen, wist ik dat hij woedend was. Opgewonden en woedend, dat was geen beste combinatie.

'Het spijt me van Drake,' zei ik. 'Echt. Ik was dronken.'

Hij gaf geen antwoord, maar ik voelde zijn gedachten alsof het messen waren. Heel koude, scherpe messen.

'Ik bedoel, hij heeft me dronken gevoerd.'

'En ik snap nu hoe goed dat voor hem uitgepakt moet hebben.'

'Au! Dat was onaardig!' Ik wachtte, maar hij bleef woedend zwijgen, dus ging ik verder. 'Bovendien was ik net aangespoeld op die plek waar we niet over mogen praten. Ik was zo bang en verward.'

Zijn woede schoot een andere kant op en sloeg ergens anders toe. 'Zoals ik al vermoedde, heeft hij misbruik van je gemaakt. Of nog erger.'

'Hij redde mijn leven. Of misschien toch niet. Ik weet nog steeds niet zeker wie ik daarover moet geloven. En weet je? Hij gebruikt stervende mensen als vuurvangers om mensen te genezen die nog een kans hebben om te overleven. Dat lijkt mij verkeerd, maar wat als het goed is? Als ze al stervende zijn, bedoel ik?'

'Heer van Allen, dat is een grimmig verhaal,' mompelde Vai. 'Vuurmagiërs lijken door en door verdorven hier op de Antillen.'

Met zijn woorden zorgde hij dat mijn gedachten een interessanter pad op galoppeerden, een pad dat ik al eerder had moeten onderzoeken. 'Vai, wat is er met je aan de hand?'

'Waarom denk je dat er iets met míj aan de hand is?'

'Als je boos bent, horen er dan geen vernietigende golven van koude te zijn? IJzer dat versplintert? Daarnet in het stadion werden er eerst geweren uitgeschakeld en vlammen gedoofd. Maar daarna ging er toch een pistool af. Hoe kun jij op de binnenplaats zitten zonder dat tantes kookvuur uitdooft terwijl jij een uitzonderlijk machtige koude magiër bent? Wat gebeurt er met je magie? Is er iets met jou? Of is het deze plek?'

Hij zei niets. We liepen een stukje verder met een kalmte die op een wapenstilstand leek.

Uiteindelijk sprak hij. 'Ik vraag me af hoe jij onzichtbaar kunt rondlopen. Ik weef koud vuur om valse beelden te creëren. Jij verbergt jezelf echt voor anderen.'

'Voor iedereen behalve jou.'

'Ik zal altijd weten waar jij bent. Misschien wil jij me vertellen hoe je deze magie gebruikt.'

'Jij denkt dat ik je dat zal vertellen nu ik dronken ben.'

'De drank lijkt inderdaad je... zelfbeheersing losser te maken.'

Wankelend deed ik een stap bij hem vandaan. De afgrond die mijn toekomst was gaapte voor me om me de diepte in te lokken. 'Nee, wat denk ik nu toch? Het is onmogelijk. Ik moet volhouden.'

'Waarom zou het onmogelijk zijn, Catherine? Wat moet je volhouden?'

'Hoe kan het niet onmogelijk zijn? Hebben we dit gesprek al niet eerder gevoerd? Ben ik niet gebonden aan...?' De wind dreef de wolken uiteen en in een opening verscheen het gemaskerde, witte gezicht van de maan. Zijn licht drong als een klauw mijn keel in. Ik kwam tot stilstand alsof ik tegen een muur van ijs aan was gelopen.

Hij deed nog twee stappen, draaide zich om en pakte mijn hand. 'Catherine?'

Ik was een standbeeld en een knarsend, schor gefluister schraapte als een beitel over mijn ziel. *'Waarom denk je dat hij me ooit zal laten praten?'*

De eeltplekken op zijn vingers maakten zijn aanraking een beetje ruw en tegelijkertijd voelde juist hun alledaagsheid prettig aan. 'Vertel me wie "hij" is, Catherine. Dan zullen we een manier vinden om die ketenen te verbreken.'

In het gerommel van de donder hoorde ik de bulderende waarschuwing van zijn stem. Ik rukte me los van Vai en rende weg, want ik was echt bang en ik wist niet zeker wat me het meeste angst aanjoeg: dat ik nooit in staat zou zijn te spreken of dat ik dat wel zou kunnen. Als eerste kwam ik bij de gesloten poort en ik krabbelde eraan.

Toen tante Djeneba opendeed, schoot ik naar voren en kuste haar. 'Tante! Ik heb u gemist!'

Ze deed een stap terug om ons binnen te laten en keek naar Vai met een blik die hout zou kunnen verschroeien.

Hij was niet onder de indruk. 'Ze is dronken. Hebt u haar zo naar buiten laten gaan?'

Ze rook aan mijn adem en deinsde terug. 'Ik niet weten zij zoveel rum gedronken hebben.'

Hij zuchtte. 'Ik vond haar toen ze bijna betrokken raakte bij een rel in de Gevlekte Leguaan.'

'Helemaal niet! Ik was met Bala en Gaius. Zij beschermden me.'

Tante zette haar handen op haar heupen en keek naar Vai. 'Ik begrijpen waarom jij vinden dat jij haar daar weg moeten halen.'

'Ik ging erheen om naar jou te zoeken,' zei ik tegen Vai om hem gerust te stellen. Het had geen zin om Drake erbij te slepen!

Tante Djeneba maakte een geluid dat verdacht veel op een gesmoorde lach leek. In het licht van een enkele kaars op de bar bewogen andere gedaanten. Het duurde even voordat ik doorkreeg dat het geen brandende kaars was maar een gloed van koud vuur dat ongetwijfeld de hele tijd tijdens zijn afwezigheid had gebrand.

Oom Joe riep zacht: 'Dat Vai en Cat zijn, veilig terug?'

'Ja, en zij niet meer naar buiten gaan in deze onzalige nacht,' zei tante Djeneba op zo'n toon dat niemand haar woorden durfde te betwisten. 'Kayleigh en Lucy, jullie nu naar bed gaan. Die poort vergrendeld zijn.'

Vai creëerde een tweede zwevende bubbel om de familieleden die naar bed gingen bij te lichten, maar hij en ik bleven bij de gesloten poort. Hij stond onbeweeglijk en ik zwaaide een beetje op de deining van de golven en de stem van de wind. Het waren levende wezens en ze riepen me. Mijn verwekker had met zijn vingers door mijn hart geharkt en had het horen zingen. Nu stuurde hij zijn dienaren om mijn tong af te snijden zodat ik niet kon verraden wie ik was en hoe hij mij had gemaakt. Misschien was dit zijn manier om te voorkomen dat ik Bee redde!

Vai zei op de arrogante toon die verraadde dat hij een heftige emotie onderdrukte: 'Na wat jij hebt gedronken, zou ik zeggen dat jij moet gaan plassen, Catherine.'

'Wat slim van je, Vai. Dat moet ik inderdaad!'

Hij begeleidde me naar het washok en bleef buiten wachten. Ik deed wat ik moest doen en daarna bewonderde ik het sanitair bij de gloed van koud vuur en trok drie keer aan de trekker omdat die zo vernuftig werkte met water dat naar binnen en naar buiten stroomde.

Van buiten zei hij: 'Als je nu niet naar buiten komt, Catherine, ga ik ervan uit dat je in moeilijkheden verkeert en zal ik naar binnen komen.'

Snel ging ik naar buiten en sloeg mijn armen om hem heen. 'Als er een jaar en een dag voorbij zijn gegaan,' zei ik omdat ik in deze gedachte een glimpje zonlicht zag, 'dan kan ik doen wat ik wil zonder erdoor gebonden te zijn.'

Hij wurmde zich uit mijn omhelzing. 'Wat bedoel je daar nu in hemelsnaam weer mee?'

'Wie had dat gedacht, terwijl de driedubbel geprezen dichter woorden uitspuugde die zo lomp en onaangenaam waren als van een adder? Kunnen adders eigenlijk praten? Spugen ze vergif? Of bijten ze alleen?'

'Ik weet niet welke driedubbel geprezen dichter je bedoelt. "Woorden als gif" is een gangbare benaming.'

Ik opende mijn mond om hem te vertellen wat ik had gehoord van het hoofd van de dichter Bran Cof. Dat had ik al eerder moeten doen en dat wilde ik ook, toch? Ik opende mijn mond maar er kwamen geen woorden. Bran Cofs meester was mijn meester. Ik kon niet over hem spreken.

'Je bent moe.' Hij droeg me naar boven en de kamer in. 'Kayleigh, zet je bed voor de deur zodat ze niet naar buiten kan. Ze is dat soort van dronken.'

'Wat voor soort van dronken?' Gehoorzaam trok Kayleigh haar veldbed naar de open deur, waar hij stond, klaar om aan mij te ontsnappen.

'Vai,' vroeg ik dringend. 'Waarom ga je weg?'

'Een geile dronkaard,' zei hij.

'Waarom ga jij dan weg, broertje?' vroeg Kayleigh met een sneer die ik niet prettig vond.

'Steek niet de draak met me,' zei hij tegen haar, 'of moet ik je eraan herinneren...'

'Ik kan geen geile dronkaard zijn,' protesteerde ik toen deze opmerking eindelijk tot me doordrong. 'Geilaards zijn mannelijk.'

Ze giechelde. 'Dit moet heel moeilijk voor je zijn, Vai.'

Hij sloot de deur.

'Ik beveel een emmer koud water aan, of een beetje koude magie als je durft,' riep ze, maar hij was verdwenen.

'Je hebt een gemeen trekje,' merkte ik op, heel wijselijk, vond ik zelf.

'Niet erger dan jij. Zoals jij hem plaagt! "Kom hier. Ga weg." Kofi zegt dat jij twee gezichten hebt, als een sterappelboom.'

Ik ging op mijn veldbed zitten. 'Hoe kan een boom twee gezichten hebben als hij er niet eens een heeft?'

'Ik begrijp het niet, Cat. Als je hem niet wilt, waarom blijf je dan niet bij hem vandaan?'

'Hoe kan ik het verdragen om bij hem vandaan te blijven?' fluisterde ik. Op mijn rug liggend, merkte ik dat de kamer, het gebouw en misschien het hele eiland heen en weer slingerden als een schip op zee.

'Ik hoop dat je niet gaat overgeven,' mompelde Kayleigh vanaf haar bed bij de deur. 'Want dan moet je het zelf opruimen.'

'Ik voel me prima.'

Ik viel in slaap. Of dat dacht ik, want een kraai vloog door het afgesloten raam en bracht de lucht in beroering met zijn zwarte vleugels. Zout viel op het dak alsof het werd vermalen door een bodemloze molen. Een ritmisch schudden danste door de kamer als de optocht van onzichtbare trommelaars op een areito. Mensen waren aan het praten, maar ik kon hun woorden niet begrijpen. Ze zogen aan fruit, de geur van guave verspreidde zich door de lucht. Een vleermuis hing aan de dakspanten, zijn ogen waren gitzwart en hij sprak tegen me met een stem als een rasp. *'Jij had hem niet moeten tarten. Hij is boos omdat jij probeerde te praten. Nu zul je de zweepslag voelen van de macht van de meester.'*

24

Ik werd wakker.
Een luik bonkte ritmisch in een beukende, aanhoudende wind en de regen kletterde op het dak alsof er steentjes naar beneden kwamen. Het ochtendlicht tekende de contouren van de afgeslo-

ten ramen. Omdat ik in mijn kleren had geslapen, was alles verfomfaaid en gekreukt. Mijn vlecht was losgegaan, dus moest ik
strengen haar van mijn bezwete wang strijken. Kayleigh sliep zo
vast dat ik haar bed gemakkelijk kon verschuiven. Daarna opende
ik de deur op een kier en glipte erdoor. Boven aan de trap bleef ik
even staan.

De beukende windvlagen dwongen me de reling vast te grijpen.
Regen plenste schuin naar beneden. Oom Joe, oom Baba de visser
en tantes ongetrouwde zoon kwamen uit de kamer beneden tevoorschijn, gevolgd door verschillende mannen die een hangmat
huurden. Ik hielp hen met het vastsnoeren van alles wat niet al was
vastgebonden. Het canvas-dak boven het restaurant werd naar beneden gehaald, waardoor er een vierkant stuk grond overbleef dat
snel in modder veranderde. Zelfs de ceibaboom op de binnenplaats
was vastgesnoerd aan de grond en bedekt met een net.

'Waar is Vai?' riep ik.

'Die naar het havenhoofd gegaan zijn!' riep oom Joe. 'Wij ook
gaan zodra wij hier klaar zijn. Moeten mensen verder het binnen-
land in brengen. Die Boze Koningin komen. Iemand haar beledigd
hebben. Luister.' Een dof, laag gedonder rolde door het zuidoos-
ten. 'Haar heraut spreken. Daarna die vloed-brenger komen.'

Ik vroeg geen toestemming om met hen mee te gaan naar het
havenhoofd. Ik ging gewoon. Nadat ze me twee keer hadden gevraagd om terug te keren, gaven ze het op en lieten me met hen
meelopen. Als je het lopen kon noemen, want het was eerder tegen
de wind in leunen en naar voren schuifelen als tegen een hand die
bleef proberen je terug te duwen. We kwamen groepen mensen
tegen die verder landinwaarts ploeterden. Ze sleepten hun bezittingen met zich mee, duwden karren of droegen kooien met door-
weekte vogels. De stad kromp ineen als een dier dat hoopte te
overleven.

Toen we bij de brede laan kwamen die naar het havenhoofd liep,
begroette het door de wind opgezweepte water ons. Golven braken en rolden naar voren op het kolkende, bruine water van de
baai. Wolken torenden boven de horizon uit, zo duister als een
woedend hart.

De wind huilde en blies mijn vlecht recht naar achteren. Ik kon
nauwelijks rechtop blijven terwijl ik in het kielzog van de mannen

verder ploeterde naar een beschadigd gebouw aan de kust – een van de vele botenhuizen – waar mensen een gevallen balk probeerden op te hijsen. Timmerlui hadden gereedschap meegebracht om te zagen en te splijten en werkten naast de opzichters met wie ze gisteravond hadden gevochten. Te oordelen aan hun verwoede pogingen probeerden ze mensen te bevrijden die in het botenhuis zaten opgesloten terwijl de golven tegen de versplinterde plankenvloer beukten.

Een man lachte.

Een imposante gedaante struinde door de baai en wierp bliksemschichten om zich heen. Deze onstoffelijke speren schoten als spoken langs ons heen, kronkelden en veranderden in de wind die door de straten raasde. De man was niet langer dan ik en toch reikte zijn schaduw tot aan de hemel. Zijn lange, prachtige zwarte haren kronkelden, de lokken werden groter tot ze elk gebouw, elke boom en elke kwetsbare, ploeterende persoon omvatten.

'Vlucht, kleine zuster,' riep hij spottend. 'Ik die heraut van deze storm zijn. Die Boze Koningin vlak achter mij komen. Vlucht als jij kunnen.'

Golven kolkten over de waterkering, de werven en de laan, water schuimde rond mijn enkels. Hij stapte uit de lucht en ging naast me staan. Zijn gezicht was getekend door littekens als zigzaglijnen die zo fel schitterden dat ik weg moest kijken omdat ik anders verblind zou worden. Een bliksemschicht boorde zich in mijn vlees, en ik stond tot mijn knieën in het rijzende water. De golf die om mij heen spoelde zoog aan me, trok me naar de zee. Tegen de tijd dat ik me hijgend weer overeind had geworsteld, was de schaduw minstens een halve Romeinse mijl verder langs de kust naar het westen gelopen.

Een kreet klonk op uit het botenhuis terwijl drie mannen het gebouw uit werden gedragen, gewond maar in leven. Ik rende erheen. Schrijlings op de gevallen balk stonden de mannen te redetwisten of er nog iemand binnen was achtergebleven. De vloerdelen waren opengescheurd en er zat een gat vol splinters in de bodem waaronder zeewater ruiste. Een arm verscheen, gooide een zaag en een bijl naar het licht. Een hoofd verscheen, Vai trok zich op en ging op de rand zitten.

Een oudere man riep naar iemand die nog beneden was. 'Kofi-jongen! Meekomen! Die vloed komen.'

Ik drong tussen mannen door die hun gereedschap opborgen.

Vai keek op. 'Ik had kunnen weten dat jij recht op het gevaar zou aflopen,' riep hij naar me. Toen keek hij in het gat. 'Kofi! Jij bent de laatste. Kom naar boven!'

Onder ons, te midden van een puinhoop van verbrijzelde planken en boten, liep Kofi vloekend te strompelen. 'Ik komen. Maar hij zijn als een oom voor mij.'

'Wordt er iemand vermist?' riep ik.

Vai antwoordde: 'De eigenaar wordt vermist. We hebben alleen zijn neven en de botenverhuurder gevonden.'

Voordat iemand me kon tegenhouden, zwaaide ik mijn benen over de rand en liet me vallen. Vai vloekte en onmiddellijk nadat ik mijn balans had gevonden boven op een schuivende massa planken, sprong hij naast me. Daardoor verschoof de hoop en gleed ik weg. Hij ving zichzelf op met een hand. Een druppel koud vuur wierp een gloed over de puinhoop. Een golf bruiste omhoog van onder gebroken planken. Kofi draaide zich om.

'Jij maken dat jij wegkomen, meidje!' Zijn minachtende grimas deed me terugdeinzen. 'Jij op geen enkele man indruk maken, behalve Vai.'

Maar ik had geen tijd nu het water opkwam. 'Stil!'

Ik balanceerde op de onderkant van een versplinterde boot en kroop hurkend naar de donkere plek waar het achterste deel van het botenhuis was ingestort. Ik legde mijn handen op een van de palen en leunde erop terwijl een volgende golf naar binnen schuimde en mijn pagne tot aan mijn knieën omhoog liet kolken. Toen de golf wegebde, trok ik de draden die de werelden verbinden in mijn hart en in mijn oren. En ik luisterde. Spijkers kraakten en kreunden terwijl de wind aan hen vrat. Het hele bouwwerk zou snel losbreken. Golven slorpten onder het puin. Kofi mompelde een klacht, maar Vai maande hem tot stilte.

Menselijke ademhaling heeft een kenmerkend geluid. Zij kan snel of langzaam gaan, maar zij is niet te verwarren met het nuffige, trotse ademen van een kat of het slonzige hijgen van een hond. Er was daar een ander lichaam. De geur van bloed hing in de lucht als een zweem van zout. Het onregelmatige kloppen van een hart voelde als een fragiele lijn in mijn handen.

'Hij is hier. En hij leeft nog.'

Ik kroop over de puinhopen tot ik de plek vond en begon planken weg te trekken. Een bubbel van koud vuur dreef naar beneden om me bij te lichten, want Vai had geen moeite gedaan om het op een lamp te laten lijken. Kofi en Vai verschenen met een bijl en een koevoet. We haalden planken weg en vonden er een omgevallen boot onder, waar we aan trokken tot duidelijk werd dat hij vastzat.

'Zijn hoofd ligt onder de boeg,' zei ik.

Met vier machtige zwaaien hakte Kofi een gat in de half begraven achtersteven en gebruikte daarna de koevoet om de versplinterde planken weg te breken. Vai klauterde terug over de puinhoop om naar de achterblijvende mannen te roepen dat ze een touw of een net moesten brengen.

'Ik ga wel,' zei ik tegen Kofi. 'Jij bent te groot.'

Na een aarzeling deed Kofi een stap achteruit. Ik wurmde me door het gat en kroop in de holte van de boot, langs de ribben tot de plek waar een man bewusteloos lag. Ik liet mijn hand over zijn magere lichaam glijden tot aan zijn ingevallen borst die nauwelijks op en neer ging. Een kleverige laag bloed bedekte zijn haren, maar zijn schedel leek intact. De ribben van de boot trilden terwijl Kofi met zijn bijl een groter gat in de achtersteven hakte.

'Cat!' riep hij. 'Water omhoogkomen! Jij mij horen?'

'Ik heb hem!' Ik trok hem door een laag modder naar de opening. Ze kregen zijn voeten te pakken en ik schoof naar achteren om zijn hoofd vast te houden terwijl zij hem naar buiten trokken.

Een golf spoelde naar binnen, trok aan Kofi en Vai terwijl zij zich schrap zetten om de oude man vast te houden. Ik verloor mijn grip toen het water de holte in sloeg en me tegen de ribben van de boot kwakte.

Het water liep weer weg, maar mijn voet bleef haken achter de roeibank boven me, zodat ik gevangenzat in de boot. Spugend en naar adem snakkend bevrijdde ik mijn voet en duwde me omhoog tot op handen en knieën. Een laag modder bedekte mijn lippen. Toen ik inademde door mijn neus, schoot er een scheut zout water tot achter mijn ogen en voelde ik een vlijmscherpe pijn.

'Cat? Cat!' Een schaduw blokkeerde het gat. 'Gooi me verdomme een touw of zo toe, Kofi!'

Ik kokhalsde, mijn longen verkrampten.

Nauwelijks hoorbaar boven het ruige gieren van de wind uit, riepen mannen een waarschuwing.

Het hele bouwwerk zwaaide heen en weer toen de vloed ertegenaan beukte en eronder omhoogkwam. De hele omgevallen boot, die mijn gevangenis was, stroomde vol. Ik had net tijd om een teug lucht naar binnen te zuigen voordat de glibberige greep van het water me omarmde. Zijn vochtige mond sloot zich over mijn lippen om de adem uit mijn longen te zuigen. Een vloeibare stem murmelde in mijn hart: 'Laat los, kleine zuster. Ga mee met mij en mijn broer die de donder is. Loop samen met ons de storm in.'

Ik open mijn mond om mijn moeder te roepen, want het is haar hand die de mijne vasthoudt, maar het woedende water rukt haar weg en ik verdrink in het kolken van de vloed.

Mijn hoofd stootte tegen een hoek en mijn knieën schaafden pijnlijk tegen splinters. Ik vocht, maar angst scheurde mijn moed weg terwijl het water door mijn geopende lippen naar binnen stroomde.

Opeens hielden Vais armen me vast en hij trok me naar buiten. Schuim kriebelde in mijn neusgaten. Mijn hoofd kwam boven. Ik zoog lucht naar binnen. Vai trok me omhoog. Ik hing als een dood gewicht aan hem, want ik was een huiverend, bang, verdrinkend kind dat haar papa en mama verloren had in de vloed.

Slippend en glijdend droeg hij me over het puin in de benedenruimte. Kofi was al naar boven gegaan met de oude man. Van veraf klonk een waarschuwende kreet.

Een nieuwe, enorme golf beukte tegen het gebouw aan, sloeg het bouwwerk half van zijn palen en het hele botenhuis kreunde. Water stroomde de benedenruimte in, schoot naar voren om alles te verzwelgen, met ons erbij.

Mijn oren ploften toen de temperatuur pijlsnel zakte. Net voordat hij over ons heen spoelde, veranderde de golf krakend in een gerafeld, gerimpeld gordijn van ijs. Boven ons spoot water door het gat naar beneden, het landde op ons en viel sissend en spetterend op de ijsmuur.

Vai trilde helemaal, zijn huid was zo koud als de winter. Hij hield zijn vrije arm uitgestrekt. In de holte tussen zijn wijsvinger en duim hield hij een ketting met een ronde metalen ring als het oog van

een verrekijker. Binnen in de ring zat een cirkel van iets wat eruitzag als beslagen glas. Hij liet de ring los en de ketting viel slap
tegen zijn natte hemd aan.

'Die kan ik geen tweede keer gebruiken,' zei hij met schorre
stem. 'Je moet gaan staan, Cat.'

De gerimpelde bolling van de ijsgolf begon over te hellen en te
zinken toen een nieuwe stroming van beneden af omhoogkwam.

'Jo, maku!' Kofi stak zijn hoofd naar beneden. 'Opschieten, ezel.
Nieuwe golf eraan komen.'

Ik was geen ezel. Ik sprong; Kofi pakte mijn handen en trok me
naar boven terwijl een andere man een net naar beneden gooide
voor Vai. Ik had mijn laatste beetje kracht verbruikt. Kofi gooide
me over zijn brede rug en rende weg met mij kokhalzend over zijn
rug terwijl het water ons achtervolgde over de laan.

Opeens viel de gierende, onheilspellende wind weg en het werd
griezelig stil.

Ik wriemelde, gleed weg en landde op mijn knieën terwijl een
snerpende pijn door mijn hoofd schoot en elk gewricht in mijn lichaam het uitschreeuwde van de pijn die doordrong tot diep in
mijn botten. De lucht werd geel. Ik keek omhoog, recht in het oog
van de Boze Koningin. De geest van de orkaan was een vrouw, een
enorm gezicht dat recht boven mij opdoemde met een voorhoofd
van donderwolken en een mond van weerlicht. De ronding van
haar armen was de vernietigende cirkel van de huilende winden.
Hier, onder haar gezicht, was de wereld stil.

Vai kwam eraan gespetterd met een touw, net en gereedschap.

'Zij trappen als een muilezel, ik jou zeggen!' zei Kofi. 'Ik blauwe
plek krijgen.'

'Waarom liet je haar onder de boot kruipen?' vroeg Vai bits. 'Ze
was bijna verdronken!'

'Ik te groot zijn om erdoor te passen. Maar maku, jij zelf zeggen,
jij ooit geprobeerd hebben haar tegen te houden als zij iets willen?
Jij daar veel succes mee gehad hebben? Opschieten! Ergste nog
komen en deze zullen toeslaan als die hel.'

De vrouw boog zich dreigend over ons heen. Zij zagen haar
niet, want ze was een geest, geen lichaam.

Ze bukte zich en met een lik van haar zoutige tong, slokte ze
me met één hap op.

Ik stond op een strand van fijn wit zand dat onder mijn blote tenen zo koel aanvoelde als zijde. Ik had niets anders aan dan een nevelig hemd, als een vlies van licht. Mijn lippen waren koud en mijn voeten, omringd door golfjes, waren warm. De Boze Koningin stond op het wateroppervlak. Ze was lang, had brede schouders en machtige armen waar de spieren als koorden overheen liepen, en de buikomvang van iemand wier eetlust haar sterk maakt. Weerlicht schoot uit haar ogen en de storm vormde haar aanwezigheid.

'Jouw verwekker wachten. Jij naar hem toe gaan.'

'Nee.'

Donder gromde hoewel de lucht boven mij zo helder blauw was dat je zou geloven dat hij zo bodemloos was als vertrouwen.

'Jij hem niet kunnen bevechten. Hij sterker zijn en altijd sterker geweest zijn en altijd sterker zullen zijn. Deze groten bewegen in die peilloze diepte. Jij hen niet horen?'

Op de strelende stroom van het water reisde ik ver en diep in de verpletterende afgrond van een bodemloze trog waar de tweelingbeesten genaamd leviathan huiverden terwijl ze worstelden om te ontwaken uit de verdoving die hen gevangenhield.

'Jij die meester nog steeds dienen? Deze vraag hij jou stellen. Jij trouw moeten zijn aan hem alleen, anders jij ervoor boeten. Maar jij een weerspannig hart hebben. Deze een vonk zijn die gemakkelijk te zien zijn, kleine kat. Beter jij deze vonk zelf doven dan hij, want hij opstandigheid niet dulden.'

'Dus moeten we vechten,' fluisterde ik, 'in plaats van ons te onderwerpen.'

Een schildpad kwam omhoog uit het spiegelgladde, blauwe water, zijn blokvormige kop stak als een stompje boven de golven uit en hij staarde me aan tot hij zich omrolde en weer naar beneden zonk. Om de een of andere reden bemoedigde zijn aanwezigheid me.

'Dien jij hem ook?' vroeg ik haar.

Haar lach schalde, het geluid galmde zo hard dat ik op mijn knieën viel. Haar vingers sloten zich als de greep van de dood over mijn gezicht.

'Jij te veel praten. Deze geheim niet van jou zijn om te delen.'

Een masker van water sloot zich over mijn gezicht. De smerige vloeistof stroomde in mijn ogen en neus en mond. Maar de vloed had me niet weggerukt. Vai had me gered van het water dat me wilde verdrinken.

Water spetterde in mijn gezicht. Ik werd in de plenzende regen door straten gedragen.

'Zet me neer. Zet me neer!' Ik worstelde me vrij en kwam op mijn knieën terecht, hoestend eerst, daarna onbeheersbaar hijgend tot ik dacht dat ik de hele zee uit mijn longen zou kotsen.

Vai knielde naast me neer. Zijn huid was warm, of de mijne was koud. 'Catherine, we moeten verder. De zee stroomt het land op.'

'Ik moet Bee redden!' Maar toen ik probeerde op te staan, slokte de duisternis onder de omgevallen boot me op tot ik niets meer zag. Misschien vloog ik. Misschien was het allemaal een nachtmerrie.

Want opeens zat ik in de stoel onder het afdak bij de keuken met mijn modderige, natte blouse tegen me aan geplakt en een droge pagne keurig netjes over mijn drijfnatte onderbroek gedrapeerd. Een kompres verzachtte mijn geschaafde knie. Een van de kleuters zat gezellig op mijn schoot, een bemoedigende aanwezigheid.

''t Waren dapper van haar,' zei Kofi achter me, 'maar ik nog steeds denken deze meidje die waarheid voor jou verbergen.'

'Dit is niet de tijd om daarover te praten,' reageerde Vai. 'Ze heeft het leven van je oom gered, want wij zouden hem daar allemaal hebben achtergelaten omdat we niet wisten dat hij daar gevangenzat.'

''t Zijn waar. Zij hem gered hebben. Ik nu naar die huis van zijn dochter gaan om te zien hoe hij eraan toe zijn.'

Hun stemmen ebden weg. De wind bespotte me op zangerige toon: *wij één van jullie willen hebben, jij mij horen, zusje?*

De oude man was dood. De geesten hadden hem weggenomen. De draad die hem en mij met elkaar verbond werd uiteengerafeld tot de laatste flard en knapte, zoals een hand wegglijdt uit de hand die hem probeert vast te houden in deze wereld. Zijn geest zuchtte en stak over. Een kraai zat op de open vensterbank en keek naar me terwijl de zon achter hem zijn gedaante in een gouden licht zette. Dodelijk vermoeid ging ik naar bed.

De volgende morgen werd ik wakker op het veldbed. Ik had een schone onderbroek en blouse aan, maar ik kon me niet herinneren dat ik die had aangetrokken. Het geluid van hameren en zagen klopte in mijn pijnlijke hoofd. In mijn mond zat de smaak van een smerig brouwsel dat nog het meeste leek op een mengsel van een stoofpot van rottende wormendarmen en beschimmelde rattenkeutels. Kokhalzend sloeg ik mijn reserve pagne rond mijn heupen en strompelde naar het washok beneden om te doen wat nodig was. Al mijn geteisterde spieren deden pijn. Later hobbelde ik naar de keuken, waar tante Djeneba me begroette met een kom vers vruchtensap en een kus op mijn beide wangen.

Ik dronk de kom in één teug leeg.

Ze roosterde cassave op haar kalme manier. 'Deze een heftige nacht en dag geweest zijn. Maar wel raar. Die storm plotseling eindigen na deze gebeurtenis op die havenhoofd. Er wel wind zijn, maar nauwelijks zoveel als er had moeten zijn. Onverwacht geluk voor ons. Hoe jij je voelen, meidje?'

Op de keukentafel stond een mand met fruit. 'Hebt u nu al boodschappen gedaan?' vroeg ik.

'Deze vanmorgen vroeg gebracht zijn door die dochter van deze man die jij gevonden hebben in deze botenhuis. 't Waren dapper van jou, Cat.'

'Maar hij is toch gestorven.'

Ze zweeg even. 'Hij gestorven zijn in die armen van zijn familie, niet gevangen in deze vloed.'

Een masker van ijs verstijfde mijn gezicht en de klauwen van mijn verwekker zonken in mijn bonkende hart. Nu vroeg ze zich af hoe ik dit had geweten, want niemand kon me dit verteld hebben.

'Is er nog wat verstelwerk?' vroeg ik haastig.

Ze keek me onderzoekend aan. 'Jij niet hoeven verstellen, meidje. Jij rusten.'

'Ik moet gewoon iets doen.'

Ze knikte. 'Jij weten waar de mand staan.'

Ik stopte gaten terwijl mijn hart raasde. Wat haatte ik hen! Mijn verwekker die me had verplicht hem te dienen en die zijn dienaren stuurde om mij te bespotten en te kwellen. De mansa die mij had willen doden en wie het niet eens iets kon schelen dat ik zijn eigendom was. Voor hem was het alleen van belang dat Vai gedwongen was zijn bevelen te gehoorzamen omdat het magiërshuis Vai en zijn hele dorp bezat. Prinsen en Romeinen die een spel speelden van samenzweringen en intriges waarvoor alleen de machtigen waren uitgenodigd. Verborgen meesters die Bee's lot bestierden. De schepenen die hun opzichters stuurden om vuurdovers op te sporen en mensen gevangen te nemen die een stem wilden hebben.

Geen wonder dat mensen uithaalden, in opstand kwamen tegen hun ketenen.

Ik vroeg niet waar Vai was. Dat hoefde ik niet. Ik kon de geluiden van herstelwerkzaamheden overal om mij heen horen omdat de mensen van Expeditie bezig waren de stormschade te repareren. Hij zou aan het werk zijn.

Maar ook al was hij aan het hameren en zagen, hij werkte in dienst van de mansa. Hij was eerst en altijd een koude magiër. Hij was gebonden, zoals ik gebonden was omdat ik aan hem was gebonden.

Vandaag was het de achtste van september. Op welke dag waren we getrouwd? Het was achter in oktober geweest, de avond van de zevenentwintigste, om precies te zijn. Maar wat deed die datum ertoe? Op de laatste dag van oktober zou de Wilde Jacht rijden. Ik had niet veel tijd over. Ik moest ophouden met aan iets anders te denken dan aan Bee.

Tante Djeneba liet me in stilte verstellen terwijl zij gemoedelijk babbelde over het vooruitzicht van een areito die de volgende dag zoals gewoonlijk georganiseerd zou worden als jaarlijks eerbetoon aan de Dag van de Landing. De dag dat de eerste schepen uit Mali aan land waren gekomen op Kiskeya. Ik at rijst met bonen maar zonder cassavebrood, want het meel dat de laatste dagen zo zorgvuldig was gegrild en gekneed, was door de storm bedorven.

Aan het eind van de ochtend kwam Lucy binnenrennen. Oom Joe keek op van het poetsen van zijn mooiste kommen. Tante en Brenna kwamen van achteren, waar ze cassave hadden gespoeld.

Lucy rende naar mij. 'Cat, opzichters een zoektocht houden. Ik van school wegglippen. Zij zoeken naar een maku meidje. Zij niet zeggen waarom, alleen dat zij haar gevangen willen nemen.'

Oom Joe legde zijn doek en kom neer terwijl tante en Brenna naar mij keken.

'Ik beloof jullie,' zei ik, in de ban van een roekeloze woede, 'dat de opzichters mij niet zullen vinden.'

Ik legde het verstelwerk weg en ging naar mijn kamer. Daar rolde ik de kleren die ik had genaaid van mijn oude rokken en jasje op, want het weefpatroon en de kleur van de wol was heel anders dan elk materiaal dat hier werd verkocht. Niet dat ik verwachtte dat de opzichters aandacht zouden besteden aan textiel, maar ik durfde het risico niet te nemen. Voordat ik de kamer verliet, kondigde een gestamp aan dat de opzichters bij de poort waren. Het was echter geen probleem voor mij om de schaduwen om me heen te trekken en midden in het zicht naar beneden te gaan, niets meer te zien dan de reling naast de trap. Ik verdween naar de binnenplaats terwijl zij zochten, en ik stond open en bloot tegen een stuk muur dat 's middags in de schaduw lag.

Zij doorzochten elke kamer en elk hok terwijl tante en Brenna en oom Joe woedend vroegen waar de opzichters het recht vandaan haalden om rond te stampen in hun logement. Zij hadden toch nooit problemen veroorzaakt en betaalden keurig hun belasting, net zoals iedereen.

De opzichters gingen weg. Ik was zo boos dat ik niet goed kon nadenken, maar ik wachtte geleund tegen de muur tot een volgende groep opzichters kwam opdagen. Als ik een opzichter was, zou ik die foef gebruiken in de hoop mijn vluchteling te verrassen nadat ze dacht dat ze was ontsnapt aan gevangenneming. De kinderen kwamen lawaaierig thuis uit school. De namiddag verstreek hectisch en mensen die ik nog nooit eerder had gezien kwamen langs voor een drankje. Ze bleven niet lang omdat ze geen maku meidje hadden gezien.

Toch wisten alle vaste klanten dat een maku meidje tafels bediende in het logement van tante Djeneba.

Spraken mensen er gewoon niet over? Behoorde het geheim werkelijk aan degenen die hun mond hielden?

Aan het eind van de middag kwam Vai terug, met laaghangende schouders van vermoeidheid. Nadat hij zich had gewassen en even met de anderen had gepraat, trok hij een bank naar mij toe alsof hij gebruik wilde maken van de schaduw en legde zijn gereedschap in een nette rij in de lengte. Vriendelijk stuurde hij de kleine jongetjes weg die achter hem aan liepen en begon zijn gereedschap te slijpen. Het geschraap overstemde zijn zachte stem. 'Ik neem aan dat je je hier de hele dag al verbergt. Mensen zijn woedend dat de opzichters een zoektocht hebben gehouden door de buurt. Ik wist dat ze je niet zouden vinden.'

Ik fluisterde. 'Je ziet er moe uit.'

Hij keek me recht aan, verrast door mijn bezorgdheid, en keek toen snel weer weg.

Lucy had me de hele middag onopvallend gezocht nadat ze op de normale manier uit school was thuisgekomen. Ze drentelde dichterbij en ging op de bank zitten waar Vai zijn gereedschap had neergelegd: beitels, schaven, drie bijlen, twee zagen, een grondboor, een dissel, een trekmes, een houten hamer en een duimstok.

'Ik jou helpen,' zei ze tegen Vai en ze pakte een vijl.

Hij glimlachte. 'Als een meidje aanbiedt de zaag van een man te slijpen, betekent het dat ze hem het hof maakt.'

Ze giechelde, even verscheen er een verlegen glimlach. Ik dacht: ze denkt aan hem zoals ik denk aan Brennan Du, een man volkomen buiten haar bereik en bovendien niet voor haar bestemd.

Hij legde een vijl tegen de punt van zijn beitel, zijn handen zeker en sterk, de spieren van zijn blote armen strekten zich en trokken samen, en zijn lippen waren een beetje geopend alsof hij op het punt stond mij iets te vertellen. Ik kon het niet verdragen om naar hem te kijken. Het geluid van de vijl schraapte een gootje door mijn hart.

Ik sloop weg en kroop naar mijn kamer, waar ik de schaduwen van me aflegde en mijn spullen opborg. Toen vermande ik mezelf en ging weer terug naar buiten.

Lucy zag me de trap afkomen en rende naar me toe. 'Waar jij je verstopt hebben?'

'Denk je niet dat ik dat geheim moet houden?' De anderen hadden me ook naar beneden zien komen. Ik liep naar de bar. 'Zal er vanavond iemand komen, oom Joe?'

'Tuurlijk.' Hij bekeek me nadenkend. 'Die meesten iets komen drinken om te vieren dat wij niet harder getroffen zijn door die orkaan. Die rest komen om over deze revolutie te praten, want die schepenen zich vergalopperen met deze zoektocht.'

Ik liet mijn vingers langs de afgesleten rand van een dienblad glijden, glad door jarenlang gebruik door dienstertjes voor mij. 'Ik zal nu iets eten en bedienen als er mensen komen. Als u denkt dat het veilig is.'

Vai was me gevolgd. 'Catherine, je hebt het zwaar te verduren gehad door de storm. Kun je niet beter rusten?'

Woorden golfden naar buiten als een stormvlaag, in een wilde uitbarsting van woede die me volkomen verraste. 'Rusten? Denk je dat er rust is voor mensen zoals wij? Zijn wij niet degenen die zijn overgeleverd aan de vloed en het geweld van de wind? Hoe kan het juist zijn dat een koude magiër die een golf kan veranderen in ijs en ijzer kan verbrijzelen niets meer is dan het eigendom van de mansa? En waarom denk jij dat jij mij echt bezit, Vai, alleen omdat jouw magiërshuis mij bezit vanwege een contract dat ik nooit heb getekend en waarmee ik nooit heb ingestemd? Waarom zou ik mezelf nog meer ketenen aandoen?'

Iedereen met open mond achterlatend, rende ik naar het washok en snoot mijn neus. Ik was bevangen door een emotie die ik niet kon beschrijven en niet herkende, dus ik kleedde me uit en waste mezelf en mijn haren. Nadat ik me had aangekleed, vlocht ik mijn haar terwijl het nog nat was en stopte het onder een sjaal. Lucy kwam even kijken, maar ze liet me alleen. Verder deed iedereen alsof ze me niet zagen.

Uiteindelijk kwam ik naar buiten op een binnenplaats die was verlicht door zachte lampen, een illusie die blijk gaf van de macht van Vais koude magie. Hij die gisteren had gezegd dat hij niets meer had om te gebruiken. Tenzij hij dat niet bedoeld had met de woorden 'die kan ik geen tweede keer gebruiken'.

Net zoals oom Joe had voorspeld, kwamen er mensen. Ze spraken met elkaar in een geagiteerd geroezemoes. Met een vol blad liep ik net zoals anders tussen hen in en ik was blij met dit eenvoudige werk, gewoon een meidje dat net als zoveel anderen haar weg zocht in de wereld.

Vai had zijn gereedschap weggelegd en zat te praten met Kofi, hun hoofden dicht bij elkaar als samenzweerders. Wie was deze man die er net zo uitzag als mijn echtgenoot? Een of twee of tien keer keek hij zijdelings naar me als hij dacht dat ik niet naar hem keek – niet dat ik de hele tijd naar hem keek – en elke keer keek hij dan weg met zijn kin hooghartig in de lucht alsof hij me wilde herinneren aan de manier waarop ik een uur geleden ten overstaan van iedereen tegen hem tekeer was gegaan. Daar was de Andevai met wie ik was getrouwd! Ik kon weer een hekel hebben aan de arrogante, koude magiër. Ik moest wel.

Wat kwebbelden oude mannen toch veel! En toch klonk het aannemelijk als ze zich afvroegen waarom de schepenen niet hadden ingestemd met generaal Camjiata's oorspronkelijke vraag om troepen, geld en wapens.

'Ik denken,' zei de oudste oom, 'die schepenen bang zijn deze generaal net zo gemakkelijk troepen en wapens tegen die schepenen inzetten om hen af te zetten en zelf hun plek in te nemen.'

'Dus nu hij naar die Taino gerend? Die cacica deze voorwendsel graag gebruiken zullen om ons land binnen te vallen.'

Verschillende mensen schudden hun hoofd. 'Die Taino ons niet aanvallen. Zij hun rechtschapenheid in ere houden. Zij nooit degenen zullen zijn die deze Eerste Verdrag schenden.'

Waarom zouden de Taino de generaal dan helpen? Iedereen was het erover eens: handel met Europa zonder in- en uitvoerrechten, kadegeld of andere belemmeringen die er nu waren. Ze zouden de Europese markt kunnen overspoelen met suiker, tabak en de goedkope kleding uit Expeditie om met de winst een oorlog te bekostigen tegen hun eeuwigdurende rivalen, het Purépecha koninkrijk.

De oudste oom zei nadenkend: 'Die schepenen dezelfde voordelen krijgen als zij deze generaal steunen. Op die oorlog met deze Purépecha na dan. Deze schepenen dan die ontevreden jongens die in deze stad die meeste last veroorzaken over die oceaan sturen kunnen in dienst van deze generaal. Toch zij weigeren hem te helpen. Lieve Cat, jij uit Europa komen. Wat jij denken?'

Ik bleef naast hun tafel staan, met mijn dienblad balancerend op een hand, en zag dat Vai omkeek om te zien hoe ik zou reageren op een vraag. 'Is er iemand die denkt dat de generaal de Romeinse coalitie kan verslaan met één enkele, kleine vloot uit Expeditie? Heeft hij de eerste oorlog niet verloren met een beduidend groter leger? Maar zijn jullie allemaal vergeten dat er in Europa ook radicalen zijn? Was het niet twintig jaar geleden dat generaal Camjiata een wetboek schreef dat de grondrechten van mensen vastlegde? Zou het bestaan van een dergelijk wetboek de schepenen geen angst aanjagen?'

'Deze meidje een punt hebben,' zei de oudste oom. 'Die schepenen niet van koningen houden, maar zij nog minder houden van praatjes over gelijkheid.'

'Misschien weigeren die schepenen Camjiata te helpen omdat ze bang zijn dat deze radicalen hem steunen.'

Brenna kwam langs om meer bier in te schenken. 'Ik horen Camjiata's wetboek geen rechten toekennen aan vrouwen. Net zoals die Romeinen, jij weten, want hij van moederskant afstammen van deze patriciërs.'

Met een vriendelijk knikje in mijn richting om duidelijk te maken dat hij me niet wilde beledigen, gaf de oudste oom haar antwoord. 'Jij weten hoe zij zijn in Europa; heel achterlijk. Jij deze zeker moeten weten, met deze Romeinse zeeman die jij eropna houden.'

'En deze die reden zijn dat hij en ik nooit een huwelijkscontract getekend hebben. Jullie allemaal weten dat hij een goede man zijn, maar hij geen recht hebben op mijn deel van deze huis en mijn geld. Deze allemaal naar mijn meisjes gaan.'

'Jij mij niet kwalijk nemen, oom,' zei Kofi, die opeens opdook naast de tafel. Toen de oude man knikte, ging hij verder. 'Ik niet weten wat deze radicalen in Europa vinden, maar als die generaal deze steun willen krijgen van onze mannen, dan hij die wetboek moeten veranderen. Geen enkele trollenfamilie hem een schip of zeeman ter beschikking stellen als vrouwen geen rechten krijgen. En wij ook niet.'

'Bovendien geen enkele man in deze stad die hiertegen zijn ooit nog plezier zullen hebben van die gunsten van zijn vrouw of meidje,' voegde Brenna eraan toe voordat ze weggleed als een schip met opgestoken zeilen.

Het gebabbel op de binnenplaats verstomde en er viel een behoedzame stilte. De mannen grinnikten ongemakkelijk en begonnen opnieuw te kletsen. Ik liep verder en Vai keek naar een nieuwe klant die van plan was geweest mij een klapje op mijn kont te geven en in plaats daarvan besloot zijn sjaal af te kloppen. Vai keek weg voordat ik hem kon doorboren met een ijzige blik die hem vertelde dat ik voor mezelf moest zorgen en niet van hem afhankelijk wilde zijn.

'Jij mij vertellen, deze waar zijn? Na al die praatjes dat hij zoeken naar haar, die verloren vrouw.' De spreker was een jongeman die ik niet kende en hij praatte zacht tegen zijn kameraden. Hij zag me niet langskomen hoewel zijn metgezellen wild begonnen te gebaren. 'Nu die maku haar gevonden hebben, hij niks krijgen...?' Hij gilde toen ik de inhoud van mijn dienblad over zijn rug kieperde.

'O. Neem me niet kwalijk! Ik struikelde.' Ik wist niet zeker of hij me kon horen boven het geproest en gelach dat overal op de binnenplaats opklonk. 'Laat me iets voor je halen om het mee op te vegen.'

Aan de bar gaf oom Joe me een doek. 'Jij weten, Cat, bier niet goedkoop zijn. Jij niet mijn geduld op die proef stellen.'

'Ik weet het. Het spijt me.'

Vai dook naast me op. 'Zei hij iets tegen je, Catherine?'

'Die meidje gewoon struikelde,' zei Brenna terwijl ze kommen van kokosnootschil op een dienblad stapelde zodat ik die naar de vrouwen kon brengen die achter bij het waterreservoir aan het afwassen waren. 'Zoiets af en toe gebeuren, nietwaar?'

'Nee, niet met Cat,' mompelde hij. Toen keek hij langs me heen en zijn ogen werden groter terwijl hij glimlachte op een verontrustend verwachtingsvolle manier.

Ik draaide me om. Bij de poort begroette Kofi een stel levendige jonge vrouwen. Ze gedroegen zich als slimme meisjes die ervan uitgaan dat mannen luisteren naar hun woorden en niet alleen naar hun boezem staren.

'Neem me niet kwalijk, ik moet weg.' Hij liep naar de poort.

Ik vond het vooral verontrustend dat hij ze niet echt begroette voordat ze weggingen, want daardoor leek het alsof ze elkaar heel goed kenden.

'Die radicalen moeilijkheden van plan zijn,' mompelde oom Joe.

'Moeilijkheden komen voor verandering,' zei Brenna, 'want jij weten wij overrijp zijn en smachten naar een of andere vorm van verandering.'

'Hoe sterk is Vai betrokken bij deze radicalen?' vroeg ik met een oog op de poort.

'Wat dat jou kunnen schelen?' antwoordde ze zo fel dat mijn wangen rood werden. 'Ik denken jij jouw gevoelens kenbaar gemaakt hebben aan iedereen.'

'Die twee meidjes er goed uitzien,' merkte oom Joe op direct na Brenna's opmerking. 'Ik die ook wel willen kennen, toen ik een jonge man was.'

Brenna snoof en gaf hem een tikje op zijn arm. 'Deze trieste dag voor jou zijn als jij blind worden.'

'Zeker weten,' zei hij en hij plaatste volle kommen op mijn dienblad. 'Maar ik nog niet blind zijn.'

'Denken jullie dat de schepenen vervangen moeten worden door een volksraad?' vroeg ik hun.

Oom Joe krabde in zijn baard. 'Moeilijk te zeggen hoe een volksraad gekozen zullen worden, nietwaar? Stommelingen en wijze mannen soms veel op elkaar lijken. Maar jij luisteren, Cat. Jij niet achter die radicalen aan rennen, want die opzichters hen goed in de gaten houden. Kofi-jongen zeggen wij iedere volwassen man en vrouw een stem moeten geven, zelfs deze armen en die nietsnutten, zonder onderscheid voor bezit of verantwoordelijkheden. Hij vinden deze die grondrecht van elke persoon zijn, trol of rat, om mee te beslissen over zijn bestuur.'

'En daar is Vai het mee eens? Hebben jullie enig idee hoeveel macht hij heeft in Europa als lid van Vier Manen Huis?'

Oom Joe en Brenna wisselden een blik die ik werkelijk niet begreep.

'En Kayleigh werkt op het stadhuis en geeft informatie door aan Kofi, en dus aan de radicalen en daarna aan Vai.'

'Jij stil zijn, Cat,' zei oom Joe streng. 'Jij geen aandacht op jezelf vestigen. Of op hem.'

Er kwam een herinnering boven aan het gesprek dat ik had afgeluisterd in Chartji's kantoor. De woorden die Vai had gezegd net voordat Chartji de deur opendeed en mij betrapte op afluisteren: *'Wat als mensen die geketend zijn als horigen zouden zeggen dat zij het eigendom over zichzelf willen terugeisen?'*

'Cat? Jij je wel goed voelen?' Brenna legde een hand op mijn arm.

Er kwam een man door de open poort. De man was niet Vai. 'Prima. Het gaat prima.'

'Jij deze doek en die drankjes brengen,' zei oom Joe, 'en ervoor zorgen deze keer niets te morsen.'

Ik liep weg met afgemeten passen omdat ik me gedesoriënteerd voelde, alsof ik mijn pad kwijtraakte. Ik moest me op Bee concentreren. Ik moest meer informatie hebben over vuurmagiërs, voor het geval Drake niet sterk genoeg was om de Jacht te voeden. Ik hoorde hen mompelen. Ze dachten dat ik buiten gehoorafstand was.

'Dat niets voor hem zijn,' zei Brenna, 'om zo weg te gaan met een stel knappe meidjes. Niet dat ik hem iets kwalijk nemen, na wat zij vanmiddag tegen hem zeggen.'

'Jullie vrouwen hem onderschatten,' zei oom Joe grinnikend. 'Hij precies weten wat hij doen. Ik vermoeden hij Kofi-jongen vragen die meidjes mee te nemen. Jij naar haar kijken, zij steeds een oog op die poort houden. Nou zij zich die hele avond afvragen wat hij doen.'

Samen met radicalen moeilijkheden beramen. Wat zou hij anders aan het doen zijn?

Ze waren knap geweest. En nog erger, ze leken slim en levendig. De soort van meisjes met wie ik graag vriendinnen zou zijn. Dat is te zeggen, als ik niet een beitel door iemands oog moest slaan, om te beginnen door dat van mezelf. Ik kon me toch niet echt overgeven aan dit soort van kleinzielige jaloezie om een man die ik terzijde had geschoven tot Bee veilig was en ik vrij. Als hij me daarna tenminste nog zou willen.

Het werd laat en mensen gingen naar huis. We wasten af, zetten de banken op de tafels en ik veegde. Iedereen ging naar bed, maar ik was te rusteloos om te gaan liggen. Ik zat in de leunstoel onder het afdak en werd gebeten door muskieten, misschien kon ik daarom niet slapen.

Heel laat kwam hij binnen. Hij floot zacht en trommelde een ritme op zijn dijbeen. Een vleugje koud vuur zweefde voor hem in de gedaante van een gasvlam die brandde binnen in een lantaarn gemaakt van een rasterwerk van glanzend metaal. Het zag eruit als de schelp van een grote kroonslak, die ze hier een cobo noemden. Hij liet hem zelfs langzaam ronddraaien om te kijken of hij er aan alle kanten echt uitzag. En dat deed hij, want ik zou nooit gedacht hebben dat de lantaarn een illusie was als hij stil had gehangen. In een reflex trok ik zonder erover na te denken de draden van schaduwen om mij heen om mezelf te verstoppen. Halverwege de binnenplaats bleef hij stilstaan en hij grinnikte als een man die iets te veel heeft gedronken en een te hoge dunk van zichzelf heeft.

'Morgen is er in het Lucairikwartier een areito ter ere van de Landingsdag. Als je wilt, kunnen we erheen gaan. Er zal gedanst worden en gezongen. En er is eten.'

Ik wilde niet gaan. Ik moest niet gaan. Het was een slecht idee om te gaan.

'Ja.'

'Dan gaan we erheen. Goedenacht, Catherine.'

25

De volgende ochtend werd ik wakker met een duf hoofd. Ik was woedend op mezelf omdat Vai al vertrokken was naar zijn werk en ik hem dus niet kon vertellen dat ik van gedachten was veranderd. Ik was te veel met mezelf bezig geweest en had me zelfzuchtig laten afleiden, in plaats van me erop te richten een manier te zoeken om Bee te redden. Ik kleedde me aan, greep mijn wandelstok en stopte een kleine beurs van stof in mijn mouw die met gemak mijn armzalige verdiensten bevatte.

'Jij langer slapen dan anders,' zei tante Djeneba toen ik beneden kwam. De binnenplaats was stil. Iedereen was al weg.

'Ik ga uit,' zei ik en ik wikkelde mijn wandelstok in een doek zodat geen enkele trol hem zou kunnen zien.

Ze keek bedenkelijk maar zei alleen: 'Jij voorzichtig zijn, Cat. Die opzichters overal zijn.'

'Er zijn altijd wel opzichters in de buurt,' mompelde ik toen ik een kraai op het dak zag.

Omhuld door schaduwen liep ik over de laan naar het havenkwartier. De storm had heel wat schade aangericht. Mannen waren op daken aan het werk; vrouwen hingen was op. Een dwergmammoet trok een wagen vol gebroken stenen en versplinterde stukken hout. Mannen hadden een van de gaspijpen opgegraven en repareerden de afsluiter. De klokkentoren had een wijzer verloren. Toch had de stemming in de stad iets van opluchting, als van iemand die ontsnapt is aan de beet van een uitgehongerde haai.

Tussen de geluiden van de werkzaamheden hoorde ik echter een gespannen, verwachtingsvol gefluister. Er stond iets groots te gebeuren. Mensen stonden met hun hoofden bij elkaar. Anderen keken naar de lucht, alsof ze het weer wilden peilen.

Ik trok aan de bel bij het kantoor van Godwik en Clutch. Keer dook op en gaf met een buiging van haar hoofd te kennen dat ik haar kantoor binnen mocht komen. We dronken en aten iets en hoe meer we spraken over het lokale bateyseizoen hoe meer ik behoefte kreeg om op te springen om heen en weer te gaan lopen.

Toen we onze noten en rozijnen en thee ophadden, tikte Keer met haar klauwen op haar werktafel. 'Jij bent ongeduldig en wilt graag over een andere zaak praten.'

Ik balde mijn handen tot vuisten, opende ze en balde ze opnieuw. 'Ik ben hier om te vragen of het aanbod van een betrekking nog openstaat.'

De trol floot en haar kuif ging rechtop staan. 'Dan openen wij nu de onderhandelingen. Hopelijk vertel jij me nu waarom jij denkt dat wij jou kunnen gebruiken.'

'Jullie hebben achter een drukpers staan. Misschien hebben jullie daar hulp bij nodig? Ik zou bijvoorbeeld een serie verslagen over Europa kunnen schrijven. Verhalen over de mensen daar, hoe ze dingen doen en de verhalen die zij vertellen.'

'Exotische landen, onthuld door verslagen uit de eerste hand.'

'Mijn vader was een reiziger en een natuurkundige. Ik kan zijn anekdotes vertellen.'

'Veel buitenlanders hebben verhalen te vertellen. Die van jou moeten meer aanspreken dan die van anderen.'

'Hij kende generaal Camjiata. Hij schreef over hem en zijn wetboek.'

Ze hield haar hoofd schuin. 'Precies op het goede moment! Ik ben geïntrigeerd door dit voorstel. Wij kunnen ook andere taken vinden. Wij moeten nu alleen nog onderhandelen over deze voorwaarden en of jij een nest, een kamer nodig hebt.'

Een kámer. Misschien verschoot ik van kleur. Ik had in ieder geval het gevoel dat al het bloed opeens uit mijn lichaam trok, weggezogen door een emotie waarvoor ik geen naam had en waaraan ik niet toe durfde te geven.

'Ja,' fluisterde ik, het enige geluid dat ik uit kon brengen. Het enige wat ertoe deed was Bee. Het juridisch bureau zou vast en zeker een betere plek zijn om te zoeken naar informatie over vuurmagiërs en politiek. Mensen zouden hier minder bang zijn en meer geneigd tot praten. Beleefde woorden klonken in mijn mond als het tikken van een klok. 'Ik zal later vandaag terugkomen met mijn spullen.'

Ik stond op en Keer ging ook staan. 'Wat een haast!'

Haar blik deed me verstijven. Zij reageerde met een trilling, waardoor ik instinctief naar schaduwen greep. Maar toen ik aan de draden trok, rukte de verwarrende verzameling spiegels en glanzende dingen die overal door het kantoor verspreid lagen de draden weer los, alsof ze vastzaten en in de klit waren geraakt.

'Interessant,' siste Keer. Het klonk zo sinister dat ik op de loop wilde gaan, maar ik wist wel beter dan weg te vluchten. Je moest vastberaden blijven staan en groter lijken dan je was.

'Kun jij de draden zien?' vroeg ik kortaf toen ik mijn stem weer had teruggevonden.

Ze liet me haar tanden zien. 'Jij betaalt mij voor een antwoord?'

'Welke betaling denk je dat je kunt verwachten?'

'Jij denkt dat ik als eerste mijn prijs noem?'

'Je kunt toch niet verwachten dat ik mij in de kaart laat kijken door de mijne als eerste te noemen?'

Ze siste met een geluid waarvan ik dacht dat het bedoeld was als een lach. 'Een ongebruikelijke onderhandelingstechniek.'

Een bonkend gevoel van opwinding trok door mijn lichaam. Ik leerde hoe ik de ketenen die mij gevangenhielden kon gebruiken. 'Vragen met vragen beantwoorden?'

'Je verraadt je kennis van de doolhof.'

'Waarom denk je dat ik er ook maar iets vanaf weet?'

Haar kuif ging omhoog terwijl een vreemde plooi half over de uitdagende, waakzame ogen gleed. 'Zoals jullie ratten zeggen, een punt voor jou. Volgens gewoonte moet ik erkennen dat jij een stap omhooggezet hebt op de Rots van de Triomf.'

'De Rots van de Triomf, waar de jonge bokken paraderen,' mompelde ik toen ik mij maester Godwiks woorden herinnerde. Ik had gedacht dat het een echte plaats was, zoals een uitstekende rots, maar nu vroeg ik me af of het niet eerder abstract was dan geologisch. Misschien was het de manier waarop mannetjes met elkaar wedijverden voor ongrijpbare maar herkenbare vormen van status. 'Vertel me eens, Keer, waarom zou een koude magiër uit Europa samenwerken met trollen?'

Keer uitte een gesis dat ik opvatte als een aanwijzing van plezier of verwachting. 'Volgende ronde. Jij hebt nu het recht een cirkel te trekken en erin te stappen.'

Ik had geen zin om aan een volgende ronde te beginnen. 'Het recht is aan mij. Ik zal terugkomen.'

Trollen stonden niet op lange afscheidsrituelen, misschien omdat iemand soms niet wegging maar eenvoudigweg werd opgegeten als hij had verloren. Ik vertrok en hoopte mijn gedachten te ordenen terwijl ik naar huis wandelde. Nee, het logement was mijn huis niet. Het was gewoon het beste dat ik verhuisde, want ik bracht hen in gevaar door daar te wonen en te werken.

Tante keek me rustig aan toen ik in de poort verscheen. 'Ik hopen jij hebben gedaan wat jij wilde doen.'

Ik keek weg, want ik kon haar niet vertellen dat ik vertrok. 'Dat heb ik.'

Haar glimlach bracht me een zonnende hagedis in gedachten die wachtte op zijn argeloze maaltijd. 'Ik zonder problemen zeggen wij jou zullen missen vanavond. Jij nu maar even gaan slapen. Jij nog niet gedanst hebben op een areito.'

Ik was gewoon niet in staat het haar te vertellen. 'Nee. Dat heb ik nog nooit gedaan.'

Ze wisselde een blik met Brenna en oom Joe. Ik was te rusteloos om te slapen, dus hield ik mezelf bezig met vegen en verstellen terwijl Brenna uren besteedde aan het vlechten van Lucy's haar. Lucy babbelde de hele tijd want ze was zo opgewonden dat ze met ons mee mocht. Ik kon Lucy's hart niet breken door te zeggen dat ik niet ging. En ik wilde ook gaan; ik wilde dansen en zingen op een areito. Bee zou me één extra nacht niet kwalijk nemen en Rory zou zelf ook genieten van zo'n festival! Morgen kon ik afscheid nemen.

Het regende, maar een frisse bries vaagde de wolken weg. Ik waste me onder de douche en daarna trok Lucy, wier haren klaar waren, me naar boven om me te helpen met aankleden. Zij droeg een mooie pagne en een nieuwe blouse. Ze bracht een spiegel en terwijl ik me aankleedde, hield ze die omhoog om te kijken hoe haar kleine vlechtjes naar binnen krulden op haar rug. Toen ik haar een complimentje maakte, glimlachte ze.

'Oooo, lieve hemel!' Ze draaide de spiegel om te laten zien hoe ik er van achteren uitzag. 'Geen wonder jij dit bewaren voor een areito! Jij er zo mooi uitzien!'

Gewoonlijk droeg ik de omslagrok en de losse katoenen blouse die hier de gebruikelijke mode was. Maar de afgelopen weken had ik hard gewerkt om uit mijn kapotte onderrokken een nieuwe rok te maken, een die mijn middel en heupen goed deed uitkomen maar me voldoende ruimte gaf voor mijn lange stappen en om te klimmen als dat nodig was. Voor het ontwerp van het topje had ik meer moeite moeten doen, want er was hier geen enkele reden om verschillende lagen kleding over elkaar te dragen zoals we in het noorden deden. Ik had de mouwen van mijn wollen jasje ingekort tot driekwart mouwen en in het lijfje een zoom gelegd die eindigde op mijn heupen. De wollen flanel nam het vocht van mijn huid op en was heel comfortabel over mijn mouwloze katoenen hemdje.

Ze legde de spiegel weg en duwde me op het eind van het bed. Toen begon ze mijn haar te borstelen, iets wat ze graag deed, en begon een populair straatdeuntje te neuriën. Onderaan de trap hoorde ik voetstappen. Lucy borstelde verder en had duidelijk niets in de gaten.

De zachte, sardonische stem was van Kayleigh. 'Is dat een béd?'

'Ik dacht dat het tijd was voor iets anders dan die oncomfortabele veldbedden,' antwoordde Vai op een toon die zo vrolijk was dat het me achterdochtig maakte.

'En waarom is het dan maar één bed, Vai?'

'Ik kan er maar één tegelijk maken. Nadat ik klaar ben met mijn gewone werk.'

Een béd!

'Cat?' Lucretia boog zich voorover om mij aan te kijken. 'Jij opeens helemaal stijf worden, alsof er een kikker over jouw voet springen.'

Vai sprak nog steeds. 'Ga jij niet naar de areito? Kofi hoopt van wel.'

Kayleighs stem zakte tot een gemompel. 'Ik moet terug. Maar ik moest je dit nieuws brengen. Dit is geen gerucht. Generaal Camjiata is gisteravond teruggekomen in de stad.'

Mijn adem stokte.

Lucy grinnikte. 'Lief dat jij nerveus zijn.'

Kayleigh ging verder, haar stem gespannen en beschuldigend. 'Ik deug niet voor spion. Ik schrik van elk geluid. Ik loop tegen dingen aan. Ik haat het om binnen te zitten. Het schoonmaakwerk is niet het zwaarste. Maar wel dat ik steeds denk dat ze me zullen betrappen. En dat ze me dan zullen geselen en me daarna ophangen.'

'Ik zou het niet van je vragen als ik het zelf kon doen.'

Haar toon werd zachter. 'Ik weet het, Vai. Ik weet dat je ons altijd voorop zult stellen. Ik weet dat je het altijd zult blijven proberen. Het is niet eerlijk dat alleen ik ontsnapt ben en niemand anders. Je weet dat ik alles zal doen wat je vraagt.'

'Vertel me dan maar eens of ik er goed uitzie?'

Ze giechelde. 'Ik kan niet geloven dat jij dat zojuist hebt gevraagd.'

'Cat, jouw hoofd gestolen zijn door een vleermuis?' Lucretia tikte met de borstel op mijn hoofd.

'Waarom denk je dat ik zenuwachtig ben?' Gepikeerd ging ik staan, net op het moment dat de deur openging.

Kayleigh kwam binnen. Ze sprak kortaf terwijl ze me van hoofd tot voeten opnam. 'Heel mooi, Cat. Ik ben doodziek van die vervloekte lappen stof die we moeten omslaan als rokken.'

'Dank je,' zei ik behoedzaam. 'We zouden wat extra stof kunnen kopen, dan kan ik voor jou net zo'n rok maken. Een jasje zal moeilijker zijn. Daar zal ik een patroon voor moeten maken.' Toen herinnerde ik me dat ik wegging.

'Ook voor mij, Cat!' riep Lucretia.

Kayleigh zag er moe uit. Ik neem aan dat werken als een spion vermoeiend is als je geen plezier hebt in rondsluipen en afluisteren en als je geen schaduwen om je heen kunt trekken om je te verstoppen voor iedereen, behalve voor degene voor wie je jezelf vooral moet verbergen.

Haar lusteloze glimlach leek gemeend. 'Dat zou leuk zijn, Cat. Je ziet er echt mooi uit.'

Ik hoopte dat ik niet bloosde. 'Ik zou echt graag een rok voor je maken.' Lucretia kneep me. 'En natúúrlijk ook voor die lastige Lucy.'

Lucy giechelde.

Kayleigh zakte op haar veldbed en legde haar hoofd op haar armen.

'Kayleigh? Gaat het wel?' Ik deed een stap naar haar toe.

Ze maakte een gebaar met haar hand. 'Ik moet terug naar het stadhuis. Het keukenhulpje is ziek geworden.' Ze aarzelde en sprak verder met haar hoofd in haar armen. 'Het spijt me dat ik niet aardiger tegen je ben geweest, Cat.'

'Ik hoop dat hij je niet heeft uitgefoeterd. Vai zou je meer moeten waarderen.'

Verrast keek ze op. Ik dacht dat ze iets wilde zeggen en zette me schrap, want ik wist zeker dat het woorden zouden zijn die ik niet wilde horen. Maar ze wreef over haar voorhoofd en zei: 'Ik moet gewoon even rusten. Veel plezier vanavond. Ik meen het.' Ze ging liggen.

Ik greep mijn wandelstok en schoof hem door de lus die ik aan mijn tailleband had genaaid. Als ik ging, dan zou ik verdorie ook plezier hebben. Alleen voor deze ene areito.

Lucretia zei: 'Cat, wij jouw haar nog niet gevlochten hebben.'

'Dat doe ik denk ik niet.' Laat hij het maar los zien!

'Een sjaaltje, dan.' Ze volgde me naar buiten. 'Jij er vast heel leuk uitzien met een sjaaltje.'

Vai stond op de binnenplaats te praten met Kofi, die me zag en met een verrast gezicht Vai aanstootte. Hij draaide zich om en keek op toen ik de trap afdaalde met Lucretia op mijn hielen. Even zag hij eruit alsof hij een trap had gekregen van een paard. Of misschien was ik het die de hoef tegen mijn hoofd voelde slaan, want hij droeg een jasje dat ik herkende uit Adurnam, een patroon van rood en gouden ringen, zo opvallend dat alleen een zelfverzekerde man het kon dragen. Er was iets met de manier waarop hij kleren droeg: het wekte steeds bewondering bij mensen die wensten dat ze niet zo bevangen werden door een gevoel dat ik alleen kon beschrijven als... Nee. Bij nader inzien kon ik het niet beschrijven.

'Catherine. Daar ben je. Tijd om te gaan.' Hij stak een hand uit met de bedoeling dat ik die pakte.

Kofi leek in verlegenheid gebracht. Achter hem stond een raamwerk van hout en gespannen touw: het bed. Het was breder dan de smalle veldbedden; twee konden zo'n bed delen als ze bereid waren dicht tegen elkaar aan te liggen in een liefdevolle omarming. Mijn arm trilde, want ik merkte dat ik niet kon beslissen of ik hem stijf tegen mijn zijde zou houden, zoals ik wist dat ik moest doen, of hem naar hem uitsteken.

Vai glimlachte op een hoogst irritante manier, alsof hij mijn innerlijke strijd begreep.

'Nee!' Tante verscheen, haar handen afdrogend aan een doek. Lucretia piepte en klom een aantal treden terug naar boven. 'Een sjaaltje of een vlecht, meidje. Jij mijn huis niet verlaten met jouw haren los.'

'O,' zei ik verstard van schrik. Ik had haar nog nooit eerder boos gezien.

Ze richtte zich tot Vai. 'Jij beter moeten weten, maku.' Toen ze 'maku' zei, was haar toon bijtend.

Het vuur in de keukenhaard flakkerde en doofde uit. Bij de bar vloekte oom Joe. 'Jij die lont niet goed aangestoken hebben?' zei hij tegen een van de jongens.

Vai keek naar beneden en liet zijn hand langs zijn zij vallen. 'Neem me niet kwalijk. Ik dacht niet na.'

'Niet met jouw hoofd, dat duidelijk zijn.' Ze rukte het sjaaltje uit haar kleindochters hand. Lucretia slikte hoorbaar. 'Ik zelf voor Cat zorgen. Jij in de keuken gaan zitten, Cat, en jullie,' voegde ze eraan toe met een knikje naar Kofi, 'jij en de maku vast weggaan. De meidjes later komen.'

Kofi stamelde een bijna onverstaanbare groet, greep Vais arm en trok hem mee.

Ik volgde tante naar de keuken waar ik op een kruk ging zitten. Ze pakte een kam, keek de kinderen zo streng aan dat ze wegvluchtten naar de veiligheid van oom Joe en begon aan een enkele, dikke vlecht.

'Jij stilzitten, meidje. En nooit meer.'

'Nooit meer wat?'

'Losse haren zijn manier voor sluwe vrouwen om hun koopwaar te laten zien en voor heksen om hun slachtoffers te verstrikken.'

'O.'

'Jij deze niet weten, maar Lucy wel. Ik vermoeden zij denken jij gewoon vermetel zijn, want zij jou zo bewonderen.'

'Ze probeerde me een sjaaltje te geven!'

'En Vai te verblind om na te denken.'

'Was hij dat?'

'Meidje, jij dat spelletje niet met mij spelen. En jij deze ook niet met hem spelen, alsof je hem straffen voor wat hij eerder gedaan hebben. Alsof jij willen dat hij verliefd zijn op jou, om deze daarna in zijn gezicht te gooien.'

'Dat wil ik helemaal niet!'

'Zo deze eruitzien. Of jij hem met rust laten, of jij hem jou terug laten winnen. Deze andere gewoon klein en gemeen zijn en ik niet graag over jou denken als een gemeen meidje.'

'Maar dat kan ik niet, tante,' fluisterde ik. 'Ik moet vertrekken. Er is een heleboel dat ik aan niemand kan vertellen.' Mijn stem haperde en brak bijna.

'Hij ook geheimen hebben. Maar toch deze waar zijn. Als jij niet kunnen, dan jij deze afkappen. Deze zo niet verder kunnen gaan. Die leven te kort zijn. Goed. Jij nu klaar om uit te gaan. En deze niet nog eens proberen.'

'Nee, tante,' zei ik met mijn meest ingetogen stem en mijn hoofd tussen mijn schouders als een geslagen hond. En werkelijk, wat is er erger voor een kat dan vergeleken te worden met een hond?

Bij de poort pakte Lucy met een meelevende glimlach mijn hand en we stapten naar buiten, in de warme namiddaglucht vol bloemengeuren. De regen had de straten schoongespoeld, ze droogden alweer op. De stormachtige wind had de wolken uiteengescheurd tot ze eruitzagen als verkreukelde lakens. Met haar arm in de mijne, wandelden we over Kleermakersstraat, waar mannen ons beleefd groetten vanachter tafels naast de poorten van hun familieverblijven.

'Jij deze rok helemaal zelf genaaid hebben, lieve Cat? Jij mij deze patroon willen geven?'

'Maar dat is mijn geheim, nietwaar? Wat levert het mij op als ik het jullie vertel?'

Ze lachte. 'Jullie meidjes naar de areito gaan? Jullie twee er mooi uitzien!'

Lucy giechelde en het was alles waard om haar zo te horen lachen.

Het geluid van trommels klonk in de lucht en deed mijn huid

tintelen. Schaduwen kusten het licht en vermengden zich ermee terwijl de namiddag samen met de zon wegzonk in het slaperige westen. We struinden door de stille straten van het Passaportekwartier, waar de respectabele gezinnen woonden die met hun werk het dagelijkse leven draaiende hielden.

Lucairikwartier was ooit een dorp geweest waar immigranten uit Lucaia op de Bahamas zich hadden gevestigd in de eerste dagen van Expeditie. De stad had zich uitgebreid en het dorp was opgenomen in de buitenwijken en de latere immigranten waren erin getrokken. De straten hadden niet het nette patroon van Passaporte en ook geen gaslampen. Het plein was heel oud, en niet groot, omdat het ooit slechts een dorpsplein was geweest, maar het bateystadion was kortgeleden uitgebreid en opnieuw opgebouwd met cobo gaslantaarns. Deze hadden een decoratief, ijzeren rasterwerk dat eruitzag als de schelp van een grote kroonslak. De trommels waren al met elkaar in gesprek en kringen van dansers bewogen op het speelveld terwijl gaslicht opvlamde bij het ondergaan van de zon. Er waren heel veel mensen die lachend en etend rondliepen, maar ik zag Vai of Kofi niet.

Lucy trok me mee naar een van de vrouwenkringen waar haar vriendinnen stonden. Ik liep naast Tanny en Diantha. Iedereen voerde het hoogste woord. Ze wilden alles weten over Lucy's kapsel; mijn jasje en rok; ze wilden weten wanneer het schip met Lucy's vader kwam; ze wilden dat Diantha hun vertelde over de laatste oefenwedstrijden voor het vrouwenteam van de Rays; ze wilden weten of Gaius met zijn sjaaltje Tanny het hof had gemaakt met een mand vol mameyvruchten.

Wat een gekwebbel! Ik had wel iets willen zeggen, maar ik kreeg er geen woord tussen en bovendien bleef ik de draad van het gesprek kwijtraken en van de richting waarin ze liepen. Ik bleef maar kijken naar de rusteloos bewegende menigte.

Maar natuurlijk zou hij niet naar het speelveld komen, niet met al die gaslampen.

Ik trok Lucy aan haar arm. 'Ik ben zo terug. Blijf jij hier?'

Ze rolde met haar ogen. 'Jij nu al naar hem gaan zoeken?'

Beledigd wilde ik een briljante opmerking maken, maar toen kreeg ik Kofi in het oog die langs de stenen tribune drentelde met een van de meisjes die ik gisteravond bij de poort had gezien. Ik haastte me achter hem aan, maar verloor hem uit het oog in de menigte en daarna liep ik het speelveld af naar het plein waar etenskraampjes waren opgezet, naast verkopers van zo'n mooie verzameling amuletten, kralenkettingen en oorbellen van koper of van schelpen, dat ik vast en zeker was blijven snuffelen als ik niet op zoek was naar...

Met zijn armen voor zijn borst gekruist, leunde hij tegen de gesloten achterkant van een wagen waar vier soldaten voor stonden. Eén soldaat nodigde het verzamelde publiek, vooral jonge mannen, uit om zich in te schrijven voor het leger van de generaal. Fortuin en avontuur wachtten hen in het verre Europa. Met zijn gesloten uitdrukking en naar binnen gekeerde blik leek Vai zo op de hooghartige koude magiër toen ik hem voor het eerst ontmoette, dat ik bijna niet kon kijken naar zijn knappe gezicht, uitnodigende lichaam en prachtige kleren. Wat had me bezield om hierheen te komen? Kon een man onhandiger voor luistervink spelen, in zijn uitbundig versierde jasje waardoor hij mijlenver in het rond opviel? Kon hij er neerbuigender uitzien, met ogen die in het niets staarden en lippen op elkaar gedrukt alsof hij boze woorden achterhield? Ik probeerde me alle gemene dingen te herinneren die hij ooit tegen mij had gezegd, maar dat waren er zoveel dat ik er niet eens één kon terughalen.

Mijn handen bewogen rusteloos over mijn rok. Had ik me mooi aangekleed zodat hij me zou bewonderen? Of om hem in te wrijven wat hij niet kon krijgen? Had tante gelijk? Probeerde ik hem gewoon te straffen? Ik voelde me een monster; het groteske gebroed van een dappere, sterke vrouw die de man die ze liefhad had beschermd, en van een harteloos wezen dat met hardvochtige doelmatigheid en zonder scrupules of medegevoel iedereen najaagde die zijn rust verstoorde.

Door de menigte heen zag hij me. Zijn gezichtsuitdrukking veranderde volkomen. Het masker van minachting werd weggewassen als door een reinigende stortbui. Hij duwde zich weg van de wagen en kwam pijlsnel naar me toe.

Gezegende Tanit. Ik kon me niet bewegen. Mijn mond was droog en mijn hart bonkte.

Zelfs toen een groep voorbijlopende mensen mij het zicht benam en me bevrijdde van de ketting die onze blikken met elkaar verbond, kon ik niet bewegen.

Met zijn ellebogen baande hij zich een weg door de menigte. En daar was hij, hij stond recht voor me. Hij. Alleen hij. Er was niemand anders in de wereld dan hij.

'Catherine?' Hij stak zijn rechterhand uit en op de een of andere manier sprong mijn linkerhand in zijn greep. 'Gaat het wel?'

Ik bladerde door mijn uitgebreide mentale woordenboek en het lukte me een woord vast te houden. 'Wat?'

Zijn wenkbrauwen schoten omhoog. 'Je ziet er... verbijsterd uit. Als een koe die is verdoofd door een mokerslag.'

'Ik zie eruit als een kóé?'

Verschillende voorbijgangers bleven staan door mijn verbolgen uitroep en hun blik zakte naar mijn voeten in sandalen alsof ze verwachtten hoeven te zien. Daarna voerde de stroom van de menigte hen weer mee.

Hij liet mijn hand los en drukte de zijne tegen mijn voorhoofd. 'Geen koorts. Misschien moet je gewoon iets drinken. Guavesap met citroen en ananas. Dat is je lievelingsdrankje.'

Ik leefde op door de glimlach die rond zijn lippen speelde. 'Waarom noem je me altijd Catherine en nooit Cat?'

Hij leunde intiem dichterbij. 'Een naam hoort een streling te zijn. Waarom zou je die kort maken?'

Ik weet zeker dat ik gereageerd zou hebben met een wereldwijze, gevatte vraag als mijn hoofd niet precies op dat moment tot stilstand was gekomen omdat zijn lippen langs mijn wang streken in een vederlichte kus, en daarna een tweede en een derde, in de richting van mijn oor.

Hij mompelde woorden als een vierde kus. 'Vertel me wat je van me wilt, Catherine. Want wat het ook is, je weet dat je het kunt krijgen.'

Ik had een verschrikkelijke vergissing gemaakt. Ik had Verstandige Cat en Harteloze Cat achtergelaten in het juridisch bureau van Godwik en Clutch. Er was maar één manier om mezelf te beschermen.

'Ik wil de waarheid weten over de reden van je komst naar Expeditie,' zei ik schor.

Hij pakte mijn hand. 'Prima. Laten we eerst iets gaan eten.'

Aan een koord op zijn rug hing een kleine kom gemaakt van

een kalebas en een lepel. Hij viste wat muntjes uit zijn manchet en kocht de dingen die ik het lekkerste vond. Eerst dronken we twee kommen heerlijk vruchtensap. Daarna deelden we een kom rijst met rode bonen, vlees en gefrituurde banaan. De restjes veegden we op met een snee maïsbrood. Als laatste vulde hij de kom met rijstpudding met kokosnoot en een paar schijfjes papaja erbovenop.

Hij soebatte tegen een verkoper tot hij een stuk jute kreeg en spreidde dat uit op de grond in een rustig hoekje van het plein. Daar waren meer verliefde paartjes neergestreken die er zo in opgingen naar elkaar te staren dat het leek alsof ze, hoewel misschien daarvoor intelligente mensen, hun zinvolle gedachten verloren waren. Opeens moest ik aan Abby denken en ik schaamde me enorm dat ik zo'n vergelijking had gemaakt. Misschien had ze ook wel een geliefde gehad voordat ze werd gebeten. Zou hij nog steeds van haar houden of zou hij in haar verwarde ogen kijken en zich alleen afvragen of de kiemen van de demonen zich daar schuilhielden? Wie kon echt weten of je werkelijk genezen was of dat de besmetting alleen sluimerde?

Ik huiverde.

'Catherine,' zei Vai en de volgeladen lepel bleef halverwege mijn mond in de lucht hangen, 'ik hoop dat je niet bang van mij bent.'

Ik keek hem verbaasd aan. 'Van jou? Natuurlijk ben ik niet bang van jou!'

'Maar er is iets. Ik zie het aan je gezicht.'

Ik raakte mijn mouw aan op de plek waar deze mijn litteken bedekte.

Zijn vingers streelden mijn hand. 'Het is zo goed genezen dat niemand het kan zien.'

Toen ik niet opkeek, zuchtte hij. 'Het is duidelijk dat ik je niet op avontuur kan laten gaan zonder mij. Maar als ik samen met jou in het water had gelegen, zou de haai mij ongetwijfeld hebben opgegeten voordat jij de kans kreeg hem te stompen.'

'Ik was doodsbang toen die haai me aanviel,' zei ik en ik keek hem aan. Ik merkte dat ik wel kon praten over de haai, maar niet over de keer dat Vai me had gered van de verdrinkingsdood onder de omgevallen boot.

'Dat lijkt me terecht. Je bent vreemd stil, terwijl je anders altijd zoveel praat. Dat maakt het moeilijk om te weten hoe... ik je verhalen moet beoordelen. Misschien heb je nog iets anders in je hoofd wat je me wilt toevertrouwen.'

Het ijzige masker dat het gezicht van mijn verwekker verborg, zweefde in mijn gedachten. Een vleermuis vloog over ons heen. Ik was ervan overtuigd dat mijn lippen aan elkaar zaten genaaid. Mijn dagen van spreken waren voorbij.

Hij leunde dichter naar me toe. 'Laat me eens kijken of ik die mond openkrijg.'

Door zijn toon bloosde ik op plekken waarvan de warmte maakte dat ik nog harder bloosde.

Zijn lippen gingen uiteen toen hij de lepel vol pudding naar mijn lippen bracht. Alsof ik hem nabootste, gingen mijn eigen lippen open en hij voerde me. De pudding was zo zoet en heerlijk dat ik mijn ogen sloot om ervan te genieten en mijn lippen helemaal aflikte voor het geval ik een druppel had gemist.

'Ach! Mmm. Vai! Dit is nog lekkerder dan zoete aardappeltaart.'

Hij lachte onvast. 'Je hebt geen idee hoeveel ik geniet van het plezier waarmee jij eet.'

Een vlaag als hitte en wind schoot door me heen. Ik boog naar hem toe.

Hij trok zich terug. 'Leid me niet af. Ik wil dat je weet waarom ik naar de Antillen ben gekomen.'

'Je gaat me vertellen dat het niets met mij te maken had.'

'Het had niets met jou te maken. Dat vertelde ik alleen tegen mensen zodat ze geen vragen zouden stellen.'

'Alleen jij zegt zoiets als je op de versiertoer bent.'

Hij plaagde me door met een schijfje sappige papaja langs mijn lippen te strijken tot ik het niet langer kon verdragen en het opat en daarna het zoete sap van zijn vingers likte.

Zijn adem stokte. 'Denk je dat ik dat doe? Dat ik probeer je te versieren?'

'Hoe zou jij het dan noemen?'

'Ik zou het honderd verschillende dingen kunnen noemen, maar dat zijn slechts woorden. Ik zou honderd woorden kunnen gebruiken om koude magie te beschrijven, maar dat zou toch iets anders zijn dan dit.' Hij haalde een vonk koud vuur uit de lucht, trok het uit elkaar en weefde het tot het een gouden bloem werd, bespikkeld met licht alsof het dauw was, en daarna een ketting van zulke bloemen, als een halssnoer van licht.

Ik staarde met open mond, want het was een verbijsterend mooi visioen. 'Zou je dat wel doen in het openbaar?'

'Wie zal het weten,' zei hij terwijl hij dichter naar mij toe boog en deed alsof hij de ketting rond mijn schouders legde en laag over de volheid van mijn borsten drapeerde, 'als jij het hun niet vertelt?'

Zelfs door het flanel van mijn jasje voelde de aanraking van de illusie als het gekietel van bijen die over mijn huid kropen. Hij bleef spelen met de illusie, maakte de schaduwen donkerder en de lichte plekken doffer tot het geheel niet langer gloeide als tovenarij maar eruitzag als gepolijst goud dat het licht opving van de lampen die rond het plein brandden. Dat waren geen van alle sissende gaslampen of loeiende toortsen, besefte ik.

'Zijn die allemaal van koud vuur?' vroeg ik.

'Ja,' zei hij, en hij keek om zich heen naar de glanzende lichten. 'Dat is de enige training die ze hun nederige vuurdovers toestaan. Niemand van hen kan iets meer oproepen dan de meest elementaire illusie. En ze kunnen een klein vuurtje doven. De vuurdovers die voor het stadhuis werken, zijn verplicht licht op te roepen tijdens festivals en zich te verhuren aan mensen die 's nachts boodschappen moeten rondbrengen. Stel je voor dat een man met de statuur en de trots van de mansa gedwongen was heel zijn leven een fakkeldrager te zijn!'

'Dat kan ik me niet voorstellen,' mompelde ik, terwijl ik dacht hoe de mansa geweren had verbrijzeld.

'Of de opzichters verkopen ze aan de Taino. De wet verbiedt magiërs van welke soort dan ook, zelfs vuurmagiërs, verenigingen te vormen om elkaar te helpen en te onderwijzen. Ze houden hen zwak door hun kennis te onthouden. Ik kan niet wachten tot ik weer naar huis kan gaan.'

'Naar Vier Manen Huis?' vroeg ik en mijn hart verkilde.

'Nog een beetje pudding?' Hij bracht de lepel naar mijn lippen. Terwijl hij me voerde, sprak hij met een stem die zo intens was dat het me doorboorde tot op het bot. 'Toen jij in de waterput viel en overstak naar de geestenwereld, dacht ik dat ik liever zou sterven dan door te leven met de wetenschap dat ik je had verloren. Ik verliet Adurnam en ging naar Haranwy. Daar kwam ik erachter dat mijn grootmoeder zich voorbereidde om over te steken. Ik gaf haar het medaillon in de hoop dat het haar, met mijn boodschap, naar jou zou leiden.'

Ik raakte het medaillon aan. 'Hoe heb je het teruggekregen van die twee meisjes aan wie ik het had gegeven?'

Hij grinnikte. 'Ik beloofde die meisjes dat ik hen nooit zou verraden. En verder kreeg ik Duvai en oom Mamadi zover dat ze met me op jacht wilden gaan tijdens het feest van Imbolc, hoewel we wisten dat de kans dat we je konden opsporen klein was. Maar toen riep de mansa me op. Ze hadden nieuws ontvangen. Generaal Camjiata was recht onder onze neus in Adurnam scheep gegaan. We wisten niet eens dat hij in de stad was. En hij zeilde naar Expeditie met plannen om een nieuw leger op te richten. Je kunt je voorstellen hoe woedend de mansa was.'

Ik zei niets. Hij voerde me nog een lepel.

'De mansa beval me naar Expeditie te gaan. Het was mijn taak uit te zoeken wat Camjiata's bedoelingen waren. En, als de generaal van plan was een nieuwe oorlog te beginnen, hem tegen te houden.'

Een kil voorgevoel prikte in mijn keel. Ik wilde niet dat hij die man was: de man die in koelen bloede kon doden, met koud staal. 'Maar de generaal is van plan een nieuwe oorlog te beginnen.'

'Ik weet het.' Hij keek de andere kant op. Mijn glanzende ketting van verlichte bloemen vervaagde, alsof het een lamp was die geen brandstof meer kreeg. 'De mansa beweerde dat één dode een kleine prijs is om te betalen als je daarmee de dood van tienduizenden kunt voorkomen. Ik zei dat doden niet de enige oplossing was. Maar ik zei ook dat ik de generaal zou tegenhouden áls de mansa de horigheid van het dorp Haranwy aan Vier Manen Huis zou opheffen.'

'Je vroeg dat niet voor jezelf?'

Hij reageerde verontwaardigd. 'Denk je dat ik vrij wil zijn als mijn dorp dat niet kan zijn? Maar omdat de mansa alle troeven in handen heeft, weigerde hij natuurlijk. Hij zei echter wel dat ik Kayleigh kon meenemen zodat zij zich hier kon vestigen, met een wettig schrijven om haar horigheid op te heffen. Anders zouden ze met haar fokken om te zien of ze met de bloedlijn van mijn familie nog meer koude magiërs konden voortbrengen.'

'Dus er is je nooit een echte keus gegeven, alleen een vorm van chantage.'

'Zo redeneert de mansa, want dat is de enige manier waarop hij kan denken. Maar je moet begrijpen, Catherine, hoewel het natuurlijk waar is dat ik een magiër ben met een onvermoede, zeldzaam grote gave...'

Ik legde een hand tegen zijn wang, door de aanraking hield hij onmiddellijk zijn mond. De stoppels van zijn baard tegen mijn hand brachten me er bijna toe te spinnen. 'Die uitzonderlijke macht is omgekeerd evenredig aan je bescheidenheid.'

Hij trok mijn hand weg en ging onregelmatig ademend zelfs nog pedanter verder. 'Het is ook waar dat ik in Vier Manen Huis beter oplette tijdens onze lessen, ijveriger oefende, meer vragen stelde en vrijer experimenteerde dan de anderen. Misschien werden zij gehinderd door hun vooruitzichten. Ze wisten welke zetel van macht en rijkdom hun toebehoorde. Ik was niets voor hen. Een paar genoten van de uitdaging om koude magie te weven. Sommigen voelden de druk van plicht. Maar niemand werkte zo hard als ik. Niemand. Misschien is mijn bereik daarom zoveel groter dan bij de anderen van mijn leeftijdsgenoten. Of misschien ben ik eenvoudigweg gedisciplineerder en voel ik mij meer verantwoordelijk. Evengoed, hoe kunnen de kinderen die geboren zijn in het Huis geloven dat zij beter bloed hebben, als mijn eigen ervaring aantoont dat dit niet zo is? Dus na alles wat jij tegen me zei en nadat de mansa mij opdroeg jou te doden, begon ik me dingen af te vragen. Waarom zou mijn dorp gevangen moeten blijven in een systeem van horigheid die weinig beter is dan slavernij, alleen omdat dit altijd zo is geweest?'

'Je hebt echt naar mij geluisterd?'

'Inderdaad.'

'Ging je daarom naar Godwik en Clutch?'

'Ja. Ik vond Chartji's juridische kennis heel nuttig. Ze zei dat ik heel veel kon leren in Expeditie, en dat heb ik ook gedaan. Alle mensen hebben recht op vrijheid. Ze hebben recht op de waardigheid en de beschikking over hun eigen lichaam. Waarom moeten wij geketend blijven aan een verouderd systeem dat enkelen bevoordeelt over de ruggen van vele anderen?'

'Ben je nu een radicaal?'

Met een arm om mijn rug trok hij me naar zich toe en legde zijn lippen tegen mijn oor. 'O, ja, Catherine. Ik ben nu een radicaal. Ik zal mijn dorp bevrijden van de ketenen van horigheid. Misschien lukt het me niet dit jaar of het komende, maar ik zal niet rusten tot ik een manier vind om het te doen, legaal of anders. Ik ben uiterst vasthoudend. Mijn dorp zal niet altijd geketend blijven. En jij ook niet. Chartji onderzoekt nog hoe een ketenhuwelijk ontbonden kan worden. Als jij wilt wachten tot ik het resultaat van haar onderzoek krijg, dan is dat goed. Ik zal op jou wachten. En als jij mij niet wilt, dan zul je niet gedwongen zijn mij te nemen.'

Hij zei dit terwijl hij niet wist wat het hoofd van de dichter Bran Cof mij had verteld, woorden die ik niet kon herhalen vanwege het verbod van mijn verwekker. Gezegende Tanit! Ik was niet aan het verdrinken. Ik werd meegesleurd door de onontkoombare kracht van de vloedgolf die hij was, of wij samen, of het lot, of – fluisterde de schaduw van Harteloze Cat – niets meer dan intimiteit en lust.

Want het was niet dat zijn ogen mooi waren, hoewel ze dat waren. Het was niet dat zijn gezicht er aantrekkelijk uitzag, hoewel dat echt zo was. Het was niet dat zijn lichaam, waar ik nu een arm omheen had geslagen, zo veelbelovend aanvoelde zo dicht tegen het mijne, hoewel ik nauwelijks aan iets anders kon denken dan aan mijn verlangen hem overal aan te raken.

Ik hoefde immers alleen maar te wachten en het nog zeven weken langer vol te houden, dan kon ik krijgen wat ik wilde zonder erdoor geketend te worden. Als lichamelijke liefde het enige was wat ik wilde.

Vai was het bezit van Vier Manen Huis omdat zijn dorp bestond uit horigen, desondanks gaf zijn magie hem toegang tot immense status binnen het Huis. Toch had hij zijn familie en zijn dorp niet in de steek gelaten en dat zou hij ook niet doen, hoewel hij hen gemakkelijk had kunnen achterlaten voor de rijkdom en het privilege dat zijn macht als een magiër hem verleende. In plaats daarvan had hij hun problemen tot de zijne gemaakt. Hij was van plan zijn eigen veiligheid en ongetwijfeld ook zijn leven te riskeren om hen te bevrijden. Dat was de man die hij wilde zijn.

Zodra ik vrij was, kon ik nemen wat ik wilde. Of ik kon de problemen en gevaren met hem delen.

Ik voelde mijn lippen uiteengaan, als om te spreken, maar het enige wat naar buiten kwam was een zucht.

Hij trok zich een beetje terug en bekeek me met een serieuze blik die niet alleen mij leek te zien maar alle dingen die mij maakten tot wat ik was. Die niet alleen hem leek aan te bieden, maar alle dingen die hem maakten tot wat hij was.

'We kunnen onze wegen elk alleen bewandelen. Of we kunnen dit onbekende pad samen bewandelen. Als iemand een weg kan vinden, ben jij het. Als jij samen met mij wilt wandelen, mijn lieve Catherine, dan zal ik je nooit loslaten. En ik beloof je dat we er samen zullen komen.'

Ik dacht dat hij me zou kussen, maar dat deed hij niet. Zijn hand streelde over mijn haar en hij streek met zijn duim langs de zijkant van mijn gezicht tot ik me niet meer kon herinneren hoe ik moest ademen.

Met zijn ogen halfgesloten op een manier waardoor ik me afvroeg hoe hij eruit zou zien als ik naast hem wakker zou worden, helemaal slaperig en verzadigd, fluisterde hij: 'En ik wil je vragen of je met me mee naar huis wilt gaan, vannacht, naar het bed dat ik voor ons heb gebouwd.'

Gezegende Tanit, wat verlangde ik naar hem!

Verlangen is als de vloedgolf van een drakendroom, die het veilige, vertrouwde landschap wegvaagt en alle waarschuwingen waarmee je jezelf zo zorgvuldig hebt bewapend. Degenen die gevangen raken in de vloedgolf kunnen nooit terugkeren. Maar misschien betreuren ze die verandering niet.

Dus ik zei: 'Ja.'

26

'Vai. Ja, maku! Jij mij niet kwalijk nemen, maar ik met jou moeten praten.'
Hoe lang Kofi slechts tien passen bij ons vandaan had gestaan, kon ik niet bevroeden. De dans en de trommels, het meerstemmige

ritme van gesprekken, gelach en gezang, het gedrang van lichamen en de geur van peper vermengd met stof, alles kwam in één klap terug in mijn bewustzijn.

Vai scheurde zijn blik los van de mijne. 'Ik ben zo terug.' Hij liet me los, stond op en liep naar Kofi.

Ik zocht naar een zweem van rationele gedachten. De complexe stemmen van de trommels dreunden over de aarde. Mijn voeten jeukten alsof de trommels een partner waren die me naar de dans leidde, en dat waren ze natuurlijk ook. Ritme was een van de draden die in botten en bloed verstrengeld zitten om het leven vorm te geven. Voor één nacht zou ik mijn zorgen over Bee en Rory opzijzetten. Alleen voor deze ene nacht.

Ik zag dat Kofi dringend in Vais oor sprak. Ik moest luisteren, maar het leek verkeerd om een man af te luisteren die mij zojuist zijn geheime hoop en dromen had toevertrouwd. In het begin glimlachte hij alsof hij verwachtte dat de machinaties van zijn medesamenzweerder hem succes hadden gebracht. Daarna fronste hij zijn voorhoofd, zijn ogen werden groot, hij keek bedenkelijk en schudde zijn hoofd.

Ik hoorde hem zeggen, geërgerd en daarom een beetje luid: 'Dit is geen goed moment.'

Met een nietszeggende blik in mijn richting, reageerde Kofi: ''t Zijn de boodschap die ik jou geven moeten.'

Terwijl Kofi zich weg haastte, beende Vai terug, trok me omhoog en veegde de lap jute af. Ik trippelde naast hem naar de eetkar waar hij deze had geleend.

'Je zou het vreselijk vinden als het laatste restje van deze pudding op dat prachtige jasje druppelde. Waarom heb je in vredesnaam bedacht dat je dat aan moest trekken naar een areito?'

De verleidelijke blik die hij me van onder halfgesloten oogleden toewierp was genoeg om mijn adem te laten stokken en mijn hart te laten gloeien. 'Ik dacht alleen aan jou. Wat er ook nodig is, ik doe het.'

Achterdocht bloeide op in een uitbarsting van felle zekerheid. 'Jij hebt tante Djeneba en Brenna verblind met je goede manieren en je innemende manier van hen in vertrouwen nemen. Oom Joe had gelijk. Je hebt helemaal niet in je kussen liggen huilen. Je hebt gewoon je kans afgewacht. En mijn ondergang beraamd.'

'Jij denkt met je voeten, Catherine. Zo ben je ontsnapt aan de mansa en heb je een haai afgeslagen. Maar ik...' – hij bood me het laatste schijfje papaja, zijn blik gericht op mijn mond toen ik probeerde dit netjes op te eten en daar volkomen in faalde – '... ik denk met mijn hoofd.'

Ik had boos moeten zijn, maar in plaats daarvan was ik opgetogen. Ik lachte.

Glimlachend schraapte hij de kom uit met een snee maïsbrood en gaf me die. Daarna reeg hij kom en lepel aan het koord en hing dat over zijn rug. Zijn vingers vlochten zich intiem door de mijne en samen liepen we naar het havenhoofd. Hij had een afwezige uitdrukking op zijn gezicht, alsof hij diep nadacht, dus liet ik hem denken en genoot van het hand in hand lopen. Ik was blij nu ik de gelegenheid had weer wat op adem te komen.

Na een tijdje sprak hij. 'Kofi heeft me zojuist een onverwachts bericht gegeven.'

'Van de radicalen. De mannen die een volksraad willen.'

'Ja.'

Ik herinnerde me dat ik Kofi eerder op de areito had gezien met een van de vrouwen die gisteravond bij de poort waren opgedoken. 'Horen die twee meisjes echt bij de organisatie?'

'Is er een reden waarom dat niet zo zou zijn?' Hij drukte een vluchtige kus op mijn mond zonder zijn gang te onderbreken. Door de aanraking van zijn lippen vergat ik minstens tien zweverige stappen wie ik was. 'Was je jaloers toen ik met hen wegging?'

'Waarom denk je dat?'

'Waarom bleef je dan op?'

'Was jij dronken toen je terugkwam?' vroeg ik en ik probeerde niet te lachen.

'Alleen bedwelmd door de gedachte aan jou.'

'Dat dacht ik al. Ik kon de drank in je stem horen. Waarom vertrouwen de radicalen een maku die nog maar zes maanden in Expeditie is?'

We liepen Golfbrekerstraat in, de laan die helemaal tot aan de oude stad liep. Hier in Lucairi lagen werkplaatsen tegenover het stenen havenhoofd waar lokale kano's en boten kwamen en gingen. Kooplieden hadden stalletjes opgericht waar ze gefrituurde vis verkochten, cassavebrood nog warm van de draagbare bakplaten, groene mango op stokjes en geroosterde krab nog in de schelp. De gebroken restjes kraakten onder onze voeten.

'Kofi vertrouwt mij, net zoals ik hem vertrouw. Ik ben een ongeregistreerde vuurdover. Dat maakt me een risicofactor want iedereen kan mij laten arresteren. En als een echte koude magiër heb ik iets waarvan zij niet eens wisten dat ze het nodig hadden. Ik heb plaatselijke vuurdovers de meest basale dingen geleerd die elk kind in een magiërshuis wordt bijgebracht in het klaslokaal. Dat is natuurlijk ook tegen de wet.'

'Hoe heb je om te beginnen de radicalen gevonden?'

'Chartji's tante stelde me voor aan Kofi. Trollen hebben een complex netwerk van relaties.'

'Chartji's tante? Is zij verwant aan die twee trollen die elke jupiterdag langskomen?'

'Nee maar, Catherine, heb je me in de gaten gehouden?'

Al zijn jasjes waren zo goed gemaakt dat ze zijn bewegingen niet beperkten en hij wist uitstekend hoe goed hij eruitzag. Het rood en goud van de prachtige stof was heel flatteus voor het diepe bruin van zijn huid. 'Waarom vraag je dat als je het antwoord al weet?'

'Alleen om het jou te horen zeggen.'

Ik lachte opnieuw. 'Je bent toch zo'n irritante man. Waar gaan we naartoe?'

'We gaan naar Nance'. De herberg naast de poorten van de oude stad.'

Hij trok me naar de stenen muur waar golven zo luidruchtig tegenaan sloegen dat voorbijgangers ons moeilijk konden afluisteren. 'De leiders van de radicalen hebben eindelijk ingestemd met een gesprek. Het heeft maanden gekost om deze uitnodiging te krijgen. Je hebt gelijk, ze zijn behoedzaam. Ze kunnen zich niet veroorloven nieuwe mensen te vertrouwen. Ze staan op het punt een algemene staking af te kondigen en de stad tot stilstand te brengen tot aan hun eisen wordt voldaan.'

'Wat zijn hun eisen?'

'Het instellen van een commissie die een handvest ontwikkelt voor een nieuw bestuur van Expeditie. En een einddatum om dit tot stand te brengen: drie maanden. De schepenen zouden hen onmiddellijk laten arresteren als de opzichters wisten wie de werkelijke leiders zijn. Eigenlijk stonden de radicalen afgelopen maart al op het punt de staking uit te roepen. Maar de komst van generaal Camjiata bracht de hele stad in beroering. En nu ben ook ik nog hier, een onbekende tussenpersoon. Daarom moet ik nu direct naar hen toe gaan. Als ik weiger, zullen ze denken dat ik iets van plan ben en geven ze me geen nieuwe kans.' Hij keek me onderzoekend aan. 'Catherine, ik moet weten of er iets is wat je me over dit soort dingen wilt vertellen. Alles wat ik beter nu kan weten, voordat ik de radicalen ontmoet. Ik zie dat je je wandelstok – je zwaard, bedoel ik – hebt meegenomen, alsof je moeilijkheden verwacht.'

Het huis Hassi Barahal had gespioneerd voor Camjiata. Mijn moeder had voor hem gevochten en was daarna ontsnapt aan gevangenneming door zijn hand. In de ingang van het juridisch bureau van Godwik en Clutch had hij me verteld dat hij op zoek was naar Tara Bells kind. Naar míj. Ik raakte het spookgevest aan, want de schemering had het zwaard tot leven gebracht hoewel het ogenschijnlijk nog steeds een zwarte wandelstok was. Was het echt een of andere cemi? Was het mijn moeders geest die me had aangeraakt toen ik de huivering voelde van dit koude staal? Zij die me slechts met een herinnering van vier woorden had achtergelaten? *Vertel niemand iets, nooit.*

'Ik neem mijn wandelstok altijd mee omdat ik altijd moeilijkheden verwacht,' zei ik.

Hij drukte zijn wang tegen mijn haar. 'Er is werkelijk een groot deel van jou dat ik niet begrijp.'

Water sloeg tegen de rotsen. In de verte rommelde de donder als een waarschuwing. Ik draaide mijn gezicht naar de ronding van zijn nek, herinnerde me de stem van de heraut van de orkaan en zijn spottende woorden. De geest had me gezegd te vluchten, maar deze keer zou ik niet wegvluchten voor die ketenen.

'Vai, ik wil dat je begrijpt...'

Ik dreigde te verstikken onder een zwaar gewicht van ijs en een verblindend masker sloot zich om mijn gezicht. Ik kon niet ademhalen. Zonder een geluid te maken, glipte ik onder het oppervlak van het water omdat mijn verwekker me naar beneden trok.

'Catherine! Ik heb je vast! Niet flauwvallen.'

Ik zoog lucht naar binnen, klampte me aan hem vast als aan het leven zelf. 'Ik moet weg bij het water.'

Hij bracht me bij de rotsen vandaan en zodra we de rand van de boulevard hadden bereikt, keek hij me onderzoekend aan. 'Catherine, je hoeft niet bang te zijn, ik zal je nooit laten verdrinken. Nadat ik je kwijtraakte in de waterput, heb ik gezworen dat ik je nooit meer zou laten gaan. Niet als jij mij wilde.'

Ik had mijn adem terug. En ik dacht: het moment om iets te beslissen over een man is voordat je met hem naar bed gaat, niet erna.

'En als ik je niet zou willen?'

Hij glimlachte op een hoogst ergerlijke manier. 'Hoe zou jij me niet kunnen willen, Catherine?'

Ik lachte, want alleen Vai kon dergelijke woorden uitspreken op een manier waardoor het leek alsof hij ze absoluut geloofde. Maar ik wist dat hij tegelijkertijd de draak stak met zijn eigen ijdelheid omdat hij het zo nodig had om ze te geloven. 'Hoeveel tijd heb ik om die vraag te beantwoorden?'

'Lieve Catherine, ik stel voor dat we naar deze ongelegen ontmoeting gaan zodat we die achter de rug hebben en we zo snel mogelijk naar huis kunnen gaan, naar ons bed. En dan... Dan heb je net zo lang als je nodig hebt.'

Er trok een volkomen roekeloos gevoel door me heen. Voordat ik hem kon kussen, maakte hij zich los uit mijn greep.

'Daar moeten we nu niet aan beginnen, anders kom ik de avond niet door en jij ook niet. Laten we blijven lopen.'

Het lopen verdreef de kilte uit mijn lichaam en maakte de ketenen die mijn tong en mijn hart benauwden losser. Zijn lange stap paste goed bij de mijne. Ik voelde me op mijn gemak bij zijn stilzwijgen, al kon ik mijn gedachten niet van zijn lichaam afhouden. Ik vroeg me af hoe lang het precies zou duren voordat we terug konden gaan naar de kamer en wat we in hemelsnaam met Kayleigh moesten doen. Vai kennende, wist ik zeker dat hij al iets had geregeld. Werkelijk, iets anders kon ik me niet voorstellen.

'Vai, er is één ding.' Ik moest het zeggen. 'Ik wil nu niet zwanger worden.'

'Natuurlijk. We zullen voorzorgsmaatregelen treffen. We willen geen kinderen tot we vrij zijn.'

'Gezegende Tanit! Je hebt dit al helemaal uitgedacht, is het niet?'

Zijn vingers knepen even in de mijne en hij glimlachte zonder me aan te kijken. 'Je mag best weten dat ik er inderdaad veel over nagedacht heb. Maar los daarvan, had ik ook het idee... dat het iets was waar jij je eerder zorgen over maakte.'

Eérder: dat betekende Drake. Ik wilde het met Vai niet over Drake hebben.

'Als hij je pijn heeft gedaan, wil ik graag dat je me dat vertelt.'

Ik wilde het met Vai echt niet over Drake hebben, maar ik was hem een verklaring schuldig. 'Hij voerde me dronken. En hij loog tegen me. Hij suggereerde dat hij me alleen kon genezen als ik met hem naar bed ging. Ik neem aan dat dat een vorm van misbruik is.'

'Dat kun je wel zeggen,' mompelde Vai.

'Heeft hij me gedwóngen? Nee, ik was gewillig. Ik zal niet tegen je liegen. Het was prettig.'

'Préttig?' Hij lachte, zodat ik over heel mijn lijf bloosde. 'Ik zou de man beklagen over wie je zoiets zei, als ik niet wist dat hij je dronken had gevoerd en tegen je had gelogen om misbruik van je te maken. Want ik beloof je, Catherine, dat je na afloop niet zult zeggen dat het préttig was.'

De sfeer veranderde, niet als van woede, maar door een oerkracht die zo sterk was dat ik het gevoel kreeg alsof ik binnenstebuiten werd gekeerd en elk deel van mij op hem gericht raakte. Ik had er geen woorden voor, maar ik had een verpletterend voorgevoel dat de komende uren tergend langzaam voorbij zouden kruipen, als stroop die over de ondiepe helling van een bord glijdt.

Uiteindelijk en met de gratie van een man die van richting verandert tijdens het dansen, zei hij: 'Je hebt een opzienbarende klus geklaard door die rok in elkaar te zetten.'

'Ik ben een naaister met een onvermoede, zeldzaam grote gave. Vai, wanneer ga je me vertellen wat je doet met die trollen?'

'De volgende jupiterdag zal ik je meenemen. En je leren om ze een betere naam te geven dan tróllen, want dat is een mensenwoord. Dit is een eenvoudige versie van hoe ze zichzelf noemen.' Hij floot een kort, maar mooi wijsje.

'Dat is geen woord.'

'Het is geen woord zoals wij denken aan woorden. Maar je gaat je dan wel afvragen of zij er net zo'n hekel aan hebben om trollen genoemd te worden als Kena'ani een hekel hebben aan de benaming Feniciërs.' Hij trok me naar links. 'We zijn er.'

Gaslampen brandden op de oude stadsmuren. We sloegen links af voordat we het grote plein bereikten, met daarachter de belangrijkste bateyvelden en de haven. De herberg, een uitgestrekt bouwwerk op plompe palen, was mij al eerder opgevallen. De begane grond bestond uit een enorm houten terras in de openlucht en werd geflankeerd door vleugels van twee verdiepingen. Ik rook vleesragout, rum en urine.

De plek was afgeladen vol, voornamelijk met jonge mannen, hoewel meer vrouwen dan ik had verwacht tussen de menigte door liepen met mannen aan hun arm of hun armen om mannen heen. Het was een drukke bedoening, verlicht door cobo gaslampen die langs de rand van het terras stonden. Een potige man stond op een kist boven het lawaai uit te schreeuwen.

'Jullie serieus beweren dat jullie in een leger aan die andere kant van deze zee dienen willen voor een habbekrats, die hoop op oorlogsbuit en elke nacht een slokje rum? Terwijl jullie broeders en zusters thuis ondertussen nog steeds die recht om te stemmen op deze schepenen niet hebben? Diezelfde schepenen die beweren ons te besturen als burgers, maar die zich gedragen als heersers over dingen? Jullie werkelijk zo gemakkelijk om te kopen zijn? Moeten jullie niet híér opstaan en vechten voor deze rechten die wij híér moeten krijgen? Jullie weten wat zij jullie willen laten verdienen daar, in deze Europese oorlog? Dood! Dood, zodat die kooplieden eraan kunnen verdienen. Deze niet waard zijn, jongens! 't Zijn tijd om thuis te vechten.'

Vai trok me dicht naar zich toe om zeker te zijn dat hij me niet kwijtraakte. Om ons heen rezen luide stemmen op als een windvlaag toen de ene kerel van de kist afstapte en een andere erop klom om zijn plaats in te nemen.

'Ik iets anders zeggen! Ik zeggen, dit een kans zijn! Jullie werkelijk geloven mensen niet bedonderd worden of hun stemmen niet gekocht worden in deze ding die jullie verkiezingen noemen? Zij die praten over een volksraad, achterlijk zijn of heel slim. Die schepenen hun triomf nu mogen hebben, want ik jullie zeggen, deze Taino zullen snel genoeg komen om onze fabrieken op te eisen. Zij die vrij willen blijven moeten maken dat ze uit Expeditie wegkomen...'

Mij nog steeds stijf vasthoudend, baande Vai een pad door de kolkende menigte met zijn blik en, misschien, een zweem koude magie.

Een brede, statige trap leidde naar een serie kamers op de eerste verdieping, privévertrekken met ramen die uitkeken op het terras en de zee. Hij liep naar de bar aan de achterkant, die omringd was door drinkende mensen. Kofi leunde over de bar en sprak met een van de mannen die drank inschonk.

Instemmend gefluit klonk op uit de omgeving van de kist toen de twee sprekers elkaar probeerden te overstemmen.

'... Deze vreselijke wetten ingesteld zijn door schepenen voor wie wij niet stemmen kunnen. Waarom wij naar hen moeten luisteren om ons te vertellen wat te doen?'

'Jij soms liever hebben dat bedelaars en nietsnutten jou regeren?'

Met vier volle kommen in zijn grote handen liep Kofi bij de bar vandaan naar een stel chagrijnig uitziende mannen die de menigte gadesloegen. Zochten ze naar vuurdovers? De man achter de bar keek in onze richting en knikte naar Vai.

'Vecht! Vecht! Sla hem op zijn bek!'

De menigte raakte opgewonden toen er een knokpartij uitbrak op de sprekerskist. Kofi morste de inhoud van de kommen over de twee mannen, die schreeuwend protesteerden. Wij doken onder de bar door, achter een gordijn langs naar een gang die naar een binnenplaats erachter leidde. De brandende gaslamp aan het eind van de gang flakkerde toen Vai naast een tweede gordijn bleef staan.

'Dit is de trap van de bedienden,' zei hij terwijl hij het gordijn opzij trok en een smalle trap onthulde die bovenaan verlicht werd door een van de cobo gaslampen. Op hetzelfde moment dat de vlam van de lamp doofde door Vais aanwezigheid gleed het gordijn achter ons dicht. Gehuld in de duisternis van een verstikkende, ruimte zonder ramen, stopte ik even om mijn ogen te laten wennen.

Een flauw vonkje licht bloeide op en groeide uit tot een glazen bol zo groot als een vuist.

'O!' fluisterde ik want het koude vuur dat hij kon oproepen, bleef me betoveren.

Concentratie bracht rimpels op zijn voorhoofd. Hij vormde het licht tot het eruitzag als een tinnen kandelaar met een kaars omringd door glas. De vlam leek zelfs te leven.

'Wat mooi,' zei ik vol ontzag.

'Ja,' fluisterde hij en hij streelde met zijn vingers lichtjes over mijn wang, want hij keek nu naar mij, niet naar de illusie. Mijn adem stokte omdat ik dacht dat hij me zou kussen, maar in plaats daarvan deed hij een stap achteruit en pakte mijn hand. 'Naar boven.'

We klommen naar een gordijn van lange kralensnoeren. De kralen ritselden en tikten tegen elkaar toen we erdoorheen liepen naar een gang die over de hele lengte van deze verdieping liep, met aan beide kanten gesloten deuren die naar privévertrekken leidden. De gang was open aan beide uiteinden, zodat er een zacht, kriebelend nachtbriesje door waaide. Aan het eind stond een potige man met een verband om zijn hoofd de trap te bewaken. Hij keek onze kant op en kwam naar ons toe. Hij droeg een mouwloos hemd en een broek, en zijn armen waren zo gespierd dat ik vermoedde dat hij mij met de ene kon optillen en Vai met de andere.

'Jij vast deze maku vuurdover zijn over wie wij zoveel verhalen gehoord hebben.' Hij keek nauwelijks naar de 'kaars' die Vai vasthield omdat hij dacht dat de illusie echt was. In het paarlemoerachtige licht zag ik dat hij een stel verrassend groene ogen had in een gezicht dat verder Romeinse trekken had. 'Wie deze meidje zijn?'

'Deze vrouw is mijn echtgenote.'

'Deze meidje niet uitgenodigd zijn, maku.' Zijn keurende blik bleef te lang op mijn borsten rusten.

Vai ging tussen ons in staan. 'Ik zei, ze is mijn echtgenote.'

De twee mannen staarden elkaar aan en er vlamde een soort hitte op die niets met magie van doen had. Vai had niet de lengte van Kofi. Hoewel hij de rug en de armen van een timmerman had en de bouw van een danser, was hij niet opgewassen tegen de krachtige omvang van de bewaker die in de soepele houding van een bokser stond, klaar om een dreun uit te delen. Een werveling verkilde onze omgeving en mijn lachende, flirtende Vai veranderde in de arrogante koude magiër die de mansa op de knieën had gedwongen. Met een verbaasde blik deed de bewaker een stap terug.

'Welke deur moeten we hebben?' zei Vai op een hooghartige toon die geen vraag was.

Een vrouw gekleed in de plaatselijke dracht verscheen op de trap, ze waaide zichzelf koelte toe met een pamflet dat ze liet zakken zodra ze ons zag.

'Dank aan Ma Jupiter dat jij gekomen zijn, Jasmeen,' zei onze bewaker. 'Jij laat zijn.'

'Wie dit zijn, Verus?' Ze bekeek mij nauwelijks maar monsterde Vai van top tot teen op dezelfde manier als de bewaker mij had bekeken. 'Vast en zeker deze vuurdover. Wie deze meidje zijn?'

'Zijn echtgenote, hij beweren,' antwoordde Verus.

'Zij niet uitgenodigd zijn,' zei Jasmeen. Ze bleef stilstaan voor een deur. 'Hoewel wij een verhaal gehoord hebben over die verloren vrouw van deze vuurdover die op wonderbaarlijke manier aangespoeld zijn op deze havenhoofd.'

'Wat heb je gehoord?' vroeg Vai met samengeknepen ogen.

Jasmeen was een knappe vrouw van middelbare leeftijd, oud genoeg om volwassen kinderen te hebben en toch jong genoeg om er nog meer te willen maken als de waarderende blik die ze op Vai wierp een aanwijzing was voor haar gemoedstoestand. Ze glimlachte, geamuseerd door mijn frons. 'Wij alles horen. Laat haar binnenkomen.'

We gingen een prettig ingerichte kamer binnen met een lange tafel en stoelen direct achter de deur. Naast een rij openstaande balkondeuren stonden divans en rieten stoelen. De restanten van een maaltijd hadden de tafel veranderd in een ingewikkeld patroon van achtergelaten borden en kommen beroofd van hun rijke inhoud. De vrouw liep naar de divans en de stoelen, waar ze de personen begroette die al in de kamer aanwezig waren. Drie mensen en drie trollen; zij was de zevende aanwezige.

Ze keken hoe Vai en ik dichterbij kwamen. De enige verlichting kwam van Vais denkbeeldige kaars. De paarlemoerachtige glans wierp vreemd verwrongen schaduwen over de kuiven van de drie trollen en de gezichten van hun drie metgezellen. Een was een vitaal eruitziende oude man, de tweede een man van middelbare leeftijd met zo'n vriendelijk gezicht en kalme glimlach dat ik hem onmiddellijk wantrouwde. De derde was de jonge vrouw die ik gisteravond had gezien bij de poort van tante Djeneba en die ik eerder op de avond op de areito was tegengekomen, waar ze met Kofi liep te wandelen.

'Dit die vuurdover zijn, Livvy?' vroeg de oude man terwijl hij naar de jonge vrouw keek.

'Ja, dit hem zijn,' antwoordde Livvy. 'Moeilijk hem niet te herkennen als jij hem eenmaal gezien hebben. Deze meidje zijn verloren vrouw zijn.'

'Zij degene zijn die jouw andere bondgenoot niet vertrouwen?'

'Ja, precies.' Ze bekeek me met een frons die een beetje spijtig leek, alsof ze het jammer vond om zoiets te moeten zeggen. Ik vond het zeker jammer om dat te moeten horen!

'Goed dan. Jij blijven kunnen voor die bespreking, Livvy.'

'Ik jou danken, opa.' Ze ging in een stoel in de schaduw zitten met haar handen ineengeklemd en voorovergeleund naar het gesprek als naar een langverwachte traktatie.

Buiten klonk de lange roep van een schelptrompet. Een opgewonden knokpartij woedde op het brede terras terwijl trommelaars op het plein een aanstekelijk ritme inzetten.

De oude man zuchtte. 'Wat gebeurd zijn, zijn gebeurd. Ga zitten, alsjeblieft.'

Vai deed alsof hij de kaars op een plank bij het raam zette, hoewel het licht vast en zeker te fel was om iemand te laten geloven dat het echt was. We gingen op een divan tegenover de anderen zitten. De vrouw met het pamflet, Jasmeen, zat tussen de mannen in.

'Ooo. Elegant jasje,' zei een van de trollen, aan de felle kleur van zijn kuif te oordelen waarschijnlijk ouder en mannelijk. Hij werd geflankeerd door twee jongere trollen en van een van hen dacht ik dat ze vrouwelijk was door haar bredere bouw. De andere kon ik niet inschatten. 'Zijde. Deze patroon eruitzien als glanzende kettingen. Ik houden van glanzende kettingen.'

'Dank u,' zei Vai zo koeltjes dat ik wist dat dit hem genoegen deed.

De blik van de oudere trol gleed even naar mij en naar mijn wandelstok. Hij liet zijn tanden zien maar maakte geen opmerking. De oude man en Jasmeen keken naar mij als hongerige mensen die naar bedorven eten kijken. De andere man keek toe met die vaag vriendelijke en daarom onheilspellende glimlach.

De oude man sprak. 'Ja, maku, deze geen filosofisch gezelschap zijn waar vriendelijk debat worden aangeboden samen met bier en eten tijdens een openbare bijeenkomst. Deze mij niet bevallen dat jij deze meidje zonder toestemming meenemen als jouw verteld worden dat jij ons kunnen ontmoeten.'

'Ze is mijn echtgenote. Ik houd niets voor haar achter.'

'Zij weten waarom jij naar Expeditie gekomen zijn?'

'Ze weet alles.'

'Dat jij hierheen gestuurd zijn om generaal Camjiata te vermoorden?'

'Dat ik hierheen gestuurd ben om op welke manier dan ook te voorkomen dat hij terugkeert naar Europa. Ja, dat weet ze.'

Jasmeen wuifde met het pamflet in Vais richting. 'Ons comité een aanzienlijk risico genomen hebben door jou vannacht te ontmoeten. Wij jou kort van tevoren uitgenodigd hebben om ons te behoeden voor gevangenneming en, nog belangrijker, als bescherming voor de zaak van vrijheid die wij aanhangen.'

De oude man sprak zo fel als een zweepslag. 'Wij kunnen vertrouwen op jouw diensten omdat jij een ongeregistreerde vuurdover zijn. Wij jou kunnen overdragen aan de opzichters als jij moeilijkheden veroorzaken. Maar hoe wij háár kunnen vertrouwen terwijl wij niets van haar weten? Waar jij haar verloren hebben? Hoe zij op de Antillen zijn aangekomen? Jouw eigen bondgenoten haar niet vertrouwen, zo ons gezegd zijn.'

Vai verstijfde en stak met opeengeklemde kaken zijn kin in de lucht. Ik kende die uitdrukking goed. Hij ging vaak vooraf aan iets wat hij zei of deed wat hij beter had kunnen laten. Ik moest hem helpen.

Ik ging staan. 'Ik heb mezelf nog niet netjes voorgesteld. Mijn naam is Catherine Bell Barahal. Ik ben opgegroeid in de stad Adurnam, in een gezin van de familie Hassi Barahal.'

De man van middelbare leeftijd keek duidelijk verrast, de eerste scheur in zijn masker. De kuif van de oude trol ging omhoogstaan.

'Sommigen van u herkennen de naam.' Ik herinnerde me wat Chartji had gezegd toen we elkaar de eerste keer hadden ontmoet. 'De oude verhalen noemen mijn volk "de boodschappers". Ik ben geschoold in alle aspecten van ons bedrijf. Mijn zwaardtechniek is een beetje stroef, maar behoorlijk. En ik kan grote stukken tekst onthouden en deze later herhalen. Dus u ziet, ik ben prima uitgerust voor het werk van radicalen. Dit waren de enige zorgen die mijn man had toen het tijd was om te besluiten of hij mij mee moest nemen naar uw gezelschap.'

In de hoek maakte de jonge vrouw een geluid dat meer op gesnuif leek dan gelach.

'Jij iets willen zeggen, Livvy?' vroeg de oude man. 'Jij spreken.'

'Na alles wat ik gehoord hebben van mijn vrienden, ik denken deze waarschijnlijker hij haar meenemen om haar te imponeren met dappere revolutionaire daden.'

'Juist, ja,' zei Jasmeen met een ijzige glimlach terwijl ze zichzelf opnieuw koelte toewuifde met het pamflet. 'Toch niet zo zeker over deze meidje.'

Ik kon de half opgestoken kuiven van de trollen niet interpreteren, maar bij de ratten had ik Vai duidelijk dieper in de problemen gebracht. Ik moest het opnieuw proberen.

'Ik ben in Expeditie omdat ik een vluchteling ben. Als u mij kwijt wilt raken, hoeft u mij alleen over te dragen aan een vertegenwoordiger van de prins van Tarrant. Ik kwam in Expeditie aan omdat ik... ontsnapte van een schip en bijna verdronk.'

'Een onderhoudend verhaal,' zei de oude trol vrolijk, hoewel de blik in zijn ogen me niet aanstond. Trollen lijken zulk vriendelijk gezelschap, tot je beseft dat ze je kunnen opeten. 'Ik hopen er meer komen.'

Om de roofzuchtige blik van de trol te vermijden, wierp ik een blik op het pamflet dat nu op Jasmeens pagne rustte. De titel was groot gedrukt: OVER ONONTBEERLIJKE AANDACHTSPUNTEN BIJ DEZE ONTWERPEN VAN EEN HANDVEST OVER RECHTEN EN PRIVILEGES VOLGENS DE LEZINGEN VAN PROFESSORA KEHINDE NAYO KUTI.
Gezegende Tanit keek glimlachend op me neer!

'Toevallig moest ik de stad Adurnam voortijdig verlaten net nadat mij door Kehinde Nayo Kuti en Brennan Du was gevraagd samen te werken met de radicale beweging.'

Als ik ter plekke tot bloei was gekomen als een nimf die beschutting zoekt voor een opdringerige bewonderaar, hadden ze niet verbaasder kunnen zijn. Achterdocht en terughoudendheid smolten als ijs onder de zon van Expeditie.

'La Professora?' riep de oude man. 'Jij haar ontmoet hebben? Hoe zij zijn?'

Ik kon dit voordeeltje niet laten liggen. 'Kan iemand beweren dat hij een persoon van dergelijke statuur werkelijk kent? Maar ik kan wel zeggen dat ze bescheiden overkomt en tegelijkertijd een briljante indruk maakt.'

'Jij nieuws hebben over die voortgang in Europa?' vroeg Jasmeen opgewonden.

'Waar jullie over gesproken hebben?' vroeg de oude trol.

Ik pijnigde mijn hoofd in het zoeken naar herinneringen aan die avond in de herberg de Griffioen. 'Was het de kleur, samenstelling, gewicht, hoogte, inhoud en vastheid van ijs?' zei ik peinzend. Vai was niet erg behulpzaam want hij stond met samengeknepen ogen naar me te kijken. 'Is zij niet een goede drukker? Heeft ze geen degelpers meegenomen uit Expeditie?'

Iedereen draaide zich om, keek naar de trollen en daarna weer naar mij.

'Wij hoorden dat deze luchtschip vernietigd worden,' zei de oude trol.

Ik keek niet naar Vai. 'Ja, dat klopt, maar het lukte haar zoveel onderdelen terug te vinden dat de drukpers waarschijnlijk gereconstrueerd kon worden.' Ik drukte mijn vingers tegen mijn voorhoofd en diepte meer woorden op. 'Wij betwisten de ongelijke verdeling van macht en rijkdom, waarvan gezegd wordt dat het de natuurlijke orde der dingen is, die in werkelijkheid helemaal niet natuurlijk is maar kunstmatig gecreëerd is en in stand wordt gehouden door eeuwenoude privileges.'

'Dat jij La Professora kennen, heel onverwacht zijn,' zei de man van middelbare leeftijd. Het was de eerste keer dat hij had gesproken. Hij had een diepe stem.

'Alles aan Catherine heeft de neiging onverwachts te zijn,' mompelde Vai.

De jonge vrouw die Livvy werd genoemd, was op het puntje van haar stoel gaan zitten. Opgewonden sprak ze zonder toestemming te vragen. 'Zwartharige Brennan! Jij hem echt ontmoet hebben? Ik horen hij die charmantste en knapste man zijn die jij je kunnen voorstellen en dat hij nog nooit een gevecht verloren hebben.'

Wat had ik toch een hekel aan dat blozen! Toch glimlachte ik naar haar, meiden onder elkaar, en ze grijnsde terug. 'Tja, hij heeft geen zwart haar. Maar dat vechten klopt waarschijnlijk wel. Iedereen die hem heeft ontmoet, zal dat geloven. En hij heeft een uiterst innemende glimlach en een manier om je te laten voelen dat jij de enige persoon in de kamer bent als hij tegen je praat. Mijn nicht noemde hem de knapste man die ze ooit had ontmoet.'

Vais gezicht stond woedend.

De jonge vrouw klapte in haar handen. 'Jij mij meer over hem vertellen! Ik bedoelen, neem me niet kwalijk, grootva, voor deze onderbreking.'

'Jij niets zeggen over een nicht,' zei de oude man terwijl hij een blik wisselde met de oude trol.

'Ik heb er een,' zei ik haastig. 'Mijn nicht en ik zochten de radicalen op omdat we de woorden van La Professora hadden gehoord. Mijn nicht en ik zijn geketend door verplichtingen die ons door anderen zijn opgedrongen. U kunt vast wel begrijpen dat wij bezwaar maken tegen een onbetamelijke wet die anderen in staat stelt ons te ketenen zonder onze instemming. U kunt vast wel begrijpen dat wij willen dat onze waardigheid gerespecteerd wordt. En dat wij de vrijheid van onze families, ons geslacht en ons volk willen veiligstellen. En als wij deze rechten willen hebben voor onze gemeenschappen, moeten we er dan niet naar streven dat andere gemeenschappen en volkeren hetzelfde krijgen als wij?'

'Bravo!' zei de jonge vrouw.

Maar ze waren een hard en uitgekookt stelletje. Misschien had ik hen geamuseerd, maar ik wist niet zeker of ik hen had overtuigd. Buiten adem ging ik zitten. Vai nam mijn hand in de zijne, zijn frons was verdwenen door mijn hartstochtelijke toespraak.

'Heel ontroerend,' zei de man van middelbare leeftijd. 'Jij mij eens vertellen, vuurdover, jij zeker weten dat zij aan onze kant staan? Zij die aangespoeld zijn op deze havenhoofd in een kano die van Koedoderstrand komen?'

'Ze was verdwaald,' zei Vai.

'Dat echt zo zijn? Jij zeker weten? Absoluut zeker?'

Vai liet mijn hand los en ging staan. De brandende kaars kwam ook omhoog, zweefde van de plank af en veranderde als een wezen dat getransformeerd wordt door de vloedgolf van een drakendroom. Van een lantaarn met een kaars dijde het uit tot een bol van gloeiend kantwerk die langzaam ronddraaiend naar de dakspanten zweefde en tot een volmaakte illusie versmolt van een cobo gaslamp. Als je kon afgaan op hun verbijsterde gezichten, hadden ze nog nooit eerder een dergelijk vertoon van koude magie gezien, hoe eenvoudig het ook was. Terwijl het licht langs de dakspanten zweefde en vreemd vervormde schaduwen over ons heen wierp, zag ik dat het dakbeschot wel een bezem kon gebruiken om de spinnenwebben weg te vegen. Vreemd waar je oog op valt.

'Ik bied u mijn verontschuldigingen aan als mijn keuze Catherine mee te nemen roekeloos was of slecht doordacht,' zei hij met een hooghartigheid die goed paste bij zijn prachtige jasje en terloopse gebruik van magie. 'Of als het lijkt alsof ik geheimen voor u achterhoud. Indien u het idee heeft dat u niet kunt vertrouwen op mijn oordeel dan heb ik daar begrip voor, want ik moet toegeven dat het lijkt alsof dit gecompromitteerd is.'

'Maar jij ons nodig hebben,' zei de man van middelbare leeftijd. 'Dat jij toch zeggen? Dat jij liever jouw doelen bereiken zonder moorden?'

'Dat is wat ik wil. Geen moorden.'

'Maar wat jij denken er zullen gebeuren, vuurdover? Mensen sterven hoe dan ook. Alleen jouw handen niet bevlekt zullen zijn met bloed.'

'Mijn handen zijn al bevlekt met bloed. Ik wil die ervaring liever niet herhalen. De generaal doden, verandert niets aan jullie omstandigheden in Expeditie. Daarom is het de beste oplossing om hem in leven te laten maar hem verder geen hulp te bieden. Als hij niet kan terugkeren naar Europa, ben ik tevreden.'

'In leven maar zonder hulp? Geen verandering in omstandigheden?' De man van middelbare leeftijd lachte zonder plezier. 'Jij niet begrijpen? Toen hij eerst komen en die verzoek aan hen doen, alle schepenen alleen handel en voordeel zien. Die schepenen willen hem helpen. Expeditie zijn kleine plek. Wij zijn als het vlechtwerk van een mand, allemaal met elkaar verweven. Wij radicalen die stemming tegen hem hebben laten keren. En wat hij daarna doen? Hij naar die Taino rennen. En nu hij terug zijn, met een of andere overeenkomst met hen. Deze maken dingen erger voor ons. Want die schepenen nu zeggen 't zijn deze schuld van die radicalen dat deze generaal een overeenkomst gesloten hebben met die Taino. En wat die Taino betreft, wie weten wat zij van plan zijn?'

'Wat bedoelt u te zeggen?' vroeg Vai en hij keek van de een naar de ander.

De oude man keek Vai boos aan. 'Jij opgeschept hebben jij een zekere manier hebben om hem te doden.'

'Dat is geen opscheppen. Dat is de waarheid.'

Dit ging niet alleen te ver, het was angstwekkend, want ze waren van plan Vais leven te vergooien!

Ik sprong op. 'Vai is levend veel meer waard voor iedereen. Als jullie eisen dat hij probeert de generaal te vermoorden, bereiken jullie alleen dat hij zijn leven vergooit aan een taak die hij niet kan volbrengen.'

'*Catherine!*'

'Eén man met toereikende gevechtstechnieken, tegen getrainde soldaten met kruisbogen? De mansa kan niet hebben geweten dat koude magie hier zo zwak is, want ik kan niet geloven dat hij je dan had gestuurd. In Europa is er niemand die jij niet kunt vernietigen. Hier, zonder echt machtige koude magie om je te beschermen, zullen de mensen van de generaal je afslachten voordat je dichtbij genoeg komt om hem te laten bloeden.'

Ik had wanhopig behoefte aan een manier om Vai te overtuigen dat hij deze noodlottige koers moest laten varen. Ik herinnerde me Brennans woorden toen we tussen de wrakstukken van het luchtschip hadden gezocht. 'Waarom zien jullie radicalen de generaal als jullie vijand? Waarom willen jullie hem dood hebben?'

De oude man maakte een gebaar met zijn hand alsof hij een vlekje wegveegde. 'Onze voorouders ontsnappen aan een keizerrijk. Wij nu helpen een ander te stichten? Een man die van vaderskant een Keita zijn, een afstammeling van de koninklijke familie van Mali? Zelfs van over die oceaan, een dergelijke keizer kunnen terugkomen en zeggen hij deze recht hebben ons te vertrappen omdat onze voorouders ooit die zijne dienden.'

'Brennan Du vertelde me dat als je Camjiata's wet onderzoekt, je zult zien dat hij begrijpt dat hij alleen kan slagen als hij gewone mensen de rechten en privileges toekent die hun meesters hun hebben onthouden. Waarom hem doden? Hebben jullie overwogen een overeenkomst met hem te sluiten tegen de schepenen?'

'Een vraag,' zei de oude man, 'die interessanter worden omdat jij degene zijn die deze hebben gesteld.'

'Jij weten, vuurdover,' merkte de man van middelbare leeftijd op, 'dat deze meidje aangekomen zijn op die havenhoofd in deze gezelschap van James Drake, een beruchte vuurmagiër?'

Vais mondhoeken trokken naar beneden en zijn schouders verstijfden. 'Dat weet ik. Wat wilt u zeggen?'

'Jij ook weten dat beweerd worden dat hij mensen gebruiken die deze niet willen – stervende mensen – als vuurvangers om zijn magie af te vangen?'

Mijn adem stokte, maar niemand keek naar me. Ze keken allemaal naar Vai.

'Ik heb een dergelijk gerucht gehoord.'

'Jij niet weten dat hij alleen nog niet gevangenzitten voor deze misdaden omdat hij een machtige beschermer hebben? Eén die hij zorgvuldig verbergen? Hij generaal Camjiata dienen. Hij een van deze mensen zijn die naar Adurnam gestuurd zijn om die generaal uit Europa te halen en hierheen te brengen.'

Vai keek me aan.

Ik slikte.

'Drake, in de deur van het juridisch bureau,' fluisterde hij terwijl de ene na de andere aanwijzing tot hem doordrong. 'Was de generaal er die ochtend ook? Catherine, wist jij dat hij daar was? Ken je hem?'

Ik sloot liever mijn ogen dan dat ik hem antwoord gaf.

Zijn toon werd kil. 'Ik had geen idee.'

'Ik denken,' merkte de man van middelbare leeftijd op, 'jij in bed liggen met jouw eigen vijand.'

De temperatuur in de kamer zakte zo snel dat iedereen, behalve de trollen, een uitroep slaakte van schrik. Verschillende mensen sprongen overeind. Het gevest van mijn zwaard bloeide op onder de adem van koude magie. Ik was bijna vergeten hoe de lucht in je huid kon bijten, hoe de tinteling van macht uit het gevest van het zwaard oprees om op mijn tong te prikken. Ik opende mijn ogen en zag dat ze allemaal in hun handen wreven.

'Wat dit zijn?' fluisterde Livvy huiverend.

Ik greep Vais pols. 'Dít is een ontzettend boze koude magiër. Kom mee, Vai.'

Ik trok. Hij gaf niet mee. En hij zei ook niets. Als we in het noorden waren geweest, twijfelde ik er niet aan dat het gebouw om ons heen ingestort zou zijn. Maar we waren niet in het noorden. We waren hier.

Ik keek naar de radicalen met een blik die naar ik hoopte dreigend genoeg was om te maken dat ze ons lieten gaan zonder mij te dwingen een weg naar buiten te vechten.

'Ik maak geen deel uit van het leger van de generaal. Ik heb niet gevraagd om naar de Antillen gebracht te worden, en overigens ook niet naar deze ontmoeting. Ik zal niet verraden wat ik hier heb gehoord, want ik weet wat het is om verraden te worden en ik zal dat een ander niet aandoen. Maar laat me jullie dit vertellen. Jullie weten niet wie er tegenover jullie staat, niet met Vai en niet met de generaal. En met mij hebben jullie zeker geen flauw benul met wie jullie te maken hebben.'

Zoals Bee zou zeggen: je moet weten wanneer je moet stoppen met praten en moet vertrekken.

De koude had hen geïntimideerd. Ik liet Vai los en liep in de richting van de deur. Hij volgde me, zoals ik had gehoopt. Ik ging de deur door en liep de gang op.

Verus zei: 'Jo, maku!' Maar iemand riep hem dringend vanaf de voet van de trap en hij verdween uit het zicht.

Precies op het moment dat ik door het kralengordijn liep en een voet op de achterste trap zette, haalde Vai me in. Hij greep mijn schouders en duwde me naar achteren, tegen de muur aan, onder de gedoofde gaslamp.

'Het is niet wat het lijkt,' zei ik. 'Ik kan het uitleggen.'

Zijn koude vuur schoot door de gaslamp boven ons. 'Ik heb je een kans gegeven om het uit te leggen. Dus waarom zou je daar nu mee beginnen nadat je me eerst blind naar die bijeenkomst liet gaan, zodat ik overkwam als een volslagen stommeling?'

Het lukte me om enkele woorden uit te brengen. 'Wat wil je weten?'

'Wat wil ik weten? Waar moet ik beginnen? Het kostte je geen enkele moeite hun alles te vertellen wat je wist over Camjiata, dus als je mij dat niet eerder vertelde, was dat natuurlijk doelbewust. Trouwens, waarom zou ik jouw verhaal geloven over de ketenen van de geestenwereld? Dat kun je net zo goed verzonnen hebben om te voorkomen dat ik vragen stelde!'

Er warrelde zoveel kou om hem heen dat mijn adem stoomde als mist. 'Maar dat heb ik niet verzonnen!'

Hij luisterde niet en denderde verder met een woedende, ijzige stem. 'En waarom zouden we daar ophouden? Misschien was Drake niet de eerste. Ik moet me wel afvragen hoe het zit met die zwartharige Brennan, hoewel hij niet echt zwart haar heeft. De knapste man van de wereld. En heel overtuigend met zijn betoverende glimlach.'

Mijn hart bonkte in mijn borst, ik voelde me heen en weer geslingerd tussen verdriet en ergernis. 'Helemaal niet! Drake loog tegen me. Dat weet je. Bovendien, Brennan Du is niet de soort van man die geïnteresseerd is in een onervaren jong meisje zoals ik.'

Hij plette me bijna tegen de muur, drukte zijn lichaam in de volle lengte tegen me aan. Ik had nooit geweten dat je tegelijkertijd zo heftig beschroomd en lichtzinnig opgewonden kon zijn. Want ik was niet bang voor hem. Ik moest alleen zorgen dat hij wat rustiger werd en naar me luisterde.

Hij fluisterde, zijn lippen slechts een kus verwijderd van mijn mond. 'En wat voor soort man denk je dat geïnteresseerd is in een onervaren jong meisje zoals jij?'

Vorst knisperde tegen de muur achter me. Mijn lippen gingen open, maar ik kon niet praten. Het enige wat ik kon doen was met mijn hoofd achteroverleunen en met mijn tong langs mijn mondhoek strijken. Zijn adem stokte.

'Een verliefde sukkel?' ging hij schor verder.

Ik liet mijn handen over zijn rug glijden. Ik kon niet goed ademen en al helemaal niet praten.

Hij raasde verder: 'Kun je geen vragen meer bedenken? Heb je soms je tong verloren?' en drukte zich zo dicht tegen me aan dat het bijna leek alsof we seks met elkaar hadden.

'Hoeveel nachten heb ik hierover gedroomd?' mompelde hij op de toon die een man gebruikt als hij de noodzaak overweegt in zijn eigen vlees te snijden om een zwerende wond weg te halen.

Hij pakte mijn gezicht in zijn handen en kuste me.

En hij kuste me.

En hij bleef me kussen.

Er bestond niets anders dan mijn lichaam dat zich tegen het zijne aan perste, zijn mond en tong in een verrukkelijke druk tegen de mijne. Ik sloeg mijn armen om hem heen, verkende de breedte en kracht van zijn schouders. Hij legde een van zijn handen rond mijn hals en de andere gleed naar de ronding van mijn heup en drukte ons tegen elkaar aan. We konden alleen dichter tegen elkaar aan kruipen als we onze kleren uittrokken.

'Luisterrijke Jupiter met zijn weerlicht!' zei een vrolijke, mannelijke stem die vervloekt veel op die van Kofi leek. 'Hebben we daar geen kamers voor?'

Vai plantte kussen op mijn lippen en mijn wangen, en mijn lippen en mijn kin, en mijn lippen en mijn ogen, en leek op geen enkele manier te merken dat zijn vriend was gekomen. Dromerig opende ik mijn ogen en probeerde te bedenken waar ik was. Waren we niet alleen geweest in een volkomen verlaten trappenhuis? Voetstappen klonken door de gang onder ons. Een onbekend aantal mannen in het livrei van opzichters stond achter een grote, breedgeschouderde man die de trap naar beneden blokkeerde.

Met zijn ogen nog steeds dicht, trok Vai zich net ver genoeg terug om te fluisteren. 'Opzichters. Kus me zodat ze niet doorhebben dat we weten dat zij er zijn.'

'Ja,' fluisterde ik met mijn lippen langs de streling van zijn mond. Het kostte me moeite om mijn linkerhand rond het gevest van het spookzwaard te sluiten, maar ik wist dat ik dat moest doen, dus deed ik het.

'Opzij, jullie,' zei een man van beneden. 'Wij die opzichters zijn en wij gekomen zijn om mensen gevangen te nemen.'

Een andere opzichter bemoeide zich ermee. 'O, bij Venus Lennaya! Wij daar geen kamers voor hebben? Vervloekt! Mijn lamp gedoofd zijn.'

Kofi lachte gemaakt joviaal. 'Die zijne nog niet, deze bofkont. En ook goed te zien met deze brandende gaslamp recht boven hem.'

'Ik zéggen dat jij opzij moeten gaan!' zei de eerste opzichter. 'Wij boven mensen moeten arresteren.'

'Dus hier jij naartoe gegaan, neef!' Met een hoop lawaai stommelde Kofi de trap op. Hij botste tegen ons aan. Vai stapte zo snel achteruit dat ik besefte dat hij zich schrap had gezet.

Hevig huiverend liet ik me op een trede zakken.

'Ik jou eerst niet herkennen, jij zo verstrengeld met deze meidje.' Kofi greep Vai demonstratief vast aan de rug van zijn jasje. Vai had de lamp van de opzichter vast niet doelbewust gedoofd; de oncontroleerbare vloed van zijn emoties zou alles meeslepen, net zoals een getijdenstroom. Maar de namaak cobo lamp brandde nog, om hen te misleiden en hen te laten denken dat hij geen vuurdover was.

'Kofi,' fluisterde ik in een poging te zorgen dat hij de radicalen waarschuwde. 'De bijeenkomst... Weet je...'

'Ik niet naar jou luisteren, kreng,' siste hij zacht. Kofi hielp Vai de trap af en sprak heel luid tegen de opzichters die beneden ongeduldig stonden te dringen. 'Zij pas getrouwd zijn en wonen bij onze tante zonder privékamers voor henzelf. Geen wonder zij gebruik maken van een donker trappenhuis. Jullie hun een ogenblik gunnen. Dat geen geluk zijn? Jullie nog weten toen jullie zelf pas getrouwd waren? En jullie zelf genoeg bevrediging krijgen? Of jullie bevrediging krijgen van deze onderbreking van die van anderen?'

'Wat een onbeschoftheid! Ik jou net zo snel kunnen arresteren als andere jongens. Uit die weg. Wij hier zijn op bevel van die schepenen. Vervloekt! Kan niet eens een vonk krijgen!'

'Jammer hoor, opzichter,' zei Kofi lachend. 'Niets erger voor een man dan geen vonk.'

'Laat me los,' mompelde Vai. 'Ik kan lopen... Waar is Catherine?'

'Er niet genoeg koud water in deze wereld zijn om jou te genezen van jouw kwaal, Vai.'

De opzichters drongen samen aan de voet van de trap alsof ze wachtten op een signaal. Ik rook het staal van hun ontblote zwaarden en voelde de opwinding van mannen die willen toeslaan.

'Al onze vervloekte lampen uitgegaan zijn,' zei iemand achteraan de groep.

Kofi drong langs hen heen en duwde Vai voor zich uit.

'Kijk daar op die binnenplaats,' ging de opzichter verder. 'Die vervloekte gaslamp ook flakkeren. Hier, jij.' Ik kon niet zien of hij Kofi of Vai aansprak. 'Jij een vuurdover zijn?'

Ik gilde, sprong de trap af en botste wild zwaaiend tegen de groep opzichters aan. 'Spinnen! Overal op me! Hij duwde me een spinnenweb in en nu kruipen ze overal over me heen!'

Van dichtbij klonk de kreunende stem van een kroonslakschelp, grimmig en krachtig. Kofi duwde Vai tussen de opzichters door naar het gordijn dat naar de bar leidde.

'Daar die signaal zijn,' zei de eerste opzichter. 'Jullie vier, hen arresteren. De rest, mij volgen.'

Zes opzichters stampten de trap op. Een van de achterblijvende vier duwde mij ruw opzij. Ik botste tegen een muur aan, pijn ontplofte in mijn schouder. Vai trok zich los van Kofi en draaide zich om. Koudvuur vonkte en zwol op. Toen hij bij het licht ervan zag dat de opzichters mij met getrokken zwaarden bedreigden, veranderde de lucht, alle warmte werd eruit gezogen. Ik wist wat hij ging doen voordat hij het deed.

Ik trok mijn zwaard. Mijn kling doorkliefde het duister met een opvlammend licht dat zo fel was dat het me even verblindde. De hamer van kou sloeg toe als een ijzige wind, maar het zwaard beschermde me. Ik knipperde met mijn ogen toen de kou tegen me opbotste, maar ik viel niet. Een verrast geschreeuw klonk op uit de hal; mensen riepen dat de lichten uitgingen. De glans van mijn kling verlichtte de gang. De vier opzichters lagen plat op de grond. Achter Vai was Kofi op zijn knieën gevallen.

Op de bovenverdieping riepen opzichters: 'Jullie allemaal onder arrest staan op bevel van deze stadhuis!'

'In die rij, daar! Jij daar, niet bewegen!'

'Welke recht jullie hebben om ons avondeten te verstoren! Wat jullie in helsnaam met deze lampen hebben gedaan?'

'Wij bevel hebben een ongeregistreerde vuurdover te arresteren en oproerkraaiers die samenwerken met...'

Woordenwisselingen klonken op uit de privékamers boven. Er brak een gevecht uit, stoelen vielen tegen de vloer.

'Cat!' Vai strekte zijn hand.

Ik rende naar voren en greep zijn arm. 'Je hebt jezelf blootgegeven. Je moet hier weg. Laten we gaan.'

Hij staarde me aan met opengesperde ogen en een wilde uitdrukking op zijn gezicht. 'Ik ken jou niet. Hoeveel leugens heb je me verteld, Catherine?'

'Waarom denk je dat ik je leugens heb verteld?'

Hij rukte zijn arm uit mijn greep, maar alleen om mijn hand te pakken en me langs Kofi naar het gordijn te trekken in de richting van het tumult van de hal, waar mensen schreeuwden om licht, welk licht dan ook, zolang er alsjeblieft maar enig licht kwam. 'Daar zullen we nu achter komen, nietwaar?'

'En hoe gaan we dat doen?' snauwde ik.

Door de blik die hij me toewierp, kreeg ik het opeens zo warm dat ik over mijn eigen voeten struikelde. Hij sloeg een arm om mijn rug en trok me tegen zich aan.

'Je weet heel goed wat we gaan doen,' mompelde hij alsof hij van plan was me nu te ondervragen.

'Ja, maku!' Kofi wreef over zijn hoofd terwijl hij overeind klauterde. 'Wat deze waren?'

Vai trok zich terug zonder mij los te laten. 'Neem me niet kwalijk, Kofi. Ik ben een beetje doorgedraaid.'

'Ik deze zo niet noemen willen,' zei Kofi. 'Jij gearresteerd gaan worden omdat jij een opzichter aangevallen hebben. En daarnaast zij jou gevangen gaan nemen omdat jij een ongeregistreerde vuurdover zijn. Ik niet weten iemand zoiets kunnen doen. Zij dood zijn?'

Vai keek nauwelijks naar de opzichters. 'Alleen verdoofd.'

'Ik nog nooit zoiets gezien...' Kofi keek argwanend naar mijn zwaard maar zei er niets over, alsof het van slechte manieren zou getuigen om de aandacht te vestigen op een ding met zoveel macht. Het licht dat langs de kling glansde begon te vervagen omdat Vais koude magie afnam. 'Wat jij gaan doen?'

Vais arm verstrakte om mij heen toen hij begon te lopen en mij met zich meetrok. 'Ik kan echt niet nadenken voordat ik een onafgemaakte zaak heb afgewerkt.'

'Vai, dat geen nadenken zijn.' Kofi kwam snel achter ons aan, hij stak zijn handen in de lucht alsof hij wilde laten zien dat hij niet gewapend was, maar door de gladde lijnen in zijn jasje en mouwen besefte ik opeens dat hij minstens vier messen verborg. 'Eerst een emmer koud water en dan een plan. Misschien die opzichters jou niet goed gezien hebben, maar wij deze niet kunnen riskeren. Wij jou uit Expeditie moeten krijgen. Wat een ramp. Ik jou toch zeggen zij gestuurd zijn om jou in die val te lokken.'

We kwamen bij het zware gordijn dat de gang afscheidde van

de gelagkamer van Nance'. Voordat Vai het kon pakken, duwde een andere hand het opzij. In de duisternis erachter lag een woelende zee van gekrioel, het grommende geroezemoes van een menigte waarvan geraas is getemperd door een onverwachte verandering in het weer, en daarvoor zag ik Beatrice' schokkend vertrouwde en geliefde gezicht.

'Daar ben je, Cat! De generaal beloofde me dat we je vannacht zouden vinden. Heb ik het gemist? Jullie kussen onder de lamp, bedoel ik. Als je dat kussen noemt! Ik zou het eerder een daad van seksuele gemeenschap met kleren aan noemen, en als je denkt dat ik graag over dat soort dingen droom, heb je het hélemaal mis. Ik zweer dat ik nooit meer in staat zal zijn om op dezelfde liefhebbende maar onschuldige manier naar je te kijken. Ik werd blozend wakker!'

Mijn benen begaven het. Vai ving me op toen ik tegen hem aan zakte. Ik zag niets anders meer dan een vage streep licht en ik dacht dat ik misschien eindelijk flauwviel. Maar het was een echt licht, aangestoken door James Drake. De vuurmagiër stond op de sprekerskist en keek alsof hij in de menigte naar iemand zocht. Naar míj.

Naast me verstijfde Vai.

De menigte werd stil als een hongerig beest voordat het toeslaat. Drake sprong naar beneden. Met de lamp in zijn handen klom generaal Camjiata op de kist. De lamp glansde als een baken. Bij het licht keek hij onderzoekend naar de rusteloos mompelende menigte. Of misschien liet hij zich door hen bekijken, met zijn manen van zilveren en zwarte haren die tot op zijn schouders hingen, zijn brede gestalte, dikke armen en machtige handen, en de indrukwekkende kracht van zijn onverschrokken verschijning.

'Zijn jullie bereid mij te laten spreken?' riep de generaal tegen de muil van het wrevelige beest. 'Want ik heb iets te zeggen, als jullie bereid zijn te luisteren. Ik heb iets te zeggen wat jullie niet verwachten.'

Vais grip verstrakte. 'Is hij jouw vader? Jouw echte vader?'

'Waarom denk je dat?' fluisterde ik in een poging met een vraag te antwoorden, maar ik kon de woorden niet goed achter elkaar krijgen. Het gemaskerde gezicht van mijn verwekker zwom mijn geestesoog in en uit.

Zijn woorden raakten mijn hart als dodelijke schichten. 'Omdat het zou verklaren waarom de Hassi Barahals jou kwijt wilden. Hoe jij ontsnapte aan de voogdij van Vier Manen Huis. De rellen in Adurnam om Camjiata's waagstuk in de stad te maskeren. Hoe je hier bent gekomen met zijn hulp. Dat jij vanmorgen wegging om de plannen te bevestigen! Kayleigh had gelijk. Hoe kon ik zo'n hoge dunk van mezelf hebben om te dromen dat wij tot elkaar werden aangetrokken door een of andere spookdraad? Dat ik kon voelen hoe jouw ziel contact probeerde te maken met de mijne? Dat wij voorbestemd waren om weer bij elkaar te komen, eenvoudigweg omdat ik elke ochtend wakker werd met de gedachte dat dit de dag kon zijn dat ik je terug zou vinden? Mensen zagen dat je in de steek werd gelaten in de haven. Allemaal onderdeel van het complot om bij de radicalen te infiltreren. Wat is je dat gemakkelijk gelukt, dankzij mij en mijn illusies.'

'Als je even zou stoppen met praten en na zou denken, zou je weten dat het zo niet is gegaan. Je ziet het verkeerd.'

'En dat is eindelijk de waarheid. Ik zie het verkeerd.'

Op de bovenste verdieping denderden voetstappen terwijl de opzichters om versterkingen riepen en om gevangenbewaarders. Ze hadden arrestaties verricht.

'Wij moeten gaan,' zei Kofi. Aan Vais andere kant kwam hij abrupt tot stilstand en gaapte met open mond als een vis naar de aanblik van Bee in al haar weelderige, uitdagende glorie.

Ze bood hem een glimlach waardoor zijn adem stokte en toen zij naar voren stapte, deed hij een stap achteruit. 'Cat, ik begon al te wanhopen of we je zouden vinden, maar de generaal verzekerde me dat hij precies wist waar je zou zijn als de tijd rijp was.' Ze bekeek Vai van hoofd tot voeten. 'Magnifiek jasje. Ga je met ons mee? Je hoeft je geen zorgen te maken over arrestatie als je onder Camjiata's bescherming verkeert.'

'Nee.' Hij liet me los.

Toen hij een stap achteruit deed naar Kofi, wankelde ik. Bee sloeg een arm om mijn middel en trok me stevig tegen zich aan.

'Jullie zullen je afvragen waarom ik mij bezighoud met de belangen van de eenvoudige werkmensen van Expeditie,' begon de generaal in de gelagkamer achter ons met een wonderlijk ver dragende stem. De muzikale zangerigheid van zijn toon had een opwindend, krijgshaftig ritme dat je raakte in je hart en je lendenen. 'Jullie zullen je dat afvragen en zelfs achterdochtig zijn, omdat jullie weten dat ik van Keita afkomst ben. Maar zijn het niet de belangen van de eenvoudige werkmensen die het schip van de revolutie voortdrijven uit de nacht van de oude machtsverhoudingen? Als wij zeggen dat een opkomend licht de dageraad van een nieuwe wereld aankondigt, over welke nieuwe wereld hebben we het dan?'

De glans van mijn koude staal verflauwde toen voeten door de donker wordende gang wegrenden.

'Vai,' zei ik.

Hij was al weg.

27

Gedurende een nacht en een dag en een volgende nacht lag ik bewegingloos in een bed van onbeschrijflijke luxe, niet in staat te denken, te spreken of te bewegen. Hij dacht dat ik hem had verraden.

Ik dronk wel, want daarop zou hij hebben aangedrongen, en uiteindelijk ging het slapen en staren me vervelen. Dus de tweede dag stond ik vroeg in de ochtend op, toen het nog koel was, en waste mijn gezicht in een waskom van keramiek. Bee zat op het grote bed dat we hadden gedeeld en bekeek me met een blik die ik zou kunnen beschrijven als behoedzaam.

'Ik had het geen dag langer kunnen uithouden,' zei ze. 'Ik wist niet dat je zo lang stil kon zijn. Zelfs die keer toen je dertien jaar was en je ziek was van die verschrikkelijke koorts, babbelde je nonstop nonsens of je nu sliep of wakker was.'

Ik keek haar onderzoekend aan. 'Je lijkt magerder.'

'Ik was verschrikkelijk ziek tijdens de zeereis over de oceaan. Ik heb het alleen overleefd omdat de generaal iedere dag bij me kwam en me overhaalde een beetje water te drinken en wat pap te eten. Hij vertelde me over zijn vrouw. Hij vertelde me wat hij weet over het bewandelen van de paden der dromen.'

'Je vindt hem aardig!'

Ze trok haar benen onder zich en ging met gekruiste benen zitten. 'Inderdaad. Ik bewonder hem.'

'Jij bewondert het Iberische monster?' Ik keek de kamer rond. 'Ik hoop dat deze kamer niet bedoeld is om mij om te kopen.'

De witgesausde wanden waren versierd met een muurschildering van een houten raamwerk vol bloemen en vlinders in felle kleuren blauw, groen en goud. De zijtafel waarop de waskom stond had gebeeldhouwde poten van een soort waaraan een kunstenaar weken moest werken. De keramische waskom was vanbinnen beschilderd met ingewikkelde Keltische knopen zonder begin of eind. De ramen stonden open en er was natuurlijk geen haard of komfoor, alleen een gaslamp in elke hoek.

'Het is een mooie kamer, vind je niet?' zei Bee. 'Maar ik moet steeds een akelige neiging onderdrukken om gemene spookjes met puntige tanden tussen het latwerk te schilderen. En die de vlinders laten doorboren met kleine speertjes en pijltjes.'

'Speertjes en pijltjes? Je moet ze geweren geven!'

'Natuurlijk! Dat ik daar nou niet aan gedacht heb!'

'Dat begrijp ik ook niet! Hoe ben je hier terechtgekomen? Wat is er met Rory gebeurd?'

'Die vragen zou ik jou ook kunnen stellen.'

Ik had zo genoeg van vragen! 'Jij eerst!'

'O, wat ben je weer kortaangebonden! Een beetje gefrustreerd, Cat?'

Ik liet me op het bed vallen, dat zo breed en uitnodigend was...

'Cat, lieverd, je bloost.'

'Wat kan ik doen, Bee? Hij vroeg me rechtuit of er iets was wat ik hem moest vertellen.'

'En hield je mond, precies zoals je moest doen.'

'Ja. Nee! Ja, ik hield mijn mond, maar dat had ik niet moeten doen. Ik had hem alles moeten vertellen.'

'Natuurlijk had je dat niet moeten doen!'

'Je trouwt niet met iemand om vervolgens dingen voor hem verborgen te houden! Als je iemand pas je vertrouwen schenkt als er geen enkele reden tot twijfel meer bestaat, dan is dat geen echt vertrouwen. Hij vertrouwde mij, maar ik vertrouwde hem niet. Je bent het toch zeker wel met mij eens dat hij me nu moet haten?'

'Ik had niet het idee dat hij je haatte. En als hij je echt vertrouw-de, zou hij niet zo zijn weggerend. Dus als je mijn mening vraagt...'

'Heb ik om jouw mening gevraagd?'

'Ja, zojuist. Gezegende Tanit, Cat! Met hem tróúwen? Ga me nou niet vertellen dat je echt met hem naar bed bent geweest!'

'Nee, dat ben ik niet! Maar ik was het wel van plan!'

'Ik begrijp het niet. Het hoofd van de dichter Bran Cof zei dat als jullie het huwelijk niet voltrekken door met elkaar naar bed te gaan, dat je dan na een jaar en een dag vrij zult zijn. Dat is toch wat je wilt? Bevrijd worden van dit huwelijk?'

Gedachteloos verkreukelde ik stukken van de dunne deken in mijn vuisten. 'Denk je dat ik vrij wil zijn als hij dat niet is? Dat ik daarvan kan genieten als ik hem achterlaat in ketenen?'

'Lieve Cat, ik wist altijd wel dat je stiekem romantisch bent.' Ze glimlachte op een manier die me herinnerde aan tante Tilly in haar liefste bui en streelde mijn haar om me te kalmeren. 'Mijn verhaal is gemakkelijker te vertellen en dat is volgens mij meestal zo, als het gaat over jouw verhalen en de mijne. Je was getuige van mijn aandrang om die slijmerige larven op te graven. Ik wist dat ik jou achterliet toen ik de rivier in waadde, maar ik kon gewoon niet stoppen. Ik had geen idee waar ik heen ging, maar uiteindelijk klauterde ik bij de rivier de Temes de oever op, bij een werf in de stad Londun. Van de larven was geen spoor te bekennen. Ik neem aan dat ze zich verspreid hebben in het water. En ik vroor bijna dood terwijl ik zat te kokhalzen te midden van de troep en het ri-oolwater. Maar ik heb een ritje geregeld...'

'Jammer dat ik dat niet heb gezien!' Ik merkte dat ik mijn vuisten kon openen en me kon ontspannen.

Ze grijnsde. 'Ik kwam een vaderlijke voerman tegen die onder-weg was naar Adurnam en vertelde hem huilend dat mijn harteloze geliefde mij had achtergelaten op de werf. Daarna ben ik regel-recht naar de herberg De Buffel en de Leeuw gegaan. Het zal je genoegen doen te horen dat ik daar Rory tegenkwam.'

'Tanit zij dank.' Mijn hart kwam tot rust. Wat er verder ook aan de hand was, we waren hem niet kwijtgeraakt. 'En mijn vaders ver-slagen?'

'Rory had alles nog. Weet je, hij is slimmer dan hij eruitziet en zich voordoet. Maar goed, er waren zes dagen verstreken terwijl wij in de geestenwereld waren. Rellen raasden nog steeds door Adurnam. De prins en de magiërs hadden ontdekt dat de generaal in de stad was. Ze hadden ook pamfletten verspreid waarop ze een fikse beloning uitloofden voor onze gevangenneming. Waarop wij hoogst onflatteus waren afgebeeld, moet ik zeggen! En het schoolhoofd kon ik natuurlijk niet vertrouwen. Rory bleef erop hameren dat het schoolhoofd een draak is, maar waarschijnlijk is hij een magiër.'

'Ik sluit niet langer iets uit. Heb je de generaal opnieuw ontmoet?'

'Uiteindelijk wel. Hij vertelde me dat zijn vrouw op het pad van dromen had gezien dat ik hem naar jou zou leiden. La Professora en Brennan Du hadden Adurnam ook verlaten en ze nodigden Rory en mij uit om met hen mee te gaan naar Masillia. Maar natuurlijk ben ik met de generaal naar Expeditie gereisd om jou te zoeken.'

'Waar is Rory?'

'Hij kon zichzelf er niet toe zetten om scheep te gaan. Hij is bang voor de oceaan. Ik heb de verslagen bij me gehouden, ze zijn hier, en heb hem met Brennan meegestuurd.'

Ik sloot mijn ogen. Gezegende Tanit! Wat had Vai me gekust! Hij kon toch niet echt geloven dat ik net zoveel om Brennan Du gaf als om hem!

'Cat, bloos je nu alweer? Ik hoop niet dat je verliefd bent op zwartharige Brennan. Ik vermoed dat hij verliefd is op La Professora. Maar zij is met iemand anders getrouwd, helaas.'

'Dat houdt mensen niet tegen,' mompelde ik met mijn blik gericht op het witgesausde plafond. Hoe moest Vai zich hebben gevoeld toen hij na al die maanden wachten ontdekte dat ik met een andere man was?

'Ondanks haar radicale filosofieën, lijkt het erop dat La Professora er ook heel traditionele ideeën op nahoudt. Maar goed, hoe kun jij iets weten over... Cat! Je kunt je niet voor mij verbergen!' Bee greep een van mijn vingers en boog die naar achteren. 'Je zei dat je het niet met hem had gedaan.'

'Au! Dat heb ik niet. Maar ik wou verdomme dat ik dat wel had gedaan. Au! Laat me los!'

'Vertel de waarheid!'

Door opeengeklemde tanden tegen de pijn, zei ik: 'James Drake. Maar ik kan het uitleggen.'

Ze liet mijn vinger los en floot. Huiverend wreef ik over mijn toegetakelde hand.

'*James Drake*,' zei ze op een toon die me ineen deed krimpen. Ze strekte zich uit en plantte haar ellebogen naast mijn hoofd. 'Genadige Melqart! Maar waarom stond je je echtgenoot dan zo op te vreten? En waarom is een koude magiër met zo'n onvermoede, zeldzaam grote gave eigenlijk hier in Expeditie, waar het tegen de wet is om een koude magiër te zijn? En nog belangrijker, heb je je verwekker gevonden?'

Als een onhandelbaar, koppig kind, rolde ik om en stompte met mijn vuisten en schopte met mijn voeten. Ik schepte plezier in de dreunen die mijn handen en voeten tegen de matras gaven. Ik had mijn verwekker nog nooit zo gehaat als op dit moment.

'Cat, je hebt een woedeaanval.' Bee's gelach zong zo in mijn hart dat ik begon te kokhalzen en te gorgelen. Ik stopte met slaan en rolde op mijn rug om samen met haar te lachen.

'O, Bee, wat heb ik je gemist!'

Ze omarmde me en we lachten tot we moesten huilen. Uiteindelijk ging ze haar gezicht wassen in de waskom. Mijn wandelstok lag in de deken gewikkeld, dus die stopte ik onder de matras.

'Wat is er met jou gebeurd, Cat?'

Ik sloeg mijn hand voor mijn mond en terwijl zij met een verbaasde uitdrukking op haar gezicht naar mij keek, wees ik met mijn andere hand naar mijn mond. Ik friemelde met de vingers die mijn mond bedekten en beet erop, want ik voelde een vraag opkomen. Welke vraag dan ook. Het deed er niet toe, zolang het mensen maar op een dwaalspoor bracht. Die vervloekte hufter!

'Heb je honger? Nee, ben je gek geworden? Kun je niet meer praten? Moet je plassen? Heb je een vreemde maar slopende aandrang ontwikkeld om jezelf pijn te doen? Probeer je me met deze vreemde gebaren iets te vertellen wat je niet onder woorden kunt brengen? Aha!'

Snel liep ze naar een grote kast. De deur was gebeeldhouwd met een omgevallen kalebas waar vis uitviel, de zijkanten en bovenkant waren versierd om op een boom vol bladeren te lijken. Ze kwam naar me terug met haar schetsboek en een schrijfstift. De pagina's vielen open bij een man en een vrouw die hevig verstrengeld waren in een kus. De hoek verborg het merendeel van het gezicht van de man, maar het jasje verraadde hem. Met een klap sloot ik het boek, gegeneerd door de intimiteit van het tafereel.

Bee zuchtte. 'Nu begrijp je waarom ik die droom niet wilde hebben. Hij was gewoon choquerend. De lamp boven je hoofd was de enige aanwijzing voor de plek waar jullie waren. Maar het is een type dat je in elk etablissement in Expeditie zult vinden, dus het was moeilijk om de plaats te bepalen. Probeer te schrijven.'

Ik griste de schrijfstift uit haar hand en opende het boek op een lege pagina. Onmiddellijk begon ik te trillen en werd kletsnat van het zweet. Ik beet op mijn lip. Door de pijn kon ik schrijven: *kan niet praten over wat er gebeurde nadat jij vertrok. Het is erger dan we vreesden.*

'Gezegende Tanit, je bloedt,' zei Bee en ze veegde mijn onderlip af met haar duim. Ze pakte de schrijfstift en tekende een ketting van de ketenen, daarna gaf ze de schrijfstift terug.

Ik schreef: *ja.*

Zij tekende het havenhoofd en de haven van Expeditie, gezien vanaf de zee.

Oceaan, schreef ik en ik likte een druppel bloed van mijn lip. *Haai. Zouteiland. Gebeten. Genezen. Dronken. Leugens. Drake. Gered. Zeerovers. Koedoderstrand. Havenhoofd. Vai. Vai. Vai. Jij.*

Ze kromp ineen en haalde een aantal keren diep adem. Daarna draaide ze zich om en keek naar me op dezelfde manier waarop ik me kon voorstellen dat een chirurg zou kijken naar een patiënt die een amputatie heeft overleefd. 'Dit zal snel eentonig worden.'

Ik schreef: *stel geen vragen.*

'Dat zijn vreemde ketenen,' merkte ze op terwijl ze de schrijfstift en het schetsboek pakte.

'Ik moet plassen,' zei ik en ik rolde van het bed af. Snel liep ik naar de kast en overtuigde mezelf ervan dat mijn vaders verslagen onze scheiding inderdaad hadden overleefd. 'En ik heb honger.'

Met een theatrale zucht borg ze haar schetsboek terug in de kast en gooide ze wat kleren naar mij: een vederlicht onderhemd en mijn eigen rok, lijfje en jasje, gewassen en de wol gestreken tot deze glansde. Over haar eigen onderjurk knoopte ze een rok gemaakt van strepen goudkleurige, grijze en blauwe stof. Het lijfje dat ze droeg had mouwen tot aan de ellebogen en was geborduurd met een wirwar van bloeiende wijnranken en bijlen.

'Waar heb je dat vandaan?' vroeg ik. 'Misschien vermoord ik je wel in je slaap om dat te stelen.'

'Ik vind vooral de bijlen mooi,' zei ze met een glimlach die een man op twintig passen afstand zou kunnen doden. 'Ze herinneren me aan het hoofd van de dichter Bran Cof. Ik heb het hier laten maken, in een hele leuke winkel op avenue Kolonkan. Daar kun je de beste kleren en sieraden kopen.'

'Het is heel mooi.' Maar ik werd overvallen door een vlaag nostalgisch verlangen naar de nederige Kleermakersstraat.

'Normaal gesproken duurt het niet zo lang tot je klaar bent. Er is eten.'

Onze kamer was een van vier op de tweede verdieping van een huis in de stad. De schone tegelvloer voelde heerlijk koel aan onder mijn blote voeten. Bee reikte me de sandalen aan die Vai me had gegeven, nu schoongemaakt en geolied. Nadat ik mijn wandelstok door de lus had gestoken, snelden we aan de achterkant van het huis een trap af naar de benedenverdieping. Ze duwde me een kleine kamer in met een watercloset en daarna een badkamer in waar je alleen een kraan moest omdraaien om water in een bassin te laten stromen terwijl je je handen waste.

'Hoe vaak ga je die open- en dichtdoen?' vroeg ze bits terwijl ze haar vingers over de draaikop klampte en deze demonstratief dichtdraaide.

'Hoe werkt dit?' Ik boog voorover en probeerde in de buis te kijken.

'Zwaartekracht. De watertank staat op het dak. We kunnen er later naar gaan kijken. Kom mee.'

Ze bracht me terug naar de eerste verdieping, naar een kamer die langs de hele achterkant van het huis liep. Glazen deuren gingen open naar een smal balkon dat uitkeek op een tuin zo groen dat je de kleur bijna kon inademen. Bewakers liepen onder bij de muren, zwommen het blikveld in en uit onder bloeiende bomen en klimplanten.

De generaal zat aan een tafel. Hij legde het pamflet dat hij aan het lezen was neer, ging met een ernstige glimlach staan en pakte mijn hand tussen de zijne terwijl hij me onderzoekend aankeek. Zijn diepliggende, bijna zwarte ogen waren verbazingwekkend doordringend. 'Je voelt je beter. Kom alsjeblieft bij me zitten. Ik neem aan dat jullie honger hebben.'

Hij knikte naar een zijtafel overladen met afgedekte schotels, een mand vol brood, een schaal met fruit, een fles met drank, een witte, aardewerken theepot geflankeerd door zes witte kopjes op witte schoteltjes.

Hij liet mijn hand los en gaf Bee tot mijn schrik een kus op iedere wang op een heel intieme manier. Ze had niet eens het fatsoen om te blozen. Integendeel, ze leek deze vrijpostigheid te verwachten.

'Ik zal inschenken,' zei ze en ze liep naar de zijtafel. 'Ga zitten, Cat.'

In de hal klonken voetstappen. Een vrouw kwam de kamer binnen. Ze droeg een fantastisch dieporanje boubou van gesteven, geoliede stof, en in plaats van een hoofddoek droeg ze haar zwarte haren onbedekt om de kleine vlechtjes waar kralen en medaillons in waren geweven beter te laten uitkomen. Ik staarde haar met open mond aan.

'Lieveling,' zei ze en ze kuste Camjiata op de lippen.

'Jasmeen!' Laat niemand ooit zeggen dat ik één en één niet bij elkaar kan optellen. 'Jij bent degene die de leiders van de radicalen heeft verraden! Jij hebt de opzichters geroepen! Waarom?'

Ze was niet gemakkelijk van haar stuk te brengen. 'Die vuurdover hierheen gestuurd zijn om Leon te vermoorden. Natuurlijk ik niet van plan deze te laten gebeuren. Bovendien, zoals jij zelf moeten toegeven, hij een ongebruikelijk machtige vuurdover zijn. Wij niet kunnen toestaan dat zo'n gevaarlijke man hier rondrennen als een wilde hengst zonder toom.'

Ik wierp een woedende blik op Bee, die halverwege het inschenken van de thee was verstijfd. 'Bee? Wat wist jij hiervan?'

De generaal duwde me naar een van de stoelen. 'Ga zitten, Cat.'

Ik rukte mezelf los. 'Ik wil niet zitten! Ik wil weten wat er gebeurd is!'

Een aroma van houtas kriebelde in mijn neus. Ik nieste. James Drake liep de kamer binnen. Hij zag er zelfverzekerd en aantrekkelijk uit in een wit jasje en een goudkleurige broek, zijn roodachtig gouden haar glansde in de ochtendzon. Ik ging toch zitten, want mijn benen begaven het opeens.

'Cat!' Drake snelde naar me toe en drukte zijn lippen op de mijne. Ik schoot achteruit en botste tegen de rugleuning van de stoel. Hij glimlachte. 'Je hoeft niet zo formeel tegen me te doen, lieverd. Waarom duurde het zo lang voordat je naar de Gevlekte Leguaan kwam? En waarom rende je daarna weer weg?'

Ik keek hem woedend aan. 'Het kan toch niet waar zijn dat jij iets te klagen hebt?'

Drake grinnikte. 'Moet ik mijn welgemeende excuses aanbieden? Was je zo gekwetst dat ik je alleen achterliet op het havenhoofd? Maakte je je geen zorgen dat ik gearresteerd zou worden?'

'Waarom denk je dat ik ook maar een ogenblik aan jou dacht?'

'Nee,' zei hij bedachtzaam en wisselde een samenzweerderige blik met Jasmeen, 'ik neem aan dat er andere mannen waren om te omhelzen.'

Ik sprong op en stompte hem, mijn vuist kwam recht tegen zijn kin. Hij schoot achteruit en herstelde zich. Een hete, kruidige geur schoot de lucht in terwijl zijn ogen oplichtten en zijn mond vertrok tot een dunne streep.

De generaal zei: 'James, kalmeer. Je hebt me duidelijk niet alles verteld. Ik krijg het sterke vermoeden dat jouw gedrag in deze zaak een berisping verdient.'

'Ik wil die vervloekte koude magiër,' zei Drake. Zijn bleke huid was vlekkerig rood geworden terwijl hij zijn vingers tegen zijn kaak klemde. 'Jij bezwoer me dat we hem uit zijn schuilplaats zouden kunnen lokken als ik haar ophaalde en haar daarna achterliet op het havenhoofd. Dan zouden we hem gevangen kunnen nemen, maar in plaats daarvan is hij ontsnapt.'

Ik maakte een geluid alsof ik stikte in de bedorven smaak van mijn eigen naïviteit. Bee liet de theepot vallen, die op de tegelvloer in stukken brak. Scherven schoten overal heen op een glanzende laag geurige vloeistof. Ze keek alsof iemand haar had gestoken.

De elegante vrouw sprak op klaaglijke toon, alsof ze het vervelend vond om dergelijke onaangenaamheden bij te wonen. 'Ik laat je dit verder zelf uitzoeken, Leon. Stuur me maar een boodschap.'

'Natuurlijk, Jasmeen.' Hij pakte haar hand, drukte zijn lippen tegen haar knokkels en liet haar los.

Ze zeilde naar buiten en had het fatsoen de deur achter zich te sluiten om de rest van het huishouden mijn theatrale gedrag te besparen.

'*Hoe kon je?*' krijste ik.

Bee barstte uit in hartverscheurende snikken. 'Je had me niet verteld dat dit allemaal onderdeel was van een plan om hem in de val te lokken!'

'Ga zitten,' zei de generaal zonder van toon of gezichtsuitdrukking te veranderen.

Het leek alsof ik door een smaller wordende tunnel moest kijken. Stenen muren kwamen op me af. '*Jij gebruikte mij om hem te pakken te krijgen!*'

Drake bekeek me onderzoekend. Met een verwrongen frons die meer op een grimas leek, keek hij naar het pamflet. 'Voor informatie die leidt tot de arrestatie van een loslopende vuurdover wordt een aanzienlijke beloning uitgeloofd. Dat is allemaal heel mooi, maar hoe kunnen we hem gevangennemen nu hij weet dat hij bij ons bekend is? Hij moet ergens gewoond hebben en niemand heeft hem aangegeven. Ik kan maar moeilijk geloven dat een koude magiër met zoveel macht zijn vaardigheden verborgen kan houden. De opzichters hebben die verstoringen in het weer twee nachten geleden gevolgd, maar ze raakten zijn spoor kwijt en nu... Niets. Geen woord. Geen gefluister. Geen ijs. Niemand wil praten. We zijn hem kwijt.' De rand van het pamflet begon te schroeien en verkruimelde tot as.

'James!' zei de generaal bits.

Drake ademde uit. Hij schudde grijze vlokken van zijn hand en deed een stap bij de tafel vandaan.

Met wangen die nat waren van de tranen, knielde Bee op handen en knieën om de gebroken pot met haar handen op te vegen. Mijn vlammende uitbarsting van razernij kromp ineen tot een speer van woede, scherp en glinsterend.

'Jíj,' zei ik tegen de generaal. 'Wat heb je gedaan?'

De deur ging open en drie vrouwen kwamen binnen. Twee ruimden de gebroken pot en de gemorste thee op en de derde bracht een nieuwe pot en schonk vier kopjes in.

De generaal bedankte hen beleefd. Ze vertrokken zonder iets tegen Bee te zeggen, die nu als een geknakte bloem ineengezakt op de vloer zat te midden van haar opbollende rokken.

De generaal liep naar de zijtafel en haalde de deksels van schalen met gebakken bacon en gepocheerde eieren omringd door gefrituurde aardappelen. Al pratend, begon hij een bord vol te laden.

'Beatrice verzekerde me dat je graag van dat huwelijk af wilde. Nu lijkt het erop dat je het toch wel graag wilt.'

Hij keek me vragend aan. Ik staarde stuurs terug, met opeengeklemde lippen.

'Jasmeen zegt dat hij heel knap is en duidelijk dolverliefd op jou. Jeugd, schoonheid en bewondering zijn een bedwelmende combinatie die moeilijk te weerstaan is.' Hij keerde terug naar de tafel en zette een zwaarbeladen bord naast een mes en een lepel. Daarna leidde hij me naar de stoel voor het bord. 'Ga zitten.'

Ik ging niet zitten. 'Ik laat hem niet door jou vermoorden, nooit.'

De generaal ging tegenover me zitten en bracht een theekopje naar zijn mond, waarna hij het weer liet zakken. 'Ah! Nog steeds te warm.'

Drake legde een hand op de rugleuning van mijn stoel, alsof hij die voor me naar achteren wilde trekken. Ik greep een mes. Hij trok zich terug.

'Dat zie je toch verkeerd, Cat,' ging de generaal verder, 'als je denkt dat ik de koude magiër wil doden. Wat was zijn naam ook alweer?' vroeg hij aan Drake.

'Een arrogánte klóótzak van een bastaard is zijn naam. Was er een andere naam die er iets toe deed?'

Ik zwaaide met het mes. 'Wat heeft hij jou ooit misdaan?'

De generaal sprak op bevelende toon. 'Cat, ga zitten.'

Ik ging zitten.

'James, je moet nu toch echt eens leren dat Keltische temperament te beheersen.'

Drake haalde een hand door zijn haar, maakte het door de war en ijsbeerde door de kamer.

'Cat, luister naar me. Om te beginnen ben ik ontsnapt uit de gevangenis waar de magiërshuizen me bijna veertien jaar hebben vastgehouden. Volstrekt zonder juridisch precedent, mag ik wel zeggen. Ik reis naar Expeditie omdat mijn leger in ballingschap hier is neergestreken, buiten het bereik van mijn vijanden. De schepenen ontvangen me met veel belangstelling, want ze beseffen dat de handel met Europa opengebroken zal worden als ze mij helpen. Dan probeert een man mij neer te schieten. Opeens stemmen de schepenen tegen mijn verzoek om hulp, ze zijn van binnenuit ondermijnd. Ik hoor een gerucht over een volgend complot om mij te vermoorden, een waarbij een koude magiër betrokken zou zijn die koud staal hanteert. Je begrijpt toch wel dat het onnatuurlijk zou zijn als ik mezelf niet zou verdedigen.'

Ik dacht aan hoe ik Vai mijn zwaard had gegeven die nacht in Zuiderbrug in Londun. Hij had liever twee mannen gedood dan ons door hen laten doden. Bloed aan zijn handen. Hij wilde niet opnieuw doden.

Ik dacht aan de twee zouters die ik had gedood op het strand van Zouteiland. Ook al smeekte de ene om verlossing. Maar toch. Ik zou ze eerder allemaal doden, met de rest erbij, voordat ik me weer zou laten bijten.

Ik legde het mes neer en liet mijn adem ontsnappen. 'Ga verder.'

Hij keek me onderzoekend aan terwijl hij van zijn thee nipte. 'Ja, je begrijpt het inderdaad. Ten tweede, heeft Beatrice een heel levendige droom gehad van jou en een man.' Even keek hij zo meelevend geamuseerd, alsof hij ook ooit was betrapt bij het kussen, dat ik hem bijna aardig vond. Maar ik wist wel beter. 'Door de cobo gaslamp in de tekening, wisten we bijna zeker dat we je in Expeditie zouden vinden. Vrij snel daarna tekende Beatrice jou staand op een strand, iets waar we weinig mee konden. James vertelde me onder vier ogen dat hij het strand herkende, want hij was op Zouteiland geweest als onderdeel van zijn opleiding als genezer.'

Bee keek op, haar mond een grimmige streep, haar handen verfrommelden haar rok.

'Je kunt je onze bezorgdheid voorstellen, Cat! Als je gebeten werd, zou je verdoemd zijn. We moesten je van het eiland af krijgen zodra je eraan kwam. Het was gemakkelijk te regelen dat James erheen ging en daar op je wachtte.' Hij pakte mijn arm. Hij was een grote man en hij had een sterke greep. Hij duwde de mouw van mijn jasje omhoog en onthulde het litteken. 'Maar ik had het verkeerd. Je werd wel gebeten. De droom van Beatrice redde je,

Cat. Wij hebben je gered. Stel je eens voor wat er gebeurd zou zijn als James er niet was geweest om je te genezen!'

Ik trok mijn arm los en duwde mijn mouw naar beneden. 'Hij heeft me niet genezen. Wat hij je ook verteld mag hebben.'

'Dan heeft iemand anders dat gedaan. De zoutpest is een vreselijk iets, zoals je nu maar al te goed begrijpt.'

'Beter dan jij.' Ellendig genoeg, begon het aroma van de gezouten bacon uitnodigend mijn neus in te kruipen. Ik likte mijn lippen. Hij keek naar me, misschien wachtte hij op een verklaring hoe ik wist dat Drake me niet had genezen, maar ik hield mijn mond.

Hij ging verder. 'Maar goed, ik wist hoe ik gebruik kon maken van de situatie. Expeditie is een roerige stad. Jonge mannen en vrouwen sluiten zich aan bij radicale kringen en protesteren tegen de wetten die hen beperken. Mensen hebben nieuwe ideeën over welke rechten gemeenschappen horen op te eisen. Degenen buiten de oude stadsmuren willen de verzekering dat de wetten iedereen gelijk zullen behandelen. Het verhaal over deze ongebruikelijk machtige vuurdover maakte mensen nieuwsgierig. Het is een aardig verhaal, vind je niet? Nadat hij naar Expeditie is gekomen, is de trotse Europese heer aangetast door de plaatselijke radicale ideeën. Ermee besmet, rebelleert hij tegen de ketenen die de onfortuinlijken binden en kiest ervoor zich aan te sluiten bij degenen die protesteren tegen de privileges die slechts voor enkelen gelden. Hij begint in te zien dat de klachten van plebejers, bezitlozen en arbeiders gerechtvaardigd zijn. We wisten dat hij hier was, klaar om mij aan te vallen, maar we konden hem niet vinden.'

Hij bracht het kopje naar zijn lippen. De thee rook naar bloemen.

Met zijn handen tot vuisten gebald, mompelde Drake: 'Geliefde Vrouwe van Vuur, moeten we dit hele relaas aanhoren?'

De generaal sloeg zijn ogen op en volgde de ijsberende vuurmagiër. 'Jámes.'

Met een woedende blik op mij, liep Drake naar buiten en ging op het balkon staan.

De generaal richtte zijn aandacht weer op mij. 'Niemand wist hoe deze koude magiër eruitzag, alleen dat hij een man was van nobele positie, als een prins in voorkomen en manieren. Door

Bee's droom – het was eerder het jasje dan de kus – beseften we dat het de koude magiër was met wie jij getrouwd bent.'

'Bee wist hoe hij eruitzag,' zei ik met zachte stem.

Met de rug van haar hand veegde ze haar neus af. 'Ik probeerde hem te tekenen maar geen enkele tekening zag er goed uit. Ik schaam me zo, Cat. Ik dacht dat je echt niets om hem gaf.'

'Alsof ik iemand zo zou kussen als ik niets om hem gaf!'

Ze keek zijdelings naar het balkon en de slanke rug van Drake. 'Ik heb hém niet zo gekust!' riep ik. 'Hij voerde me dronken!'

De generaal draaide zijn kopje een keer helemaal rond voordat hij zijn blik op het balkon richtte. 'James? Ga je me vertellen dat jij je de vrijheid hebt veroorloofd om jullie afzondering op Zout-eiland te misbruiken door deze onschuldige jonge vrouw te ver-leiden door haar dronken te voeren?'

Drake draaide zich om, zijn kin in de lucht gestoken alsof hij weer een klap had geïncasseerd. 'Ze zei ja! Ze was helemaal niet zo onschuldig, als je het mij vraagt.'

'Dat is een verhaal dat je hebt verzonnen om je daden te ver-goelijken,' zei de generaal met zoveel afschuw dat ik begreep waar-om Bee hem aardig vond. Hij keek naar mij. 'Cat, eet.'

De twee gepocheerde eieren staarden naar me alsof ze smeekten om verslonden te worden in al hun verrukkelijke smaak. Mijn maag rommelde. Vai zou me aansporen om te eten. Ik stak de lepel in de eieren.

'We beseften dat jij ons naar de koude magiër kon leiden, als we het zorgvuldig aanpakten. Als we hem gevangen konden ne-men, dacht ik dat we hem er misschien van konden overtuigen dat de magiërshuizen de verkeerde doelen nastreefden – maar dat vond hij duidelijk al – en dat hij zich bij ons zou aansluiten.'

'En als hij nee zei?'

'Daar heb je een punt, Cat. Ik ben niet van plan te sterven. Maar ik heb liever bondgenoten dan vijanden.'

'Je gebruikte me. Je had me net zo goed in de zee kunnen laten gooien zonder dat je wist of ik zou verdrinken.' Ik begon aan de aardappelen en bacon.

'Zo onvoorzichtig waren we niet. Of James je nu genezen heeft of niet, hij heeft je gered van Zouteiland. Want ik verzeker je, je zou dat eiland niet hebben verlaten als je eenmaal was gebeten.

De Taino zijn heel strikt over die wet. We hebben je naar Expeditie gebracht. We beseften niet dat niemand van de plaatselijke bevolking zou praten. Tegen die tijd was ik naar Sharagua gegaan. We kwamen pas drie nachten geleden terug naar Expeditie.'

Dat had Kayleigh ook tegen Vai verteld. Eigenlijk leek de generaal heel weinig te weten over Vais situatie.

'Hoe ben je ons op het spoor gekomen?' vroeg ik.

'In het begin vertelde Jasmeen me dat de leiders van de radicalen hadden gehoord dat een maku vuurdover hen wilde ontmoeten om te praten over zijn missie die een eind moest maken aan de dreiging die ik voor Europa vormde. Ze wilden hem niet ontmoeten omdat de eerste aanslag zo onhandig was gedaan dat sommigen vermoedden dat deze bedoeld was te mislukken om sympathie voor mij op te wekken.'

'Dus eigenlijk,' antwoordde ik terwijl ik een stukje bacon aan mijn mes reeg en nadacht over Kofi's achterdocht, 'vermoedden ze misschien wel dat de ontmoeting met de maku vuurdover een val was. Wat vreemd!'

Een lach trok over het gezicht van de generaal. 'Gesproken als Daniel. Maar nadat ik wegging naar de Taino, begonnen de radicalen serieuzer te praten over de noodzaak een ontmoeting te organiseren met een man die beweerde dat hij de mogelijkheid had om mij te doden. Jasmeen hoorde van een van de jonge vrouwen een onbenullig gerucht over de verloren vrouw van de maku. Het meidje was onverwachts opgedoken. Jasmeen legde de puzzelstukjes in elkaar. Zodra ik terug was in Expeditie regelde ik met haar hulp de ontmoeting en de inval.'

Ik verslikte me in het laatste stukje bacon, maar dwong mezelf het door te slikken. Daarna pakte ik een broodje, nog warm van de oven, en scheurde het in kleine stukjes.

'De opzichters zouden hem niet doden, Cat. Ze zouden hem alleen gevangennemen en naar mij toe brengen.'

Hij beantwoordde mijn blik met een heldere, open oogopslag. Of de man was een schaamteloze leugenaar, of hij was zo misleid dat hij alles geloofde wat hij zei. Of misschien, heel misschien, vertelde hij de waarheid. 'Je laat het klinken alsof de opzichters voor jóú werken.'

Hij dronk zijn kopje leeg, draaide zijn stoel en sprak Bee aan in plaats van mij antwoord te geven. 'Beatrice, de wereld is niet ten einde gekomen, beste meid. Je nicht houdt nog steeds van je. Jullie zijn allebei ernstig misbruikt en het is geen wonder dat jullie boos zijn. Mag ik nog een beetje thee? En kom wat eten.'

Hoe iemand deze woorden kon uitspreken zonder neerbuigend te klinken, wist ik echt niet. Maar hij sprak ze uit en ze waren niet aanmatigend.

Beatrice bracht de nieuwe pot en ging naast de generaal zitten in plaats van naast mij. Drake keek verlangend naar de theepot. Mijn ogen ontmoetten zijn blik en ik likte eigeel en baconvet van mijn mes. Hij trok een grimas voordat hij zijn ogen weer richtte op het uitzicht van de tuin.

De generaal zette zijn kopje neer en Bee vulde het.

'Alles is afgesproken. Zodra de noodzakelijke schepen en troepen zijn uitgerust, zullen de schepenen de gevangen radicalen aan mij overdragen. Ik zal hen meenemen naar Europa. Anders worden ze opgehangen. Iedereen heeft er voordeel van.'

'Als je dat voordeel noemt. Zijn mensen niet bang dat de Taino Expeditie zullen binnenvallen?'

'Dat is nog niet aangekondigd,' antwoordde hij. 'We houden het voorlopig geheim.'

'Wat is nog niet aangekondigd? Een invasie?'

Bee's gezicht werd vuurrood. In één teug dronk ze haar theekop leeg alsof ze wilde dat het rum was.

'Onze overeenkomst met de Taino,' zei hij alsof een dergelijke verbintenis voorbestemd en natuurlijk was.

'De Taino regeren de Antillen! Jij bent niets anders dan een berooide generaal die hoopt op troepen en geld om een oorlog uit te vechten in een land dat achter de oceaan ligt! Wat kun jij hun aanbieden?'

'Naast de buit van de overwinning om de schatkist aan te vullen die leeg is door eeuwenlange veroveringsoorlogen? En het openleggen van belangrijke handel en export zonder te veel gevaar voor de autoriteit van de cacica?' Hij liep naar de zijtafel om een nieuw bord met eten vol te laden.

'Is dat voldoende om hen te interesseren?' vroeg ik bits.

Bee zette haar kopje neer en staarde naar het gepolijste tafelblad. Nooit in mijn leven had ik gezien dat ze ergens voor terugschrok.

Nooit. Het lukte haar een bibberige glimlach tevoorschijn te toveren. 'Ik ga trouwen.'

Ik schoot achteruit in mijn stoel. 'Trouwen!'

Ze keek zijdelings naar de generaal. Hij knikte als een professor die een geliefde student aanmoedigt die naar het juiste antwoord zoekt.

Ze reikte over de tafel heen en legde een hand boven op een van de mijne. 'Als de prijs van hoop een huwelijk is, dan is het maar zo. Met een man van hoge rang en met goede manieren, zo is mij verzekerd.'

'Je bent ermee akkoord gegaan om met hem te trouwen zonder dat je hem hebt gezien?'

'Wees niet zo naïef, Cat! Zo gaan die dingen. Dat weet je toch! Ze willen mij omdat ik een droomwandelaar ben. Hier in de Antillen worden droomwandelaars vereerd omdat ze zo zeldzaam zijn.'

'Volgens mij zijn die overal zeldzaam, omdat ze zo vaak voortijdig aan hun eind komen. Als dat de enige reden is waarom je trouwt, kun je jezelf net zo goed uitleveren aan Vier Manen Huis om hun gevangene te worden. Welke verplichtingen zullen de Taino je opleggen?'

Ze zuchtte luidruchtig. 'Kun je misschien één keer luisteren? Ze hebben hier traditionele kennis over het bewandelen van de paden der dromen. Zodra ik getrouwd ben, zullen ze mij toestaan deze te leren.'

'Terwijl je opgesloten zit in een of ander heet, stoffig paleis. Had je niet beter bij Brennan en Kehinde kunnen blijven?'

'Dat had ik heel graag gedaan, met hun prachtige revolutionaire ideeën en legendarische vuistgevechten en emmers vol whisky en prachtig geschreven pamfletten vol radicale opvattingen. Maar dat lost mijn andere probleem niet op, of wel soms? Misschien heb jij een briljant plan om te voorkomen dat de Wilde Jacht mijn hoofd eraf rukt!'

Ik sprong op, de stoel viel kletterend op de grond achter me. 'Ja! Dat heb ik!'

Drake stapte van het balkon naar binnen. De deur ging open en de Amazonekapitein verscheen met getrokken zwaard. De generaal maakte een gebaar, ze trok zich terug en sloot de deur achter zich.

'Ik zou je plan graag horen,' zei hij terwijl hij naar Bee liep en het bord voor haar neerzette.

Ik drukte mijn nagels in mijn handpalmen, maar de pijn was niet genoeg om mijn tong los te maken. En het was een leugen. Ik kon haar niet beschermen. Alleen mijn verwekker kon dat en alleen voor zolang hem dat uitkwam.

Bee keek naar me en knipperde twee keer met haar ogen bij wijze van signaal. 'Ze zit alleen maar te snoeven op haar gebruikelijke manier.'

'Aha, nu begrijp ik het.' Hij liep terug naar de zijtafel, waar hij bacon, aardappelen en eieren op een bord stapelde. 'Helene vertelde me dat ik Tara Bells kind nooit vragen moest stellen omdat ze droomde dat het kind geketend was door een of andere magische band.'

De ketenen die mij met mijn echtgenoot verbonden? Of die me met mijn verwekker verbonden? Hij wist niet alles! Ik zette de stoel rechtop en ging met mijn handen in mijn schoot gevouwen zitten terwijl de generaal naar de tafel terugkwam met een bord voor zichzelf. Drake ging naar het uiteinde van de tafel, zo ver mogelijk bij mij vandaan.

'Bovendien, Cat,' zei Bee die voort denderde als een volgeladen treinwagon die zonder remmen de heuvel afrolde, 'jij bent degene die nooit vrij zal zijn van Vier Manen Huis omdat jij getrouwd bent met een van zijn koude magiërs.'

'Ik weet wat ik weet,' mompelde ik.

'Ik heb geen weerwoord tegen zoveel koppigheid! Bovendien zullen de Taino me niet gevangenhouden. De generaal heeft me nodig voor de oorlog.' Ze bloosde charmant, als een opbloeiende roos. 'De prins zal met ons meereizen. Weet je, de troonopvolger voor de duho van de cacique, de troon van de koning, wordt gekozen uit de zonen van de caciques zuster. Deze prins werd nooit beschouwd als een favoriet omdat er een broer was die beter geschikt was voor de taak. Maar nu lijkt het waarschijnlijk dat hij de troon zal erven. Dus vindt men dat hij ervaring moet opdoen om te bewijzen dat hij de taak aankan en deze waardig is.'

'Wat is er veranderd dat hij nu wel geschikt wordt bevonden?'

Ze keek zijdelings naar de generaal en daarna naar Drake. 'Om te beginnen is hij een vuurmagiër.'

Ik lachte een beetje hysterisch.

Drake bracht een kopje thee naar zijn lippen en keek naar me over de rand. De generaal at gestaag door en liet alleen door een oogopslag merken dat hij mijn ongepaste lichtzinnigheid had opgemerkt.

Bee schepte een ei op haar lepel, boog de lepel achterwaarts en mikte om mij te bekogelen met de inhoud. 'Vertel waarom je lacht, anders krijg je ei over je gezicht.'

Ik had een borrel nodig om mijn zenuwen te kalmeren. Ik stond op en liep naar de zijtafel. In de fles zat sherry. Ik wipte de kurk eraf, schonk de dieprode vloeistof tot aan het randje in het laatste theekopje en dronk dit in één teug leeg. Toen ik me omdraaide zag ik dat Drake bedenkelijk keek. Ik duwde de kurk terug op de fles.

'Cat!' zei Bee. 'Het is nog ochtend!'

De generaal was klaar met zijn aardappelen.

De warmte van de drank trok door me heen en zakte weg. 'Ik heb prins Caonabo ontmoet.' Haar mond viel open. 'Hij leek... aardig. Hij was in ieder geval nieuwsgierig. En hij ziet er goed uit. Lang niet zo knap als gezant Amadou Barry. Op dat punt hoef je je geen zorgen te maken.' Ik veegde mijn voorhoofd af want het werd al warm. 'Zo, generaal, wat wil je precies van mij?'

Hij depte zijn lippen met een linnen servet. 'Dat hangt af van wat jij wilt, Cat. Hoewel je keuzemogelijkheden beperkt zijn.'

Ik wilde bevrijd worden van de heerschappij van mijn verwekker, maar dat kon ik niet zeggen. Ik wilde een kans om naast de man te lopen die ik eindelijk leerde kennen, maar ik weigerde daarover te spreken. Misschien had de sherry me kortaf gemaakt. Ik had werkelijk niets anders te verliezen dan Bee's leven.

'Wat ik wil weten, is waarom ik jou zou vertrouwen terwijl je mijn moeder een doodvonnis oplegde en haar zou hebben terechtgesteld als ze niet was ontsnapt.'

'Nou, nou, Cat,' zei hij en ik zou zweren dat hij een beetje uit het veld geslagen was, 'die zaak zit heel anders in elkaar. Ze was onder ede toegetreden tot mijn korps van Amazones en daarom gehouden aan de regels en verplichtingen van het korps.'

'Waaronder gevangenneming en terechtstelling als ze zwanger zou worden?'

'De voorwaarden en regels van de dienst waren algemeen bekend. Geen enkele vrouw zweerde de eed van indiensttreding zonder ten volle te begrijpen wat er van haar werd verwacht en waar haar verantwoordelijkheden en loyaliteit lagen. Degenen die dienen in mijn leger doen dit uit vrije wil, maar zodra ze in dienst treden vallen ze onder de gedragsregels. Net zoals ik, en ieder ander die zich inschrijft. Voor het Amazonekorps houden de regels ook het celibaat in. Elke vrouw die haar tijd had uitgediend, kon om ontslag vragen als ze kinderen wilde krijgen, wilde trouwen, of een andere verandering in haar leven wilde aanbrengen. Een wet is nutteloos als degenen die hem toepassen mensen verschillend behandelen vanwege hun belangrijkheid, status, familiebanden of rijkdom. Iedereen moet gelijk zijn voor de wet, anders is de wet niets waard.'

'Dat is wat Daniel Hassi Barahal schreef.'

'Eerlijk gezegd is het wat ik zei toen ik de commissie toesprak die bijeen was gekomen om een allesomvattende nieuwe wet te schrijven. Misschien heeft Daniel mijn woorden opgenomen in zijn verslag en dacht jij dat het een uitspraak van hem was toen jij hem las.' Zijn gezicht lichtte op door een vreemde glimlach die ik niet begreep. Boosheid? Plezier? Berekening? Hij was in feite net zozeer gemaskerd als mijn verwekker: ik had eenvoudigweg geen benul van zijn drijfveren. Behalve misschien ergernis bij de herinnering dat mijn moeder ontsnapt was aan de wet.

'Vertel me wat je bedoelde toen je zei dat mijn pad het verloop van de oorlog zal beïnvloeden.'

'Dat zijn niet precies de woorden van Helene en zo heb ik ze ook niet gezegd.' Hij sprak niet luider, maar ik besefte dat iets in de richting waarin het gesprek ging hem boos had gemaakt. 'Vind een manier om de koude magiër aan mijn kant te krijgen, Cat.'

'Ik weet zeker dat ze een manier heeft gevonden om de interesse van de man te prikkelen,' mompelde Drake.

Ik keek Drake strak aan en beende terug naar de tafel. Hij staarde terug met een bijna koortsige blik.

'Blijf kalm,' mompelde Bee.

Camjiata zei: 'Genoeg!'

Drake ging onderuit zitten en legde zijn voeten met zijn sandalen aan op de tafel. Ik bleef staan.

'Nu moet je eens goed luisteren, Cat,' ging de generaal verder. 'Een levende koude magiër heeft veel meer nut voor mij dan een dode. Ik zou de diensten van een machtige koude magiër op prijs stellen als ik terugga naar Europa.'

'Iemand zoals je echtgenote?' vroeg ik.

'Ze was geen machtige koude magiër. Ze had slechts een beperkte gave, genoeg om een vleugje koud vuur op te roepen, wat ironisch was omdat ze zulke slechte ogen had. Ze had de laagste status die mogelijk was voor een kind dat wordt geboren in een magiërshuis. Haar huis en zij hadden geen idee dat zij de paden der dromen bewandelde. Iedereen dacht dat ze de verfoeilijkste poëzie declameerde om aandacht te krijgen. Maar ze was ongeveer van jouw leeftijd toen ze haar lotsbestemming hoorde in haar eigen woorden.'

Ondanks mijn ergernis, werd ik geboeid door zijn verhaal. 'Wat was haar lotsbestemming?'

'Dat was ik, natuurlijk. Of zij de mijne. Moeilijk te zeggen. Misschien moet ik zeggen dat wij voorbestemd waren om samen te zijn; elkaars lotsbestemming waren.'

'Dat is heel romantisch,' zei ik behoedzaam. Bee ving mijn blik op en ik wist wat ze dacht. *Noemde die koude magiër jou niet de andere helft van zijn ziel?* Ik kneep mijn ogen half dicht om haar duidelijk te maken dat als ze hier één woord over sprak, ik haar leven zo ellendig zou maken dat aan stukken gescheurd worden een zegen zou lijken.

Ze at haar ei.

'Ik bedoelde,' voegde ik eraan toe, 'gezien wat er gebeurd is.'

'Misschien bedoel je te zeggen dat ik leef terwijl zij dood is. Helemaal waar. Geloof me, Cat, ik ben van plan alles te doen wat ik kan om Beatrice in leven te houden. Het was wat Helene gewild zou hebben. Want de vrouwen die de paden der dromen bewandelen zijn allemaal een soort zusters van elkaar.'

'Zoals in een van die vreemde volksverhalen die bedoeld zijn als waarschuwing,' merkte Bee op, 'waarin iedereen doodgaat.'

'Ja. En dat brengt me bij het punt dat ik duidelijk probeer te maken. Cat, beste meid, ik ben bang dat je me niet hebt begrepen, dus zeg ik het nog een keer. Als jij de koude magiër niet naar mij brengt, zal ik hem moeten doden. Als dat is wat je wilt, voel je dan vrij om jezelf te bevrijden van de magister en jouw huwelijk door te weigeren met mij samen te werken. Maar maak niet de vergissing dat je mij onderschat.'

'Tenzij hij jou eerst doodt.'

'Hij zal me niet doden omdat ik weet wie mij zal doden. En dat is hij niet.'

'Hoe kun je dat weten?'

'Op de dag dat Helene en ik elkaar voor het eerst ontmoetten, was dit het tweede wat ze tegen me zei. Dat ze het werktuig van mijn dood had gezien.'

'En jij trouwde met haar?' vroeg ik bits.

'Zo snel ik kon.' Hij lachte. 'Zou jij dat niet doen?'

Bee bewoog zich. 'Je hebt al die tijd met die kennis geleefd? Dat is frappant.' Ze staarde naar hem, maar ik zag niets van de verpletterende intensiteit die gewoonlijk in haar blikken en ogen lag. Ze keek zo bewonderend als een toneelspeelster in een toneelstuk die smachtend opkijkt naar de standvastige prins die zij liefhebbend dient zolang het onwaarschijnlijke verhaal duurt.

Een huivering, zoals de straatdichters schrijven in hun goedkope flutverhaaltjes, liep over mijn rug.

Hij nipte van zijn thee alsof Bee's lof het belangrijkste in zijn gedachten was, veel gewichtiger dan dood, oorlog, revolutie, liefde, koude magiërs en droomwandelaars. 'Is dat zo? We leven toch allemaal met de wetenschap dat we ooit dood zullen gaan?'

'Heeft ze je verteld wie het is?' vroeg ik.

Hij keek naar me. Maar hij zei niets.

'Wie zal het werktuig van jouw dood zijn?' voegde ik eraan toe, voor het geval hij me niet had begrepen.

Hij schonk meer thee in zijn kopje, zette de aardewerken pot terug op de onderzetter en draaide het oortje van het kopje zo dat het gelijk liep met de rand van de tafel. Zijn vriendelijke glimlach had zoveel macht dat ik naar hem toe leunde alsof hij op het punt stond mij de grote eer te bewijzen van een prinselijke kus bij wijze van goedkeuring.

'Jij bent het, Cat. Jij bent het.'

28

Ik ben niet een van die jonge vrouwen die genieten van aandacht. Hoewel mensen soms zeggen dat ik veel praat, kan ik beter stil zijn dan wie dan ook. Een ijzige stilte, vergezeld van een beledigde blik, doet meestal wonderen als mensen mij gekrenkt hebben.

Jammer genoeg had dit geen enkel effect op Camjiata. Hij glimlachte inschikkelijk. 'Ik wil je niet beledigen, Cat. En ik wil je ook niet beschuldigen of zelfs maar suggereren dat ik enig gevoel van vijandschap voor jou voel. Ik herhaal alleen wat Helene mij vertelde.'

Ik legde mijn gebalde vuisten op de tafel. 'Je probeert me te intimideren. Ik zal hem niet aan jou verraden.'

'Dat heb je al gedaan, dat gelooft hij in ieder geval.'

Als hij me had geslagen, had het minder pijn gedaan.

'Ongelooflijk!' Drakes lippen waren naar beneden gekruld in een spottende lach. 'Hij is de meest opgeblazen, verwaande, ijdele klootzak die ik ooit heb ontmoet, maar als je daar een knap gezicht en dure kleren aan toevoegt, liggen de meidjes aan zijn voeten. Werkelijk, Cat, je stelt me teleur.'

Ik trok mijn wandelstok uit de lus en legde hem op tafel. Hij keek gepast verschrikt en schoof zijn stoel naar achteren. 'Ik zou voorzichtig zijn als ik jou was, Drake. Want wat jij niet begrijpt, is dat ik het werktuig kan zijn van jóúw dood. En als je me boos genoeg maakt, zal ik dat ook zijn. Eigenlijk denk ik er nu aan.'

Hitte brandde in de lucht. 'Probeer niet met me te duelleren.'

'James!' zei de generaal.

'Waarom krijg ik altijd een standje en zij nooit?' snauwde hij terwijl de vonk verdween. 'Trouwens, wat verwacht je dan dat een man doet als een aantrekkelijk meidje zich in zijn armen werpt? Overigens, dat ding dat ze zo nonchalant bij zich draagt, is puur koud staal. Ze werkt ongetwijfeld samen met die vervloekte koude magiër en is van plan hem het zwaard te geven om jou af te maken zodra hij dicht genoeg in de buurt komt.'

Ik legde mijn handen op de tafel en leunde naar hem toe. 'Hij is honderd keer meer waard dan jij.' Het kostte een paar keer diep ademhalen om mezelf te kalmeren en daarna keek ik Camjiata aan.

'Geen wonder dat je wilde dat mijn moeder stierf als jij geloofde dat zij een kind zou baren dat jou zou doden.'

'Zo werkt het niet.' Hij was in staat je blik vast te houden zelfs als je weg wilde kijken. Dit was ook een vorm van tovenarij: de vaardigheid om te gebieden. 'Bovendien stellen we zwangere vrouwen niet terecht. Je zou hoe dan ook geboren zijn.'

Ik drukte mijn hand op de wandelstok, voelde de trilling van zijn magie door mijn zweterige huid. 'Zuigelingen zijn gemakkelijk kwijt te raken.'

'De djeliw leren ons dat onze lotsbestemming geschreven staat. Zolang jij leeft, kan ik leven. Maar als jij dood bent, moet ik ook al dood zijn.'

'Ik neem aan dat je dat geruststellend bedoelt. Wat is jouw lotsbestemming, generaal?'

'Europa bevrijden van kleinzielige twisten en de hebzucht van prinsen en koude magiërs. Alle mensen verenigen onder een rechtvaardige wet.'

'Met jou in de prettige rol van keizer.'

Zijn vriendelijke glimlach deed mijn lippen krullen ondanks mijn wantrouwen. 'Ik ben voorbestemd om op de troon van een keizer te zitten. Dat is de rol waarvoor mijn moeder mij heeft grootgebracht.'

'Hoe kan ze je daarvoor hebben grootgebracht?'

'Zij was de geliefde dochter van de patriciërsfamilie Aemillius. Toen ze zich tegen hun wil verloofde met een Iberische kapitein verstootten ze haar. Toch was hij ook van adellijke afkomst. Zijn moeder was een Iberische prinses en zijn vader was geboren in een prinselijke Keita familie. Maar haar familie had minachting voor alle Iberianen en wilde dat zij trouwde ten dienste van hun intriges, dus verstootten ze haar zo publiekelijk mogelijk. Ze scheurden de kleren van haar lichaam, geselden haar en joegen haar de straat op als een hoer. Je zou enige sympathie moeten voelen voor haar benarde situatie, Cat.'

Ik fronste mijn voorhoofd en dacht aan de manier waarop tante Tilly en oom Jonatan me aan het magiërshuis hadden gegeven in Bee's plaats. Zij hadden in ieder geval nog gehuild.

'Ze bracht me groot om het werktuig van haar wraak te zijn. Ik mag haar nagedachtenis niet onteren. Maar ik heb geen kind om op slinkse wijze als mijn erfgenaam aan te stellen. Het keizerschap zal ophouden na mijn dood, met achterlating van een betere wet en het uitbannen van horigheid. Dus moet je jezelf afvragen of de bevolking van Europa beter of slechter af zal zijn dan ze nu zijn. Ik vraag me af, Cat, is er iets wat jouw koude magiër heel graag wil, wat ik hem kan aanbieden in ruil voor zijn steun?'

Ik plofte neer omdat alle lucht uit mijn longen was geslagen.

Het uitbannen van horigheid.

Bee legde een hand over de mijne. 'Laten we even naar het balkon gaan om wat frisse lucht te halen.'

Een ongemakkelijk gevoel kroop over mijn rug. Ik knikte. We stonden op en gingen naar buiten, naar een plekje in de schaduw. De lucht was klam van vochtigheid en zwaar van de geur van bloemen. Ik sloot de deur achter ons. Een bewaker, gekleed in een donkerblauw wapenkleed en met een geweer in zijn handen, keek even naar ons vanaf zijn post bij een poort in de achtermuur. Zijn ogen werden groot, daarna keek hij weer weg.

Bee keek niet naar de tuin. Ze staarde naar de balustrade, haar mondhoeken naar beneden getrokken van schaamte. 'Ik heb spijt van het aandeel dat ik in dit alles heb gespeeld. Ik dacht echt dat je verlost wilde worden uit dat huwelijk.'

'Je kon niet weten dat ik van gedachten was veranderd.'

'Ik wist echt niet wat er gaande was. Het is duidelijk dat ik achterlijk naïef was. En hij zei dat hij de koude magiër levend wilde, in zijn leger.'

Ik leunde zoals vanouds tegen haar schouder. 'Ik heb je al vergeven, Bee.'

'Hij wil je geen kwaad doen, Cat. Hij heeft me zoveel verhalen verteld over je moeder. Hij spreekt vol achting over haar. Ik heb het idee dat hij jou beschouwt als een nicht.'

'Een met een zwaard in haar hand?' Ik wierp een blik door de gesloten glazen deuren. Binnen werkte Camjiata zich door een tweede bord eten met het plezier van een man die van eten houdt, terwijl Drake zat te spelen met stukjes gefrituurde aardappel alsof hij zocht naar een ongrijpbare flard triomf.

'Ik zal hem vertellen dat ik de voorbereidingen voor het huwelijk afbreek als er iets met jou gebeurt.'

'Ik denk dat hij gelooft wat hij zegt; dat ik in leven moet blijven.

Niet dat ik hem mijn rug zal toedraaien. Wat me zorgen baart, is dat ik het idee heb dat jij een beetje verliefd op hem bent. Ik ben bang dat hij jouw bewondering gebruikt om je over te halen tot een huwelijk dat hem tot voordeel strekt.'

Ze sloeg een arm om me heen, hield me stevig vast en fluisterde: 'Zo zit het niet. Cat, je kent me. Hoe het er ook uitziet voor mensen buiten jou en mij, je weet dat ik hier goed over heb nagedacht. Ja, ik kan leren van de behiques. Ja, ik sluit een verbond met een machtig koninkrijk, waar men de vloek die mijn leven in gevaar brengt, respecteert en vereert. Er is nog iets. Het is mij een keer toegestaan een privéontmoeting te hebben met de cacica, koningin Anacaona. Zij is een heel machtige vrouw. Ik vroeg haar: wat heb ik aan een huwelijk als ik aan het eind van het jaar in stukken word gescheurd door de Wilde Jacht? Zij beweerde dat de behiques een manier hebben om droomwandelaars te beschermen. Dit is goed voor ons, Cat. Dit is hoop.'

Ik had de Meester van de Wilde Jacht ontmoet, dus ik wist vrij zeker dat de cacica het fout zag. Maar ik wilde dat Bee in hoop leefde, niet in angst. 'Dan begrijp ik natuurlijk waarom je akkoord bent gegaan.'

Ze liet me los. 'Wat dat andere betreft, ik denk dat de generaal een radicaal burgerlijk wetboek zal instellen.'

'Laten we eens aannemen dat dit waar is, wat gebeurt er dan als hij van mening verandert, opnieuw trouwt en een kind voortbrengt dat hij grootbrengt als zijn erfgenaam? En wie zal zijn legeraanvoerders tegenhouden als zij iemand uit hun eigen kring aanstellen als keizer nadat hij sterft? Want hij zal sterven. Iedereen sterft. Dat zei hij zelf!'

De generaal sloeg ons gade. Toen hij zag dat wij naar hem keken, hief hij zijn theekopje als saluut aan ons intrigeren en samenzweren. Drake roosterde bacon tot zwart verbrande reepjes.

Ik draaide me weer om naar Bee. 'Wat zal prinsen en magiërshuizen weerhouden hun tijd uit te zitten en als hij sterft de oude orde opnieuw in te voeren na een bloederige slachting?'

Bee's blik werd harder en scherp als een geslepen bijl. 'Heb je helemaal niet geluisterd naar Kehinde en Brennan? Met de juiste wapens en bondgenoten kunnen wij hen verslaan. Een wetboek is belangrijk.'

'Jij bent ook een radicaal! Net zoals Vai!'

Haar blik werd zachter. 'Dus het is meer dan alleen zijn knappe uiterlijk!'

Ik klemde mijn vingers rond de gietijzeren balustrade. De levendige herinnering aan zijn gepassioneerde, woedende kussen bespotte me. 'Ik vraag me af hoe ver ik zal gaan om hem ervan te overtuigen dat ik hem niet heb verraden.'

'Jij denkt dat de generaal Andevai iets kan geven wat hij wil hebben. Bied hem dat aan.'

'O, Bee, ik dacht dat ik Vai zoveel aanbood door ervoor te kiezen niet zelf bevrijd te worden, maar dat ik zowel de last als het gevaar met hem zou delen door samen met hem te proberen de ketenen van Vier Manen Huis te verbreken. Maar hij weet het niet eens. Waarom zou hij nu naar me luisteren?'

'Als hij niet bereid is naar je te luisteren, dan is hij het niet waard om verdriet over te hebben. Werkelijk, lieverd, je bent jezelf niet. Je weet dat je het moet proberen.'

Wie was ik, om angst te voelen? Ik, die het wapen was van de Meester van de Wilde Jacht? Diep binnen in me lag een wrede, glanzende kern, als een scherf obsidiaan, die mij in staat zou stellen te doen wat ik moest doen om degenen van wie ik hield te redden. Ik moest die kern alleen vastgrijpen, mijn huid eraan openhalen en hem laten zwelgen in mijn bloed.

'Ik zal je redden, Bee,' zei ik. 'Ik ben de enige die dat kan.'

Haar lippen krulden omhoog. 'Werkelijk, Cat. De opschepperige arrogantie van de man is op je overgeslagen. Maar goed, volg mijn aanwijzingen.'

Ze opende de deur en zeilde de kamer binnen, zodat ik moest volgen in haar kielzog als door de wind geteisterd wrakhout. Ze wierp Drake een glimlach toe die hem ineen deed krimpen en richtte zich tot de generaal. 'Wij gaan winkelen.'

'Uitstekend, mijn beste.' Camjiata begon een pamflet te lezen met de titel **De dynamische theorie over hitte: Enkele experimenten en conclusies zoals verwoord door professora Habibah ibnah Alhamrai van het instituut voor natuurkunde in Expeditie.**

We maakten een toer door de schrikbarend dure winkels van avenue Kolonkan. Na een inspannende ochtend van stoffen bekijken, ondergoed, schoeisel, zakdoeken, sjaals en hoeden, en ook linten en kralen, kettingen, oorbellen en beschilderde kisten om zulke schatten in op te bergen, gaven we onze voeten wat rust in de schaduw van een boom op een privébinnenplaats. Goed geklede en goed verzorgde vrouwen – geen mannen – dronken karaffen gezoet citroensap gegarneerd met muntblaadjes.

Nadat we onze dorst hadden gelest met een obsceen lekker, warm drankje genaamd chocola en een bord gebakjes hadden verorberd, knikte Bee. 'We hebben de twee mannen die ons volgen nu wel genoeg verveeld. Ga naar het toilet en verdwijn. De poorten naar de oude stad gaan dicht bij zonsondergang. Volgens mij zitten er geheime gangen in het huis, dus alles wat we zeggen kan worden afgeluisterd. Dat had ik je eerder moeten vertellen. Ze drukte een muntje in mijn hand. 'Voor de toiletjuffrouw.'

'De toiletjuffrouw?'

'Die moet ook in haar levensonderhoud voorzien. Die kant op.' Ze wees naar een poort in witgesausde muren en knabbelde aan een puddingtaartje met schijfjes sterappel.

De toiletten lagen achter een houten latwerk dat de keuken afschermde. Vrouwen stonden druk te hakken en te malen terwijl ze spraken over een speler van het Anolis vrouwenteam die de meeste doelpunten maakte. Sinds een tijdje voerde ze de schoten met haar ellebogen uit op een manier die wees op een verborgen blessure. Waarschijnlijk zou dit binnenkort een einde maken aan haar gloriedagen. Een oudere vrouw in een verschoten maar nauwgezet schone pagne doezelde in de schaduw naast de betegelde ingang van een klein toilet.

Een doordringende kreet op de binnenplaats maakte een abrupt einde aan het gesprek in de keuken.

'Hij heeft me gestoken!' schreeuwde Bee. 'De pijn! Ik voel me... zo ziek... ik ga overgeven!'

Ik liet het muntje in de kalebas vallen, trok de draden van schaduw om mij heen en glipte door de keuken een zijstraat in. Ik had mijn wandelstok achtergelaten in Bee's kamer, onder de matras geschoven, dus zelfs de trollen negeerden me terwijl ik door de drukke straten van Expeditie snelde. Alleen een enkele dwergmammoet vertoonde de neiging om met zijn uiterst gevoelige slurf in mijn richting te tasten. Mensen werkten aan daken en muren, herstelden de schade van de orkaan. Er werd veel gemompeld over de arrestatie van een oudere man die onder pamfletlezers bekendstond als de Rechtschapen Rots, die de campagne van de radicalen voor een volksraad had aangevoerd. De schepenen hadden bekendgemaakt dat de man en zijn kleindochter zouden worden opgehangen als er een algemene staking werd georganiseerd.

Ik zweette harder door de zenuwen dan door de zon. Kauwend op mijn onderlip kwam ik bij de poort naar tante Djeneba's logement. Hij stond net ver genoeg open om een kind erdoor te laten glippen, een teken dat het etablissement nog niet open was hoewel ik het geruststellende gemurmel van stemmen kon horen terwijl de familie alles klaarzette. Ik wachtte tot de straat even leeg was, liet mijn vermomming zakken en glipte door de poort naar de binnenplaats.

Lucy, die aan het vegen was, zag me het eerst. Het geschraap van haar bezem stopte terwijl haar mond openviel. Oom Joe, achter de bar, keek op. Brenna die in de keuken zoete aardappelen schilde, stopte.

Verraste stilte kan net zo luid zijn als een schreeuw. Als de rimpeling van een gegooide steen overlapt het al snel de hele vijver. De kinderen, die druk bezig waren met het vlechten van linten voor een komend festival, legden hun handen in hun schoot alsof ze dachten dat kraaien op het punt stonden naar beneden te duiken en hen weg te slepen. In een leunstoel in de schaduw kakelde oude tante Brigid angstig in haar slaap: 'Nee, nee niet die uil. Laat mij met rust. Ik nog niet klaar om te gaan.'

Tante Djeneba draaide zich om. Een eeuwigheid lang nam haar blik mij op terwijl haar gezicht vertrok van walging. Elke stem viel stil. Elke beweging in de binnenplaats hield op, er vielen alleen nog wat waterdruppels van de natgeregende bladeren van de ceibaboom.

Uiteindelijk sprak ze: 'Onbetrouwbare vrouwen zoals jij niet welkom zijn in deze respectabele etablissement, maku.'

Mijn lippen waren gevoelloos geworden en mijn voeten veranderden in dode gewichten, onmogelijk te verschuiven. Mijn wangen stonden in brand. Ik opende mijn mond maar er kwam geen woord uit. Er was niets anders achtergebleven op mijn tong dan schaamte en gekwetstheid. Ze staarden allemaal naar mij tot ik alleen nog maar in de modder wilde wegzinken tot ik verdwenen was.

Behalve tante Djeneba keek iedereen nadrukkelijk een andere kant op, en dat was nog erger.

'Hij om jou huilen, als jij komen om dat te horen en je erover te verkneukelen, heks. Hij weg zijn en niet terugkomen dus hier niemand meer zijn om te kwellen. Lucretia jouw dingen halen, zodat jij die opzichters niet op ons afsturen omdat wij jou bestolen hebben.'

Onder de wurgende schok trilden woorden, nauwelijks uit te spreken met een stem die schor was van verstikking. 'Het is niet wat het leek. Ik kan het uitleggen. Ze hebben mij gebruikt om hem te pakken te krijgen. Ik wist niet... ik had geen idee...' Wat klonken die woorden zinloos en stom. Wat meelijwekkend en onoprecht. 'Ik moet hem vinden. Ik moet hem waarschuwen dat hij nog steeds in gevaar verkeert.'

'Jij niet alles uitbetaald krijgen omdat jij deze vuurdover niet aanleveren?' Als onweerswolken, zwelde ze op van verontwaardiging terwijl ik ineenkromp onder het tumult van haar woede. 'Hoe wij deze niet zien, jij die met jouw haren los aanspoelde op deze havenhoofd in die gezelschap van een andere man? Met jouw magie en jouw haren als een net om hem in te vangen? Hoe jij hem verblinden, die arme jongen. Ik mij moeten afvragen of iets ervan waar waren, of jij zelfs zover gaan om in jouw eigen arm te bijten om te maken dat hij zich zorgen maken om jou. Jij gewoon weggaan, maku. Wij jou nooit meer willen zien en nooit meer die liegende stem willen horen.'

Ik botste tegen de rand van de poort en met ogen verblind door tranen strompelde ik de straat op. Na twintig passen begaven mijn benen het en zakte ik heftig snikkend op de grond. Het ergste was dat de paar mensen die mij passeerden, me herkenden en verder liepen alsof ik er niet was. Fluisterend. *Kijk daar zij zitten, die hoer in dienst van deze opzichters. Ze zeggen zij een heks zijn die jouw bloed drinken en je hart opeten zoals zij doen met deze arme, misleide maku.*

'Cat?'

Ik keek in Lucy's gezicht. De tranen liepen over haar wangen. Beschaamd keek ik de andere kant op. Ik kon haar woede niet verdragen.

Ze drukte een bundel in mijn handen, mijn wereldlijke goederen, zo licht als de welwillendheid die mij nog restte. 'Jij mij vertellen waarom jij zeggen jij deze niet weten. Alsjeblieft.'

Tussen de snikken door trilden de woorden naar buiten. 'Het is waar dat James Drake me op het strand vond...'

'Zouteiland. Grootmoeder mij deze vertellen. Maar niemand daar weg kunnen en jij geen vuurmagiër zijn.'

'Daar heb ik niet over gelogen! De Barr familie heeft me van Zouteiland naar Expeditie gebracht. Ik wist inderdaad dat Drake in Adurnam voor generaal Camjiata werkte. Maar ik ben niet naar de Antillen gekomen met de generaal. Ik was geen lid van zijn organisatie. Toen Drake mij achterliet op het havenhoofd, wist ik niet dat hij dit deed omdat ze hoopten dat Vai mij zou vinden en dat ze door mij te volgen hem konden opsporen. Ik weet dat het onmogelijk klinkt, maar ik wist er niets van. O, niemand zal me geloven, Lucy. Waarom zouden ze ook? Ik zou mezelf niet eens geloven. Ik moet hem vinden, anders zal de generaal hem doden.'

'Na alles wat jij tegen hem zeggen en hoe jij jou gedragen, ik mij afvragen waarom 't jou iets kunnen schelen als hij doodgaan. Als jij echt een heks zijn, jij hem dood willen hebben.'

Mijn gezicht was vertrokken van zelfmedelijden en zelfverachting. Ik kon de manier waarop tante Djeneba naar me had gekeken niet verdragen. Het was alsof ze dacht dat ik een verderfelijke, smerige kakkerlak was. Maar ik voelde me verplicht Lucy de waarheid te vertellen. Ik veegde mijn ogen en mijn neus af en keek op naar haar ernstige blik.

'Ik ben geen hoer en ook geen heks. Ik weet dat het lijkt alsof Kofi gelijk had, dat ik een sterappelboom ben met twee gezichten. Maar ik was alleen in de war. Ik was van plan hier weg te gaan, ergens anders een kamer te nemen, maar ik kon het niet verdragen om hem te verlaten. Ik zei ja tegen hem in de nacht van de areito. Ik meende het, Lucy. Ik hou van hem. Maar alles gebeurde zo snel.' Pijn stak als een mes in mijn hart. Ik beet liever op mijn lip dan dat ik kreunde.

Haar hand streek even over mijn arm. 'Venus Lennaya mij mogen vergeven als ik verkeerde beslissing nemen, maar ik jou geloven. Hij die nacht terugkomen, zijn dingen meenemen en weggaan om zich te verbergen. Kayleigh nu bij deze familie van Kofi-jongen wonen. Zij en hij gaan trouwen. Deze alles zijn wat ik zeggen kunnen, want deze alles zijn wat ik weten.'

Ze haastte zich weg, terug door de poort waar ik niet langer welkom was.

Gezegende Tanit, waak over uw diepbedroefde dochter.

Ik rukte de draden van schaduw om me heen om mijn schaamte te verbergen. Met de bundel tegen mijn borst geklemd strompelde ik terug naar de oude stad en door de poorten die door lampen bewaakt werden tegen vuurdovers. Ik sloeg een verkeerde hoek om en bij het teruglopen vond ik een stenen poort overgroeid met jasmijn en hibiscus. Er stond een eenvoudige stenen kolom waarin het teken van Tanit was gekerfd, de beschermgodin van vrouwen. Zij die het gezicht van de maan is, soms helder en soms donker, afhankelijk van haar gedaante.

Ik kroop naar binnen en zag dat de plek verlaten leek, vol bloemengeuren. In een ritueel reinigingsbassin dat gevoed werd door een pijp waaruit water druppelde, waste ik mijn handen. In het midden van het openluchtheiligdom, omringde een arcade van pilaren een marmeren altaar dat glad was alsof het eeuwenlang beroerd was door handen van smekelingen. Ik drukte mijn handpalmen ertegenaan.

'Wat moet ik doen, gezegende moeder? Hoe kan ik een betere zuster zijn voor Rory? Hoe kan ik Bee beschermen zonder een monster te worden? Hoe kan ik hem vinden en hem terugwinnen? Hoe geef ik niet toe aan wanhoop? Hoe kijk ik verder dan mijn eigen moeilijkheden, zoals hij doet, om een pad te banen dat verschil maakt niet alleen voor onszelf, maar ook voor anderen?'

De drukke geluiden van de stad waren verstomd. Een druilerige motregen spikkelde op de stenen looppaden. Ik liet mijn voorhoofd tegen het marmer rusten.

Misschien doezelde ik even door puur emotionele uitputting. Misschien droomde ik dat een vrouw met een bruin Kena'ani gezicht, gekleed in gewaden met de kleur van de kalme zee en met een kroon zo bleek als de maan, mijn gezicht in haar handen nam en mijn lippen kuste als om een belofte te bezegelen.

Houd moed.

Door een koude aanraking op mijn wang schrok ik abrupt wakker. Ik ging rechtop zitten en merkte dat een oranjekleurige poes me besnuffelde. Ze sloeg met haar staart terwijl ze op de altaarsteen heen en weer liep. Met een minachtende zwaai van haar staart sprong ze weg en verdween in een heg bezaaid met witte en paarse bloemen.

Nu zag ik dat ik tegenover een votiefsteen zat. Ik had kunnen zweren dat die er eerder niet was. Een latwerk stond in een boog boven de steen, omstrengeld door een bloeiende wingerd met een waterval van prachtige paarse bloemen. Onder de bloemen staarde het vredige, stenen gezicht van de vrouwe in de verte. Ze stelde geen vragen. Ze wachtte met het geduld van iemand die alle tijd van de voortschrijdende eeuwen heeft, als ijs dat naar het zuiden kruipt en zich weer naar het noorden terugtrekt, zeeën die opkomen en dalen, en vulkanen die sluimeren of ontwaken.

Een bloem met vijf blaadjes dreef in het regenwater dat zich verzameld had in de ondiepe holte in het midden van de altaarsteen en herinnerde me eraan dat het gepast was om een offer te brengen. Ik was naar de Antillen gekomen met niets anders dan de kleren die ik aanhad – en die waren verscheurd en daarna gerepareerd – het medaillon en mijn zwaard. Mijn laatste wollen flanel, twee pagnes, een reservehemdje, een blouse en een broek, laarzen, een kam en de naalden, draad, schaar, vingerhoed en spelden die ik had gekocht met mijn zuurverdiende geld waren alles wat ik bezat naast de kleine beurs. Ik friemelde aan de knoop van de beurs om een offer van geld te brengen maar mijn onhandige vingers konden hem niet loskrijgen.

Geld was niet het offer dat ze verlangde.

Ik offerde mijn stem. Ik gaf haar de waarheid.

'Mijn verwekker is de Meester van de Wilde Jacht.'

In de eenzaamheid van het heiligdom, met alleen de steen om het te horen, kon zijn magie me niet tegenhouden.

Houd moed.

Je zult een weg vinden.

29

De volgende ochtend deed ik alsof ik sliep zodat ik het huis ongezien kon verkennen. Ik zag dat Bee zat te tekenen op de overdekte patio tegenover de tuin. De generaal lag uitgestrekt op een Turaniaanse sofa naast haar en las hardop voor uit een zwart boek.

'... De zin "de overspanning die de oevers van de woeste stroom die uit het ijs bloedt met elkaar verbindt" refereert waarschijnlijk aan de brug bij Liyonum. Stuur daarom de troepen van Aualos naar voren om die brug in te nemen.' Ik kroop van achteren naar hem toe maar ontdekte alleen dat de keurige, rechte letters op de pagina onbegrijpelijke nonsens vormden. '"Jupiterdag, de zesde dag van Maius. Aualos trekt Liyonum binnen. Schermutselingen kondigen open doorgang naar Avarica aan. Laat mijn divisies naar het noorden marcheren, zij zullen de legers van Tene uiteendrijven en in staat zijn elke flank apart te bevechten met alle middelen. Zo bevolen.'"

'Was dat de slag om Ariolica?' vroeg Bee zonder op te kijken van haar schetsboek.

Hij had een verslag van zijn campagne in geheimtaal geschreven. 'Ja, hoewel mijn soldaten het anders noemden, namelijk: "Toen we die stok tussen de wangen en de kont van de Tene dreven." Je zou denken dat het gemakkelijker is plaatsen te herkennen van een tekening dan uit de duistere, dichterlijke ontboezemingen van een halfblinde vrouw, maar beide vormen een uitdaging. De woorden moeten worden onderzocht op mogelijke betekenissen. De beelden moeten worden herkend en dan moet het seizoen of de dag worden bepaald. Kijk hoe lang het duurde voordat we Cat vonden. Jouw dromen gaven aanwijzingen waar ze was, alleen wist jij noch ik hoe we die moesten interpreteren.'

'Ik weet niet zeker of ik ze wel wil verklaren, nu ik zie wat ervan is gekomen!'

'Beatrice, als ik de koude magiër niet red, zal hij worden gevangengenomen en verkocht worden aan de Taino.'

'Alsof de Taino hem kunnen vasthouden!'

'Je hebt de cacica ontmoet. Twijfel je aan haar macht?'

Ze kneep haar roze lippen zo hard samen dat ze verbleekten. 'Nee, ik neem aan van niet.'

Hij grinnikte. 'Koningin Anacaona stelde zelfs een huwelijk met mij voor.'

Bee's blik schoot omhoog, haar potlood zweefde in de lucht. 'Deed ze dat?'

'Er bestaat een oud Taino verhaal over een buitenlandse koning die trouwt binnen de koninklijke familie, maar ik zal die man niet zijn. Het zou mij in een onderdanige positie plaatsen. Bovendien beloofde ik Helene dat ik niet opnieuw zou trouwen.'

Ze kauwde op haar onderlip, haar blik op hem was te intens. 'Waarom zou je zoiets beloven?'

Hij glimlachte vriendelijk om aan te geven dat ze te ver was gegaan. Met een donkere blos op haar wangen bracht ze het potlood terug naar het papier. Ik ging achter haar staan. Ze had de bladeren, bloemen en takken van de tuin tot leven gebracht. Het was zo mooi dat een lege plek in het midden van de tekening opviel als een wond. Ik keek op om de plek die ze niet had getekend te bekijken: een man gekleed in een eenvoudig jasje en een Europese broek stond met zijn rug naar ons toe. Zijn voet rustte op een bank, en in zijn hand hield hij een stompje als een klein pijpje waarvan het uiteinde gloeide van de hitte. Hij had zwart haar, dat in een vlecht op zijn brede rug lag.

Bee schraapte haar keel. Ik keek naar beneden. Ze had geschreven: *Ik voel je adem in mijn nek. Je haalt heel luidruchtig adem. Ik vraag me af waarom ik dat nooit eerder heb gemerkt. Ik heb gezegd dat je je niet goed voelde.*

De generaal stond op toen de Amazone op de binnenplaats verscheen. 'Aha, kapitein Tira. Ja, ik kom. Beatrice, je zult vanavond het diner bijwonen. Cat ook, als ze zich beter voelt.'

'Natuurlijk.'

Hij volgde de Amazone het huis in.

De man bij de bank draaide zich om.

Door de schok dat ik prins Caonabo zag, ontglipten de draden die me verborgen me bijna. Hij bracht het stompje naar zijn lippen. De punt gloeide op toen hij lucht naar binnen zoog. Zelfs op deze afstand traanden mijn ogen en kriebelde mijn neus door de rook. Bee haalde schielijk adem, want de man staarde naar haar met een zweem van beschuldiging. Jonge mannen kunnen op die speciale manier vervelend doen, alsof ze denken dat jij hun iets verschuldigd bent alleen omdat zij jou bewonderen.

Prins Caonabo gooide het stompje op de grond, doofde het met zijn hak, schudde zijn schouders even los en kwam op ons af. Als zijn jasje openviel zag je dat overal op zijn borst messen zaten vastgesnoerd. Bee stond op en sloot haar schetsboek met een klap. Nog steeds gehuld in schaduwen, deed ik een stap achteruit.

Hij bleef staan. Bee trok haar schouders naar achteren op een manier waaraan ik kon zien dat ze een gevecht verwachtte.

'Is het waar, Bee?' vroeg hij in Latijn met een zwaar accent. Zijn stem was lang niet zo beleefd en gecultiveerd als ik die kende van prins Caonabo. Zijn toon had de subtiliteit van een schermer die aanvalt zonder schijnbewegingen. 'Ben jij verloofd met mijn broer? Ga je met hem trouwen?'

'Wat had jij mij te bieden?' vroeg ze koeltjes.

'Alles wat ik kon! Je kent mijn situatie!'

'Ik heb de luxe niet om jou te volgen in je verbanning. Je kent mijn situatie.'

Hij was degene die trilde, niet zij. 'Koester je enige affectie voor mij?'

Harteloze Cat had een opgewonden man nooit zo afstandelijk aangestaard als Bee nu deed. 'Gevoelens kunnen me niet beschermen, noch me voeden. Hoewel ik wel moet zeggen dat ik jaloers ben op mijn geliefde nicht omdat zij onbedoeld verliefd werd op een geschikte man. Niet dat het haar veel heeft geholpen, of wel soms?'

'Ja, we hebben allemaal meer dan genoeg gehoord over de maku vuurdover. Zal je huwelijksfeest in Sharagua worden gehouden?' Hij deed geen poging haar aan te raken, maar door de manier waarop zijn blik haar liefkoosde, kreeg ik het ongemakkelijke gevoel dat ik een heel intiem gesprek afluisterde.

'Nee. Het wordt op een feestterrein aan de grens gehouden.'

Zijn mondhoeken trokken spottend omhoog. 'Zodat de bevolking van Expeditie beter kan worden afgekocht met brood en spelen, zoals de Romeinen zeggen. Welke datum hebben de behiques gekozen voor de ceremonie?'

'De areito zal beginnen op de dertigste dag van oktober.'

'In de jaartelling van mijn vaders volk, is dat de maand van de godin van vogels en vlinders. De mooie vrouw die vruchtbaarheid en verlangen brengt. Het moet zo zijn, is het niet?'

Ze bloosde lieflijk en aanvaardde het compliment zwijgend.

Hij ging verder. 'Ik weet dat Romeinen en Hellenen het vreemde idee hebben dat een vrouw geen gemeenschap mag hebben met een man voordat ze voor het eerst trouwt. Maar ik verzeker je dat mijn broer dit niet verwacht.'

Bee was heel bleek geworden maar haar stem bleef vast. 'Wat bedoel je daarmee?'

Een grimmige lach speelde om zijn lippen. 'Je weet waar ik slaap.'

Zonder verder iets te zeggen liep hij weg over een pad dat hem langs de keukenvleugel uit het zicht deed verdwijnen. Ik onderzocht het gebladerte, de naburige ramen waar de luiken waren gesloten tegen de laatste namiddagzon, en de bewakers op hun post langs de hoge afscheidingsmuren. We waren onbespied.

Ik liet me op de sofa zakken. 'Ik begin enig begrip te krijgen voor het hoofd van de dichter Bran Cof! 'Zij is de bijl die het trotse woud heeft verwoest. Je lijkt een spoor van gevelde bomen achter te laten.'

Ze plantte haar vuisten op haar heupen. 'Vertel me maar eens welke man ik op die manier heb bewonderd, afgezien van gezant Amadou Barry.'

'Waar moet ik beginnen? Op de academie waren je vriendjes niet te tellen.'

Ik pakte haar glas vol vezelrijk vruchtensap en dronk het dorstig leeg. Mijn gezicht keerde binnenstebuiten, want ze had het citroensap niet gezoet met ananassap en helemaal niet met suiker.

'Net goed! Bovendien lijkt dat honderd jaar geleden.'

'Geef je iets om deze man?' Ik bladerde door het schetsboek maar kon geen enkele tekening vinden van de Tainoprins. 'Aan de lege uitdrukking op je gezicht zie ik dat je probeert na te denken. Geen wonder dat prins Caonabo er bekend uitzag. Ze lijken griezelig veel op elkaar.'

'Het zijn tweelingen. Hij is verbannen omdat hij de misdaad beging te weigeren als zijn broers vuurvanger te leven.'

Ik floot. 'Hoe heet hij?'

'Haübey. Hij vluchtte naar Expeditie en nam dienst in het ballingenleger van de generaal. Daarom was hij in Adurnam. Iedereen hier noemt hem Juba.'

'Juba? Is dat niet de naam van een eeuwenoude koning uit Nubië in Noord-Afrika? Wat is er tussen jullie gebeurd?'

Ze zuchtte. 'Ik werd helemaal overrompeld door het vuur van het moment. Ik ben bang dat ik erachter ben gekomen dat ik licht ontvlambaar ben. Ik begin me zorgen te maken dat ik boven alles verlang naar aandacht.'

Een jaar geleden zou ik een plagerige opmerking hebben gemaakt. Nu hield ik mijn mond.

Ze zonk naast me neer en pakte mijn hand. 'Ik dacht dat ik net zo goed kon genieten van alles wat het leven te bieden had voordat mijn bloed de grond doordrenkt en mijn hoofd in een waterput wordt gegooid.' Haar stem daalde tot een gefluister. 'En eerlijk gezegd zag ik zijn gezicht in de Steen van de Vioolspeler. In Adurnam. Maar nu denk ik dat ik het gezicht van prins Caonabo moet hebben gezien, niet dat van Juba.'

'Nu weet ik het weer, hij stond in de deur van het juridisch bureau naar je te staren. Ik begrijp dat hij een slecht doordachte en heftige verliefdheid heeft opgevat voor je mooie gezicht en botte manier van praten.'

'Eigenlijk bleef hij heel nuchter toen ik zo kotste op de zeereis.'

'Dat maakt een man zeker geliefd bij een beïnvloedbare jonge vrouw.' Ik dacht aan de zorgzame manier waarop Vai mij had verpleegd.

Ze lachte. 'Maar Cat, je bloost.'

Ik draaide de bladzijde om: bateyspelers hielden de bal in de lucht. Hun gezichten waren vertrokken van concentratie; de masten van schepen in de haven; manden vol vis op het havenhoofd, pargo en cachicata zo te zien. 'Ik heb niet gekotst, als je dat vraagt. Maar nadat Drake me in de steek had gelaten op het havenhoofd en Vai me vond, werd ik ziek. Hij zag de bijtwond. De herbergierster haalde dezelfde avond een behique. De man verklaarde dat ik schoon was, dus mocht ik daar blijven. Vai zorgde voor me en hij verwachtte niets van me.'

'Niets?' Haar wenkbrauwen schoten omhoog.

'Hij komt uit een dorp waar vrouwen tegen hun wil kunnen

worden genomen door de magiërs. Hij weigert zich op die manier te gedragen. Je hebt geen idee hoe dol mensen op die man zijn. Ik had geen idee dat hij zo charmant en attent kon zijn.'

'Jouw echtgenoot? De koude magiër? Attent? Chármánt?'

'Welke andere echtgenoot heb ik?'

'Volgens eeuwenoude traditie hebben Kena'ani vrouwen de mogelijkheid om twee echtgenoten te nemen als dat goed is voor de familiehandel. Misschien had je een charmante, attente man gevonden om naast de onhebbelijke, zelfingenomen man te houden, als elkaar aanvullende tegenpolen.'

Met een grijns pinde ik haar vast. 'Zoals prins Caonabo en zijn broer?'

'Ik zal dit mes in je schedel planten, net boven je rechteroog.'

'Dat vind ik nou zo leuk aan jou. Je nauwkeurigheid.' Ik draaide de bladzijde om en mijn hart bonkte alsof ik me in een timmerwerkplaats bevond tussen mannen die druk aan het werk waren.

Bee leunde tegen me aan om te kijken. 'Dat is uit een van mijn dromen. Er lopen twee trollen. Ik vind het leuk dat hun kuiven elk op een verschillende manier omhoogstaan, alsof de een onverschillig is en de ander geamuseerd. Kijk, hier zijn twee laarzen. Dus er loopt een man met hen op, maar hun lichamen verbergen dat van hem. Ik neem aan dat de man degene is die praat, maar we kunnen zijn gezicht niet zien. Trollen zijn zo interessant. Ze spreken heel netjes, maar hun eigen taal bestaat alleen uit fluitjes en klikjes. Aan de universiteit hier wordt een cursus gegeven waar mensen proberen dat te leren, maar ik heb gehoord dat niemand de trollentaal goed kan spreken.'

Mijn mond ging open, alsof ik een kus verwachtte. 'Het is Vai, met de jupiterdagtrollen. Kofi zei dat Vai Expeditie zal moeten verlaten.'

'Wie is Kofi?'

Ik legde mijn vinger op een klein portret van een jongeman met een grote bos haar en akelige littekens op zijn wangen, die een kar duwde vol manden met fruit. 'Dit is Kofi. Vais vriend.'

'De arrogante koude magiër heeft vríénden?'

Ik kneep in haar arm.

'Au! Ik bedoel vrienden die eenvoudige arbeiders zijn.'

'De generaal weet heel veel niet over Vai. Kofi gaat trouwen met Vais zus. Vreemd om te bedenken dat jij over Vai droomt.' Ik liet mijn vinger over een boog glijden die versierd was met de vier fasen van de maan. Bij een tekening van een houten bank met een rugleuning van latten bleef ik steken. De bank stond voor een stenen muur, onder een waterval van bloeiende wingerd, die ik had gezien in het prieel van Tanit. 'Wat is dit?'

'Ik weet het niet. Ik teken gewoon wat ik droom.'

'De jupiterdagtrollen,' mompelde ik. 'Kun je 's avonds gaan liggen met iets speciaals in gedachten om over te dromen?'

'Dat heb ik geprobeerd. Ik kan het niet. Ik droom niet mijn eigen dromen. Ik wandel door de dromen van iemand die al aan het dromen is.'

'Een draak.'

'Toch heb ik nog geen enkel dik hert gezien, laat staan een dat heel langzaam rent.'

Mijn glimlach om haar grapje veranderde in een bezorgde frons. 'Keer zal weten waar Chartji's tante woont. Chartji's tante kent Kofi. Dat is de link. Ik heb een plan. Nou ja, zolang Keer me niet opeet omdat ik niet ben teruggekomen zoals ik met haar had afgesproken. Ik moet naar het juridisch bureau in het Havenkwartier.'

'Dat is een opmerking die mij een enorme angst aanjaagt.'

'Dat ik zal worden opgegeten?'

'Nee. Je bent niet dik genoeg om hen in verleiding te brengen. Ik bedoel dat jij je buiten de stadsmuren wilt begeven.'

'Waar denk je dat ik heb gewoond? Heb jij de rest van Expeditie niet verkend?'

'Natuurlijk niet! Iedereen zegt dat dit veel te gevaarlijk is!'

'Ik heb dronken door de straten gestrompeld zonder aangerand te worden en voelde me veel veiliger dan in Adurnam! Maar goed, misschien verstopt Vai zich wel in trollenstad. Morgenochtend ga ik naar het juridisch bureau. Ik wil dat iedereen me ziet, zodat duidelijk wordt dat ik niet onder de bescherming van de generaal verkeer. Ik kan daar ook een kamer krijgen. Zou jij daar met mij kunnen wonen?'

Haar ogen werden groot en knepen weer samen toen ze wegkeek. 'Nee. Er wordt van mij verwacht dat ik begin met het leren van Taino en dat ik ook lessen neem in de ingewikkelde etiquette van het hof waar ik na mijn trouwen zal verblijven.'

'Dan blijf ik hier bij jou. En als hij me niet gelooft, is hij het verdriet niet waard.'

Ze omarmde me, staarde in mijn ogen alsof ze de sluiers die mij verborgen kon doorboren. 'Cat, als de nacht van Allerzielen komt, ga jij dan proberen je op te offeren om mij te redden?'

'Waarom denk je dat ik dat kan?' fluisterde ik.

'Want ik sta het niet toe! Ik heb oom Daniels verslagen gelezen. Als jij vragen moet beantwoorden met vragen, dan moet je, toen je zonder mij in de geestenwereld was, gedwongen zijn een dienaar van het Hof van de Nacht te worden. Je moet me beloven dat je jezelf niet zult opofferen. Beloof het me!'

Ik wilde zeggen: *'Helaas, dat zal hij me niet toestaan,'* maar het leek alsof mijn lippen tegen elkaar aan vroren, aan elkaar vastgekleefd door ijs.

'Ga zitten, Cat.'

Ik ging zitten.

'Dat was een interessante reactie,' zei ze terwijl ze mijn handen warm wreef.

Na een tijdje kon ik weer praten. 'Wanneer ga je naar het land van de Taino?'

'Dat is ingewikkeld, want het huwelijk is een serie van ceremonies die dagenlang duurt. Het eindigt met een areito van vijf dagen die begint op de dertigste van oktober.'

'Ik moet bij je zijn als je naar de Taino gaat. Beloof me dat je me niet zult achterlaten.'

'Dat zal ik niet doen, lieverd. Ik hoopte al dat je het zou aanbieden. Ik wil niet alleen zijn.'

'Dat zul je niet zijn, want ik verlaat je niet. En nu heb ik zin om iets te steken. Is er een schermschool in deze stad?'

'Ik bezocht er een voordat we naar Sharagua gingen. Hij wordt geleid door een tak van de Barahal familie.'

'Uitstekend! We hebben de hele middag voor het avondeten. Laten we ons inschrijven. Ik laat jou betalen voor mijn lessen want ik heb geen geld.'

Beurs en lachend kwamen we thuis en we hadden net genoeg tijd om ons te wassen en te verkleden voor het diner. Ik moest hopen dat de illustere inwoners van Expeditie iets wisten over machtige vuurmagiërs en behiques en dat ze bereid waren te praten. Achter de ramen van de eetkamer waar een tafel voor twaalf was gedekt, waren bedienden druk in de weer bij het licht van gaslampen. De muren van de kamer waren beschilderd met taferelen van bloeiende wijnranken in wier takken half verborgen vogels nestelden als gevleugelde luistervinken.

De generaal had zich omringd met een verzameling van filosofisch ingestelde geesten die de vaardigheid hadden de meest diepzinnige gedachtesprongen te maken. Dit frustreerde mijn mogelijkheid om door de lagen van natuurkunde, praktische wetenschap en politieke theorie heen te kijken om erachter te komen wie een aanhanger van Camjiata was en wie hier alleen was om te genieten van het gesprek en van een heerlijke maaltijd. Want het eten was inderdaad verrukkelijk, met schalen vol witvis gepocheerd met pepers die heet genoeg waren om mijn neus te laten lopen, kip gemarineerd in rum met knoflook en gember en stapels geschilde zoete aardappels, in schijfjes gesneden en gegrild met nog meer rum.

Een oudere maku professora, die in een ambtswoning van de universiteit woonde, was verwikkeld in een levendig debat met een boomlange, jonge en welvarende koopman die een nakomeling was van een van de meest prestigieuze families die de stad hadden gesticht. Hij verraadde zijn edele afkomst door zijn opzichtige kleding en de aanmatigende manier waarop hij iedereen aansprak. Zowel de jonge koopman als een oudere generaal beweerde dat ze van Keita afkomst waren, dus ze zouden op een bepaalde manier neven kunnen zijn.

'U een maku zijn, professora Alhamrai,' zei de jonge Keita maester op een toon die zo hoogdravend was dat hij me deed denken aan een te dik gevulde stoel met kussens waarin je verdronk. 'Dus deze geen mysterie zijn dat u die principes van deze bestuur hier in Expeditie niet helemaal begrijpen.'

De minzame glimlach waarmee de professora reageerde vond ik heel amusant. 'Het is waar dat ik natuurkunde onderzoek en geen politiek. Wetenschappelijke principes leren ons echter dat frictie hitte veroorzaakt. Als een meerderheid van de inwoners van Expeditie ontevreden is omdat ze het idee hebben dat ze slecht geregeerd worden, is het dan niet waarschijnlijk dat ze zullen ontbranden?'

'Die meeste mensen niet deze mogelijkheid hebben hun emoties in die hand te houden. Daarom zij niet in staat zijn zichzelf te regeren en hun meerderen nodig hebben om hen namens hen te besturen. Wat jij denken, maestressa Barahal?' De jonge Keita richtte zijn aandacht op Bee met een glimlach die zo neerbuigend was dat het mijn bloed deed koken.

Bee grijnsde hem vriendelijk toe. 'Ik denk dat jij de eerste zult zijn die wordt neergeschoten als de radicalen de oude stad aanvallen.'

Vorken en lepels verstilden. Glazen werden met een bons op tafel gezet. Het gesprek verstomde. Alle ogen richtten zich op Bee die met haar ogen knipperde tegen de namiddagzon met een gezicht dat iedereen om de tuin leidde, behalve mij.

'Want dat jasje is werkelijk heel mooi. Elke jongeman zal ernaar verlangen dat te dragen. Ik neem aan dat de meesten te arm en te lui zijn om zo'n schitterend kledingstuk te verkrijgen, anders dan op een oneerlijke manier.'

De generaal kuchte achter zijn hand en de anderen aan tafel wisselden beleefde en een beetje verbaasde lachjes uit. De bedienden brachten schalen vol fruit, maar ik zat veel te vol om meer te doen dan verlangend te staren naar een schaal vol papaja. De schijfjes waren zorgvuldig gerangschikt in de vorm van een vis.

Professora Habibah ibnah Alhamrai zat rechts van mij. Ze sprak me aan in een Latijn dat gesproken werd in Zuid-Europa. Te oordelen naar haar huidskleur, haar zwarte krullen en haar naam, kwam ze uit de Levant. 'Jij bent pas sinds kort onderdeel van het huishouden van de generaal, maestressa.'

'Ik hoor niet bij het huishouden van de generaal. Ik ben hier alleen als metgezel voor mijn nicht.'

'Aha. Jij bent niet een van de partizanen of dienaren van de generaal.'

'Iemand kan andere redenen hebben om aan zijn tafel te zitten of in dit huis te slapen,' zei ik. 'Ik dien de generaal niet en ik heb dat ook nooit gedaan.'

Toch werd ik in verlegenheid gebracht door haar vrijmoedige gissingen. 'Ben je sceptisch over de motieven van de generaal?'

'Kan er sprake zijn van aarzelingen als het om de generaal gaat? Is hij niet precies wat hij beweert te zijn?'

'Een zinvolle vraag. Als ik van onderwerp mag veranderen, er is mij verteld dat jij de dochter bent van Daniel Hassi Barahal. Ik heb hem ooit ontmoet.'

Ik leunde te snel naar haar toe, trok de aandacht door mijn beweging. 'Vertel me alstublieft over hem! Want weet u, hij en mijn moeder stierven toen ik zes jaar was.'

Voordat ze antwoord kon geven, vroeg de generaal naar haar mening over de kracht van koude magie in de Antillen. 'Want ik ben verbaasd,' zei hij, 'dat hier in Expeditie algemeen wordt aangenomen dat de vuurdovers zwakke wezens zijn met weinig nut.'

'Dat ook zo zijn,' verkondigde de jonge koopman. 'Goed voor wat goocheltrucjes in een salon, 's nachts een pad verlichten op die platteland, en als hulptroepen voor deze plaatselijke brandweerlieden. Die verhalen over hoe zij stormen oproepen en ijzer verbrijzelen zijn deze onnozele fantasieën van die goedgelovige inwoners van Europa, die al zo lang zulke verhalen horen dat zij deze zijn gaan geloven.'

'Dat klopt toch niet helemaal,' zei de professora. 'Ik heb deze kwestie uitgebreid bestudeerd. Veel van de eigenschappen van koude magie kunnen worden verklaard door wetenschappelijke principes. Eerlijk gezegd vermoed ik dat magiërs verklaringen afleggen die bedoeld zijn om ons te verwarren omdat ze willen verbergen wat ze weten. De eerste vraag die we bijvoorbeeld moeten stellen is: wat is de bron van de enorme energie die koude magiërs ter beschikking staat? Wortelt die in het bestaansniveau dat vaak "de geestenwereld" wordt genoemd? Of wortelt die in het ijs zelf?'

'Is die geestenwereld een fysieke plek, professora,' vroeg de jonge koopman lachend, 'of een metaforische?'

'Laat me mijn gedachte afmaken,' zei ze zo hoffelijk dat het hem de mond snoerde. 'Volgens mij is het mogelijk dat beide noodzakelijk zijn.'

'Weet je dit zeker, professora Alhamrai?' vroeg de generaal.

Ze boog haar hoofd. 'Ik ben een onderzoeker, generaal. In de bergen van het Chibcha koninkrijk in het zuiden van Amerike rust een gletsjer. Ik ben erheen gereisd om dit voor mijzelf vast te stellen. Bovendien hebben mijn collega's onder de' – ze floot drie tonen die verwezen naar trollen – 'een kaart van de enorme ijsmassa waarvan de zuidelijke klif zich uitstrekt over het grootste deel van

Noord-Amerike. Ook deze gletsjer heb ik zelf gezien, hoewel niet in zijn volle omvang. Ik acht het waarschijnlijk dat de koude magiërs van de Antillen te ver bij deze bronnen vandaan leven om deze met dezelfde doeltreffendheid te gebruiken als koude magiërs in Europa doen, waar het ijs dichter bij menselijke bewoning ligt.'

Ik zei: 'Dus een koude magiër kan hier macht hebben, maar deze zal zwakker zijn omdat het ijs verder weg is? Ik bedoel, is het ijs echt verder weg?'

Bee keek naar me en trok een wenkbrauw op als een onuitgesproken vraag.

De professora knikte. 'De omvang en massa van het dichtstbijzijnde ijs kunnen ook van belang zijn. Daar moet ik aan toevoegen dat het waarschijnlijk is dat de magiërshuizen in Europa in de loop van de generaties een bijzonder vakkundige en genuanceerde methode hebben ontwikkeld om kracht te putten uit de bron van deze energie. De vuurdovers op de Antillen hebben dergelijke specifieke kennis niet en bovendien zijn zij extra in het nadeel omdat het hier illegaal is om verenigingen te vormen waarin zij iets van elkaar zouden kunnen leren. In een landschap met een aantal actieve vulkanen is het geen wonder dat vuurmagiërs gewaardeerd en vereerd worden. Terwijl de schijnbaar zwakkere koude magie in een tropisch klimaat genegeerd en gekleineerd wordt.'

'Zijn er veel machtige vuurmagiërs hier?' vroeg ik. 'Waar zijn die allemaal?'

Als ik me ter plekke had uitgekleed, had het gesprek aan tafel niet sneller kunnen verstommen.

De generaal stond op. 'Volgens mij is het tijd om naar de salon te gaan.'

Zoals gebruikelijk in Expeditie ging het gezelschap zonder zich op te splitsen in mannen en vrouwen naar een zitkamer met comfortabele sofa's en stoelen. Bij een muur stond een pianoforte naast twee djembes op een houten kist.

Omdat ik iets over mijn vader wilde horen, probeerde ik in de cirkel te komen die zich rond de professora had gevormd bij de glazen deuren die naar de patio leidden. De jonge koopman had haar eerdere woorden over wrijving echter opgevat als een aansporing om haar voor zichzelf op te eisen. Hij zeurde maar door over zijn theorieën dat de meeste mensen niet geschikt zijn om te regeren en dat het noodzakelijk was dat de schepenen een selecte groep bleven die gekozen werden uit en door mensen van goede geboorte, die rechtschapen waren en voldoende scholing hadden om de gemeenschap door moeilijke tijden heen te loodsen. Bee was in een hoek gedreven door een stel jonge officieren van de militia van Expeditie die haar uitgebreid vertelden dat ze specialisten waren in de nieuwe wetenschap van artillerie. De generaal zat aan de pianoforte en speelde een ingewikkelde fuga, waarin de ene melodische stem werd gevolgd door de andere. Twee vrouwen in de rijke kleding die alleen te koop was aan de avenue Kolonkan spraken tegelijkertijd met hem, de een over trans-Atlantische zeilroutes en de ander over de vervaardiging van geweren. Ik trok me terug bij de zijtafel. Anders dan de generaal, kon ik zoveel stemmen niet uit elkaar houden.

'Als jij mij niet kwalijk nemen, maestressa Barahal. Wij elkaar eerder ontmoet hebben, maar niet formeel aan elkaar voorgesteld zijn. Ik Gaius Sanogo genoemd worden.'

Ik keek in het gezicht van een man die oud genoeg was om mijn vader te zijn, maar niet echt bejaard. Hij was lang en een beetje gezet, maar duidelijk fit en gezond, met meer zilver in zijn baard dan in zijn kortgeschoren, zwarte haren. Met een schok herkende ik zijn gezicht.

'U was op de bijeenkomst in Nance'.' Zelfs in mijn eigen oren klonk mijn toon te fel. 'Een van de radicalen. Bent u degene die uw eigen mensen heeft verraden? Ik dacht dat het Jasmeen was.'

'Jij deze denken?' Hij had een aardig gezicht, een vriendelijke glimlach en de kalme blik van een man die zeker is van zijn status. 'Deze ontboezeming te laat komen voor zij die nu in deze gevangenis zitten te wachten tot die vloot wegzeilen.'

Mijn wangen brandden. *Had het ergste voorkomen kunnen worden als ik Vai alles had verteld wat ik wist?* 'Ik heb u niet aan de dinertafel gezien,' zei ik.

'Ik deze diner niet bijwonen. Maar ik per ongeluk horen dat jij die professora vertellen jij niet in dienst zijn van deze generaal.'

'Zitten er echt geheime gangen in de muren? Dient u de generaal?'

Hij leek geamuseerd. 'Helemaal niet, maestressa. Deze mensen in die stadhuis mij "intendant" noemen. Die generaal mijn aanwezigheid hier tolereren omdat hij niet anders kunnen.'

'De intendánt! Bent u geïnfiltreerd bij de radicalen?'

'Overigens,' ging hij verder, 'ik denken elk meidje die enkele weken verdwijnen terwijl wij haar zoeken een waardevolle aanwinst zijn voor onze organisatie. Als zij niet ergens anders verplichtingen hebben.'

Mijn vingers streken over de plek waar mijn mouw het litteken verborg. 'Ik ben niet te huur.'

'Ik weten over Zouteiland,' zei hij op dezelfde toon die hij zou kunnen gebruiken om een opmerking te maken over de regen die buiten op de bladeren kletterde.

'Is dat bedoeld als dreigement?'

'Alleen als ik kiezen deze informatie door te geven aan die Taino autoriteiten, of om jou te arresteren. Wat ik om mijn eigen redenen niet verkiezen. Ik proberen jou te begrijpen. Ik denken een Barahal iets moeten weten over hoe koude magiërs tegen die generaal vechten in deze Europese oorlogen.'

Ik begon te marchanderen. 'Misschien weet ik iets, als u mij vertelt waar mijn echtgenoot is.'

'Ik mijzelf wel moeten afvragen, waarom jij willen weten waar hij zijn. Want deze er werkelijk uitzien alsof jij samenspannen om hem aan die generaal uit te leveren. Deze werkelijk lijken alsof die generaal jou beschermen, zelfs terwijl jij beweren jij niet onder zijn bevel staan.'

'Hij beschermt mij vanwege mijn nicht Beatrice.'

Hij keek naar de grond met een glimlach op zijn lippen die net zo duidelijk als woorden zei dat hij me niet geloofde. Toen hij zijn ogen weer opsloeg, ontmoette zijn blik de mijne. Zijn ogen waren net zo bruin als zijn huid. 'Ik deze niet denken.'

Ik moest hem ervan overtuigen dat ik niet voor de generaal werkte, zodat hij me zou helpen om Vai te vinden. 'Ze is veel waardevoller voor hem dan ik, nu ze gaat trouwen met prins Caonabo.'

Ik verraste hem echt.

Hij bekeek me met de blik van een man die gewend is misdadigers te beoordelen. 'Jij of heel naïef zijn, of heel slim, maestressa. Ik aannemen deze tijd die zullen leren. Met jouw welnemen.'

Terwijl Sanogo zich terugtrok, keek ik zijdelings naar de generaal die niets in de gaten had en een vrolijke melodie speelde terwijl hij zijn aandeel leverde in de andere gesprekken die hij voerde. Toen Camjiata opstond om een van de vrouwen de gelegenheid te geven te spelen, onderschepte Sanogo hem. Ik ontsnapte door de open deuren naar de patio en stapte de tuin in. De wind blies door de kletsnatte bladeren en liet regendruppels op mijn hoofd spetteren. Het debat tussen de professora en de jonge koopman zou waarschijnlijk de hele avond doorgaan. Ik ging op een natte bank zitten, vouwde mijn handen in mijn schoot en wachtte.

De generaal vond me snel genoeg. 'Cat, jij en ik moeten eens praten over de aard van vertrouwelijke informatie.'

'Als ik geweten had dat je van plan was je overeenkomst met de Taino geheim te houden voor je eigen bondgenoten in Expeditie, zou ik deze informatie meer tot mijn eigen voordeel hebben gebruikt.'

'Jij hebt geen voordeel. Je eet van mijn tafel en slaapt in mijn huis. Desondanks ben je van plan weg te sluipen en je echtgenoot te zoeken. Ik vraag me af wat je daarna in hemelsnaam van plan bent.'

'Europa redden van jouw oorlog,' zei ik met een boze glimlach.

'En dan blijven ontelbare, hardwerkende gemeenschappen gevangenzitten in een onrechtvaardige sociale structuur.'

'Die jij hoopt te vervangen door een keizerrijk.'

'Ik ben de afstammeling van keizers zowel uit Rome als uit Mali. Ik doe waarvoor ik ben geboren.'

'Er zijn vast en zeker andere mensen in de wereld die afstammen van keizers, maar dat betekent nog niet dat ze geschikt zijn om te regeren of dat graag willen. En helemaal niet dat ze daar het recht toe hebben!'

'Jij bent de laatste persoon om te beweren dat bloed niets betekent, Cat. Je moeder was van plan zichzelf op te offeren om ervoor te zorgen dat jij werd opgevoed door je eigen bloed in plaats van door een vreemde.'

De bries weefde een net dat mijn lippen zwaar maakte en mijn keel dik. Ik staarde hem aan.

'Dus dat wist je niet? Jouw ouders hebben je nooit verteld wat zij voor jou riskeerden?'

'Weet je niet dat mijn ouders stierven toen ik zes jaar was? Waren ze daarom zo bang dat Tara opnieuw gevangengenomen zou worden door jouw leger? Niet omdat ze een deserteur was, maar omdat jouw vrouw over mij droomde? Probeerden ze me gewoon in veiligheid te brengen? Omdat ze bang waren voor wat jij met mij zou doen?'

'Zoals de djeli zei; lotsbestemming is een recht pad. We zijn bedoeld waarvoor we zijn bedoeld.'

'Ik heb geen weerwoord tegen zoveel koppigheid.'

'Nee, dat heb je inderdaad niet. En er is nog iets wat je niet weet. Jouw moeder verraadde mij.'

'En hoe heeft ze dat dan gedaan?'

'Ze verkoos Daniel boven mijn doel, haar hart boven mijn leger, de plicht die ze voor hem en voor de baby voelde boven de plicht die ze mij verschuldigd was. Ze had kunnen wachten tot haar diensttijd erop zat, nog maar vijf jaar. Maar op een of ander moment tijdens de zoekgeraakte expeditie op de gletsjer in de Baltische IJszee, heeft ze gemeenschap met Daniel Barahal gehad. En door dat te doen, brak ze haar eed aan mij.'

Achter de tuinmuren was de joligheid van de oude stad te horen, die danste in het opwindende ritme van trommels, fluiten en gelach. Ik staarde. *Hij wist niet dat Daniel mijn vader niet was.* Maar waarom zou Tara of Daniel hem dat verteld hebben? 'Je kunt niet weten hoe de omstandigheden waren op die expeditie,' zei ik. 'Veel mensen zijn gestorven.'

Hij zette een voet op de bank naast me en maakte zich breed alsof hij me eraan wilde herinneren dat hij op elke mogelijke manier groter was dan ik. 'Onder extreme omstandigheden kunnen we inderdaad dingen doen die we anders niet zouden doen. Maar weet je, daar heeft ze zich nooit op beroepen. Je begrijpt natuurlijk dat als de vrouwen in mijn korps Amazones een eed zweren dat zij celibatair zullen blijven, wij weten dat vrouwen kwetsbaar zijn voor verkrachting. Zij minder dan andere vrouwen, vanwege hun training en hun kameraden, maar het gebeurt.'

'Zou dat verschil hebben uitgemaakt voor haar vonnis?'

'Natuurlijk. Een soldaat die zwanger wordt door een verkrachting kan haar diensttijd uitdienen als zij het kind weggeeft voor anonieme adoptie. Tara had zich kunnen beroepen op verkrachting, en als ze jou had opgegeven en haar diensttijd had uitgediend, had ze daarna met Daniel kunnen trouwen en samen met hem andere kinderen kunnen krijgen.'

'Waarom kon een verkrachte vrouw de zuigeling niet aan haar familie geven?'

'Dan zou het te gemakkelijk zijn om de wet te omzeilen. Een leger moet discipline hebben. Niemand dwong Tara dienst te nemen. Ze kende de regels. In plaats daarvan verborg ze haar zwangerschap tot ze gewond raakte in de strijd en haar toestand voor iedereen duidelijk werd. Toen hadden we geen andere mogelijkheid dan haar te arresteren voor ongehoorzaamheid. Maar ik heb haar met mijn eigen oren in de rechtbank horen zweren dat Daniel de vader was en zij zijn gewillige partner. Daarom had hij het recht het kind na haar terechtstelling op te eisen en op te voeden. Toch kan geen enkele zwangere vrouw weten of een baby gezond zal zijn of de geboorte zal overleven. Dus vroeg ik me af waarom ze bereid was haar leven op te offeren voor de kans jou bij Daniel te laten blijven?'

Ik kende het antwoord: omdat ze gehoopt had dat Daniel me op de een of andere manier bij de Meester van de Wilde Jacht vandaan kon houden. Het had helemaal niets met Camjiata te maken, al dacht hij dat wel.

'Weersta me niet zoals je moeder deed, Cat. Ik kan niet genadig zijn. Breng me de koude magiër.'

Ik boog mijn hoofd om mezelf ruimte te geven mijn bonkende hart te bedaren. Daarna stond ik op en streek mijn pagne glad. 'Zijn wij klaar, generaal?'

'Nee. Wij zijn niet klaar. Maar vannacht ga ik een borrel nemen en daarna naar mijn bed.'

Ik maakte een keurige reverence zoals gebruikelijk was in Adurnam, maar de hitte van mijn woede had mijn hart veranderd in koud staal.

30

De volgende ochtend ging ik naar het juridisch bureau en onderhandelde ik in een langdurige woordenstrijd over nieuwe voorwaarden: ik zou voor Keer een spannende monografie schrijven over het huiveringwekkende bijgeloof dat heerste in de primitieve dorpen van Europa en in ruil daarvoor zou zij mij naar Chartji's tante brengen.

Twee weken lang volgde ik een strikte routine. Vroeg in de ochtend, als het nog koel was, bezochten Bee en ik de schermschool. Daarna vergezelde ik Bee naar haar ochtendlessen in Taino, want het leek nuttig om iets te leren van de taal die de meeste mensen in de Antillen spraken. Daarna werd ze meegenomen door een stel Tainovrouwen, hooghartige edelen, en hun buitensporige gevolg van metgezellen, dienaren, bondgenoten, meelopers en bewakers. De rest van de dag was voor mij. Hoewel ik mijzelf dagelijks een genoegen deed door op de binnenplaats batey te spelen met soldaten die geen dienst hadden, bracht ik de meeste tijd door met het bladeren in mijn vaders verslagen. Ik koos verhalen die ik aaneen kon rijgen om Vai een glimp te laten zien van de waarheid over wat er met mij was gebeurd in de geestenwereld. Keer wees mijn eerste twee pogingen af. De derde aanvaardde ze.

Elke avond ontving de generaal notabelen, maar ik werd niet langer uitgenodigd. Ik ontdekte smalle gangen tussen de kamers, ooit gebruikt door bedienden en nu heel handig om af te luisteren. Maar bij elke bijeenkomst had Gaius Sanogo of een andere opzichter zich zo opgesteld dat ik zelfs gehuld in schaduwen niet ongemerkt voorbij kon glippen. Ik moest afgaan op Bee's verslagen.

De generaal was merkbaar misnoegd toen pamfletten het onverwachte nieuws rondbazuinden dat een jonge vrouw van Fenicische afkomst, die in Europa was opgegroeid, zich op aandringen van de generaal en op verzoek van de cacica had verloofd met een Taino prins. Zoals iedereen wist, werden Europeanen door de Taino beschouwd als ongelikte barbaren en de Taino edelen hadden zich nog nooit verwaardigd aansluiting te zoeken bij zelfs de meest vooraanstaande notabelen van Expeditie, dus het nieuws was een wereldwonder.

Op de eerste dag van oktober hield ik een gedrukt exemplaar van mijn monogram in mijn handen. In de afzondering van de tuin liet ik het onder de schaduw van een sterappelboom aan Bee zien.

Bee bladerde door het pamflet. 'Dit lettertype vind ik mooi. Het is heel gelijkmatig.'

'Alle dialogen zijn herschreven. Ik heb er bezwaar tegen dat Keltische dorpelingen spreken als inwoners van Expeditie, met hun eigenaardige vervoegingen.'

Ze negeerde me. 'Het is ontzettend opwindend en choquerend. "Zijn kus was als een bliksemschicht, een storm die haar verzwolg." Zo romantisch! Ik ben diep onder de indruk, of dat zou ik zijn als ik niet moest terugdenken aan die afschuwelijke droom waarin jij Andevai kuste. Dat verontrustende beeld komt iedere keer terug in mijn hoofd als een akelig beest met vochtige tentakels dat uit de zoute diepten oprijst. Hier. "Hij was mooi en zij was jong en niet immuun voor de kracht van schoonheid." Het zou beter zijn als er stond: "Hij was mooi en zij was een..."'

'Geef terug, loeder!' Ik griste naar het pamflet.

Ze schoot onder de boom vandaan in het licht van de ochtendzon die de stenen van de patio roosterde en bleef daar staan met haar blik op het oosten gericht. Haar zwarte krullen vielen – zoals de dichters zeggen – in een waterval over haar rug. Ik had altijd gedacht dat dit betekende dat zij enige ervaring hadden in het ontklitten van een bos haar die zowel dik als ontzettend krullerig was. Ik wachtte. Het gezicht dat Bee de wereld toonde was slechts een deel van haar; ondanks haar theatrale gedrag was ze veel gereserveerder dan ik ooit zou zijn.

Ze kwam terug. 'O, Cat. Ik voel me hoopvol. Het is erg pijnlijk.'

Ze gaf het pamflet terug. 'Trouwens, professora Alhamrai was gisteravond te gast. Ze vroeg naar jou. Ik heb ervoor gezorgd dat zij te horen kreeg dat de generaal jou verdenkt van schandelijk verraad.'

'Je hebt het woord "schándelijk" gebruikt? Vind je dat niet een beetje overdreven?'

'Nu je het zegt,' lachte ze, 'net alsof ik een grapje maakte!'

Ik zuchtte. 'Denk je dat iemand ooit zal geloven dat ik niet betrokken was bij de overval op Nance'? Naast Jasmeen, bedoel ik. Als zakenvrouw zal ze behoorlijk profiteren van de oorlog. Ik zou toch denken dat mensen haar met achterdocht moeten bekijken omdat zij het bed deelt met de generaal.'

Bee's ogen vernauwden zich, want het onderwerp Jasmeen ergerde haar. 'Ze zijn heel discreet. Je moet weg naar je afspraak met de trol.' Ze kuste me op beide wangen. 'Moge Tanit je zegenen met geluk bij de jacht, lieverd.'

Op het juridisch bureau bood Keer me een schaal fruit en noten aan waar ik er een van pakte en opat. Daarna bood ik haar een zakje noten aan dat ik op straat had gekocht. Ze nam er een uit, kraakte de dop tussen haar tanden en slikte hem snel door.

'Ik kan jou er niet van af brengen dat jij met hen kennis wil maken?' vroeg ze. 'Degene die jij Chartji's tante noemt, en haar broer, zijn wat jullie ratten zouden beschrijven als krankzinnig. Dat krijg je als je met maar twee in een nest zitten. Ik waarschuw jou omdat ik je aardig vind.'

'Ik moet het proberen. Er is nog iets anders. Je bent misschien verbaasd dat je mij niet kunt zien, van hier tot trollenstad. Ik moet me verbergen voor het geval ik word gevolgd. Ik kan het niet echt uitleggen.'

Keer maakte een paar klikjes waarvan ik was gaan begrijpen dat deze in trollentaal betekenden dat een wedstrijd in scherpzinnigheid was geëindigd op dezelfde plek als waar de spelers waren begonnen. 'Maester Godwik zegt: "Jij herkent haar omdat zij is aangeraakt door de zomerademe van de onbereikbare doolhof".'

'Wanneer heeft maester Godwik dat gezegd?'

Ze hield haar hoofd schuin. 'Dat heeft hij geschreven. Wij kregen gisteren bericht uit Adurnam.'

'Zat er iets voor mij bij?'

'Nee. Er is nog niet voldoende tijd verstreken om antwoord te krijgen op de brief die jij naar jouw nicht stuurde, die uiteindelijk hier in Expeditie is.'

'Hoe wist maester Godwik dan dat ik hier ben?'

'Wij versluieren ook onze geheimen. Als jij wilt dat deze ontmoeting doorgaat, moeten wij nu weggaan.'

Laat niemand zeggen dat katten en trollen niet besluitvaardig kunnen samenwerken. Ik wikkelde mezelf in draden van magie. Vergezeld door twee jonge trollen die op de een of andere manier familie waren, liepen Keer en ik stroomopwaarts langs de rivier naar IJzeren Brug. De fabrieken, die bij elkaar stonden op de oostelijke oever, braakten rook uit. Zoals de meeste trollen in Expeditie had Keer een voorkeur voor kleding die een wilde combinatie vormde van kleuren en stijlen, van het soort dat ik alleen uit een voddenzak had gekozen als ik geen ander alternatief had. De paar trollen die ik in Adurnam had gezien, hadden een minder uitgesproken smaak, die alleen extravagant had geleken omdat we in Adurnam nog nooit trollen uit Expeditie hadden ontmoet. Pas toen we de glinsterende wand bereikten die trollenstad omringde, besefte ik dat Keer haar kleding aanpaste aan de menselijke smaak.

Trollenstad had eerder een grenslijn dan een muur, een hek van metaaldraad waaraan fladderende linten hingen. Er waren gepolijste scherven aan genaaid van glas of metaal. Zodra ik eronder doorliep, scheurde mijn sluier aan stukken alsof hij kapot werd gesneden, en liet me zichtbaar en kwetsbaar achter. Voor me lag een verwarrende doolhof van vreemd gevormde structuren omringd door paden en spiegels.

'Deze kant op,' zei Keer.

Toen we de doolhof binnengingen, kreeg ik hoofdpijn van een geklop recht tussen mijn ogen. Geen patroon of herkenningsteken onderscheidde het ene pad van het andere. Structuren die eruitzagen als edelstenen met vijf of zes hoeken schoten mijn blikveld binnen, en leken weer opzij te gaan als het pad een scherpe hoek omsloeg. Clusters nesthuizen, sommige met daken van dakpannen en andere met daken als gevlochten hoeden, lagen dicht opeen rond waterputten. Overal waren trollen druk bezig en als ik langsliep, keken ze naar me alsof ze honger hadden. Een kakofonie van geluid overdonderde me. Schrille tonen, klikjes, fluitjes, trillingen en een aanhoudend getik waarin ik geen ritme kon ontwaren, spoelden over me heen tot ik het gevoel kreeg dat ik wegzonk. Gal rees omhoog in mijn keel.

Een withete pijn schoot door mijn ogen. Ik wankelde. Keers hand sloot zich om mijn elleboog en ze trok me de schaduw in. Haar adem op mijn wang rook naar droog zomergras. Ik was blind.

'Dit is geen goede plek om zwak te lijken. Jij bent veilig bij mij, maar sommigen hier zullen onbeleefd zijn en jou opeten omdat ze denken dat jij afgemaakt moet worden. Sluit je ogen.'

Ik wist niet dat ze open waren. Ik kneep ze dicht, frummelde aan de stof om mijn wandelstok vrij te maken. 'Laat ze maar proberen mij op te eten,' fluisterde ik.

'Doe dat weg.' Keer sprak zo dicht bij mijn oor dat ik bijna de beet van haar tanden kon voelen in het uitnodigende vlees van mijn wang. 'Is te glanzend. Trekt aasgieren en moordenaars aan.'

Blindheid gaf me geen verlichting. Hoe pijnlijk de lichtflitsen en glinsteringen me ook hadden getroffen, het waren niet het glas en de spiegels die me duizelig maakten. Pas op dit moment besefte ik hoezeer ik mij oriënteerde door mezelf te omwikkelen met de draden die de werelden met elkaar verbinden en verstrengelen. Ik zag deze draden niet met mijn ogen maar voelde ze met mijn hele wezen. Hier was ik compleet losgesneden.

Ik bracht het tot een hees geschraap dat dienst kon doen als een stem. 'Ik moet overgeven.'

'Snel.'

Ik klampte me vast aan de trol die me leidde naar ik weet niet waar, naar het slachthuis of naar rattenland. Ik had geen idee, durfde niet te kijken, want al mijn inspanningen waren gericht op niet kotsen. De meest heftige beelden schoten door me heen; dat ik op handen en knieën op de stoffige grond zat te kotsen terwijl magere, dodelijke roofdieren om mij heen cirkelden en mijn worstelingen bekeken tot ze naar voren schoten om me te doden...

'Ga zitten,' zei Keer. Ik hoorde de twee andere trollen naar elkaar fluiten, misschien bespraken ze welk deel van mij het lekkerste zou zijn.

Mijn benen begaven het. Gal terugslikkend, ging ik op een hard oppervlak zitten en legde mijn gezicht in mijn handen.

'Dat was heftig,' zei Keer. 'Jij moet een spookwandelaar zijn. Een greppel achter je.'

Met iets wat ik alleen vriendelijkheid kon noemen, hield de trol me vast bij mijn rok en jasje terwijl ik braakte in een met troep gevulde greppel. De stinkende restanten van mijn ontbijt spetterden op een schoen zonder zolen en een frituurmandje vol gebroken kippenbotten. Na een tijdje ging ik staan. Een man staarde nieuwsgierig terwijl hij langs drentelde met een kar vol stenen. We waren terug in rattenland, in een achterafstraat met armoedige werkplaatsen te midden van lege stukken grond die door onkruid waren overwoekerd.

'Ik zou wel iets te drinken kunnen gebruiken,' zei ik en mijn woorden smaakten smerig.

Keer siste, haar hoofd draaide rond. Drie onbekende trollen, slechts gekleed in linten en koorden, naderden in een gebukte houding. Hun heimelijkheid maakte me uiterst ongerust. Stonden ze op het punt toe te springen? Waren ze ons gevolgd uit trollenstad?

'Ik voel me veel sterker,' zei ik met luide stem.

Keers jonge familieleden trokken hun hoofd in, ontblootten hun tanden en plaatsten zich tussen de vreemdelingen en mij. De andere trollen trokken zich terug.

Ongedeerd keerden we terug naar het juridisch bureau, maar ik voelde me te zwak om de schaduwen om me heen te trekken. Ik moest maar hopen dat de spionnen van de generaal niet in staat waren geweest mij te volgen naar trollenstad.

Een klerk bracht een dienblad met een dampende pot thee en een karaf rum.

'Thee of rum?' vroeg Keer met haar klauwen boven het dienblad en ondeugend glinsterende tanden.

'Mag ik rum? Waarom noemde je me een spookwandelaar?'

Ze overhandigde me een glas met een bodempje rum en schonk thee voor zichzelf in. De rum brandde in mijn keel. Ze schonk opnieuw thee in, deze keer voor ons allebei.

'Deze wereld is een doolhof. Is kronkelend en gelaagd. Als een knoop, zoals jullie ratten misschien zeggen. Nee, dat is geen goede vergelijking. Maar goed. Sommige van jullie ratten kunnen hun weg vinden naar plekken in de knoop waar niemand van mijn soort kan gaan, net zoals wij onze geheime paden hebben.'

Ik nipte van de thee. De smaak vermengde zich met een vage geur als van late zomerbloemen, stoffig en pittig. 'Jullie eigen geheime paden? Jaagt de Wilde Jacht op jouw volk?'

'Een dergelijke vraag vereist dat wij de kring binnengaan.'

'Ik kan het spel niet spelen, Keer. Mijn hoofd voelt alsof het in een bankschroef heeft gezeten. Mijn voeten voelen alsof ze onder me vandaan zijn geslagen. Als je me daarom wilt opeten, of dat ik alle hoogte verlies die ik had gewonnen op de Rots van de Triomf, dan is dat maar zo. Geef me eerst nog maar een slokje rum.'

Keer bekeek me op die speciale manier van trollen, eerst met het ene oog en daarna met het andere. 'Jij hebt mij de gift van jouw zwakte gegeven. Nu zijn wij net alsof wij uit hetzelfde nest komen. Ik kan jou opeten om mijzelf te versterken of...'

Ze had hoogst interessante ogen, zo menselijk aan de ene kant, met ronde zwarte pupillen en een zilveren iris en aan de andere kant zo glanzend en dodelijk, omringd door kleine veertjes van een glanzende, goudbruine kleur. Ik had bijna het gevoel dat ik in die lens de geheime paden kon zien die alleen bekend waren aan trollen.

Ik onderbrak haar. 'Wat het tweede ook is, het klinkt veel aantrekkelijker dan het eerste.' Een van de dingen die ik prettig vond van trollen was dat degenen die ik kende een sardonisch gevoel voor humor waardeerden.

Ze schonk me een tweede bodempje in van de uiterst donkere rum. 'Jouw heel onderhoudende pamflet vol kleurrijke verhalen is een rattenverhaal, niet van ons. Wij hebben onze eigen vijanden en die heb jij misschien ontmoet. Maar er rijdt geen Wilde Jacht zoals die jij beschrijft door trollenland.'

'Ik zie niet in hoe de Jacht iets zou kunnen opsporen in die doolhof.' Ik bracht het glas naar mijn lippen en zette het weer neer zonder te drinken. Zou Bee zich tijdens de nacht van Allerzielen kunnen verstoppen in trollenstad? 'Keer, denk jij dat de Wilde Jacht alleen op mensen jaagt? Of hebben jullie een manier gevonden om jullie ertegen te beschermen?'

'Zij zijn niet degenen die op ons jagen. Ooit, zo lang geleden dat wij niet precies weten wanneer, zijn mijn voorouders bijna weggevaagd. Te midden van deze grote ijsvelden overleefden een paar groepjes. Nu groeien wij weer. Maar het oog van onze oudere broeders is op ons gericht en zij die niet goed opletten, worden gepakt.'

'Wie zijn jullie oudere broeders?'

'Ik denk dat jullie ratten hen draken noemen. Dat is niet ons woord voor hen.'

Nu leegde ik het tweede glas rum en liet het volgen door een slok thee om het branden van mijn keel weg te wassen. De drukpers hijgde in de werkplaats achter ons en pennen krasten in de werkkamer van de klerken. 'Vurige Shemesh! Zelfs mijn vader wist dat niet!'

'Zelfs de ouden kennen niet elk geheim dat in deze wereld bestaat,' peinsde Keer. 'In het hart van alles liggen de enorme energieën die de levenbrengende geest van die werelden zijn, als jij deze zo wil noemen. De werelden neigen naar chaos. Kou strijdt met hitte. Als ijs groeit, neemt de orde toe. Waar vuur triomfeert, verspreiden energieën zich.'

'Leeft het ijs?'

'Interessante vraag. De werelden zijn een doolhof met vele paden. Dat is alles wat ik weet.'

Ik dacht na over haar vreemde opmerking dat we nu nestgenoten waren. 'Keer, trollenstad leek mij een doolhof met vele paden. Ik wil een beroep doen op jou, als mijn familielid. Als ik tijdens de nacht van Allerzielen mijn nicht naar jou toe stuur, wil je haar dan verbergen in trollenstad?'

'Dat zal ik voor je doen. En haar niet laten opeten. Vandaag zul jij Chartji's tante niet bereiken.'

'Ik zal een ander pad moeten uitproberen om mijn echtgenoot te bereiken. Hoe kun jij mijn zwaard zien?'

Ze hield haar hoofd schuin. 'Hoe kan iemand dat niet zien? Het is zo ontzettend glimmend.'

Ik pakte haar hand op de manier van de radicalen en zij liet me haar tanden zien en stak haar kuif op. Ik wist niet wat dit voor haar betekende, maar ik voelde me erdoor gesterkt. De hoofdpijn was verdwenen. Buiten scheen de zon onbarmhartig. Wolken gleden statig langs, als luchtschepen op een reis door de lucht, en wie kon zeggen of ze dat niet waren? Misschien leefden er in de wolken wezens van lucht waar wij geen notie van hadden.

Zoveel mysteries. Maar ik had mijn eigen lasten.

Ik verliet het juridisch bureau, trok de schaduwen om me heen en liep over de lange boulevard langs het slaperige water van de baai naar de buurt die ik te kort mijn thuis had genoemd. Daar zocht ik naar de binnenplaats waar Kofi's familie karren en wagens verhuurde. Ik kroop naar binnen op een plek waar ik nooit was uitgenodigd en voelde me een afschuwelijke indringer. Kayleigh was er, samen met jonge vrouwen stond ze lachend en ontspannen kleren te wassen. Ze voelde zich bij hen duidelijk op haar gemak, op een manier die mij nooit was gelukt.

Ik wachtte. Halverwege de middag kwam Kofi binnen met een

oudere man die genoeg op hem leek om een broer te zijn. Kofi begroette Kayleigh met een liefdevolle knipoog die me hevig jaloers maakte op het eenvoudige plezier dat zij konden hebben omdat ze bij elkaar waren te midden van een familie die hen koesterde. Maar ik liep achter hem aan toen hij naar een tweede binnenplaats liep waar drie nieuwe kamers werden gebouwd naast een schuur met kapotte wielen. We waren alleen. Ik liet de schaduwen vallen.

Hij stapte de schuur binnen en pakte een splinterende spaak. 'Toch een heks. Jij Kayleigh met rust laten. Zij jou nooit iets hebben gedaan.'

'Wat je ook over mij denkt, wat je ook over mij gelooft, ik vraag je eraan te denken dat ik mijn leven heb gewaagd om die oude man in het botenhuis te zoeken.'

'Dat zeker waar zijn,' beaamde hij met tegenzin. 'Ik naar jou luisteren vanwege hem.' Hij wachtte.

We waren te snel te ver gegaan om beleefde onbenulligheden uit te wisselen. 'Ik was niet degene die de radicalen in Nance' verraadde. Daar wist ik niets van. De generaal en zijn mensen gebruikten me. Ik was niet op de hoogte van het plan. Het is een ingewikkeld verhaal.'

'Jouw verhalen altijd zo zijn. Jij begrijpen dat ik sceptisch zijn.'

'Jasmeen is de maîtresse van de generaal. Met mijn eigen ogen zag ik Jasmeen de generaal kussen en ik hoorde dat zij hem lieveling noemde. Ze komt 's nachts voor opdrachten. Zij is degene die jullie heeft verraden.'

Hij floot zacht. 'Jij nog gemener zijn dan ik al dacht, om zo'n verhaal te verzinnen.'

Achter ons klonk een voetstap. Kofi hief zijn spaak alsof hij wilde aanvallen. Net toen ik mij omdraaide om mezelf te verdedigen, stapte Kayleigh onder het dak van de schuur. Kofi ontspande zich.

'Misschien is Cat dat, maar als ik jou was, Kofi, zou ik het onderzoeken.'

'Jij dat vinden, lieveling? Nadat zij jouw broer zo verschrikkelijk vernederd hebben?'

Mijn gezicht stond in brand, maar ik verbeet de woorden die ik in zijn twijfelende gezicht wilde schreeuwen.

Kayleigh zuchtte. 'Zelfs als Cat Vai verraadde, wat aannemelijk lijkt, denk ik toch dat ze om hem geeft. Mensen hebben meer dan één gezicht en vaak tegenstrijdige gevoelens. Ik denk niet dat ze hem dood wil hebben. Ik heb een vrij goed idee waar ze hem wel wil hebben.' Haar mondhoeken krulden omhoog in een meesmuilende grijns.

Kofi liet zijn stem dalen. 'Vai dezelfde woorden gebruiken. Hij zeggen zij een verdomd goede toneelspeelster moeten zijn om zich tegenover een man te gedragen zoals zij zich gedragen tijdens die nacht van deze areito. Maar hij wilde dat deze waar was. Dat deze nog niet waarmaken.'

'Hij wilde dat het waar was?' vroeg ik. Mijn keel was zo verstikt door hoop dat ik nauwelijks kon praten.

'Jij niet denken ik jou toestaan jouw klauwen in hem te slaan, meidje. Vai als mijn eigen broer zijn. Jij ophoepelen.'

'Wacht.' Met opgeheven hand kwam Kayleigh een stap dichterbij. 'We hebben gehoord dat jij bij de generaal woont, Cat.'

'Ik woon bij mijn nicht, niet bij de generaal. Zij heeft me nodig. Jullie hebben misschien gehoord dat ze binnenkort gaat trouwen met prins Caonabo.'

'Wij deze gelezen hebben,' zei Kofi. 'Die radicalen oproepen deze huwelijksareito te boycotten. Wij niet zo gelukkig dat deze generaal een hand hebben in die overval op Nance'.'

Ik gooide mijn haak uit in de hoop op een vangst. 'Wisselen we nu informatie uit? Ik heb iets voor jou. Het huwelijk is de overeenkomst die de generaal heeft gesloten met de cacica, in ruil voor haar steun voor zijn oorlog in Europa. Hij beloofde haar dat de buit van de overwinning in Europa haar lege schatkist weer zal vullen.'

Kofi deed een stap achteruit en vloekte binnensmonds. 'Ma Jupiter! Ik denken deze niet waar kunnen zijn. Een lege schatkist!'

'Ik vertel je alleen wat ik heb gehoord. Ik kan meer informatie brengen.'

'In ruil voor Vai?' vroeg hij met een vlijmscherpe blik.

Ik reikte in de zak die ik binnen in mijn rok had genaaid en trok een exemplaar van het vlugschrift tevoorschijn. 'In ruil voor dit. Kun jij dit aan hem geven?'

'Ik er niet aan denken! Jij waarschijnlijk jouw maanbloed in deze inkt gemengd hebben om Vai verder te beheksen.'

Ik kromp in elkaar. 'Doen mensen dat echt?'

Kayleigh giechelde. 'Je zou je gezicht moeten zien, Cat.'

'Dat vind ik niet grappig,' zei ik.

'Kayleigh, meidje, jij deze niet aanraken!' zei Kofi.

Ze pakte het vlugschrift van mij aan en bekeek het even. 'Ik zag dit vandaag te koop liggen. Het zijn gewoon verhalen uit Europa. Als zij haar maanbloed door de inkt heeft gemengd dan hebben de drukkers dat ook allemaal in hun pers zitten.' Ze keek me aan. 'Wat wil je?'

'Ik wil een wapenstilstand en ik wil hem ontmoeten.'

'Natuurlijk jij dat willen,' mompelde Kofi. 'Om hem beter te beheksen. Of die beloning op te eisen voor zijn arrestatie.'

'Als ik was wat jij denkt, had ik jou allang kunnen laten arresteren, Kofi, en tante Djeneba en alle anderen. En jouw kameraden.'

'Wij kleine visjes zijn vergeleken bij die vuurdover en deze leiderschap. Die meidje Livvy op deze bijeenkomst zijn. Zij nu in die gevangenis in deze stadhuis zitten, samen met haar grootvader.' Hij schudde zijn hoofd, zijn mond vertrokken tot een sarcastische streep. 'En toch jij je afvragen waarom ik jou niet vertrouwen.'

Daar had ik geen antwoord op. Stemmen en voetstappen naderden vanaf de grote binnenplaats.

'Ik kom jupiterdag terug. Dat geeft je twee dagen.'

'Volgende week jupiterdag,' was zijn tegenbod. 'Negen dagen die snelste zijn ik deze kunnen organiseren. Als hij ermee instemmen.'

'Akkoord.' Negen dagen was te lang, maar het was een aanbod. Ik trok de schaduwen om mij heen.

Kofi haalde schielijk adem. 'Dat gebruikelijk zijn waar jij vandaan komen, Kayleigh? Dat gewone vrouwen zo verdwijnen? Zij een heks zijn.'

'Niet de soort heks die jij bedoelt,' zei Kayleigh. 'Mijn grootmoeder hielp Cat twee keer. Dat zou ze nooit gedaan hebben als ze had gedacht dat Cat een slechte ziel had.' Met haar blik daagde ze Kofi uit haar tegen te spreken, maar hij hield wijselijk zijn mond dicht. 'Breng de boodschap naar Vai.'

'Ik deze doen omdat jij die vragen. Maar jij jou vergissen in deze meidje.'

'Mijn grootmoeder vergiste zich niet!'

Ik kroop langs een rij van mannen die waren gekomen om verder te bouwen aan de half afgemaakte kamers.

Die nacht ging ik vroeg naar bed en ik sliep diep. Bee kwam later binnen en ze droomde, want de volgende ochtend greep ze haar schetsboek nog voordat ik mijn geeuw had afgemaakt en tekende met zoveel concentratie en snelheid dat ik vol ontzag toekeek. Ze vulde twee tegenover elkaar liggende pagina's met een landschap zo mooi en gedetailleerd dat het leek alsof we door een raam keken: een kalm meer omringd door slanke berken en slaperige dennenbomen. Het vlakke landschap was bedekt door een dun tapijt van sneeuw; een roeiboot was aan een gammele kleine pier gebonden, mist kronkelde rond een bebost eiland. Op de pier stond een onduidelijke gedaante.

Met een zucht van opluchting gooide ze haar potlood en schetsboek op het bed en krabbelde overeind. 'Goed, nu kan ik plassen.'

Ik bekeek de tekening terwijl zij snel achter het scherm verdween naar de po en daarna terugkwam om water uit een schenkkan in een koperen schaal te gieten. 'Te veel wijn bij het diner gisteravond? Welke charmante notabelen heb je ontmoet?'

Ze waste haar handen en gezicht. 'De professora was gisteravond weer terug. Ze vroeg opnieuw naar jou. Iets over een verhaal dat ze je wil vertellen over oom Daniel.'

Ik sloeg de pagina om, maar het volgende vel was leeg. 'Ik wil het graag horen. Ze zal op de universiteit zijn. Bee.' Ze depte haar gezicht droog en keek me aan, verrast door mijn toon. 'Bee, beloof me iets. Op de nacht van Allerzielen, moet je naar het juridisch bureau gaan en naar Keer vragen. Trollenstad is een doolhof die je zal verbergen.'

Ze keek me onderzoekend aan, haar blik open en oprecht. 'Als jij het zegt, doe ik dat. Maar ik vraag me af hoe je dat zo zeker kunt weten.'

'Niets is zeker. Maar er zijn nog maar negenentwintig dagen over tot aan de nacht van Allerzielen. Ik weet niet wat de Taino werkelijk kunnen doen. Dus op dit moment denk ik dat de doolhof van trollenstad de beste kans is die je hebt.'

31

D e week sleepte zich voort, want ik was tot niets anders in staat dan me afvragen of Vai me zou willen ontmoeten en of de doolhof van trollenstad Bee zou kunnen redden. Als al het andere faalde, zou ik Drake aanbieden, maar ik wist niet zeker of mijn verwekker hem zou accepteren. Het voorbereiden van een uittreksel van Daniels uitgebreide aantekeningen over het juridische congres dat Camjiata had voorgezeten, gaf me een zekere mate van rust. Daniel was een goed geïnformeerde en scherpzinnige rechtenstudent, die zorgvuldig uitzocht hoe het nieuwe wetboek de positie van de bevolking van Europa verbeterde en welke beperkingen het oplegde.

Op mercuriusdag, de dag voor jupiterdag, bleef ik in de schermschool nadat Bee weg moest voor haar taal- en protocollessen. De Schermmeester moest me twee keer berispen omdat ik een tegenstander te agressief aanviel, maar de oefening drukte mijn slechte stemming weg.

Ik ontmoette professora Alhamrai bij de voordeur toen zij naar beneden kwam en ik naar boven ging.

'Vrede zij met u,' zei ik bij wijze van groet. 'Hebt u een gesprek gehad met de generaal?'

'Hij is weg. Eerlijk gezegd kwam ik om jou te zien.' Ze wuifde zich koelte toe met een exemplaar van mijn vlugschrift. 'Ik wilde jou en je nicht uitnodigen om vanavond bij mij te eten. Het lijkt me leuk om je monografie te bespreken en jij wilt misschien iets horen over mijn ontmoeting met jouw vader.'

'Het zal me een eer en een genoegen zijn,' zei ik. Het zou ook helpen de saaie dag door te komen.

'Gaius Sanogo zal jullie begeleiden. Hij weet hoe hij mijn huis moet bereiken.'

Visioenen van cellen diep onder het stadhuis bloeiden op in mijn geestesoog. 'De intendant?'

Ze grinnikte. 'Hij zal jullie niet arresteren. Het doet hem gewoon plezier om aan deze deur te verschijnen en generaal Camjiata eraan te herinneren dat de generaal niet de baas is in Expeditie.'

Ik glimlachte. 'Goed dan.'

Toen Bee halverwege de middag terugkwam, bleek zij scepti-scher. 'De generaal is de hele dag weg voor een militaire oefening met de nieuwe rekruten. Ik vraag me af of Sanogo dat weet?'

'Waarom stel je mij vragen waarop je het antwoord al weet?'

Ze tikte me op de arm met haar beschilderde waaier. 'Om jou te pesten, lieverd.'

We kleedden ons in felgekleurde pagnes en bijpassende blouses, ik had mijn haar gevlochten en Bee bedekte haar krullen deels door een gele sjaal die paste bij haar zeeblauwe en groene pagne vol scholen gestileerde vissen. We zouden twee gewone, plaatselijke meisjes kunnen zijn die met een aardige oom door de hitte van de late namiddag liepen, hoewel we dat natuurlijk niet waren. Geani-meerd praatten we over neutrale onderwerpen zoals batey, batey, batey en batey. Sanogo vroeg niet naar de ophanden zijnde aan-komst van de cacica aan de grens, noch naar de grote areito die de Tainokoningin zou organiseren om te vieren dat haar zoon in het huwelijk trad met een eenvoudig Kena'ani meisje zonder bijzon-dere afkomst of rijkdom. Misschien had hij spionnen in het land van de Taino die de reis van de cacica en haar gevolg in de gaten hielden. Misschien had hij spionnen in het huishouden van de ge-neraal. Misschien was dit gewoon een gezellig bezoek.

We staken de haven over in een boot die geroeid werd door vier zwijgende mannen. Het water was zo vies en vet dat het on-doorzichtig was. Stukjes vuilnis klotsten tegen de boeg terwijl wij langs roeibootjes en schepen voeren die vastgelegd waren aan an-kerplaatsen. De universiteit lag aan de overkant van de haven op een kunstmatig eiland, een enorm stenen plein dat oprees boven de modderige, bruine zandbanken en verder versterkt was met stenen muren. Er was maar één poort aan het water waar boten konden naderen en we wachtten onze beurt af voordat we onder een boog door voeren onder een omhooggetrokken valhek door dat was vastgemaakt met kettingen. Nadat we eronderdoor wa-ren, kwamen we bij een stenen pier. We werden in de gaten ge-houden door vriendelijke, geüniformeerde bewakers. Ze glim-lachten op de manier van mensen die weten dat ze het recht hebben je hoofd in te slaan als je naar hen kijkt op een manier die hen niet bevalt.

'Intendant, wij niet naar jouw boodschap hoeven vragen. Wie deze twee knappe meisjes zijn?'

'Nichtjes van professora Habibah ibnah Alhamrai.'

Ze lachten als om een goede grap, maar lieten ons aan wal gaan en over de pier naar een tweede poort lopen, die ook bemand werd door bewakers. Al wuivend spoorden ze ons aan om verder te lopen. Achter de poort lag het plein van de universiteit, geplaveid met stenen en bevolkt door jongemannen die een dutje deden in de schaduw van bomen.

'Dit lijkt meer op een fort dan op een instituut van wetenschap,' zei Bee. 'Tegen wie beschermt de universiteit zich?'

Sanogo lachte zijn vriendelijkste glimlach. 'Die schepenen. Door een verordening die vijftig jaar geleden aangenomen zijn, kunnen die schepenen zich niet bemoeien met deze universiteit. Die universiteit zijn onafhankelijkheid scherp bewaken.'

De schemering daalde op ons neer en het miezerde een beetje terwijl lantaarnopstekers hun ronden maakten. Cobo gaslampen verlichtten de straten. Ze stonden op regelmatige afstand van elkaar om maximale verlichting te leveren. Net zoals in de oude stad, stonden de gebouwen dicht opeengepakt. We liepen uit het bebouwde gedeelte naar een landtong vol omheinde tuinen en verspreid liggende werkplaatsen met erven ervoor.

Plotseling klonk er een luide dreun. Vonken schoten naar de hemel. We liepen over een pad van aangestampte aarde naar het erf waar de vonken vandaan waren gekomen. Boven onze hoofden werd de helft van de lucht grijs van de wolken en in de andere helft was de zwarte nachthemel vol sterren te zien. Achter de golfbrekers zuchtte de zee. Sanogo wees een open poort aan in een witgekalkte muur die vier lange daken omringde.

De professora begroette ons met een kus op de wang. 'Vrede zij met jullie. Kom binnen. Kom binnen.'

De binnenplaats bestond uit een groene tuin vol fruitbomen, bloeiende struiken en een fraaie patio onder een traliewerk dat een enorme hibiscus ondersteunde. De geur van bloemen was overweldigend, maar dat was niet het enige wat ik rook.

'Wat bent u aan het koken?' vroeg ik en ik likte mijn lippen af alsof ik de smaak kon oplikken van lamsvlees, knoflook, zoete aardappel, mango en daaroverheen een verzameling uitgelezen kruiden die de stoofpot een pikante smaak gaven. 'Het ruikt verrukkelijk!'

Ze bracht ons naar een tafel die verlicht werd door hangende lampen. 'Tagine.'

'Habibahs specialiteit,' zei Sanogo.

Bee trok suggestief met haar wenkbrauwen alsof ze wilde zeggen: 'Hoe weet híj dat nu weer?'

'Ga zitten.' Professora Alhamrai maakte een gebaar naar de tafel, die gedekt was met een geborduurd tafelkleed en stevige, keramische borden van rode klei geglazuurd met bruine spikkels.

'Waarom is er gedekt voor vijf personen?' vroeg Bee.

'Wil jij me helpen met de schotels, Beatrice?' vroeg ze. 'De keuken is deze kant op.'

Bee keek naar mij, maar ik haalde mijn schouders op, dus zij volgde de professora. Ik had mijn wandelstok natuurlijk meegenomen. Het spookachtige gevest van het zwaard was opgebloeid in de schemering en het klopte alsof het magie proefde. Ik keek naar het tweetal gloeiende lampen en hun kronkelende, flakkerende vlammen. Toch was er geen zuchtje wind. En de lampen sisten ook niet.

''t Zijn werkelijk onmogelijk te zien als jij deze niet weten,' zei Sanogo terwijl hij op een van de banken ging zitten. Hij wees naar een geplaveid pad dat door een gat in een heg liep. 'Achter die buikpijnstruik jij misschien iets interessants vinden.'

Mijn hart begon te galopperen als een rusteloos paard dat na een stormachtige nacht huiswaarts keert. 'Waarom ben ik altijd de laatste die iets in de gaten heeft?'

'Een retorische vraag, naar ik aannemen. Ik die wijn inschenken. Jij je niet hoeven haasten.'

De laatste restanten daglicht klampten zich vast aan de westelijke hemel. In de verte zeurde het geklik en geklak van fabrieksmachines die dankzij gaslicht de hele nacht door konden werken. Dichterbij pufte rook loom omhoog uit een van de gebouwen op het erf.

Achter de heg liep het pad tussen groepjes dwergfruitbomen door die gesnoeid waren in bollen en rechthoeken en het waaierde uit als de mond van een rivier in een bakstenen terras voor een lang, witgekalkt gebouw van één verdieping hoog. Ooit, dacht ik, had deze vleugel dienstgedaan als de woning van een omvangrijke familie, waar elke vrouw, weduwe of volwassen zuster haar eigen kamer had, haar eigen bed en haar eigen kinderen. Tussen elk paar deuren stond een bank tegen de muur. Een dikke wingerd was jarenlang langs de dakspanten geleid en een waterval van purperen bloemen versierde het geheel. Ik staarde naar een bank en de muur en de bloemen die er precies zo uitzagen als de tekening die ik had gezien in Bee's schetsboek. Ik kreeg het er warm van en daarna koud, want de werking van een diepere kracht had dit moment tot stand gebracht. Niet de bank of het gebouw, die waren met gewone middelen gebouwd, maar de energie of wil die Bee's hand had geleid. Dit was een ontmoetingsplek. Of dat zou het geweest zijn als de bank die tussen twee gesloten deuren stond niet leeg was geweest.

Maar er was nog een andere bank. En daar zat een mannelijke gedaante op met een jasje dat perfect paste bij zijn goedgebouwde lichaam. Met gesloten ogen liet hij zijn hoofd tegen de muur rusten. Een hand lag lichtgekruld in zijn schoot en de andere trommelde een ritme op zijn dijbeen.

Ik ging op het andere uiteinde van de bank zitten, mijn hart zo kwetsbaar als een trillende zangvogel die in de kom van beschermende handen zit.

'Ah,' zei hij zonder zijn ogen te openen. 'Mijn kwelgeest.'

Nee, bij nader inzien was mijn hart geen trillende zangvogel, maar een sissende, woedende gans die uitzinnig tekeerging.

'Ik vraag me af hoe een man die bereid is een vrouw wekenlang het hof te maken om haar ervan te overtuigen dat ze echt verliefd op hem was, of verliefd op hem zou kunnen zijn als ze alleen maar bereid was haar volmaakt redelijke en pragmatische zorgen opzij te zetten over het feit dat ze op alle mogelijke manieren het eigendom is van een magiërshuis...' Ik moest een pauze inlassen om adem te halen en de lijn van mijn betoog te ordenen. 'Ik vraag me af hoe hij weken – wéken kan spenderen aan het uitvoeren van zijn plannen en zijn campagne, en dan in één enkel ogenblik bereid is het ergste van haar te denken zonder enige poging te doen om haar te laten uitleggen wat er echt is gebeurd.'

Zijn trommelende vingers vielen stil. 'Moest ik twijfelen aan wat ik met mijn eigen ogen zag?'

'Moet ik mijn hele uitleg in vragen verwoorden?'

'Kun je dat?'

'Denk je werkelijk dat ik lieg over de vragen?'

'Kan ik nog weten wat ik moet geloven?'

'Heb je mijn vlugschrift gelezen? Mijn boodschap gekregen?'

'Zou je hier zitten als dat niet zo was?'

'Heb jij dit georganiseerd?'

'Moet jij je in de eerste plaats niet eens afvragen wie professora Alhamrai drie weken geleden naar het huis van de generaal heeft gestuurd om te kijken hoe een bepaalde... persoon het maakte?'

'Zou de hooggeachte professora niet in staat zijn zichzelf te sturen?'

'Denk jij dat ze ooit aan jou heeft gedacht? Denk je dat jij de eerste persoon bent in ieders gedachten?'

Ik opende mijn mond en sloot hem weer. Het bonken van mijn hart bedaarde van een onregelmatige kakofonie tot een iets rustiger maar niet minder irritant gebons. 'Kan het zijn dat een ijdele jongeman op zijn teentjes is getrapt?'

'Waarom zou iemand een ander vertrouwen die tegen hem heeft gelogen?'

'Waarom denk je dat ik heb gelogen?'

Hij tilde zijn hoofd op en opende zijn ogen. 'Was het verschijnen van de generaal, zijn vuurmagiër en jouw nicht niet reden genoeg? Om het nog maar niet te hebben over de opzichters?'

'Wat als een verdwaalde jonge vrouw geen idee had van welke machinaties dan ook achter het feit dat ze in de steek werd gelaten op het havenhoofd en dat zij net zo verrast was als ieder ander door het verschijnen van de generaal, zijn vuurmagiër en haar nicht? Om het nog maar niet te hebben over de opzichters?'

Ik werd geraakt door een vlijmscherpe blik uit zijn prachtige ogen. 'Word ik geacht te geloven dat iemand zo naïef kon zijn?'

'Denk je dat ik had geraden dat dit etentje door jou was georganiseerd?'

Zijn voorhoofd rimpelde op een manier die suggereerde dat hij overwoog of ik echt zo naïef kon zijn.

Ik had er genoeg van. 'Is dit bedoeld om mij te imponeren met jouw slimheid, Andevai? Was het niet erg genoeg dat jij op die akelige manier insinueerde dat ik misschien wel andere minnaars had gehad naast Drake? Denk jij echt dat ik huichel over de vragen? Denk je dat ik het léúk vind om de hele tijd vragen te moeten beantwoorden met vragen? Dénk je dat?'

Hij zuchtte en drukte een hand tegen zijn voorhoofd. 'Nee, je hebt gelijk. Neem me niet kwalijk.'

Zijn plotselinge verandering van tactiek verraste me volkomen. Ik keek naar mijn handen die ik tot vuisten had gebald, ademde diep uit en ontspande ze.

'Laat me alsjeblieft vertellen wat ik al dagen heb lopen bedenken in de hoop dat ik een kans zou krijgen het tegen je te zeggen. Ik wil je de dingen vertellen die ik je had moeten vertellen toen je me ernaar vroeg tijdens de nacht van de areito. Ik wist dat Drake een bekende was van de generaal. Ik wist dat de generaal in het juridisch bureau van Godwik en Clutch in Adurnam was, die ochtend toen jij kwam om Chartji te ontmoeten. Maar Bee en ik waren niet daar om hem te treffen. We zouden er nooit heen zijn gegaan als we hadden geweten dat de meest beruchte man van Europa daar vlak achter ons zou aankomen. We gingen naar het juridisch bureau om te kijken of we konden samenwerken met de radicalen.'

'Dat moet de betoverende Brennan Du zijn,' mompelde hij. Zijn handen begonnen weer te trommelen op zijn dijbenen.

'Het is lief als je jaloers bent.'

Hij kneep zijn lippen op elkaar.

Ik weerstond de neiging om een beetje dieper in die zwakke plek te peuren. 'We verlieten het juridisch bureau ómdát de generaal daar was. Je weet wat er daarna gebeurde. Bee en ik glipten door de waterput en... en daarna spoelde ik aan op Zouteiland. Een zouter beet me. Drake vond me.'

'Je hebt de haai weggelaten.'

'De haai viel me aan voordat de zouter me beet.'

'Je reisde recht van de geestenwereld naar de Zee van de Antillen.'

'Ja! Maar we zijn gered door de Barr familie, van het strand af, en ik moet bekennen dat dat heel avontuurlijk was en ontzettend opwindend... Was dat een glimlach?'

'Nee.' Hij keek weg zodat ik zijn gezicht niet kon zien.

Maar ik had een heel klein glimlachje gezien.

'Ik wist niets over het complot tot na de overval. Ik wist niet dat de generaal in de Antillen was tot Drake me dat vertelde. Ik wist niet dat Bee bij de generaal was tot ik haar die nacht bij Nance' zag. Camjiata gebruikte haar dromen om mij te vinden op Zout-eiland. Hij bedacht het hele plan om mij te redden en me daarna in de steek te laten op het havenhoofd als een manier om jou uit je schuilplaats te lokken. Maar ik wist niet dat ik daarom op die plek werd achtergelaten. Ik wist niet eens dat jij in Expeditie was. En toch was je daar, in de timmerwerkplaats. En je putte me uit. En zij zetten hun val in werking.'

Met een ruk draaide hij zich om en keek me aan. 'Ik putte je uit? Wekenlang maak ik een vrouw die ik in feite al mijn echtge-note kan noemen geduldig het hof en jij denkt er zo over? Dat ik je úítputte?'

Hij kwam overeind om weg te stormen maar ik greep zijn pols en trok. Omdat hij nog niet helemaal stabiel stond, viel hij zwaar terug op de bank.

'Vlei ik je niet genoeg?' Ik was, zoals de dichters zeggen, witheet van woede, of dat zou ik geweest zijn als ik niet naast een boze koude magiër had gezeten. 'Luister je eigenlijk wel naar mij?'

Een explosie als een salvo van geweervuur deed elk gebouw op het erf trillen. Vai sprong overeind. Ik rende achter hem aan terwijl hij door een poort achter in de binnenplaats snelde naar een zij-erf van klinkers dat langs een warenhuis liep met kapotte ramen. Eerst dacht ik dat de explosie die kapot had geblazen, maar ik hoor-de geen brekend glas. Hoewel de glasscherven die nog in de spon-ningen zaten scherpe randen hadden, lag er geen glas op de grond; die was schoongeveegd. Toen werd mijn mond droog, want ik zag vlammen binnen in het gebouw en ik hoorde iemand heftig ge-agiteerd fluiten.

Vai rukte een deur open, dook naar binnen en maakte de vijf bovenste knoopjes van zijn jasje los alsof hij van plan was het mooie kledingstuk uit te trekken voordat rook en as het konden bederven. Mijn ogen traanden door de brandlucht. Een rij vlammen siste in het midden van de open ruimte. Dikke rookwolken stegen om-hoog van een tafelblad. Een trol stond over de tafel gebukt in iets te porren en had blijkbaar niet in de gaten dat er een vuur brandde op een armlengte van de zoom van zijn eenvoudige grijs-en-zwarte jasje en de punt van zijn dikke staart. Een tweede trol kwam met een glazen tube in zijn klauwen tevoorschijn uit een wolk van as en roet. Toen hij mij en Vai zag, floot hij iets wat leek op zoetgevooisd vogelgezang.

Daarna sprak hij met een schokkend vertoon van glanzende tanden: 'Nee, kom niet naar ons toe. Ga weg.'

Vai rukte een ketting onder zijn jasje vandaan en rende naar de tafel. Ik zag een rij emmers aan de muur hangen, sommige gevuld met zand en andere met water. Ik greep er een met water, ging aan het uiteinde van de lijn van vuur staan en zwaaide de emmer naar achteren om de vlammen zo goed mogelijk te kunnen besproeien.

Vai was naar het andere eind van de rij vlammen gerend en hield een ring binnen de cirkel van zijn duim en wijsvinger. De twee trollen stonden over de tafel gebogen. Gaius Sanogo en de professora verschenen in de deur.

Vai riep: 'Cat, nee!'

De professora schreeuwde: 'Geen water!'

Het water spetterde neer en de vlammen schoten omhoog. Hitte sloeg tegen me aan. Ik strompelde achteruit; de hamer van Vais koude magie sloeg me tegen de grond en mijn zwaard trilde. De vuurbal verdween alsof hij in een onzichtbare zak werd getrokken. Een dun laagje sneeuw dwarrelde en verdween.

Gaius Sanogo bereikte me het eerst. 'Jij in orde zijn?'

Mijn lippen waren droog en mijn brandende ogen traanden, maar er leek niets gebroken. 'Ik denk het wel.'

Vai drong langs hem heen, knielde en legde een hand op mijn wang. 'Catherine! Praat tegen me!'

Ik knipperde met mijn ogen en duwde een hand tegen mijn voorhoofd in de hoop zwak en kwetsbaar te lijken. 'Ik... ik denk dat ik... me niet zo goed voel. Ben je bezorgd om mij?'

Hij deinsde terug. 'Dat zou ik zijn, als er iets met je aan de hand was en dat is niet zo.' Hij ging staan en streek met een hand over zijn hoofd. 'Je hebt hun experiment geruïneerd,' voegde hij eraan toe en hij beende naar de deur waar hij stokstijf bleef staan.

Bee blokkeerde de deuropening. 'Gezegende Tanit! Cat, ben je gewond?' Haar blik doorboorde hem. Ze sprak op een toon die zo bijtend was, dat het een wonder was dat deze haar tong niet verzengde. 'Magister, heb jij haar dit aangedaan?'

'Ik? Ik ben degene die ze niet wil vertrouwen! Degene die ze wezenlijke informatie onthoudt! Degene die ze niet respecteert...!'

'Jij ophouden,' zei een van de trollen.

Verrast stopte hij.

'Jij die verbranding gedoofd hebben.'

In de stilte die volgde op deze onverwachte uitspraak, liet ik me overeind helpen door de intendant.

'Trotse jongemannen geneigd zijn gekrenkte gevoelens te koesteren,' merkte Sanogo zacht op, 'zoals ik uit eigen ervaring weten omdat ik er ook zo een zijn.'

Mijn pagne moest hoognodig afgestoft en rechtgetrokken worden, want ik durfde de blik van de intendant niet te ontmoeten. De professora liep naar de tafel terwijl de eerste trol tevoorschijn kwam uit de rookwolk, met zijn kuif opgestoken en zijn veren besmeurd door roet en as. De stof van zijn ouderwetse, knielange jasje had niet, zag ik nu, een patroon van grijze en zwarte blokken; het was bedekt met vlekken van ontelbare experimenten.

'Die ijslens deze eerste golf weghalen,' zei de trol op een toon die ik niet anders kon interpreteren dan als opwinding. 'Maar die niet deze verbranding gedoofd hebben. Emotie deze effect blijkbaar ook doelgericht versterken. Of deze alleen woede zijn? Wat jij denken, Bibi?' Hij hield zijn hoofd schuin en keek de professora aan. De punt van zijn staart zwiepte tweemaal en werd weer stil.

'Maar hij ongebruikelijk gespannen lijken,' mompelde Sanogo. 'Hij een ineffectieve samenzweerder zouden zijn, maar hij zeker een vervloekt indrukwekkende vuurdover.'

'Waarom hebt u hem niet gearresteerd?' vroeg ik.

Vaderlijk pakte hij mijn hand. 'Maestressa, jij al alles over mij weten wat ik jou op deze moment kunnen vertellen.'

'Kunt u mij niet eens vertellen wie u steunt?'

De professora kwam op ons af en hij liet mijn hand met een knipoog los. 'Die Anolis.'

Ik schoot in de aanval. 'Als de Anolis Jonas Bonsu verliezen, zullen ze nooit de plaatselijke beker veroveren.'

De professora kwam naast mij staan en pakte mijn arm. 'Hoe lang woon jij hier nu al, meidje? De supporters van de Anolis zijn radicalen. Daarom doet het er niet toe hoeveel de Groenen aanbieden aan Jonas Bonsu, hij zal de Anolis nooit verlaten. Gaan we aan tafel? We hebben twee borden extra nodig, want het experiment van mijn partners is voortijdig beëindigd voor de rest van de nacht, dus eten zij toch met ons mee.'

'Wat gebeurde er met het water?'

'Bepaalde chemicaliën reageren explosief op water. Zo'n beetje als jongemannen die het gevoel hebben dat ze gezichtsverlies geleden hebben tegenover mensen wier respect ze willen verkrijgen.'

'O.'

Bij de deur was alleen Bee met haar vergenoegde blik overgebleven. Ze zei: 'Hij is woedend weggerend. Genadige Melqart, Cat, die man heeft een hoge dunk van zichzelf. Maar goed, het is duidelijk dat hij nog steeds stapelverliefd op je is. Dus als je hem wilt hebben...'

Ik heb echt geen zin om hier nu over te praten, Bee.' Schaamtegevoel brandde harder dan vlammen.

'Je bent toch niet gewond?' vroeg ze iets bezorgder.

'We hadden het toch over batey?' zei ik tegen niemand in het bijzonder.

Op het moment dat we de poort bereikten, verscheen Vai met een brief in zijn hand. 'Zou ik misschien... neem me niet kwalijk professora... we zijn zo klaar...'

Door de manier waarop hij naar me keek, wist ik dat we dit nu moesten uitvechten. Ik keek niet naar de anderen toen de professora me losliet. Ervan overtuigd dat dit slecht zou eindigen, liep ik naar de bank en ging aan het uiteinde zitten. Hij nam plaats op het andere eind. De stemmen van de anderen stierven weg terwijl zij langs de heg en de fruitbomen naar de patio liepen waar de eettafel klaarstond.

Hij vouwde het gevouwen papier uit, dat duidelijk een brief was. 'Ik heb je vlugschrift gelezen.'

Ik zei niets, want het was duidelijk dat Bee, de professora en de intendant gelijk hadden. Vai was nog net zo verliefd op mij als altijd. En dat maakte hem blijkbaar behoorlijk kwaad.

Fluitend en klikkend struinden de trollen onder de poort door en het pad af, zo eigenaardig in elkaar verdiept dat het me duidelijk werd dat ze ons niet beleefd negeerden.

Met de brief nog steeds in zijn hand ging Vai verder op zorgvuldig kalme toon. 'Jij schreef het vlugschrift in de hoop dat ik dit zou lezen en conclusies zou trekken uit de manier waarop je volksverhalen en anekdoten aan elkaar hebt geplakt. Je hebt geen andere manier om met mij te communiceren over zaken die de geestenwereld aangaan vanwege de ketenen die je beletten erover te praten.'

Een koud en grimmig gewicht sloot zich rond mijn ledematen, maar het lukte me één woord uit te brengen. 'Ja.'

'Je bent geen magiër. Toch verberg je jezelf als door magie. Mijn oom zei dat je hetzelfde menselijke vlees en bloed hebt als ik maar dat de geestenwereld in je bloed en botten zit verweven. De djeli die jij en ik ontmoetten in de geestenwereld zei dat je een spookmantel dicht tegen je vlees aan draagt.'

IJs prikte op mijn huid, maar ik dacht niet dat Vai daar de oorzaak van was. 'Ja.'

'Hoe onmogelijk het ook klinkt, het lijkt alsof jouw verwekker een wezen van de geestenwereld is die in de gedaante van een menselijke man seks had met jouw moeder. Gezien je vaardigheid om op elk moment over te steken naar de geestenwereld, en dat je niet sterft als koud staal je tot bloedens toe verwondt, lijkt dit de enige verklaring.'

Een vreemd dikke klonter zwelde op en sloot mijn keel af. Ik kon niet praten, maar ik hield zijn blik vast.

Hij schoof tot halverwege de bank en tikte met de brief op mijn arm. 'Het probleem, Cat, is dat jij mij niet vertrouwt. Als jij de moeite had genomen iets te schrijven toen je net aankwam in Expeditie, had ik het toen kunnen ontrafelen. Als je me alles had verteld over James Drake, de generaal en de radicalen in Adurnam, had deze hele situatie voorkomen kunnen worden. De radicalen zouden ontsnapt zijn aan de overval en mensen zouden niet in de gevangenis zitten. Jij zou tante Djeneba en haar huishouden niet in gevaar hebben gebracht. Kofi zou zich dan niet verplicht hebben gevoeld om met Kayleigh te trouwen...'

'Ze hadden al verkering met elkaar!'

'Dat waren flirts. Hij vond haar aardig. Zij bewonderde hem. Ze trouwden ten behoeve van mij.'

'Niet alles draait om jou! Misschien zochten ze naar een excuus en was dit het. Ik heb ze samen gezien. Ze zagen er gelukkig uit.'

'Ik heb er ook een keer gelukkig uitgezien. Bijna een uur lang.'

'Bespaar me je zelfmedelijden. Dat is het enige wat ik niet van je verdraag.' Ik graaide de brief uit zijn hand en vouwde hem open, kneep mijn ogen samen om in het duister de keurig geschreven letters te ontcijferen. Bij mijn schouder gloeide een lichtje op om me te helpen bij het lezen.

'Het is van Chartji,' fluisterde ik zacht. In juridische details haalde ze obscure, eeuwenoude bronnen van bardenliederen aan, de brief legde uit hoe een ketenhuwelijk ontbonden kon worden. Het hoofd van de dichter Bran Cof had het bondiger gezegd: *'Heeft de jongeman al seks met je gehad?'*

Vai had zijn toevlucht genomen tot pure, licht ontvlambare minachting. '"Een jaar en een dag." Die woorden zei je tegen me tijdens de nacht van de bateyrel, hoewel ik toen natuurlijk niet kon weten wat jij bedoelde. Jij wist het al die tijd, maar je vertelde het mij niet. En toch ben ik de andere persoon die gebonden is aan dit huwelijk. Jij respecteerde me niet genoeg om me te vertrouwen, zelfs niet op dat punt.'

Wat haatte ik mijn verwekker.

Met zijn armen over elkaar gekruist keek hij de andere kant op, naar de heg. 'Een huwelijk geketend door magie. Jouw tong gebonden door het Hof van de Nacht. Het lijkt zelfs aannemelijk dat je misschien niets kon zeggen over het geketende huwelijk. De twee boeien zijn met elkaar verbonden al is het alleen maar omdat ze allebei zijn vastgeklonken door magie die uit de geestenwereld is gehaald. Maar het was niet alleen dat je me niets vertelde over het huwelijk en de geestenwereld. Het was alles. Hoe kunnen wij samen een pad bewandelen als jij mij niet voldoende respecteert om mij de dingen te vertellen die wij allebei moeten weten? De dingen die betekenen dat we partners zijn?'

Mist kwam druilerig op, maar die was zo licht dat het stenen plaveisel zelfs niet nat werd.

Hij had zijn jasje niet dichtgeknoopt en de opening in de platte kraag onthulde de ronding van zijn keel. Ik wilde mijn lippen ertegenaan drukken, daar waar ik zijn polsslag kon voelen.

'Ik weet niet wat je plan was, Catherine, en of je eigenlijk wel een plan had. Misschien wilde je wachten tot een jaar en een dag voorbij was. Misschien veranderde je van mening die nacht van de areito. Ik kan niet weten wat de waarheid is omdat jij mij nooit voldoende vertrouwen schonk om mij de waarheid te laten inzien.'

'Hou alsjeblieft op, Vai,' fluisterde ik, want Bee had ongelijk. Ik was niet harteloos.

Zacht zei hij: 'Maar ik heb het al zo lang uitgehouden. Ik hou het nog wel negentien dagen langer vol. Dan zijn het jaar en de dag voorbij en wordt ons ketenhuwelijk ontbonden.'

Mijn wangen brandden van de vlammen die me niet echt hadden aangeraakt in de werkplaats.

Het praten viel me zo zwaar dat mijn stem eruit kwam als een schor gefluister. 'Ik groeide op in het huishouden van de Hassi Barahal en mij werd geleerd mijn mond te houden. Over alles en iedereen, eigenlijk. En het is ook de enige herinnering die ik heb aan de dingen die mijn moeder mij heeft verteld.'

Hij haalde zijn armen van elkaar, draaide zich om en keek naar mij. Afwachtend. Op zijn hoede. Gereserveerd. Maar hij had zich nog niet voor mij afgesloten, want als hij dat deed, zou ik het weten.

'"Vertel niemand iets, nooit." Dat waren de woorden waarmee ik opgroeide.'

Hij sperde zijn ogen zo kort open dat ik het gemist zou hebben als ik niet naar hem had gestaard. Alsof zijn gezichtsuitdrukking het enige was wat van belang was.

Mijn stem kreeg kracht door zekerheid. 'Je hebt gelijk, Vai. Ik vertrouwde je niet, niet zoals ik had moeten doen. Dus zei ik niets behalve wat ik noodzakelijk vond om te overleven en mijn verhaal te vertellen. Maar ik had het jou wel moeten vertellen. En daar heb ik spijt van. Vooral omdat jij nu denkt dat ik je niet respecteer. En omdat het verkeerd was.'

De geluiden van gesprekken en gelach klonken op uit de patio. De nacht verzachtte de hitte een beetje en op een briesje dreef de bedwelmende geur van jasmijn die 's nachts bloeide.

'Nu begrijp ik pas waarom je dingen zegt zoals je ze zegt,' zei hij zo zacht dat het de wind had kunnen zijn die langs de daken fluisterde. Hij keek naar de geschoren heg van buikpijnstruiken zoals een man doet die tot zijn verrassing ziet dat er geheimen tussen de takken zijn geweven. 'Door wreed en slim te zijn, leerde ik Vier Manen Huis te verdragen. Voordat ik ze allemaal kon vernietigen, bedoel ik. Maar het was verkeerd om dat jou vanavond aan te doen. Ik wilde alleen...' Ongeduldig schudde hij zijn hoofd en hij keek nog steeds niet naar me. 'Ik neem aan dat de waarheid is, dat ik wilde weten of ik jou net zoveel pijn kon doen als ik zelf voelde. En toch ben ik degene die een verschrikkelijke dag lang dacht dat ik jou moest doden. Het spijt me, Catherine.'

Mijn tong was als van lood, maar het lukte me hem in beweging te krijgen. 'Bedankt dat je dat zegt. En wat betreft het bevel van de mansa om mij te doden, toen ik eerder zei dat ik je dat vergaf, meende ik het.'

Er viel een ongemakkelijke stilte.

Ik moest het vragen. 'Vai, wat zal er gebeuren als ons huwelijk uiteenvalt? Zal de mansa dat weten? Of kun je dat geheimhouden?'

'De mansa zal het weten omdat de djeli die ons huwelijk heeft gesloten het zal weten en hem bericht zal sturen.'

'Wat zal de mansa doen? Zal hij erg kwaad zijn?'

'Kwaad?' Hij wierp een zijdelingse blik op me en keek snel weer weg. 'Nee. Hij zal eerder opgelucht zijn. Voor ik erop uit werd gestuurd om met jou te trouwen had hij minstens tien lucratieve aanzoeken voor mij gekregen. Ze mogen dan op me neerkijken, ze kunnen niet negeren wat ik ben. Dus word ik gezien als een waardevolle vangst voor vrouwen van een magiërshuis, zowel binnen als buiten Vier Manen Huis.'

'Is zo'n lucratief huwelijk... wat je wil?'

Dat andere gezicht, het gezicht van de arrogante magister, schoof over zijn gelaat: trots, afstandelijk en kil. Maar zijn stem bleef absoluut kalm. 'De mansa zal mij niet raadplegen. Hij zal de overeenkomst die hij verkiest namens mij afsluiten en mij later informeren met wie ik dan ben getrouwd. Dat zou jij moeten weten, Catherine.'

'O.' Ik wist niet wat ik moest zeggen en hij misschien ook niet.

Hij stond op. 'Er is mij geleerd nooit een vrouw te beledigen door de maaltijd die ze heeft gekookt niet op te eten. We moeten naar hen toe gaan om mee te eten.'

Ik vouwde de brief op en gaf die aan hem. Hij gooide hem onverschillig op de bank, alsof het hem niet kon schelen als er door een regenbui alleen maar pulp van zou overblijven. We liepen naar de patio waar de anderen al eten opschepten. De geur die uit de schalen kwam, rook zo heerlijk dat het water me in de mond liep. Laat niemand ooit beweren dat ik een slechte eter ben. De professora had een plaats voor me opengehouden naast Gaius Sanogo en voor Vai een ertegenover, tussen de twee trollen. Ze waren broer en zus, Chartji's tante en oom via een of andere mysterieuze vorm van bloedverwantschap die ik niet begreep. De meeste tijd dachten ze eraan de menselijke taal te spreken maar af en toe vergaten ze dat en vervielen ze tot een vloed van trollenspraak die heel intrigerend was om naar te luisteren maar volkomen onbegrijpelijk, omdat er geen woorden in voorkwamen zoals ik ze kende. Als ze eraan dachten om menselijke woorden te spreken, debatteerden ze met de professora over de eigenschappen van hitte; of hitte dynamisch was of golvend. Bee stelde hun vragen en ik kwam erachter dat de theorie over warmte in diskrediet was geraakt. Vai speelde met zijn eten, raakte zijn wijn nauwelijks aan en antwoordde met nauwgezette beleefdheid als er tegen hem werd gesproken.

Ik daarentegen, begon de vooruitzichten voor de Anolis bij de komende wedstrijd schertsend af te kraken, wat de intendant aan het lachen maakte terwijl hij zijn team fel verdedigde.

Bee zei: 'Ik zou wel eens willen weten waar jij zoveel over batey hebt geleerd, Cat.'

Vai keek me even aan alsof hij me wilde waarschuwen dat het tante Djeneba in moeilijkheden zou kunnen brengen als ik vertelde over het bedienen in haar herberg. Sanogo had me immers verteld dat de opzichters nooit hadden geweten waar ik was.

'Batey en politiek is het enige waar iedereen over praat in deze stad. Mag ik nog een keer opscheppen, professora? Het is werkelijk verrukkelijk.'

Geen enkele kok kan een enthousiaste eter weerstaan. De weg naar het hart van een kok leek eenvoudig.

Ze glimlachte. 'Ik wilde je net vertellen over mijn ontmoeting met Daniel Hassi Barahal. Het was in Qart Hadast. Ik was nog heel jong, in mijn eerste jaar aan de universiteit.'

'U bent geen Kena'ani.'

'Ik kom uit de Naqabwoestijn. Maar ik koos ervoor in Qart Hadast te studeren vanwege mijn interesse in chemie. En omdat ze daar vrouwen toelaten. En omdat ik daar familie heb, dus mijn ouders stonden mij toe zo ver te reizen omdat ik daar bij familie kon wonen. Jouw vader had prachtige ogen en haren net zoals Beatrice, van die dikke, zwarte krullen. Eigenlijk lijkt Beatrice wel een beetje op hem. Ik neem aan dat jij op je moeder lijkt.'

Vai keek naar me en weer een andere kant op.

'Dat zeggen mensen die hen beiden kenden,' antwoordde ik. 'Ik heb nooit geweten dat mijn vader naar Qart Hadast was geweest. Niet al zijn verslagen zijn bewaard gebleven. Wat deed hij daar?'

'Hij was gekomen om een bekende wetenschapper te ontmoeten die in die tijd betrokken was bij een vroege poging een bestuurbare ballon te ontwerpen die open water kon oversteken.'

'Hij moet al bezig geweest zijn met het voorbereiden van de eerste expeditie naar de Baltische IJszee,' zei ik en ik leunde trillend naar voren. 'Ga verder, alstublieft.'

Vais blik schoof naar mij, met een bittere maar ook heel erg lieve uitdrukking.

'Ik vond aansluiting bij een groep studenten en onderzoekers die 's avonds naar de campus ging om te eten en te drinken. Aan het eind van de avond maakte een van de vrouwelijke studenten hem duidelijk dat hij die nacht met haar het bed kon delen. Hij antwoordde dat hij zich gevleid en vereerd voelde, maar dat hij dat niet kon doen. Ik zal nooit vergeten wat hij zei, want ik moet bekennen dat in mijn ervaring' – met een geamuseerde glimlach wierp ze een zijdelingse blik op de intendant, die hij beantwoordde met een ironische trek rond zijn mond – 'dat dit niet snel bij mannen over de lippen komt. Hij zei dat hij zich in het geheim verloofd had met een Amazone uit het leger van generaal Camjiata en dat hij, zo lang zij celibatair moest blijven, beloofd had dat hij dit ook zou doen. Ik vond dat bewonderenswaardig en daarom kan ik mij hem zo goed herinneren.'

'Dank u,' mompelde ik, tranen weg knipperend. Mijn blik schoof naar Vai die nog steeds naar me zat te kijken. 'Ik geloof dat hij heel veel van mijn moeder hield. En zij van hem.'

Na een ogenblik keken we allebei een andere kant op.

De intendant stond op. 'Helaas, vrienden, 't zijn al laat en ik morgenochtend vroeg aan het werk moeten. Als die maestressas mij willen vergezellen, ik hen thuisbrengen.'

Beleefd nam ik afscheid van de trollen, zegde Vai uiterst formeel gedag en liep met Bee, Sanogo en de professora naar de poort.

Daar stopte ik. 'Ik ga niet met jullie mee.'

Bee keek me onderzoekend aan alsof ze zich ervan wilde verzekeren dat ik echt haar Cat was. Uiteindelijk kuste ze me. 'Veel geluk, lieverd.' Ze leidde de intendant weg en babbelde opgewekt over haar zeereis op een manier die haar levensbedreigende zeeziekte deed voorkomen als de toonaangevende grap in een komisch spektakel.

'Via dat pad daar kun je naar de achterkant gaan,' zei de professora op een zakelijke manier. Dat stemde me dankbaar, want ik was zo zenuwachtig dat het onmogelijk leek nog een enkel woord uit te brengen.

Ik liep door de nachtzwarte tuin en draaide elke deurklink om tot ik de kamer met het bed vond. En waren ook twee planken, een opbergkist en een klein altaar met een bos verse bloemen en een oranje-rode edelsteen op een platte schotel. In de onverlichte kamer ging ik op het bed zitten dat hij voor ons had gemaakt. Het leek stevig.

Muizen hadden een nest gemaakt in de overhangende dakrand, hun gezellige gescharrel werd onderbroken door het geritsel van bladeren dat te horen was als de wind opstak. Zijn voetstappen naderden en stopten bij de deur. Zenuwachtig haalde ik diep adem.

Hij opende de deur. Koud vuur spookte als fosfor langs de achterkant van zijn handen. Hij had dezelfde gezichtsuitdrukking als de avond dat ik hem voor het eerst had gezien, toen hij de trap in het huis van mijn oom en tante op liep, maar ik wist nu beter hoe ik die moest opvatten. Hij had hoop gekregen tijdens een avond waarop hij slechts een onaangename en uitputtende plicht had verwacht. Maar omdat hij meer bespotting en neerbuigendheid verwachtte zoals hij tijdens zijn zeven jaren in Vier Manen Huis had moeten verdragen, had hij ervoor gekozen de ontmoeting tegemoet te treden vanachter een scherm van arrogantie.

Ik sprak voordat hij iets kon zeggen. 'Vai, het nieuwe jaar nadert. De nacht van Allerzielen komt eraan.'

Hij sloot de deur. 'Beatrice! Dat ik daar niet aan heb gedacht! Ze bewandelt de dromen van draken. De Wilde Jacht zal achter haar aan gaan.'

'Uiteengerukt en haar hoofd in een waterput gegooid.'

'Je wilt haar beschermen.'

'Ik kan haar redden.'

Hij ging naast me zitten, als iemand die vreselijk nieuws moet vertellen tegen zijn gehoor dat zich niet bewust is van een hartverscheurende waarheid. 'Catherine, zelfs de mansa is niet machtig genoeg om de Wilde Jacht te verjagen. Zelfs met de ijslens om de energie te versterken, zie ik geen mogelijkheid om dat te doen.'

'Wat is een ijslens?'

Hij haalde de ketting tevoorschijn en toonde me een metalen ring met een diameter die niet groter was dan de lengte van mijn duim. Eerst dacht ik dat de ring leeg was, maar bij het licht van koud vuur glansde hij. Toen ik mijn hand uitstak om de ring aan te raken, knikte Vai om aan te geven dat ik dat kon. Het gladde oppervlak verkilde mijn huid.

Verrast trok ik mijn hand terug. 'Het is echt ijs! Hoe kan het dat je hier ijs kunt hebben?'

'Professora Alhamrai heeft een knap ontworpen koude kamer gemaakt. Een soort van ijshuis, gemaakt met spiralen waartegen dampen condenseren.'

'Wat doet de ijslens?'

'Koude magie is hier zwak. Een lens concentreert en versterkt de magie. Hij moet gemaakt zijn van ijs omdat andere substanties, zoals een lens van glas, de magie niet opnemen of doorgeven. Ik kan het tegen mijn huid een tijdje koel houden.'

'Dus dat deed je met de jupiterdagtrollen.'

'De jupiterdag...? Aha. Ja.' Hij liet de ketting terugglijden onder zijn jasje.

Mijn handen jeukten en wilden het pad van de ketting langs zijn borst volgen. 'Zo bevror je die golf en redde je me tijdens de orkaan.'

'Ja. Anders had ik het niet kunnen doen. Niet hier in de Antillen.' Hij pakte mijn handen. 'Wat bezielde je om in die boot te klimmen? Om jezelf daar op te sluiten terwijl je wist dat de vloed eraan kwam?'

'Had ik die man moeten achterlaten om te sterven?'

Zijn vingers streelden de mijne. 'Nee, dat zou jij natuurlijk nooit doen. Geef me een ogenblik om dit te overdenken. De Wilde Jacht zal rijden tijdens de nacht van Allerzielen. Je bent bang dat ze Beatrice zullen opsporen en doden. De Jacht moet bloed vergieten om tot rust te komen. Ik neem aan dat je niet van plan bent jezelf op te offeren.'

Ik schudde mijn hoofd. De aanraking van zijn handen deed me pijn.

'Waarschijnlijk ben je ook niet interessant voor de Wilde Jacht. Ik kan geen enkele reden bedenken waarom jij voor hen bedreigend zou zijn zoals drakendromers of machtige magiërs.'

Ik probeerde iets te zeggen maar er kwam alleen een zucht naar buiten.

'Ik hoop dat je ook niet van plan bent om mij op hun pad te gooien,' voegde hij eraan toe.

'Dat is niet grappig!'

Hij keek me onderzoekend aan. 'Het is wel een mooie manier om van die vuurmagiër af te komen. Hij is heel machtig.'

'Is hij dat? Het verbaast me dat jij dat zegt.'

'Het verbaast mij dat hij zichzelf nog niet heeft opgebrand. Het enige wat hem tegenhoudt om de hele stad in de fik te steken is het feit, dat alleen voor hemzelf nadelig is, dat hij zou sterven.'

Voor het eerst vroeg ik me af hoe het moest zijn om zoveel macht te hebben en te weten dat je die nooit kon gebruiken. Te weten dat die je elk moment kon doden. 'Als koude magiërs vuurdovers zijn, kan een koude magiër dan niet fungeren als vuurvanger voor een vuurmagiër? Door het vuur te doven?'

'Vuurvangers doven vuren niet. Voor zover ik het begrijp, nemen ze het vuur in zich op. Maar misschien is het beter om te zeggen dat de terugslag van vuurmagie in hen vloeit in plaats van in de magiër.'

Ik herinnerde me hoe Drakes vuur de huid van de stervende man in de herberg had verlicht. Terwijl de terugslag van zijn vuurmagie de stervende man had verteerd, had Drake de andere man, degene die nog een overlevingskans had, genezen. 'Ik dacht alleen dat als een koude magiër als vuurvanger kan fungeren, dat samenwerken met een vuurmagiër hen machtig genoeg zou maken om... om...'

Hij legde een vinger tegen mijn lippen.

'Om de Wilde Jacht te weerstaan en je niet te redden.' Hij keek helemaal niet verbaasd. 'Maar dan komt de echte vraag, Catherine. Welk doel dient de Wilde Jacht? Iedereen wordt geleerd dat de Jacht de zielen verzamelt van degenen die het komende jaar zullen sterven. Een paar mensen weten dat hij ook jaagt op de vrouwen die de dromen van draken bewandelen en hen doodt. Maar alleen magiërs weten dat elke magiër die te machtig wordt, gedood zal worden door de Jacht. Waarom vrezen de Hoven ons? Zijn ze bang voor wat we kunnen ontdekken? Of voor wat we kunnen worden?'

Ik kon het niet nalaten om op zijn vinger te bijten. Dat was toch een soort van vraag, of niet soms? Wat zou er van hem en mij worden?

Hij haalde schielijk adem, maar verder bewoog hij niet.

Nu had ik hem.

Ik liet zijn vinger los en hij legde zijn hand tegen mijn wang. Zijn aanraking was vastberaden, beloofde kracht, maar was ook voorzichtig. Eerder een vraag dan een eis.

'Vertel me wat je wilt, Catherine. Want het ergste was de onzekerheid of jij, zoals je naar me keek en door de woorden die je tegen me zei tijdens de nacht van de areito, dat ook echt meende.'

Ik bestudeerde de trekken van zijn gezicht en de kleine stoppels van zijn baard. Hoeveel tijd had hij vanmiddag gebruikt om zich te scheren, zijn haar bij te knippen, zich te wassen en aan te kleden omdat hij wist dat ik zou komen? Ik keek naar zijn ogen, zo donkerbruin dat ze zwart leken, en zijn lippen zo vol en uitnodigend. Mocht het een man wel toegestaan worden om zo aantrekkelijk te zijn? Hoe moest een meisje nadenken bij de aanblik van zo'n knap uiterlijk?

Ik legde een hand op elke schouder. Het damasten weefsel van zijn jasje streelde mijn handpalmen.

'Ik wil deze ketenen van mijn tong, Vai. Net zoals jij je dorp wilt bevrijden van zijn ketenen, net zoals Bee wil leven. Ik wil niet bestaan bij de gratie van Vier Manen Huis, de militia van een prins, of de intriges van de generaal. Volgens mij is dat hetzelfde als wat de meeste mensen willen. Gezondheid en kracht. Een toevluchtsoord dat geen kooi is maar bestaat uit degenen die ons liefhebben en die wij beminnen. Zoals Lucy's gegiechel. Tante Tilly's glimlach. Rory's loyaliteit. Bee's geluk. Jóú.'

Ik duwde hem op het bed en hield hem daar vast door mijn lichaam boven op het zijne uit te strekken. Het was een prima lichaam om als matras te lenen. Nergens zacht. Hij lag onder me, zijn donkere blik ernstig. Ik legde mijn vingers op zijn keel en spreidde mijn hand zodat vingers en duimen zijn sleutelbeen omvatten, want tot zo ver was zijn jasje losgeknoopt. Het maakte me bijna duizelig om mijn huid op zo'n eenvoudige manier tegen de zijne te leggen. Werkelijk, het was provocerend hoe stil die man kon zijn.

'Vai, tijdens de nacht van de areito heb ik mijn keuze gemaakt. Ik kan niet vrij zijn en jou achterlaten. Dus kies ik het pad dat ik met jou zal bewandelen, waar het ook heen gaat. Bovendien laat ik je niet van mij afpikken door een of andere vrouw van een magiërshuis.'

Ik streek met mijn mond over de zijne. Zijn ogen knipperden terwijl zijn lippen uiteengingen en zijn kin omhoogkwam om een echte kus te ontvangen. Maar ik trok me terug en telde langzaam de knopen tot ik bij de zesde kwam. Hij keek naar me zonder echt te glimlachen. Hij zag er eerder een beetje verdoofd uit.

'Ik heb me bedacht,' zei ik terwijl ik de zesde knoop losmaakte en mijn vingers naar de zevende liet glijden. 'Ik ga dit' – de achtste en de negende knoop glipten open – 'mooie jasje uittrekken. Tenzij dat trillen van je wenkbrauwen betekent dat je eerst nog iets wilt zeggen.'

'Ja,' zei hij met een stem die zo hees was als ik nog nooit van hem had gehoord.

'Genadige Melqart, Vai, hoeveel knopen heeft dit kledingstuk?'

Hij ademde uit, als je dat uitademen kon noemen want het leek er eerder op alsof hij de hele weg door Expeditie had gerend.

'Veertien?' vroeg ik terwijl ik ging zitten om de laatste knopen los te maken. Ik spreidde het jasje open en onthulde geen vest en linnen hemd eronder, zelfs geen onderhemd, zoals ik had verwacht, maar alleen blote borst. 'O,' was mijn intelligente reactie. 'Tjá. Laat ik niet net doen alsof ik hier niet aan heb gedacht.'

Ik verkende de gespierde ronding van zijn schouders, speelde even met de ketting en kort met zijn tepels en streek langs de omtrek van zijn borst. Mijn handen bleven steken bij de knopen die de tailleband van zijn broek gesloten hielden. Op dat punt aangekomen, werd ik voor het eerst in mijn hele leven getroffen door een plotseling opkomende verlegenheid en verloor ik mijn stem.

Hij vond de zijne. 'Als ik in het dorp was gebleven, zou mijn grootmoeder een hardwerkende, gedweeë, stille jonge vrouw voor mij hebben gevonden. Ik zou met haar zijn getrouwd zonder iets anders te verwachten dan een hardwerkende, gedweeë, stille genegenheid die misschien was gekomen nadat we een paar jaar bij elkaar waren geweest. Iedereen weet dat dit de beste manier is. De manier die de harmonieuze vrede van de gemeenschap het minste verstoort. Om het nog maar niet te hebben over de gemoedsrust van een man.'

Ik verbeet een glimlach. In plaats daarvan fronste ik als in opperste verbazing mijn wenkbrauwen. 'Komt er nog een eind aan dit pedante verhaal? Want weet je, ik ben hier hard aan het werk.'

Zijn handen gleden strelend over mijn heupen en het aanspannen van zijn armen en rug waarschuwde mijn Barahaltraining en katteninstinct dat hij van plan was de rollen abrupt om te draaien.

'Ik denk dat je dat niet moet proberen, Vai,' mompelde ik en ik zette me schrap.

'Maar ben je echt hard aan het werk, Catherine? Ik neem aan dat we daar snel achter komen.'

32

De volgende ochtend werd ik vroeg wakker door het zingen van de vogels en de geur van bloemen die door de open luiken naar binnen kwam. Het leek allemaal een beetje veel, ondanks mijn euforische stemming. Tegen hem aan genesteld liggen, met mijn hoofd op zijn schouder, leek de meest natuurlijke houding van de wereld. Voor het geval hij nog sliep, fluisterde ik.

'Vai?'

'Mmm.'

'Ik had géén idéé.'

Met zijn ogen gesloten, glimlachte hij op een soezerige, tevreden manier. 'Natuurlijk had je dat niet. Je was niet bij mij.'

Stilte gaf me de gelegenheid om deze verbijsterende bewering

even te overdenken, terwijl ik met mijn vingers over zijn indrukwekkende borst streek.

'Vai?'

'Mmm?'

'Ben je echt zo zelfingenomen? Of steek je af en toe een beetje
de draak met jezelf?'

'Catherine, ik beloof je, niemand zal je ooit zo'n goed gevoel
geven als ik.'

'Zoals de djeli zei: "Mannen gedragen zich nederig tot ze krijgen
wat ze willen." Hoewel de djeli die dat beweerde jou duidelijk niet
had ontmoet. Maar goed, zou iemand met een wetenschappelijke
achtergrond niet zeggen dat ik een aantal vergelijkende testen
moet uitvoeren met andere personen om deze bewering te staven?'

Zijn ogen schoten open. 'Nee!'

'Dan zal ik het nooit echt weten.'

Hij drukte zich omhoog met zijn elleboog, waardoor mijn hoofd
van zijn aangename rustplaats viel, en streek haar van mijn wang.
'Volgens mij heb je niets om over te klagen.'

'Maar dat heb ik wel.'

Zijn hand stopte. 'Vertel.'

'Je praat.'

Hij glimlachte en boog zich voorover om mij te kussen.

Dingen begonnen zich precies zo te ontwikkelen als ik had bedacht toen een serie holle knallen tegen het dak kletterde. Hij liet
me los en rolde het bed af. 'Heb je me nodig?' vroeg ik terwijl hij
snel een verschoten en slordig verstelde werkmansbroek aantrok
en een hemd van een plank aftrok.

'Natuurlijk heb ik je nodig, Catherine, maar niet in die werkplaats. Gisteren had je geluk. Ze zijn geobsedeerd door mijn mogelijkheden om verbranding te doven. Ze blijven allerlei verschillende dingen aansteken en plaatsen mij steeds op een andere
afstand of in een andere hoek en zetten dingen tussen mij en het
vuur. Uiteindelijk zullen ze de hele boel in de fik steken.'

Hij ging zo snel door de deur naar buiten dat hij vergat die dicht
te doen. Ik gebruikte een voet om mijn pagne van de vloer op te
rapen en knoopte die net boven mijn borsten vast op de manier
zoals wij vrouwen bij tante Djeneba deden als we naar het washok

gingen; de stof bedekte me van mijn oksels tot mijn knieën. Ik stak mijn hoofd buiten de deur, maar de kleine binnenplaats was verlaten omdat de professora aan de andere kant van het complex sliep en alle andere kamers in deze vleugel leeg waren. Ik snelde naar het privaathuisje dat tegen de buitenmuur van het complex was gebouwd. Vai had het me midden in de nacht laten zien. Tegen de muur was een washok gebouwd, met een koperen tobbe en een zijtafel met een koperen schaal, drie grote aarden kruiken en versleten pagnes om als handdoek te gebruiken. Het water dat we midden in de nacht hadden gemorst was opgedroogd. Bij de pomp buiten vulde ik de kruiken. Ik kamde mijn haar met mijn vingers, vlocht het, draaide de vlecht rond een stok uit de tuin en stak die boven op mijn hoofd vast zodat ik me kon wassen. Daarna vulde ik de kruiken opnieuw en hing de handdoeken op om te drogen.

Terug in de kamer, maakte ik het bed op met de lakens die Vai verstandig en vol zelfvertrouwen uit voorzorg had aangeschaft voor de nacht van de areito. Glimlachend als een verliefde idioot, schudde ik de kleren uit die we overal hadden neergegooid en ik vouwde ze op. In mijn haast om zijn jasje uit te trekken, had ik per ongeluk twee knopen van een manchet afgescheurd, dus hing ik het jasje over de rugleuning van een stoel om het later te verstellen. Mijn oog viel op een cederhouten reiskist in een hoek. Ik knielde ervoor en maakte hem open. Genadige Melqart! Hoeveel modieuze jasjes en mantels kon een man bezitten?

Hoe kon een vrouw die van stoffen houdt de verleiding weerstaan om even met haar handen over elk keurig opgevouwen kledingstuk te strijken? Hij hield van felle kleuren: diepe bruintinten zo donker als zijn huid, glanzend goud, koninklijk rood, warm feloranje en verschillende tinten indigo die zo diep en rijk waren dat ze een pauw jaloers zouden maken. Eén jasje had de kleur van middernachtelijk purper, een donkere verrukking. Hoe opvallender de patronen waren, hoe beter: vlechtwerk en kruisende lijnen, geverfd damast bewerkt tot de stof stijf was, opvallende geometrische ontwerpen en enkele vreemde, fantastische patronen van blokken. Op de bodem, tussen vellen papier als om het te verbergen, lag het spectaculaire rood en gouden jasje met het patroon van kettingen dat hij de nacht van de areito had gedragen.

De deur ging dicht. 'Ik ben helemaal bedekt met roet en jij ziet er zo schoon en uitnodigend uit. Maar doe eerst de kist dicht.'

Ik hield het deksel open. 'Waag het niet!'

Hij kwam niet bij de deur vandaan, maar zijn toon gaf me op de een of andere manier het gevoel dat hij mijn naakte nek liefkoosde. 'Was me dan net zoals gisterennacht, lieve Catherine.'

Mijn greep op het deksel werd onvast omdat ik begon te smelten.

'O, wat kan het mij ook schelen.' Precies op het moment dat ik besefte dat er iemand buiten liep, deed hij de deur open en sprak hij op een andere, heel beleefde toon. 'Goedemorgen, professora.'

'Goedemorgen. Neem me niet kwalijk.' Toen hij een stap terug deed, verscheen zij in de deuropening. Ze droeg een lang, loshangend, katoenen gewaad dat geverfd was in een patroon van purperen golven. Een boodschappervogel met vier vleugels balanceerde op haar arm. Hij had een alerte blik en aan zijn voorpoten zaten afschrikwekkende klauwen met weerhaken. Wat ik had aangezien voor een tweede paar vleugels kon beter beschreven worden als de sierveren op zijn achterpoten. Net zoals haar gewaad, liep de kleur van zijn veren van dieppurper naar bleekgrijs. 'Ik heb een boodschap voor je, maestressa Barahal.' Ze overhandigde me een rol papier en deed met een begripvolle glimlach een paar stappen achteruit. 'Er is rijstepap als jullie honger hebben. Kom gewoon maar naar de keuken.'

Ze vertrok.

Ik rolde het stuk papier uit en zag Bee's kenmerkende, mooie handschrift. *Ik hoop dat alles in orde is, want ik neem aan dat je of een weg hebt gevonden of er een hebt gemaakt en het spijt me dat ik je moet schrijven, maar ik heb zojuist bericht gehad dat ik vanavond zal worden overgedragen aan de cacica, dus kom alsjeblieft.*

Ik gaf Vai de brief.

Zijn blik schoot twee keer over de woorden. 'Denk je dat ze dit zelf heeft geschreven?'

'Ze heeft het zelf geschreven. Ze heeft de grote generaal Hannibal aangehaald om me te laten weten dat ze niet werd gedwongen. Als ze een Romein had aangehaald, had ze het tegendeel bedoeld.'

'Dan moeten we gaan.' Hij liep naar buiten.

Wé? Ik sloot de kist en snelde achter hem aan naar het washok. 'Vai, we kunnen de generaal niet vertrouwen.'

'Ik weet het,' zei hij terwijl hij zich uitkleedde en in de koperen tobbe stapte. 'Maar we kunnen hem niet negeren. We hebben dit alles vannacht besproken, lieverd. Zoals je je hopelijk nog herinnert.'

'Ik heb een heel andere herinnering aan de afgelopen nacht.' Ik goot een kruik koud water over zijn hoofd; hij gaf geen krimp. Maar in feite hadden we lang over onze situatie gesproken; het was opvallend plezierig om met een man te praten in het donker terwijl hij je intiem vasthield en je allebei geheel naakt was en helemaal bevredigd. Glimlachend keek ik hoe hij zich inzeepte. Hij was slank maar niet mager, niet klein maar ook niet bijzonder lang. En de aanblik van achteren was zo verleidelijk dat ik mij moest dwingen om mijn hoofd bij Bee's boodschap te houden en bij onze omstandigheden.

Ik zei: 'Het is gemakkelijk om nobele ideeën uit te spreken als je aan tafel zit en later, als je in de modder zit, van gedachten te veranderen. Zelfs als de generaal keizer wordt en horigheid verbiedt, zal het jaren van oorlog vergen. Tegen die tijd kan de mansa wraak op jou hebben genomen door Haranwy te vernietigen.'

'Ik ben niet de enige in Haranwy die bereid is een gevecht te riskeren. Andere mensen in het dorp hebben vaardigheden die op hun eigen manier net zo nuttig zijn voor een radicale onderneming als die van mij.'

'Zoals je broer Duvai? Is hij nu ook een radicaal?'

'Misschien. Spoel me alsjeblieft af en geef me een handdoek.' Ik goot de twee andere kruiken over hem leeg en bood aan hem af te drogen, maar hij schudde zijn hoofd en pakte de verschoten pagne. 'Als je daarmee begint, komen we nooit weg. Maar goed, ik maak me niet zoveel zorgen om mezelf.'

'Dat zou je wel moeten doen!' Ik vouwde zijn vuile werkkleren op zodat ze later gewassen konden worden.

'Ik ben levend en als bondgenoot eenvoudigweg te waardevol voor hem. Daar moet ik op inspelen. Maar zolang de generaal gelooft dat jij iets te maken zult hebben met zijn dood, is hij een gevaar voor jou.'

'Nee. Ik denk echt dat hij werkelijk gelooft in zijn lotsbestemming. Zolang ik in leven ben, is hij ook in leven.'

Hij knoopte een afgedragen pagne rond zijn heupen. 'Wat hij ook gelooft, hij probeert jou te intimideren. Hij zal ons tegen elkaar uitspelen om onze medewerking te krijgen. Tegen mij zal hij zeggen: werk met mij samen, dan zal ik haar leven sparen en je dorp bevrijden. Tegen jou: lever hem uit, anders dood ik hem.'

Buiten bleef hij even in de zon staan om waterdruppels uit zijn haar te wrijven. Hij was onweerstaanbaar en ik werd helemaal bekoord door de blik die hij op mij wierp om te zien of ik hem bewonderde. Ik drukte mijn gezicht tegen zijn nek, zijn huid vochtig tegen mijn lippen. De geur van as hing nog aan hem, vreemd om dat te ruiken op een koude magiër.

'Houd de ijslens verborgen, maar draag het koude staal openlijk, Vai. Dat zal hij respecteren. En hij weet niet dat mijn zwaard opbloeit in het daglicht door jouw koude magie.'

'Ja. Ze zullen op mijn zwaard letten, en niet op het zwaard dat er voor hen uitziet als een wandelstok.'

Ik legde mijn handen op zijn borst en keek hem recht in de ogen. 'De generaal zal kruisbogen en geweren hebben. Dat beangstigt me.'

Hij had een glimlach die alleen voor mij was bedoeld, intiem en uitnodigend. 'Dan zul je mijn rug in de gaten moeten houden. Net zoals je zojuist in het washok deed.'

Toen kusten we toch, een langzame, lieflijke ochtendgroet. Blijkbaar verdoofde het geluk van de liefde me, want toen er een twijg knapte, was ik net zo verrast als hij.

'Kofi!' Hij grinnikte met de brede lach die ik vaak op zijn gezicht had gezien als hij bij zijn vrienden zat in de herberg van tante. Hij zag er zo ontspannen en aantrekkelijk uit dat ik bijna geen adem kon halen van verliefdheid.

Ik deed een stap achteruit en greep de top van mijn pagne. Gelukkig bedekte die de belangrijke delen.

'Jij er nu uitzien als een dorpsbewoner, Vai. Deze goed bij jou passen.' Kofi liep naar voren en greep Vais hand op de manier van radicalen, waarna ze elkaar op een mannelijke manier op de schouder sloegen. 'Of iets anders goed bij jou passen, dat zeker zijn. Goedemorgen, Cat.' Zijn grijns was gewoon te ondeugend om te verdragen.

'Ik ga me maar eens aankleden,' zei ik met gesmoorde stem en ik vluchtte naar de kamer.

'Jij haar getemd hebben?' vroeg Kofi op een schertsende toon die mijn oren deed branden.

'Haar getemd? Waarom zou je een vrouw willen temmen die de mansa weerstond alleen door haar scherpzinnigheid en haar vastberadenheid in leven te blijven?'

'Jij deze zwaar te pakken hebben. Ik alleen bedoelen zij normaal gesproken snel krabben. Nu zij wegrennen.'

'Om zich aan te kleden. Ze werkt niet voor de generaal.'

'Ik daarvan nog niet overtuigd, maar...'

'Het feit dat ik het zeg moet jou overtuigen. Als zij van plan was geweest mij neer te steken, zou ze het me recht in mijn gezicht hebben verteld terwijl ze het deed. En erbij gezegd hebben dat ik het aan mezelf te danken had.'

'Dat één ding zijn die ik ten gunste van haar zeggen: zij niet zuinig met woorden. Tegenwoordig die avonden bij tante lang niet zo gezellig zijn, ik jou eerlijk zeggen. Maar jij weten, Vai...'

Ik sloot de deur. Hij liet zich door Kofi plagen en tegenspreken omdat hij hem aardig vond en hem vertrouwde. Ik herinnerde me dat ik Vai in het dorp Haranwy had gezien met zijn leeftijdsgenoten, degenen die hij had moeten achterlaten omdat de magiërs hem hadden weggehaald. Wat had hij op zijn gemak geleken bij die jongemannen! Het magiërshuis had die kameraadschap van Vai afgenomen. Daardoor bleef er alleen een arrogante magister over die zijn magie, zijn status en zijn vlijmscherpe woorden gebruikte om te intimideren. In het begin had hij dat alles waarschijnlijk alleen gebruikt om zichzelf te beschermen omdat hij als jongen gepest en veracht werd door zijn nieuwe leeftijdsgenoten in het magiërshuis. Maar als je zoiets lang genoeg volhoudt, wordt het een gewoonte. Het slechtste wat Vai kon overkomen, was teruggaan naar Vier Manen Huis en de magister worden die de mansa wilde dat hij was.

Toen ik verscheen, stopte Vai midden in een zin over *tante dat niet laten geloven over Cat*. 'Ik wil me even aankleden,' zei hij.

Hij liet me achter bij Kofi. 'Ik hoop dat het goed gaat met Kayleigh,' zei ik. 'En met je familie. Geen problemen?'

'Wij vrede in huis hebben. Bedankt dat jij deze vragen. Met jullie ook alles goed, ik hopen?'

'Het gaat goed met mijn nicht, dank je.' Ik stelde de vraag die ik het liefste beantwoord wilde zien, hoeveel pijn het ook deed. 'Tante Djeneba en Lucy en de anderen. Gaat het goed met ze? Geen problemen?'

'In ieder geval niemand die opzichters verteld hebben over hun aandeel in Vais situatie.' Zijn blik was niet vijandig, maar hij was op zijn hoede en wantrouwend. 'Ik in ieder geval wel geloven dat jij echt om hen geven.'

Ik opende mijn mond en sloot hem weer, want mijn gezicht was warm geworden. Een onderbreking om even naar Vai te kijken leek me gepast. Ik deed een stap naar achteren en keek door de open deur naar binnen. Hij droeg een broek en een dun zijden hemd. Voor een stoel staand, hield hij een jasje in beide handen en stond overduidelijk te dubben welke hij zou dragen. 'Gezegende Tanit! Vai, heb je een spíégel op de stoel gezet?'

Mijn blik ontmoette die van Kofi en opeens stonden we samen te giechelen.

Vais toon was ijzig. 'Catherine, misschien kunnen jij en Kofi beter naar de keuken gaan. Je hebt vast honger.' Hij gooide het zilvergrijze jasje met het eenvoudigere patroon op het bed en begon het purperen jasje met de gestileerde oranje en zwarte stenen aan te trekken.

'Die doet pijn aan mijn ogen,' zei ik tegen niemand in het bijzonder. Terwijl Kofi en ik over het stenen pad naar de patio liepen, besloot ik beleefdheden terzijde te schuiven. 'Heb je me ooit vertrouwd, Kofi? Voordat ik getémd werd, bedoel ik.'

Hij floot waarderend. 'Dus jij dat gehoord hebben? Ik deze bedoelen als grapje.'

'Natuurlijk! Daar heb ik nooit aan getwijfeld!'

Hij grinnikte. 'En wat deze andere betreffen, jij zo plotseling opduiken en ook nog van Koedoderstrand. Zelfs daarvoor, door deze manier waarop hij praten over die perdita, ik denken hij behekst zijn. Deze nog moeilijker te beoordelen nadat jij komen, want jij hem met die ene hand wegduwen en dichterbij trekken met die andere.'

'Alsof ik twee gezichten had als een sterappelboom. Dat wordt gezegd omdat de bladeren aan iedere kant een andere kleur hebben, is het niet?' Ik bleef staan voor de patio, want ik wilde dit gesprek niet meenemen de keuken in. 'Ik was heel erg in de war. En wat het beheksen betreft, heb je je nooit afgevraagd of hij dat zichzelf misschien had aangedaan?'

'Zichzelf aanpraten dat hij verliefd zijn op jou? Kan zijn. Jij weten, voor die orkaan, ik jou zonder nadenken overboord gooien. Maar toen jij onder die boot kruipen om een man te redden die jij nog nooit gezien hebben en geen enkele reden hebben om iets om hem te geven, ik mij dingen afvragen. Cat, jij begrijpen ik bezorgd zijn of jij Vai goed behandelen en hem niet verraden.'

'Ik had geen idee van de overval op Nance'. En wat het andere betreft, ik zal je eerlijk antwoord geven, Kofi, omdat jij een goede vriend voor hem bent geweest. Ik wil hem goed behandelen. Ik zal hem niet verraden. Maar ik zeg je eerlijk, het is het beste voor Vai als hij niet teruggaat naar het magiërshuis.'

Mensen kunnen op allerlei manieren glimlachen. Kofi's lippen vertrokken op een manier die zijn littekens goed deed uitkomen. 'Jij denken hij beter uit zijn door samen te werken met die generaal.'

'Ik vertrouw de generaal helemaal niet. Ik heb een voorkeur voor de radicalen, maar ik zou wel eens willen weten hoe mensen die alleen maar rond een tafel zitten te praten denken dat ze een oorlog kunnen winnen.'

Hij kruiste zijn armen op een manier die benadrukte hoe groot en gespierd hij was, de soort van man die je aan jouw kant wilde hebben als je bomen velde, of schepenen. 'Mensen met deze legers en deze geld, en die koude magiërs waar jij over praten, altijd die wapens zullen hebben om ons te vermorzelen. Misschien woorden een beter wapen zijn dan jij denken.'

'Kofi, die keer dat Vai bijna zijn koude magie gebruikte, toen die dronken man hem beledigde, wat heb jij destijds tegen hem gezegd om hem te kalmeren?'

Hij wierp een blik op de buikpijnstruik, alsof hij wilde controleren of Vai eraan kwam, en keek daarna naar mij. 'Ik denken ik wel wat oefening gehad hebben in die man kalmeren, want deze niet die eerste keer waren dat hij bijna in een gevecht verzeild raken. Deze keer ik alleen zeggen: "Als jij deze meidje willen hebben, jij dit niet doen moeten." En deze werken.'

'Ik dacht dat je een hekel aan mij had. Waarom zou jij hem aanmoedigen om aan mij te blijven denken?'

'Meidje, jij die mansa weerstaan die hem en zijn mensen regeren. Ik niets zeggen kunnen om jou uit zijn gedachten te bannen. Ik mij deze moeite besparen.'

Voetstappen kwamen dichterbij, Vai kwam in het zicht. Hij liep aan de manchetten te trekken van een jasje met rode, gouden en oranje vlakken op een zwarte ondergrond. Een smal zwaard zwaaide aan zijn riem als een lichtflits die gevangen is en in een schede is gestopt. *Koud staal in de hand van een koude magiër.* Het zij zo. We zouden de generaal samen tegemoet treden en met hem onderhandelen over onze volgende stap.

Zijn blik schoot heen en weer tussen Kofi en mij en hij glimlachte, alsof onze goede verstandhouding hem plezier deed.

'We kunnen maar beter iets eten voordat we gaan,' zei hij en hij pakte mijn hand.

Hij en Kofi babbelden over gebeurtenissen in de stad, Kofi vertelde vooral over de enorme hofstoet die nodig was vanwege het aanzien van de cacica: de Taino waren eerder aangekomen bij het festivalterrein dan werd verwacht, omdat ze gebracht waren door een vloot van luchtschepen.

'Een vloot van luchtschepen?' riep Vai toen we bij de keuken kwamen die overdekt was door een dak maar aan drie kanten open was om lucht binnen te laten. 'Heer van allen! Zijn ze een invasie van plan?'

'Die Taino altijd gezegd hebben dat zij deze Eerste Verdrag niet zullen schenden. Dus misschien deze alleen ter ere zijn van die huwelijk van een prins die hoogstwaarschijnlijk cacique worden.'

Kofi begroette de professora alsof hij haar goed kende. We gingen zitten en kregen een kom warme rijstepap gestoomd in melk en op smaak gebracht met kaneel. Ik werd zo in beslag genomen door de heerlijke geur en de romige substantie van de pap dat ik alleen maar kon eten en luisteren.

'Niemand had een vermoeden dat de Taino bezig waren een vloot van luchtschepen te bouwen.' De professora viel even stil en keek naar mij. 'Elke kok moet van jou houden, maestressa Barahal.'

'Deze goed zijn als een meidje graag eten,' merkte Kofi op.

Ik keek op en zag dat Vai zijn best deed er niet vergenoegd uit te zien en daar volledig in faalde. Blozend, leek het me verstandiger me weer aan de pap te wijden en niet te reageren.

'Zij veel fabrieken hebben waar wij niets over horen?' vroeg Kofi.

'Dat is te hopen,' zei ze, 'anders moeten ze een contract gesloten hebben met een trollensyndicaat in het noorden. Dat zou de vrede onder trollen niet bevorderen. Of misschien heeft het Purépecha koninkrijk hier een hand in, want prins Caonabo is een zoon van een prins uit Purépecha die ooit getrouwd was met de cacica. Maar dat is niet waarschijnlijk, want de koninkrijken zijn rivalen.'

Kofi schudde zijn hoofd. 'Ik denken als die Taino zo'n vloot hebben, deze moeilijk voor te stellen hoe Expeditie kunnen overleven.'

'Soms,' zei ik, 'fungeert een klein, vrij territorium als Expeditie als een van die ventielen waardoor je stoom afblaast als de druk in de machine te hoog wordt. Misdadigers en onruststokers kunnen ze daarheen jagen in plaats van ze gevangen te nemen of terecht te stellen. Als je ze hun vrijheid laat behouden, zullen ze onderling gaan vechten en worden ze niet als martelaren gezien. Rivaliserende handelsbelangen blijven in toom. Gevaarlijke technologieën kunnen worden uitgeprobeerd op een plek waar ze de Taino geen kwaad doen als ze mislukken. Als er moeilijkheden zijn, kunnen die geweten worden aan Expeditie in plaats van aan het Tainohof.'

Hun lepels lagen even onaangeroerd en ze staarde naar me alsof ik een tweede hoofd had gekregen.

'Ik hoorde een heleboel gesprekken toen ik de tafels bediende. Kofi, waarom ben je juist vandaag gekomen?'

'Ik elke morgen dingen bezorgen bij die universiteit.'

'Ik dacht dat je in de timmerwerkplaats werkte.'

'Ik daar werken als zij een grote order hebben en ik tijd vrij kunnen maken. Vai, ik jou met die boot kunnen overzetten als jij dat willen.'

De professora pakte een stevige keramische pot vol stro en ijs, waaruit ze een paar ijslenzen aan kettingen haalde. 'Dit zijn de laatste twee. Ze zijn bezig er meer te maken in de ijskelder in trollenstad.'

'Wonen Chartji's tante en oom in trollenstad, of hier?'

'Hun werkplaats is in trollenstad. Ze kwamen hierheen omdat

Vai niet door de stad kon lopen.'

Vai hing de kettingen om zijn nek en stopte de lenzen onder zijn jasje. We bedankten de professora en liepen naar de pier. Kofi verschoof een ton en een krat naar de boeg zodat Vai en ik samen op de bank in de achtersteven konden zitten. Daar legde hij een van de verschoten, oude pagnes die hij had meegebracht op de bank zodat zijn jasje niet in aanraking zou komen met het verweerde en bevlekte hout. Ik deed veel moeite om in de boot te komen zonder iets aan te raken dat mijn eenvoudige maar mooie pagne zou bevuilen. Hij leunde zo ver naar voren dat de boot begon te schommelen en ik bijna mijn balans verloor. Zo had hij een excuus om mij dicht tegen zich aan te trekken op de bank en zijn arm om me heen te leggen.

'Ik bang zijn deze pijnlijk worden,' zei Kofi terwijl hij de roeispanen buiten boord bracht en de boot afduwde. 'Want ik met mijn gezicht naar jullie toe moeten zitten om te kunnen roeien.'

'Ik dacht net dat ik de rest van de reis heel stilletjes met mijn ogen dicht tegen Vai aan geleund wil zitten.'

Ze leken het prima te vinden om mij te negeren. Het viel me op hoe graag ze elkaar mochten, hoe gemakkelijk hun gesprek liep, als bij mensen die al veel met elkaar hebben gesproken. Dat gemak, de beweging van de boot, Vais arm om me heen, zijn schouder tegen mijn wang aan en de warmte van de zon op mijn hoofd, dat alles ontspande me zozeer dat ik wegdoezelde.

Ik werd wakker toen de boot tegen een pier aan stootte.

'Veel geluk voor jullie samen,' zei Kofi zacht, 'want ik zien hoeveel zij betekenen voor jou.'

Ik voelde hoe hij mijn haren kuste. 'Ze is wakker. Nietwaar, Catherine?'

Ik opende mijn ogen en koesterde me in Vais glimlach. Met zijn vrije hand pakte hij het opgerolde touw. Een man met het door de zon verbleekte haar en de verbrande huid vol sproeten van iemand die geboren is in het noordelijke klimaat, sprong naar voren om ons te helpen de boot vast te maken.

'Ja, Kofi-jongen,' zei de man met een beleefd knikje naar mij en Vai. 'Ik vandaag zoeken naar werk. Jij iets hebben?'

Kofi en Vai wisselden een blik en Vai liet zijn kin ver genoeg zakken om een signaal van instemming te geven.

'Ja, maku,' zei Kofi. 'Maar jij eerst die boot even vasthouden terwijl ik eruit komen.'

Kofi sprong op de pier met het gemak van een man die gewend is aan werk in de haven en deed veel moeite om mij eruit te helpen, wat ik opvatte als een poging zijn achterdocht over mij goed te maken. Vai schudde de pagne uit en volgde. Mensen op het havenhoofd merkten hem op, zijn kleding en zijn knappe uiterlijk. Ik veronderstelde dat hij net zoals Bee verlangde naar de aandacht en daar misschien zelfs wel van genoot. Maar hij leek het niet te merken terwijl hij een klein stukje wegliep met Kofi.

Kofi sprak zacht. 'Wat deze andere betreft, jij mij moeten beloven jij niets doldriest doen. Jij ervoor zorgen dat jouw trots jou niet beletten na te denken.'

Vai greep mijn hand en trok me naast zich. 'Ik kan mijn hoofd koel houden.'

'Dat dan die eerste keer zijn,' zei Kofi, 'maar jij luisteren, maku. Jij deze net kunnen zijn die wij deze radicalen in Europa over die oceaan heen toewerpen.'

'Ik denk dat dit onze beste kans is, want ik ben er zeker van dat er geen andere manier bestaat om de magiërshuizen en de prinsen te dwingen tot verandering.'

'Als er een man bestaan die weten welke macht deze magiërshuizen hebben, dan jij deze zijn, Vai.'

'Ja, dat is zo. Maar ze zullen niet toegeven zonder een gemeen gevecht.'

Als twee mannen die op het punt staan naar een veldslag te rijden, keken ze elkaar met zo'n grimmige glimlach in de ogen dat een vlaag van angst uit mijn maag naar boven borrelde.

Op dat moment wist ik dat ik alles zou doen om hem te beschermen, zoals mijn moeder ooit had gedaan om de man van wie zij hield te beschermen. Toen ik een hand op de punt van mijn wandelstok liet rusten, bloeide het gevoel dat mijn moeder vol begrip en steun naast me stond zo sterk op in mijn geest dat ik even zeker wist dat ik haar aanraking op mijn schouder voelde. Ze was een soldaat geweest, en nu moest ik dat ook zijn.

Kofi bood me een hand op de manier van de radicalen. Even leek hij iets te willen zeggen, maar in plaats daarvan sloeg hij Vai op de schouder en keerde terug naar zijn boot.

Vai pakte mijn hand en we wandelden over het havenhoofd naar de hoofdpoort. Zeelui wankelden dronken naar een schip. Een man spijkerde een pamflet met het forse opschrift BOYCOT op een aanplakbord. Mensen dromden eromheen en probeerden te lezen wat erop stond. Het was een oproep van de radicalen om de areito ter ere van het huwelijk te boycotten.

'Waarom keek hij naar jou en knikte jij? Toen die man vroeg om werk voor vandaag?'

'Kofi's huishouden is arm, Catherine.'

'Is dat zo?'

'Niemand in dat huis heeft honger, dus ik neem aan dat ze op een bepaalde manier rijk zijn. De mansa heeft me een banktegoed meegegeven, dus ik ben heel bemiddeld. Hij veronderstelde immers dat ik zou gaan leven op een manier die past bij het aanzien van een magister van Vier Manen Huis. Daarom was ik in staat een behoorlijke som aan Kayleigh te geven als haar bruidsschat. Omdat ze nog niet formeel volwassen is, ben ik haar voogd. Als Kofi iemand inhuurt voor een dag, gebruikt hij haar geld, dus daarom vroeg hij mijn toestemming. Kofi probeerde me overigens over te halen de bruidsschat niet zo groot te maken. Het is niet gemakkelijk voor Kayleigh om in een huishouden te komen als een rijke maku bruid.'

'Nee, dat kan ik me voorstellen.'

'Ik had een lang gesprek met zijn moeder en tantes. Ik zou Kofi mijn leven toevertrouwen en zij hebben hem opgevoed om de man te worden die ik vertrouw. Kayleigh is een slim meisje. Ze zal een manier vinden om het geld van de mansa zo te gebruiken dat het huishouden kan opbloeien.'

'Heb ik iets gemist toen ik zat te slapen in de boot? Wat bedoelde Kofi toen hij zei dat jij het net bent dat over de oceaan heen wordt uitgeworpen?'

'Ik zal in dienst treden bij het leger van de generaal maar in het geheim voor de radicale zaak werken.'

'"Risico's moeten worden genomen als we willen krijgen wat we verlangen."'

'Ik vraag me af wie dat zei.'

'Ik zojuist. Maar ik haalde Brennan Du aan.' Ik kneep in zijn hand en zag zijn ogen opengaan door de druk. 'Mijn volgende echtgenoot.'

Naast ons stonden een paar met stenen beladen karren zonder bewaker erbij. Vai trok me naar de andere kant van de ingespannen muilezels waar het net leek alsof we een beetje privacy hadden. Daar kuste hij me tot ik buiten adem was.

'Jij hebt geen nieuwe echtgenoot nodig.'

'Je bent zo gemakkelijk op de kast te jagen. Bovendien ben je jaloers op een man die je nog nooit hebt gezien.'

'Natuurlijk heb ik hem gezien, twee keer, en dat weet jij heel goed. Ik zag hoe je naar hem lachte in de herberg de Griffioen.'

Ik knipperde met mijn wimpers. 'Ik vroeg me af hoe het zou zijn om gekust te worden door een knappe man.'

'Dat hoef jij je niet meer af te vragen.' Hij pakte mijn kin in zijn hand en kuste me opnieuw.

'Nou, nou,' zei de jonge voerman die net aan kwam lopen, 'dat wij niet moeten hebben. Jullie die muilezels bang maken. Mooi jasje, trouwens. Waar jij zulk mooi maatwerk kopen?'

Vai liet me los en controleerde of zijn jasje niet scheef zat of verkreukeld was. 'Europa.'

'Aha, jij een maku zijn. 'Het niet goed zijn dat jij meidjes uit Expeditie stelen met jouw mooie kleren en dikke beurs.'

'Maar ze is mijn vrouw.'

De voorman leek absoluut niet onder de indruk en hij was een stevige, gespierde man met een zelfverzekerde grijns. 'Meidje, jij geen man willen die mooiere kleren voor zichzelf kopen dan voor jou. Als jij hem zat zijn, jij naar mij komen om mijn mangoboom te beklimmen. Ik mooie kleren voor jou kopen en net zoveel linten en kralen en snuisterijen als jij willen.'

'Jij dat doen?' vroeg ik geïnteresseerd en met een aardige imitatie van het plaatselijke taaltje. 'Hoeveel? En jij die op deze avenue Kolonkan kopen?'

'O, deze zo zitten?' zei hij en hij liet zijn ogen rollen.

'Eigenlijk,' zei Vai, 'zit het helemaal niet zo. Ik koop niets voor haar op avenue Kolonkan.'

'Jij dat niet doen?' zei de voerman en hij keek naar mij om te zien hoe ik zou reageren op deze verklaring.

'Jij dat niet van plan zijn?' vroeg ik met oprechte verbazing.

'Dat zou tegen mijn radicale principes ingaan. En de muilezels zijn helemaal niet geschrokken. Overigens heeft de helft van de kleermakers in Kleermakersstraat in Passaporte patronen gemaakt van dit jasje. Het gaat niet tegen mijn radicale principes in als je van hen een jasje koopt.'

'Jij begrijpen waarom ik van hem houden?' zei ik met een onnozele glimlach terwijl ik opnieuw met mijn oogleden knipperde. 'Sommige mannen mij die hof maken met snuisterijen, maar hij mij die hof maken met radicale principes.'

Jammer genoeg was de voerman veel meer geïnteresseerd in Vais jasje dan in mijn gevatheid. 'Kleermakersstraat in Passaportekwartier. Echt?'

'Tegen een tiende van de prijs die een man moet betalen in avenue Kolonkan. En het geld verdwijnt in de zak van de kleermaker die het heeft gemaakt en niet in de beurs van de chique winkelier die een schijntje betaalt aan werkmensen die niet veel beter af zijn dan contractarbeiders.'

'Jouw praten mij bevallen!' zei de andere man. Met een vastberaden, mannelijke glimlach schudden ze elkaars hand. Ze beleefden een ogenblik van diepe verbondenheid met veel commentaar op de corrupte schepenen, de beruchte overval op Nance' afgelopen maand en op de vraag of de armen van Expeditie de areito ter ere van het huwelijk moesten boycotten ondanks de overvloed aan gratis eten die daar vast en zeker beschikbaar zou zijn. Ik moest Vai meetrekken anders had ik me tot de muilezels moeten richten voor een gesprek.

'Ik hoop dat je geen geld hebt uitgegeven op avenue Kolonkan,' zei hij terwijl hij mijn hand pakte.

'Kijken is geen kopen! Bovendien, de fooien die ik bij tante Djeneba kreeg, waren niet genoeg om zelfs maar een lint te kopen in een van die winkels.'

'Kofi zal tante duidelijk maken wat er is gebeurd. Ik hoop dat je het hen niet kwalijk neemt.'

'Ik bewonder hun loyaliteit aan jou. Maar het was wel een afschuwelijk ogenblik...' Ik maakte mijn zin niet af omdat Vai stilstond. Voor ons rees het hek omhoog met de lantaarns van de bewakers. Een roodharige man stond naast opzichters in de schaduw van de poort naar ons te kijken. De lampen van de bewakers flakkerden alsof er een stevige bries opstak. Vai liet mijn hand los en stak de zijne op. Een vlaag van hitte knetterde door de

lucht. Vai sloot zijn hand en de hitte verdween alsof zij was opgeslokt. Het gevest van mijn zwaard trilde omdat het koude magie proefde.

'Blijf dicht bij me,' zei hij. Met energieke stap overbrugde hij
de afstand, met mij naast zich. De vlammen in de lantaarns krom-
pen ineen alsof de brandstof opraakte.

Drake had een scheve glimlach op zijn gezicht als een man die
geniet van het vooruitzicht van een langverwachte traktatie. 'Andevai Diarisso Haranwy, je staat onder arrest...'

'Ik ben een vertegenwoordiger van Vier Manen Huis, een magister van Diarisso afkomst. Je hebt geen grond, noch mogelijkheid om mij te arresteren.'

'Dat zullen we nog wel eens zien.' De vlammen in de lantaarns
sprongen op en de lucht knetterde van hitte.

Vai balde beide handen tot vuisten en de lantaarns doofden uit.
'Als je niet beter kunt dan dat, hoef je het niet eens te proberen.'

Drake deed een stap in zijn richting. 'Je staat onder arrest als
een ongeregistreerde vuurdover. Wat je zojuist elke opzichter hier
hebt laten zien. Wat vind je daarvan, bastaard?'

'Ik ben geen bastaard,' zei Vai zo kil dat ik wist dat Drakes woorden hem echt kwaad hadden gemaakt, 'en ik zal je één kans geven
om je excuses aan te bieden aan mijn moeder omdat je dit zelfs
maar hebt gesuggereerd. Anders zul je erachter komen dat je niet
moet proberen dit soort spelletjes met mij te spelen.'

Er schoot een grijns over Drakes gezicht, gevolgd door een
woede-uitbarsting. 'Vervloekte, arrogante bastaard. Laat eens zien
of je van vuur houdt.'

Als een verzengende windvlaag vlamde uit het niets een muur
van hitte op. Vlammen zetten een passerende kar in brand. De arme muilezels die ervoor waren gespannen – Gezegende Tanit! Het
waren dezelfde muilezels die onze kus hadden verborgen! – begonnen te schoppen en te bokken in het gareel terwijl de koetsier
paniekerig vloekend van de bok sprong. Hoe had Drake zoveel
vuur durven loslaten?

Een vurige gloed lekte rond Vais lichaam.

Gezegende Tanit! Drake gebruikte Vai als vuurvanger om de
vlammen te voeden. Hij zou hem levend verbranden! Ik sprong
naar voren en stompte Drake hard onder zijn kin met het gevest

van mijn wandelstok. Met een bons viel hij op de grond.

'Vai, doof die kar!' schreeuwde ik terwijl ik het botte einde van mijn wandelstok tegen Drakes borst duwde.

Omstanders waren al toegesneld om de angstige voerman te helpen de muilezels uit te spannen, maar de wild schoppende beesten dwongen hen op afstand te blijven. De kling van mijn zwaard trilde toen koude magie opbloeide. Vlammen verdwenen in kronkelende rook. Ik draaide het gevest en trok mijn zwaard. Drake begon overeind te krabbelen en ik prikte de punt van mijn zwaard in zijn jasje.

Ik had hem het liefst gestoken. Ik doorboorde hem bijna, denkend aan de manier waarop die gloed Vais lichaam had verlicht. Maar Vai had gezegd dat Drake een ongebruikelijk machtige vuurmagiër was. Dus moest ik hem sparen voor het geval ik hem nodig had om Bee te redden.

Maar Drake moest de bloeddorst op mijn gezicht hebben gezien, want hij liet zich snel weer vallen.

Vai verscheen naast me, hij leek ongedeerd door de terugslag van Drakes magie. Zijn donkere blik ontmoette de blauwe ogen van Drake.

Mannen kunnen op een manier naar elkaar kijken die van zichzelf al een vloedgolf is van hete en koude vijandigheid.

Nobele Baäl! Ik had me verschrikkelijk vergist: volgens mij was Drake nooit speciaal geïnteresseerd in mij. Via mij had hij op een kleinzielige, maar voorspelbare manier wraak genomen op de koude magiër die hem zo minachtend had behandeld in de deur van het juridisch bureau van Godwik en Clutch, waar de twee mannen tegenover elkaar waren komen te staan.

Bijzonder knap. Was ik daar echt voor gevallen? Twee keer?

'Ik wacht nog steeds op die verontschuldiging,' zei Vai.

Ondanks mijn zwaard dat tegen zijn schouder drukte, nam Drake niet de moeite naar mij te kijken. Hij snauwde tegen Vai. 'Je zult net zo lang op die verontschuldiging moeten wachten als het zal duren om erachter te komen of je vrouw geen hoer is.'

Vai trok zijn zwaard zo snel dat er een vlaag van angst over Drakes gezicht trok. Dat deed me genoegen, en ik zou er graag langer van hebben genoten, maar ik moest snel ingrijpen.

'Vai, niet doen. We hebben hem levend nodig.'

Vai liet zijn adem ontsnappen, sloot een vuist rond zijn emoties en slikte ze weg.

'Je hebt gelijk, lieveling,' zei hij koeltjes terwijl hij zijn zwaard in de schede stak. 'Zijn verontschuldigingen zouden toch niets waard zijn. Kom. Ik weet dat generaal Camjiata graag een magiër wil ontmoeten die werkelijk getraind en effectief is. Net zoals mijn vrouw graag naar bed ging met een man die haar echt genot kon schenken.'

Met opeen geperste lippen en samengeknepen ogen stak Drake een hand op. 'Nu pak ik je.'

Te laat hoorde ik het klikken en losschieten van kruisbogen vanaf de weergang boven de poort. Ik gooide me tegen Vai aan en we vielen opzij. Een schicht schoot langs mijn wang. Een pijnscheut trok door de bovenkant van mijn rechterarm. We smakten tegen de grond en lagen allebei uitgestrekt op de keien, mijn lichaam boven op het zijne.

'Hé, jongens!' riep de voerman. 'Deze honden die deze schepenen dienen iemand van ons aanvallen. Wie die maku willen verdedigen?'

Aarzelend verzamelden mannen zich rond de verbrande wagen. Opzichters kwamen naar voren met geheven stokken en riepen naar de schutters. Op de neergang klikten kruisbogen alsof ze werden herladen. Ik rolde van Vai af en greep Drakes hemd vast. Met een pijnscheut door mijn arm, trok ik hem overeind en zette hem tussen de kruisbogen boven en Vai achter me, die zich net herstelde van de schok van de botsing.

Ik riep. 'Hebben jullie genoeg van de schepenen die jullie eigen mensen stelen? Kunnen we er geen eind aan maken? Als niet iedereen gelijk is voor de wet, wat is die wet dan waard?'

Vai worstelde zich overeind tot op zijn knieën en trok aan de kettingen rond zijn nek om de ijslens tevoorschijn te halen.

'Terug! Doorlopen!' riep een opzichter.

De voerman riep: 'Zij die meidje neergeschoten hebben! Kijk! Haar arm bloeden! Ik zeggen wij hen wegjagen, jongens! Genoeg!'

Drake sprak. 'Jij kreng. Ik krijg je wel.'

Hitte schraapte langs mijn huid als de aanraking van vurige kolen. Ik snakte naar adem terwijl mijn longen brandden en mijn tong verschrompelde. Mijn greep op Drakes hemd verslapte terwijl de terugslag van zijn vuurmagie als een vlam door mijn lichaam schoot. Pijn verschroeide me.

Gezegende Tanit. Laat deze kwelling snel voorbij zijn.

'Cat!' schreeuwde Vai.

Koude magie sloeg toe als een hamer. Eerst stond ik op het punt in vlammen uit te barsten, daarna zakte ik op handen en knieën ineen, ijskoud maar in leven. Mijn tranen vielen als ijs, versplinterden op de keien. Mijn maag verkrampte; ik hoestte een druppel bloed op. Maar ik verdomde het om Drake toe te laten slaan terwijl ik op de grond zat. Ik kroop naar mijn zwaard, de kling glansde omdat koude magie zijn hart voedde. Drake schopte het zwaard weg. Hij keek echter niet naar mij, maar naar Vai.

'Blijkbaar ben ik sterker dan jij dacht, magister. Want ik sta nog overeind en jij ligt op je knieën. Je hebt een fatale vergissing begaan. Je hebt onthuld dat zij je zwakke punt is. Dit is zo gemakkelijk. Je hebt me één keer gedoofd. Maar de volgende keer zul je niet snel genoeg zijn om háár te redden. Smeek om haar leven, bastaard.'

Een steen vloog door de lucht en raakte hem tegen de schouder. Een stuk verschroeid hout viel kletterend aan zijn voeten. Een volgende steen verbrijzelde vlak bij mijn hoofd, een scherf spatte omhoog en doorboorde mijn huid.

'Opzichters! Arresteer die relschoppers!'

Een goed gemikte steen kwam met een keiharde klap tegen de zijkant van Drakes hoofd, hij schoot achteruit. Bij de karren klonken overwinningskreten op. Onze vrienden kwamen naar voren, zwaaiend met stenen, schoppen, messen en bijlen. Opzichters en schutters kwamen stampend aangelopen, de commandant riep dat ze een linie moesten vormen. Stralen glinsterende hitte ontsnapten uit Drake terwijl hij vocht om zijn zelfbeheersing te herwinnen. Ik zag alles door een waas van vlekken en ik knipperde met mijn ogen om ze weer helder te krijgen. Hij zat gevangen in de macht van zijn vuurmagie; geen wonder dat hij Vai haatte, die gevoed werd door zijn magie en er geen schade van ondervond.

'Catherine, zeg iets tegen me.' Vai greep de andere ketting terwijl hij overeind krabbelde.

'Doe het niet, Vai,' zei ik. Mijn lippen brandden en mijn stem was zo schor dat het leek alsof ik verschrompeld was. 'Hij weet dat hij een misdadiger zal worden als hij me publiekelijk vermoordt. Als jij hem doodt, zul jij gearresteerd worden.'

'Ik neem geen risico met jou.'

Ik wankelde overeind en greep hem, drukte mijn gezicht in zijn mooie jasje, dat vuil was van de slijmerige troep op de straat. 'Ik denk met mijn voeten. Mijn familie is machtiger dan wie dan ook weet. Laat hem denken dat hij nu heeft gewonnen.'

'Tegen de tijd dat ik met hem klaar ben, zal hij niet denken dat hij heeft gewonnen,' zei Vai op de manier die mannen hebben als ze denken dat hun positie op de Rots van de Triomf in het geding is.

Stenen sloegen tegen de grond, de menigte werd moediger omdat Drake niets deed en de militia niet vuurde. De zinderende hitte van Drake prikte tegen mijn rug, als van een man die kiest voor wellustig staren omdat hij geen actie kan ondernemen. Maar op de wind dreef een wrevelige onderstroom. De woede van de stad was gewekt als van een beest dat wordt gepord tot het uithaalt om te bijten. Het kostte me moeite om te blijven staan.

'Wij nu die muren bestormen, broeders! 't Zijn tijd dat die schepenen vertrekken.'

Een geweer klikte, maar vuurde niet. Een gerommel als van donder klonk op uit de oude stad.

'Maak plaats! Maak plaats!'

Een optocht kwam tevoorschijn uit de poort. Drie rijtuigen kwamen tot stilstand toen de koetsiers de aanzwellende massa in de gaten kregen en zagen dat de straten geblokkeerd waren door mannen die klaarstonden om te vechten.

Drake deed een stap in onze richting. Vai schoof me opzij en trok opnieuw zijn zwaard.

Drakes angst vonkte onder zijn woede. 'Ik kan haar sneller doden dan jij mij kunt vermoorden.'

'Maar dan ben je toch dood,' zei Vai.

De deur van het eerste rijtuig sloeg met een klap open, een man klom eruit en beende in onze richting. Zijn gezicht zo woedend als een opdoemende onweerswolk. 'Wat heeft dit verdomme te betekenen?' snauwde de generaal met luide stem die zo ver klonk als het geschut van artillerie.

Zijn blik viel op Drake, vervolgens op mij en als laatste bekeek hij Vai en het glinsterende koude staal dat het leven uit een man kon wegsnijden alleen door hem te laten bloeden. Dus natuurlijk plantte hij zichzelf in het pad van Vais zwaard, tussen de twee magiërs.

'Ik wacht. Wat is de bedoeling van dit opstootje?'

'Behalve dat hij mijn moeder beledigde, heeft hij mijn vrouw een kreng en een hoer genoemd.'

'Maar wie kan zeggen dat die woorden niet waar zijn?' zei Drake grijnzend.

Zelfs ik zag het niet aankomen.

Camjiata haalde uit en sloeg Drake zo hard in zijn gezicht dat de vuurmagiër achteruitdeinsde, over zijn eigen voeten struikelde en op zijn kont viel. De opzichters en schutters sisten alsof ze sympathie voor hem voelden en de menigte juichte gewoonweg.

'Mijn moeder heeft me meer respect voor vrouwen bijgebracht,' merkte de generaal op.

Hij stak een hand op; de kruisboogschutters op de muren, de opzichters en de mannen met geweren lieten allemaal hun wapens zakken. Hij nam Vais starende blik en vaste hand in zich op. Ik kon de schaduw van de mansa bijna zien staan, die Vai aanspoorde toe te slaan. Niemand kon Vai tegenhouden om het Iberische monster te doden en Europa voor altijd te bevrijden van hem en van de dreiging die hij vormde. Zelfs ik niet.

'Ik neem aan,' zei de generaal op een toon die hij zou gebruiken tegen een man met wie hij toevallig bij Nance' onder het genot van een drankje in gesprek was geraakt, 'dat jij langskwam om mij een bezoek te brengen, of om mij te doden. Ik gok op het eerste, maar ik ben bereid het idee te overwegen dat het om de laatste reden was.' Hij keek fronsend naar mij. 'Jupiter Magnus, Cat. Je schouder bloedt.'

De punt van Vais zwaard zakte toen hij een stap in mijn richting deed, zijn blik schoot naar mijn gezicht en daarna naar mijn schouder.

De generaal sprak de nerveuze maar duidelijk verraste menigte toe. 'Mijn vrienden, jullie genereuze daad is bekend. Jullie moed om een kameraad te verdedigen is duidelijk. Maar ik ben bang dat dit een onverwachte, dramatische ruzie is tussen rivalen. Jullie weten wat voor rottigheid ik bedoel.'

De venijnige scherts van een oudere man kan een domper zetten op de zelfingenomen vurigheid van een jongere man, zo onzichtbaar als magie maar even effectief. Het liet hetgeen zojuist was gebeurd ineenschrompelen tot behapbare afmetingen. Drake zag er nu eerder uit als een man die had verloren in de liefde en Vai als een heethoofd die beter had moeten weten dan zijn rivaal dit feit in te wrijven.

'Magister, ik stel voor dat we met elkaar praten nadat haar wonden zijn verzorgd.'

'Waar is Bee?' Ik was verrast dat mijn stem zo schor klonk en hoeveel pijn het deed om te slikken. Een vlaag van duizeligheid trok door me heen. Ik zou opnieuw moeten slikken en zag daar erg tegenop; de rauwe, schurende pijn die dan weer door me heen zou trekken...

'Catherine.' Vai stak zijn zwaard in de schede en nam me in zijn armen. Hij keek langs me heen naar de generaal. 'Ze moet gaan liggen.'

De generaal wenkte. Ik had niet gezien dat kapitein Tira en Juba bij de hoofden van de paarden stonden. Juba stak twee messen in zijn mouwen en liep op ons af.

'Ik moet naar een afspraak. Beatrice is in het huis en maakt zich klaar voor haar vertrek. Juba zal jullie daarheen begeleiden. Hij weet iets van geneeskunde. Jullie kunnen op hem vertrouwen. Ik kom vanmiddag terug.' Hij keek nog een keer bezorgd naar me en liep naar het rijtuig. 'James.'

De blik die opvlamde tussen Drake en Vai zou verbranding geweest kunnen zijn of haat, of kon het overblijfsel zijn van ongebruikte magie die losbarstte en wegsmolt in de lucht.

'James! Kóm méé.'

Drake volgde hem en staarde naar de rug van de generaal met een blik die ik niet durfde te interpreteren. Als ze zo keken, konden mannen evengoed denken aan kussen als aan doden, of daartussen plotseling van mening veranderen.

'Vai,' zei ik, 'zet me neer. Ik heb mijn zwaard nodig.'

'Ik zet je niet neer tot ik je naar een veilige plek heb gebracht,' zei Vai op een toon die me eraan herinnerde dat voor zover hij wist, Drake als eerste zonder hulp was opgekrabbeld.

Waarom had ik bij het met sterren bezaaide voorhoofd van de

edele Baäl zo stompzinnig gezegd: *laat hem denken dat hij heeft gewonnen?*

Gelukkig kwam Juba eraan en hij sprak tegen Vai. 'Jij bent de vuurdover. Ik word Juba genoemd.'

De twee mannen namen elkaar op en besloten tot een wapenstilstand. Juba keek naar de menigte en wenkte. Een Tainoman verscheen met een wagen met een ezel ervoor. Hij verschoof enkele manden met gember en chilipepers en Vai legde me in de wagen. Hij liet hen wachten tot hij mijn zwaard had opgehaald, dat er opnieuw uitzag als een wandelstok. Vreemd genoeg kon hij het oppakken alsof het zijn eigen koude staal was.

Juba en Vai liepen achter de kar, wij rolden door de poort met zijn ijzeren driepoten die door de macht van Vais koude magie kromgebogen waren tot spookachtige vormen en waarvan de lampen volledig gedoofd waren. Keurig aangeveegde, stille straten brachten ons bij het herenhuis van de generaal. Juba betaalde de Tainoman en stuurde hem weg.

Ik zei tegen Juba: 'Jij werd een balling, omdat je weigerde datgene te worden wat mij zojuist bijna doodde.'

Zijn blik ontmoette de mijne en ik besloot dat ik hem aardig vond.

'Cat moet gaan liggen,' zei Vai.

'Ik kom terug met medicijnen,' zei Juba.

Hij liet Vai en mij alleen naar boven gaan. Op de trap moest ik tegen Vai aan leunen. Toen we de slaapkamer bereikten, merkte ik dat Vai trilde. Ik sloot de deur terwijl hij op het bed viel.

'Vai? Gezegende Tanit! Drake heeft jou langer als vuurvanger gebruikt dan mij. Ik heb hem niet snel genoeg tegengehouden.'

'Ik ben niet verbrand,' fluisterde hij. 'Het was zo vreemd... het vuur stroomde door me heen alsof ik een doorgeefluik was naar een andere plek... Ik kan mijn ogen niet openhouden.'

Ik trok zijn laarzen uit, knoopte zijn vuile jasje open en wurmde hem eruit terwijl hij een zwak protest liet horen en prompt het bewustzijn verloor. Ik drukte mijn wang tegen de zijne. Zijn ademhaling bleef regelmatig en rustig, dus deed ik een stap achteruit en liet hem slapen. Ik merkte nauwelijks dat ik zowel mijn wandelstok als zijn koude staal vasthad tot ik ze tegen de kast zette en besefte dat zijn zwaard mij niet had gebrand.

De deur ging open en Bee verscheen. 'Gezegende Tanit! Er zit bloed op je mouw!' Ze rende naar me toe, maar stopte voordat ze me omarmde. 'Je huid ziet er verhit uit.'

'Drake gebruikte me als een vuurvanger.' Het was vreemd gemakkelijk om die woorden uit te spreken, alsof ik over iemand anders sprak. 'Vai ook, maar het heeft hem niet verbrand.'

Ze wankelde en ik was degene die haar naar het bed bracht, waar ze ging zitten met een blik van verbijsterde afschuw. 'Wat is er dan met Andevai gebeurd?' fluisterde ze.

'Hij heeft zichzelf uitgeput om Drake tegen te houden. Hij is gewoon diep in slaap gevallen.'

Geschokt pakte ze mijn handen. Toen ik kreunde, liet ze me weer los. 'Hoe erg is het?'

'Ik voel me alsof ik bijna gekookt ben. Maar het is niet al te erg, het is eerder de schok.'

'Ik had dat briefje nooit moeten sturen. Ik had het erover waar Drake bij was. Ik zal hem zelf doden!'

'Laat Drake met rust, Bee. Ik reken wel met hem af. Geloof me, dat kan ik.'

Ze had de deur opengelaten. Juba verscheen op de drempel. Hij had een dienblad bij zich met een lampetkan en een schaal, een medicijnflesje, een kruik van keramiek afgesloten met een kurk, repen linnen en een glazen flesje. Met een operatiemes sneed hij de met bloed doordrenkte stof weg, waarbij hij erop lette dat hij mijn eerbaarheid niet schond en waste de wond, die meer een groef in mijn huid was. Ik had geluk gehad. Net onder mijn elleboog stopte hij toen hij, met een veeg van de waslap, een bloedvlek schoonmaakte en het litteken van de bijtwond onthulde. Hij keek op, ontmoette mijn blik hoewel ik niet kon raden wat hij dacht. Hij keek zijdelings naar Bee en verzorgde mij verder zonder iets te zeggen. Nadat hij de wond met een witte zalf had ingesmeerd, verbond hij hem met linnen.

'Voor de huid,' zei hij en hij wees naar de kruik van keramiek. Hij pakte het flesje. 'Een kom verzacht de irritatie. Misschien maakt het haar doezelig, maar het kan ook levendige dromen veroorzaken.'

Hij en Bee stonden naast elkaar als geliefden die ruzie willen maken. Met halfgesloten ogen keek Bee zijdelings naar me en daarna terug naar hem. Hij knikte en vertrok.

'Heb je het gedaan?' vroeg ik.

'Nee, ik heb niets gedaan.' Ze draaide de sleutel om in het slot.

Ik kleedde me uit. De kruik bevatte een kleverige, heldere vloeistof die mijn huid heerlijk verkoelde. Bee wreef het op mijn rug en kamde daarna een laagje olijfolie door mijn haar. Ze wierp de hele tijd blikken op Vai. 'Want als hij wakker zou worden en jou naakt zou aantreffen, zou ik me vreselijk generen.'

'Hij heeft al zijn kleren aan!'

'Ja, maar als jij en ik samen een bad nemen en ons verkleden, is dat heel iets anders dan wanneer er een vreemde in de kamer is terwijl een van ons in z'n blootje staat.'

'Hij is geen vreemde,' mompelde ik. Hij zag eruit als een man die gewekt moest worden met een kus.

'Gezien de vaagheden die uit je mond komen en je aanhoudend dwaze gezichtsuitdrukking, neem ik aan dat jullie je met elkaar hebben verzoend. Maar je kunt er zeker van zijn dat ik geen enkel detail wil horen.' Ze vulde een kom uit de fles en gaf die aan mij. 'Slaap maar een paar uur. Ik zal je wakker maken. Halverwege de middag brengt een rijtuig ons naar de festivalpoort. De cacica heeft verklaard dat ze mijn laatste instructies zelf ter hand moet nemen.'

'In Sharagua?'

'Nee. Er staat een paleis aan de grens, waar de areito zal worden gehouden. Het is niet ver, maar ik moet daar blijven. Cat, je moet even slapen. Je ziet er uitgeput en verdoofd uit. Maar ik ben zo zelfzuchtig je te vragen... Ik kan maar één metgezel meenemen de komende twintig dagen. Ik weet dat jullie twee... Het is een lange tijd om van hem gescheiden te zijn...'

'Natuurlijk ga ik met je mee! Ik moet trouwens toch bij je blijven tot na de nacht van Allerzielen, wat er ook gebeurt, met of zonder Vai. Maar je zult me wel moeten vertellen wat ik wel en niet moet doen.'

'Maak je geen zorgen. Je weet hoe graag ik de baas over je speel. En om te laten zien hoeveel ik van je houd omdat je met mij meegaat, zal ik dat jasje van hem mee naar beneden nemen zodat de wasvrouwen het schoon kunnen maken.'

Ze vertrok met het jasje en ik deed de deur op slot. Nadat ik mijn haar had gevlochten en de vloeistof met zijn zoetig kalkachtige smaak had opgedronken, ging ik liggen. Een poging de slapende Vai te omarmen was succesvol: de zalf had mijn branderige huid voldoende verzacht om ervoor te zorgen dat de aanraking van kleding niet schuurde. Maar toen ik mijn ogen sloot, herinnerde ik mij het vuur dat opvlamde in mijn hart.

Ik sliep en droomde dat ik Vai wakker maakte met gepassioneerde kussen, en hij zei dat kan niet want het zal je pijn doen en ik zei we moeten wel want misschien ben ik morgen wel dood en hij gaf voorzichtig en teder toe en daarna werd ik wakker. Ik ontdekte dat Vai naast me lag te slapen, maar op de een of andere manier waren zijn kleren uitgetrokken. Dat dwong mij mijn herinneringen te onderzoeken op wat echt was geweest en wat ik had gedroomd. Een geluid van geklik en geritsel had me wakker gemaakt. De sleutel in het slot werd vanaf de andere kant van de deur omgedraaid. Ik glipte onder de dunne katoenen deken vandaan en snelde naar de klerenkast om Vais zwaard te pakken. Daarna pakte ik mijn gekreukte pagne en bond die haastig over borsten en heupen terwijl de sleutel uit het slot werd geduwd en met een plopje op de vloer viel. Vai bewoog zich. De deurklink draaide en de generaal kwam binnen.

Hij sloot de deur en nam het tafereel in zich op. 'De vitaliteit van de jeugd blijft me altijd verbazen.'

Vai knipperde met zijn ogen alsof hij verrast was en daarna leek het alsof hij zich weer herinnerde waar hij was. Hij ging zitten, en pas toen hij Camjiata zag, besefte hij dat hij vanaf de heupen naakt was. Hij glimlachte na een ogenblik met de zelfverzekerde bravoure van een man die weet dat hij er onder elke omstandigheid goed uitziet.

'Ik ben in het nadeel,' zei hij zonder een poging te doen zijn naakte borst te bedekken, noch de twee kettingen en ringen, één ijslens helder en de andere mistig.

De generaal glimlachte. 'Je kunt ervan uitgaan dat dit doelbewust is. Ik moet elk voordeel dat ik voor mezelf kan scheppen gebruiken, want ik ben geen koude magiër met een onvermoede, zeldzaam grote gave.' Ik bloosde, niet dat iemand dit kon zien want ik was al rood. 'Wat jou betreft, Cat, ik neem aan dat je verwondingen niet al te erg zijn.'

'Denk je dat? Drake probeerde Vai wel te doden.' Ik legde het zwaard op het bed naast een verbaasde Vai voordat ik naar de klerenkast beende om een blouse, pagne en schoon ondergoed te pakken.

'Dat zal hij niet nog een keer doen.'

'Hoe kun je daar zo zeker van zijn?' snauwde ik terwijl ik de kleren en de kruik met zalf meenam achter het kamerscherm om enige privacy te hebben. Vai hield zijn blik gericht op de generaal.

'Ik heb macht over leven en dood van James Drake op een manier die ik jullie niet wil vertellen.'

'Je zult begrijpen,' zei Vai, 'dat wij dat een dun rietje vinden om een rivier mee over te steken.'

'Wíj,' mompelde de generaal terwijl ik water in een schaal goot. 'Wat interessant om het op die manier te verwoorden. Ik zou willen weten hoe het jou lukte om Drakes vuur te doven en Cat te redden. Je had niet in staat moeten zijn om dat te doen.' Een stoel schraapte over de vloer en ik hoorde dat hij erop ging zitten.

'Ik zou me graag willen aankleden,' zei Vai, 'maar om eerlijk te zijn, generaal, ben ik niet van plan dat te doen in jouw aanwezigheid.'

'Ik houd er niet van als er een zwaard op mijn keel wordt gericht, magister, dus ik moet toegeven dat het mij plezier doet om jou in een ongemakkelijke positie te brengen. We zullen hier met elkaar spreken. Je kunt je aankleden, of niet.'

'Bastaard,' zei Vai, misschien waarderend.

'Ik was zeer gehecht aan mijn moeder,' antwoordde de generaal op zo'n nadrukkelijke toon dat ik verstijfde.

'Dan hebben we iets gemeenschappelijks. Neem me niet kwalijk. Ik wilde je móéder niet beledigen.'

Ik begon weer te deppen, de zalf werkte snel; mijn huid voelde al beter aan.

'Begrepen. Dus, dankzij de moeders die ons hebben grootgebracht, zitten we hier, magister. Waarom doodde je me niet toen je de kans had?'

'Ik ben niet zo'n soort man.'

'Toch had je zo'n man kunnen zijn. Elke redelijke beoordeling van de situatie voorspelt dat ik oorlog zal veroorzaken in Europa en dat velen zullen sterven in bloed en vuur. Dat had jij kunnen tegenhouden.'

'Mensen sterven toch wel. Vroeg of laat zal het tot een uitbarsting komen.'

'Jij bent de rijke en geprivilegieerde zoon van een van de machtigste magiërshuizen. Ben je bereid dat op te geven?'

'Ik ben een van hun wapens, zoals James Drake een van de jouwe lijkt te zijn. We zijn nog niet uitgeproken over de man die probeerde mijn vrouw te vermoorden.'

'Wat wil je, magister?'

'Ik wil hem doden.'

'Maar mij niet?'

'Jij hebt iets wat ik wil. De mogelijkheid horigheid af te schaffen.'

'Een wetboek is geen middel om horigheid af te schaffen. Je moet de middelen hebben om zoiets af te dwingen. Ik kan alles wat ik wil zeggen of opschrijven, maar daardoor gebeurt het nog niet, en kan ik het ook niet onmiddellijk waarmaken. Waarom zouden prinsen en magiërshuizen horigheid afschaffen? Wat je herkomst ook is, magister, jij hebt er voordeel van gehad dat je tot Vier Manen Huis behoorde. Jij en jouw dorpsgenoten ook.'

'Ik misschien. Maar zij hebben alleen materieel voordeel gehad, verder niets.'

'Ik zou materieel voordeel niet "niets" noemen. Ik heb een man gezien die zijn stervende kind in de armen hield, dat hij niet kon voeden omdat zijn oogst mislukt was en hij desalniettemin zijn landheer diens aandeel moest geven. Ik heb een echtgenote gezien die het verbrijzelde lichaam van haar echtgenoot vasthield dat verpletterd was door vallende rotsen in een mijn waarvan de opbrengst de mijneigenaar rijker maakt en niet degenen die erin werken. Soms zijn de goden wreed, maar vaker zijn het de wreedheid en hebzucht van mensen die ons doden. Jij staat op een hoge plaats terwijl het water rijst. Ik zou die plek niet zo snel opgeven alleen voor principes.'

'Ben jij een radicaal, generaal? Of alleen een ambitieuze man die van plan is het bloed van anderen te gebruiken om zijn handen te wassen op het altaar van de overwinning?'

'Zoals je zegt, vroeg of laat zal het tot een uitbarsting komen. Wat wil je, magister? Ik zal ervoor zorgen dat deze vroeger komt en voordat de oude orde helemaal klaar is om hem te bestrijden.'

'Ze zijn er klaar voor,' antwoordde Vai. 'Ze zullen je bevechten tot hun laatste druppel bloed.'

'Ik verwacht niets anders. Maar het is hoog tijd dat de oude orde wordt gewurgd in zijn dikke donsbed van onuitsprekelijke overvloed.'

'Jij leeft ook in weelde,' zei Vai.

'En er is mij verteld dat jij je uitstekend kleedt. Val me niet lastig met het oude gezeur dat een radicaal arm moet zijn om oprecht te zijn. Niets verveelt me meer dan de man die een vertoning maakt van zijn soberheid. Jij vertrouwt mij niet, magister. Toch heb ik iets wat jij wilt en wat de mansa je niet zal geven. Omdat je met mij praat in plaats van me te doden, want ik zie dat jij je koude staal dicht bij de hand houdt, moet ik aannemen dat jij je keuze al hebt gemaakt.'

'Ik heb mijn keuze gemaakt,' zei Vai.

Ik was klaar met het insmeren van de zalf en gebruikte een waaier van textiel om mezelf te drogen. Vanachter mijn kamerscherm vroeg ik: 'Generaal, wist jij dat Juba en prins Caonabo tweelingen zijn?'

'Ja, natuurlijk weet ik dat, Cat.'

'Waarom laat je Bee dan niet met Juba trouwen? Dan kan hij terugkeren uit zijn ballingschap en de troon van de cacique bestijgen met Bee aan zijn zijde. Waarom moet zij trouwen met een vuurmagiër, waardoor ze geraakt kan worden door de oplaaiende vlammen? Denk je dat ik Bee aan dit gevaar wil blootstellen?'

'Je moet niet denken dat elke vuurmagiër hetzelfde is als Drake. Juba's verbanning is permanent. Dat is de wet van de Taino. Wat Caonabo betreft, vergeet niet dat hij een vuurvanger heeft. En nog belangrijker, hij is nu de enig overgebleven levende zoon van de cacica. Maar er wordt beweerd dat hij het temperament heeft van een wereldvreemde wetenschapper. Je moet weten, Juba was bestemd voor de troon. Nu is de cacica bang dat partijen binnen haar hof zullen proberen een andere troonpretendent te installeren. Daarom heeft Caonabo de verbintenis met een drakendromer nodig.'

Juba's interesse in Bee kwam opeens in een onheilspellend licht te staan. Steunde hij zijn broer, of hoopte hij hem te ondermijnen? Ik trok mijn blouse aan en knoopte mijn pagne rond mijn heupen.

'Wat fortuinlijk voor je, generaal, dat je zo vroeg in je campagne tegen mijn nicht aan liep.'

'Fortuinlijk? Vergeet nooit dat ik een vaardige campagnevoerder ben.' Toen ik achter het kamerscherm vandaan stapte, liep de generaal naar de deur en opende die. 'Cat, we vertrekken binnen een uur. Ik hoop dat je er fit genoeg voor bent.'

'Ik zal Bee bijstaan zolang zij me nodig heeft. Maar je moet me beloven, generaal dat mijn echtgenoot geen kwaad zal overkomen tijdens de twintig dagen dat ik bij haar ben.'

'Ik beloof op mijn moeders graf dat jouw echtgenoot geen kwaad zal overkomen door enige bedoeling, complot, wetenschap, samenzwering, of verwaarlozing mijnerzijds. Hij is te waardevol. Magister, wil je blijven? Aha. Ik zie aan je verontwaardigde blik dat dit een domme vraag was. Natuurlijk blijf je op de plaats waar je zo snel mogelijk weer herenigd kunt worden met je vrouw. Maar goed ook, want ik heb de vrijheid genomen je spullen te laten halen.'

Vanuit de hal klonk het geluid van voetstappen. Kapitein Tira verscheen en wierp een bedenkelijke blik op Vai en een geïnteresseerde op mij. Ze leidde mannen naar binnen die Vais kledingkist, verschillende manden en het bed droegen. Vai en ik moeten eruitgezien hebben als studenten die verbijsterd zijn door een onverwacht examen waarop ze zich niet hebben voorbereid. Vier soldaten trokken zich terug met gedisciplineerde haast en slecht onderdrukte grijnzen.

'Heeft iemand Vai verraden?' vroeg ik bits.

'Nee. Ik ben zo vrij geweest het schetsboek van Beatrice door te kijken. Op een pagina met de vier fasen van de maan, die duidelijk Vier Manen Huis vertegenwoordigden en daarmee de koude magiër, herkende ik de bank.'

'Bastaard!' zei ik. 'Daar hebben we niet van terug.'

'Maar Cat,' zei hij met een glimlach die zo scherp was als een splinter die diep in mijn vlees drong, 'als ik jou was, zou ik dat specifieke woord niet onbezonnen gebruiken. Een uur. Kapitein, zullen we gaan?'

33

Het leek alsof we al uren in het gesloten rijtuig voorthobbelden. Mijn dappere, onverschrokken Bee zat met haar handen keurig gevouwen in haar schoot terwijl zij en ik een nietszeggende stroom gebabbel produceerden over de snuisterijen en stoffen die we bewonderd hadden op avenue Kolonkan. Het hielp de tijd te verdrijven en onze zenuwen te kalmeren. We waren gekleed in de lokale stijl, in eenvoudige blouses en pagnes. Kapitein Tira zat stijf rechtop op de tegenoverliggende bank en leek te veel op een gevangenbewaarder om openlijk te praten over de dingen die we het liefste wilden bespreken. Vai had de uitnodiging van de generaal om mee te rijden in het andere rijtuig geaccepteerd, omdat hij niet samen met Bee mocht reizen.

'En toen zei ik: "Kijken is geen kopen!"'

'Cat, zei hij echt dat het tegen zijn radicale principes in zou gaan om te winkelen op avenue Kolonkan?'

'Ja, en het ergste van alles is, Bee, hij meende het op die pedante manier van hem.' Ik wierp een zijdelingse blik op kapitein Tira, die me met dezelfde interesse bekeek als toen ze de slaapkamer binnen was gekomen met Vais bezittingen. 'Niet dat ik het me kan veroorloven om iets op avenue Kolonkan te kopen.'

'Ik zal alles wat je maar wilt voor je kopen, lieverd. Wat hij ook zegt!'

Opeens kreeg ik een afschuwelijk beeld van gevangenzitten tussen Vai en Bee die ruziemaakten, een nauwkeurige kling van koud staal tegen de botheid van een bijl. Ik hield een slag om de arm. Aan de ene kant was ik het met Vai eens, maar aan de andere kant vond ik dat er zulke mooie snuisterijen en linten te koop waren. 'Ik dacht dat de schatkist van de Taino leeg was.'

'Volgens mij is de situatie ingewikkelder dan het lijkt. We zijn half Kiskeya over gereisd, naar Sharagua en terug. Ik heb nog nooit zo'n welvarend, ordelijk en gezond volk gezien. Ik kon gaan en staan waar ik wilde, niemand hield me tegen. Ik heb geen enkel uitgehongerd kind gezien, en ik verzeker je; ik heb echt gezocht naar de stakkers en de armen omdat ik voor mezelf wilde beoordelen hoe rijk en machtig het Tainokoninkrijk precies was voordat ik een verbintenis met hen aanging.'

Ondanks de aanwezigheid van kapitein Tira, besloot ik te zeggen wat me werkelijk zorgen baarde. 'Een verbintenis die door de generaal is bekokstoofd. Hij is half Romeins. We kunnen hem niet vertrouwen.'

'Romeins van moederskant. Iberisch en Mande van vaderskant. Dat maakt hem van gemengd bloed. Net zoals jij. Moet ik jou daarom niet vertrouwen?' Haar krullen zwaaiden rond haar gezicht en ze glimlachte schalks naar me. Haar handen, die de mijne vastgrepen, waren het enige teken van haar nervositeit voor wat er voor haar lag en de enorme gok die ze had genomen. 'Natuurlijk gebruikt hij me om te krijgen wat hij wil, zoals de luchtschepen van de cacica en toegang tot de rijkdom en de fabrieken van Expeditie. De schepenen durven geen nee tegen hem te zeggen nu de Taino zijn zaak steunen. Het kan me niet schelen. Want het geeft me zekerheid. Als de koude magiër echt van jou houdt en jij van hem, dan zijn jullie beiden fortuinlijk en vervloekt, want jullie zullen nooit echt veilig zijn. Mensen die een van jullie willen gebruiken kunnen de ander bedreigen. En dat zullen ze doen. Maar als ik een machtige edelvrouwe ben en een gerespecteerde ziener onder de Taino, kan ik jullie allebei beschermen. Altijd, Cat. Altijd.' Ze omarmde me. 'En alles wat je wilt voor je kopen op avenue Kolonkan.'

De kapitein had haar armen voor haar borst gevouwen en haar ogen gesloten, alsof de melodramatische ontboezemingen van meisjes zoals wij haar zo verveelden dat ze in slaap viel.

Ik mompelde: 'Je zou denken dat kapitein Tira vaak onschuldige jonge bruiden aflevert bij vreemden die hun echtgenoot zullen worden.' Haar wang bewoog even door een lichte trilling en haar rechtervoet verschoof, de hak ging omhoog en weer omlaag. 'Kapitein, heeft de generaal echt ontdekt waar Vai al die tijd zat door Bee's schetsboek? Of heeft iemand hem geïnformeerd? Je kunt het me nu gerust vertellen.'

Ze opende haar ogen. Haar stilzwijgen was haar antwoord.

Een aangroeiende storm van geluid begroette ons: geruis van trommels, ratels, bazuinen en gezang zwol op en ebde weer weg als het getij van de zee. We hadden de grens bereikt, en het klonk alsof er al een areito aan de gang was.

Het rijtuig hield halt.

Bee haalde trillend adem. Onze blikken hielden elkaar vast.

'Altijd, Bee,' zei ik. 'Altijd.'

De deur werd van buitenaf geopend. De kapitein verliet als eerste het rijtuig.

Bee maakte gebruik van haar vertrek om me dicht tegen zich aan te trekken en te fluisteren: 'Denk eraan, zeg niets en doe niets anders dan wat ik zeg. Praat niet tenzij ik zeg dat je dat moet doen. En neem vooral geen bevelen van anderen aan, alleen van mij.'

'Dat klinkt niet zo moeilijk, ik ben immers gewend dat jij de baas over me speelt.'

Toen kapitein Tira achterom naar binnen keek, liet Bee me los en maakte een koninklijk gebaar met haar hand. 'Jij eerst, lieverd, want de laatste en meest dramatische entree zal de mijne zijn.'

'Jij legt altijd beslag op de meest dramatische entree, Bee,' zei ik terwijl ik naar buiten klauterde. 'Misschien zal ik die de volgende keer van je pikken.'

In de weken nadat Drake me had achtergelaten op het havenhoofd was ik niet één keer buiten het gebied van Expeditie geweest. Zijn straten en ommuurde binnenplaatsen, slordige steegjes en keurig verzorgde stadions, vrolijke markten en de glanzende aanwezigheid van de zee met de masten van schepen, en zelfs de fluitende groepjes trollen die druk bezig waren met hun eigen zaken, waren mijn landschap geworden.

Nu waren we in een andere wereld terechtgekomen.

Het enorme plein herinnerde me aan afbeeldingen op schilderijen die ik had gezien van de grote publieke ruimten van Rome en Qart Hadast in de hoogtijdagen van die keizerrijken. De geplaveide open ruimte strekte zich zo ver uit dat de randen in nevelen waren gehuld. Voor ons lagen de ingangen naar vier enorme stadions, twee aan elke kant van een lang stenen gebouw dat rood en blauw was geschilderd en doorboord werd door negen smalle poorten. Boven de middelste poort bevond zich een gedetailleerd geschilderd tafereel van een omgevallen kalebas waar vis uit stroomde.

Muziek, getrommel en gezang klonken op uit de stadions. Vreemd genoeg waren de enige mensen uit Expeditie die ik zag een enkele troep opzichters aan mijn linkerhand en een paar plaatselijke kooplui die op het plein gefrituurde bananen, cassavebrood direct van de grill, boven houtskool geroosterde zeevruchten en stapels fruit verkochten. Hun klanten waren Taino die de stadions in en uit stroomden, mannen uit het stadion aan mijn linkerkant en vrouwen uit het stadion aan de rechterkant. Ze droegen los gedrapeerde stof op de manier van het oude Rome, hoewel veel jonge vrouwen en mannen alleen rond hun heupen een stuk stof droegen dat op een pagne leek. Ze hadden helemaal geen hemd aan en liepen gewoon rond in hun blote borst.

Maar niets van dit alles beroofde me van woorden. Wat me sprakeloos achterliet, waren de meer dan dertig luchtschepen die op de grens tussen het Taino koninkrijk en het gebied van Expeditie met tuiers waren vastgelegd. Sommige waren verkenningsschepen die niet groter waren dan het schip waarmee de Barr familie rond zeilde. Veel hadden de omvang van het oceaanschip dat Bee en ik in Adurnam hadden gezien en dat Vai had vernietigd. In het midden zweefden drie indrukwekkende schepen zo groot als enorme walvissen. Het was een adembenemende show van rijkdom en macht.

Bee sloeg een arm om me heen. 'Ik krijg opeens zin om me te gedragen als de dido's uit de oude tijden, de koninginnen van Qart Hadast die op de kop van een machtige vloot zeilden. Ik zal mijn vloot tekenen als een school opgeblazen, zilverkleurige vissen die worden losgelaten uit een enorme kalebas die de hemel voorstelt.'

'Ik kan me nauwelijks voorstellen hoe het moet zijn om de zeeën te bevaren van een hof vol edellieden, waar elke hoveling bereid is je in de rug te steken of je schaamteloos te vleien om een trede omhoog op de ladder te komen. Ik bedien liever tafels bij tante Djeneba.'

'Waar de klanten hun handen op je kont proberen te leggen? Ik zie geen verschil. Maak je geen zorgen om mij. Ik zal mijn rivalen verpletteren met mijn glimlach en mijn onverzettelijke wil zal werken als de klap van een botte bijl.'

'Ik kan het niet verdragen als ze jou van mij wegnemen, Bee.'

'Lieverd, we zullen gezamenlijk terugkeren naar Europa als onoverwinnelijke helden.'

Het andere rijtuig rolde het plein op en de generaal verscheen, gevolgd door Vai, gekleed in het jasje dat hij ook had gedragen tijdens de nacht van de areito. Hij keek naar me met de glimlach die alleen voor mij was bestemd.

De zon ging langzaam onder aan de horizon en de middelste poort opende zich. Een processie van vrouwen verscheen. Ze waren gekleed in rokken die rond hun enkels flapperden en lijfjes als brede gordels, met ingeweven kralen. Veren versierden hun lange, loshangende, zwarte haren. Aan de kop van de stoet liepen twee vrouwen met hun handen voor zich uitgestrekt en vuur – echte vlammen – rezen omhoog van hun handpalmen alsof daarin olie zat die lampen voedde. De twee vuurmagiërs werden geflankeerd door vier vrouwen die even rijk waren gekleed. Eén van hen was geen Taino, maar had rood haar en een bleek gezicht met sproeten, als een vluchteling uit het noorden van Europa. Waren dit vuurvangers? Moeilijk te zeggen. Gezien de uitbundige rijkdom van hun kleding, leken ze evenzeer vereerd te worden. Daarachter liepen drie vrouwen zwaar behangen met dikke, stenen halsringen en gouden armbanden aan hun armen. Over hun huid liep een patroon van lijnen en stippen. Toen ze bij een verhoogd, rond platform in het midden van het plein kwamen, hielden ze halt.

Inmiddels ging de dag over in schemering en mijn zwaard bloeide op tegen mijn hand.

'Kom, Cat,' zei Bee koninklijk en ze rechtte haar schouders.

'Zijn we niet een beetje eenvoudig gekleed?'

'Heb je niet gezien dat veel van de Taino vrouwen veel minder gekleed zijn? Ik wel! Ik ben niet van plan hen na te doen!'

'Beatrice.' De generaal bood haar zijn arm aan. Zij nam hem en stelde mij zo in staat om achter hen naast Vai te lopen. Ik vlocht mijn vingers door de zijne terwijl we hen volgden naar de Taino edelen. Kapitein Tira liep achter ons. Ik zag geen teken van Drake of Juba.

'Als je iets nodig hebt, ga dan naar Keer van het juridisch bureau van Godwik en Clutch,' mompelde ik. 'Ze zal zwaar met je onderhandelen maar ik weet inmiddels dat trollen meer van het spel houden dan van de prijs.'

'Vertel me hoe je je voelt, Catherine.'

'Goed genoeg. Het gaat prima, Vai. Ik weet alleen niet hoe ik het moet verdragen om twintig dagen van jou gescheiden te zijn.'

Zijn vingers sloten zich rond de mijne. 'Het is gepast om met je nicht mee te gaan. Ik hoop alleen dat je, als je terugkomt, net zo gekleed bent als die Taino vrouwen daarbuiten.'

'Vai!'

Toen hij glimlachte, werd ik zo overspoeld door een golf van liefde en verlangen dat ik niets anders kon doen dan dwaas en smoorverliefd naar hem staren. 'Lieve Catherine, we zullen niet lang gescheiden zijn. We zijn nu echt getrouwd, liefste. Niets kan dat veranderen.'

De gebeurtenis was te formeel en serieus om een kus te geven, maar dat zou ik toch niet hebben geprobeerd, niet nu sommige van die Taino vrouwen naar mij staarden alsof ik twee gezichten had. Toen we het platform naderden, viel de nacht. De generaal liet Bee los en daarom moest Vai mij ook loslaten.

De Taino vrouwen escorteerden ons door de middelste poort en via een gang van bakstenen over de grens naar een land dat Bee had besloten tot het hare te maken. In de lucht hing de geur van tabak. Aan de andere kant van de poort lag nog een enorm plein. Uit de stadions klonk het vrolijke geluid van mensen die zingen en dansen bij ratels en trommels. Ons gezelschap liep op een verhoogd pad naar een gebouw van één verdieping. We gingen een lange kamer binnen die verlicht werd door misschien wel honderd sissende olielampen. Onze begeleiders spraken tegen Beatrice.

'Ze vragen of jij mijn cemi bent,' zei ze.

'Of ik jouw cemi ben?'

'Ze willen dat je je haar losmaakt en willen zien of je een navel hebt. Waarom zouden ze denken dat jij geen navel hebt?'

'Ze denken dat ik een geest van de doden ben.'

'Ik laat je niet door hen op de kop zitten. Je hoeft hun niets te laten zien. Juba zegt dat ze anders zullen denken dat ik voor altijd te koeioneren ben.' Haar antwoord aan hen, in Taino, was precies en langzaam.

Ze haalden alleen hun schouders op, trokken hun sandalen uit en wasten hun voeten voordat ze Bee een tapijt van rieten matten op leidden. In de hitte en het licht dat van de lampen afstraalde, trokken ze haar kleren uit, wasten haar met vochtige doeken, parfumeerden haar met zoet ruikende oliën en beschilderden haar blote armen met lijnen die als slangen langs de rondingen van haar vlees kropen. Daarna kleedden ze haar in een lange wikkelrok van pure, witte katoen, rood en gouden veren voor haar haren, een lijfje geweven van katoen en kralen, een stenen ketting gegraveerd met schildpadden en kikkers, en kettinkjes met belletjes voor haar enkels en polsen. Toen ze klaar waren, kon ik bijna geloven dat ze iemand anders was geworden, overgestoken naar een nieuwe wereld.

Ik volgde hen, net zo genegeerd als een wandelstok die een zwaard verbergt. Haar begeleiders spraken niet tegen mij en zij gaf af en toe door blikken en knikjes aan dat ik precies deed wat ik moest doen. We liepen door een gang over zachte matten. Bee en de Taino vrouwen waren blootsvoets; ik was de enige met schoenen omdat ik de sandalen droeg die Vai me had gegeven. We kwamen bij een veranda die uitkeek over een binnenhof vol mensen. Aan de ene kant stonden mannen en aan de andere kant zaten vrouwen. Onze begeleiders stapten opzij om Bee te onthullen. Ik bleef achter haar.

De vele ouderen en trotse edelen bekeken Bee in haar mooie uitmonstering. De mannen hadden strenge, opvallende gezichten; de meesten droegen veren en stenen halskettingen. Tegenover hen namen vrouwen ons op met ernstige blikken. Ze waren prachtig versierd met veren en kralen en droegen puur witte lijfjes en rokken vol kralen. Er was geen openlijke vijandigheid te zien in hun gezichten. Maar ze leken ook niet erg onder de indruk door de aanwezigheid van een vrouw die de dromen van draken bewandelde. Het was moeilijk te beoordelen.

Eén gezicht tussen de vrouwen viel me op. Ik zag dezelfde behica die mijn arm had vastgepakt op Zouteiland en me met behulp van Caonabo's vertaling had verteld dat Drake me niet had genezen omdat ik nooit besmet was geraakt. Instinct waarschuwde me. *Verberg je.* Ik pakte een paar draden van magie en wikkelde ze als sluiers om me heen om minder op te vallen.

Maar de behica zag me onmiddellijk. Ze zag me en ze wist wie ik was. Maar ze zei niets.

De verzamelde mensen zongen een lied van vraag en antwoord. De wijs leek bekend, een deuntje dat ik in de straten van Expeditie had horen fluiten, maar het ritme en de zich herhalende melodie van het lied deden het lijken op een verkondiging. Alleen wist ik niet van wat.

Toen ze klaar waren, liepen we verder over een ander pad naar een groot houten gebouw op palen met een veranda eromheen die verlicht werd door gaslampen. Bee schreed met hoog geheven hoofd naar het gebouw als naar haar lotsbestemming. Ze was zo mooi.

We klommen drie trappen op naar de veranda met een tapijt van matten. Achter open deuren lag een grote kamer vol meubilair met mooi gaas erover, een prachtig bewerkte en gepolijste tafel gedekt met gouden borden en glanzend, zilveren bestek. Naast de tafel stonden twee stoelen in Europese stijl en een bijpassend paar pluchen Turaniaanse zitbanken, geschikt voor conversatie. Aan de overkant van de kamer stond prins Caonabo met zijn handen op zijn rug uit een raam te kijken naar de nacht erachter. Toen hij ons hoorde, draaide hij zich om. Hij leek zo op Juba dat je hen alleen uit elkaar kon houden aan de lengte van zijn haar. Vreemd genoeg, droeg hij een broek en een jasje dat vast en zeker in Europa was gemaakt – of in Kleermakersstraat in Passaporte van een patroon van een van Vais jasjes – van eenvoudige, zeegroene katoen. Je zou kunnen denken dat hij zijn best deed zijn buitenlandse bruid op haar gemak te stellen met bekende dingen. Maar hij was ook, en dat was helemaal vreemd, blootsvoets.

Terwijl wij even bleven staan op de veranda zodat Bee op adem kon komen en haar zenuwen in bedwang kon krijgen, kwam er een vrouw aangesneld vanaf de andere kant van het gebouw. Met een gebaar naar mij vertelde ze iets tegen de belangrijkste vrouw van onze begeleiders.

Bee's serene gezichtsuitdrukking vertrok van verwarring en veranderde in ongenoegen. 'Ze zeggen dat je niet met mij naar binnen kan. Dat je helemaal niet kunt blijven, Cat. Er is sprake van een misverstand. Ze zijn van mening veranderd.' Ze pakte mijn hand, maar haar blik was op de prins gericht. 'Het is nu te laat om me terug te trekken. Je zult moeten gaan. Het komt wel in orde met mij.'

Ik schudde mijn hand los. 'Wacht even.'

Ik beende de kamer in, recht op hem af terwijl hij verbaasd met zijn ogen knipperde. 'Prins Caonabo, ik heb u uw bruid gebracht, maar ik heb eerst twee dingen te zeggen. Als u haar kwaad doet, of haar kwaad laat doen, zal ik uw ogen uitsteken en die opeten.

Dat is één. Wat het andere betreft, ze moet naar de trollenstad in Expeditie gaan voordat de zon ondergaat tijdens de nacht van Allerzielen. Beloof me dat u ervoor zult zorgen dat ze daar veilig heen gebracht wordt en dat ze daar blijft totdat een hele dag voorbij is gegaan.'

'Perdita!' riep hij uit met wijd open ogen van verbazing.

Soldaten zwermden uit de alkoven en dreven me terug naar de veranda zonder me aan te raken.

'Dat was doldriest,' zei Bee, die me dicht tegen zich aan trok terwijl de soldaten terugschrokken voor haar woedende blik. 'Cat, het komt allemaal goed. Ik vind het jammer dat ik je kwijtraak, maar Andevai zal blij zijn om je terug te hebben.'

Ik omarmde haar stevig en fluisterde: 'Je moet trollenstad binnen zijn voordat de nacht van Allerzielen valt. De doolhof zal je verbergen. Beloof het me.'

Haar blik was open en haar gezicht stond vastberaden. 'Ik beloof je dat ik zal overleven.'

Ze ging naar binnen terwijl prins Caonabo naar voren stapte om haar te begroeten. Vrouwen blokkeerden de deuren met schermen van doorzichtige neteldoek en lieten kralen gordijnen naar beneden om af te sluiten voor het zicht.

Ik veroorzaakte geen problemen toen de twee vuurmagiërs en hun vier dienaren me naar een aanpalend gebouw brachten dat zo vreemd was uitgebouwd dat het op een slapende kikker leek. We gingen een kleine kamer binnen die volgens mij bedoeld was als een eenvoudig vertrek, maar de muren waren behangen met kleden vol kostbare schelpen en parels. Daar lieten ze me alleen. Manden en kalebassen hingen aan het plafond, afgewisseld met onaangestoken lampen. Ik zat op een mat naast een lage tafel. Een vrouw bracht een dienblad met twee kommen en een stomende pot scherp ruikende kruiden. Ze schonk niets in en liet me in duisternis achter. Maar mijn kattenogen konden zelfs in het donker alle hoeken van de kamer onderscheiden. Mijn huid voelde branderig en jeukte. Ik was moe, hongerig en dorstig – sinds vanmiddag had ik niets meer gegeten. Ik kwam tot de onaangename conclusie dat terwijl Bee genoot van een feestmaal samen met de prins, ik blijkbaar in ongenade was gevallen en hier misschien wel de hele nacht zou worden vastgehouden. Ik aarzelde om naar buiten te glippen omdat mijn verdwijning moeilijkheden kon veroorzaken voor Bee. En ik vroeg me af waar Vai was.

De deur ging open. Vier vrouwen kwamen binnen en gingen elk in een hoek van de kamer zitten. Door hun aanwezigheid begon mijn zwaard te trillen. Het leek wel een hartslag van koude magie. Vlammen laaiden op en de vrouwen – noord, zuid, oost en west – glinsterden in een gouden gloed als het schijnsel van de opkomende maan op stilstaand water.

De behica kwam de kamer binnen.

'Gezegende Tanit,' zei ik meer tegen mezelf dan tegen iemand in het bijzonder, 'het zijn allemaal vuurdovers en u gebruikt ze als vuurvangers.'

De behica nam me op zoals Vais baas in de timmerwerkplaats ooit had gedaan: taxerend en berekenend. Ze ging zitten, schonk twee kopjes in, nipte van beide en bood mij er een aan. Daarna bracht ze een cigarillo naar haar lippen. Door de inademing, gloeide deze rood op en kringelde er rook omhoog. Ze zoog twee keer, de rook was heel scherp, en bood mij daarna de cigarillo aan.

Het leek gevaarlijk onbeleefd om niet te accepteren. Ik bracht het niet aangestoken einde naar mijn mond en inhaleerde. Het effect schoot gelijk naar mijn ogen en ik begon heftig te hoesten terwijl de rook rond mijn gezicht kringelde. De kamer draaide, maar toen ik een hand op de tafel legde om mezelf op te vangen, ging alles weer rechtop staan. Ze pakte de cigarillo terug. Ik dronk het drankje in één teug op om de akelige smaak uit mijn mond te spoelen.

'Waarom ben jij naar Taino land gekomen?' vroeg ze in verstaanbaar Latijn.

Ik likte mijn lippen af en proefde te laat dezelfde kalkachtige smaak als van het drankje dat Juba me had gegeven om de pijn van de verbranding te verzachten. Was ze van plan mij te verdoven? Ik graaide naar de schaduwen en trok ze om me heen.

Maar terwijl zij de rook van de cigarillo naar binnen zoog, bekeek ze me eenvoudigweg met dezelfde interesse als een kat die kijkt naar het tegenstribbelen van een gevangen muis. 'Het mij verbazen dat jij gekomen bent. Jouw voeten rusten nu op Taino aarde, perdita. Dus jij valt nu onder Taino wet.'

Ik probeerde op te staan, maar mijn benen waren in steen veranderd. Ik zou mezelf aan mijn armen uit de kamer getrokken hebben als een grote, breedgeschouderde, zwartharige man de deur niet blokkeerde.

Ik kende hem. Het was Camjiata.

Mijn hoofd produceerde woorden, maar mijn lippen bleven stil.

De behica sprak tegen hem terwijl ze naar mij keek. 'Was het jouw bedoeling om deze over de grens te sturen terwijl jij weet dat de wet mij verplicht haar gevangen te nemen? Diezelfde wet die mij dwong mijn zoon te begraven nadat hij gebeten was door een zouter?'

'Het was mijn bedoeling, Uwe Majesteit. Ik betreur het, maar het was noodzakelijk.'

Ik kon het gevest van mijn zwaard niet vinden.

'Spijt het je werkelijk? Ik vraag het me af, gezien jouw acties. Ik betreur het verlies van de zoon die het beste toegerust was om de duho te erven, want er zal een dag komen dat mijn broeder de andere kant van het eiland bewandelt. Het was de bedoeling dat mijn zoon Haübey na hem op de zetel van macht zou zitten.'

'U hebt Juba niet verloren. Ik sprak hem vanmorgen nog.'

'Jij hebt gesproken met een opia, niet met mijn zoon. Mijn zoon is gedood door de beet van een zouter.'

'Is hij dood? Ik dacht dat prins Caonabo Juba had genezen. Ik dacht dat de broers het gerucht verspreidden dat Juba vluchtte omdat hij weigerde zijn broers vuurvanger te worden. Want prins Caonabo kwam laat tot het vuur, nietwaar? Juba vertelde me dat niemand dacht dat de tweelingbroers enige magische kracht hadden.'

'Jij hebt de woorden van die opia verkeerd begrepen. Gemakkelijk genoeg. Onder mijn volk weet iedereen dat alle mensen het zaad in zich dragen, maar het zaad bloeit niet op in iedereen.'

'Denkt u dat alle mensen koude magiërs of vuurmagiërs kunnen worden als ze dat willen?'

'Jij vereenvoudigt. Het zaad kan diep verborgen zitten. Het kan te zwak zijn om te ontkiemen. Er bestaan vele redenen waarom sommigen opbloeien en anderen nooit. Mijn zonen vertoonden geen enkel teken van macht. Soms sluiten mensen de poort uit eigen beweging. Het verheugde mij. Toen gingen zij jagen, zoals jongemannen doen, diep in het woud in de bergen. Haübey werd gebeten. Door een vonk van de liefde die deze broeders verbindt, wekte Caonabo het zaad in zichzelf en genas zijn broeder. Maar Haübey is nog steeds dood. Dat is de wet.'

Langzaam, heel langzaam, legde ik een hand op de tafel, maar mijn romp was gevoelloos geworden. Ik zakte tegen de muur, maar zelfs dat was beter dan met mijn gezicht op de mat vallen.

'Dat is de wet,' beaamde Camjiata. 'Ik heb u uw verbannen zoon geleverd, zoals ik beloofd had. Dit meisje ook. Samen geven zij u het juridische excuus dat u nodig hebt om Expeditie te bezetten, namelijk dat Expeditie de voorwaarden van het Eerste Verdrag overtreden heeft door mensen te verbergen die zijn gebeten door zouters.'

'Ik erken dat jij jouw deel van onze afspraak bent nagekomen. Ik zal de mijne nakomen.'

'Overigens wil ik de wandelstok die zij bij zich heeft. Het is een zwaard.'

'Dat is een cemi. Die is aan haar gebonden. Waarom wil jij die hebben?'

'Ik denk dat de geest van haar moeder erin huist. Haar moeder was ook aan mij gebonden. Ik wil de wandelstok.'

'Jij zult veel problemen krijgen als jij een cemi in bedwang wilt houden die niet aan jou gebonden wil zijn,' zei ze met een wrede glimlach.

In zijn hand flitste een mes. Hij stapte langs haar en boog zich over mij heen. Ik kon niets doen, geen scherpe kritiek in mijn hoofd, geen denkbeeldige aanval door mijn verlamde ledematen kon hem tegenhouden toen hij de lus doorsneed waardoor mijn zwaard wegrolde van mijn lichaam tot buiten mijn bereik. Hij probeerde niet het op te rapen. Hij deed alleen een stap achteruit en sprak de cacica aan.

'We doen wat we moeten doen. Overigens, ik heb een uitzonderlijk machtige vuurdover waar u wel interesse voor zult hebben. Als u hem aankunt.'

'Die wil ik wel eens zien. Er bestaat geen vuurdover die ik niet aankan.'

Ze stond op en samen vertrokken ze. Zacht grommend spande ik me in, maar ik kon niet bewegen. Vrouwen kwamen naar binnen om mij te knevelen, vast te binden en een prop in mijn mond te stoppen. Mijn gedachten ploegden moeizaam voort. Zelfs met mijn ogen knipperen kostte alle concentratie en inspanning die ik kon opbrengen.

Een schimmige kraai landde op mijn gezicht, zijn klauwen drongen in mijn wangen. Ik kon niet vechten, zelfs niet schreeuwen terwijl hij mijn ogen uitpikte en die opat waardoor ik blind achterbleef met niets anders dan de pijn van mijn verbrande huid om me verhalen over de wereld te vertellen. Handen tilden me in een draagdoek. Touw schuurde me terwijl ik heen en weer slingerde. De afgesloten, stilstaande lucht binnen in het gebouw veranderde in een aanhoudende, mistige bries buiten. Als door dempende stof, hoorde ik een rumoer van stemmen terwijl trommels een oproep tot strijd ratelden en mannen schreeuwden dat het anker gelicht moest worden. In de verte en te zwak om iets te betekenen, schetterden bazuinen alarm. Toen volgde stilte.

Rook kriebelde in mijn neus en bleef hangen in de pijnlijke holtes waar mijn ogen ooit hadden gezeten. In deze ronddraaiende poelen zag ik als door de blik van de kraai visioenen van hoog boven de grond. Op de een of andere manier was het daglicht en Bee en Caonabo zaten op een binnenplaats samen in een grote hangmat onder de schaduw van een boom. Hij was nu op de Taino manier gekleed in wit katoen en hield één been onder zich gekruist en één op de grond waarmee hij de hangmat wiegde. Bee raakte hem niet echt aan, maar lag op haar gemak naast hem, luchtig gekleed in een blouse en pagne. Ze sprak heel belangstellend met hem en luisterde tot mijn verrassing even oplettend naar zijn antwoord. Ze keken op toen de schaduw van luchtschepen over de grond trok. Hoger en hoger vlogen mijn ogen, terwijl luchtschepen de grens tussen het Taino koninkrijk en het gebied van Expeditie overstaken. Ver beneden mij marcheerden soldaten keurig in het gelid over wegen en paden die door moestuinen, velden en boomgaarden naar de stad leidden. Opzichters riepen in de straten op tot vrede en orde terwijl heetgebakerde jonge mannen door stegen raasden met kapmessen, bijlen en houwelen. Lucy stond bij de poort te staren terwijl een colonne van Taino soldaten door de straat marcheerde, een paar bekeken haar van hoofd tot voeten maar niemand verbrak de rangen. Tante Djeneba trok haar naar binnen en barricadeerde de poort.

Ik werd wakker van gezoem en geschommel, de wind in mijn

gezicht en soldaten achter me die zo snel en zangerig Taino spraken dat het wel muziek leek. Ik hoorde het flapperende geraas van de propeller die het luchtschip voortdreef. Lege lucht omringde me, een afgrond vol razende wind die me duizelig maakte. Maar ik kon niet met mijn eigen ogen kijken.

Een rand bleekroze licht kwam in het oosten op als een roos die zich ontvouwt. Onder ons lag zilt water nog donker te soezen. Ik werd in een grote slinger gebonden en over de boeg van een luchtschip naar beneden gelaten, bungelend in de lucht ver boven de zee. De kreet die ik wilde slaken, veranderde in een heftig trillen dat door mijn hele lichaam trok. Ik probeerde mijn paniek in bedwang te krijgen door rustig te ademen terwijl ik mijn situatie overdacht. Touwen bonden mijn polsen. Ik friemelde met mijn vingers en draaide mijn polsen naar voren en naar achteren in een poging wat beweging in het touw te krijgen.

Maar het was al te laat. Terwijl de zon opkwam, doemde een kust voor ons op; een strook wit strand waar blauw water tegenaan klotste. Onder ons, binnen een bekende halve cirkel van huizen, werd een vlag gehesen bij wijze van signaal.

Het luchtschip daalde en het anker werd neergelaten, de boeg zwaaide heen en weer terwijl ze mij lieten zakken.

Naar Zouteiland.

34

In het begin stopten ze me in een omheining van dikke houten palen, met aangestampte aarde als vloer, een dekzeil om me te beschermen tegen regen en zon en een emmer voor ontlasting. Maar na een dag van schoppen, wrikken, graven, klauwen en klimmen, gooiden ze een doek over mijn hoofd. Terwijl ik verdoofd was, sloten ze me in een metalen kooi op een stenen ondergrond, zonder bescherming voor zon of regen en nergens een plek om mezelf te ontlasten behalve waar ik gebukt zat. De kooi was zo klein dat ik niet rechtop kon staan, noch me uitstrekken.

Mijn hoofd deed pijn en ik kotste me helemaal onder.

'Jij niet zo vechten, meidje,' zei een vrouw achter me. 'Jij alleen jezelf kwaad doen.'

De grond draaide, alleen was ik het zelf en niet de grond die draaide. Ik leunde tegen de rand van de kooi en sloot mijn ogen terwijl de zon onderging.

De zon kwam op. Een hand porde me. Een kom zwom mijn gezichtsveld binnen. Ik had zo'n dorst dat ik zonder nadenken dronk, maar het was guavesap met citroen en ananas, mijn favoriete drankje dat Vai me zo vaak had gebracht. Er trok zo'n vlaag van verlangen, woede en angst door me heen dat ik mijn uiterste best moest doen om de kom niet tegen de tralies te smijten in de hoop dat hij in net zoveel stukken zou verbrijzelen als mijn dromen. In plaats daarvan slikte ik mijn woede in en zei: 'Mag ik nog een beetje, alsjeblieft?'

Mijn stem was verschrikkelijk schor. Maar ze gaven me meer. Ze legden een stuk canvas over de tralies zodat de zon me niet kookte. Ik at zoveel ik kon van de zoete aardappeltaart die mijn gevangenbewaarders aanboden. Mijn maag protesteerde maar er kwam niets terug. In mijn stinkende kleren rustte ik om op krachten te komen. De omheining stond in een open veld dat omringd was door bomen en aan de rand van een rotsige bergrug lag. Ik zag geen teken van bewoning. Maar op de bries hoorde ik in de verte geluiden die merkwaardig veel leken op het normale werk in een dorp: graan dat werd fijngestampt door vrouwen die erbij zongen, hout dat werd gehakt, messen die werden aangezet tegen riemen.

De volgende dag lieten ze me teruggaan naar de eerste omheining. Een kraai landde op de palissade en nam me op alsof hij me eraan wilde herinneren dat ik de hoogte van de wanden opnieuw moest inschatten. Daarna vloog hij weg.

Tegen de middag werden drie geboeide vrouwen de omheining binnen geschoven, een huilde heftig, een leek verdoofd en een had de berustende houding van de verdoemden wier respijt voorbij is. Ze gingen zo ver mogelijk bij mij vandaan zitten.

'Komen jullie uit Expeditie?' vroeg ik.

De berustende riep naar de man die het hek op slot deed. 'Die daar stinken. Jullie haar kunnen wassen of ergens anders stoppen?'

'Wij geen andere kooi hebben,' zei de man. 'Vrouwen die naar deze kant van die eiland komen in deze kooi moeten blijven tot wij kunnen zien of zij zwanger zijn.'

'Wat gebeurt er als ze zwanger zijn?' riep ik, maar hij liep al weg.

'Hoe zijn jullie hier gekomen?' vroeg ik aan de anderen met een stem die naar ik hoopte vriendelijk was.

Nadat ze me achterdochtig hadden aangekeken, gaf één antwoord. 'Deze Taino ons arresteren.'

'Hebben de Taino Expeditie bezet?'

'Die praten over een areito voor deze huwelijk niets anders waren dan een smoes om hun leger binnen te brengen. Op die trap van deze stadhuis zij een proclamatie voorlezen. Deze zeggen die schepenen van Expeditie deze Eerste Verdrag overtreden hebben omdat mensen die gebeten waren en daarna genezen zijn in die stad mogen blijven en niet naar Zouteiland gestuurd worden. Die Taino behiques en soldaten iedereen opjagen die gebeten worden en genezen zijn. Zoals ons. Zo wij hier gekomen zijn.'

Ik dacht aan de manier waarop de soldaten van de bezetter in mijn droom naar Lucy hadden gekeken. En bij de gedachte aan de vrijheden die soldaten zich veroorloven als ze de macht hebben, doorboorde een vlaag van zo dodelijke woede mijn hart dat de drie vrouwen achteruitdeinsden alsof ik had geblazen.

En dat deed ik. 'Geef me jullie pagnes. Jullie willen me niet kwaad maken.'

Terwijl zij bang in een hoekje hurkten, knoopte ik de stukken stof in de lengte aan elkaar bij wijze van touw. Daarna gooide ik de inhoud van de emmer weg en knoopte de stof aan het hengsel. Het kostte me zes pogingen om de emmer over de palissade te gooien en goed vast te haken om mijn gewicht te dragen. Hoewel ik bibberig was, vond ik het niet zo moeilijk om langs het touw van pagnes omhoog te klimmen en mezelf over de wand te hijsen. Toen ik aan mijn handen ging hangen en me de rest van de afstand liet vallen, begonnen de vrouwen te gillen. Ik landde op mijn voeten.

Met schaduwen om mij heen getrokken, rende ik over het pad. Deze kant van het eiland had ik nog niet eerder gezien. Tot mijn verrassing vond ik een aardige nederzetting met omheinde binnenplaatsen tussen fruitbomen en verhoogde akkers. Bloemen- en groentetuinen boden een mooi uitzicht op zee. Vis en vlees hingen te drogen op rekken, maar ik zag geen vissersboten. Een plein, een klein bateyveld en huizen met rieten daken vormden samen de uit-dijende vleugels van het dorp. Ik kon de gevangen vrouwen nog net horen schreeuwen, maar niemand hier leek er aandacht aan te schenken. In het dorp deden mensen een dutje tijdens het heetst van de dag. Kraaien vochten om een stukje zilverkleurig lint. Een vrouw roosterde cassavewortels en babbelde met een metgezel die een mand vlocht van rietstengels. Het enige wat ik niet zag, waren kinderen.

Ik glipte door het dorp, stal twee pagnes en een blouse van een waslijn, een mes en een kapmes, een stapel cassavebrood, gedroog-de vis en kalebasflessen die ik vulde met vers water uit een water-reservoir. Ik stopte mijn bundel in de spleet van een boom aan de rand van het woud. Daarna kroop ik naar de akker die het verst bij het dorp vandaan lag, waar vier mannen met schoffels en kap-messen te midden van stapels cassave maïsbier zaten te drinken.

Ik zei: 'Jullie iets weten over een man genaamd Haübey, of Ju-ba?' Verschrikt sprongen ze op, want ze konden me niet zien. 'Jul-lie geen moeite doen om mij te zoeken, want ik een opia zijn. Hij mijn niet beloften doen.'

Drie van de mannen zagen eruit als Taino en hoewel duidelijk was dat ze me nauwelijks konden verstaan, legden ze hun kapmes-sen neer. Een hield een rijpe guave voor me op. Het water liep me in de mond, maar ik nam hem niet aan.

De vierde man had een geschoren hoofd en een ruige baard. 'Jij ons niet bang maken, opia. Wij die hier leven dood zijn voor onze andere leven. Net zoals jij. Deze Haübey hier twee jaar geleden aankomen op die boot. Wij weten hij van edele geboorte zijn, maar zelfs deze edelen diezelfde worden behandeld onder Taino wet.'

'Waar Haübey nu zijn?'

'Hij weg zijn.'

'Hoe hij deze eiland verlaten kunnen?'

'Ik denken die vraag er een zijn die wij allemaal beantwoord wil-len hebben.'

'Bedankt.' Tot hun verrassing griste ik de guave uit zijn hand. 'Ik houden van zoete aardappeltaart en rijstepap. Jullie elke avond gewoon een grote kom neerzetten bij deze bateyveld, dan ik jullie niet lastigvallen.'

Snel nadat ik mijn bundel bereikte, begon een bel te rinkelen. Ze hadden mijn ontsnapping ontdekt. Maar hoe konden ze me opsporen, zonder honden op het eiland? Ik liep in westelijke richting naar een rotsige uitloper van de bergrug die oprees als de ruggengraat van het eiland. In een kleine grot spoelde ik mijn pagne en blouse uit en wrong ze droog. Bij een beekje met zoet water dat naar beneden sijpelde via een serie rotsige poeltjes, schrobde ik mijn gezicht en handen. De rotsen boden een route naar de landtong die uitstak in het water als de voorsteven van een schip.

Ik klom de bergrug op. Mijn kleren wapperden in de wind, de zon blakerde mijn rug, de zee glansde. Wit gevleugelde vogels zeilden boven me op de luchtstromen. Vanaf deze hoogte kon ik de contouren van het eiland zien, met het dorp aan een kant en de quarantainekooien in de baai aan de tegenoverliggende kant. Net zoals de overgang van leven naar dood was het een korte wandeling van de ene kust naar de andere.

Maar de speelse duikvluchten van de vogels vrolijkten me op. Laat ze maar komen. Ze zouden me niet te pakken krijgen.

Toen de zon onderging, klauterde ik weer naar beneden. De schemering smeerde een gouden gloed uit over het water. Ik vond een afgesloten stuk strand en daar trok ik mijn kleren uit en waadde de zee in. Eenmaal in de zee, waste ik angst en twijfel uit mijn hart en toen ik weer opdook, liet ik het water van me afstromen.

Camjiata's beloften konden me gestolen worden. Had zijn vrouw hem werkelijk verteld dat ik de hand zou hebben in zijn dood, of had hij dat alleen gezegd om mij te intimideren en in verwarring te brengen? Had hij de hele tijd samengespannen om me kwijt te raken nadat hij me had gebruikt om Vai uit zijn schuilplaats te lokken? Had hij me daarom op het pad van de cacica gebracht? Ze had haar eigen zoon verbannen naar Zouteiland en ik kon niet weten of zij Juba's redding had georganiseerd of dat iemand anders dit had gedaan. Misschien had ze oprecht rechtvaardig gehandeld, omdat ze vond dat de wet voor iedereen hetzelfde moest zijn. Ik kende haar niet, dus ik kon dat niet zeker weten.

Maar iets anders wist ik wel zeker: de generaal had ons verraden. Vai dacht dat ik bij Bee was, en Bee zou denken dat ik terug was bij Vai. Ze waren recht in de val gelopen. En terwijl Bee als een gewillige pion was gegaan met de bedoeling een koningin te worden, was Vai alleen meegegaan om bij mij in de buurt te blijven.

'Er is geen vuurmagiër die ik niet de baas kan.'

De herinnering aan de woorden van de cacica doorboorde mijn hart. Eerst maakten ze me wanhopig. Daarna werd ik boos.

Het zij zo. Mijn vijanden hadden geen idee van de woede die ze hadden opgeroepen. Moeilijk voor te stellen dat ik ooit blij zou zijn nu ik kon zeggen: *Mijn verwekker is de Meester van de Wilde Jacht. En de nacht van Allerzielen komt eraan.*

35

De laatste dag van oktober brak aan met regen en bloed. De avond ervoor was ik naar het dorpshuis gegaan voor mijn nachtelijke kom pap en ik zag dat de dorpelingen bijeen waren gekomen om over het weer te praten. Het rode ochtendgloren en de gestaag rijzende zee in de middag voorspelden de komst van de Boze Koningin. Ik sliep tussen de dakspanten van een verlaten hut zonder dak en werd 's ochtends drijfnat wakker door een regenbui en het bloeden van mijn maandelijkse cyclus. Ik baalde van de regen maar was blij met het bloed.

Toen de winden begonnen te beuken, haastten mensen zich om alles zo veel mogelijk vast te binden. Daarna brachten ze zich in veiligheid door naar de bergrug te trekken. De storm kwam sneller dan ze hadden verwacht. Water stroomde de kust al op tot ver voorbij het merkteken voor hoogwater. De wind was zo fel geworden dat hij rommelde. Takken zwiepten en scheurden af. De rietbedekking van een dak waaide uiteen in een wolk van afval. De zee was bedekt met schuimkoppen terwijl de wind over de toppen van de bonkende golven scheerde.

De Heraut van wind en donder schreed hoog in de lucht voorbij, zijn zwarte haren een deken van duisternis. De Vloed met zijn blauwgroene armen waste rond de ronding van de landtong en spuwde spetters zo hoog op dat ik dacht dat ze tegen de voeten van zijn hemelse broeder zouden spatten. Ik wilde zijn zoals zij. Ik liet de schaduwen vallen en stond met mijn gezicht in de wind die mijn vlecht recht naar achteren blies. Ik wist zeker dat de wind me bijna van mijn voeten tilde. En dan zou ik wandelen in de storm.

Maar natuurlijk was ik mijn moeders dochter, gemaakt van sterfelijk vlees, dus de wind duwde me struikelend terug. Ik botste tegen een boomstam. Een door de wind losgerukte kokosnoot smakte tegen de grond naast me, vlak langs mijn hoofd.

Een sterke hand klemde zich ruw om mijn arm. 'Wij lastiggevallen worden door een bijzonder knappe opia,' zei de man met het geschoren hoofd. Ooit zou ik bang geweest zijn voor zijn wellustige grijns en zijn kapmes.

Ik keek hem aan. 'De storm komt voor míj. Wil je hier zijn als hij aankomt?'

Dat wilde hij niet.

Dus doorstond ik de dag alleen. Ik schuilde in de luwte achter de muur die het bateyveld omringde. De heftige wind joeg de regen met bakken tegelijk horizontaal naar beneden. Ik kon de kustlijn nauwelijks zien. Een enorme golf beukte tegen de onderste rij huizen en scheurde ze met een versplinterend, beukend gebulder van hun fundamenten. Maar de ontzagwekkende, onstuitbare kracht van wind, regen en water bracht me in een staat van bijna ondraaglijke vervoering. Ik voelde me zo vol leven.

De schemering daalde neer terwijl de duisternis van de nacht van Allerzielen over het water trok.

Mijn oren ploften. Van het ene op het andere moment ging de wind liggen.

Een scheur sneed als een lans van licht door het dichte wolkendek. Haar ogen gingen open, onmetelijk en ontzagwekkend, en de geest die de orkaan was zag me, een onbeduidend vlekje ver beneden haar.

Ze knipoogde.

Een glanzende koets getrokken door vier parelwitte paarden maakte zich los uit de omarming van de torenhoge muur van storm en reed moeiteloos over de glanzende schuimkoppen. Het rijtuig kwam tot stilstand op de verwoeste kust. Golven weken uiteen en stroomden erlangs. Ik rende naar beneden om hen te ontmoeten met mijn bundel van gestolen bezittingen en gepikt eten op mijn rug gebonden. De koetsier hief zijn zweep om mij te begroeten.

De eru glimlachte terwijl ze het trapje uit klapte en de deur opende. Ze sprak niet, dus ik knikte alleen toen ik het trapje oprende naar een interieur dat werd verlicht door koud vuur.

Ik gilde. 'Rory!'

Hij lag op zijn gemak met zijn benen gestrekt op de smalle kussens van de bank, maar hij zwaaide ze naar beneden om zich schrap te zetten toen ik me op hem wierp.

'Oef!' zei hij toen ik hem omarmde.

'Rory!'

'Dat heb je al gezegd.' Hij legde zijn grote handen op mijn schouders, duwde me een stukje van zich af en keek me verwijtend aan. 'Ik wachtte en wachtte maar en je kwam maar niet. Ik begon te denken dat je me alleen bij die vervloekte oude draak vandaan had gestuurd omdat je boos was dat ik zijn strot probeerde open te scheuren.'

'Ik stuurde je weg om je leven te redden! Er is zoveel gebeurd. Ik kan me dat nauwelijks meer herinneren! Waarom ben je hier?'

Zijn ogen gingen gedeeltelijk dicht waardoor hij de terughoudende blik kreeg van een man die vrijuit wil spreken maar dat niet durft. 'Onze verwekker kwam een ogenblik geleden naar Massilia en nam me gevangen.'

Een andere aanwezigheid wachtte in de koets, keek vanaf de tegenoverliggende zitplaats naar ons.

Een jongeman bestudeerde me. Een intens zwart, modieus jasje, broek en sjaaltje gaven hem het strenge uiterlijk van een boekhouder die je oom en tante komt vertellen dat ze al hun geld hebben verloren in een onverstandige, riskante transactie. Zijn loshangende, steile zwarte haren vielen tot op zijn heupen en iets in de dikke structuur van zijn lokken gaf me het idee dat ze kronkelend tot leven zouden komen en mij zouden wurgen als ik dom genoeg was om hem boos te maken. Aan zijn gezicht kon ik zijn afkomst niet zien, want hoewel zijn haar me deed denken aan de Taino, deed zijn huidskleur eerder Afrikaans aan. Maar de vorm van zijn neus en jukbeenderen zou Keltisch kunnen zijn en de plooi rond zijn ogen herinnerde me aan de Cathayaanse afkomst van kapitein Tira. En in ieder geval had hij de arrogantie van de Romeinen! Hij was, in feite, uitzonderlijk knap en niet ouder dan Vai.

Hij snoof, zoog met opgeheven kin lucht naar binnen. 'Niet langer een maagd, zo lijkt het,' merkte hij op, 'maar ook niet zwanger.'

'Cat,' zei Rory, 'je mond hangt open.'

De koets schommelde toen we bokkend tegen de wind in terugreden. Ik greep een lus om mezelf in evenwicht te brengen terwijl ik hem aangaapte. Hoe had ik die stem ooit kunnen vergeten?

De amberkleurige blik, die zo op de mijne leek, pinde me vast. 'Vertel me, dochter. Wiens bloed zal mij vannacht voeden? Dat van het meisje dat de paden der dromen bewandelt? Of van iemand anders? Zoon, open de luiken.'

Rory deed het luik open van de deur die openging naar de sterfelijke wereld. Een tumult van wind en regen deed de koets schudden. Regendruppels die naar binnen spetterden, veranderden in ijs. Een knorrig klein stemmetje siste van ongenoegen. Glinsterende oogjes knipperden op de deurklink. Met mijn mouw veegde ik een laagje ijs van de klink af. Het duivelskopje keek even boos, maar leek te zeer geïntimideerd om iets te zeggen.

Rory leunde naar voren en sloot het luik in de deur die openging naar de geestenwereld. De Jacht raasde op de wind, tuimelde door de lucht. Beesten tierden te midden van het geraas van storm en vloedgolven. Zij vertegenwoordigden de dood: uilen in stilte, slangen door te kronkelen, hyena's kakelend van het lachen, de kreet van een havik voordat hij naar beneden schiet, het kloppen van angst dat een hart doet stilstaan, het zweren dat vlees van binnenuit wegvreet. Als je niet gedood wilt worden, moet je doden: dat is de wet van de jacht. Zijn trommels zongen in mijn hart en op mijn lippen smaakte een belofte van bloed zo zoet als een kus.

Nu had ik die bastaard Camjiata.

'Ik weet wie het is, de macht die u voelde opkomen.' Ik schreeuwde om boven het kabaal uit te komen.

'Leid ons, kleine kat,' zei mijn verwekker, zijn wrede glimlach brandde.

Expeditie.

Ik leunde uit het raam en zag de lichten op het havenhoofd branden en de masten in de haven zwaaien in de bulderende wind. Overal op de muren rondom de oude stad brandden lichten. In de kronkelende linten van rook uit de fabrieken dansten vonken. Als vissen aan de haak sprongen en rukten de taino luchtschepen die zich hadden verspreid om de stad te bezetten in de opstekende wind aan hun tuiers. We kwamen zo snel en onverwacht dat de bestuurders het gevaar te laat opmerkten: Taino zeelui begonnen de kleinste luchtschepen naar beneden te halen in een vergeefse poging ze vast te pinnen om ze te redden. De andere bokten en rolden. Een kabel knapte. Een stompe voorsteven schoot omlaag, drong door het dak van een gebouw en gooide een waterbekken van zijn ankers af. Water stroomde langs de wanden terwijl mensen wegrenden om te ontsnappen aan het instortende dak.

Overal in de stad snelden mensen toe om ramen af te sluiten en netten over huizen en daken te spannen. Maar vanwege de snelheid van de storm zouden ze niet snel genoeg zijn met hun pogingen.

Wat nodig was om de vloot te vernielen, zou de stad verwoesten.

Het zij zo. IJs stond op mijn lippen en verkilde mijn hart. Ik was de dochter van de jager.

Maar ik was ook Lucy's vriendin.

Het liefst zou ik de hand van mijn verwekker vastpakken als een smekeling, maar ik durfde hem niet aan te raken. 'Beloof me dat de orkaan niet hier zal komen, alleen de wind van ons voorbijgaan.'

Hij legde een hand op de rand van het open raam. 'De orkaan zal op een dag komen, want de orkaan leeft in dit deel van de wereld. Maar deze nacht loopt de Boze Koningin ergens anders. Daarna zal ze slapen tot het seizoen kantelt en de wateren weer opwarmen.'

Hij leunde naar buiten om te kijken. De koets cirkelde boven het fabriekskwartier en een voor een begonnen de machines te haperen en doofden uit met een gesis van stoom. Gaslampen ontploften. Alle straatverlichting ging uit. Een doffe dreun deed de lucht trillen.

Hij likte zijn lippen met de precisie van een kat. 'Waar is de dromer? Ik kan haar niet proeven.'

De doolhof van trollenstad glinsterde onder ons, sneed door de ketenen van magie die hij gebruikte om zijn prooi op te sporen. Ik zocht naar haar in mijn hart en even zag ik haar, maar het weerspiegelende licht van een spiegel kaatste haar beeld weg en ik verloor haar uit het zicht.

'Ik heb haar voor jou verborgen!' riep ik en mijn hart trilde van triomf.

'Dus de kleine kat bijt terug.' De blik die hij op me wierp kon ik niet afschudden. Hij zou mijn geest net zo gemakkelijk kunnen leegzuigen als hij mijn keel kon openscheuren om te genieten van mijn bloed. 'Waar is het bloed dat mij deze nacht toekomt?'

'Ik weet niet goed hoe ik hem moet vinden.'

'Jaag langs de draden die de wereld verbinden om hem te vinden, dochter.'

Rory drukte zijn vingers tegen mijn knie. 'Geur is niet je enige neus, Cat. Naar wie zoek je? Ik kan je helpen.'

'Laat haar zelf haar zintuigen aanscherpen,' zei onze verwekker. 'Hoe kan ze haar staal slijpen als jij het werk voor haar doet?'

Ik spreidde mijn rechterhand over mijn borstbeen. In de nauwe tussenruimten die de sterfelijke wereld en de geestelijke wereld met elkaar verbinden, zocht ik degenen van wie ik hield. Bee's hart zo dicht tegen het mijne aan dat het was alsof mijn adem zich vermengde met die van haar, zelfs terwijl spiegels haar beeld verbrijzelden in duizend stukjes. Het medaillon kriebelde tegen mijn handpalm en zijn warmte trok me naar Vais heldere geest in het noorden. Rory was hier vlak bij me. Ik kon zelfs Bee's kleine zusjes voelen, tante Tilly en oom Jonathan, Lucy en de mensen in de herberg, hun levens kriebelden als veertjes tegen mijn huid. Ze waren allemaal veilig.

Ik likte mijn lippen, probeerde de lucht te proeven zoals mijn verwekker die proefde, probeerde het land te voelen zoals hij het voelde. De sterfelijke wereld was een ondoordringbare schaduw, hier en daar onderbroken door wezenskernen waar ik geen ander woord voor had dan licht. Verspreid over de stad en het land onder ons schenen de geesten van magiërs die sterk genoeg waren om te ruiken. Sommigen flakkerden in de sterfelijke schaduw als geruststellend kaarslicht of gloeiden zo solide als gaslicht. Anderen smeulden als half begraven kolen. Een paar vlamden op als toortsen die worden aangestoken. Eén herkende ik: Drake sudderde in het herenhuis van de generaal en op het eerste gezicht was het gemakkelijk om zijn magie te zien als niets meer dan een doffe rode gloed zonder bijzondere kracht. Maar Vai had natuurlijk gelijk gehad. Het smeulen was niet meer dan een kap boven een enorm reservoir van gesmolten macht die nauwelijks in bedwang werd gehouden en klaarstond om uit te barsten.

Ik onthield waar hij was. Maar ik richtte mijn hart naar de vijand die ik zocht.

'Generaal Camjiata. Leeuw van de oorlog. Leonnorios Aemilius Keita.'

Ik sloot mijn linkerhand op mijn middel als om het gevest van het zwaard dat Camjiata van mij had gestolen. Als op mijn commando, schoten mijn familieleden over de draden die als een net om de wereld liggen: springende wolven, luid blaffende honden, deinende katten, zwijgende haaien, gevleugelde roofvogels. Van de kleinste tot aan de grootste snelden ze voorwaarts op de reuk van het visioen dat ik opriep, meer als een gezicht, een gedaante en een aanwezigheid dan als een geur.

Mijn zintuigen botsten tegen de grens tussen Expeditie en het land van de Taino, als tegen een spooktouw behangen met amuletten en talismannen. De Taino hadden een versperring rond hun koninkrijk geweven niet alleen met rijkdom en wapens, maar met wat Vais grootmoeder de nyama van hun behiques had kunnen noemen. Toch kostte het mij, half sterfelijk als ik was, slechts een ogenblik om een scheur te maken in de spookbegrenzing. Ik glipte erdoor en achter me aan stroomde de Jacht erdoorheen.

Het eiland Kiskeya sluimerde, zich nog niet bewust van deze invasie, maar haar kloppende hart sloeg op het ritme van de huwelijksareito. Ik hoorde het gezang en geratel maar ik kon het plein en de tribunes niet zien; ik kon de mensen die feestvierden niet zien. Ze waren voor mij verborgen omdat ze in schaduwen waren gehuld. Ik wist dat Camjiata vlakbij was, maar ik kon hem niet vinden.

Toch was de wereld verlicht. Vlammen als gaslampen markeerden elke behique, sommige brandden fel en sterk terwijl andere smeulden met een bescheiden of zwak vuurtje. Maar eerlijk gezegd maakte de felste gloed dat de aanwezigheid van alle andere vuurmagiërs moeilijk te onderscheiden was. De meesten waren als kaarsen die naast een vreugdevuur worden gehouden. De magie van de cacica brandde zo fel dat ze al het andere in de schaduw stelde. Dat ze niet in vlammen uitbarstte, begreep ik in het begin niet. Ze zou dood moeten zijn. De terugslag van haar macht had haar al lang geleden moeten verteren, maar dat was niet gebeurd. En ze was ook niet omringd door de verkoolde lijken van haar vuurvangers. Ze werd omringd door een net van magie dat glansde zoals een spinnenweb vol dauw kan glinsteren als de opkomende zon op de fijne draden schijnt.

Draden pulseerden als door de vloed van energie die zich over grote afstand uitstrekte van het plein van de Taino naar de massa van de gletsjers ver weg, door de geestenwereld heen en weer terug naar de sterfelijke wereld. Deze draden hadden niet echt een kleur en ze gloeiden ook niet als vlammen. Als geesten waren ze bezield of in ieder geval vervuld met energie en kracht. Waren dit draden koude magie? Elke draad leidde terug naar een ander punt. Die punten waren echter geen vlammen, maar ondefinieerbare bronnen van macht die me deden denken aan de diepe, blauwe poel op Zouteiland waarvan Drake me had verteld dat die door de Taino als heilig werd beschouwd.

Die poelen van macht waren koude magiërs. Eindelijk begreep ik wat ik zag. Haar vuurvangers waren allemaal vuurdovers. Ze gaf onophoudelijk hitte af aan een hele troep vuurvangers die met haar verbonden waren alsof ze tot een enkel kledingstuk waren gebreid. Ze liet de terugslag niet in een enkele vuurvanger vloeien, maar verdeelde de stroom over velen, zodat niemand overstelpt werd en dus verteerd, zoals ik bijna werd gedood door Drake. Maar goed, de vuurdovers die haar vuurvangers waren, doofden haar verbranding niet, en namen die ook niet in zich op. Hun lichamen waren doorgeefluiken. De koele diepten van hun geesten waren als bronnen die de aanhoudend aanzwellende overvloed van de cacica's vuurmagie opslokten en deze via glanzende draden afvoerden naar de geestenwereld.

De felle glans van haar macht verdoezelde elke geur, smaak of geluid van de generaal.

Ik kon hem niet vinden.

Maar er was een geest die ze niet in de schaduw stelde. Vlak naast de cacica reikte een bron van duizelingwekkende puurheid tot in de bodemloze blauwe wateren van de geestenwereld. Het spel van verwelkomend licht en rusteloze energie wenkte als het oppervlak van het water gezien van onderen als je longen bijna geen lucht meer hebben.

'Vai,' fluisterde ik, maar mijn lippen maakten geen geluid.

Kraaien verspreidden zich als de voorbode van de storm. Hun ogen behoorden aan de Meester van de Jacht. Ik kleedde mezelf met hun vleugels, ik vloog zodat ik met hun ogen de sterfelijke wereld in kon kijken.

De Taino hadden deze nacht gekozen, de nacht van Allerzielen, om de overgave van Expeditie in ontvangst te nemen.

Opzichters en schutters knielden in rijen op het Hoofdplein, hun gezichten getekend door de woede en schaamte van de soldaat wiens zwaard van hem is afgenomen door zijn eigen bevelhebber. Ik ving een glimp op van Gaius Sanogo die met zijn handen op zijn rug achter de rijen stond en het tafereel in ogenschouw nam met zijn onheilspellend minzame glimlach. In het duister achter het licht stonden compagnieën van Taino soldaten, maar ik kon hun stemming niet peilen.

De kraaien vlogen verder naar het middelste stadion, dat omringd werd door honderd gewone lampen. Dat zoveel lampen brandden ondanks de aanwezigheid van zoveel vuurdovers maakte de macht van de cacica nog indrukwekkender. In het midden van het stadion knielden de trotse schepenen, de welvarendste en machtigste families die over Expeditie heersten, met gebogen hoofden. Hun gezinnen, leden van hun huishouding en hun families zaten bij elkaar gekropen aan de voet van de verhoging als een ontmoedigd team dat heeft verloren. Achter hen stonden mensen uit Expeditie die vooraanstaand genoeg waren om gedwongen te zijn deze ceremonie bij te wonen. Allen zagen er vernederd en verslagen uit. Ik zag helemaal geen trollen.

De schepenen gaven zich over aan prins Caonabo. Zijn vuurmagie was moeilijk te zien in de gloed van zijn moeders macht en bovendien was deze niet meer dan een eenvoudige, rustige vlam. Hij leek zwaarmoedig en stond stijf rechtop toen hij een afschrift kreeg van een geschreven document waarvan ik vermoedde dat dit het Eerste Verdrag was. Op de stenen tribune, als toeschouwers bij een laatste wedstrijd in een prestigieus toernooi, zaten vele Taino, zowel vrouwen als mannen. Sommigen leken sceptisch, zelfs afwijzend, terwijl anderen tevreden en triomfantelijk keken.

De cacica zat op een gebeeldhouwde duho, haar zetel van macht, die op een verhoogd houten platform aan een kant van het stadion was geplaatst. Een paar van haar vuurvangers zaten vlak naast haar, terwijl anderen verspreid waren over het stadion en sommige zelfs buiten stonden. De geometrie van hun plaatsing was te ingewikkeld om te begrijpen. Het deed er niet toe, want van hen allen was er maar één die mij opviel.

Vai zat met gekruiste benen op een mat op de grond naast de duho van de cacica. Met zijn handen ontspannen op zijn dijbenen, leek hij volkomen op zijn gemak toen hij zich omdraaide om met de koningin te praten. De manier waarop ze naar hem keek stond me helemaal niet aan! Opeens leken die geruchten dat zij mannelijke vuurdovers dwong met haar te trouwen helemaal niet zo onwaarschijnlijk of vulgair. Wat konden haar de huwelijkswetten van Europa schelen en de ketenen die hem aan mij bonden? Ik verlangde hevig naar een beitel.

Op zijn gedrag had ik niets aan te merken, want hij betoonde haar eenvoudigweg het respect waarmee hij vrouwen altijd behandelde. Zij wees hem zo te zien op de geometrie van haar vuurvangers, die stonden opgesteld in een patroon dat zich verder uitstrekte dan mijn kraaienogen konden zien. Als lampen die laag waren gedraaid, werd elke zichtbare vuurvanger omringd door een aureool van zilverachtige mist. Vai werd niet aangeraakt door een aureool. Ze wentelde geen terugslag af op hem.

Zijn ogen werden groter en hij hield zijn hoofd schuin alsof hij een onverwacht geluid hoorde. Na een opmerking tegen de cacica stond hij op en liet zijn blik door de duisternis dwalen.

Ik wist zeker dat hij mijn aanwezigheid had gevoeld.

De kraaien vlogen laag over het stadion. Achter Caonabo, tussen de prins en het platform waar de cacica zetelde, rezen zes houten palen omhoog. Aan elke paal was een persoon vastgebonden als aan een mast. Een van de gevangenen was Juba, die de menigte bekeek met de blik van een man die weet dat hij veroordeeld is, maar geen spijt heeft van de misdaad die hem naar deze executieplek heeft gebracht. Juba en Caonabo leken werkelijk onwaarschijnlijk veel op elkaar, maar zodra je hen samen had gezien, kon je de een nooit verwarren met de ander. Caonabo was ernstig en gereserveerd terwijl Juba gepassioneerd en ongeduldig was.

De kraai ging boven op een van de palen zitten. Tot mijn afgrijzen herkende ik de vrouw die daar was vastgebonden. Abby's kleren waren zo eenvoudig en vuil dat je kon zien dat ze van een akker was weggerukt. Ze had haar ogen gesloten. Aan de manier waarop haar lippen bewogen, leek ze te zingen.

Maar zelfs zij was niet degene die ik moest vinden.

De kraai keek naar de duisternis en fixeerde zijn blik op het grote stenen oog waardoorheen de spelers een doelpunt konden maken. Vanuit de schaduwen sloeg generaal Camjiata de gebeurtenissen gade, geflankeerd door kapitein Tira en de eenogige eigenaar van de Gevlekte Leguaan.

In het stadion sprak Caonabo de mensen uit Expeditie toe. Hij klonk lusteloos maar onwrikbaar, als een man die de taak die hij heeft gekregen niet aangenaam vindt maar deze desalniettemin volledig zal uitvoeren.

'Altijd hebben wij Taino het Eerste Verdrag dat onze voorouders afsloten met jullie voorouders in ere gehouden. Wij respecteren de woorden en afspraken van degenen die voor ons kwamen alsof ze van onszelf waren, want ze zijn van onszelf. Jullie hebben de dreiging van zouters toegestaan te midden van jullie te leven. Degenen die gebeten zijn, moeten verbannen worden naar Zouteiland, zelfs als zij genezen zijn. Zij zijn dood. Dat is de wet. Wij hebben deze ziekte niet opgeroepen. Jullie hebben hem meegebracht op jullie schepen. Wij hebben jullie toegestaan jullie stad te bouwen mits jullie de overeenkomst die wij sloten in ere houden. Maar die is niet in ere gehouden...'

Hij viel stil, stak een hand omhoog om de lucht te onderzoeken, draaide zich om en sprak de cacica aan. 'Meest waardige en wijze van moeders,' zei hij, 'vergeef mij mijn impulsieve uitlating, want ik heb geen toestemming gekregen om het woord tot u te richten, maar deze wind is niet natuurlijk. Er komt een geest aan.'

De kraai fladderde naar het grote stenen oog en keek naar beneden. Een uitdrukking die veel op angst leek, trok over het gezicht van de generaal terwijl hij naar de nachthemel keek.

'Ik zie hem!' riep ik, maar door te spreken, verbrak ik mijn verbinding met de ogen van de kraai en viel ik zo hard terug op de zitplaats dat de lucht uit mijn longen werd geslagen. Rory ondersteunde me.

'Ik zie hem,' zei de Meester van de Wilde Jacht met een glimlach.

Zulke eenvoudige woorden om de dood aan te kondigen.

De wereld kantelde onder me toen de koets scherp van richting veranderde en naar de grond dook. Ik viel tegen de deurklink en mijn gewicht duwde deze naar beneden. Het duiveltje piepte een zacht protest. De deur zwaaide open terwijl ik hem vasthield. De wind blies mijn haren los zodat ze achter me aan stroomden als de vleugels van de storm.

Terwijl de koets net boven het plaveisel naar het midden van het stadion gleed, schoten mensen gillend uit de weg. Ze trokken metgezellen met zich mee of duwden anderen opzij in hun worsteling te ontsnappen. Sommigen wierpen zich huiverend op de grond.

De koets rolde soepel een hand boven de grond verder tot hij tot stilstand kwam. De paarden stampten en dampten. Ik liet de deurklink los en stapte bevallig het speelveld op.

Elke blik was op mij gericht. Ik zou het ook niet anders willen.

Als één man, als begroeting of om respect te betonen, stonden de Taino op.

Ik bleef even stil, bij wijze van groet. Daarna zocht en vond ik mijn vijand onder het stenen oog.

'Ik houd er niet van om verraden te worden, generaal Camjiata.' Mijn stem droeg met gemak ver, want de wind was zo volkomen gaan liggen dat de lucht strakgespannen stond, als een touw. Toch kronkelden en golfden mijn lange zwarte haren nog steeds in de onzichtbare stromen van magie die rondom ons wervelden. 'Niet eenmaal heb je mij verraden. Niet tweemaal heb je mij verraden. Maar met elke belofte en elk aanbod die je mij hebt gedaan, heb je mij verraden. Waar zijn mijn echtgenoot en mijn zwaard die jij beide van mij hebt gestolen?'

Camjiata stapte uit de schaduwen vandaan. Hij was geen man om zich te laten verslaan. Welke angsten hem ook kwelden, ze waren niet op zijn gezicht te lezen. Hij richtte zich tot de menigte.

'Een opia valt ons lastig! In de noordelijke landen noemen we deze dag Allerzielen en beschouwen hem als de dag dat de doden kunnen oversteken naar het land van de levenden. We kunnen de schaduwen die uit de nacht tot ons komen niet vertrouwen. Tijdens deze nacht nog minder dan andere nachten.'

'Ik ben geen opia...' reageerde ik, maar hij onderbrak me.

'En toch is zij geen opia,' schreeuwde hij, met het gebaar van een redenaar die zijn publiek uitnodigde te zien hoe hij ermee instemde. 'Ze is een heks en een zouter. Ze heeft haar toverkracht gebruikt om van Zouteiland te ontsnappen en is van plan ons allemaal te besmetten met de zóútpést.'

Een man als hij, die wist hoe hij een ordelijke menigte moest opzwepen met angst en onenigheid, kon de meute laten doen wat hij wilde. Hoe verbaasd en bang de mensen van Expeditie ook waren geweest bij de verschijning van een koets die op de vleugels van de nacht naar beneden kwam rijden, de zoutpest beangstigde hen veel meer. Mensen duwden en schuifelden en deden pogingen de tribune op te klimmen waar de Taino, eerder nog zo rustig en kalm, er nu ook erg geschrokken uitzagen. Iedereen leek wanhopig graag weg te willen voordat ik op hen afstampte om hen te bijten.

Op bevel van prins Caonabo stelden Taino soldaten zich in een rij op voor de uitgangen van het stadion, terwijl anderen zich naar de tribunes haastten om de orde te herstellen. Maar om hen maakte ik me geen zorgen. Kapitein Tira drong door de opgewonden menigte heen; met haar blik op mij gericht hield ze een hand op haar zwaard en ik hoefde niet de dochter van mijn verwekker te zijn of een spion van de Hassi Barahal om te begrijpen dat ze zojuist het bevel had gekregen mij te doden.

Rory glipte de koets uit met de gratie van een jagende kat en gaf me het kapmes dat ik op Zouteiland had gestolen. Ik deed een stap achteruit en woog het kapmes in mijn hand terwijl ik om me heen keek naar Camjiata. Maar ik zag Vai. Hij worstelde zich door de menigte met een naakte kling van koud staal in zijn hand. Hij zag er verbijsterd en boos uit en ik was maar al te blij toen hij naast me ging staan.

Kapitein Tira bleef stilstaan, te ver weg om naar mij uit te halen met haar kromzwaard.

'Catherine, ze zeiden tegen me dat jij samen met Beatrice in afzondering zat!'

'Ze logen tegen je. Ik werd ontvoerd en naar Zouteiland gebracht.'

Alsof hij zichzelf ervan wilde verzekeren dat ik echt was en geen illusie, reikte hij naar mijn hand.

Een bijtend koude wind waaide door het stadion en het begon

te ijzelen. Mijn verwekker stapte uit de koets alsof het een heerlijke zomerse temperatuur was.

Precies op het moment dat Vais vingers over mijn hand streelden, ontmoette zijn blik de mijne.

De Meester van de Wilde Jacht glimlachte. Hoewel zijn lippen maar even omhoogkrulden en het nauwelijks te zien was dat hij zijn ogen even dichtkneep, was het de meest beangstigende gezichtsuitdrukking die ik ooit had gezien. Ik rukte mijn verraderlijke aanraking los van Vai, maar het was te laat.

Mijn verwekker likte zijn lippen, alsof hij het heerlijkste voedsel proefde.

'Sterk en zoet!' Zijn glimlach bespotte me, want hij begreep mijn blik vol afgrijzen heel goed. 'Jij bent werkelijk mijn dochter, om zulk rijk bloed als dit te zoeken en vast te houden.'

'Nee!' Eindelijk zag ik Camjiata, die aan de andere kant van het stadion naar buiten probeerde te gaan in de hoop te ontsnappen aan Vais koude staal en mijn woede. 'Dat is je prooi!'

'De vuurwever?' Zijn blik ging omhoog naar de cacica. 'Het is zeldzaam om iemand zoals zij te vinden. Ik wist dat er enorme macht school achter hun spookmuur. Maar ik kon er niet doorheen komen om het uit te zoeken. Toch schep ik uiteindelijk veel meer genoegen in de geur van het bloed van de koude magiër.'

'Nee! Nee!' Camjiata was bijna uit het zicht verdwenen. 'Hem! Daar!'

Mijn verwekker staarde recht naar de plek waarnaar ik wees. 'Ik zie slechts duisternis. Er is daar niemand. Probeer me niet te misleiden.'

De Meester van de Wilde Jacht was blind in de sterfelijke wereld behalve voor de gloed van degenen die de energieën die de werelden verbinden in banen leiden, die leven tot dood weven en dood tot leven, orde tot wanorde. Hij kon Camjiata niet zien om hem te pakken, zelfs als hij dat zou willen.

'Opzij!' Als een donderklap bulderde de stem van de cacica door de nacht. Vuur vlamde omhoog in elke lamp. Licht brandde fel en onthulde de Taino soldaten die de orde herstelden. De koets, met de koetsier en de lakei, leek een volkomen normale koets die tot stilstand was gekomen behalve dat de wielen de grond niet aanraakten. Wat eruitzag als laaghangende donkere wolken, begon te kolken, achtervolgd door lichtflitsen als vuurvliegen. De meute jagers was nog niet losgelaten.

'Opzij, vuurdover,' riep ze tegen Vai voordat ze de verzamelde menigte aansprak. 'Opia reizen waar zij willen. Wij hebben geen meningsverschil met hen, zelfs niet als zij de spookheren uitnodigen die hier niet welkom zijn. Maar de zoutdood mag nooit in Taino land rondwaren, anders worden wij allemaal vergiftigd. Degenen die niet op de andere kust willen blijven, moeten vernietigd worden door vuur.'

Haar blik ontmoette die van Juba. In die uitwisseling zag ik haar verdriet en zijn opstandigheid: ze had hem meer liefgehad dan zijn broer. Ik kon niet zien of hij haar nooit had vergeven dat zij zo zwak was om meer van hem te houden dan van Caonabo, of dat zij het zichzelf nooit zou vergeven.

'Dat is de wet,' verkondigde ze.

Vonken kwamen tot leven op de hete windvlaag van haar aanval.

'Niet mijn Cat.' Vai trok me hard tegen zich aan en sjorde de laatste ijslens onder zijn jasje vandaan.

Vuur ontbrandde in mijn hart. Abby en een van de andere gevangenen gilden. Prins Caonabo schreeuwde een protest, maar hij kon niets doen. De cacica was een vuurmagiër met onvoorstelbare macht en een net van vuurvangers om de terugslag op te vangen.

Vais ijslens bloeide op terwijl hij zijn magie, zijn woede en zijn angst om mij ermee kanaliseerde; de ronding van de lens versterkte de macht. Het vuur van de cacica was enorm en complex; de tentakels omvatten het stadion, het plein en nog verder, want het net van haar vuurmagie omvatte het eiland zelf. De draden reikten tot aan het ziekbed van een man in het verafgelegen Sharagua, halverwege Kiskeya, waar het aanhoudende kloppen van haar magie haar stervende broer in leven hield.

Al dat vuur bluste de vuurdover met zijn ijslens.

Elke lamp doofde uit.

Ver weg in Sharagua stopte het hart van de cacique met kloppen. Lippen gingen uiteen om zijn geest los te laten in de nacht.

Sneeuw dwarrelde naar beneden in een prachtige stortbui van sprankelend wit en bedekte de grond met een dun laagje.

'Catherine!' Vai drukte zijn mond op de mijne, alleen een aan-

522

raking, om te voelen of ik nog steeds ademhaalde.

Duisternis en stilte vielen over het land.

Maar uit die duisternis sprak de cacica, onberoerd en onverstoord. 'Ik zal de wet toepassen zoals ik moet om mijn volk te beschermen. Wij maken geen uitzonderingen. En ik duld geen tegenstand.'

Een vlam kwam aarzelend tot leven, een enkele olielamp die ontbrandde. Want er bestaat immers geen grens aan de bron van vuur zolang het brandstof krijgt om te branden. Als met een inademing, trok ze haar macht naar zichzelf terug en begon deze af te wentelen op haar vuurvangers. Fijne draden van koude magie stroomden weg in een aanzwellende vloed, haar net gloeide feller terwijl ze haar macht verzamelde. Koude magiërs waren niet de enigen die boos konden worden.

Ze zou me zeker doden en Vai misschien tegelijkertijd. Ik wierp een laatste wanhopige blik in de richting van Abby en de andere gevangenen, maar ik was gewoon door mijn tijd en mogelijkheden heen.

'Vai! Vlucht!' riep ik.

De stomme idioot gaf geen krimp. 'Ik laat je niet achter.'

Een schaduw die twee keer zo groot was als zijn menselijke vorm doemde boven ons op als een donderwolk.

'Dit was allemaal zeer verhelderend en veel vermakelijker dan mijn gebruikelijke jacht.'

De hand van mijn verwekker viel als het noodlot op Vais schouder. Met zijn linkerhand greep hij de ketting en liet de nu mistige ijslens op zijn handpalm vallen alsof hij een mooie bloem wilde bewonderen, daarna sloot hij zijn vingers eromheen.

'Hij is nu voor mij. Je hebt het goed gedaan, dochter.'

Ik hief het kapmes. 'Dat doe je niet! Hij is niet degene die ik bedoelde.'

'Wanneer heb ik je de indruk gegeven dat jouw wensen, verlangens of bedoelingen iets voor mij betekenen?' Zijn greep had Vai verlamd.

Hij keek omhoog naar de hemel naar de jagers en doders die, zodra hij riep, naar beneden zouden stormen om hun prooi te verscheuren en uiteen te rukken. Geen mens op de grond kon hen zien. Misschien konden mensen de Meester van de Wilde Jacht ook niet zien, niet echt, want hij wandelde half binnen en half buiten de wereld. Misschien was hij alleen waarneembaar, zoals angst en honger, en niet echt zichtbaar.

Het laagje sneeuw verdampte in een golf van opvlammende hitte. Ik zat gevangen tussen een immens machtige vuurmagiër die op het punt stond mij te doden en de Meester van de Wilde Jacht, die op het punt stond de man van wie ik hield te doden. Ik kon niet vechten en ik kon niet vluchten. Ik moest nadenken met mijn hoofd.

Waarom zag mijn verwekker er eigenlijk uit als een knappe jongeman? Waarom kon het hem ook maar iets schelen hoe hij eruitzag? En ik kon heel goed omgaan met ijdele mannen.

'Vader,' zei ik, 'ik weet dat je geen genegenheid voor mij koestert, maar ik ben het wapen dat jij hebt gesmeed, dat jij alleen kunt hanteren. Laat je mij vernietigen door die vuurwever? Dat staat wel erg zorgeloos. Dan lijk je erg zwak. Maar ik neem aan dat je haar niet kunt tegenhouden.'

Dodelijk vuur lekte op dat moment aan mijn hart. Ik stak mijn hand uit naar Vai zodat zijn aanraking mijn laatste herinnering zou zijn voordat de dood mijn vlees en geest verteerde.

Mijn verwekker ademde uit. Glinsterende sneeuw kwam tot leven, verdreef de hitte. De witte vlokken fonkelden zo fel dat ze verbluften en verblindden. Mijn hart klopte door, onaangeraakt.

Hij mompelde: 'Vuur is het wapen van serpenten. Je weet hoe ik serpenten haat en veracht.'

IJs verscheen als een netwerk van scheurtjes op de stenen.

'Dood haar.'

Het rumoer van de Jacht trok over ons heen nadat zijn woorden hen hadden losgelaten. Als een nachtmerrie stroomden ze uit de hemel. Ze schoten naar voren in een felle windvlaag vol ijzige sneeuw en hagel die zo koud was dat het in je huid beet, tot bloedens toe. Moordlustige honden sprongen langs de tribune naar beneden, bijtend en klauwend terwijl ze langs denderden. Ik kon niet zeggen of ze solide wezens waren of slechts de schaduwen die in dromen spoken, maar hun aanraking verspreidde zich als vergif. Enorme, afschrikwekkende wolven gromden en hyena's lachten spottend terwijl mensen uit Expeditie en uit Taino allemaal werden overvallen door heftige angst, zelfs de gedisciplineerde soldaten.

Veel mensen probeerden te vluchten, maar de verwarring was zo groot dat ze alleen elkaar vertrapten. Anderen verstijfden, niet in staat te bewegen. Een paar probeerden te vechten, hieven hun armen omhoog, sloegen met geweren of maaiden wild in het rond met hun ceremoniële speren. Maar ze konden de soepele katten en mannen met dierengezichten die door het stadion zwermden niet verwonden. Een zwerm wespen stak, elke aanraking bracht een bloeddruppel omhoog. Vleermuizen zwermden langs, vergezeld door stille uilen. Een slang met rood-, goud- en zwartgekleurde strepen glibberde over mijn sandalen; kleine kikkers met een huid zo fel als juwelen sprongen aan zijn zijde.

Allemaal zwermden ze naar het platform van de cacica.

'Zoon,' zei mijn verwekker. 'Heb je me niet gehoord? Dood haar.'

Zuchtend wierp Rory een blik op mij, alsof hij zich wilde verontschuldigen. Hij bukte en hij veranderde. Waar een man had gestaan, sprong een enorme sabeltandtijger in stille schoonheid. De gedaanteverwisseling ging zo snel dat mensen die door het stadion renden om te ontsnappen aan de Jacht geen tijd hadden om opzij te springen terwijl hij naar het platform snelde.

De cacica was niet dom. En ze was ook geen lafaard. Ze trotseerde de Jacht terwijl ze diep in het vuur reikte, maar voordat ze dit kon loslaten, sloeg de grote kat haar tegen de grond met zijn klauwen en tanden. Met een nonchalante ruk brak hij haar nek.

Hij, mijn amusante, onbekommerde Rory. Hij was de zoon van zijn vader.

De meute – wolven, slangen, katten, honden, wespen, roofvogels – ze doken allemaal op het lichaam, scheurend en trekkend.

Ik moest wegkijken.

Het stadion verkeerde in chaos, de menigte rende alle kanten op. De Taino soldaten die de uitgangen van het speelveld blokkeerden, waren gevlucht. Op hol geslagen, renden mensen heen en weer om in veiligheid te komen en ze lieten gevallen en snikkende gewonden achter. Een enkeling was niet in de greep van paniek. Onder hen prins Caonabo, die gebruik had gemaakt van de chaos om de boeien van zijn tweelingbroer door te snijden. Juba pakte het mes van zijn broer om snel de andere gevangenen te bevrijden. Met een ceremoniële speer in zijn hand liep Caonabo naar het verhoogde platform met soldaten op zijn hielen. Een schimmige hond sprong langs hem, uit zijn kaken bungelde een hoofd aan lange, zwarte haren.

Daarna werd het tafereel verduisterd door de enorme, glanzende vlokken van zware sneeuwval, waardoor het leek dat ik, mijn verwekker en Vai alleen op de wereld waren.

Mijn verwekker opende zijn vingers. De ketting en de ring waren tot roest verkruimeld. Toen hij op zijn hand blies, verspreidde de rode roest zich als kaf in de dwarrelende sneeuw. Mijn kapmes werd aangeraakt door dit stof en vervormde terwijl roest opbloeide op de kling en omhoogkroop alsof het mijn vlees wilde omvatten en verteren. Het mes verbrijzelde toen het op de grond viel.

Hij tilde Vai met één arm op en schoof hem de koets in.

'Maar je hebt het bloed van deze nacht al gekregen!' riep ik terwijl ik achter Vai aan klauterde.

Met een klap viel de deur achter me in het slot als de hamer van het lot, waardoor mijn verwekker buiten stond en wij als zijn gevangenen binnen in de koets zaten. Een zweep klapte. De koets schommelde toen de paarden ons omhoogtrokken.

Vai knipperde met zijn ogen en schudde zichzelf alsof beweging en wil zojuist waren teruggekeerd. 'Nu begrijp ik het. Jouw verwekker is de Meester van de Wilde Jacht.'

'En ik haat hem!' riep ik terwijl ik rukte aan klinken en probeerde luiken open te krijgen, maar alles was afgesloten.

'Natuurlijk haat je hem, lieveling.'

Ik sloeg mijn armen om hem heen en we kusten met de passie van de verdoemden.

'Dit is heel wat interessanter dan de laatste keer dat jullie samen in de koets zaten.'

Ik maakte me los en keek boos naar het kleine duivelskopje met zijn knipperende oogjes en dunne mond. 'Doe je ogen dicht!'

Vai trok zich verbaasd terug. 'Catherine?'

'Ik praat tegen de deurklink! Die glurende etterbak! Ik zal je in een oven gooien om je te smelten!'

'Catherine? Heb je je hoofd gestoten?'

'Hoorde jij niet wat hij zei?'

'Waarom denk je dat ik hem toesta mij te horen?' zei de klink grijnzend. 'Maar als hij eerst een mooie illusie voor me weeft, dan zal ik mijn ogen dichtdoen en jullie dat andere ding onbespied laten doen.'

'Catherine, hoe fijn ik het ook vind om je te blijven kussen in plaats van te horen hoe jij raaskalt over ovens, we moeten nú iets doen.'

De deur van de geestenwereld werd van buitenaf geopend. De peilloze diepte van de lucht gaapte, want we rolden door de leegte van de hemel. De Jacht ijlde weg in een werveling van weerlicht en zwarte donderwolken. Zo kalm alsof hij de koets binnenkwam vanaf een straathoek, stapte mijn verwekker naar binnen. Ik gooide mezelf voor Vai om hem af te schermen. 'Je zei dat er maar één offer zou zijn.'

Mijn verwekker zat tegenover ons en trok zijn wenkbrauwen op toen Vai me opzijschoof. Vai liet zijn arm om mij heen geslagen maar sprak niet. Samen trotseerden we de Meester van de Wilde Jacht.

'Volgens de regels van het verdrag kunnen we maar één iemand doden,' antwoordde mijn verwekker. 'We hebben het bloed van deze nacht opgeëist. Maar dat betekent niet dat ik geen gevangene kan meenemen naar de geestenwereld. Ik ga uitzoeken hoe deze magister iets heeft gedaan wat ik altijd voor onmogelijk heb gehouden.' Terwijl hij sprak, verdween zijn menselijke gezicht langzaam achter het masker van ijs. 'Wat betekent dat ik naast het bevredigen van mijn heftige nieuwsgierigheid jou uit mijn dienst kan ontslaan, kleine kat. Zolang hij in mijn paleis verblijft, hoef ik maar een rukje aan de leiband te geven om jou kruipend terug te laten komen.'

Hij leunde naar voren en drukte een hand op Vais borst, zijn aanraking was de omarming van ijs.

Daarna gooide hij me door de open deur naar buiten.

36

In de zee.
Het warme zoute water sloot zich boven mijn gezicht, maar ik kon me de luxe van paniek niet veroorloven. Ik zwom naar het op-

pervlak en net op het moment dat ik daar doorheen brak, besefte ik dat twee haaien om me heen cirkelden, aangetrokken door de geur van mijn bloed. Mijn woede en haat lekten als vergif het water in en misschien schoten ze daarom niet naar voren om mij te doden. Of misschien herkenden ze een familielid. Want ze bleven op afstand, hielden me alleen in het oog terwijl ik naar de kust spartelde.

Het leek onvermijdelijk dat ik naar de kust waadde op bijna dezelfde plek waar Drake me de eerste keer op het havenhoofd had achtergelaten. De paar mannen die op de pieren werkten, draaiden zich om en keken toe hoe ik uit de zee oprees met mijn blouse en pagne tegen mijn lichaam gekleefd waardoor elke ronding en welving onthuld werd. Mijn bloed stroomde over mijn been. Toen ik woest naar hen staarde, trokken ze zich terug.

Ik stopte bij de steunmuur, naast manden gevuld met verse vangst; glibberige pargo met hun rode staarten en kleine cachicata. Achter me was de zon opgekomen tot twee handen boven de horizon, de ochtendmist was verdwenen en de wind was niet meer dan een zacht briesje. De wijde vlakte van het water met de aanhoudende glinstering herinnerde me aan de spiegels van de trollen. In ieder geval had ik Bee gered.

De hemel was zo blauw dat hij plat leek; kleine wolkjes dreven weg naar de hooglanden. Ik zocht de daken en de rook van de stad af maar zag geen teken van de Taino vloot van luchtschepen. Er waren bovendien niet veel mannen op de pieren. De straten waren vreemd leeg, alsof het meeste verkeer was weggetrokken in afwachting van een naderende storm. De paar mannen die in groepjes bij elkaar stonden, fluisterden en staarden terwijl ik druipend over de boulevard naar de verlaten timmerwerkplaats liep. Daar waren slechts drie mensen aan het werk, ondanks de koelte van de vroege ochtend. De twee mannen zetten hun bijlen neer en gingen snel onder de schaduw van het dak staan, waar de Taino baas over haar tafel leunde en aantekeningen maakte in haar orderboek. Ze keek op, zag mij en zei iets in het Taino tegen hen. Ze snelden weg door de achteruitgang en zij ging rechtop staan om mij te begroeten.

'Deze perdita van die maku,' zei ze in de plaatselijke taal.

'Kunt u mij alstublieft een vraag stellen?' zei ik.

Ze had de Taino gewoonte om je zonder angst recht aan te kijken. 'Wat voor soort vraag ik jou moeten stellen, perdita?'

De trilling die door mijn hart trok deed me glimlachen, niet van blijdschap maar van opluchting. 'Dat was de goede. Welke dag is het? Wat is er gebeurd met de Taino vloot?'

'In die Romeinse kalender, deze die derde dag van november zijn. Wat deze andere betreft, hier die verhaal zijn zoals ik deze gehoord hebben. Drie nachten geleden, toen die vervloekte schepenen Expeditie overgaven aan die Taino cacica, een heks uit die nacht naar beneden vliegen, zij zich veranderen in een grote sabeltandtijger en deze cacica doden, daarna zij haar verscheuren en haar hoofd in een waterput gooien. Die heks vast en zeker boos waren omdat deze cacica die maku vuurdover gestolen hebben van wie deze heks houden. Jij denken deze waar kunnen zijn?'

'Nee, niet helemaal. Maar wat is er daarna gebeurd?'

'Die heks wegvliegen met deze maku.'

'Ik bedoel, wat is er in Expeditie gebeurd?'

'Die opzichters deze stadhuis overnemen. Gisteren Gaius Sanogo met unanieme stemmen gekozen zijn als voorzitter van deze werkgroep die een handvest schrijven moeten voor een volksraad. Een volksraad wij nu krijgen. Deze hoog tijd zijn, als jij mijn mening vragen. Wat deze Taino betreft, zij ons niet kunnen lastigvallen tot zij hun eigen bestuur geregeld hebben. Als prins Caonabo deze duho van zijn oom willen erven, hij met zijn hele leger terug moeten keren naar Sharagua.'

'U bent Taino.'

'Nee, meidje. Ik een inwoner van Expeditie zijn, geboren en getogen. Sommigen zeggen jij die maku doden. Jij dit doen? Of alleen met hem wegvliegen?'

Ik sloeg mijn ogen op naar de hemel, zo onverbiddelijk en enorm en onpeilbaar, als het gezicht van het ijs. 'Ik heb nooit vleugels gehad. Ik was slechts de pijl die mijn verwekker afschoot om zijn doelwit te vinden. En dus dronk de Jacht het bloed van de cacica en daarna stal zijn Meester mijn geliefde om mij aan de leiband te houden.'

Ik sloot mijn ogen. In de geestenwereld kan de duur van een kus zich uitstrekken tot drie dagen. Ik drukte een hand tegen mijn medaillon en voelde het kloppen van de ketting die ons samenbond. Het enige wat die verbintenis nu kon breken was de dood en Vai leefde nog.

Ik opende mijn ogen en zag tot mijn verrassing grimmig medeleven op het verweerde gezicht van de Taino vrouw. 'Jij misschien iets willen eten of drinken? Vruchtensap of rum? Guave, misschien?'

'Ik ben geen opia, hoewel ik wel van guave houd. En ik ben ook geen heks. Maar een slokje rum en een kom vruchtensap neem ik graag aan. Dank u wel.'

De rum was sterk genoeg om me te kalmeren en het vruchtensap verzachtte mijn pijnlijke keel. De baas bood me meer vruchtensap aan, wat ik opdronk.

'Cat?' Ik keek op en zag Lucy, die hijgend op me afrende. 'Cat!' Ze omarmde me zo stevig dat het me de adem benam.

Tante Djeneba kwam met minder haast en meer waardigheid op ons af, vergezeld door een van de mannen die de timmerwerkplaats was ontvlucht. Ze sprak kort met de Taino baas. Haar mond trok naar beneden toen ze zich tot mij richtte. 'Zo, Cat, jij weer teruggekomen zijn.'

'Als een vis die al drie dagen dood zijn,' gniffelde Lucy en ze liet me los om haar tranen weg te vegen.

Ik kon niets zeggen. Ik wist dat ik op het punt stond in huilen uit te barsten.

'Ik zien dat jij schone kleren en een douchebeurt nodig hebben,' zei tante. 'Lucy, jij snel Kayleigh halen. Cat, jij met ons mee naar huis komen tot Kofi-jongen uit die vergadering op deze stadhuis kunnen komen. Hij ons vertellen over deze dingen die gebeurd zijn. Ik hopen jij mij mijn boze woorden vergeven.'

Met een vol hart en een verstikte keel fluisterde ik: 'Ja.'

Op weg naar de herberg huilde ik toch. Van een douche knapte ik op. Schone kleren maakten dat ik me bijna weer mens voelde. Een bord met tantes rijst en bonen met een stuk gefrituurde pargo en een aantal kommen guavesap gezoet met citroen en ananas brachten mijn vastberadenheid weer terug, alsof dergelijke eenvoudige gebaren magie waren. En dat waren ze ook.

Ik overwoog net een tweede bord rijst met bonen toen Kofi en Gaius Sanogo binnenkwamen.

'Werkte jij de hele tijd al voor hem?' vroeg ik bits aan Kofi toen hij en de intendant tegenover me zaten. 'Ben jij in het geheim een opzichter?'

'Ik staan voor een volksraad, als deze tijd komen om te stemmen,' antwoordde Kofi. 'Wat deze andere betreffen, ik zeker weten mijn eigen verhaal niet vreemder zijn dan die jij ons nu hopelijk gaan vertellen.'

'Jullie zullen veel ervan niet geloven.'

'Dat een hele verandering zijn,' plaagde Kofi met een lach die mij een glimlach ontlokte.

'Ik gewend zijn mijn eigen oordeel te vormen,' zei Sanogo.

Het hele huishouden en ook nog een paar vaste klanten kwamen erbij zitten om te luisteren. Het vergde twee kommen van het sterke gemberbier om mezelf te dwingen mijn instincten en mijn opvoeding opzij te zetten en hun de dingen te vertellen die ik normaal gesproken geheim zou hebben gehouden. Maar het lukte me. Met Lucy die naast me zat en mijn hand vasthield, vertelde ik een korte versie van het verhaal. Hoewel ik me verplicht voelde een paar dingen weg te laten, had ik nog nooit zoveel achter elkaar verteld, behalve tijdens de nacht die ik had doorgebracht in Vais armen. Toen ik klaar was, reageerden ze met een geladen stilte. Ik kon niet zeggen of ze me geloofden, dachten dat ik volslagen gek was, of me eenvoudigweg beschouwden als de meest schandalige leugenaar die ze ooit hadden ontmoet.

'O, Cat!' fluisterde Lucy zuchtend. 'Wat jij nu gaan doen?'

Ik ontmoette Kayleighs geschokte blik. 'Ik zal hem terughalen. Dat beloof ik je.'

Ze knikte, draaide zich om en verborg haar gezicht tegen Kofi's schouder.

Ik richtte me tot de opzichter. 'Wat is er met generaal Camjiata gebeurd?'

Sanogo's vriendelijke glimlach had een verkwikkend effect, alsof er een stukje ijs langs mijn rug gleed. 'Jasmeen die man uit deze herenhuis gooien. Deze haar eigendom zijn via een van die vennootschappen van haar stam. Wij nooit weten dat deze van haar zijn. Daarom wij haar nooit verdenken.'

'Ze heeft hem op straat gezet?'

'Hij haar geen buit kunnen aanbieden als niemand deze Europese oorlog steunen. Ik geloven die man verblijven in deze Gevlekte Leguaan. Wij hem en iedereen die met hem mee willen gaan terug naar Europa sturen.'

'En voor het schip en alles betalen?'

'Meer dan één schip,' zei Kofi. 'Vijfhonderd man zich hebben aangemeld voor zijn leger.'

'Wij hem graag betalen om te vertrekken,' zei Sanogo, 'en graag verlost worden van jonge, heetgebakerde stommelingen en hun gerotzooi.'

'En prins Caonabo en zijn bruid?'

'Jouw nicht? Ik haar niet gezien hebben, maar ik horen zij aan die grens wachten op deze prins. Wat die prins betreffen, ik nu terug moeten gaan, want deze werkgroep hem vanmiddag ontmoeten om die Eerste Overeenkomst opnieuw af te sluiten.'

'Waarom zou de prins de overeenkomst willen vernieuwen? Zou het bezit van Expedities fabrieken, universiteit en haven zijn positie niet versterken? Vooral als hij moet vechten om de troonopvolging?'

'Een gevecht over troonopvolging geen kleinigheid zijn. Hij nu geen tijd hebben om zich druk te maken over Expeditie. Maar 't ook zo zijn, zoals jij zelf zeggen, Cat, dat een plek als Expeditie die Taino beter uitkomen als een vrije stad dan onder Taino heerschappij. Prins Caonabo jong zijn en onervaren, maar ik denken hij een pragmatisch iemand zijn. Wij zien zullen of hij slagen, of falen.'

'En de gevangenen die terechtgesteld zouden worden?'

'Zij allemaal verdwenen in die nacht.'

'Zelfs prins Haübey? Degene die ze Juba noemen?'

'Die man ook.'

'Ongetwijfeld met behulp van zijn broer. Het is goed te weten dat prins Caonabo ook zijn zwakke plekken heeft. Ik ga niet terug naar Zouteiland, intendant.'

'Ik niet proberen jou te dwingen. Die prins zelf mij vertellen jij geen zouter genoemd kunnen worden omdat er nooit ziektekiemen in jou zitten.'

Kofi vroeg: 'Wat jij nu gaan doen, Cat?' Hij lachte om mijn gezichtsuitdrukking. 'Jij mij niet kwalijk nemen, meidje. Ik beter moeten weten dan te vragen. Jij achter Vai aan gaan. Veel geluk daarbij.'

'Ga met me mee naar de Gevlekte Leguaan, Kofi. Ik kan je steun goed gebruiken.'

Hij zocht Vais andere radicale vrienden bij elkaar. Samen liepen we langs vijftien huizenblokken naar de Gevlekte Leguaan door lege straten die me deden denken aan de nacht dat ik erheen was gestrompeld in het gezelschap van Bala en Gaius en was thuisgekomen met Vai. De straten rond de Gevlekte Leguaan waren vol jonge mannen en overal lagen bundels met hun bezittingen. Ze wachtten met de blik van rusteloze zwervers die vinden dat de tijd om op pad te gaan allang is verstreken. Ze bekeken ons in het voorbijgaan alsof wij vijanden waren die langsliepen tijdens een wapenstilstand. Samen met Kofi beklom ik de trappen en hij was goed gezelschap omdat hij groot was en stevig gebouwd, en die afschuwelijke littekens gaven aan dat hij ergere dingen had overleefd dan jij hem kon aandoen.

In de gelagkamer werkte een man die ik niet kende achter de bar, maar hij herkende me zodra hij me zag. Hij wees naar de deur die naar het achterhuis leidde. Mijn metgezellen baanden een pad voor me door de starende, zwijgende menigte. Ik dook achter de bar en duwde de deur open naar de kamer waarin Drake de ene man had gedood om de andere te redden.

In feite was Drake de eerste persoon die ik zag toen ik naar binnen ging, want hij stond rechts naast de deur. De kamer waarin hij een stervende man had genezen was nu keurig opgeruimd en gemeubileerd met lange tafels bedekt met tafelkleden die geborduurd waren met rood- en goudgekleurde bloemen. Midden op de tafels lagen lopers van prachtig Iberisch kantwerk. Elke stoel was bezet. Mensen stonden ook overal langs de muren van de kamer. Aan de overkant van de kamer zat de generaal aan het hoofd van de langste tafel met een aantal verkreukelde pamfletten in zijn linkerhand. Ik herkende kapitein Tira en, tot mijn verrassing, Juba die achter de generaal stonden als zijn hulpjes. En ik herkende ook de jonge Keita koopman die tijdens het etentje tekeer was gegaan over gewone mensen. Aan de rechterhand van de generaal, in een erezetel, zat de eigenaar van de Gevlekte Leguaan. Hij droeg het met gouden tressen versierde uniform van een hoge officier.

Aan een haak in de muur hing een koord waaraan mijn zwaard bungelde.

Iedereen draaide zich om en keek naar me terwijl de generaal zijn kopje omhooghief bij wijze van saluut.

'Ik hoor dat de Wilde Jacht hem heeft meegenomen,' zei Drake met een grijns. 'Het trieste lot van veel arrogante bastaards van koude magiërs. Maar ik moet zeggen, wat hij ook heeft gekregen, hij verdiende het echt.'

Gewoon uit principe stompte ik hem en hij viel achterover op zijn kont. Jammer genoeg gniffelde er niemand. Integendeel, iedereen in de kamer hield de adem in terwijl hitte opvlamde en de sierkaarsen naast het kantwerk vlam vatten. Een merkwaardige gloed flakkerde op en de vlammen doofden abrupt. Met een vreemd verontrustende glimlach op zijn gezicht kwam Drake overeind, alsof hij een verrassing voor me had die ik niet prettig zou vinden. Opeens bedacht ik dat ik bang moest zijn voor een man die me levend kon verbranden en eerder bereid was geweest dit te doen. Maar ik was niet bang, niet nu mijn woede over wat mijn verwekker had gedaan nog volop brandde. Hij deed een stap achteruit toen Kofi breeduit naast me ging staan en zijn armen over elkaar sloeg.

De generaal nam een slok uit zijn kopje en zette dit op een groot opschrift dat de proclamatie van een nieuw bestuur voor Expeditie verwoordde. 'Zo, Cat, ben je gekomen om dienst te nemen in mijn leger? Ik zou een spion met jouw capaciteiten zeker kunnen gebruiken. Ik heb eerder samengewerkt met Hassi Barahals en hoop dat weer te doen. Je kunt ook toetreden tot mijn korps van Amazones, zoals je moeder deed.'

'Ik ben getrouwd.'

Hij zuchtte. 'Ik weet dat de Wilde Jacht hem heeft meegenomen. Gecondoleerd met zijn dood. Ik heb eenzelfde klap te verduren gehad.'

Ik had geen behoefte zijn verdriet om zijn dode echtgenote te bespotten. En hij hoefde ook niet te weten wat ik wist. Dus kwam ik gelijk ter zake.

'Ik ben hier om mijn zwaard op te eisen.'

'Is dat zo?' vroeg hij met een vage glimlach.

'Dat is zo.'

Hij trok een wenkbrauw op. 'Een antwoord op een vraag.'

'Je kunt het aan me geven, of ik kan het pakken. Maar ik neem het nu mee, want ik hoor dat je binnenkort vertrekt om Europa binnen te vallen met vijfhonderd man.'

'Elfhonderd en vierendertig, om precies te zijn. Het kunnen er een paar meer of minder worden voordat de schepen uitvaren. Ik heb nieuwe rekruten en oude gardisten.'

Ik kon het niet laten. Ik lachte. 'Je gaat Europa veroveren met duizend soldaten?'

Hij hief zijn kopje alsof hij een toost wilde uitbrengen aan de ongeveer vijftig mensen die in de kamer opeengepakt waren en hem allemaal vol vervoering aankeken. 'Toen ik voor het eerst begon, bestond mijn leger uit minder mannen.'

'Maar nu heb je geen vrouw die de dromen van draken bewandelt.'

'Ik heb Bee's schetsboek.'

'Hoe ben je daaraan gekomen?'

'Ze gaf het aan me voordat ze vertrok naar haar bruiloft.'

'Ik geloof je niet. Ik denk dat je het gestolen hebt, zoals je mijn zwaard hebt gestolen.'

Hij negeerde deze beschuldiging. 'Ik heb ook een vuurmagiër.'

'Een zonder scrupules,' zei ik.

'Zoals de Romeinse dichter zei: "Het doel heiligt de middelen".'

'Echt iets voor een Romein om zoiets te zeggen!'

De deur naar de binnenplaats ging open. Een jongeman stapte de kamer binnen in een bijzonder opzichtig jasje van paarse stof versierd met gestileerde oranje en zwarte stenen. 'Cat? Ik dacht al dat ik je stem hoorde.'

'Rory!' Vanaf de andere kant van de kamer knipoogde hij naar me en ik glimlachte. 'Waarom ben je hier?'

'Ik wilde niet met onze verwekker meegaan. Dus bleef ik achter. Deze man was de enige persoon die ik kende.'

'Je gaat nu met mij mee, Rory. De generaal is een slechte man en je kunt hem niet vertrouwen. En nu je toch daar achter staat, geef ik mijn koude staal lang genoeg in jouw handen om het naar mij te brengen. Overigens, beste vrienden, ik zou niet proberen hem tegen te houden, want als jullie dat doen, zal ik hem zeggen de sabeltandtijger te worden die hij werkelijk is en dan eet hij jullie allemaal op. Want ik vind dat hij eruitziet alsof jullie hem niet voldoende te eten hebben gegeven.'

'Ik vroeg me al af waarom hij jouw zwaard had.' Rory pakte het gevlochten koord, haalde het van de haak af en zorgde ervoor geen enkel deel van de wandelstok vast te pakken of tegen zich aan te laten zwaaien. Hij kuierde tussen twee tafels door. De generaal keek toe zonder te proberen hem tegen te houden. Ik ontving de wandelstok van Rory en maakte een gebaar dat hij achter me moest gaan staan.

'Bedankt, generaal, dat je dit voor me hebt bewaard tot ik het kon komen ophalen.'

Hij stond op. 'Waarom is de cacica gestorven, Cat? Weet je dat?'

'"Waar de hand van de geluksgodin zich vertakt, moet Tara Bells kind kiezen." Niet alles draait om jou, generaal.' Ik zorgde ervoor Drake een vernietigende glimlach toe te zenden. 'Maar de volgende keer kun jij het zijn, James.'

Hij wreef over zijn kin. 'Ik ben alleen met je naar bed gegaan om hem te kwetsen,' mompelde hij, maar door zijn wrokkige toon vroeg ik me af wat er nog meer onder het oppervlak zinderde.

'Drake. Genoeg.' Camjiata keek me onderzoekend aan. 'Weet je, Cat, misschien was er een andere reden waarom Tara Bell tijdens de rechtszaak heeft gezworen dat Daniel jou heeft verwekt. Misschien heeft een andere man jou verwekt en was zij bereid te sterven om jou te redden. Dus zorgde ze ervoor dat Daniel de voogdijschap over jou kreeg nadat je werd geboren. Denk je dat dit waar kan zijn?'

Ik kon mijn mond dichthouden, maar ik had niet Vais vaardigheid om mijn emoties achter een masker van minachting te verbergen.

De generaal trok zijn wenkbrauwen op en er trok een uitdrukking over zijn gezicht als de rimpeling van een drakendroom in de geestenwereld, die de bekende wereld vernietigt en vervangt door een onbekend landschap dat nog ontdekt moet worden. Toen verdween de vlaag van verrassing en bezorgdheid zo volkomen dat ik merkte dat ik hem vreesde vanwege zijn zelfdiscipline. 'Dat verklaart waarom jij op Tara lijkt en helemaal niet op Daniel. En waarom jouw haren en ogen op geen van beiden lijken.' Hij wierp een blik op Rory. 'Ik zie dat dit ingewikkelder kan zijn dan zelfs ik oorspronkelijk dacht. We zijn nog niet klaar met elkaar, Cat, jij en ik.'

'Nee, ik neem aan van niet. Maar toch denk ik dat jij het noodlot niet zo goed begrijpt als je beweert.'

Hij knikte op een manier die zowel een uitdaging als een belofte inhield. 'We zullen zien.'

Met een gebaar van mijn kin groette ik de oude eigenaar, want ik vroeg me af wat hij me kon vertellen over mijn moeder. Hij knikte als antwoord op mijn onuitgesproken vragen. Niet gehinderd door de partizanen van de generaal vertrokken we.

Kofi bracht me naar huis en plaatste een bewaker bij de poort voordat hij naar het stadhuis vertrok.

'Want ik zien dat die generaal niet dol op jou zijn, Cat, en ik hem niet vertrouwen.'

We stonden in de schaduw van de open poort, hij buiten en ik binnen. 'Maar Kofi, sinds wanneer denk jij zo anders over mij?'

'Ik moeten betwijfelen dat jij van Vai houden?'

'Nee, niet. Maar ik ben nieuwsgierig.'

'Kayleigh denken jij echt om hem geven. Ik vertrouwen zij die beste met Vai voorhebben. En jij ook in slaap vallen toen ik jou en Vai die ochtend terugroeien naar die havenhoofd. Dat mij overtuigen jij echt van hem houden.'

Ik bloosde omdat ik moest denken aan de inspannende nacht die Vai en ik hadden gehad. 'Omdat ik in slaap viel?'

Hij grinnikte alsof hij mijn gedachten had geraden. 'Als jij hem echt verraden willen, jij nooit jouw ogen sluiten. Jij dan nooit die kans willen lopen iets te missen van wat hij zeggen omdat jij deze misschien tegen hem gebruiken kunnen. Maar jij gewoon jouw hoofd op zijn schouder leggen en slapen. 't Waren lief. 't Waren die eerste keer ik echt zien jij hem vertrouwen.'

Hij kuste me op mijn wang en ging weg om te werken aan de toekomst van Expeditie.

Ik nam Rory mee naar binnen en stelde hem voor aan de familie. Na afloop nam ik tante Djeneba apart. 'Hij is ongevaarlijk en heel loyaal.' Ze wees naar de bar, waar Rory al flirtte met Brenna, die giechelde als een meisje van half haar leeftijd. 'Tja,' beaamde ik. 'Dat is een probleem van hem. Wacht maar tot hij zijn charme op u richt. Hebt u wat verstelwerk voor me?'

Ik verstelde de hele middag, te rusteloos om het gebruikelijke dutje te doen. Mijn gedachten maalden en kookten als ik dacht aan Vai in de klauwen van mijn verwekker. Toen de binnenplaats vol begon te stromen met nieuwsgierige klanten, pakte ik een dienblad. Het was gemakkelijker om te lopen dan te zitten en als ik spitsvondigheden moest uitwisselen met de vaste klanten, leidde dat mijn gedachten af van Vai. Misschien besefte hij nu pas dat ik uit de koets was gegooid, want wie wist hoe de tijd voor hem verliep? Zou hij denken dat ik dood was?

'Meidje?' Oom Joe kwam even naast me staan toen ik tegen de bar aan leunde in de greep van een vlaag van krampen of misschien alleen angst. 'Jij in orde?'

Ik drukte mijn hand tegen het medaillon, waar onze harten klopten. Vai zou weten dat ik leefde en dat ik, omdat ik leefde, achter hem aan zou komen. 'Alleen moe, oom.'

'Jij naar boven gaan om te slapen, meidje. Jij diezelfde kamer hebben als vroeger.'

Ik keek om me heen en zag dat Rory op zijn gemak met zijn lange benen uitgestrekt tussen Tanny en Diantha zat. Hij lachte op die flirterige manier van hem terwijl Tanny een verhaal vertelde dat ik niet zo nodig hoefde te horen. 'Dat zal niet goed aflopen, oom, denkt u niet? Wat als ze ruzie om hem krijgen?'

Hij grinnikte. 'Er iets met die twee meisjes zijn en ik denken jij deze niet weten. Maar goed, zij die leeftijd hebben om zelf te beslissen, meisje. Jij nu naar boven gaan.'

Ik glipte de binnenplaats af en ging naar boven met een kaars om mijn vermoeide voeten bij te lichten. Nadat ik de deur achter me had gesloten, bleef ik staan staren, want de kamer was gemeubileerd met een bed en een kist die ik kende. Ik zette de kaars op de vloer en opende de kist. Daar lagen al zijn jasjes op hem te wachten. Toen ik mijn handen langs de vouwen van de stof liet gaan, liep er een traan over mijn wang.

Ik hoorde de deur niet open en dichtgaan. Wind blies de kaars uit en hij raakte mijn schouder aan.

'Catherine.'

'Vai? Gezegende Tanit! Vai!'

Ik sprong op en omarmde hem terwijl het deksel met een klap op de kist viel. Hij drukte zijn lippen gretig op de mijne en in de duistere kamer met het vrolijke geluid van de drinkende klanten als een serenade, kusten we elkaar tot ik dacht dat ik in hem zou verdrinken.

Ik haalde diep adem en trok me terug, staarde in het duister naar hem. Naar hem en zijn ergerlijk knappe gezicht en het vreemde lichtje in zijn prachtige ogen. Mijn handen streken over de knopen en mooi geborduurde kettingen aan de voorkant van het jasje dat hij droeg. Mijn vingers jeukten om de man van wie ik hield uit te kleden. 'Vai, hoe ben je ontsnapt...?'

Angst kneep mijn hart samen.

'Laat me je navel zien,' zei ik.

Hij lachte, maar het was niet Vais lach. Zijn lach sneed als minachting en hoewel hij er precies zo uitzag als Vai, was zijn blik zo hard als steen. 'Ik gekomen zijn om jou te waarschuwen, maku. Wij jou hier niet willen hebben. Jij een pad maken door wat gesloten waren. Anders die ene geen bloed uit deze land kunnen nemen.'

'Maar ben jij dan niet ook een geest uit de geestenwereld? Geregeerd door de Hoven?'

'Jij deze denken? Deze andere land heel groot zijn en niet alles diezelfde zijn. Als jij denken jij een pad kunnen maken van dit land terug naar hen, dan ik jou beloven, wij jou opeten voordat jij daar aankomen. Want jij geen recht hebben rond te stampen op plekken waar jij niets van afweten en die niet van jou zijn.'

Hij verdween met een sissend geluid als zand dat verstrooid raakte en alleen de geur van overrijpe guave bleef achter. Die loste ook op waardoor ik zonder licht achterbleef met trillende handen en de herinnering van zijn mond op de mijne. Ik zonk op het bed dat Vai voor ons had gebouwd en kon me lange tijd niet bewegen, tot de deur openging en Rory naar binnen glipte.

'Cat? Wat is er? Ik kon je tranen ruiken.'

Zonder iets te zeggen strekte hij zich naast me uit. Getroost door zijn aanwezigheid, sliep ik.

Tegen de ochtend werd ik verfomfaaid wakker, want ik had in mijn kleren geslapen. Rory was weg en ik had geen idee hoe lang hij bij me was gebleven. Ik streek mijn pagne en blouse glad en snelde naar beneden om mijn behoefte te doen en me een beetje op te knappen. De kleine jongens en meisjes stonden al in een rijtje, klaar om hand in hand naar school te lopen. Ik gaf ze allemaal een kus en beloofde hun een snoepje, hoewel ik geen geld had en ook geen idee hoe ik het geld te pakken moest krijgen dat Vai had gekregen van de mansa.

De waarschuwing van de opia spookte door mijn hoofd terwijl ik een sinaasappel at en mijn mogelijkheden overwoog. Maar bewegen was gemakkelijker dan zitten, dus ging ik naar buiten om door de vertrouwde buurt te lopen. Toen ik terugkeerde van een bezoek aan mijn vrienden in Kleermakersstraat, vond ik Rory op een bank, met Lucy giechelend op zijn knie.

Ik beende erheen en trok haar weg. 'Zo is het genoeg!'

Ze plaatste haar vuisten op haar heupen. 'Ik zestien jaar oud zijn. Oud genoeg om zelf te weten wat ik willen!'

'Rory, als jij iets met haar doet wat ik niet goedkeur, castreer ik je.'

Beledigd kwam hij overeind, maar voordat hij iets kon zeggen, legde ik een hand op zijn borst. 'Hoe ben jij aan Vais jasje gekomen?'

'De generaal gaf het me in de nacht van Allerzielen. Nadat we terug waren gegaan naar het grote huis. Het was vriendelijk van hem om me mee te nemen uit het stadion, want sommige van die Taino soldaten begonnen naar me te kijken alsof ze dachten dat ze moesten proberen mij te doden. Mijn andere kleren waren helemaal gescheurd. En nadat ik me had aangekleed, kwam die vrouw. Ze liep gewoon te gillen weet je, Cat, want het deed pijn aan mijn oren. En daarna had ze het lef om haar hand op mijn...'

'Ik kan het wel raden.'

'Na de manier waarop zij tekeer was gegaan, begrijp ik echt niet waarom ze dacht dat ik door haar gestreeld wilde worden!'

'Hoe zijn het bed en de kist hier gekomen?'

'Ik weet niet alles, Cat! Ik begrijp niet waarom je dat van mij verwacht! Iemand anders kwam langs en er werd veel ruziegemaakt, maar op dat moment was ik in een van de kamers van de bewakers druk bezig met...'

'Met iets wat ik natuurlijk niet hoef te weten. Lucy! Ga je grootmoeder helpen!'

Met een obstinate grimas en veel boze blikken over haar schouder drentelde ze weg.

'Ik was ervan overtuigd dat je het niet erg zou vinden als ik het jasje droeg omdat ik verder niets had dan een zak.'

'Nee, dat is prima. Ik neem aan dat Sanogo het bed en de kist hierheen heeft gestuurd.'

Het geluid van paardenhoeven en de wielen van een koets die buiten stopten, maakte dat ik me omdraaide. Even was alles stil en daarna klonk de klap van een deur die ongeduldig werd dichtgeslagen. Een hoofd met donkere krullen keek naar binnen door de gedeeltelijk open poort.

'Daar ben je, lieverd! Ben je hier echt al die tijd geweest? Wat ontzettend merkwaardig.'

Bee droeg het jasje dat geborduurd was met bijlen en een pagne die zo vlekkeloos sneeuwwit was dat ik ineenkromp bij elke stap die ze deed, uit angst dat er een klein spettertje stof zou opdwarrelen om er een vlek op te maken.

'Wat een geluk dat ik hier aankwam,' kaatste ik terug. Het kostte me moeite om niet te gillen en mijn armen om haar heen te slaan. 'Hoe wist je dat ik hier was? Heeft Sanogo je bericht gestuurd?'

'Werkelijk, Cat! Waarom stel je vragen waarop het antwoord voor de hand ligt? De generaal heeft mijn schetsboek gestolen, maar gelukkig droomde ik vannacht over je. Waar is Vai?' Ze keek nieuwsgierig om zich heen, slechts een klein beetje neerbuigend. En omdat ze nu eenmaal mijn Bee was, moest ik haar dat vergeven.

Dat moest ik wel, want haar gezichtsuitdrukking veranderde toen haar ogen groter werden en haar stem veranderde in een schor gefluister van oprechte bezorgdheid. 'Wat is er gebeurd?' Ze stak haar handen uit en pakte de mijne stevig vast.

Achter haar, bij de poort, verscheen een tweetal Taino bewakers die in de houding gingen staan. Rory sloeg een arm om Lucy heen, oom Joe legde een kapmes op de bar zodat ze konden zien dat hij gewapend was en tante Djeneba liep hoffelijk naar voren om de soldaten een kom vruchtensap aan te bieden, die ze beleefd aanvaardden als een teken van hun vreedzame bedoelingen.

Ik ontmoette Bee's blik op hetzelfde moment dat zij naar mij keek. 'Mijn verwekker is de Meester van de Wilde Jacht. Hij doodde de cacica voor het offer. En daarna pakte hij Vai.'

Haar greep vermorzelde mijn vingers. 'Heeft hij hem gedood?'

'Hij nam hem levend mee. Nu is het aan mij om hem terug te krijgen.' Ik schudde me los uit haar greep. 'Bee, ik wil je echt eerst even aan iedereen voorstellen. Heb je nu een of andere verheven titel waarmee ik je moet aanspreken? Uwe Geparfumeerde Gewichtigheid misschien?'

'Niet zo overdreven. Uwe Verheven Verrukkelijkheid is goed genoeg.'

'Nobele Baäl, Bee. Ben je nu echt een koningin, zoals de dido's uit vroeger tijden?'

'Ik ben iets beters. Ik kan de dromen van draken bewandelen en dankzij het ontzettend slimme nadenken van mijn geliefde nicht, weet ik waar ik me tijdens de nacht van Allerzielen moet verstoppen om aan de Wilde Jacht te ontkomen. Dat betekent dat ik nu de tijd heb voor heel veel dingen die ik altijd al wilde doen.'

'Zoals wat?'

'Waar moet ik beginnen? Revoluties organiseren. Vijanden vermorzelen. Knappe mannen redden.'

Ik lachte werkelijk, want ze vrolijkte me zo op. 'Maar hoe zit het met jou, Bee? Wat is er met jou gebeurd?'

'Gezegende Tanit!' zei ze veelbetekenend. Het leek alsof ze gerustgesteld was nu ze wist dat ik voorlopig veilig was, want ze draaide zich om, keek de binnenplaats rond en richtte zich tot iedereen met haar verpletterende glimlach. 'Ik kan nauwelijks wachten om je dit verhaal te vertellen!'

Dankwoord

Mijn dank gaat uit naar de goed geïnformeerde mensen die me geadviseerd hebben over grote en kleine zaken: Fragano Ledgister (de Caraïben en revolutionaire theorieën), Gerald Rasmussen (politiek), Marie Brennan (lang haar), David B. Coe (tarieven en belastingen), A'ndrea Messer (natuurlijke historie, oftewel natuurkunde, evenals aanzienlijke hulp bij de landkaart), Jay Silverstein (Midden-Amerikaanse keizerrijken), Alexander Rasmussen-Silverstein (er kunnen nooit genoeg mannen als Napoleon zijn), Raina Storer (knopen en koekjes), en Alyssa Louie (die me in contact bracht met de juiste mensen), zoals mijn scherpzinnige adviseur op het gebied van natuurkunde, Kurtis Nishimura.

Mijn uitstekende en onbetaalbare meelezers onder wie Alexander Rasmussen-Silverstein, Katharine Kerr, Sherwood Smith, Jay Silverstein, Darcy Kramer, N.K. Jemisin, Edana McKenzie, Victoria McManus, Rebecca Houliston, Alberto Yánez, Mark Timmony, A'ndrea Messer, Karen Williams, en Rhiannon en David Rasmussen-Silverstein. Mijn excuses als ik iemand per ongeluk heb overgeslagen.

Ik corrigeerde *Koud Vuur* in het begin van 2011, een periode waarin revolutie een krantenkop werd en de *hashtags* die ik volgde op Twitter begonnen met #sidibouzid en #bouazizi en van daaruit verder. Veel dappere mensen vochten voor zelfbeschikking. Ik hoop dat hun stemmen gehoord zullen worden.

Over de auteur

Kate Elliott heeft verhalen geschreven sinds ze negen jaar oud was, wat haar deed geloven dat ze óf een beetje gek was, óf dat schrijven haar, net zoals ademen, in leven houdt. Haar vorige series zijn The Crossroads Trilogy (die start met *Spirit Gate*), de zevendelige serie The Crown of Stars (die start met *King's Dragon*) en de romans van de Jaran, en een samenwerkingsproject met Melanie Rawn en Jennifer Roberson, genaamd *The Golden Key*. Ze houdt meer van zelf sporten dan ernaar kijken; op dit moment is haar favoriete sport varen met een vlerkprauw. Ze is al heel lang getrouwd. Zij en haar echtgenoot hebben drie nazaten voortgebracht (ook wel kinderen genoemd), en nu de jongste klaar is met de middelbare school brengen ze extra waardevolle tijd door met hun dwergschnauzer (ook wel genoemd de Schnazghul). Haar echtgenoot heeft een veel interessantere baan dan zij, met het bijkomende voordeel dat ze naar Hawaï moesten verhuizen voor zijn werk. Vandaar de vlerkprauwen.

Kom meer te weten over de auteur op www.kateelliott.com